地域文化传播研究丛书

诗文中的『齐烟九点』

许浩 张振 杨倩 选注

山东大学出版社
SHANDONG UNIVERSITY PRESS
·济南·

图书在版编目(CIP)数据

诗文中的"齐烟九点"/许浩,张振,杨倩选注.
—济南:山东大学出版社,2021.10
ISBN 978-7-5607-7225-7

Ⅰ.①诗… Ⅱ.①许…②张…③杨… Ⅲ.①古典诗歌-诗集-中国②古典散文-散文集-中国 Ⅳ.①I211

中国版本图书馆 CIP 数据核字(2021)第228671号

策划编辑 姜 山
责任编辑 郭凯迪
封面设计 张 荔

出版发行 山东大学出版社
社 址 山东省济南市山大南路20号
邮政编码 250100
发行热线 (0531)88363008
经 销 新华书店
印 刷 济南巨丰印刷有限公司
规 格 720毫米×1000毫米 1/16
27.5印张 490千字
版 次 2021年10月第1版
印 次 2021年10月第1次印刷
定 价 98.00元

本书系2021年度山东省社会科学普及应用研究项目“诗文中的‘齐烟九点’”(项目编号2021-SKZZ-08)研究成果

山东青年政治学院文化传播学院汉语言文学专业省一流本科专业建设资助项目

山东青年政治学院中国地域文化传播研究中心资助项目

前 言

“齐烟九点”，语源自唐代诗人李贺的《梦天》诗：“遥望齐州九点烟，一泓海水杯中泻。”前半句意思是，从月宫里俯视中国，九州如烟尘般渺小，只望见九个小点。“齐州”指中国，“九点烟”指古代中国分为的九州。因济南在唐代被称为齐州，清代历城知县叶圭书借用诗句来说登山到此向北所望到的景致。一般来说，“齐烟九点”是指自千佛山“齐烟九点”牌坊处，北望所见的卧牛山、华不注山、鹊山、标山、凤凰山、北马鞍山、粟山、匡山、药山等九座山头，但清代郝植恭把千佛山、崛山等包括在“齐烟九点”中。我们认为，“九点”除可实指外，也可理解为虚指，即泛指山多。为了给读者提供更多的资料，本书所言的“齐烟九点”包括济南北部大小十几座山头。

历代文人对“齐烟九点”中的山头多有咏颂，但这些诗文资料散见在地方志、各种别集和诗文选中，至今并没有一部专书把它们汇纂在一起。即便有个别的诗文选集，虽设置了“齐烟九点”的栏目，但是收集的诗文数量不多，例如《济南诗文选》仅收录了31首(篇)诗文。根据目前掌握的资料，“齐烟九点”的诗文资料可达上千首(篇)之多，其中关于华不注山的便占据了半壁江山。目前学界对华不注山关注较多，已经出版了十部左右的专书。因为机缘巧合，我曾致力于搜寻过与华不注山相关的中国古代诗词曲赋、游记碑记和其他资料，历经两载，编成《华不注山诗文资料汇编》一书，已于2017年出版。该书是目前为止，收录华不注山诗文材料最多的一部汇编。后来为了方便读者阅读，我又和张振老师一起从汇编的诗文中选取了325首诗歌、7篇散文予以注释，并于2018年出版《华不注山诗文选注》。该书出版后，受到了社会各界的好评，并于2020年获得山东省第六届社会科学普及与应用优秀作品奖。

以上两部专书出版后，我陆续发现了其中一些错讹之处，再加上近几年新出版了一些大型丛书，大量稀有文献的面世，为更全面系统地整理资料提供了有利的条件。《国家“十三五”时期文化发展改革规划纲要》指出：要依托历史文化遗产，规划建设一批历史文化公园；要发挥历史文化名人、名山、名战场等作用，建设主题特色公园，推出专题游览线路。2021年3月，山东省文化和旅游厅确定了一个总体规划和8个专项规划的“1+8”规划体系，以推动文化和旅游融合发展为主攻方向，着力打造集文化创意、度假休闲、康体养生等于一体的文化旅游综合体。“齐烟九点”作为济南市历史上重要的风景名胜，受到唐宋以后文人们的青睐，围绕其景观、建筑、风俗、传说等，留下了大量的诗文资料。这是一个亟待开发的旅游品牌，十分符合文化旅游综合体的定位，因此尽快对其展开诗文的搜集整理注释就显得十分迫切。

在济南市文化强市战略和积极推介鹊华秋色城市名片的大背景下，在以往汇编、选注华不注山诗文资料的基础上，我萌生了全面汇编选注“齐烟九点”诗文的想法，愿为读者推出一个文本可靠和便于阅读的本子，历经三载，方成此稿。可以说，本书是历史上第一次对“齐烟九点”的诗文所作的全面搜集、整理与注释。读者一卷在手，可尽览其华。

许浩
2021 年 9 月

凡 例

1. 本书收录了题咏华不注山、鹊山、鲍山、匡山、标山、药山、卧牛山、黄冈、黄台等山头的古代诗文资料，共计920首诗歌，13篇散文，整理校勘后予以注释。所收录资料的成文下限时间一般截至清末(1911)，个别材料延后到民国初期，此外收录了朝鲜人所作的两首诗歌。

2. 本书共分为十个部分，其中“鹊山”部分除收录鹊山诗文外，还收录兼写华不注山和鹊山内容的诗文；“其他”部分，主要收录了题咏其他几座小山的诗歌和同时题咏多个山头的诗文。每部分中的材料首先按照先诗后文的顺序排列，然后再按朝代先后排列，同朝代的材料再按作者的出生年代先后排列。如果作者出生年代相同，则按作者姓氏的笔画数多少排列，同姓氏的依据姓名中的第二个字的笔画数多少排列，余者依次类推；如果作者出生年代不详，则材料一律排列在本朝代最后，他们材料的排列也依据作者姓名的笔画数多少为序。如果笔画数相同，则按该字首笔“横、竖、撇、点、折”的笔顺先后为序，相同笔顺者，则按第二笔排序，余者依次类推。

3. 本书收录的诗文，其依据版本优先选用经现代人校点的整理本，其次选用个人文集的刻本、稿本或者抄本，再次使用碑刻、地方志、总集、类书等资料。材料一般直引自别集，如果没有找到别集或无法找到原始出处，才考虑使用转引。无论是直引还是转引，一律注明材料来源。

4. 注释时首先说明诗文出处，再列出作者简介，最后对诗题内重要词语作注释。对作者的介绍，只在书中第一次出现时进行，内容一般包括生卒年代、字号、籍贯、主要仕途经历和著作，少部分附有评价和影响。介绍时尽量凸显作者与济南的关联。

5. 对文本的注释尽量通俗易懂。除注明词语典故外，对不易理解的诗句酌情予以说明大意。因考虑读者阅读的方便，对部分字词进行了注释。内容相同的注文，如果文字较多，采取“详见某处”的方法以减少重复；如果文字不多，则直接注释以减少翻检麻烦。题咏同一景物诗文的注释，一般前详后略。

目　录

华不注山

鹊　山

鲍　山

匡　山

标　山

药　山

卧牛山

黄冈

黄台

其他

华不注山

县北境之山，皆砂石，色多黑，类泰山石，其脉皆根于南山，然断而特起，数峰错列，望之似不相属，而势拱乎内。其在东北境最高且大者，曰华不注山，见《春秋左氏传》，一名金舆山，亦名华山，去城十五里。山下有华泉，昔流入于济，今涸矣。

《乾隆历城县志》卷七

题历城房家园

(北齐)尹孝逸

风沦历城水,月倚华山树[1]。

【注释】

此诗句转引自唐段成式《酉阳杂俎·语资》。尹孝逸,生卒年不详,名琳,字孝逸,曾任北齐齐州(今济南)参军。时人以此两句,比谢灵运"池塘生芦草,园柳变鸣禽"诗句,是目前所见最早吟咏华不注山的诗句。

[1]沦:水的小波纹亦谓水起小波纹,或使起波纹。

古　风

(唐)李　白

(其二十)

昔我游齐都,登华不注峰[1]。兹山何峻秀,绿翠如芙蓉[2]。萧飒古仙人,了知是赤松[3]。借予一白鹿,自挟两青龙[4]。含笑凌倒景,欣然愿相从[5]。

【注释】

此诗出自《李太白集》卷二。李白(701—762),字太白,号青莲居士,剑南道绵州昌隆县(今四川江油)人。唐代最杰出的诗人,有诗仙、谪仙人等称号,在诗歌方面的艺术成就被认为是中国浪漫主义诗歌的巅峰。著有《李太白集》。"兹山何峻秀,绿翠如芙蓉"句,开后世以芙蓉喻华不注山诗文之先河。

[1]齐都:即济南,唐代称齐州。[2]峻秀:高峻秀丽。芙蓉:荷花的别名。[3]萧飒(sà):潇洒自然。了知:明知,领悟。赤松:又称赤松子、赤诵子、赤松子舆,相传为上古神仙,各家所载,其事互有异同。《史记·留侯世家》:"愿弃人间事,欲从赤松子游耳。"司马贞索隐引《列仙传》:"神农时雨师也,能入火自烧,昆仑山上随风雨上下也。"《淮南子·齐俗训》:"今夫王乔、赤诵子吹呕呼吸,吐故纳新。"高诱注:"赤诵子,上谷人也,病疠入山,导引轻举。"《汉书·古今人表》:"赤松子,帝喾师。"宋罗泌《路史·余论二·赤松石室》:"赤松子者,炎帝之诸侯也,既耄,移老襄城,家于石室……《神仙传》云:'赤松子者,服水玉,神农时为雨师,教神农入火……而《列仙传》有赤松子舆者,在黄帝时啖百草华,不谷,至尧时为木工,故传谓帝喾师之。又云尧师之。而道亦有黄帝问赤松子《中戒》等经,此张良所以愿从之游,非末代之数矣。'"[4]白鹿:白色的鹿。青龙:苍龙,古代神话传说中的仙人,常骑鹿乘龙。[5]倒景:即倒影,指天上最高处,日月之光反由下上

照，而于其处下视日月，其影皆倒，故称天上最高的地方为倒影。《史记·司马相如列传》："贯列缺之倒景兮，涉丰隆之滂沛。"裴骃集解："列缺，天闪也。倒景，日在下。"

华不注山

(宋)曾　巩

虎牙千仞立巉巉，峻拔遥临济水南[1]。翠岭嫩岚晴可掇，金舆陈迹久谁探[2]。高标特起青云近，壮士三周战气酣[3]。丑父遗忠无处问，空余一掬野泉甘[4]。

【注释】

此诗出自《曾巩集》卷七。曾巩(1019—1083)，字子固，建昌军南丰(今江西南丰)人。曾任齐州知州、中书舍人。唐宋八大家之一，世称南丰先生。著有《元丰类稿》。诗题原注："《水经》：华不注山虎牙桀立，孤峰特起，青崖翠岭，望如点黛。《舆地志》又云：亦名金舆山。"

[1]虎牙：喻指尖锐的山峰。巉(chán)巉：形容山势峭拔险峻。峭拔：高而陡。济水：中国古代四渎之一，发源于河南省济源市王屋山，三隐三现，百折入渤海。黄河下游的河道就是原来济水的河道，今河南济源，山东济南、济阳、济宁，都从济水得名。[2]金舆：华不注山又名金舆山。陈迹：即下文"壮士三周""丑父遗忠"之类发生在华不注山古战场的往事遗迹。[3]高标：高耸，矗立。三周：《左传·成公二年》："齐师败绩。逐之，三周华不注。"[4]野泉：指华泉。《左传·成公二年》："逢丑父与公易位，将及华泉，骖絓于木而止。丑父使公下，如华泉取饮，齐侯以免。"

华不注山

(金)元好问

元气遗形老更顽，孤峰直上玉孱颜[1]。龙头突出海波沸，鳌足断来天宇闲[2]。齐国伯图残照里，谪仙诗兴冷云间[3]。乾坤一剑无人识，夜夜光芒北斗寒[4]。

【注释】

此诗出自《遗山集》卷九。元好问(1190—1257)，字裕之，号遗山，太原秀容(今山西忻州)人。金末元初著名文学家、历史学家、文坛盟主，宋金对峙时期北方文学的主要代表。曾任南阳县令、尚书省左司员外郎。著有《遗山集》，编有《中州集》。诗题原注："济南作。"

[1]元气遗形：是说华不注山自混沌初分时就已出现。元气，指天地未分前的混沌之

气。遗形，遗留下来的形貌。孱(chán)颜：即“巉岩”。高峻的山岭。[2]龙头：喻华不注山，缘山四周皆水。鳌足：喻华不注山，因山势高峻，如支撑天地的鳌足。《淮南子·览冥训》：“于是女娲炼五色石以补苍天，断鳌足以立四极。”[3]伯图：称霸的雄图。伯，通“霸”。春秋时，齐国为“五霸”之首；成公二年(前589)，齐晋两国在鞌地(今济南北马鞍山)交战，齐大败，霸业如残阳一样衰微。谪仙：谪居世间的仙人，此指李白。唐孟棨《本事诗·高逸》：“李太白初自蜀至京师，舍于逆旅。贺监知章闻其名，首访之。既奇其姿，复请所为文。出《蜀道难》以示之。读未竟，称叹者数四，号为‘谪仙’。”李白曾来游华不注山，作有《古风》“昔我游齐都”诗。[4]乾坤一剑：喻华不注山。《晋书·张华传》谓吴灭晋兴之际，天空斗牛之间常有紫气。张华闻雷焕妙达纬象，乃邀与共观天文。焕曰：“斗牛之间颇有异气”，是“宝剑之精，上彻于天耳”，并谓剑在豫章丰城。华即补焕为丰城令，“焕到县，掘狱屋基，入地四丈余，得一石函，光气非常，中有双剑，并刻题，一曰龙泉，一曰太阿。其夕斗牛间气不复见焉”。

济南杂诗十首

(金)元好问

(其三)

华山真是碧芙蕖，湖水湖光玉不如[1]。六月行人汗如雨，西城桥下见游鱼[2]。

【注释】

此诗出自《遗山集》卷十二。

[1]芙蕖：荷花的别名。《尔雅·释草》：“荷，芙渠。”郭璞注：“[芙渠]别名芙蓉，江东呼荷。”[2]西城桥：指泺源桥。

华不注行

(元)郝　经

昆仑山巅半峰碧，海风吹落犹带湿[1]。意气不欲随群山，独倚青空迥然立[2]。平地拔起惊孱颜，剑气劲插青云间。济南名泉七十二，会为一水来浸山[3]。我来方作鲸川游，玉台公子邀同舟[4]。君山浮岚洞庭晚，小孤滴翠清江秋[5]。酒酣兴极烟霏昏，鱼龙惨淡回山根[6]。少陵不来谪仙死，举杯更欲招其魂。魂兮不来天亦老，元气崔嵬山自好。超超绝顶凌长风，注目东溟望蓬岛[7]。

【注释】

此诗出自《陵川集》卷十。郝经(1223—1275)，字伯常，祖籍泽州陵川(今山西陵川),生于许州临颍城皋镇(今河南许昌),元初名儒。曾以翰林侍读学士充任国信使,奉诏使宋。著有《陵川集》。

[1]此两句是说华不注山来自昆仑山巅,被海风吹落到此。昆仑山是中国西部重要的山脉,传说是天帝的下都,神仙西王母所在地,在中华民族文化史上具有“万山之祖”的显赫地位。[2]意气:志趣。迥然:卓越不群的样子。[3]会为一水:指由泺水、历水等北流至华不注山前汇合而成的鹊山湖。[4]鲸川:大江大河。玉台公子:帝王宗室子弟。玉台,原为汉代台名,泛指宫廷的台观。[5]君山:又名洞庭山,耸立在洞庭湖中,相传为湘君所游之处。浮岚:飘动的山林雾气。小孤:小孤山,在安徽宿松县长江中。滴翠:极言翠绿的程度,像要滴下水来的样子。两山均在水中,景色壮美,耸立在鹊山湖中的华不注山与之甚似。[6]烟霏:烟雾云团。山根:山脚。[7]超超:高高在上的样子。绝顶:山之最高峰。东溟:东海。蓬岛:即蓬莱山,古代传说中的神山名,亦常泛指仙境。《史记·封禅书》:“自威、宣、燕昭使人入海求蓬莱、方丈、瀛洲,此三神山者,其传在勃海中。”

华不注山

(元)胡祗遹

历山岩壑尽雄豪,平野孤根迥自高[1]。脱海青莲明宝供,倚天翠凤理云毛[2]。三周胜负儿童戏,万古西东日月劳[3]。不大阴深不艰险,好营别业结云巢[4]。

渺渺平波菡萏香,一峰岚玉起中央[5]。青莲出海便千尺,翠凤叫云今几霜。罨画楼台资外护,芙蓉城阙借清光[6]。最宜金碧屏风迥,流水桃源白昼长。

女娲补天炼云腴,偶遗一峰投齐墟[7]。不依乱石徒相杂,直矗平田只自孤。朝闻九合尊王誓,夕阅三周斩将车[8]。问着兴亡淡无语,夕阳寒碧上城隅。

【注释】

此诗出自《紫山大全集》卷六。胡祗遹(zhī yù)(1227—1295),字绍闻,号紫山,磁州武安(今河北磁县)人。曾任济宁路总管、山东东西道提刑按察使。著有《紫山大全集》。

[1]历:遍,尽。平野:平坦广阔的原野。孤根:独立的根基。[2]此两句是说华不注山如脱海的青莲、倚天的翠凤。[3]此两句是说在华不注山眼中,“三周华不注”的齐晋鞌之战如同儿戏,千年以来日月东升西落亦为徒劳。[4]别业:别墅,本宅外另建的园林住宅。云巢:隐居修道之处。[5]菡萏(hàn dàn):荷花。[6]罨(yǎn)画:色彩鲜明的绘画,多用以形容自然景物或建筑物等艳丽多姿。[7]云腴:传说中的仙药。齐墟:齐地,济南为齐国西陲重镇。此两句是说华不注山为女娲炼石补天时遗漏投在此处的。[8]九合:多次会盟。《论语·宪问》:“桓公九合诸侯,不以兵车,管仲之力也。”邢昺疏:“言九

合者,《史记》云:兵车之会三,乘车之会六。《穀梁传》云:衣裳之会十有一。"一说谓纠合。朱熹集注:"九,《春秋传》作'纠',督也,古字通用。"此两句写齐国朝霸夕衰。

华不注歌

(元)王　恽

齐州山水天下无,泺源之峻华峰孤[1]。秦鞭有力驱不去,天遣一柱标齐墟[2]。初疑太素女娲氏,补天断手兹遗余[3]。又如翠凤翥郊薮,来应世瑞开昌图[4]。南山连络虽可爱,未免阿附相承趋[5]。孤撑直上夹石碣,猛视大似天门貙[6]。庆封齐豹两元恶,哆啮犹露雄牙须[7]。不然齐太史,冤血凝碧老不渝[8]。化成直笔插天外,堂堂使表《春秋》诛[9]。乾坤乃有此雄跨,未许鹊药争头颅[10]。江山胜概尽轩豁,远客吟眺增踌躇[11]。李白上天不可呼,云烟变化何须臾。后人摹写觑天巧,百匝空绕青芙蕖[12]。文章李杜光焰在,有诗无诗将何如[13]。我思齐晋迭雄长,山灵枉被兵埃污[14]。桓公九合犹霸事,三周其下真夸谀。会须扶策凌绝顶,望入苍梧叫帝虞[15]。

【注释】

此诗出自《秋涧先生大全文集》卷十。王恽(yùn)(1227—1304),字仲谋,卫州汲县(今河南卫辉)人,元好问弟子。曾任监察御史、山东西道提刑按察副使。著有《秋涧先生大全文集》。

[1]泺源:泺水之源,即趵突泉。峻:湍急。华峰:华不注山。[2]秦鞭:秦始皇的赶山鞭,威力巨大。《艺文类聚》卷七九引《三齐略记》曰:"始皇作石桥,欲过海观日出处。于时有神人,能驱石下海,城阳一山石,尽起立,嶷嶷东倾,状似相随而去。云石去不速,神人辄鞭之,尽流血,石莫不悉赤。至今犹尔。"[3]太素:古代谓最源始的物质。《列子·天瑞》:"太素者,质之始也。"汉班固《白虎通·天地》:"始起先有太初,后有太始,形兆既成,名曰太素。"[4]翥(zhù):飞举。郊薮(sǒu):郊野草泽之地。世瑞:世间的祥瑞。昌图:预示永昌帝业的图谶。古天子登祚,假托受命于天,故有膺箓受图之说。[5]连络:互相衔接。阿附:依附。[6]夹:通"狭"。石碣:圆顶的石碑。貙(chū):兽名,也称貙虎。《尔雅·释兽》:"貙,似狸。"郭璞注:"今貙虎也,大如狗,文如狸。"[7]庆封:春秋时齐国大夫。公元前548年,崔杼杀齐后庄公,拥立景公,与庆封分任右相、左相。公元前546年,乘崔氏内乱,灭崔氏而当国。因耽于酒色,失势后先后奔鲁、吴,被楚灭其族。齐豹:春秋时卫国大夫。公元前522年,他与北宫喜、褚师圃、公子朝密谋,杀死卫灵公的兄弟公孟絷,后被北宫喜的家宰所杀。元恶:大恶之人,首恶。哆(chǐ):谓张口。啮(niè):咬,啃。[8]齐太史:秉笔直书的史家典范。《左传·襄公二十五年》记载,齐国大夫崔杼弑其君齐后庄公后,"大史书曰:'崔杼弑其君。'崔子杀之。其弟嗣书而死者,二人。其弟又书,乃舍之。南史氏闻大史尽死,执简以往。闻既书矣,乃还"。文天祥《正气歌》赞

曰:“在齐太史简,在晋董狐笔。”[9]《春秋》诛:《春秋》这部史书揭露、指责人的思想或用心。《后汉书·霍谞传》:“《春秋》之义,原情定过,赦事诛意,故许止虽弑君而不罪,赵盾以纵贼而见书。”[10]鹊药:鹊山和药山,与华不注山同处济南北郊。[11]胜概:美景。轩豁:高大开阔。[12]天巧:不假雕饰,自然工巧。[13]唐韩愈《调张籍》诗:“李杜文章在,光焰万丈长。”[14]迭:更迭,轮流。雄长:称霸,称雄。[15]扶策:拄着拐棍。苍梧:古地名,其地当在今湖南九嶷山以南广西贺江、桂江、郁江区域。《史记·五帝本纪》:“[舜]南巡狩,崩于苍梧之野。”帝虞:虞帝,即舜,中国上古时代部落联盟首领,建立有虞国,被尊为帝,列“三皇五帝”之中。

华不注

(元)滕安上

城下洋洋万顷流,城头落落一峰秋[1]。天垂神剑波涛涌,云卷龙旌风雨愁[2]。白也高吟出千仞,齐来鏖战几三周。山灵顾我如相识,飞翠扶摇入酒瓯[3]。

【注释】

此诗出自《东庵集》卷三。滕安上(1242—1295),字仲礼,定州人。曾任禹城主簿、国子博士、太常丞、监察御史。著有《东庵集》。

[1]落落:清楚、分明的样子。[2]龙旌:画有龙的旗帜。[3]酒瓯(ōu):酒杯。

由湖亭泛舟抵华峰下作

(元)刘敏中

南洲未了北洲映,东水乍分西水流。不尽草花随远近,相忘鱼鸟自沉浮。儒冠谁识蹉跎意,杯酒真成笑傲游[1]。日夕山风吹醉醒,雪涛和月撼归舟[2]。

【注释】

此诗出自《中庵集》卷四。刘敏中(1243—1318),字端甫,号中庵,山东章丘人。曾任兵部主事、监察御史、国子祭酒。著有《中庵集》。

[1]儒冠:古代儒生戴的帽子,借指儒生。蹉跎:失意,虚度光阴。[2]雪涛:波涛。

七　古

(元)赵孟頫

抱膝独对华不注,孤襟四面天风来[1]。泉声振响暗林壑,山色滴翠落莓苔[2]。散发不冠弄柔翰，举杯向月临空阶[3]。有时扶筇步深谷，长啸袖染烟霞回[4]。

【注释】

此诗转引自济南市博物馆刻石。赵孟頫(1254—1322)，字子昂，号松雪道人，别号鸥波、水精宫道人等，浙江吴兴(今浙江湖州)人，宋室后代。曾任济南路总管府事、翰林侍读学士。著有《松雪斋集》。

[1]天风：风。风行天空，故称。[2]莓苔：青苔。[3]柔翰：指毛笔。《文选·左思〈咏史〉》："弱冠弄柔翰，卓荦观群书。"刘良注："柔翰，笔也。"[4]扶筇(qióng)：拄杖。筇，筇竹高节实中，宜于制杖，故亦用筇泛称手杖。

游华不注

(元)张养浩

苍烟万顷插孤岑，未许君山冠古今[1]。翠刃剸云天倚剑，白头归第日挥金[2]。攀援直欲穷危顶，歌舞休教阻盛心[3]。星月满湖归路晚，不妨吟棹碎清阴[4]。

【注释】

此诗出自《归田类稿》卷十九。张养浩(1270—1329)，字希孟，号云庄，又称齐东野人，山东济南人。曾任监察御史、礼部尚书。著有《归田类稿》。

[1]岑(cén)：小而高的山。君山：见郝经《华不注行》注[5]。这两句是说，孤峰凌霄的华不注山可同君山媲美，不许君山专美于前。[2]翠刃：喻华不注山如倚天长剑刺入云霄，挺拔秀丽。剸(zì)：刺。归第：归家。《汉书·疏广传》："广既归乡里，日令家共具设酒食，请族人故旧宾客，与相娱乐。数问其家金余尚有几所，趣卖以共具。"疏广退居乡里后为防子孙怠堕，和乡人一起享用钱财，没有给子孙留家产。张养浩52岁时辞官归里，也过着与疏广类似的旷放生活。[3]危：高，高耸。盛心：壮心。[4]棹(zhào)：船桨。清阴：谓天气阴凉。

送李伯微山东廉使赋华不注峰

(元)吴　当

华峰秀亭亭，缥缈风雨会[1]。湖光纳空翠，元气蓄冥昧[2]。云来泰山颠，日出方丈外[3]。孤根奠地轴，万木动天籁[4]。危攀望不极，高致君应最[5]。使节无滞留，都人仰旌旆[6]。

【注释】

此诗出自《学言稿》卷二。吴当(1298—1362),字伯尚,江西崇仁人,吴澄之孙。曾任翰林修撰、江西肃政廉访使。著有《学言稿》。

[1]亭亭:高耸的样子。[2]空翠:青色的潮湿的雾气。冥昧:指天地未形成时的混沌状态。[3]方丈:传说中海上神山名。《史记·秦始皇本纪》:"海中有三神山,名曰蓬莱、方丈、瀛洲。"[4]地轴:大地。天籁:自然界的声响。[5]高致:清高雅致。[6]使节:使者,亦用以称派驻一方的官员。旌旆(jīng pèi):本义是旗帜,借指尊驾、大驾,多用于官员,此处指李伯微。

华不注山

(明)薛章宪

岱宗群山宗,历览已宜饫[1]。云胡未属厌,更觅华不注[2]。城东十五里,款假聊缓步[3]。到山即所见,厥美殆不啻[4]。石色类染黛,磊落相撑拄[5]。了无空隙处,不受尘土涴[6]。端如青芙蓉,蕊蕊出平地[7]。下有鹊山湖,久矣成沮洳[8]。想当未涸时,临水更妩媚。何时役千掌,畚臿行当具[9]。四十五万丈,老葑一以除[10]。湖山反旧观,民亦饱秔稌[11]。

【注释】

此诗出自《鸿泥堂小稿》卷三。薛章宪(1455—1514),字尧卿,自号浮休居士,江阴人。性喜佳山水,隐于邓阳溪上。著有《鸿泥堂小稿》。

[1]岱宗:即泰山。泰山旧谓居五岳之首,为诸山所宗,故称。饫(yù):足,饱。[2]属厌:饱足,此处为饱览义。元刘壎《隐居通议·古赋二》:"吴子客郴三年,属厌其山川。"[3]款:缓。[4]啻(chì):止。[5]磊落:众多委积的样子。撑拄:支撑,顶拄。[6]了无:全无,毫无。涴(wò):污染,弄脏。[7]端如:犹端然,庄重的样子。[8]沮洳(jù rù):低湿之地。《诗经·魏风·汾沮洳》:"彼汾沮洳,言采其莫。"孔颖达疏:"沮洳,润泽之处。"[9]千掌:千人。畚臿(běn chā):泛指挖运泥土的用具。畚,盛土器。臿,起土器。[10]葑(fèng):菰(gū)根,即茭白根。《宋史·河渠志六》:"湖水多葑,自唐及钱氏后废而不理。至是,葑积二十五万余丈,而水无几。"[11]反:后作"返"。秔稌(jīng tú):粳稻与糯稻。

晓离济南时雨新霁，望华山有作

（明）王　悦

云锁华峰一半埋，望中浑未见楼台[1]。山灵料我无心赏，故闭精光不放开[2]。

【注释】

此诗出自《南游录》卷三。王悦（1456—1510），字恭轩，山东威海人。由岁贡生任京畿县丞。著有《南游录》。霁（jì）：雨止天晴。

[1]浑：完全。[2]精光：光辉，此指风仪神采。

华不注歌

（明）王廷相

岌嶫登齐城，瞰华不注峰[1]。苍壁峭孤云，怪石蟠虬龙。惊风喷荡万里来，灵气直与秋争雄[2]。岱麓群峰秀袅娜，莲蕊芙蓉万千朵。白日云霞相蔽亏，梁父岨崃朋一火[3]。崪崪华不注，别出三山支[4]。仙人移家过西海，坠落拳石成崔嵬[5]。平地突兀青刺天，不一倚附资维持[6]。我昔东游走其下，泉上盘石一停马。崒磴查牙不得上，胸次巉天讵能泻[7]？济水奔流东入海，绿波绕山年年在。紫凤不来乌鸢翔，石上琅玕日沉彩[8]。呜呼！风尘澒洞兮，逢时之危；龙蛇遁藏兮，豺狼恣睢[9]。孤臣独立兮，不愧兹石；浩气沆瀣兮，极于两仪[10]。

【注释】

此诗出自《王氏家藏集》卷十一。王廷相（1474—1544），字子衡，号浚川，世称浚川先生，河南仪封（今河南兰考）人，明朝文坛“前七子”之一。曾任南京兵部尚书、都察院左都御史。著有《王氏家藏集》。

[1]岌嶫（jí yè）：高峻的样子。瞰（kàn）：远望。[2]惊风：指猛烈、强劲的风。[3]蔽亏：谓因遮蔽而半隐半现。梁父：山名，泰山下的一座小山，在今山东新泰市西，古代皇帝常在此山辟基祭奠山川。岨崃：亦作徂徕，山名，在山东泰安市东南。朋：相类。一火：一伙。[4]崪崪（lù）：高耸的样子。三山：传说中的蓬莱、方丈、瀛洲三神山。[5]拳石：小石块。崔嵬：本指有石的土山，后泛指高山。[6]突兀：高耸的样子。[7]崒（zú）：高，险峻。磴（dèng）：石台阶。查牙：错出不齐的样子。胸次：胸间，亦指胸怀。巉：险峻陡峭。讵（jù）：副词，表示反诘，相当于“岂”“难道”。[8]紫凤：传说中的神鸟。乌鸢（yuān）：乌鸦和老鹰，均为贪食之鸟。琅玕（láng gān）：似珠玉的美石。《尚书·禹贡》：“厥贡惟球、

琳、琅玕。"孔传:"琅玕,石而似玉。"孔颖达疏:"琅玕,石而似珠者。"日沉彩:太阳落山。南朝江淹《别赋》:"日下壁而沉彩,月上轩而飞光。"[9]澒(hòng)洞:绵延,弥漫。遁藏:逃避隐藏。恣睢(zì suī):放纵暴戾。[10]泬漻(xuè liáo):亦作"泬寥"。清朗空旷的样子。《楚辞·九辩》:"泬寥兮天高而气清。"王逸注:"泬寥,旷荡空虚也。或曰,泬寥犹萧条。萧条,无云貌。"两仪:指天地。《易·系辞上》:"是故易有太极,是生两仪。"孔颖达疏:"不言天地而言两仪者,指其物体;下与四象(按:金、木、水、火)相对,故曰两仪,谓两体容仪也。"

与平厓林豸史泛湖,北抵华不注山,夜从陆归二首

(明)边　贡

浮舟出近郭,落日半溪阴。水阔蒹葭净,山寒烟雾深[1]。壶觞不尽兴,丝竹有余音[2]。独恨黄花少,犹烦隔浦寻[3]。

黄昏过别业,却见旧山僧。客驾聊云息,乡愁转更增。水光浮夜月,林影散秋灯。隔苑闻寒犬,高轩醉懒乘[4]。

【注释】

此诗出自《边华泉集》卷三。边贡(1476—1532),字廷实,号华泉,山东历城人,明朝文坛"前七子"之一。曾任户部尚书。著有《华泉集》。平厓林豸(zhì)史:人物事迹不详。豸史,御史别称。豸为獬豸,传说中的异兽。一角,能辨曲直,见人相斗,则以角触邪恶无理者。古代御史等执法官吏戴的帽子称獬豸冠,因此御史又被称为豸史。泛湖:泛舟于大明湖。

[1]蒹葭:芦苇。蒹,没有长穗的芦苇。葭,初生的芦苇。[2]壶觞(shāng):酒器,此借指酒。丝竹:弦乐器与竹管乐器之总称,泛指音乐。[3]恨:遗憾。黄花:菊花。《礼记·月令》:"〔季秋之月〕鞠有黄花。"陆德明释文:"鞠,本又作菊。"[4]高轩:高车。贵显者所乘。

故山道中二首

(明)边　贡

此山青可爱,岩嶂绕云松。暂息野中驾,弥耽尘外踪[1]。石桥今古在,香客往来逢。落日谷风起,依稀闻暝钟[2]。

素盖凌风转,飘飘度石梁[3]。田家始晡食,村店已斜阳[4]。红忆山椒熟,青怜陇麦长[5]。郊行亦何事,能遣世情忘。

【注释】

此诗出自《华泉集》卷四。

[1]耽:沉湎。[2]谷风:山谷中的风。瞑(míng)钟:傍晚的钟声。瞑,通“暝”。[3]素盖:白色的车盖,代指车。凌风:驾着风。石梁:石桥。[4]田家:农家。晡(bū)食:晚餐。晡,申时,即15时至17时。[5]山椒:花椒。陇:通“垄”。畦,田块。

卜山居成有作

(明)边　贡

久定华山约,今来始卜居[1]。梦游曾屡到,心赏复何如[2]!圃巷环高柳,渊泉抱古墟[3]。从兹簪与绂,当有绝交书[4]。

【注释】

此诗出自《华泉集》卷四。

[1]卜居:择地居住。[2]心赏:心情欢畅。[3]圃巷:宽大的住宅。渊泉:深泉。墟:村落。此两句在后世演化为“家家泉水,户户垂杨”之语。[4]簪(zān):古人用来绾定发髻或冠的长针。绂(fú):系官印的丝带,也代指官印。簪、绂为古代官员服饰,代指达官贵人。绝交书:断绝交谊的书信。三国魏嵇康有《与山巨源绝交书》。

敬题德王四画

(明)胡缵宗

华不注

山突出,石层生,周回苍碧,雾起绣湖,明锦屏擎[1]。帝子珍泉衮衮,仙掌盈盈,百千岁捧云口,二观峥嵘[2]。

【注释】

此诗出自《鸟鼠山人小集》卷八。胡缵(zuǎn)宗(1480—1560),字孝思,一字世甫,号可泉,又号鸟鼠山人,甘肃秦安人。曾任山东巡抚、右副都御史。著有《鸟鼠山人集》。德王:此处应为第二代德王朱祐榕,明英宗朱祁镇孙,德庄王朱见潾嫡二子,建王府于济南城内。

[1]周回:周围。[2]帝子:指娥皇、女英。传说为尧的女儿。《楚辞·九歌·湘夫人》:“帝子降兮北渚,目眇眇兮愁予。”王逸注:“帝子,谓尧女也。”衮衮:旋转翻腾的样子。仙掌:西岳华山东峰有仙掌崖,传说为巨灵神劈华山所遗留。华不注山亦有来自华山之说,以之喻华不注山。盈盈:仪态美好的样子。峥嵘:高峻的样子。

登华不注峰

(明)张　经

壮游历览名山多,蜿蜒突处生嵯峨[1]。未有此山起平地,孤标直与云相摩[2]。峭拔宁湏附丘壑,崚峥不用牵岩阿[3]。中原白日见砥柱,远势已觉撑天河[4]。呜呼!丈人之峰乃若此,我生正气当如何。风尘倾洞世弗竞,独立与尔回其波[5]。

【注释】

此诗出自《半洲稿·东巡稿》。张经(1492—1555),字廷彝,号半洲,福建侯官(今福建福州)人。曾任南京兵部尚书。著有《半洲稿》。

[1]壮游:谓怀抱壮志而远游。嵯峨(cuó é):指高耸的山。[2]孤标:指山、树等特出的顶端。[3]湏(xū):同"须"。崚峥(líng zhēng):高耸,高峻。[4]砥柱:山名,在今河南三门峡,当黄河中流。以山在激流中矗立如柱,故名。今因整治河道,山已炸毁。北魏郦道元《水经注·河水四》:"砥柱,山名也,昔禹治洪水,山陵当水者凿之,故破山以通河,河水分流,包山而过,山见水中若柱然,故曰砥柱也。"天河:银河。[5]倾洞:疑为"澒洞"之误。见王廷相《华不注歌》注[9]。

同漳源侍御游华不注峰并泛大明湖

(明)张　经

平居慕幽旷,雅怀避烦嚣[1]。林园苟成趣,亦足供逍遥。况兹出东郭,云物如相招[2]。群山秀袅娜,华峰特岧峣[3]。开筵坐琳宇,浩歌凌紫霄[4]。朋情借轩豁,客思翻飘飖。眷言泛莲沼,复尔移兰桡[5]。窈窕遵玄浦,逶迤渡危桥。菰蒲水清浅,石竹风萧条[6]。擎荷玉茎润,采菱碧波摇。槐阴宿鸟下,藻动潜鳞跳[7]。何缘对淑景,且幸联高标[8]。因探历城胜,并采康衢谣[9]。念余拙纪述,愿君报琼瑶[10]。

【注释】

此诗出自《半洲稿·东巡稿》。漳源侍御:张漳源,人物生平事迹不详。侍御,唐代称殿中侍御史、监察御史为侍御。后世因沿袭此称。

[1]平居:平日,平素。幽旷:幽深旷远。雅怀:高雅的胸怀。烦嚣:喧扰,嘈杂。[2]云物:景物,景色。[3]岧峣(tiáo yáo):高峻,高耸。[4]开筵:设宴,摆设酒席。琳宇:殿宇

宫观的美称。浩歌：放声高歌，大声歌唱。紫霄：高空。[5]眷言：回顾的样子。言，词尾。莲沼：莲池，莲塘。兰桡(ráo)：小舟的美称。桡，本义船桨，代指小船。[6]菰蒲：菰和蒲，均为水生植物。石竹：多年生草本植物。[7]潜鳞：即鱼。[8]淑景：美景。高标：比喻出类拔萃的人，此处指张漳源侍御。[9]康衢(qú)谣：《列子·仲尼》："尧治天下五十年，不知天下治欤，不治欤；不知亿兆之愿戴己欤，不愿戴己欤……尧乃微服游于康衢，闻儿童谣曰：'立我蒸民，莫非尔极。不识不知，顺帝之则。'尧喜问曰：'谁教尔为此言？'童儿曰：'我闻之大夫。'问大夫，大夫曰：'古诗也。'"后因称歌颂盛世之歌为康衢谣。[10]琼瑶：《诗经·卫风·木瓜》："投我以木桃，报之以琼瑶。"毛传："琼瑶，美玉。"本义为美玉，喻指美好的诗文。

华泉歌赠边尚书一首

（明）黄省曾

君不见，峨峨名山华不注，芙蓉秀出青冥间[1]。霓旌雷毂竟何在，石道空余芝草斑[2]。绿云万古留不散，赤松啸父来登攀[3]。蓬壶方丈去几许，仙人明月吹箫还[4]。银河宛转落此山，素琴日夕鸣潺湲[5]。鸣潺湲，流不已，千年若待边夫子。幽怀不减鹿皮翁，漱酌琼瑶紫霞里[6]。玉醴频餐体骨轻，红泉一咽容颜美[7]。晓嶂常衔鹦鹉杯，春风独泛桃花水[8]。忆自翻飞入帝城，薜萝恍惚千岩清[9]。翠涧劳思照野服，灵波屡梦沾尘缨[10]。迢遥回首山中乐，解道王乔事堪学[11]。笑骑神鲤问沧海，坐听天鸡倚东岳[12]。凤苑犹歌李谪仙，金门尚隐东方朔[13]。

【注释】

此诗出自《五岳山人集》卷十。黄省曾(1496—1546)，字勉之，号五岳山人，吴县(今江苏苏州)人。曾从王守仁游，学诗于李梦阳，长于农业与畜牧。著有《五岳山人集》。边尚书：边贡，号华泉，曾任户部尚书。

[1]峨峨：高高的样子。青冥：形容青苍幽远。指青天。[2]霓旌：缀有五色羽毛的旗帜，为古代帝王仪仗之一。霓旌雷毂：指代当年的齐晋鞌之战。雷毂(gǔ)，隆隆作响的车轮声。芝草：灵芝，菌属，古以为瑞草，服之能成仙。[3]赤松：见李白《古风》注[3]。啸父：古代传说中仙人名。汉刘向《列仙传·啸父》："啸父者，冀州人也。少在西周市上补履数十年，人不知也，后奇其不老……西邑多奉祀之。"[4]蓬壶：即蓬莱。古代传说中的海中仙山。晋王嘉《拾遗记·高辛》："三壶则海中三山也。一曰方壶，则方丈也；二曰蓬壶，则蓬莱也；三曰瀛壶，则瀛洲也。形如壶器。"方丈：见吴当《送李伯微山东廉使赋华不注峰》注[3]。[5]素琴：不加装饰的琴。潺湲(chán yuán)：流水。[6]幽怀：隐藏在内心的情感。鹿皮翁：传说中的仙人名，亦称"鹿皮公"。汉刘向《列仙传·鹿皮公》："鹿皮公者，淄川人也，少为府小吏木工，举手能成器械。岑山上有神泉，人不能至也。小吏白

府君，请木工斤斧三十人，作转轮悬阁，意思横生。数十日，梯道四间成，上其巅，作祠舍，留止其旁。绝其二间以自固，食芝草，饮神泉，且七十年。”紫霞：紫色云霞。道家谓神仙乘紫霞而行。[7]玉醴：甘泉，此指华泉。红泉：红色的泉水。传说汉东方朔小时掘井，陷落地下，有人欲引往采仙草，中隔红泉不得渡，其人以一屐与之，遂泛红泉，至仙草之处，采而食之。见旧题汉郭宪《洞冥记》。后遂以红泉为传说中的仙境景色之一。[8]鹦鹉杯：一种酒杯，用鹦鹉螺制成。桃花水：又称“桃花汛”，即春汛，仲春时冰泮雨积，江河潮水暴涨，又值桃花盛开，故谓之。《汉书·沟洫志》：“来春桃华水盛，必羡溢，有填淤反壤之害。”颜师古注：“《月令》：‘仲春之月，始雨水，桃始华。’盖桃方华时，既有雨水，川谷冰泮，众流猥集，波澜盛长，故谓之桃华水耳。”[9]翻飞：飞舞，飘扬。薜萝（bì luó）：薜荔和女萝，两者皆野生植物，常攀缘于山野林木或屋壁之上。《楚辞·九歌·山鬼》：“若有人兮山之阿，被薜荔兮带女萝。”后借以指隐者、高士的衣服或住所。[10]灵波：河流的美称。《文选·陆机〈招隐〉》诗：“哀音附灵波，颓响赴曾曲。”吕延济注：“言灵者，美之也。”尘缨：比喻尘俗之事。《文选·孔稚珪〈北山移文〉》：“昔闻投簪逸海岸，今见解兰缚尘缨。”李周翰注：“尘缨，世事也。”[11]迢遥（tiáo yáo）：形容时间久长。王乔：唐杜光庭《王氏神仙传》云：“王乔有三人：有王子晋王乔，有叶县令王乔，有食肉芝王乔，皆神仙，同姓名。”此处王乔应指王子晋王乔，为周灵王太子，传说曾经做过柏人县的县令，后来在宣务山修炼成仙，驾鹤升天而去。[12]神鲤：亦称“赤鲤”，传说中仙人所骑。晋干宝《搜神记》卷一：“琴高，赵人也。能鼓琴。为宋康王舍人。行涓彭之术，浮游冀州、涿郡间，二百余年。后辞入涿水中，取龙子。与诸弟子期之曰：‘明日皆洁斋，候于水旁，设祠屋。’果乘赤鲤鱼出，来坐祠中。”天鸡：神话中天上的鸡。南朝梁任昉《述异记》卷下：“东南有桃都山，上有大树，名曰‘桃都’，枝相去三千里。上有天鸡，日初出，照此木，天鸡则鸣，天下鸡皆随之鸣。”唐李白《梦游天姥吟留别》诗：“半壁见海日，空中闻天鸡。”[13]凤苑：皇家园林。李谪仙：李白。金门：即金马门，汉代宫门名，学士待诏之处。《史记·滑稽列传》：“金马门者，宦〔者〕署门也。门傍有铜马，故谓之曰‘金马门’。”东方朔：字曼倩，西汉平原厌次（今山东惠民县）人。汉武帝时为太中大夫，为人诙谐滑稽，善辞赋。《史记·滑稽列传》：“〔东方朔〕据地歌曰：‘陆沈于俗，避世金马门。宫殿中可以避世全身，何必深山之中，蒿庐之下。’”唐李白《玉壶吟》：“世人不识东方朔，大隐金门是谪仙。”

望华不注峰

（明）蔡　叆

山势到此尽，突然出一峰[1]。空蒙弄烟雾，苍翠削芙蓉[2]。似有擎天意，还思造化工[3]。迁人爱奇观，终日豁吟悰[4]。

【注释】

此诗出自《汶滨蔡先生文集》卷七。蔡叆（1496—1567），字天章，号汶滨，河北宁晋人。曾任监察御史，巡按河南。著有《汶滨集》。

[1]济南诸山为泰山余脉，故云“山势到此尽”。[2]空蒙：迷茫、缥缈的样子。苍翠：青绿。唐李白《古风》：“兹山何峻秀，绿翠如芙蓉。”[3]擎天：托住天，形容坚强高大有力量。造化：自然界的创造者，亦指自然。工：精，巧。[4]迁人：指被贬斥的官吏，此指自己。豁：豁达。悰(cóng)：欢乐。《汉书·广陵王刘胥传》：“何用为乐心所喜，出入无悰为乐亟。”颜师古注引韦昭曰：“悰亦乐也。”

同近山年丈登山

(明)范 瑟

福地标云迥不群，春山邀客醉晴云[1]。烟开峰顶芙蓉出，风送霞觞兰蕙薰[2]。湖水似随孤屿转，洞箫如向九天闻[3]。蓬莱清胜称难到，何得相携挹翠芬[4]。

【注释】

此诗转引自明刘敕《历乘》卷十九。范瑟(1504—1562)，字孔和，号柏峰，山东历城人。曾任翰林编修、南京户部郎中、陕西提刑按察司副使。著有《柏峰集》。近山：即陈辋(zhōu)，号近山，山东历城人，见《同范柏峰登山》诗注释。年丈：犹年伯。科举时代对父亲同年登科者的尊称，明代中叶以后亦用以称与父亲同年的伯叔，后用以泛指父辈。

[1]福地：指神仙居住之处，亦指幸福安乐的地方。道教有七十二福地之说。旧时常以称道观寺院。[2]霞觞：犹霞杯，盛满美酒的酒杯。兰蕙：兰和蕙，皆香草。[3]孤屿：孤立的岛屿，此指处在鹊山湖中的华不注山。九天：谓天空最高处。《孙子·形篇》：“善攻者，动于九天之上。”梅尧臣注：“九天，言高不可测。”[4]清胜：清雅优美。挹(yì)：吸取。

华不注晴望

(明)许邦才

扬紫芙蓉第一枝，层云吞吐弄奇姿[1]。斜阳倒影明湖处，还似当年三匝时[2]。

西岳莲峰谁擘开，浮岚滴翠远飞来[3]。还如画出明湖上，螺髻朝朝对镜台[4]。

【注释】

此诗转引自《古今图书集成·方舆汇编·山川典·华不注山部》卷二三，署作者名为李攀龙，但其中第一首诗亦被收入明刘敕《历乘》卷十九，署作者名为许邦才。查李攀龙《沧溟集》，此两诗均未收录，暂录于此。许邦才（1514—1581），字殿卿，号空石，山东历城人。“明代历下四诗人”之一。曾任赵州知州、济南德王府右长史，人多以官职称其许长史或许右史。著有《瞻泰楼集》。

[1]吞吐：吞进和吐出，比喻出纳、隐现、聚散等变化。[2]三匝：三周。《左传·成公二年》：“齐师败绩。逐之，三周华不注。”[3]此两句诗是说，华不注山来自西岳华山。晋干宝《搜神记》卷十三：“二华之山，本一山也。当河，河水过之而曲行。河神巨灵以手擘开其上，以其足蹈离其下，中分为两，以利河流。”擘（bò）：分开。浮岚滴翠：来自元郝经《华不注行》“君山浮岚洞庭晚，小孤滴翠清江秋”诗句。[4]此两句诗以螺髻喻华不注山，以镜台喻大明湖。螺髻：螺壳状的发髻，比喻耸起如髻的峰峦。镜台：上面装着镜子的梳妆台。

与转运诸公登华不注绝顶

（明）李攀龙

中天紫气抱香炉，复道金舆落帝都[1]。二水遥分清渚下，一峰深注白云孤[2]。岱宗风雨通来往，海色楼台入有无[3]。不是登高能赋客，谁堪洒洒向平芜[4]？

【注释】

此诗出自《沧溟集》卷九。李攀龙（1514—1570），字于鳞，号沧溟，山东历城人。明代“后七子”之首。曾在家乡筑白雪楼，隐居高卧。曾任河南按察使。著有《沧溟集》。转运：转运使。明代沿海诸省设有都转盐运使，专门管理盐务。绝顶：山之最高峰。

[1]第一句化用唐李白《望庐山瀑布》诗“日照香炉生紫烟”之意境。中天：犹参天。紫气：紫色云气。抱：环绕。香炉：喻华不注山峰顶。金舆：华不注山又名金舆山。帝都：神话中天帝所居之处。[2]二水：这里指东西泺水。清渚：这里指大明湖岸边。一峰：这里指华不注山。[3]海色：海面呈现的景色。[4]登高能赋客：此指转运诸公等官员。《汉书·艺文志》：“登高能赋，可以为大夫。”平芜：草木丛生的平旷原野。

登华不注山送公瑕

（明）李攀龙

鸿雁高飞木叶丹，逍遥台上一凭阑[1]。浮云不动孤峰起，落日长临二水寒。多病故人书未达，中原秋色醉相看[2]。预愁匹练江南道，极目吴门驻马难[3]。

【注释】

此诗出自《沧溟集》卷十。公瑕：周天球（1514—1595），字公瑕，号幻海，江苏太仓人，书画家。

[1]木叶：树叶。《楚辞·九歌·湘夫人》："袅袅兮秋风，洞庭波兮木叶下。"凭阑：亦作"凭栏"，身倚栏杆。[2]此句化用孟浩然《岁暮归南山》"多病故人疏"和杜甫《月夜忆舍弟》"寄书长不达"的诗意。[3]此句化用李白《赠武十七谔》"马如一匹练，明日过吴门"的诗意，因李白诗言"明日"，故本诗用"预愁"。匹练：白绢，常以形容奔驰的白马、光气、瀑布、水面、云雾等，此处形容白马奔驰。吴门：指苏州或苏州一带，为春秋吴国故地，故称。周公瑕为苏州太仓人，故有此语。

和答殿卿冬日招饮田间二首

（明）李攀龙

（其二）

白云湖上北风寒，茅屋萧条两鹖冠[1]。我自能怜华不注，推窗君试雪中看[2]。

【注释】

此诗出自《沧溟集》卷十二。殿卿：即许邦才，字殿卿。

[1]白云湖：湖名，在章丘。"白云晚棹"为"章丘八景"之一。鹖（hé）冠：以鹖羽为饰之冠，指隐士之冠。《文选·刘孝标〈辩命论〉》："至于鹖冠瓮牖，必以悬天有期。"李善注："《七略》：鹖冠子者，盖楚人也，常居深山，以鹖为冠，故曰鹖冠。"李攀龙归隐，许邦才曾闲居在家，故称两鹖冠。[2]怜：爱。

秋日同诸公泛舟出东郭门览华不注山二首

（明）吴维岳

济水流出郭，持杯溯岸花。连冈回紫障，一柱矗青霞。岱麓仙人路，华池玉女家[1]。由来表东海，故儗驻浮楂[2]。

马上飞心夊，同嗟柱杖迟[3]。孤峰拔地起，乱石簇云危。翠拥鳌簪湿，青□雉堞披。自宜淹盼赏，非忘入城时。

【注释】

此诗出自《天目山斋岁编》卷二一。吴维岳（1514—1569），字峻伯，号霁寰，浙江安吉人。曾任山东按察副使、山东学政。著有《天目山斋岁编》。

[1]华池：神话传说中的池名，在昆仑山上。[2]儗（nǐ）：准备，打算。浮楂（chá）：即"浮槎"。传说中来往于海上和天河的木筏。[3]夊（zhǐ）：从后送到。

同诸公泛舟出北郭门览华不注山二首

（明）蔡汝楠

朝朝窗里见，不及此停桡[1]。形扳青郊出，标回赤日高。湖涵浮印鹊，海望驾山鳌[2]。指点齐州胜，凌风兴转豪。

摇艇逐溪回，登崖拥翠来。凭高东省客，怀古北山台。水练三秋净，峰莲一柱开。云中君不见，甲观但蒿莱[3]。

【注释】

此诗出自《自知堂集》卷三。蔡汝楠（1514—1565），字子木，号白石，浙江德清人。曾任德州知府、兵部侍郎。著有《自知堂集》。诗题"华不注山"原作"华不山注"，已改。

[1]桡：小船。[2]驾山鳌：即"戴山鳌"。传说古代渤海之东有岱舆、员峤、方壶、瀛洲、蓬莱五座仙山，随潮往来，漂流不定。天帝恐其流于西极，使巨鳌十五举首而戴之，始峙而不动。其后龙伯之国有巨人，一举钓去六鳌，于是岱舆、员峤二山流于北极，沉于大海。见《列子·汤问》。[3]甲观：汉代楼观名，为皇太子所居，犹言第一观。蒿莱：野草，杂草，代指草野。

行经华不注山

（明）蔡汝楠

昔贤力攀华不注，为爱孤标凌太清[1]。我待秋晴追胜躅，神仙楼阙望中明。

【注释】

此诗出自《自知堂集》卷七。

[1]太清：天空。

游华不注峰省吾宪长首倡次韵

（明）亢思谦

朊朊原田接远空，孤峰突兀独巃嵸[1]。平临象纬疑尘外，俯瞰湖光落镜中[2]。遂有灵源移渤澥，漫将长啸动玄窿[3]。乘风欲访飞仙去，绛节高居碧海东[4]。

【注释】

此诗出自《慎修堂集》卷二。亢思谦(1515—1580),字子益,号水阳,山西临汾人。曾任山东右布政使。著有《慎修堂集》。宪长:古代中央监察机关的首长,如秦汉以来御史台中的御史大夫、御史中丞,明清都察院的都御史,亦可指各省按察使司的长官。据亢思谦《游华不注峰记》文"约司农南海黄公可大,宪长丰城雷公逵,宪副上党李公敏德、安成刘公佃,阃帅仁和周君鳌、淮阴刘君焕往游焉"和雷逵《水阳藩伯招饮华不注》诗的韵脚,可推断此处的宪长即为山东按察使雷逵。首倡:同"首唱",谓成诗在先。次韵:依次用所和诗中的韵作诗,也称步韵。

[1]膴膴(wǔ):膏腴,肥沃。原田:原野上的田地。巃嵸(lóng zōng):山势高峻的样子。[2]象纬:象数谶纬。亦指星象经纬,谓日月五星。[3]句后原注:"峰上有泉颇甘,一羽士闭户诵经。"羽士,道士的别称。灵源:指隐者所居、远离尘世之地。渤澥(xiè):渤海。[4]飞仙:会飞的仙人。绛节:传说中上帝或仙君的一种仪仗。碧海:传说中的海名。《海内十洲记》:"扶桑在东海之东岸。岸直,陆行登岸一万里,东复有碧海。海广狭浩汗,与东海等。水既不咸苦,正作碧色,甘香味美。"

风寒济南道中,兀坐肩舆不能开卷,因即事戏作俳体六言解闷,数之政得三十首,当唤白家老婢读之耳

(明)王世贞

(其十六)

华不注何崎嵚,青天削立峰岑[1]。寄语三周铁骑,其如一杖登临[2]。

【注释】

此诗出自《弇州四部稿》卷四六。王世贞(1526—1590),字符美,号凤洲,又号弇州山人,直隶太仓(今江苏太仓)人。明代"后七子"之一。曾任山东按察司副使、南京刑部尚书。著有《弇州山人四部稿》。兀坐:独自端坐。肩舆:轿子。俳(pái)体:即俳谐体,旧时诗文中内容诙谐的游戏之作。政:通"正"。正好,恰好。白家老婢:引白居易作诗老妪能解的典故,出自宋释惠洪《冷斋夜话》卷一:"白乐天每作诗,令一老妪解之。问曰解否,妪曰解,则录之;不解,则易之。故唐末之诗,近于鄙俚。"

[1]崎嵚(qīn):形容山路险阻不平。削立:陡峭壁立。峰岑:山顶。[2]寄语:传话,转告。其如:怎奈,无奈。

侨居大明湖畔望华不注有怀

（明）于慎思

鹊华秋光不可攀，小亭常日濯潺湲[1]。池边画阁悬妆镜，城上高峰拥翠鬟。荷老霜前闻郭索，树藏云里度间关[2]。何缘醉蓦湖南路，遍写烟岚未肯还。

【注释】

此诗出自《庞眉生集》卷六。于慎思（1531—1588），字无妄，号航隐，又号庞眉生，山东东阿县东阿镇（今山东平阴）人。于慎行之仲兄，太学生。著有《庞眉生集》。

[1]潺湲：流水。[2]郭索：螃蟹爬行时的声音。

登华不注山次韵呈同游诸子

（明）范　谦

绝巘岧峣岂易穷，层岩逼侧径微通[1]。侵衣葱蒨疑沾雨，举袂翩翻欲御风[2]。排闼千山俱拱北，萦阑一水自流东[3]。凭君细问无生话，对境须知万象空。

【注释】

此诗出自《双柏堂集》卷六。范谦（1534—1597），字汝益，号含虚，谥号文恪，江西丰城人。曾任山东学政、山东右布政、礼部尚书。著有《双柏堂集》。

[1]绝巘（yǎn）：极高的山峰。逼侧（zè）：即"逼仄"，犹狭窄。[2]葱蒨（qiàn）：草木青翠茂盛的样子。[3]排闼（tà）：推门，撞开门。

登华不注待恒叔不至，时以巡历荒政，书致酒赀，讯余医无闾行色，自言渴病，更订五台、蓬莱阁约

（明）王灵岳

画熊不见来高车，天末忽飞双鲤鱼[1]。怀人独立华不注，饷客却讯医无闾[2]。总道啼饥急长孺，谁知病得愁相如[3]。蓬莱海市五台雪，相期早晚褰霞裾[4]。

【注释】

此诗出自《岳色编》卷上。王灵岳(1535—1599),初名光胤,字叔承,既以字行,更字承父,复字子幻,更名灵岳,号昆仑山人、憨憨人、梦虚道人,江苏吴江人。著有《壮游编》《岳色编》等。《岳色编》为王灵岳60岁时,应蓟辽总督顾养谦之请,自吴越间赴顾氏任所,途中登临泰山、五台山等吟咏之作。巡历:巡行视察。荒政:赈济饥荒的政令或措施。赀:通"资"。货物,钱财。医无闾:即医无闾山,"五岳四镇"之北镇,在辽宁省北镇县西,人呼为广宁山,主峰名望海山,为阴山山脉分支。行色:行旅。渴病:即消渴病,包括糖尿病、尿崩症等。口渴,善饥,尿多,消瘦。《史记·司马相如列传》:"相如口吃而善著书,常有消渴疾。"唐罗隐《听琴》诗:"不知一盏临邛酒,救得相如渴病无?"

[1]画熊:汉制,公与列侯之车轼画熊为饰,后因以"画熊"为咏公卿及地方长官之典。高车:高大的车,贵显者所乘,亦借指贵显者。天末:天的尽头,指极远的地方。双鲤鱼:一底一盖,把书信夹在里面的鱼形木板,常指代书信。一说是结为鲤鱼形的书信。[2]饷客:以食物款待客人。[3]啼饥:因饥饿而号哭。长孺:似指汉韩安国,字长孺。长孺雄才大力,汉武帝刘彻十分欣赏他的才能,以其为国器,意为能施政于国,堪当大任。[4]褰(qiān):撩起,用手提起。霞裾:犹霞衣,指仙人的衣裾,此指作者有隐逸之念想。

题华不注峰顶

(明)王灵岳

片石撑空历涧涛,晋兵鲁此阵云高[1]。齐宫一笑偶成泣,千古犹传躃□豪[2]。

【注释】

此诗出自《岳色编》卷上。

[1]片石:孤石,一块石头。[2]躃(bì):足不能行,此指晋军主帅郤克,有足疾。

华峰下沿清渠抵济城西郭

(明)王灵岳

孤峰青削玉,飞涧响琳琅[1]。锦壁桃舒绛,金畦菜吐黄。女群花底出,马队柳边藏。山水清相际,依微入故乡[2]。

【注释】

此诗出自《岳色编》卷上。清渠:指小清河。

[1]琳琅:泛指清脆美妙的声音。[2]依微:隐约。

登华不注绝顶

（明）于慎行

齐都多名山，兹山独邈绝[1]。中峰带湖水，华顶留寒雪。一枝玉芙蓉，翠黛若可掇[2]。我来凌青冥，倚啸紫云裂[3]。岚气互氤氲，波光半明灭[4]。平野碧烟浮，长堤春树没[5]。流览望扶桑，欲见蓬莱阙[6]。云间逢真人，举手问宝诀[7]。泠然紫芝想，了与红尘别[8]。佳游难再得，梦想何可辍[9]。

【注释】

此诗出自《谷城山馆诗集》卷三。于慎行（1545—1608），字可远，又字无垢，山东东阿县东阿镇（今山东平阴）人。曾任万历皇帝日讲官、礼部尚书、东阁大学士。著有《谷城山馆文集》《谷城山馆诗集》。

[1]邈绝：遥远，高远。[2]翠黛：黑绿色。[3]青冥：青苍幽远的山岭，此指华不注山。紫云：紫色云，古以为祥瑞之兆。[4]岚气：山中雾气。氤氲（yīn yūn）：烟云弥漫的样子。明灭：谓忽明忽暗。[5]碧烟：青色的烟雾。[6]流览：周流观览。扶桑：神话中的树名。传说日出于扶桑之下，拂其树杪而升，因谓为日出处。蓬莱：蓬莱山，古代传说中的神山名，亦常泛指仙境。[7]宝诀：道教修炼的秘诀。[8]泠（líng）然：轻妙的样子。紫芝：真菌的一种，也称木芝，似灵芝，可入药，性温味甘，能益精气，坚筋骨。古人以为瑞草，道教以为仙草。红尘：佛教、道教等称人世为“红尘”。[9]辍（chuò）：中途停止，中断。

同游次黄大中丞韵

（明）严一鹏

寂寂山深花事微，携尊选胜倚斜晖[1]。危峰崒嵂形如坠，怪石参差势欲飞[2]。已庆桑麻沾雨泽，还教狐鼠避霜威[3]。登临不尽探奇兴，日暮兰桡醉月归[4]。

【注释】

此诗转引自明刘敕《历乘》卷十九。严一鹏（1549—1639），字化卿，号云岑，江苏无锡人。曾任御史、刑部左侍郎。著有《二知轩诗稿》。黄大中丞：即黄克缵，时任山东巡抚，与严一鹏同游华不注山，有《同严侍御登华不注峰》诗。中丞，明清时对巡抚的称呼。

[1]花事：关于花的情事。春季百花盛开，故多指游春看花等事。尊：酒器。选胜：寻

游名胜之地。[2]危峰:高峻的山峰。崒嵂(zú lǜ):高峻的样子。[3]雨泽:雨水。狐鼠:城狐社鼠,喻小人,坏人。霜威:严威。[4]兰桡:小舟的美称。

同严侍御登华不注峰

(明)黄克缵

一径迢迢上翠微,洞门阴处憩斜晖[1]。孤高欲竞南山耸,窈窕如含细雨飞[2]。载酒峰头酣野色,行春郭外霁霜威[3]。琳宫下瞰平湖水,醉泛兰舟待月归[4]。

【注释】

此诗出自《数马集》卷十五。黄克缵(1550—1634),字绍夫,号钟梅,福建晋江(今福建石狮)人。曾任山东巡抚、右副都御史、兵部尚书、刑部尚书、工部尚书等,民间称其为黄五部。著有《数马集》。严侍御:即严一鹏。时任御史,与黄克缵同游华不注,有《同游次黄大中丞韵》唱和诗。

[1]迢迢:道路遥远的样子。翠微:指青翠掩映的山腰幽深处,亦泛指青山。《尔雅·释山》:"未及上,翠微。"郝懿行义疏:"翠微者……盖未及山顶孱颜之间,葱郁葐蒀,望之谸谸青翠,气如微也。"斜晖:指傍晚西斜的阳光。[2]窈窕:娴静美好的样子。[3]霁霜威:即"霁威"。收敛威怒之貌而呈和悦之色。霜威,寒霜肃杀的威力,比喻人的气度严肃而威重。[4]琳宫:仙宫,亦为道观、殿堂之美称,此处可能指华不注山山顶的真武庙或山半腰的吕祖祠等。兰舟:木兰舟,亦为小舟的美称。

华不注

(明)张鹤鸣

环山尽隐伏,兹山独分明。平野突奇云,飞翠凌太清。越女调《竹枝》,灵剑飞济北。千年化为石,壁立泰山侧。仙人铺瑶草,绿岑迥超忽[1]。仙娥浣琼裾,玉液成石骨[2]。幽涧发紫烟,远映赤城霞。华泉俯碧溪,泛泛武陵花[3]。我来叩石壁,金床无觅处[4]。欲往少羽翰,白鹤盘不去[5]。

【注释】

此诗出自《芦花湄集》卷二一。张鹤鸣(1551—1635),字元平,号凤皋,安徽颍州(今安徽阜阳)人。曾任山东历城知县、兵部尚书。著有《芦花湄集》。

[1]瑶草:传说中的香草。超忽:遥远的样子。[2]仙娥:仙女。琼裾:美好的衣服。石骨:坚硬的岩石。[3]武陵:即晋陶潜《桃花源记》所载武陵源故事,借指避世隐居的地方。[4]金床:尊者所坐的交椅,亦指华美的床。[5]羽翰:翅膀。

登华不注绝顶

（明）张鹤鸣

不省华不注，曾见魏伯阳[1]。云是天柱折，一片济水央[2]。玉女把芙蓉，容与绿绡妆。一枝落石上，能令石竞芳。苔生绿剥文，霞留金缕光。峭壁插天青汉长，彩翠嶙峋日月傍[3]。青龙白鹿知何往？华泉血石空渺茫。我来摄衣上石梁，北风寒吹薜荔裳。俄闻天座按方向，坐久仿佛闻天香[4]。又见景阳湖雁翔，白云南飞我心伤，山川绵邈遥相望[5]。

【注释】

此诗出自《芦花湄集》卷二五。

[1]魏伯阳：即魏翱，字伯阳，会稽上虞（今浙江绍兴上虞区）人，东汉桓帝时期炼丹理论家。性好道术，不肯仕宦，闲居养性，曾率弟子入上虞凤鸣山凤鸣洞炼丹服食。著有《周易参同契》。[2]折：原文作“拆”，编者改。[3]青汉：天汉，高空。[4]天香：芳香的美称。[5]绵邈：辽远。

深秋同王鹤松、韩万里二司农登华不注绝顶玩月

（明）张鹤鸣

鹊华高并此山奇，有客同登觅紫芝[1]。海岱飞霜明玉磴，青齐寒月堕金卮[2]。酒酣欲借藤萝卧，天际长吟绮皓诗[3]。万里秋风吹衣带，仙郎鸣珮正陆离[4]。

秋尽登山山色苍，巉岩千丈倚斜阳。孤亭迥出青天近，清磬声遥碧汉长。绝嶂忽通云外路，高空一片月如霜。酒酣欲逐赤松去，踏碎蓉芙不是狂[5]。

【注释】

此诗出自《芦花湄集》卷二六。司农：官名。汉始置，掌钱谷之事。明清时期指户部官员。

[1]紫芝：真菌的一种，也称木芝，似灵芝。菌盖半圆形，上面赤褐色，有光泽及云纹；下面淡黄色，有细孔；菌柄长，有光泽。生于山地枯树根上。可入药，性温味甘，能益精气，坚筋骨。古人以为瑞草，道教以为仙草。[2]金卮（zhī）：金制酒器，亦为酒器之美称。

[3]绮皓：即绮里季，汉初隐士，商山四皓之一，泛指隐士。《文选·江淹〈杂体诗·效孙绰“杂述”〉》：“领略归一致，南山有绮皓。”张铣注：“绮，绮里季。皓，老人貌。”[4]仙郎：年轻的男仙人。陆离：光彩绚丽的样子。[5]蓉芙：“芙蓉”的倒写。

宿华阳宫

（明）张鹤鸣

鸡犬烟寒羽客家，仙祠开遍野藤花[1]。华泉夜冷汲明月，岱岳晴看服晓霞。几处宿云出涧谷，百年水国尽桑麻[2]。白羊芳草春妆媚，门外绿湖十里沙。

【注释】

此诗出自《芦花湄集》卷二六。

[1]羽客：指神仙或方士。[2]水国：犹水乡。

济南大明湖十首

（明）张鹤鸣

（其二）

点点青螺华不注，团团飞镜大明湖[1]。相传玉女梳妆处，济上于今有画图[2]。

【注释】

此诗出自《芦花湄集》卷二八。

[1]点点：一点点，形容小或少。青螺：喻青山。唐刘禹锡《望洞庭》诗：“遥望洞庭山水翠，白银盘里一青螺。”团团：圆的样子。飞镜：比喻明月。[2]玉女：仙女。

登华不注山呈同游诸君子

（明）李化龙

耸翠拖蓝望未穷，穿崖扪磴路才通[1]。单椒昼锁重重雾，绝巘晴分面面风。十里湖光天上下，四围山色树西东。与君共结无生约，日日峰头礼太空。

【注释】

此诗出自《李于田诗集》卷七。李化龙（1554—1611），字于田，河南长垣人。曾任山东按察司提学副使、兵部尚书。著有《李于田诗集》。

[1]拖蓝：倒映水中，似蓝色绸带。

春仲游山未果，饮桃花园醉赋

（明）刘　敕

小清河畔草棼棼，选伎寻幽日欲曛[1]。胜地皆堪供绿醑，青山何用妒红裙[2]。醉眠半衬桃花瓣，归去全携洞口云。不必凭高频四顾，壶中春色已平分[3]。

【注释】

此诗转引自《历乘》卷十九。刘敕（1560—1639），字君授，山东历城人。曾任陕西富平知县。著有《历乘》，为《历城县志》中最早的刻本。春仲：仲春，在夏历二月。

[1]棼棼（fén）：众多的样子。曛：昏暗。[2]胜地：名胜之地。绿醑（xǔ）：绿色美酒。红裙：指美女，前有“选伎”。[3]凭高：登临高处。

华不注

（明）刘　敕

乱石堆云立，孤峰入碧天[1]。杯浮银汉水，袖挽海门烟[2]。帆影清流外，湖光落照边[3]。好乘白鹿去，蓬岛觅群仙[4]。

【注释】

此诗转引自《历乘》卷十九。

[1]堆云：形容云密集而盛多。[2]银汉：天河，银河。海门：海口，内河通海之处。小清河、大清河皆从华不注山旁宛转入海。[3]落照：夕阳的余晖。[4]白鹿：见李白《古风》注[4]。蓬岛：见郝经《华不注行》注[7]。

同钱、沈二子登华不注

（明）沈朝焕

秋空缥渺挂芙蓉，势压三齐埒岱宗[1]。花满舜田清渚断，山藏晋垒白云封。故人风雨他乡集，才子登临异代逢。便欲凌虚探海峤，仙人赤石问遗踪[2]。

【注释】

此诗出自《沈伯含集》卷五。沈朝焕（1562—1616），字伯含，浙江仁和（今浙江杭州余杭区)人。曾典试山东,任福建参政。著有《沈伯含集》。

[1]埒(liè):等同,比并。[2]海峤:海边山岭。

九日同济南诸君登华不注四首

(明)谢肇淛

万壑秋声正夕曛,水田惊起白鸥群[1]。孤峰忽向平芜出,空翠遥从碧落分[2]。天际乱山皆绕郭,洞前怪石半栖云。不堪作客逢摇落,断雁清猿处处闻[3]。

鸟道千盘载酒过,坐来秋色散关河[4]。庙经火后黄冠少,天近霜前白雁多[5]。古洞有碑深落叶,乱岩无路入垂萝。登高作赋寻常事,且向清尊一醉歌[6]。

剑戟锋攒不可登,风高木落暮寒凝[7]。云蟠绝壁青如染,路入阴崖势欲崩[8]。曲磴嵚岈无度鸟,荒祠寂莫有悬灯[9]。探奇尽日忘归去,醉枕寒流石上藤。

芙蓉峰畔泻寒泉,传是孤臣饮马年[10]。洞壑已无前甲子,牧童犹指旧山川。霸图寂历随秋草,城阙萧条锁暮烟[11]。佳节萍踪拚一醉,牛山何用更潸然[12]。

【注释】

此诗出自《小草斋集》卷二一。谢肇淛(zhè)(1567—1624),字在杭,号小草斋主人,晚号山水劳人,福建长乐人。曾任东昌推官、广西右布政使。著有《小草斋集》《五杂俎》。九日:农历九月初九重阳节,各地有登高饮酒习俗。

[1]夕曛:落日的余晖,代指黄昏。[2]碧落:道教语,天空,青天。[3]作客:谓寄居异地。摇落:凋残,零落。《楚辞·九辩》:"悲哉秋之为气也!萧瑟兮草木摇落而变衰。"[4]鸟道:险峻狭窄的山路。[5]黄冠:道士之冠,亦借指道士。[6]清尊:亦作"清樽"。酒器,亦借指清酒。[7]木落:树叶凋落。[8]阴崖:背阳的山崖。[9]嵚岈(hān xiā):山深谷空的样子。寂莫:同"寂寞",沉寂,无声。[10]芙蓉峰:此指华不注山。寒泉:此指山下的华泉。孤臣饮马:指齐晋鞌之战中,逢丑父使齐顷公如华泉取水事。[11]寂历:凋零疏落。[12]萍踪:浮萍的踪迹,常比喻行踪漂泊无定。牛山:山名,在今山东淄博市。春秋时齐景公泣牛山,即其地。《晏子春秋·谏上十七》:"景公游于牛山,北临其国城而流涕曰:'若何滂滂去此而死乎?'"后以"牛山叹""牛山泪""牛山悲""牛山下涕"喻因人生短暂而悲叹。潸(shān)然:流泪的样子,亦谓流泪。

望华不注

（明）公　鼒

谁把青莲花，半空插晴昊[1]。日射琉璃殷，云开苍翠扫。根与天孙连，势压徂徕倒[2]。四顾惟平原，峰纹靡不好。俯视齐州昏，林烟曳如缟。云胡求仙人，逴往上蓬岛。所以太白翁，欲向此中老。余亦斯人徒，探奇事幽讨。恨兹尘鞅牵，何时拾瑶草[3]。

【注释】

此诗出自《浮来先生诗集》卷一。公鼒（zī）（1569—1619），字敬与，号浮来，山东蒙阴人。曾任工部主事，提督浙杭关务。著有《浮来先生诗集》。

[1]晴昊：晴空。[2]天孙：泰山的别名。晋张华《博物志》卷一："泰山一曰天孙，言为天帝孙也，主召人魂。"[3]尘鞅：世俗事务的束缚。鞅，套在马颈上的皮带。瑶草：传说中的香草。汉东方朔《与友人书》："相期拾瑶草，吞日月之光华，共轻举耳。"

无　题

（明）冯梦龙

绕山戈甲密如林，绣甲君王险被擒[1]。千尺华泉源不竭，不如丑父计谋深。

【注释】

此诗出自《东周列国志》第五十六回。冯梦龙（1574—1646），字犹龙，耳犹、子犹，号龙子犹、茂苑外史、顾曲散人、姑苏词奴、平平阁主人等，江苏苏州人。崇祯年间贡生，曾任福建寿宁知县。编选《喻世明言》《警世通言》《醒世恒言》。此诗在文中假托为潜渊居士所作，原诗无题目。

[1]戈甲：戈和铠甲，泛指武器装备，亦可指军队。

历下十咏

（明）杨梦衮

华不注

一峰拔地起，斗削何奇绝。鸟道细穿云，龙湫寒喷雪[1]。彩毫插帝座，雄剑倚天阙[2]。中有餐霞人，吾将问真诀[3]。

【注释】

此诗出自《岱宗藏稿》卷二。杨梦衮(gǔn)(1577—1632),字岱宗,一字龙光,自号长白山樵,山东高青人。曾任兵部给事中、太仆卿、加工部尚书衔。著有《岱宗藏稿》。

[1]鸟道:险峻狭窄的山路。龙湫(qiū):上有悬瀑下有深潭谓之龙湫。[2]彩毫:画笔,彩笔。[3]餐霞人:得道成仙的人。真诀:妙法,秘诀。

登华不注绝顶

(明)杨梦衮

岧峣飞磴接鸿蒙,身在丹霄眼界空[1]。拔地孤峰奇似削,倚天长剑势争雄。芙蓉秀夺仙人掌,薜荔清含大国风。安得惊人如谢眺,携诗搔首问天公[2]。

【注释】

此诗出自《岱宗藏稿》卷五。

[1]岧峣:高峻,高耸。丹霄:谓绚丽的天空。[2]天公:天。以天拟人,故称。

华不注

(明)王象春

单椒桀立虎牙悬,锁尽狂奔七十泉[1]。怪得仙人赤松子,犹将鹿借李青莲[2]。

【注释】

此诗出自《齐音》。王象春(1578—1632),原名王象巽,字季木,号虞求,别号峼湖居士,山东新城(今山东桓台)人,清初文学家王士禛从祖。曾任南京吏部考功司郎中。著有《齐音》(亦题《济南百咏》)、《问山亭集》。诗后原注:"在府城东十五里,一名金舆山。《水经》云:'不与浮同,如华浮水上。'故名。又云:'青崖翠发,望同点黛。'李太白诗云:'昔我游齐都,登华不注峰。兹山何峻拔,绿翠如芙蓉。萧飒古仙人,了知是赤松。借予一白鹿,自挟双青龙。含笑凌倒影,欣然愿相从。'太白与华岫并美,正可相当。此外他举,则稍屈吾华矣。"

[1]北魏郦道元《水经注·济水》:"华不注山,单椒秀泽,不连丘陵以自高;虎牙桀立,孤峰特拔以刺天。青崖翠发,望同点黛。"单椒:孤峰。桀立:耸立。虎牙:喻指尖锐的山峰。[2]这两句化用李白《古风》"萧飒古仙人,了知是赤松。借予一白鹿,自挟两青龙"诗意。怪得:难怪。

回车涧

（明）王象春

帷观一笑惹烽烟，郤帅兵车满泺川[1]。逐北三周华不注，至今草树尚连骞[2]。

【注释】

此诗出自《齐音》。诗后原注："涧在城北华山下，盖当日郤克追逐齐侯处也。战鞌而及此，已数十里矣，其愤怒尚如此猛烈，萧同叔子实惟兴戎，当败衄，独无愧耶？至今涧草俱连骞蔓生如旋螺，俗云兵车绕匝所致，亦诞矣。"衄（nǜ），失败。

[1]《左传·宣公十七年》："十七年春，晋侯使郤克征会于齐。齐顷公帷妇人，使观之。郤子登，妇人笑于房。献子怒，出而誓曰：'所不此报，无能涉河。'"鲁宣公十七年（前592）春，晋国派大夫郤克出使齐国，征请齐国参加会盟。因郤克是跛足，其登阶时，齐顷公之母萧同叔子（《穀梁传》作"萧同侄子"）藏在帷帐后观看，发出了笑声。郤克受辱恼怒，发誓报仇，这成为后来齐晋交战的一个重要原因。又据《穀梁传·成公元年》："冬，十月。季孙行父秃，晋郤克眇，卫孙良夫跛，曹公子手偻，同时而聘于齐。齐使秃者御秃者，使眇者御眇者，使跛者御跛者，使偻者御偻者。萧同叔子处台上而笑之，闻于客，客不说而去，相与立胥闾而语，移日不解。齐人有知之者，曰：'齐之患，必自此始矣！'"齐顷公在接见来访使臣时，因各使臣都有残疾，便开了一个大玩笑，安排具有同样残疾的侍者来迎接引领各使臣，结果惹笑了在台上观看的母亲萧同叔子，为后来的祸患埋下了祸根。帷：以帷遮蔽。烽烟：烽火台报警之烟，借指战争。郤帅：齐晋鞌之战中，郤克担任主帅。泺川：泺水。[2]逐北：追击败兵。连骞（qiān）：这里形容草蔓曲转盘纡。

逢丑父

（明）王象春

贾勇何人枉自雄，残兵风卷各西东[1]。为怜丑父轻生者，石上寒泉好勒功[2]。

【注释】

此诗出自《齐音》。诗后原注："齐晋战于鞌，齐师败绩，三周华不注。逢丑父与公易位，使公如华泉取饮，公逸去。韩厥献丑父，郤子竟免之。"

[1]贾（gǔ）勇：《左传·成公二年》："齐高固入晋师，桀石以投人，禽之而乘其车，系桑本焉。以徇齐垒，曰：'欲勇者贾余余勇。'"杜预注："贾，买也。言己勇有余，欲卖之。"又《隋书·宇文庆传》："从武帝攻河阴……中石乃坠，绝而后苏。帝劳之曰：'卿之余勇，可以贾人也。'"后以贾勇谓鼓足勇气，以余勇可贾谓尚有未用尽的勇力可以使

出来。西东:泛指四方,无定向。[2]寒泉:此指华泉。勒功:把记功文字刻在石上,亦指建立功勋。

历城贵君招游华不注,是日轻阴微雨

(明)凌义渠

孤峰冷插晚秋天,参错阴晴望更妍[1]。独涌笋株青戛戛,小舒莲瓣净娟娟[2]。游情一往争危石,幽感频生触暗泉[3]。醉上小舆归路瞑,高低崖壑看平悬[4]。

【注释】

此诗出自《凌忠介公集》卷二。凌义渠(1591—1644),字骏甫,号茗柯,浙江乌程(今浙江湖州)人。曾任山东右布政使、大理寺卿。著有《凌忠介公集》。

[1]参错:参差交错。妍(yán):美丽,美好。[2]这两句诗用笋株、莲瓣来喻华不注山。戛戛(jiá):独特的样子。娟娟:姿态柔美的样子。[3]游情:犹游兴。危石:高大的岩石。[4]小舆:泛指一般小车,小轿。

华　山

(明)王永积

孤峰仍突兀,杳与白云齐。曲径凭柴梗,空门听鸟栖。僧归迷旧路,客至讶新畦。牧马垂杨下,登高叹鼓鼙[1]。

【注释】

此诗出自《心远堂遗集》卷十六。王永积(1600—1660),字稚实,号蠡湖野叟,江苏无锡人。曾任兵部职方司员外郎。著有《心远堂遗集》。

[1]鼓鼙(pí):古代军中常用的乐器,指大鼓和小鼓,此指齐晋鞌之战。

登华不注有感

(明)阎尔梅

山左文章借尔传,生成霞笔写青天[1]。中岩石上初抽笋,太华峰头未绽莲。云树移归龙洞里,香灯浮出马鞍巅[2]。自经离乱无侪辈,孤立秋空气岸然[3]。

【注释】

此诗出自《白耷山人诗集》卷六下。阎尔梅(1603—1679),字用卿,号古古,又号白伞山人、蹈东和尚,江苏沛县人。曾被史可法聘为幕僚,积极参加抗清活动。著有《白伞山人集》。诗题原注:"华不注山,济南城东北十里。"

[1]山左:指山东省。因在太行山之左(东),故称。[2]龙洞、马鞍(山):均为济南山名。[3]侪(chái)辈:同辈,朋辈。岸然:严正或高傲的样子。

华不注

(明)方　文

历城东北隅,故有华不注。晋师逐齐侯,三周即此处。其山拔地起,四面无依附。孤峰秀插天,娟娟入云雾[1]。我来恣游览,艰险殊不顾。磥砢千万石,上下无一树[2]。远望如芙蓉,菡萏未开露。所以名华不,古人亦善喻。今人罕识字,相呼失其故。赵李乃词宗,如何音亦误[3]。

【注释】

此诗出自《嵞山续集》卷一。方文(1612—1669),字尔止,号嵞山,原名孔文,字尔识,明亡后更名一耒,别号淮西山人、明农、忍冬,安徽桐城人,方大铉长子。明末诸生,入清不仕。著有《嵞山集》。

[1]娟娟:姿态柔美的样子。[2]磥砢(lěi luǒ):众多委积的样子。[3]诗后原注:"'不'音'芙',花跗也,与《诗》'鄂不'之'不'同。今读如字,非。赵子昂诗'云雾润蒸华不注,波涛声震大明湖',李于鳞诗'我自能怜华不注,推窗君试雪中看',则二公亦误矣。况其他乎?"赵李:赵孟頫和李攀龙。赵孟頫字子昂,李攀龙字于鳞。

汶阳道上雨中望华不注

(明)彭孙贻

青霄翠壁削炎氛,一半晴光散夕曛[1]。汶水人烟林杪合,济阴山色雨中分[2]。秋来驿路连黄叶,天际孤城上白云。知是高堂归思早,北风南雁日纷纷[3]。

【注释】

此诗出自《茗斋集》卷一。彭孙贻(1615—1673),字仲谋,一字羿仁,号茗斋,浙江海盐人。明亡后不仕,终身布衣。著有《茗斋集》《流寇志》。

[1]青霄:青天,高空。炎氛:热气,暑气。夕曛:落日的余晖。[2]林杪(miǎo):树梢,林外。[3]高堂:指父母。归思:回归的念头。

秋日历下登华不注峰眺望，有怀于鳞先生

(明)张　丹

华注峰高刺碧空，偶携谢屐向西风[1]。荒祠废驿齐庭外，断角悲笳鲁甸中[2]。济水天开秋叶紫，鲍山云尽夕阳红[3]。怀人白雪楼何处，马首依依药麓东[4]。

【注释】

此诗出自《张秦亭诗集》卷九。张丹(1619—?)，原名纲孙，字祖望，号秦亭，又号竹隐君，入清后，心怀明室，改名丹，浙江钱塘(今浙江杭州)人。“西泠十子”之一。著有《张秦亭诗集》。于鳞：即李攀龙，字于鳞，见《与转运诸公登华不注绝顶》诗内注释。

[1]谢屐：一种前后齿可装卸的木屐。原为南朝宋诗人谢灵运游山时所穿，故称。事见《宋书·谢灵运传》：“寻山陟岭，必造幽峻，岩嶂十重，莫不备尽。登蹑常着木履，上山则去其前齿，下山去其后齿。”[2]悲笳(jiā)：悲凉的笳声。笳，古代军中号角，其声悲壮。[3]鲍山：位于济南城东约15公里处，海拔119米。相传，昔日附近有一座石城，名叫鲍城，是春秋时期齐国大夫鲍叔牙的食邑，山因城得名。[4]白雪楼：1556年，李攀龙辞去陕西按察副使职东归，在历城王舍人庄之东鲍山下建楼，曰白雪楼。李攀龙在《酬李东昌写寄〈白雪楼图〉并序》中记述道：“楼在济南郡东三十里许鲍城，前望太麓，西北眺华不注诸山；大小清河交络其下。左瞰长白、平陵之野，海气所际。每一登临郁为胜观。”旧时“济南十六景”之一的“鲍山白雪”指的便是这座白雪楼。李攀龙晚年在大明湖畔百花洲又建一楼，亦曰白雪楼。依依：形容思慕怀念的心情。药麓(lù)：药山山脚。药山，位于山东省济南市天桥区，海拔125米，因盛产阳起石等多种药材而得名，为济南“齐烟九点”之一。

游华不注山

(明)钱肃润

上华峰，峻拔凌虚空，安得仙人假白鹿，骑到绝顶摩苍穹；下华峰，巖嶔复鯱𩦠，我将倚石招青童，青童不来谁引接[1]。满山确荦尽成行，或为伏虎或群羊[2]。路折回溪还有路，尾行逼仄步难翔。右眺鹊山青几点，拖蓝秀色供驱染；左瞰鲍山云深深，山头出没见黄金[3]。回首华峰一何绮，一枝芙蓉偏扬紫。疑是劈开莲花峰，浮岚滴翠飞过此。

【注释】

此诗出自《十峰诗选二集》卷二。钱肃润(1619—1699)，字季霖，又字础日，号十峰

居士，又自号跛足生，江苏无锡人。诸生，明亡隐居，康熙十八年(1679)辞博学鸿儒荐不就。著有《十峰草堂集》。

[1]假：借。嶔(qīn)：高而峻险。鶂鳸(niè wù)：动摇不安的样子。青童：神话传说中的仙童。引接：延见接待。[2]确荦(luò)：凹凸不平的石头。[3]驱染：谓挥洒笔墨。

望华不注

(明)钱肃润

虎牙桀立郁崔嵬，秀矗芙蓉望里开。突出一峰参泰岱，卓如小岛植蓬莱[1]。赤松安得常栖住，白鹿何从暂借回。我吊遗忠逢丑父，华泉不见重徘徊。

【注释】

此诗出自《十峰诗选二集》卷四。

[1]泰岱：即泰山。泰山又名岱宗，故称。

华不注峰

(明)潘一桂

众岫嗒然尽，忽吐青芙蓉[1]。发地几千仞，削立寻太空[2]。秀色洒齐鲁，孤青造空蒙。石瘦无乱云，迹迥多劲风[3]。回环究地貌，经纬窥天容[4]。丹井注紫霞，湛碧生不穷[5]。顽烟塞天路，颢气迷仙踪[6]。阶前白云去，倏忽成奇峰。

【注释】

此诗出自《中清堂诗集》卷八。潘一桂(1620—1687)，字无隐，一字木公，江苏吴江人。著有《中清堂诗集》。

[1]嗒(tà)然：形容身心俱遣、物我两忘的神态。[2]削立：陡峭壁立。[3]劲(jìng)风：强劲有力的风。[4]天容：天空的景象，天色。[5]湛碧：泛指青绿之色。[6]颢(hào)气：清新洁白盛大之气。

登华不注山

(明)王　琨

华山五千仞，裁得一峰来。风雨黄河下，芙蓉碧落开[1]。飞云生稪道，御气逼仙台。放眼沧洲外，海光入酒杯。

【注释】

此诗出自《林下吟》卷一。王琨，生平事迹不详，字友玉，济隰人。崇祯年间在世。著有《林下吟》。

[1]碧落：道教语，天空，青天。

山半吕仙祠小饮弈棋

（明）王　琨

晴云缥缈敞飞祠，似与吾师共酒棋。山色一枰清道眼，湖光十里洗仙卮[1]。醉披朝爽千岩醒，着到忘机两字奇。黄鹤高吟谁可和，戏从天半一题诗。

【注释】

此诗出自《林下吟》卷一。

[1]枰（píng）：古代的博局，亦指棋盘，棋局。道眼：佛教语，指能洞察一切、辨别真妄的眼力。

游华不注

（明）叶　份

遥瞻华不注，石气何巃嵸。海日孤峰上，烟花二月中。泉声分洞壑，树色郁祠宫。千载游人意，三周国士风[1]。

【注释】

此诗出自《莲峰先生集》卷二。叶份（？—约1537），字原学，江西婺源人。曾任山东提学副使。著有《莲峰先生集》。

[1]国士：一国中最勇敢、有力量的人。

欲登华不注绝顶不果

（明）叶　份

来依翠微树，欲蹑青云梯。晓雨怯孤嶂，林阴惑故蹊。虎牙标地络，石势入天倪[1]。何日凌风去，长空跨彩霓。

【注释】

此诗出自《莲峰先生集》卷二。

[1]“虎牙”后原注:“山形旧称。”地络:犹地脉,土地的脉络,亦指疆界。天倪:犹天边。

同诸公游华不注,泛舟夜回

(明)叶　份

金舆未上东峰顶,彩鹢重移北渚洲[1]。砧杵夕阳千井暮,蒹葭寒露一湖秋[2]。光沉禾稼黄云卧,暝合山楼紫雾收。游癖谩销狂客兴,梦随孤鹤到南州[3]。

【注释】

此诗出自《莲峰先生集》卷三。

[1]彩鹢(yì):古代常在船头上画鹢,着以彩色,因亦借指船。[2]砧杵:捣衣石和棒槌,亦指捣衣。[3]南州:泛指南方地区。

登华不注山

(明)朱长春

嵖湖东畔华峰好,乘兴登临落日闲[1]。春色野烟劳怅望,白崖危石费跻攀[2]。云封郁郁泰山际,仙阙离离沧海间[3]。万里悲风催欲暮,极南何处是乡关[4]。

【注释】

此诗出自《朱太复文集》卷十七。朱长春,生卒年不详,字太复,浙江乌程人。万历十一年(1583)进士。曾任阳信知县、刑部主事。著有《朱太复文集》。

[1]嵖湖:即鹊山湖。[2]怅望:惆怅地看望或想望。跻(jī)攀:犹攀登。[3]郁郁(fú):隐藏。仙阙:仙宫。离离:隐约的样子。[4]乡关:犹故乡。

登山二绝

(明)刘执中

夕阳欲下更徘徊,遥望南山碧嶂开[1]。村酒一瓢浑不醉,留人山色去还来[2]。

当日三周事若何,那如一醉白云阿[3]。须知世上浮名客,不似山中得趣多[4]。

【注释】

此诗转引自明刘敕《历乘》卷十九。刘执中,生平事迹不详,山东历城人。

[1]碧嶂:如屏障的青绿色山峰。[2]村酒:农家自酿的酒。浑:还,仍旧。[3]阿(ē):山。[4]浮名:虚名。

读书华山山庄

(明)刘朝宗

莫言此地僻,山色净堪餐。万石当因秀,孤峰入座寒[1]。人依清渚醉,书傍石床看。闲到绝巅望,悠然眼界宽[2]。

【注释】

此诗转引自明刘敕《历乘》卷十九。刘朝宗,生平事迹不详,山东历城人。

[1]因:"茵"的本字,席子。[2]绝巅:山顶最高处。眼界:目力所及的范围。

九日同登作

(明)刘　檄

把酒凭高望,秋容澹远空[1]。河山夕照外,城阙暮烟中。鬓插萸花紫,杯浮木叶红[2]。遥看蓬岛近,有意驾长风[3]。

【注释】

此诗转引自明刘敕《历乘》卷十九。刘檄(? —1639),字君征,山东历城人。刘敕胞弟。曾任乐亭知县、邳州知州。九日:农历九月九日,重阳节。

[1]把酒:手执酒杯。谓饮酒。秋容:秋色。澹(dàn):淡薄。[2]这两句诗反映重阳节登高饮酒、鬓插茱萸的习俗。唐王维《九月九日忆山东兄弟》:"遥知兄弟登高处,遍插茱萸少一人。"木叶:树叶。[3]蓬岛:见郝经《华不注行》注[7]。

咏　山

(明)陈　升

嶙峋高峙小清前,直达山根泊画船[1]。半夜遥浮红日动,一峰半与白云连。扪萝倏可凌霄外,载酒还看到斗边[2]。南望群峰无数处,那如孤嶂倚青天[3]。

【注释】

此诗转引自明刘敕《历乘》卷十九。陈升,生卒年不详,字抑吾,河南夏邑人。万历二十九年(1601)进士。曾任历城知县、户部主事。

[1]嶙峋：形容山峰、岩石、建筑物等突兀高耸。画船：装饰华美的游船。[2]扪(mén)萝：攀援葛藤。[3]孤嶂：孤立的高山。

同范柏峰登山

(明)陈　锏

万丈孤峰翠欲流，悬崖侧磴使人愁。闲云去住楼台碍，近日融和草木稠[1]。俯视河隍清曲曲，仰瞻岱岳远悠悠[2]。兴来不觉诸天迥，未是斜阳到上头[3]。

【注释】

此诗转引自明刘敕《历乘》卷十九。陈锏，生卒年不详，号近山，山东历城人。嘉靖五年(1526)进士。曾任陕西临洮知府。传说其有歼虎除妖的仙术。范柏峰：即范瑟，号柏峰，山东历城人，见《同近山年丈登山》诗注释。

[1]去住：去留。融和：和煦，暖和。[2]河隍：亦作"河湟"。黄河与湟水的并称。曲曲：弯曲。[3]诸天：原为佛教语，后泛指天界，天空。

王社望见华山二首

(明)周如锦

苍苍华不注，真是削芙蓉。色觉青天淡，光怜紫气浓。孤标承露掌，远晕夕阳舂[1]。一道云根白，明湖绕玉龙。

一片马头青，寒峰眼易醒。辨疑分太华，尖自失云亭。百里见孤秀，三周忆往经。这回須引避，认取奈山灵。

【注释】

此诗出自《紫霞阁文集》卷一。周如锦，生卒年不详，字叔文，号大东，山东即墨人。万历四年(1576)以选贡做盐运司运判。著有《紫霞阁文集》。

[1]承露掌：汉武帝迷信神仙，于建章宫筑神明台，立铜仙人舒掌捧铜盘承接甘露，冀饮以延年。舂(chōng)：同"舂"。传说中的山名。唐薛能《游嘉州后溪》诗："山屐经过满径踪，隔溪遥见夕阳舂。"《集韵·平钟》："舂，山名，日所入。"

同杜爵斋登山

(明)郑　材

握手乾坤意独亲，褰帷双舄一行春[1]。扣舷欲识桃花路，倚杖翻怜桂树林[2]。

积翠遥浮三岛出，晴光高散五湖匀[3]。年来胜抱登临兴，陶谢风流此日新[4]。

【注释】

此诗转引自明刘敕《历乘》卷十九。郑材，生卒年不详，字思成，号诚轩，河北安肃（今河北徐水）人。万历五年（1577）进士。曾任山东布政使司参议。杜爵斋：人物事迹不详。

[1]褰帷：撩起帷幔。舄（xì）：古代一种以木为复底的鞋，代指脚。[2]扣舷：手击船边，多用为歌吟的节拍。怜：爱。[3]积翠：翠色重叠，形容草木繁茂。三岛：指传说中的蓬莱、方丈、瀛洲三座海上仙山，亦泛指仙境。五湖：所指说法不一，大多包括太湖、洞庭湖、鄱阳湖等。[4]陶谢：晋末南朝宋初诗人陶潜、谢灵运的并称。陶善写田园诗，谢长于山水诗，两人都擅长描写自然景物。风流：流风余韵。

拟古体赋得山东八胜寿抚台钟梅黄老师

（明）胡继先

华不注

历下见奇峰，云是华不注。孤标独插天，诸岫藐难附。如云相勾连，如玉成镕铸。瑞气挂丹崖，犹识青云路。齐侯尘已消，饶有真人趣。凉月引清泉，春风放花树。应知操蛇神，千年为呵护[1]。

【注释】

此诗出自《乐中前集》卷一。胡继先，生卒年不详，字绳武，四川广汉人。万历三十五年（1607）进士。著有《乐中集》。抚台：明清巡抚的别称。钟梅黄老师：指时任山东巡抚黄克缵，号钟梅。具体介绍见黄克缵《同严侍御登华不注峰》一诗的注释。

[1]操蛇神：指山神。《列子·汤问》："操蛇之神闻之，惧其不已也，告之于帝。"

水阳藩伯招饮华不注

（明）雷　逵

怪石峥嵘薄碧空，巨灵何此起巃嵸[1]。三齐城郭湖光里，百代风流眼界中[2]。移坐频斟销野兴，振衣欲上倚穹窿[3]。徘徊忽拟登绝顶，惆怅危梯月色东。

【注释】

此诗转引自明刘敕《历乘》卷十九。雷逵，生卒年不详，字时渐，江西丰城人。嘉靖二十年（1541）进士。曾任山东按察使、山西布政使。水阳藩伯：指亢思谦，号水阳，山西临汾人，曾任山东右布政使。藩伯，明清时指布政使。见《游华不注峰省吾宪长首倡次韵》诗注释。

[1]薄：逼近，靠近。巨灵：神话传说中劈开华山的河神。传说，巨灵神把西岳华山的一个山头搬来济南，形成华不注山。巃嵸：山势高峻的样子。[2]三齐：秦亡，项羽以齐国故地分立齐、胶东、济北三国，皆在今山东东部，后泛称三齐。[3]振衣：抖衣去尘，整衣。穹窿：中间隆起，四周下垂的样子，常用以形容天的形状，这里指天。

游湖望华不注

(明)潘子震

雨霁湖光湛碧天，正堪沽酒上渔船[1]。波间倚棹看山影，树底行厨接水烟[2]。遥想少陵游历下，犹闻太白赋华巅[3]。秋来偏爱林塘好，况对清风明月前[4]。

【注释】

此诗转引自明刘敕《历乘》卷十九。潘子震，生卒年不详，山东历城人。潘子雨弟，潘子霓兄。万历岁贡。曾任莘县训导。

[1]霁：雨止天晴。湛碧：泛指青绿之色。沽酒：买酒。[2]行厨：谓出游时携带酒食，亦谓传送酒食。水烟：水上的烟霭。[3]杜甫(号少陵野老)有《陪李北海宴历下亭》诗，李白(字太白)有《古风》“昔我游齐都，登华不注峰”诗。[4]林塘：树林池塘。

华不注

(清)刘应宾

孤峰自色相，离立芙蓉切[1]。飞来华岳石，一瓣浮水际。四望气如岱，艳流天半丽。明光变现中，开辟推青帝。三匝昔蔽晋，一峦今擅齐。小山众所止，恍惚荡舟鹥[2]。

【注释】

此诗出自《平山堂诗集》卷一。刘应宾(1588—1660)，字元桢，别号思皇，山东沂水人。曾任吏部考功司郎中、通政使。著有《平山堂诗集》。

[1]色相：佛教语，指万物的形貌。离立：并立。[2]舟鹥(yì)：古代常在船头上画鹥鸟，因亦借指船。

登华不注

（清）叶承宗

我爱华不注，兹峰何秀特[1]。奇峦变形势，怪石殊颜色[2]。鸟道荒蔓萦，虫迹积雨泐[3]。悬崖疑无倚，叠嶂如相逼。探奇历岖嵚，转径入幽仄[4]。逡巡履峰脊，攀援摩山肋[5]。凭高发长啸，遇坦得小息[6]。傍瞩嶕峰联，俯瞰清河直[7]。日夕野风发，为我生羽翼。闻有赠鹿翁，求之不可得[8]。徙倚晚烟中，旷怀谁复识[9]？

【注释】

此诗出自《泺函》卷一。叶承宗（1601—1648），字奕绳，号泺湄，山东历城人。曾任临川知县。著有《泺函》《历城县志》。

[1]秀特：优异特出。[2]形势：地理状况，地势。[3]鸟道：险峻狭窄的山路。泐（lè）：石头因风化、遇水而形成的纹理。[4]岖嵚：谓道路险阻不平。[5]逡巡：小心谨慎。山肋：山腰。[6]小息：暂时休息。[7]嶕峰：鹊山。[8]赠鹿翁：指唐李白《古风》诗中的仙人赤松子。“萧飒古仙人，了知是赤松。借予一白鹿，自挟两青龙。”[9]徙倚：犹徘徊，逡巡。旷怀：豁达的襟怀。

遂望华不注

（清）叶承宗

远眺华不注，风光胜已登。孤高如削壁，峭拔不连陵[1]。烟抹新眉黛，云销瘦骨棱。风尘望不极，芳树隐千层[2]。

【注释】

此诗出自《泺函》卷一。

[1]陵：山头。[2]风尘：被风扬起的尘土。极：尽头，终了。芳树：泛指佳木，花木。

望华不注

（清）叶承宗

山以孤为韵，兹山物之尤[1]。岩幽如欲暮，峰瘦最宜秋。倒影落寒水，浮烟罥古丘[2]。凭轩一以眺，兴不减登游。

【注释】

此诗出自《泺函》卷一。

[1]韵：气韵，神韵。尤：最优异的，最突出的。[2]浮烟：飘动的烟气或云雾。罥(juàn)：缠绕。

道上望华不注

(清)叶承宗

道睹华不注，爽气沁诗脾[1]。木落野容静，山臞秋色宜[2]。岚光连远巘，清影下寒漪[3]。是处真堪隐，风尘空尔为[4]。

【注释】

此诗出自《泺函》卷一。

[1]沁：气体、液体等渗入或透出。诗脾：诗思。[2]臞(qú)：瘦。[3]岚光：山间雾气经日光照射而发出的光彩。巘：山。寒漪(yī)：清凉的水波。[4]是：此，这。

济南道中望华不注山

(清)卢　纮

飘忽一峰微，苍茫势欲飞[1]。岩光浮汉去，野色逐云归。目摄应难定，神登未可依[2]。惟闻谪仙子，乘醉及巅巍[3]。

【注释】

此诗出自《四照堂诗集》卷五。卢纮(hóng)(1604—1687)，字符度，号澹岩，湖北蕲州(今湖北黄州)人。曾任新泰县令、东昌知府。著有《四照堂集》。

[1]飘忽：隐约不清。[2]目摄：以严厉的目光使对方慑服，此处意为看。神登：神游。[3]谪仙子：李白。巅巍：高山之顶。

华不注山

(清)王　岱

不注山边历下田，不注山下多名泉[1]。杜陵有诗续不得，辜负苍苍九点烟[2]。

【注释】

此诗出自《了庵诗集》卷十八。王岱(1606—1687)，别号山长，湖南湘潭人。与王渔洋诗名并世。曾任澄海知县。著有《了庵诗集》。诗题原注:“杜甫登此望泰岳。”

[1]名泉:此指华泉。[2]杜陵:指杜甫,自号少陵野老。九点烟:即齐烟九点,源于唐李贺《梦天》诗:“遥望齐州九点烟,一泓海水杯中泻。”诗人想象在天上俯视中国九州,好似九点烟尘漂浮在大海里,而大海也不过是一杯水而已。济南在唐代称为齐州,清历城知县叶圭书借用“齐烟九点”来指称登千佛山北望所看到的若干小山,即匡山、粟山、北马鞍山、药山、标山、凤凰山、鹊山、华山和卧牛山共九座山头。

望华不注

(清)程先贞

侧身东望远徘徊,说是金舆落玉台[1]。众水环流千顷合,孤峰深注一华开[2]。青随春雨浮空下,翠映残阳返照来。眼底堪怜多胜负,三周惯见阵云催[3]。

【注释】

此诗出自《海右陈人集》卷下。程先贞(1607—1673),字正夫,号葸(xǐ)庵,晚年号海右陈人,山东德州人。曾任工部员外郎。著有《海右陈人集》。

[1]金舆:帝王乘坐的车轿。华不注山又名金舆山。玉台:传说中天帝的居处。[2]华:花,此处指华不注山如芙蓉之花。[3]这两句诗是说华不注山矗立在此,早已见惯人类战争的胜负。

丁酉重九后四日同登华不注

(清)堵廷棻

曾从华盖揖浮丘,又向齐烟问九州[1]。地阔平畴千顷暮,云开一萼万山秋[2]。振衣天纵惊人句,吹笠风高吊古游。借鹿呼龙真易事,苍茫海岳望中收[3]。

【注释】

此诗转引自华阳宫碑刻。堵廷棻(1610—?),字伊令,一字芬木,江苏无锡人。曾任历城知县。著有《卫花符》《襟兰词》。重九:指农历九月初九日,又称重阳。据考,此诗当作于顺治丁酉(顺治十四年,1657),一起登游华不注山的有严沆、李世洽、陆朝瑛、施闰章、堵廷棻五位进士。他们在重阳节后四日相约同登华不注山,兴酣之际,以“丁酉重九后四日同登华不注”为题,以“秋”字为韵,由严沆首唱,每人赋诗一首,并且刻成石碑,镶嵌在华阳宫西侧泰山行宫的后墙上。

[1]华盖:帝王或贵官车上的伞盖,可代指高贵者,此处代指周灵王太子王子晋。浮丘:古代传说中的仙人。《文选·谢灵运〈登临海峤与从弟惠连〉》诗:“傥遇浮丘公,长绝子徽音。”李善注引《列仙传》:“王子晋好吹笙,道人浮丘公接以上嵩山。”齐烟:见清王岱

《华不注山》注[2]。[2]萼(è):花萼、萼片的总称,此处指华不注山。[3]借鹿呼龙:唐李白《古风》:"借予一白鹿,自挟两青龙。"海岳:大海和高山。

秋日客济南,游华不注诸名胜,仝贻上、王十一限用"清波收潦日,华林鸣籁初"韵,以志采览

(清)许 珌

(其一)

东宗飞远色,华柎弥孤清[1]。亭亭斜照水,叆叆细通城[2]。齐州烟九点,花萼眼中明。缅惟古仙人,曾骑青龙行[3]。

【注释】

此诗出自《铁堂诗草》卷上。许珌(bì)(1614—1672),字天玉,一字星庭,号铁堂,别号天海山人,福建侯官(今福建福州)人。曾任安定知县。著有《铁堂诗草》。仝贻上、王十一:人物事迹不详。"清波收潦日,华林鸣籁初"为南北朝北齐诗人萧悫(què)《秋思》诗中的句子。

[1]东宗:岱宗,即泰山。华柎(fū):即华不注山。"华柎"即为"华不",花萼。[2]叆叆(ài):云气浓郁盛多的样子。[3]缅惟:遥想。

登华不注

(清)许 珌

表余将凛冬,行镳夹城暖[1]。晨暾浮珠湖,放览众灵展[2]。遥峰撑我前,盘拏带平衍[3]。划天神斧遗,拔地仙经撰。四寓无回迂,寥廓得所遣。飞岚若军兜,丑父事亦典[4]。峿水带其旁,益致烟云阐。翠栝翳笈槭,璃梁敞旒冕[5]。黑质五图阴,雷文杂洞藓。岩脊蟠金鳌,磴道畅丛茧。道宇隔数虹,重门弱萝键。葺衣上高台,环青屹然辨。耽此区中奇,全岳具一脔[6]。抱影凌苍冥,娱心对芳畹[7]。

【注释】

此诗出自《铁堂诗草》卷下。

[1]行镳(biāo):行进的乘骑。镳,马衔。[2]晨暾(tūn):朝阳。[3]盘拏(ná):形容纡曲强劲。平衍:指地势平坦、宽广。[4]丑父事:指齐晋鞌之战中逢丑父代齐顷公受死事。[5]栝(guā):多年生草本植物,爬蔓,果实椭圆形,根和果实均可入药,通称"栝楼"。

翳(yì):遮蔽,隐藏。笈(jí):盛器,多竹、藤编织,常用以放置书籍、衣巾、药物等。椷(jiān):泛指杯、箧等容器。璚(jué):同“玦”。古代环形有缺口的佩玉。旒冕:古代大夫以上的礼冠,顶有延,前有旒。[6]耽:沉迷。一脔(luán):一块切成方形的肉。[7]抱影:守着影子,形容孤独。苍冥:苍天。睍(xiàn):看。

华不注

(清)张惟赤

华山对峙鹊山幽,蹑屐登临此胜游。绝顶层霄窥日月,千年陈迹问春秋。群峰翠霭连东岳,大海烟云隐沃洲。高会自惭无彩笔,少陵诗句至今留[1]。

【注释】

此诗出自《退思轩诗集》。张惟赤(1615—1676),字君常,一字侗孩,号螺浮,浙江海盐人。曾任刑部给事中。著有《退思轩诗集》。

[1]高会:盛大宴会。彩笔:江淹少时,曾梦人授以五色笔,从此文思大进,晚年又梦一个自称郭璞的人索还其笔,自后作诗,再无佳句,后人因以指辞藻富丽的文笔。

望华不注

(清)梅枝凤

历下诸山似平地,忽惊突兀青琅玕[1]。绝巘摩空虎牙立,孤峰倒景鹊湖寒[2]。落日伤心荆棘满,浮云怅望海天宽。是处沧桑堪叹息,何当杖策一盘桓[3]。

【注释】

此诗出自《东渚诗集》卷十一。梅枝凤(1615—1689),字子翔,号东渚,安徽宣城人。诸生。著有《东渚诗集》。

[1]琅玕:似珠玉的美石。[2]绝巘:极高的山峰。倒景:即倒影。[3]杖策:拄杖。盘桓:徘徊,逗留。

午日偕诸同人登华不注

(清)赵作舟

虎牙绝壁一峰头,磴道悬岩石室幽。秀出风云通岱色,孤临烟树隐湖流。三周怀古山空在,千佛凭虚坐可收[1]。俯视齐门车马地,几堪萧艾采真游[2]。

【注释】

此诗出自《文喜堂诗集》卷二。赵作舟(1616—1692),字乘如,号浮山,登州大嵩卫(今山东海阳)人。曾任东平府学正、湖广按察使司佥事。著有《文喜堂诗文集》。

[1]千佛:指千佛山,古称历山。传说舜在历山耕田,又曾名舜山、舜耕山。隋代因佛教盛行,随山势雕刻了数千佛像,故称千佛山。在千佛山上,可以望见华不注山。凭虚:凌空。[2]萧艾:艾蒿,臭草。常用来比喻品质不好的人。采真:道教语,指顺乎天性,放任自然。《庄子·天运》:"古之至人,假道于仁,托宿于义,以游逍遥之虚,食于苟简之田,立于不贷之圃。逍遥,无为也;苟简,易养也;不贷,无出也。古者谓是采真之游。"郭象注:"游而任之,斯真采也。真采则色不伪矣。"成玄英疏:"谓是神采真实而无假伪,逍遥任适而随化遨游也。"后多指求仙修道。

丁酉重九后四日同登华不注

(清)严　沆

孤峰翠巘俯齐州,绝顶风烟万里收[1]。高屐重来扶帽稳,新诗谁与鉴碑留[2]。千盘莲萼丹梯窄,九月黄花碧槛幽[3]。谢客篇成多吊古,樽前陈迹指春秋[4]。

【注释】

此诗转引自华阳宫碑刻。严沆(1617—1678),字子餐,号颢亭,浙江余杭(今浙江杭州)人。"西泠十子"之一。曾任户部侍郎。著有《皋园诗文集》《古秋堂集》。此诗创作情况见清堵廷棻《丁酉重九后四日同登华不注》注释。

[1]翠巘:青翠的山峰。[2]高屐:高底木屐。[3]丹梯:指寻仙访道之路。唐杜甫《赠特进汝阳王》诗:"鸿宝宁全秘,丹梯庶可凌。"邵宝之注:"丹梯,山上升仙之路。"[4]谢客:指南朝宋谢灵运。灵运幼名客儿,故称。

华不注

(清)余　缙

昔人曾封狼居胥,今时犹禅医无闾[1]。名山多在西北徼,唯尔兀兀蹲青齐[2]。泰岱子孙百千族,迢递回环互相簇[3]。秋空一点翠芙蓉,卓荦千寻唯子独[4]。山灵崒嵂有如斯,胡俾晋师三周之[5]。毋乃佞臣鼓其舌,洋洋大国悲丧师。吁嗟免君君获徂,女子辟兵辞且都。命公取泉身则组,逸归幸有锐司徒[6]。吾读《左氏》奇其事,未经历下恒怀思。兹瞻山椒何砢磦,谁能御风若展翅,一望蜃楼暨海市[7]。

【注释】

此诗出自《大观堂文集》卷五。余缙(1617—1689),字仲绅,号浣公,浙江诸暨人。曾任监察御史。著有《大观堂文集》。

[1]封狼居胥:西汉骠骑将军霍去病击败匈奴后,积土为坛于狼居胥山,祭天以告成功。后以“封狼居胥”指建立显赫功绩。医无闾:即医无闾山,“五岳四镇”之北镇。在辽宁省北镇县西,人呼为广宁山,主峰名望海山,为阴山支脉。[2]徼(jiào):边界,边塞。兀兀:高耸的样子。[3]泰岱:即泰山。泰山又名岱宗,故称。迢递:连绵不绝的样子。[4]卓荦:超绝出众。千寻:古以八尺为一寻。千寻即形容极高或极长。[5]崒嵂:高峻的样子。[6]以上几句讲齐晋鞌之战的故事。[7]山椒:山顶。砢磥:众石堆积的样子。蜃楼、海市:合称“海市蜃楼”,光线经过不同密度的空气层,发生显著折射或全反射时,把远处景物显示在空中或地面而形成的各种奇异景象,常发生在海上或沙漠地区。古人误认为蜃吐气而成,故称。

华不注同子餐、君渥、石斋赋得“秋”字

(清)施闰章

崚嶒孤嶂逼天愁,绝顶横看沧海流[1]。自觉浮生妨白眼,醉邀落日坐清秋[2]。谈天稷下名虚在,跃马中原战未休[3]。苍莽寒云阴万叠,谁知今有谪仙游。

【注释】

此诗出自《学余堂诗集》卷三五。施闰章(1619—1683),字尚白,一字屺云,号愚山,又号蠖(huò)斋,晚号矩斋,安徽宣城人。与宋琬齐名,号“南施北宋”。曾任山东学政、翰林院侍读。著有《学余堂文集》《学余堂诗集》。子餐:即严沆,字子餐。君渥:即李世洽,字君渥。石斋:即陆朝瑛,字石斋。

[1]崚嶒(léng céng):高耸突兀。[2]浮生:语本《庄子·刻意》:“其生若浮,其死若休。”以人生在世,虚浮不定,因称人生为浮生。[3]谈天:战国齐阴阳家邹衍其语宏大迂怪,故称谈天。刘向《别录》:“邹衍之所言,五德终始,天地广大,尽言天事,故曰‘谈天’。”稷下:指战国齐都城临淄西门稷门附近地区。齐威王、齐宣王曾在此建学宫,广招文学游说之士讲学议论,成为各学派活动的中心。华不注山地区战国时属于齐地。

丁酉重九后四日同登华不注

(清)施闰章

蹑屐华峰最上头,孤亭盘石卧淹留[1]。岳云漠漠连群岫,海色茫茫见十

洲[2]。落日芒道临绝壑，当年战垒属荒丘[3]。凭高何事添惆怅，回首乡园松菊秋[4]。

【注释】

此诗转引自华阳宫碑刻。此诗创作情况见清堵廷棻《丁酉重九后四日同登华不注》注释。

[1]蹑屐(jī)：穿着木屐。盘石：大石。淹留：羁留，逗留。[2]漠漠：迷蒙的样子。岫(xiù)：峰峦。十洲：道教称大海中神仙居住的十处名山胜境，亦泛指仙境。《海内十洲记》："汉武帝既闻王母说八方巨海之中有祖洲、瀛洲、玄洲、炎洲、长洲、元洲、流洲、生洲、凤麟洲、聚窟洲。有此十洲，乃人迹所稀绝处。"[3]绝壑：深谷。战垒：战争中用以防守的堡垒。[4]乡园：家园，故乡。

华不注

(清)姚文然

缘溪走马夕阳迟，不注山头散酒卮[1]。斗绝芙蓉青窈窕，同游半驻吕公祠[2]。

【注释】

此诗出自《姚端恪公诗集》卷七。姚文然(1620—1678)，字弱侯，一字若侯，号龙怀，南直隶桐城县(今安徽桐城)人。曾任左都御史、刑部尚书。著有《姚端恪公全集》。

[1]走马：骑马疾走。酒卮：盛酒的器皿。[2]斗绝：陡峭峻险。斗，通"陡"。吕公祠：又称吕祖庙，位于华不注山半山腰，祀道教全真教祖师吕洞宾。其后有原注"山腰"两字。

华不注

(清)杜　漺

拟发征轺信晓风，华泉三匝霸图空[1]。珠宫窈窕松藏雨，丹壑谽谺石饮虹[2]。济渎气连苍翠里，明湖影落有无中[3]。犹思昔日凭高望，欲写烟岚画未工[4]。

【注释】

此诗出自《湄湖吟》卷一。杜漺(1622—1685)，字子濂，号湄村，山东滨州人。曾任河南布政使司参政。著有《湄村全集》。

[1]征轺(yáo)：远行的车。华泉三匝：即三周华不注之事。[2]珠宫：指道院或佛寺。谽谺(hān xiā)：山谷空旷的样子。唐卢照邻《五悲·悲昔游》："当谽谺之洞壑，临决

咽之奔泉。”[3]济渎：即济水，见宋曾巩《华不注山》注[1]。[4]烟岚：山林间蒸腾的雾气。工：精，巧。

丁酉重九后四日同登华不注

（清）李世洽

绝巘巑岏曲磴幽，登临四望晚烟收[1]。应怜碧树时过眼，犹见黄花欲上头。虎踞巅崖凌怪石，龙蟠绝涧俯灵湫[2]。兴酣凭吊千年事，战伐空余故垒秋[3]。

【注释】

此诗转引自华阳宫碑刻。李世洽（1622—1676），字君渥，号溉林，河北束鹿人。曾任太湖知县、山东督粮道参议、兵部武库司主事。主修《太湖县志》。丁酉年（1657）任山东乡试主考。据考，此诗当作于顺治丁酉（顺治十四年，1657），一起登游华不注山的有严沆、李世洽、陆朝瑛、施闰章、堵廷棻五位进士。详见清堵廷棻《丁酉重九后四日同登华不注》注释。

[1]巑岏（cuán wán）：山高锐的样子。[2]绝涧：高山陡壁之下的溪涧。灵湫：深潭，大水池。古时以为大池中往往多灵物，故称。[3]凭吊：谓对着遗迹遗物感慨往古的人或事。

华不注

（清）董文骥

东岳势欲尽，余勇贾兹山[1]。丘陵莫间篷，突起苍莽间[2]。单树拔其麓，虎牙丛其颜[3]。何必草木秀，彼岨自匪顽[4]。我以王事便，斯游遂跻攀[5]。怪石落未落，浮云闲不闲。云根出于石，石状殆千百。其阳见三面，黛黑遥相射。自南自东西，其势崒以积。冲然角而上，若困兽跳踯；嵚然累而下，若寝兽窟宅[6]。或攒高青剑，或排涩土戟；或如覆盆罂，或如秩肴核；或级如堂皇，或削如铁壁。行阵整如戟，布置散如奕。舒而平如掌，负而立如跖[7]。趁而欲搏人，怒而自相龃[8]。南上六白步，置屋于石隙。祠彼占仙人，憩我跻胜客。祠傍折而西，径石相崩迫。直上一里许，山腰造山额。蛇行犬牙间，扪萝济双屐。跻顶平地少，仰面去天尺。力稀喘喙眠，徐起须人策[9]。俯视齐州城，翼瓦分广陌[10]。明湖悬玉镜，栎泉纤络绎[11]。历山亦破碎，岳影渺空碧。如孙顾祖祢，如帝朝百辟[12]。其阴俯山北，石更奇且赤。琐屑不足名，鳌背锐三脊。太华之一峰，赑屃两向擘[13]。西北望嵖亭，湖堙土已斥。甫也歇马处，凭吊仰词伯[14]。吟眺憺忘归，陟降日云夕[15]。归来忆壮观，突兀动魂魄。空翠犹在眼，团词多格格。绿秀如芙蓉，语特写其迹。挂一而漏万，草此补太白。

【注释】

此诗出自《微泉阁诗集》卷一。董文骥(1623—1685),字玉虬,号易农,江苏武进人。曾任御史、甘肃陇右道。著有《微泉阁集》。

[1]余勇:谓有未尽的勇气和力量。齐晋鞌之战前,齐将高固冲入晋军大营炫耀武力,并扬言“欲勇者贾余余勇”,遂有“余勇可贾”的典故。此处谓华不注山为泰山余脉。[2]间簉(zào):犹言位居副佐。唐韩愈《南山》诗:“西南雄太白,突起莫闲簉。”钱仲联集释:“此二句言太白崛起于西南,旁无高山堪为副贰。”突起:高耸,凸起。[3]单树:疑为“单椒”之误,《乾隆历城县志》和华阳宫诗碑均作“单椒”。北魏郦道元《水经注·济水》:“华不注山,单椒秀泽,不连丘陵以自高;虎牙桀立,孤峰特拔以刺天。”[4]岨(qū):带土的石山。[5]王事:王命差遣的公事。跻攀:犹攀登。[6]冲然、嵚然:山石突出的样子。唐柳宗元《钴鉧潭西小丘记》:“其石之突怒偃蹇,负土而出,争为奇状者,殆不可数。其嵚然相累而下者,若牛马之饮于溪;其冲然角列而上者,若熊罴之登于山。”窟宅:居住,盘踞。[7]跖(zhí):腿脚。[8]齰(zé):啮,咬。以上十多句,颇类唐韩愈《南山》诗的写法。[9]喘喙:气息短而急。策:扶持,架起。[10]翼瓦:谓屋瓦整齐铺列,如鸟翼相覆。[11]栎:疑为“泺”之误,《乾隆历城县志》和华阳宫诗碑均作“泺”。泺泉,趵突泉。[12]祖祢(nǐ):先祖和先父,亦泛指祖先。百辟(bì):百官。[13]太华:太华山,西岳华山的雅称。传说华不注山是西岳华山的一个山头,被巨灵神劈开华山后移来济南。赑屃(bì xì):大而重的样子。擘:分开,剖裂。[14]词伯:称誉擅长文词的大家,犹词宗。[15]眺:疑为“眺”之误,《乾隆历城县志》和华阳宫诗碑均作“眺”。

戴同年岵瞻招游华不注,独登绝顶题诗崖壁

(清)董文骥

海岱浮云生石骨,燕齐平野见纤毫[1]。直凌绝顶群山碎,斜倚危峰置屋牢。玉井半跗分太华,芙蓉一碧映飞涛[2]。湖亭秋色今何处?只见黄尘满客袍[3]。

【注释】

此诗出自《微泉阁诗集》卷七。戴同年岵瞻:指戴京曾(?—1681),初名曾子京,字型远,号岵瞻,钱塘人。顺治六年(1649)进士,曾任山东提学佥事、顺天府丞。同年,古代科举考试同科中式者之互称。唐代同榜进士称同年,明清乡试、会试同榜登科者皆称同年。戴京曾和作者董文骥都是顺治六年进士,故称同年。

[1]海岱:山东省渤海至泰山之间的地带。海,渤海。岱,泰山。唐杜甫《登兖州城楼》诗:“浮云连海岱,平野入青徐。”石骨:坚硬的岩石。纤毫:极其细微。[2]玉井:指太华山上的玉井。一说指华山西峰之下的深潭。[3]诗后原注:“杜工部题《鹊山湖亭》诗,赵松雪画《鹊华秋色图》,今湮为陆。”这两句诗写华不注山周围变成了陆地,已无唐宋时期的湖光秋色。

马上望华不注，寻李于鳞故居

(清)董文骥

我行经历下,华不注曾闻。四面斧如削,孤峰斗出群[1]。青蟠齐右气,黑光石根云。白雪楼何处,徘徊日欲曛[2]。

【注释】

此诗转引自华阳宫碑刻。李于鳞:即李攀龙,字于鳞。

[1]斗:通“陡”。陡峭。[2]白雪楼:见明张丹《秋日历下登华不注峰眺望,有怀于鳞先生》注[4]。

戴岾瞻邀同游华不注，独登绝顶率题诗于崖壁

(清)董文骥

崒笲孤峰霄汉间,劈开俏华尖流关[1]。培塿四面压而起,土块东来往复还[2]。胸荡浮云通海岱,樽邀飞鸟对湖山。健如黄犊凭双脚,独上芙蓉亦可攀[3]。

置屋层崖结构牢,宜凌绝顶破铁毫。登临四顾小齐鲁,李杜游来见雅骚[4]。一杖金车词客尽,三周铁骑战尘高。虎平自古江南少,浪笑童山土不毛[5]。

【注释】

此诗转引自华阳宫碑刻。戴岾瞻:即戴京曾。见清董文骥《戴同年岾瞻招游华不注,独登绝顶题诗崖壁》注释。

[1]崒笲:高耸的样子。[2]培塿(pǒu lǒu):本作“部娄”。小土丘。[3]黄犊:小牛。唐杜甫《百忧集行》诗:“忆年十五心尚孩,健如黄犊走复来。”[4]小齐鲁:《孟子·尽心上》:“孔子登东山而小鲁,登泰山而小天下。”雅骚:《诗经》中的《大雅》《小雅》和《楚辞》中的《离骚》,代指诗文。[5]浪笑:放纵大笑。童山:无草木的山。不毛:不生植物。

华不注歌

（清）王士禄

济上群山青破碎，稍如掎角少附丽[1]。独有华不注最奇，虎牙杰立尤孤锐[2]。忆昔九日登兹峰，发兴还缘两巨公[3]。广平意豪疲杖策，半峰扫石趺长松[4]。龙眠锐气凌天风，穷颠造极无留踪，我时突兀相追从[5]。函山嵖湖出眼底，哀丝豪竹当樽浓。抽毫挥卮沓相间，未暇摇落悲霜枫[6]。岁月回头如转烛，风流云散谁能续[7]。两公各挂贞白冠，贱子尘埃仍碌碌[8]。渠独无能嗣胜游，并艰放眼空青曲。归辕东略一兴怀，虚羡仙人跨白鹿[9]。

【注释】

此诗出自《十笏草堂诗选》卷十一。王士禄（1626—1673），字子底，一字伯受，号西樵，乡人私谥节孝先生，山东新城（今山东桓台）人。王士禛之兄。曾任莱州府教授、吏部主事。著有《十笏草堂诗选》。诗题原注："'不'，平声。"

[1]掎（jǐ）角：原指分兵牵制或夹击敌人，这里指互相呼应。附丽：附着，依附。[2]杰立：高耸。孤锐：独出峭立。[3]"兹峰"句后原注"戊子岁"（1648）。发兴：激发意兴。[4]广平：原注"非熊先生"，人物事迹不详。趺（fū）：双足交叠而坐。[5]龙眠：原注"若侯先生"，当指姚文然，字若侯。见清姚文然《华不注》注释。[6]抽毫：抽笔出套，亦借指写作。挥卮：举杯饮酒。[7]转烛：风摇烛火，用以比喻世事变幻莫测。[8]挂冠：指辞去官职。贞白：谓守正清白。贱子：自谦之辞。[9]兴怀：引起感触。跨：骑，乘。

登华不注

（清）王　樛

丹嶂回环翠几重，插天孤起绿芙蓉[1]。巨灵点缀名泉色，西岳新移玉女峰[2]。

【注释】

此诗出自《息轩草》。王樛（jiū）（1626—1665），字子下，号息轩，山东淄川人。曾任通政使司右通政。著有《息轩草》。

[1]插天：形容高耸入云。[2]这两句是说，巨灵神为了点缀名泉，把西岳玉女峰移到济南，成为华不注山。

济南八景

（清）释元玉

华　岩

一朵菡萏秀平陆，亘古薰风吹不开[1]。我有一枝筇竹杖，相寻不惜远携来。孤高转觉增游兴，天籁拟从绝顶听。谩谓层霄路莫通，云中自有登仙径[2]。

【注释】

此诗出自《石堂集》卷七。释元玉（1628—1695），号祖珍，晚号古翁，别号石堂老人，广陵崇川（今江苏南通）人。俗姓马，曾住持泰山普照寺。著有《石堂集》。

[1]平陆：平原，陆地。薰风：和暖的风，指初夏时的东南风。[2]谩（màn）：莫，不要。层霄：高空。

望华不注

（清）李澄中

裘敝尚风沙，人今见峭华。山峰当道直，湖水带城斜。落木闻寒杵，高天界晚霞[1]。前途有齐酒，细酌送归鸦[2]。

【注释】

此诗出自《卧象山房集》卷四。李澄中（1629—1700），字渭清，号茵田，又号渔村、怡堂，晚号秋水老人，山东诸城人。曾任翰林院编修、《明史》纂修官。著有《卧象山房集》。

[1]寒杵（chǔ）：寒秋时的杵声。杵，捣衣用的棒槌。诗词中常用以描写环境的冷落、萧索或思乡。[2]齐（jì）酒：带糟的浊酒。《周礼·天官·酒正》："辨五味之名：一曰泛齐，二曰醴齐，三曰盎齐，四曰缇齐，五曰沈齐。"孙诒让正义："五齐，有滓未泲之酒也……吕飞鹏云：'五齐指酒之浊者。'"

望华不注山怀李白旧游处

（清）严我斯

谁将一朵青芙蓉，掷此平地高巃嵸。旁无枝叶势孤耸，亭亭欲上撑鸿蒙[1]。昔有狂李白，白日骑苍龙。左携赤松子，右挈东王公，餐霞吸日游无穷[2]。我来对此倦羽翼，跂予望之心忡忡[3]。安能脱此头上巾，白也与之相追从[4]。手弄倒景攀若木，平明谒帝蓬莱宫[5]。不然蹉跎人世随飘蓬，李白李白，尔将笑我屈首困樊笼[6]。

【注释】

此诗出自《尺五堂诗删初刻》卷二。严我斯（1629—?），字就斯，一字存庵，浙江归安（今浙江湖州）人。曾任山东乡试主考官、礼部左侍郎。著有《尺五堂诗删》。

[1]鸿蒙：此指高空。明刘基《通天台赋》："矗鸿蒙以建标兮，拖甘泉以为袪。"[2]东王公：神话中的仙人名，掌管男仙名籍，与西王母对称。《神异经·东荒经》："东荒山中有大石室，东王公居焉。长一丈，头发皓白，人形鸟面而虎尾，载一黑熊，左右顾望。"餐霞吸日：餐食日霞，吞饮日光。指超尘脱俗，修炼成仙。[3]跂（qǐ）予望之：出自《诗经·卫风·河广》："谁谓河广？一苇杭之。谁谓宋远？跂予望之。"意思是踮起脚跟眺望。[4]头上巾：指读书人头上戴的头巾。晋陶渊明《饮酒（二十）》："若复不快饮，空负头上巾。"追从：追随跟从。[5]若木：古代神话中的树名。《山海经·大荒北经》："大荒之中，有衡石山、九阴山、洞野之山，上有赤树，青叶，赤华，名曰若木。"郭璞注："生昆仑西附西极，其华光赤下照地。"一说，即扶桑。传说日出于扶桑之下，拂其树杪而升。[6]飘蓬：飘飞的蓬草。屈首：低头。樊笼：关鸟兽的笼子。比喻受束缚不自由的境地。

华不注

（清）朱彝尊

仙梵开初地，《春秋》识旧名[1]。青莲齐吐萼，石笋独抽萌[2]。泉忆边庭实，居连许殿卿[3]。凄凉怀旧意，驱马入荒城。

【注释】

此诗出自《曝书亭集》卷七。朱彝尊（1629—1709），字锡鬯（chàng），号竹垞（chá），又号醧（yù）舫，晚号小长芦钓鱼师，又号金风亭长，浙江秀水（今浙江嘉兴）人。诗与王士禛称南北两大宗，作词风格清丽，为浙西词派的创始人。曾任翰林院检讨，参与修撰《明史》，充日讲起居注官，入值南书房。著有《曝书亭集》。

[1]仙梵（fàn）：指道教徒诵经的声音。初地：佛教寺院。[2]吐萼：形容花朵将要开放时的状态。抽萌：草木发芽。[3]边庭实：即边贡，字庭实，号华泉。许殿卿：即许邦才，字殿卿。

秋日游华不注、明湖、趵突泉诸名胜，闲暇有赋，仍用“清波收潦日，华林鸣籁初”为韵十首

（清）王士禛

（其一）

华注削寒碧，日入风景清[1]。倒影散平楚，翠色连州城[2]。花萼跗明水，虎牙刺空青[3]。安得白鹿翁，从彼升天行[4]！

（其六）

西望亦有嵖，东望亦有华。两峰斗蛾眉，明湖如绛纱[5]。司徒泣枫影，沧溟悲稗花[6]。李驹与边习，千载令人嗟[7]。

（其九）

单椒何翠发，凝望疑点黛。长啸访赤松，景飙激天籁。碧湖涸已久，青山尚如绘。金粟古如来，音尘复何在[8]？

【注释】

此诗出自《渔洋诗集》卷三。王士禛（1634—1711），字贻上，号阮亭，别号渔洋山人，死后因避讳曾被改名士正，获赐名士祯，山东新城（今山东桓台）人。继钱谦益之后主盟诗坛，与朱彝尊并称“南朱北王”。诗论创“神韵”说，对后世影响深远。曾任国子监祭酒、刑部尚书。著有《渔洋诗集》《蚕尾集》《带经堂集》。“清波收潦日，华林鸣籁初”为南北朝北齐诗人萧悫《秋思》诗中的句子。

[1]日入：太阳落下去。[2]平楚：犹平野。[3]空青：指青色的天空。[4]白鹿翁：似指仙人赤松子。唐李白《古风》诗：“萧飒古仙人，了知是赤松。借予一白鹿，自挟两青龙。”[5]蛾眉：蚕蛾触须细长而弯曲，因以比喻女子美丽的眉毛，亦可代指美女。鹊山和华不注山，如两位美女相对。王士禛《归经鹊华二山间即目》：“是耶非耶看不定，尹邢双照蛾眉弯。”[6]司徒：古代官名，掌管国家的土地和人民的教化，明代后别称户部尚书为大司徒。这里指边贡，曾任户部尚书。沧溟：指李攀龙，号沧溟。[7]诗后原注：“习字仲学，华泉子，能诗，有父风。”李驹：字千里，号松盘，监生，李攀龙之子。[8]诗后原注：“太白《华不注》诗：‘潇洒古仙人，了知是赤松。’鹊山湖为刘豫所塞。”金粟如来：佛名，即维摩诘大士。音尘：踪迹。

遥和严颢亭、施愚山秋日登华不注之作

（清）王士禛

齐烟九点散清秋，花萼孤明万仞浮。绝涧但连行父垒，平湖不见谪仙舟[1]。战鞶泛鹊俱陈迹，白苎青藤复胜流[2]。高咏岂殊陶谢手，少文潦倒愧同游[3]。

【注释】

此诗出自《渔洋诗集》卷三。严颢亭：即严沆，号颢亭。施愚山：即施闰章，号愚山。严沆、施闰章等人曾同登华不注山，并以“秋”字为韵，每人赋诗一首。见清堵廷棻《丁酉重九后四日同登华不注》注释。

[1]绝涧：高山陡壁之下的溪涧。行父：季孙行父，鲁国正卿。齐晋鞌之战中，担任鲁国军队的主帅。垒：军壁，阵地上的防御工事。[2]鞶（pán）：马腹大带。[3]陶谢：陶渊明、谢灵运的并称。见明郑材《同杜爵斋登山》注[4]。

华不注

（清）王士禛

天半落空青，孤峰削翠屏[1]。云霞纷罨霭，洞壑秘神灵[2]。吊古思仙棹，探奇验《水经》。登临近重九，风日接沧溟[3]。

【注释】

此诗出自《渔洋诗集》卷四。

[1]天半：犹言半空中。空青：青绿色。翠屏：形容峰峦排列的绿色山岩。[2]罨霭：意同“奄霭”，昏暗的样子。[3]风日：风光。沧溟：苍天，高远幽深的天空。

戊辰人日雪行华山下作

（清）王士禛

吾州最爱华不注，白日青天卓虎牙。一夜山中三尺雪，晓来失却青莲花[1]。忽雷闸下流澌急，华岩宫前云雾遮[2]。转忆石帆亭子畔，老梅寒竹斗横斜[3]。

【注释】

此诗出自《蚕尾诗集》卷一。戊辰：当指康熙二十七年（1688）。人日：旧俗以农历正月初七为人日。《太平御览》卷九七六引南朝梁宗懔《荆楚岁时记》:“正月七日为人日。以七种菜为羹,剪彩为人或镂金箔为人,以贴屏风,亦戴之头鬓。又造华胜以相遗,登高赋诗。”宋高承《事物纪原·天生地植·人日》:“东方朔《占书》曰:岁正月一日占鸡,二日占狗,三日占羊,四日占猪,五日占牛,六日占马,七日占人,八日占谷。皆晴明温和,为蕃息安泰之候,阴寒惨烈,为疾病衰耗。”

[1]青莲花:喻华不注山。此两句是说一夜大雪覆盖,清晨使华不注山失去青莲花的样子。[2]忽雷闸:华不注山附近的一座水闸。据明万历年间历城知县贺一孝所撰《济南府新建崇正闸记》一文,“忽雷闸”当作“呼雷闸”。流澌(sī):流水。华岩宫:即华阳宫。济南市一处古老的道教宫观,因位于华不注山南麓,故称。[3]石帆亭子:在新城王氏别墅中。王士禛《西城别墅记》:“西城别墅者,先曾王父司徒府君西园之一隅也。西南一隅小山,山上有亭曰‘石帆’。”

望华不注怀古

(清)王士禛

老慵便卧舆,北风吹庞凉[1]。卷帘华不注,时来献青苍。想象易位处,东南亩纵横[2]。齐晋昔更霸,往事可怜伤。岂知妇人笑,遂召四国殃[3]。华泉终古流,不见系车桑[4]。晚投乔木村,蜡炬明空堂。天低雪欲作,四顾云茫茫。明日渡溪彴,早梅应破黄[5]。

【注释】

此诗出自《蚕尾诗集》卷一。

[1]老慵:年老懒散。常为老年人自谦之辞。[2]易位:《左传·成公二年》:“逢丑父与公易位,将及华泉,骖絓于木而止。”[3]这两句是说鞌之战的起因。《穀梁传·成公元年》:“冬,十月。季孙行父秃,晋郤克眇,卫孙良夫跛,曹公子手偻,同时而聘于齐。齐使秃者御秃者,使眇者御眇者,使跛者御跛者,使偻者御偻者。萧同侄子处台上而笑之,闻于客,客不说而去,相与立胥闾而语,移日不解。齐人有知之者,曰:‘齐之患,必自此始矣!’”鲁、晋、卫、曹四国使者受辱,成为鞌之战爆发的重要起因,故称此四国殃。[4]系车桑:指挂住齐顷公车子的树木。《左传·成公二年》:“逢丑父与公易位,将及华泉,骖絓于木而止。”[5]溪彴(zhuó):溪涧的独木桥。

华不注

(清)王士禛

忆下巫山翠万重,江云峡雨试轻容[1]。依稀三十年前梦,十二峰中见此峰[2]。

【注释】

此诗出自《蚕尾续诗集》卷七。

[1]轻容：薄纱名。宋周密《齐东野语·轻容方空》：“纱之至轻者，有所谓轻容，出唐《类苑》云：‘轻容，无花薄纱也。’”[2]诗后原注：“巫峰中有神女峰，又名美女峰，此山与之相似，但不逮其高耳。”

华不注

(清)曹贞吉

谁凿鸿蒙破，苍然矗一峰[1]。天清分涧壑，玉立削芙蓉[2]。绝顶窥溟渤，孤云接岱宗[3]。何当寻鸟道，策杖竟相从[4]。

【注释】

此诗出自《珂雪二集》。曹贞吉(1634—1698)，字升六，又字升阶、迪清，号实庵，山东安丘人。曾任礼部郎中。著有《珂雪集》。

[1]鸿蒙：宇宙形成前的混沌状态。[2]玉立：犹言挺拔，矗立。[3]溟渤：溟海和渤海，多泛指大海。[4]策杖：拄杖，也称杖策。

华不注

(清)田　雯

水汇如凹臼，兹山乃撑拄[1]。一峰矗太清，不与众峰侣[2]。离离螺髻垂，翠绿净可数[3]。雨栉石发细，云裂松髯补[4]。天风吹我来，理策历半坞[5]。蹩躠盘径幽，窈窕奇花吐[6]。企脚筋力微，兀坐思翮举[7]。上界传梵钟，采药探瑶圃[8]。骑鹤伊何人？嗒然闻笑语[9]。

昔闻谪仙人，曾此一振衣[10]。千仞青芙蓉，萧飒扬清辉。赤脚不可寻，烟雨何霏微[11]！御风凌绝顶，猿鹤时相依。上接天汉津，片石见支机[12]。瑶台终杳冥，日斜照灵旗[13]。安得携长镵，去劚黄独肥[14]。散发俯泺川，悠悠素心违[15]。

【注释】

此诗出自《古欢堂集》卷二。田雯(1635—1704)，字紫纶，一字子纶，亦字纶霞，号漪亭，自号山姜子，晚号蒙斋，山东德州人。工诗善文，自成一家，与文学大家王士禛、施闰章等人同享盛名。曾任江南学政、江苏巡抚。著有《古欢堂集》。

[1]撑拄：支撑，顶拄。[2]太清：天空。侣：结为伴侣，陪伴。[3]离离：清晰分明的样子。螺髻：螺壳状的发髻，比喻耸起如髻的峰峦。[4]栉（zhì）：梳理。石发：生于水边石上的苔藻。《初学记》卷二七引晋周处《风土记》："石发，水苔也，青绿色，皆生于石也。"松髯：指松叶。因其针状如髯，故称。[5]理策：犹扶杖，拄杖。坞：山坞，山坳，即山间的平地。[6]蹩躠（bié xiè）：跛行的样子。[7]企脚：跷起脚。筋力：犹体力。兀坐：独自端坐。翮（hé）举：即"举翮"。展翅起飞。晋左思《咏史》之八："习习笼中鸟，举翮触四隅。"[8]上界：天界，指仙佛所居之地。梵钟：佛寺中的大钟。瑶圃：产玉的园圃，指仙境。语本《楚辞·九章·涉江》："驾青虬兮骖白螭，吾与重华游兮瑶之圃。"[9]嗒（tà）然：形容沮丧怅惘的神情。[10]谪仙人：指李白。[11]烟雨：蒙蒙细雨。霏微：迷蒙。[12]天汉：天河。津：水。宋司马光《王书记以近诗三篇相示各摭其意以诗赓之感遇》："志陵青霞端，欲饮天汉津。"支机：又称"支机石"。传说为天上织女用以支撑织布机的石头。《太平御览》卷八引南朝宋刘义庆《集林》："昔有一人寻河源，见妇人浣纱，以问之，曰：'此天河也。'乃与一石而归。问严君平，云：'此支机石也。'"一说，其人为汉代张骞，谓骞奉命寻找河源，乘槎经月亮至天河，在月亮见一女织，又见一丈夫牵牛饮河，织女取支机石与骞。见宋周密《癸辛杂识前集》引南朝梁宗懔《荆楚岁时记》。[13]瑶台：指传说中的神仙居处。杳冥：渺茫。灵旗：神灵的旗子。[14]长镵：古踏田农具，装上弯曲的长柄，用以掘土。元王祯《农书》卷十三："长镵，踏田器也……在园圃区田，皆可代耕，比于镢斸省力，得土又多。古谓之跖铧，今谓之踏犁，亦耒耜之遗制也。"斸（zhú）：挖，掘。黄独：植物名。唐杜甫《乾元中寓居同谷县作歌》之二："黄独无苗山雪盛，短衣数挽不掩胫。"仇兆鳌注："又曰：黄独，状如芋子，肉白皮黄，蔓延生，叶似萝摩，梁汉人蒸食之，江东谓之土芋。陈藏器《本草》：黄独，遇霜雪，枯无苗，盖蹲鸱之类。蔡梦弼引别注云：黄独，岁饥土人掘以充粮，根惟一颗而色黄，故谓之黄独。其说是也。"[15]泺川：泺水。素心：本心，素愿。

望华不注

（清）赵　仑

叠嶂北城隅，嵬然镇此都[1]。高盘千丈曲，削壁一峰孤。树色遥含郭，岚光半按湖。停轺看不厌，回首重踟蹰[2]。

【注释】

此诗转引自《咏鲁诗选注》。赵仑（1636—1696），字叔公，号阆仙，山东莱阳人。曾任太常寺少卿。著有《因树屋集》。

[1]叠嶂：重叠的山峰。嵬（wéi）然：高峻屹立的样子。[2]停轺：停车。踟蹰：徘徊不前的样子。

望见华不注山不得上，灯下有作

（清）赵　俞

看山便如访友去，岂知觌面还不遇[1]。儿童知有华不注，闻名未得到其处。马头天外卓一峰，势作翻空欲轩翥[2]。决眦忽入飞鸟群，腾身直上峰头驻[3]。古人陈迹已苍凉，战血销沉但烟树。传道阛都冠盖聚，脚靴手板趋如鹜[4]。城中嚣尘十丈高，回头已失岩壑趣[5]。何异主人丰膳具，肉干人饥不得饫[6]。嗟哉吾生福命悭，此行翻愧识此山[7]。五十年来到此难，已遇不遇竟空还。璧月银灯照客颜，恍对林峦紫翠斑[8]。好将泉石膏肓意，仍寄烟霞梦想间[9]。

【注释】

此诗出自《绀寒亭诗集》卷七。赵俞(1636—1713)，字文饶，号蒙泉，江苏嘉定(今上海嘉定)人。曾任定陶知县。著有《绀寒亭诗集》。

[1]觌(dí)面：当面，迎面。[2]马头：指商业城市，都会。轩翥：飞举。[3]决眦：表示极目远视。唐杜甫《望岳》诗："荡胸生层云，决眦入归鸟。"腾身：跃身，纵身。[4]阛(yīn)都：即"阛阓"，指城市街里。冠盖：泛指官员的冠服和车乘。手板：即笏，古时大臣朝见时，用以指画或记事的狭长板子。趋如鹜：即"趋之若鹜"，像野鸭成群而往，比喻很多人争相趋附、前往。[5]嚣尘：喧闹扬尘。[6]饫：饱食。[7]福命：享福的命运。悭(qiān)：坏，乖舛。[8]璧月：对月亮的美称。[9]泉石：山水。膏肓(huāng)：古代医学以心尖脂肪为膏，心脏与膈膜之间为肓，此处指内心深处。宋杨万里《送刘惠卿》诗："旧病诗狂与酒狂，新来泉石又膏肓。"

望华不注有怀舍弟

（清）周斯盛

跨马出郭门，至昨相别处。马首东西分，独向此路去。我怀如中酒，惛惛不能语[1]。山情今宛然，但觉寒威除[2]。时序良易徂，东风亦云遽。细草矜新芳，青青出行路。料应此日行，布帆犹未住[3]。异地同所思，及尔春云曙。

【注释】

此诗出自《证山堂集》卷一。周斯盛(1637—?)，字屺公，一字铁珊，学者称证山先生，浙江鄞县(今浙江宁波)人。曾任山东即墨县令。著有《证山堂集》。

[1]中(zhòng)酒：醉酒。惛惛(hūn)：精神昏暗，神志不清。[2]寒威：严寒的威力。[3]布帆：布制的船帆，亦借指帆船。

登华不注绝顶

（清）顾贞观

行攀积铁迥添愁，白日晴崖雪不流[1]。石语寒山惟一片，云围古殿亦三周。金舆险尽芙蓉削，帝座高通麋鹿游[2]。江左夷吾何事业，醉看九点哭齐州[3]。

【注释】

此诗出自《顾梁汾先生诗词集》卷一。顾贞观（1637—1714），原名华文，字远平、华峰，亦作华封，号梁汾，江苏无锡人。明末东林党人顾宪成四世孙。曾任秘书院典籍。著有《顾梁汾先生诗词集》。

[1]积铁：堆积的铁，形容陡峭深黑。[2]麋（mí）鹿：哺乳动物。毛淡褐色，雄的有角，角像鹿，尾像驴，蹄像牛，颈像骆驼，但从整体来看哪一种动物都不像，也叫四不像。性温顺，吃植物。原产中国，是一种稀有的珍贵兽类。[3]江左夷吾：称许有辅国救民之才的人。《晋书·温峤传》："于时江左草创，纲维未举，峤殊以为忧。及见王导共谈，欢然曰：'江左自有管夷吾，吾复何虑！'"管夷吾，春秋时期政治家管仲，相齐桓公成霸业。

醉中登华不注

（清）张　侗

荷花半落藕初肥，醉拥残霞海上归。白鹭不知天在水，行行梯浪入云飞[1]。

【注释】

此诗出自《琅邪放鹤村诗集》。张侗（约1638—约1718），字同人，号石民，山东诸城人。隐居不仕，常聚四方文士，酬唱于"放鹤园"。著有《琅琊放鹤村诗集》。诗题中原作"华不住"，编者改。

[1]白鹭：鸟类，多栖息于江河、湖泊、水塘、溪流、水稻田和沼泽地带。梯浪：如梯之浪。

华不注晴望

（清）蒲松龄

城里看山山愈幽，依微城畔雨初收[1]。楼台影浸花千亩，烟水晴归鹭一洲。人在木兰俱是客，月来香国更宜秋[2]。轻桡去向寒烟外，醉拍红桥又放舟[3]。

【注释】

此诗出自《聊斋诗集·续录》。蒲松龄(1640—1715),字留仙,号柳泉居士,世称聊斋先生。山东淄川人,诸生。著有《聊斋志异》《聊斋诗集》。

[1]依微:隐约,不清晰的样子。[2]木兰:即"木兰舟",用木兰树造的船。香国:花国。[3]轻桡:小桨,借指小船。

忆历下旧游十五首

(清)张笃庆

(其十五)

虎牙杰立郁嵯峨,一望单椒紫翠多[1]。佑客征歌小垂手,榜人击棹大清河[2]。两行毳帐罽宾至,十五燕姬代马驮[3]。今日齐都真巨丽,泱泱表海意如何[4]。

【注释】

此诗出自《昆仑山房集》卷二。张笃庆(1642—1715),字历友,号厚斋,别号昆仑山人,山东淄川人。拔贡。著有《昆仑山房集》。诗题原注:"《水经注》云:'华不注单椒秀泽,虎牙杰立。'"

[1]嵯峨:指高耸的山。[2]佑客:即"右客"。尊贵的客人。小垂手:舞名,又为乐府杂曲名。《乐府诗集·杂曲歌辞·大垂手》宋郭茂倩题解:"《乐府题解》曰:大垂手,小垂手,皆言舞而垂其手也。"榜人:船夫,舟子。《文选·司马相如〈子虚赋〉》:"榜人歌,声流喝,水虫骇,波鸿沸。"郭璞注引张揖曰:"榜,船也。"击棹:打桨,谓驾船。大清河:古济水之下游。西起今山东省梁山县,东北流经东阿、平阴、济南、博兴入于海。金、元、明大清河,改道如今黄河。1855年自今东阿旧治西鱼山以下为黄河所夺。今山东省东平县境有大清河,已非故道。[3]毳(cuì)帐:游牧民族所居毡帐。罽(jì)宾:西域国名。燕姬:泛指燕地美女。代马:北地所产良马。代,古代郡地,后泛指北方边塞地区。[4]巨丽:极其美好。泱泱:广阔,无边际。表海:为东海之表式。春秋吴季札至鲁,鲁为之歌齐诗,季札闻乐云:"美哉,泱泱乎!大风也哉!表东海者,其太公乎!"见《左传·襄公二十九年》。王闿运《丁文诚诔》:"顾表海之泱泱,胡鲸鲵之跋扈。"

华不注下谒华阳宫

(清)张笃庆

西过崇正闸,大野何苍莽[1]。乃谒华阳宫,再拜瞻灵爽[2]。我思古皇功,造化真在掌。鸿蒙既已判，元气生万象。水火自相济，金木亦致养[3]。或为赤熛怒，或作灵威仰[4]。招拒领蓐收，汁光照伭壤[5]。青阳与祝融，一一皆配享[6]。土为万物滋，何以缺歆飨[7]。炎汉重五畤，轩帝同肸蚃[8]。今兹四帝祠，典礼亦云罔[9]。得无枌榆社，村翁自来往[10]。牛首与蛇身，空山走魍魉[11]。殿宇何凄清，荒台赫弘广[12]。樵路寂无人，松涛出清响。灵风萧然至，幽意恣孤赏[13]。

【注释】

此诗出自《知北游草》。诗题原注："内祀太昊、炎帝、金天、高阳四帝，而不祀轩辕，亦非典也。"

[1]崇正闸：华不注山附近的一座水闸，明万历六年(1578)所建。事见历城知县贺一孝所撰《济南府新建崇正闸记》一文。大野：广大的原野、田野。苍莽：广阔无边的样子。[2]灵爽：指神灵，神明。[3]致养：得到养育。[4]赤熛怒：古代谶纬家所谓五帝之一。南方之神，司夏天，亦称"赤帝"。《礼记·大传》："礼，不王不禘。王者禘其祖之所自出。以其祖配之。"汉郑玄注："王者之先祖皆感大微五帝之精以生。苍则灵威仰，赤则赤熛怒，黄则含枢纽，白则白招拒，黑则汁光纪。"灵威仰：古代谶纬家所谓五帝之一。东方之神，司春天，亦称"青帝"。[5]招拒：即"白招拒"，古代谶纬家所谓五帝之一。西方之神，司秋天，亦称"白帝"。蓐(rù)收：古代传说中的西方神名，司秋。《礼记·月令》："〔孟秋之月〕日在翼，昏建星中，旦毕中。其日庚辛，其帝少皞，其神蓐收。"郑玄注："蓐收，少皞氏之子，曰该，为金官。"汁光：即"汁光纪"，古代谶纬家所谓五帝之一。北方之神，司冬天，亦称"黑帝"。伭(xuán)壤：即"玄壤"。北方地区。[6]青阳：传说中黄帝二十五子之一。《国语·晋语四》："黄帝之子二十五人。其同姓者，二人而已，惟青阳与夷鼓，皆为己姓。"韦昭注："青阳，金天氏帝少皞。"祝融：神名。帝喾时的火官，后尊为火神，命曰祝融。《国语·郑语》："夫黎为高辛氏火正，以淳耀敦大，天明地德，光照四海，故命之曰'祝融'，其功大矣。"《吕氏春秋·孟夏》："其神祝融。"高诱注："祝融，颛顼氏后，老童之子，吴回也，为高辛氏火正，死为火官之神。"配享：合祭，祔祀。[7]这两句是说土地滋养万物，为何得不到祭祀呢？因华阳宫没有祭祀轩辕(古代谶纬家所谓五帝之一，中央之神，土德，亦称"黄帝")。歆飨(xīn xiǎng)：神灵享受供物。[8]炎汉：汉自称以火德王，故称炎汉。五畤：又称五畤原，在今陕西凤翔县南，秦汉时祭祀天帝的处所。轩帝：即黄帝轩辕氏。肸蚃(xī xiǎng)：比喻灵感通微。[9]典礼：制度礼仪。罔：无知的样子。[10]枌榆社：汉高祖故乡的里社名。《史记·封禅书》："高祖初起，祷丰枌榆社。"裴骃集解引张晏曰："社在丰东北十五里。或曰：枌榆，乡名，高祖里社也。"村翁：乡村老人。[11]魍魉(wǎng liǎng)：古代传说中的山川精怪，鬼怪。[12]弘广：即"弘敞"。高大宽敞。[13]灵风：春风，东风。宋梅尧臣《将行赛昭亭寺喜雨》诗："萧萧灵风来，蹲蹲祝郎舞，莫言春作迟，但念寒滩阻。"幽意：幽闲的情趣。

往来历下有年矣，率皆远望华不注。丁卯二月赴长安，道经其下，才一陟山腰，又以大风未至绝巅也

（清）张笃庆

华山面目今朝见，四十年来此暂过。风伯何缘复相妒，红尘千里客愁多[1]。

万仞芙蓉削翠屏，巉岩迢递上金庭[2]。风尘车马遥回看，依旧云迷十里青。

【注释】

此诗出自《知北游草》。陟（zhì）：由低处向高处走，登高。

[1]风伯：神话中的风神。《史记·司马相如列传》："时若薆薆将混浊兮，召屏翳诛风伯而刑雨师。"张守节正义引张揖曰："风伯字飞廉。"[2]巉岩：险峻的山岩。金庭：传说中天上神仙所居之处。

登华不注遇雨

（清）马惟敏

石磴攀缘兴不穷，披襟极顶领高风[1]。函峰渺渺浓烟外，碏水蒙蒙细雨中。目阔山川原自阔，心空尘世久成空。此时此意此番景，骑鹿人游海角东[2]。

【注释】

此诗出自《半处士诗集》卷上。马惟敏（1644—1705），字超骧，号半处士，东皋延安镇（今山东邹平）人。诸生。著有《半处士诗集》。

[1]披襟：撇开衣襟，多喻舒畅心怀。极顶：顶点。高风：强劲的风。[2]海角：本指突出于海中的狭长形陆地，常形容极远僻的地方。

华不注

（清）黄　谦

华注千年借甚名，登临今始惬初情[1]。相离谷口无多路，及到山腰仅并城。楮树迎秋花半紫，松烟锁寺影全平[2]。清缘莫信曹邱辈，幽赏惟凭孤兴生[3]。

【注释】

此诗转引自清梅成栋《津门诗钞》卷二。黄谦(1644—1692),字六吉,号麓碛,又号抑庵,天津人。诸生,天津草堂社主盟。著有《历下吟》。

[1]甚名:大名,盛名。惬:快心,满足。[2]楮树:多年生落叶乔木植物,其皮可制造桑皮纸。三国吴陆玑《毛诗草木鸟兽虫鱼疏》云:"幽州人谓之谷桑,荆扬人谓之谷,中州人谓之楮。"[3]曹邱:即"曹丘",复姓。汉代有曹丘生,到处赞扬季布的任侠义勇,季布因之享有盛名。事详《史记·季布栾布列传》。后因以"曹丘"或"曹丘生"作为荐引、称扬者的代称。清代避孔丘讳,丘字作"邱"。

登济南城楼望华不注

(清)高士奇

历下地轴雄,楼堞众山绕[1]。俯瞰北渚亭,沦涟若池沼[2]。东顾插华峰,虎牙刺云表[3]。鹊药抱其西,蹲伏皆藐小[4]。昔读太白诗,齐鲁恣登眺。一片青芙蓉,寤寐屡萦扰[5]。属车奉清尘,山光发睿藻[6]。置身星汉傍,眉睫罗烟茑[7]。

【注释】

此诗出自《清吟堂全集·随辇集》卷八。高士奇(1645—1704),字澹人,号瓶庐,又号江村,浙江余姚人。曾任翰林院侍读学士、礼部侍郎。著有《清吟堂集》。

[1]地轴:泛指大地。楼堞(dié):城楼与城堞,泛指城墙。[2]沦涟(lián):水波,微波。池沼:池和沼,泛指池塘。[3]云表:云外。[4]句后原注:"鹊山、药山在华不注西,望之若儿孙矣。"[5]句后原注:"李白诗云:'昔岁游历下,登华不注峰。兹山何峻秀,青翠似芙蓉。'"寤寐(wù mèi):醒与睡,常用以指日夜。《诗经·周南·关雎》:"窈窕淑女,寤寐求之。"毛传:"寤,觉;寐,寝也。"萦扰:纠缠搅扰。[6]属车:帝王出行时的侍从车,亦可借指帝王。明张居正《进大阅图颂卷疏》:"臣滥叨首辅,获奉属车。"清尘:车后扬起的尘埃,亦用作对尊贵者的敬称。清,敬词。《汉书·司马相如传下》:"犯属车之清尘。"颜师古注:"尘,谓行而起尘也。言清者,尊贵之意也。"山光:山的景色。睿藻:指皇帝或后、妃所作的诗文。高士奇陪侍康熙皇帝南巡,曾路过济南,康熙皇帝作有《登济南城望华不注》诗。[7]茑(niǎo):常绿寄生灌木名。茎蔓生,寄生于桑、枫等树上,秋初结实如豆,可入药。

华不注

（清）李兴祖

特起孤峰壮北城，氤氲佳气见云生。要于六宇撑为柱，不逐群岩架作棚[1]。孙拱丈人长顾祖，妹归玉女远从兄。殷轮欲问三周事，惟有摩崖涧溜清[2]。

【注释】

此诗出自《课慎堂诗集》卷十五。李兴祖（1646—?），字广宁，号慎斋，辽宁铁岭人。曾任山东庆云知县、山东盐运使。著有《课慎堂诗集》。

[1]六宇：谓天地四方。[2]殷轮：齐晋鞌之战中，张侯所御之车“左轮朱殷”。事见《左传·成公二年》。

游华不注山

（清）李发甲

华山秀出几重重，岌嶪由来造化钟[1]。东接沧溟开列嶂，南联泰岱瞰诸峰[2]。参天狮窟九霄近，大地龙蹲万壑从[3]。独立齐州形胜好，层峦犹是古尧封[4]。

【注释】

此诗出自《李中丞遗集》卷二。李发甲（1652—1717），字瀛仙，云南河阳（今云南澄江）人。曾任山东按察使、湖南巡抚。著有《居易草堂集》。

[1]岌嶪：高峻的样子。[2]列嶂：相连的山峰。瞰：远望。[3]参天：高悬或高耸于天空。狮窟：狮为兽中之王。释迦牟尼佛被喻为人中狮子，据说他出生时，一手指天，一手指地，作狮子吼。后来便将传承佛法的方丈和尚居住的地方喻为狮窟。九霄：古代传说天有九重，又称九霄。[4]形胜：谓山川壮美。尧封：传说尧时命舜巡视天下，划为十二州，并在十二座大山上封土为坛，以作祭祀。《尚书·舜典》：“肇有十二州，封十有二山。”后因以称中国的疆域。

登济南城望华不注

（清）爱新觉罗·玄烨

百雉城临济水隈，云山环拱接青莱[1]。更看瘦削孤峰色，独立亭亭秀作堆。

【注释】

此诗出自《圣祖仁皇帝御制文集》卷三九。爱新觉罗·玄烨(1654—1722),清朝第四位皇帝,年号“康熙”,庙号“圣祖”。著有《圣祖仁皇帝御制文集》。

[1]百雉(zhì):指城墙的长度达三百丈。雉,古代计算城墙面积的单位,长三丈高一丈为一雉,此处借指城墙。隈(wēi):山水弯曲隐蔽处。环拱:环绕。青莱:青州和莱州。

望见华山

(清)高之騱

前峰才露便开颜,六百里中一见山。还是济南风物好,湖光柳浪锁烟鬟[1]。

【注释】

此诗出自《强恕堂诗集》卷三。高之騱(xí)(1655—1719),字仲治,号思庵,一号松鹤,山东淄川人。增监生,考授州同知。著有《强恕堂诗集》。

[1]柳浪:形容柳枝随风摆动的起伏之状。

华不注

(清)刘 岩

万岭屯长蛇,首尾互相倚。独华不注峰,拔地自孤起。山巅千仞青,倒落射山趾[1]。巨灵握老拳,突兀伸一指[2]。壁立撑虚空,石骨透表里[3]。削尽沙土痕,癯瘦自太始[4]。人缘峭磴登,如树行蝼蚁[5]。直乘羊角风,斗上九万里[6]。举手摩苍天,团团去盈咫[7]。古来登眺人,谪仙今往矣。但见绿芙蓉,不见赤松子。呼谁与之游,烟岚生脚底。

【注释】

此诗出自《大山诗集》卷一。刘岩(1656—1716),原名枝桂,字大山,号无垢,江苏江浦人。曾任翰林院编修。著有《大山诗集》。诗题原注:“《正字通》:‘不’读如‘趺’。盖因华跗而比拟之。”

[1]山趾:山脚。[2]老拳:结实有力的拳头。[3]壁立:像墙壁一样耸立,形容山崖石壁的陡峭。虚空:天空,空中。石骨:坚硬的岩石。[4]癯瘦:瘦,清瘦。太始:古代指天地开辟、万物开始形成的时代。[5]蝼蚁:蝼蛄和蚂蚁,泛指微小的生物。[6]羊角风:旋风,龙卷风。《庄子·逍遥游》:“抟扶摇羊角而上者九万里。”成玄英疏:“旋风曲戾,犹如羊角。”斗:通“陡”。陡然,突然。[7]去:距离。咫(zhǐ):周制八寸曰咫,合今市尺六寸二分二厘。

历下杂咏二十绝

（清）刘　岩

（其五）

华不注峰天外插，风吹石骨翠迷离。孤撑不费扶持力，突兀青空也自奇[1]。

【注释】

此诗出自《大山诗集》卷七。

[1]孤撑：单独的支柱。青空：碧空，蔚蓝的天空。

华不注歌

（清）徐　浩

济南形胜在徂徕，华不注山尤崔巍[1]。黉鹊二峰分秀色，历亭趵突翠烟开[2]。我见此山快胸膈，上方疑有神仙宅[3]。下岩嘉树带朝晖，虎牙杰出凌空碧[4]。负海撑天气象雄，雕栏绣栱紫阳宫[5]。累累丘陵狐兔走，春荣秋落动悲风[6]。人民市井依然在，昔日繁华多变态[7]。名泉七十注东流，朱楼佳丽谁能待[8]。勒马冈头发浩歌，双丸来去掷如梭。青齐三过不留墨，独记斜阳映薜萝。

【注释】

此诗出自《南州草堂诗文》卷四。徐浩（1656—?），号雪轩，上海松江人。康熙年间诸生。著有《南州草堂诗文》。

[1]形胜：指山川壮美之地。徂徕：山名，在山东泰安市东南，后因指生长栋梁之材的大山。崔巍：高峻，高大雄伟。[2]黉（hóng）：此指黉山，位于济南章丘区，又名黉堂岭，相传为郑玄著书处。翠烟：青烟，烟霭。[3]胸膈：犹胸怀、胸臆。[4]嘉树：佳树，美树。[5]栱（gǒng）：在立柱与横梁交接处向外伸出呈弓形的承重结构。紫阳宫：即道观。传说中古代神仙常以“紫阳”为称号，“紫阳”后可泛指道士。此处指华阳宫。[6]累累（lěi）：重积、众多的样子。丘陵：坟墓。[7]变态：指事物的情状发生变化。[8]朱楼：谓富丽华美的楼阁。

望华不注山

（清）庞　垲

岧峣碧石耸孤棱，终古青天一柱承[1]。竟日云烟生绝顶，有特雷雨过中层[2]。每当倚槛看无厌，几欲扶筇病不能[3]。应是山灵谢逋客，千秋只许谪仙登[4]。

又

郡城东北有高峰，极目中天积翠重。峭壁孤撑悬日月，长河双控锁蛟龙。还闻倒景浮沧海，定拟盘根接岱宗[5]。病体渐强行步健，终期放眼出尘封[6]。

【注释】

此诗出自《丛碧山房诗初集》卷十三。庞垲（1657—1725），字霁公，河北任丘人。曾任翰林院检讨、福建建宁知府。著有《丛碧山房集》。

［1］岧峣：高峻，高耸。［2］竟日：终日，整天。［3］扶筇：拄杖。［4］谢：谢绝。逋客：逃离的人。南朝齐孔稚珪《北山移文》："请回俗士驾，为君谢逋客。"［5］盘根：指根基。［6］尘封：犹尘世。

济南杂咏十首

（清）史　夔

（其三）

单椒秀泽浮水面，虎牙桀立刺青天。齐州数点烟如黛，中有一枝花萼鲜[1]。

【注释】

此诗出自《东祀草》。史夔（1661—1713），字胄司，号耕岩，江苏溧阳人。曾任翰林院侍读学士、《康熙字典》纂修官。著有《扶胥集》《东祀草》。

［1］花萼：花的组成部分之一，由若干萼片组成，包在花瓣外面，花开时托着花冠，简称萼。有时亦指花，此处喻指华不注山。

华山行

（清）赵执信

跛者御，跛者登，妇人帷房闻笑声，笑声未绝晋师兴[1]。华不注山干青冥，山前东亩何纵横[2]。欲寻丑父易位处，华泉之水今犹清。纪甗与玉磬，差异城下盟[3]。寡君奉亲以色养，岂意社稷将随倾[4]。呜呼，宁独巧笑能倾城[5]！

【注释】

此诗出自《饴山诗集》卷一。赵执信（shēn）（1662—1744），字伸符，号秋谷，晚号饴山老人，山东博山人。曾任翰林院检讨。著有《饴山诗集》。

[1]这几句是说齐晋鞌之战的起因，见明王象春《回车涧》注释[1]。跛（bǒ）：足瘸。跛者，据《左传》指晋国郤克，据《穀梁传》指卫国孙良夫。御：驾车。登：升、上（车）。[2]干青冥：干天，即参天，谓高出空际。干（gān），犯。青冥，青天。东亩：谓使田垄东西向。《左传·成公二年》："宾媚人致赂。晋人不可，曰：'必以萧同叔子为质，而使齐之封内尽东其亩。'"杨伯峻注："晋在齐之西，若齐之垄亩多为南北向，则沟渠与道路亦多南北向，于晋之往东向齐进军，地形与道路有所不利，故晋以'尽东其亩'为媾和条件之一。"郑泽《夏日感兴次钝根韵即以奉寄》："齐封惧东亩，亦可惩骄泰。"[3]纪甗（yǎn）：被纪国视为国宝的一件祭器，后国为齐所灭，即为齐所有。玉磬（qìng）：古代石制乐器名。清戴震《乐器考》："鸣球、玉磬，同谓石磬，古人于石之美者，多以玉名。"城下盟：敌人兵临城下时被迫接受的屈辱盟约。齐晋鞌之战后，齐国献出纪甗与玉磬向晋国求和，无异于城下之盟。《左传·成公二年》："齐侯使宾媚人赂以纪甗、玉磬与地。"杜预注："甗，玉甑；皆灭纪所得。"[4]寡君：臣下对别国谦称本国国君。奉亲：奉事父母。色养：《论语·为政》："子游问孝。子曰：'今之孝者，是谓能养。'……子夏问孝。子曰：'色难。'"朱熹集注："色难，谓事亲之际，惟色为难也。"一说，谓承顺父母颜色。何晏集解引包咸曰："色难者，谓承顺父母颜色乃为难也。"后因称人子和颜悦色奉养父母或承顺父母颜色为"色养"。[5]宁独：哪里只是。巧笑：美好的笑。倾城：《诗经·大雅·瞻卬》："哲夫成城，哲妇倾城。"郑玄笺："城，犹国也。"孔颖达疏："若为智多谋虑之妇人，则倾败人之城国。"后以之为女主擅权、倾覆邦国的典故。周幽王为博取褒姒一笑，烽火戏诸侯，导致西周灭亡；齐顷公为讨生母萧同叔子的欢心，故意戏弄外交使节，导致国家有倾覆之忧。

华不注

（清）顾嗣立

何人割蓬莱，分得一朵翠。奇葩光四照，亭亭插平地。虎牙刺青天，烘染秋云丽。临风自摇曳，带日更潇洒。独立倾城姿，意远肌理腻[1]。当季齐晋争，三周挟利器。孤忠赖丑父，取饮易公位。犹余华泉水，空潭任吹晒。愿随谪仙人，笑骑白鹿至。举手弄芬芳，琼枝辨根蒂。倒影指金舆，仙宫溯幽邃。

【注释】

此诗出自《闾邱诗集》卷六十。顾嗣立(1665—1722)，字侠君，号闾丘，江苏长洲(今江苏常熟)人。曾任翰林院庶吉士。著有《秀野草堂诗集》《闾邱诗集》，辑有《元诗选》。

[1]肌理：皮肤的纹理。腻：滑泽，细腻。

登历山望华不注

(清)杜　诏

久住明湖旁，端居历城内[1]。突兀起层楼，周览了无碍。历山并华山，东南相向背[2]。及上历山来，乃与华山对。单椒秀桀立，翠发浓点黛。徘徊古佛崖，颓垣尽芜秽[3]。秋风莽牢落，望古托深慨[4]。相传舜耕处，无田可锄耒[5]。齐晋鞍之战，三周迷进退。上下百千年，变幻百千态。陈迹抚苍茫，山空夕阳在。

【注释】

此诗出自《云川阁集》卷十三。杜诏(1666—1736)，字紫纶，江苏无锡人。曾任翰林院庶吉士。著有《云川阁集》。

[1]端居：谓平常居处。[2]向背：正面和背面，面对和背向。[3]芜秽：原谓田地不整治而杂草丛生，引申为丛生的杂草。[4]牢落：犹寥落，零落荒芜的样子。[5]耒(lěi)：古代一种可以脚踏的木制翻土农具。

登华不注

(清)屈　复

群峰共绕芙蓉秀，独劈孤云一点尖。闻道三周称武略，登临千载重韬钤[1]。青青麦陇春晴晚，白白华泉饮恨添[2]。微笑尚然能复怨，山光松影愧长髯[3]。

【注释】

此诗出自《弱水集》卷十。屈复(1668—1745)，字见心，号金粟，晚号悔翁，陕西蒲城人。布衣出游五十余年，曾被举博学鸿词科，不肯应试。著有《弱水集》。诗题原注：“山在济南府东北，孤峰独秀，圆如削成。大白云‘绿秀如芙容’，良然。”注中“大”后作“太”，“容”应作“蓉”。

[1]武略：军事谋略。韬钤(qián)：古代兵书《六韬》《玉钤篇》的并称，可泛指兵书，这里借指用兵谋略。[2]麦陇：麦田。饮恨：抱恨含冤。[3]尚然：犹然，尚且。复怨：犹复仇。髯(rán)：颊毛，亦泛指胡须。

登华不注

(清)朱　缃

一

东风骑马来，出郭二三里。取路入嵚岈，苍翠拔地起[1]。湿岚扑春衣，小桥列雁齿[2]。岩边看飞帛，千尺溜雪髓[3]。天际螺髻青，石上苔钱紫[4]。山境随处佳，误到亦可喜。小庙掩红扉，寂寞桃花里。扣门逢僧雏，就坐施蒲椅[5]。山伴三五徒，竹杯倾蓝尾[6]。幽磬一声来，深林醒醉耳。起视舜子城，乱烟隔山觜[7]。

二

岩头树倒生，诘曲纷拏攫[8]。石磴卧残碑，草痕封字脚。峰逼太虚，幂历芙蓉削[9]。振衣临绝巘，绿影覆杯杓[10]。石乳滴泉香，松涛响疏铎。扑簌杏花开，山腰失楼阁[11]。几点泼火雨，霮䨴春云薄[12]。小燕湿红襟，欸欸飞还落[13]。长啸空十觞，灵籁起幽壑[14]。边李绝代才，大雅久不作[15]。吾欲觅神仙，凌风驾黄鹤。

【注释】

此诗出自《枫香集》。朱缃(1670—1707)，字子青，号橡村，原籍山东高唐，后迁居山东历城。尝与弟朱纲学诗于王士禛。官候补主事。著有《枫香集》。

[1]嵚岈：山深谷空的样子，此谓深山。[2]雁齿：排列整齐之物，常比喻桥的台阶。[3]飞帛：飞瀑如帛。帛，白绢。雪髓：比喻纯净清凉的泉水。[4]苔钱：苔点形圆如钱，故曰苔钱。[5]僧雏：幼龄僧人。[6]蓝尾：即"蓝尾酒"。唐代饮宴时，轮流斟饮，至末坐，称蓝尾酒。[7]舜子城：指济南城。传说舜曾耕于历山，济南多有舜的遗迹。山觜(zuǐ)：即"山嘴"，指山口。[8]诘(jié)曲：屈曲，屈折。拏攫：搏斗。[9]幂历：弥漫笼罩的样子。[10]杯杓(sháo)：酒杯和杓子，借指饮酒。[11]扑簌：物体轻落的样子。[12]泼火雨：旧俗寒食节禁火，其时所下的雨叫泼火雨，也叫清明雨。《说郛》卷四八引宋侯延庆《退斋雅闻录》："河朔人谓清明雨为泼火雨，立夏为隔辙雨。"霮䨴(dàn duì)：浓云密集的样子。[13]欸欸：叹声。[14]灵籁：指风声。幽壑：深谷，深渊。[15]边李：边贡与李攀龙。大雅：《诗经》的组成部分之一。旧训雅为正，谓诗歌之正声，后亦用以称闳雅淳正的诗篇。唐李白《古风》之一："大雅久不作，吾衰竟谁陈？"

历下秋怀十首

(清)张　元

(其四)

金舆突兀孤峰秀，蜡屐曾临最上头[1]。翠覆单椒凌八极，云垂大漠忆三周[2]。岱宗南望连天起，济水东蟠入海流[3]。白鹿青龙何处是，不堪萧瑟眺神州[4]。

【注释】

此诗出自《绿筠轩诗》卷一。张元(1671—1756)，字殿传，号榆村，山东淄川人。张笃庆从子。曾任鱼台县教谕。著有《绿筠轩诗》。

[1]蜡屐：涂蜡的木屐。[2]八极：八方极远之地。[3]连天：与天际相连。蟠：盘曲，回环曲折。[4]白鹿青龙：见唐李白《古风》："借予一白鹿，自挟两青龙。"萧瑟：冷落，凄凉。

小山诗为朱素存赋

(清)张　元

历城饶名泉，拳石不易搆[1]。何来郁嵯峨，堕此古桐右。岂是华峼峰，骈枝露奇秀[2]。嵚崟矗崚嶒，白云时逗漏[3]。森寒石气青，斑驳苔花绣[4]。苍然露岈岭，窅焉藏岩窦[5]。覆以绿玉枝，下浸平池甃[6]。直与雪浪争，肯共菱溪斗。排奡斸云根，奇诡穿烟岫[7]。主人题句工，诗与石俱瘦。我来索继作，取醉懵腾后[8]。矫首倚巉岩，冰雪侵肌透。率然擘蛮笺，坌涌酒气凑[9]。掷笔归去来，蟾光满襟袖[10]。

【注释】

此诗出自《绿筠轩诗》卷一。朱素存：生平事迹不详。

[1]饶：多，众多。拳石：小石块。[2]骈枝：比喻多余无用的东西。《庄子·骈拇》："是故骈于足者，连无用之肉也。枝于手者，树无用之指也。多方骈枝于五藏之情者，淫僻于仁义之行，而多方于聪明之用也。"[3]嵚崟(yín)：高大，险峻。崚嶒：高耸突兀。逗漏：透露，漏泄。[4]石气：环绕山石的雾气。斑驳：色彩错杂的样子。苔花：可能是苔藓植物上的花状结构体。清袁枚《苔》："苔花如米小，也学牡丹开。"[5]岈岭：即"岭岈"。山深谷空的样子。窅(yǎo)焉：即"窅然"。幽暗岑寂的样子。岩窦：岩穴。[6]甃(zhòu)：以

砖瓦等砌的井壁。[7]排奡(ào):刚劲有力。烟岫:云雾缭绕的山峦。[8]懵腾:蒙眬,迷糊。[9]蛮笺:唐时高丽纸的别称,亦指蜀地所产名贵的彩色笺纸。坌(bèn)涌:涌出,涌现。[10]归去来:回去。来,语助词,不译。蟾光:月色,月光。

赋得月倚华山树

(清)张　元

我昔登华山,耽奇不觉暝。长啸倚青林,明月来东岭[1]。郁蒨泄素辉,穿漏堕疏影[2]。盘纡错上下,历落荫清炯[3]。单椒插霄汉,万仞接天冷。身落层岩间,并入空明境[4]。举手探碧落,荡胸光千顷[5]。抗怀谢尘埃,泠然心自领[6]。

【注释】

此诗出自《绿筠轩诗》卷一。赋得:凡摘取古人成句为诗题,题首多冠以"赋得"二字。科举时代的试帖诗,因试题多取成句,故题前均有"赋得"二字。亦应用于应制之作及诗人集会分题。后遂将"赋得"视为一种诗体。即景赋诗者也往往以"赋得"为题。"月倚华山树"本自北齐尹孝逸《题历城房家园》诗句:"风泠历城水,月倚华山树。"

[1]青林:苍翠的树林、树木。[2]郁蒨:茂密繁盛。素辉:白色的亮光。穿漏:穿透。[3]盘纡(yū):回绕曲折。历落:疏落参差的样子。[4]空明:空旷澄澈。[5]碧落:道教语,天空,青天。千顷:百亩为顷,此处极言其广阔。[6]抗怀:谓坚守高尚的情怀。泠然:清凉的样子。

华不注歌

(清)张　元

君不见,华不注,一峰秀绝绝依附。矶硉直上矗高空,青冥撑破单椒露[1]。我时骑气叩天关,举手上抵银河湾[2]。初从下界望上界,云中飘缈如点黛。忽凭虚而御风,遂高举而无碍。此身渺不复知在何许,但觉当胸弥漫流沆瀣[3]。信知此境非人境,流云空翠沾衣冷。呼吸恍接阆风巅,咫尺坐见扶桑影[4]。天风飒然来,吹散白云堆。疑有古仙人,鸾鹤纷徘徊[5]。我闻李青莲,曾此相追陪。此事经千载,或复下九垓[6]。回合灏气空演漾,白鹿青龙安在哉[7]!缘此徙倚不能去,袖拂冥蒙踏烟雾[8]。华峰十丈莲,少室三花树[9]。我昔梦见之,于此倘一遇。须臾灭没日衔山,忆昔何人战此间。腾腾战鼓殷岩谷,取水更衣如转环[10]。一笑寻常事,三周直等闲。千秋遗镞埋荒草,芙蓉绿秀还如扫。俯仰此陈迹,翻令伤怀抱。伤怀抱,胡为尔?古今恩怨皆如此。何如矫首排天阊,振衣万仞俯茫洋[11]。即看兔魄涌沧海,笑倚孤峰弄月光[12]。

【注释】

此诗出自《绿筠轩诗》卷二。

[1]矹硉(wù lù)：山石突出的样子。[2]骑气：谓乘云气飞行。天关：犹天门。[3]沆瀣(hàng xiè)：夜间的水气，露水。旧谓仙人所饮。[4]阆(làng)风巅：山名。传说中神仙居住的地方，在昆仑之巅。《海内十洲记·昆仑》："山三角：其一角正北，干辰之辉，名曰阆风巅；其一角正西，名曰玄圃堂；其一角正东，名曰昆仑宫。"咫尺：周制八寸为咫，十寸为尺。形容距离近。扶桑：神话中的树名。传说日出于扶桑之下，拂其树杪而升。[5]鸾鹤：鸾与鹤。相传为仙人所乘。[6]九垓(gāi)：九层。指天。《文选·司马相如〈封禅文〉》："上畅九垓，下沂八埏。"李善注："垓，重也……言其德上达于九重之天。"[7]灏(hào)气：弥漫在天地间之气。演漾：飘摇。[8]徙倚：犹徘徊，逡巡。冥蒙：幽暗不明。[9]华峰：指西岳华山，其西峰峰顶有巨石状若莲花。少室：即少室山，属嵩山。三花树：即贝多树。一年开花三次，故名。唐李适《饯唐永昌赴任东都》："因声寄意三花树，少室岩前几过香。"[10]腾腾：象声词。形容鼓声。般：震动。取水、更衣：讲齐晋鞌之战中逢丑父与齐顷公易位、到华泉取饮事。见宋曾巩《华不注山》注[4]。[11]矫首：昂昂然自得的样子。排：推。天阊(chāng)：天上的门。[12]兔魄：月亮的别称。

华不注道中怀边华泉先生

(清)张　元

历下称诗宿，尚书沈杜俦[1]。敦盘分北地，宗派启东州[2]。墓道风烟断，华泉芦荻秋。遗文传海岱，永赖砥横流[3]。

【注释】

此诗出自《绿筠轩诗》卷三。诗题原注："华泉在华不注下，先生墓直其南数里。"边华泉：即边贡，号华泉。

[1]诗宿：诗歌方面素有名望的人。尚书：边贡曾任户部尚书。沈杜：沈约和杜甫。俦(chóu)：辈，同类。[2]敦盘：指玉敦和珠盘。古代天子或诸侯盟会所用的礼器，敦以盛食，盘以盛血，皆用木制，珠玉为饰。见《周礼·天官·玉府》。后以"敦盘"指宾主聚会或使节交往。东州：东方。边贡为明代"前七子"之一，在山东诗坛有一定影响。[3]砥横流：即"砥柱中流"，砥柱山屹立在黄河急流之中。比喻能负重任，支危局。

北渚园杂咏十三首

（清）张 元

小华不注

金舆一峰秀，相去四三里。谁割一片来，下侵云根水[1]。

【注释】

此诗出自《绿筠轩诗》卷四。诗题原注："为罗素文作。"罗素文，生卒事迹不详。北渚园：简称"北园"，指济南北郊一带片区，中有见山亭、小华不注、得月廊、曲涧、不动船、听玉山房、来雁阁、竹径、倚华书屋、龙盘石、沚亭、涵青楼、众香台等诸胜。

[1]云根：山石。

华不注山

（清）陈豫朋

华峰森独峙，直上白云端。细怯羊肠险，高欣鸟翼抟[1]。岚光青蔼郁，树影绿烟攒[2]。试访山隈寺，行藏问懒残[3]。

【注释】

此诗出自《濂村诗集》卷二八。陈豫朋（1672—?），字尧凯，号濂村，山西泽州（今山西阳城）人。陈廷敬次子。曾任翰林院编修、湖广学政、福建盐驿道。著有《濂村诗集》。

[1]羊肠：喻指狭窄曲折的小路。抟（tuán）：鸟类向高空盘旋飞翔。[2]蔼郁：盛貌。[3]山隈：山的弯曲处。行藏：指出处或行止。懒残：唐衡岳寺僧明瓒，性疏懒而好食残余饭菜，人以"懒残"称之。李泌读书寺中，以为非凡人，中夜往谒。懒残发火取芋以啖之，曰："慎勿多言，领取十年宰相。"泌拜而退。见宋赞宁等《宋高僧传·感通传二·唐南岳山明瓒》。清唐孙华《煨芋》诗："鹄陂豆饭堪同饱，富贵无心问懒残。"

过华不注山庄留赠主人

（清）傅仲辰

孤峰怪石望嵯峨，中有山翁独啸歌[1]。林树不遮云阁迥，郊畴更爱水田多。奇书盈架从人贷，腊酒经年待客过[2]。潇洒幽居堪送老，卜邻他日傍烟萝[3]。

【注释】

此诗出自《心孺诗选》卷十三。傅仲辰(1674—?),字苍野,又字心孺,浙江山阴人。曾任山东主簿。著有《心孺诗选》。

[1]啸歌:长啸歌吟。[2]腊酒:腊月酿制的酒。[3]送老:养老,怡老。卜邻:向他人表示愿为邻居。宋徐铉《稽神录·陆洎》:"惟君与我有缘,他日必当卜邻。"烟萝:草树茂密,烟聚萝缠,谓之"烟萝",此处借指幽居或修真之处。

登华不注山

(清)傅仲辰

携筇穿怪石,齿齿积如龈[1]。路转山情易,崖高云气熏。樵声幽谷答,人语半天闻。济胜虽无具,登临颇自欣[2]。

【注释】

此诗出自《心孺诗选》卷十四。

[1]齿齿:排列如齿状。[2]济胜具:指能攀越胜境、登山临水的好身体。语出南朝宋刘义庆《世说新语·栖逸》:"许掾好游山水,而体便登陟,时人云,许非徒有胜情,实有济胜之具。"清俞樾《春在堂随笔》卷五:"钓台、西台,两峰并峙,高出层霄,余无济胜具,不克登其巅。"

晓登华不注山

(清)傅仲辰

孤峰晨气凉,昨宵风雨聚。飞瀑响雷硠,虚岩充宿雾[1]。乘闲一壮观,颇饶济胜具[2]。褰衣缓缓登,曲折蚁缘路[3]。峭壁石嵯峨,骨立鲜泥傅[4]。或如狮象蹲,或如牛羊赴。怪状殊狰狞,奋迅似含怒[5]。罅窦灵气潜,向荣仙药布[6]。时或鸣幽禽,寻声不知处。时或吐晴云,一缕无心度。贾勇巑岏中,芒鞋鲜安步[7]。双跖压人头,面壁惊回觑[8]。直上扪青霄,下瞰低飞鹭。隐见万象呈,川原在指顾[9]。卓立绝钩连,群峰遥拥护。峿山亦并尊,相望不相忤。俯仰怀抱开,浩气如有助。精蓝绝顶悬,铃铎宣《韶頀》[10]。无地拂尘埃,解脱从此悟[11]。小憩龙象傍,烹茗啜甘露[12]。何处得懒残,炉头煨半芋。睾然怀古人,忼慨搜掌故[13]。娓娓老僧谈,丑父如可遇。仿佛齐晋师,犹绕华不注。

【注释】

此诗出自《心孺诗选》卷十五。

[1]雷硠(láng):山崩声。形容声音的巨大。宿雾:夜雾。[2]济胜具:见上首《登华不注山》注释[2]。[3]褰:撩起,用手提起。[4]骨立:比喻山石嶙峋。鲜(xiǎn):少。傅:附着。[5]奋迅:形容鸟飞或兽跑迅疾而有气势。[6]罅(xià)窦:缝隙,孔洞。向荣:谓植物滋长茂盛。[7]贾勇:谓鼓足勇气。见明王象春《逢丑父》注释[1]。芒鞋:用芒茎外皮编织成的鞋,亦泛指草鞋。安步:缓步徐行。[8]跖:足跟,脚掌。[9]川原:河流与原野。指顾:手指目视,指点顾盼。[10]精蓝:佛寺,僧舍。精,精舍。蓝,阿兰若。铃铎(duó):金属响器名。大者为铃,小者为铎,作为警戒、教化、斋醮、奏乐之用。韶頀(hù):亦作"韶濩"。汤乐名。《左传·襄公二十九年》:"见舞《韶濩》者。"杜预注:"殷汤乐。"孔颖达疏:"以其防濩下民,故称濩也……韶亦绍也,言其能绍继大禹也。"一说,舜乐和汤乐。《文选·王中〈头陀寺碑文〉》:"步中《雅》《颂》,骤合《韶》《护》。"李善注引郑玄曰:"《韶》,舜乐;《护》,汤乐也。"后亦以指庙堂、宫廷之乐,或泛指雅正的古乐。[11]佛教五祖弘忍的大弟子神秀曾作偈语:"身是菩提树,心如明镜台。时时勤拂拭,勿使惹尘埃。"[12]龙象:指罗汉像。[13]睾(gāo)然:高远的样子。忼慨:感慨。掌故:旧制旧例;故事,史实。

历下杂诗

(清)田同之

(其二)

一峰孤立华不注,三窦分流趵突泉[1]。水剩山残秋事冷,雁声空下碧云天。

【注释】

此诗出自《砚思集》卷六。田同之(1677—1749),字彦威,又字在田,号西圃,别号小山姜,山东德州人。田雯之孙。曾任国子监学政。著有《砚思集》。

[1]"华不注"后原注:"'不',平声。"三窦分流:是说趵突泉有三股泉水分流。北魏郦道元《水经注》:"泺水出历城县故城西南,泉源上奋,水涌若轮,觱涌三窟。"窦,孔穴,洞。

李文园、乐园岭西昆仲邀冯鳞雪、李千子暨予陪殿元李先生登华不注怀古

(清)任宏远

兄弟耽幽境,振衣登极巅[1]。微微认海岱,历历数山川[2]。太白昔年去,谪仙今日还[3]。春秋争战地,齐晋总茫然。

【注释】

此诗转引自《续修历城县志》卷八。任宏远(1677—?),字仔肩,号泺湄,山东历城人。诸生。著有《鹊华山人诗集》。李文园:即李中简,字廉衣,号子静,一号文园,直隶任丘人。乾隆十三年(1748)进士,曾任侍讲学士、山东学政。著有《嘉树轩诗集》。其他人物生卒事迹不详。昆仲:称人兄弟。长曰兄,次曰仲。殿元:即状元。殿试第一名。

[1]耽:沉湎。极巅:山顶,山巅。[2]微微:隐约,淡远。历历:清晰的样子。[3]这两句是赞誉同行的"殿元李先生"为谪仙李白。

登华不注山怀古

(清)任宏远

翠削芙蓉四望通,销沉今古等飘蓬[1]。岱云海色微茫外,城堞湖烟指顾中[2]。不见仙人乘白鹿,空留涧草旋秋风[3]。年来只有华杨柳,和雨和烟岁岁同[4]。

【注释】

此诗转引自《续修历城县志》卷八。

[1]四望:眺望四方。销沉:埋没无闻。飘蓬:飘飞的蓬草。比喻漂泊无定。[2]指顾:手指目视,指点顾盼。[3]涧草:见明王象春《回车涧》诗后原注。[4]和雨和烟:细雨淡烟。

登北城楼望华不注

(清)任宏远

宇内名山说永嘉,游人漫向济南夸[1]。汇波楼上凭栏望,黛扫烟空刺虎牙[2]。

【注释】

此诗转引自《续修历城县志》卷八。北城楼:济南北水门之上的汇波楼。

[1]永嘉:古郡名,治所在浙江温州永嘉县,永嘉山水因谢灵运而名扬天下。漫:副词,休,莫。[2]汇波楼:位于大明湖公园东北隅。建于元初,因楼建在汇波桥(亦称北水门)上而得名。登楼可南望历山、玉函等名山,北观华山、鹊山、药山诸景。古时济南八景中,有"汇波晚照"。烟空:高空,缥缈的云天。

鞍　山

（清）任宏远

齐晋相将战鼓惊，只疑一笑一倾城。不堪极望华不注，唯有回车涧草生[1]。

【注释】

此诗转引自《续修历城县志》卷八。鞍山：为齐晋鞌之战的战场。

[1]极望：放眼远望。回车涧草：见明王象春《回车涧》诗后原注。

登华不注

（清）刘伍宽

一点芙蓉耸太空，高随飞鸟步蚕丛[1]。河流低绕红楼院，岱色遥收紫极宫[2]。金辇还传寒涧侧，玉箫谁弄夕阳中[3]。不须谢朓惊人句，呼吸唯教帝座通[4]。

【注释】

此诗出自《海右堂遗诗》。刘伍宽（1679—1745），字蒲若，号此亭，山东历城人。“历城三子”之一。雍正七年（1729）拔贡，晚年选教谕，不就。著有《海右草堂集》。

[1]蚕丛：相传为蜀王的先祖，教人蚕桑。借指蜀地。此疑指华不注山山路崎岖。[2]紫极宫：唐代重道教，尊奉老子为玄元皇帝。唐玄宗时于两京（长安、洛阳）及诸州置玄元皇帝庙。京师号玄元宫，诸州号紫极宫。[3]金辇：帝王所乘车辇。玉箫：玉制的箫或箫的美称。[4]谢朓：（464—499），字玄晖，陈郡阳夏（今河南太康）人。南朝齐杰出的山水诗人，出身高门士族，与“大谢”谢灵运同族，世称“小谢”。帝座：亦作“帝坐”。古星名，属天市垣。

华不注

（清）吴　庄

秀削晴空似卓锥，芙蓉出地翠跗支[1]。山头有石势皆立，万古不开华自奇。晋马三周凭士怒，齐人一笑致邦危。只今旷野无争战，未觉当前是险巇[2]。

【注释】

此诗出自《半园诗文遗稿·聊寄集》。吴庄（1679—1750），字友篁，号半园，自署武山籍，江苏吴县人。乾隆初重修《苏州府志》，吴庄独任采访。著有《半园诗文遗稿》。

[1]秀削：高耸陡峭。卓锥：立锥，插立的锥尖，此处极言华不注山之峭拔挺立。[2]险巇（xī）：崎岖险恶。

将游济南作

（清）李予望

（其二）

虎牙天半刺空青，湖水周回历下亭。为问名泉七十二，春风何处好扬舲[1]。

【注释】

此诗出自《宫岩诗集》卷四。李予望（1681—1733），字岵瞻，号怡村，自号宫岩主人，直隶蔚州（今河北蔚县）人。康熙五十年（1711）举人。著有《宫岩诗集》。

[1]扬舲（líng）：犹扬帆。

华不注

（清）李予望

泰岳峙东方，险峭压地轴[1]。众山不敢仰，背脊如猬缩。齐州莽千里，兹山才一簇。孤峰刺青天，峻拔森可束。梁父与徂徕，支派迥不属[2]。遥瞰虎牙形，秀发诚所独。粲粲玉芙蓉，烟霄点黛绿[3]。或疑莲花峰，飞来坠平陆。磔立俯华泉，图画俨屏幅[4]。光彩照人寰，恨未陟山麓。怅望古仙人，无心问战逐。但愿携青莲，相从借白鹿[5]。

【注释】

此诗出自《宫岩诗集》卷四。

[1]地轴：泛指大地。[2]梁父：山名，泰山下的一座小山，在今山东省新泰市西，古代皇帝常在此山辟基祭奠山川。徂徕：山名，在山东省泰安市东南。[3]粲粲：鲜明的样子。[4]磔（zhé）立：陡峭高耸的样子。屏幅：屏条，书画条幅。[5]此处指唐李白《古风》诗"借予一白鹿，自挟两青龙"之事。

华不注

（清）李重华

灵峰秀出青芙蕖，云气半空时郁纡[1]。泰山根尽露芽茁，少海润侵舒萼跗[2]。缘梯欲上怕炎日，觅寺久息疑清都[3]。华泉龙拔向何处，苦旱得翻霖雨无[4]。

【注释】

此诗出自《贞一斋集》卷七。李重华(1682—1755)，字实君，号玉洲，江苏吴江人。曾任翰林院编修。著有《贞一斋集》。

[1]郁纡：形容烟气浓郁缭绕。[2]芽茁(zhú)：芽。少(shào)海：指渤海，也称幼海。萼跗：萼，花萼。跗，通“柎”。花萼房。[3]清都：神话传说中天帝居住的宫阙。[4]霖雨：甘雨，时雨。

赋得月倚华山树

(清)高凤翰

月妙无定形，常以物为质。因缘成媸妍，异境开幽逸[1]。矗矗华不注，万木清如栉[2]。得月当独佳，葱蒨而崒嵂[3]。居然宝塔光，璎珞缀金粟[4]。接叶耀繁星，垂林舒素匹。琅玕如细毛，琐碎湿冰窟[5]。空寒碧落低，万象皆自失[6]。岂有古仙人，独骑白鹿出。何当谢尘鞅，拂袖追高轶[7]。

【注释】

此诗出自《南阜山人诗集类稿》卷二。高凤翰(1683—1749)，字南阜，又字西园，号南村，又称南阜山人，晚号归云老人，山东胶州人。曾任安徽绩溪知县。著有《南阜山人诗集类稿》。

[1]媸(chī)妍：美丑，这里指月亮的圆与缺。媸，丑陋。妍，美丽。[2]矗矗：高峻的样子。栉：梳子、篦子等梳发用具，这里是说树木如梳齿。[3]葱蒨：草木青翠茂盛的样子。崒嵂：高峻的样子。[4]宝塔光：指圣洁之光。璎珞：用珠玉穿成的装饰物，多用作颈饰。金粟：首饰上的金星，即珠宝。[5]琅玕：形容竹之青翠，亦指竹。琐碎：琐屑，零碎。[6]碧落：天空。万象：万物。[7]尘鞅：世俗事务的束缚。鞅，套在马颈上的皮带。拂袖：借指引退、归隐。高轶：即高逸，高隐的人。

游华不注

(清)张　庚

平原秀单椒，刺空点苍黛。石气豁孤清，林光森虚暧[1]。湛挹华泉甘，危扳翠崖闾[2]。澄日云霏流，睦耳鸟声在。笃静更超摇，怀幽愈津逮[3]。机默趣斯微，灵超契无昧。向殷吊古情，兹与冲襟会[4]。翛然弄月还，得意琴樽对[5]。

【注释】

此诗转引自《乾隆历城县志》卷七。张庚(1685—1760),字浦山,号公之干,自号瓜田逸史,又号弥伽居士、白苎村桑者,浙江秀水(今浙江嘉兴)人。雍正十三年(1735)应博学鸿词试。著有《强恕斋诗钞》。

[1]石气:环绕山石的雾气。林光:透过树林的阳光。[2]湛:清澈。挹:酌,以瓢舀取。闿(kǎi):开阔。[3]津逮:由津渡而到达。[4]冲襟:旷淡的胸怀。[5]翛(xiāo)然:无拘无束,超脱的样子。琴樽:琴与酒樽为文士悠闲生活用具。

望华不注山

(清)朱定元

秀峰兀峙显雄豪,不借丘陵体自高[1]。翠泼青崖同点黛,应邀圣主御书褒[2]。

【注释】

此诗出自《静宁堂诗集》。朱定元(1687—1770),字象乾,号奎山,贵州黄平人。曾任山东巡抚。著有《静宁堂诗集》。

[1]北魏郦道元《水经注·济水》:"华不注山,单椒秀泽,不连丘陵以自高;虎牙桀立,孤峰特拔以刺天。青崖翠发,望同点黛。"兀峙:耸立。[2]句后原注:"圣祖南巡有句,云'试看瘦削孤峰色,独立亭亭秀作堆'。"该诗句见清爱新觉罗·玄烨《登济南城望华不注》。

登华不注山

(清)朱定元

灵岫标天汉,攀跻不惮劳[1]。风回双阙迥,云拥一峰高[2]。千载忠魂烈,三周胆气豪[3]。登临吊往事,勋业纪东皋[4]。

【注释】

此诗出自《静宁堂诗集》。

[1]灵岫:指仙山的峰峦。天汉:即天河。攀跻:犹攀登。[2]双阙:古代宫殿、祠庙、陵墓前两边高台上的楼观,这里喻指华不注山和鹊山东西对峙,如同双阙。迥:远。[3]前句原注:"逢丑父与公易位,公如华泉得脱。"后句原注:"晋郤克逐齐侯,三周华不注。"[4]勋业:功业。东皋:水边向阳高地,亦泛指田园、原野。

华不注

（清）顾我锜

群山奔走向琅琊，绿玉芙蓉独吐葩[1]。应识横流沧海外，高人孤立啸烟霞[2]。

【注释】

此诗出自《浣松轩诗集》卷三。顾我锜（1688—1733），字湘南，号帆川，江苏震泽人。雍正九年（1731）以诸生与修《江南通志》。著有《浣松轩诗集》。

[1]琅琊（láng yá）：山名，在今山东省诸城市东南海滨。吐葩（pā）：开花。[2]诗后原注："城南历山，南属泰岱，东走淄青，绵亘不绝。"横流沧海：海水到处泛滥。

赋得绿翠如芙蓉

（清）张希杰

丹崖百尺耸齐城，宛若芙蓉斧劚成[1]。翠色连翩环鹫岭，孤峰峻拔俯华清[2]。岱宗风雨通来往，海市楼台任送迎。不是青莲能赋物，华峰倒影孰移情[3]。

疑是仙人萼绿华，凌空倒影落云霞[4]。湖光净浴芙蓉面，柳色妆成粟玉花。十丈莲峰移翠黛，满湖绿玉浸龙牙。赤松已往青莲老，谁驾双龙白鹿车[5]？

青莲原是谪仙才，得上齐城翠嶂开。湖水日环孤屿晓，青天欲破碧云来。浮岚画出凌波影，螺髻妆成潋滟堆[6]。九点齐烟当退步，芙蓉端底绝尘埃[7]。

【注释】

此诗出自《铸雪斋集》卷八。张希杰（1689—？），字汉张，号东山，别号练塘，原籍浙江萧山，寄籍山东历城。诸生。著有《铸雪斋集》。绿翠如芙蓉：唐李白《古风》："兹山何峻秀，绿翠如芙蓉。"

[1]丹崖：绮丽的岩壁。[2]连翩：连续不断。鹫岭：借指佛寺。华清：犹太清。指太空。[3]赋物：描写物态。移情：变易情志。[4]萼绿华：传说中女仙名。其自言是九嶷山中得道女子罗郁。晋穆帝时，夜降羊权家，赠权诗一篇，火澣手巾一方，金玉条脱各一枚。见南朝梁陶弘景《真诰·运象》。[5]这两句诗化用唐李白《古风》："萧飒古仙人，了

知是赤松。借予一白鹿，自挟两青龙。"[6]潋滟(liàn yàn)：形容水波相连，荡漾闪光。[7]九点齐烟：即"齐烟九点"。见清王岱《华不注山》注释[2]。

赋得绿翠如芙蓉

（清）张希杰

突兀华不注，绿房翠蒂如[1]。孤停刺天表，绮丽拥云居[2]。仙子凌风至，美人曳翠舒。广长青舌化，灵蹋碧云书[3]。十丈分华顶，三山漾绿渠。还疑张翠盖，直欲驾銮舆[4]。社结名山约，人荣幕府殊[5]。青莲故老去，长啸独踌躇。

【注释】

此诗出自《铸雪斋集》卷九。诗题原注："得'如'字，限五排八韵。"

[1]绿房：指花苞。花未开时，花苞为绿色，故称。[2]天表：犹天外。绮丽：华美艳丽，鲜明美丽。[3]广长青舌：即"广长舌"，指佛的舌头。据说佛舌广而长，覆面至发际，故名。后用以喻能言善辩。[4]翠盖：饰以翠羽的车盖。銮舆：即銮驾，天子车驾。[5]幕府：本指将帅在外的营帐，后亦泛指军政大吏的府署。李白曾投永王李璘军营，后成为宋若思的幕僚。

华不注

（清）鲍　钤

为爱华不注，青于嗢钵罗[1]。闲登历城北，遥指嶕山阿。秀色生云木，斜阳下薜萝。空携筇竹杖，觌面一蹉跎[2]。

【注释】

此诗出自《道腴堂诗编》卷七。鲍钤(1690—1748)，字冠亭，一字西冈，号辛圃，晚号待翁，山西应州人。曾任浙江长兴知县、嘉兴府海防同知。著有《道腴堂全集》。诗题原注："'不'音'孚'。《诗经·小雅》'鄂不韡韡'，郑《笺》当作'柎'。"

[1]嗢(wò)钵罗：植物名，即青莲花。多产于天竺，其花香洁。梵语，又译为乌钵罗、沤钵罗、优钵罗。[2]觌面：当面，迎面，见面。蹉跎：失时。

济南绝句十首

（清）鲍　钤

（其七）

明湖水木真明瑟，郦注《桑经》语最工[1]。欲访华泉征《左传》，单椒秀泽夕阳中。

【注释】

此诗出自《道腴堂诗编》卷七。

[1]明瑟：莹净。郦：指郦道元。曾为《水经》作注。《桑经》：指《水经》。相传为汉桑钦所作，故称。

八月九日抵济南过华不注山下作

（清）杨士凝

撑空削翠一峰孤，不记山程是客途[1]。客兴已阑思去汝，山容虽好叹犹吾[2]。斜阳落雁归何处，枯柳疏蝉恋此都。每到城东忘蜡屐，济南丘壑意中无。

【注释】

此诗出自《芙航诗襭（xié）》。杨士凝（1691—1740），字妙合，一字立诚，又字笠乘，号芙航，江苏武进人。康熙五十六年（1717）举人，曾任山东单县知县。著有《芙航诗襭》。

[1]山程：指行路于山中。客途：客行途中。[2]客兴：旅客的情绪，心境。阑：衰退，消沉。山容：山的姿容。

望华不注

（清）郑方坤

流泉绕舍树横坳，一朵青秾涌近郊[1]。色借佛头差可识，名从仙掌讵为剿[2]。盱衡故垒鞍之战，竞秀他山鹊有巢[3]。帽影鞭丝致遥瞩，寄声猿鹤漫相嘲[4]。

【注释】

此诗出自《蔗尾诗集》卷十一。郑方坤（1693—?），字则厚，号荔乡，福建晋安人。曾任兖州知府。著有《蔗尾诗集》。

[1]青秾(nóng):指华不注山。秾,花木茂盛浓密。[2]句后原注:"与西岳并称'华山',故云。"仙掌:指西岳华山东峰的仙掌崖。剿(chāo):抄取,抄袭。[3]句后原注:"对峙者为鹊山。"盱(xū)衡:原为扬眉举目,引申为观察,纵观。故垒:古代的堡垒,旧堡垒。竞秀:争比秀丽。[4]帽影鞭丝:亦作"鞭丝帽影"。马鞭和帽子,借指出游。

望华不注

(清)严遂成

单椒何秀泽,俯揖如文人。桀起虎牙怒,刺天青入云。变化一不测,昏晓阴阳分[1]。济水渺无际,四围烟光熏。离群山作势,缥缈云中君。昔者鞌之战,三周逐齐军。土人记失实,谓之金舆云[2]。

【注释】

此诗出自《海珊诗钞》卷二。严遂成(1694—?),字崧瞻,号海珊,浙江乌程(今浙江湖州)人。曾任云南嵩明知州。著有《海珊诗钞》。

[1]唐杜甫《望岳》:"造化钟神秀,阴阳割昏晓。"[2]土人:世代居住本地的人。

纪　程

(清)桑调元

(其二十二)

复到津门晓色清,舟车仆仆总劳生[1]。却怜梦绕华不注,一朵芙蓉映日明。

【注释】

此诗出自《弢甫诗续集》卷十七。桑调元(1695—1771),字伊佐,号弢甫,自号五岳诗人,浙江钱塘(今浙江杭州)人。曾任工部屯田司主事。著有《弢甫诗集》。

[1]津门:天津市的别称。明永乐二年(1404)筑天津城,因地处畿辅门户,故名"津门"。仆仆:奔走劳顿的样子。

九日萩林招予及诸子登华不注

(清)桑调元

寰中揽胜随所遇,佳辰登陟不可孤[1]。贤主招携涌高兴,竹林兰谱联吾徒[2]。眼明先见华不注,单椒矗秀名非虚。华阳宫中一小憩,飞身把杖凌崎岖。

崭崭紫石划破碎，千瓣攒一金芙蕖[3]。当时演漾围小海，芳茎倒插元黄初[4]。尘沙蓬勃陵谷变，鹊山西没澄泫湖。细麦纵横绣塍列，村农勤动千鸦锄[5]。东头华泉滉一勺，小清河水环威纡[6]。参差槐柳青扶疏，枰枰露甲繁秋蔬[7]。齐山横亘翠簇簇，落日照耀南屏舒。岩腰祠奉老仙伯，素云绕座颜清腴[8]。一童手捧九还诀，一童药贮黄葫芦。长生久视亦底用，贤圣委顺由鸿炉[9]。我生激昂意气粗，万事只等浮云徂。昨年登高俯八境，砰訇滩石惊涛输[10]。朅来北平苦往复，涕酾旧好潜黄垆[11]。盘山碣石登未得，一身催落齐川隅。去住饮啄本前定，涤荡情志抛挛拘[12]。煜然名德仰一老，嗟予晏景临桑榆[13]。朝阳乘时上杲杲，图不朽事于蘧庐[14]。不见闵子逢丑父，万古忠孝宁翳如[15]。痴人欲占爽鸠乐，牛山涕泪淋衣裾[16]。自遣浮埄扬富贵，推迁幻化归空无[17]。僧房黄菊放烂漫，鲜明掩映红茱萸。今年此会喜健在，烂醉径倒玻璃壶。明日之日弗早计，讵须当境三踟蹰。

【注释】

此诗出自《弢甫诗续集》卷十八。萩林：即沈廷芳，字萩林，曾任山东按察使。

[1]寰中：宇内，天下。登陟：登上。[2]招携：招邀偕行。竹林：魏晋间阮籍、嵇康等七人在竹林宴游，时人号为“竹林七贤”。兰谱：旧俗结拜盟兄弟时互换的谱帖。金兰，比喻情投意合。又科举时代，同时登科的，也叫同兰谱。[3]崭崭：高峻。[4]演漾：水波荡漾。元黄：即玄黄，指天地。[5]塍（chéng）：田埂，畦田。鸦锄：即鸦嘴锄，形似鸦嘴的轻便小锄头。[6]滉（huàng）：波动，摇荡。威纡：绵延曲折的样子。[7]扶疏：枝叶繁茂分披的样子。[8]岩腰：山腰。仙伯：仙人之长，亦泛称仙人，此处指华不注山山腰有吕祖祠，祠吕洞宾。清腴：清美。[9]委顺：顺应自然。鸿炉：大火炉，比喻天地。[10]昨年：去年。八境：指虔州八境。砰訇（hōng）：象声词。大水声。[11]朅（qiè）来：归来，来到。酾（shī）：斟酒。旧好：旧交，老相好。黄垆：犹黄泉。《淮南子·览冥训》：“上际九天，下契黄垆。”高诱注：“上与九天交接，下契至黄垆，黄泉下垆土也。”南朝宋刘义庆《世说新语·伤逝》载：“〔王浚冲〕乘轺车，经黄公酒垆下过，顾谓后车客：‘吾昔与嵇叔夜、阮嗣宗共酣饮于此垆……自嵇生夭、阮公亡以来，便为时所羁绁。今日视此虽近，邈若山河。’”后世亦用“黄垆”作悼念亡友之辞。[12]饮啄：饮水啄食，引申为吃喝，生活。语本《庄子·养生主》：“泽雉十步一啄，百步一饮，不蕲畜乎樊中。”成玄英疏：“饮啄自在，放旷逍遥，岂欲入樊笼而求服养！譬养生之人，萧然嘉遁，唯适情于林籁，岂企羡于荣华！”挛拘：拘泥，拘束。[13]晏景：傍晚。桑榆：日落时光照桑榆树端，因以指日暮。[14]杲杲（gǎo）：明亮的样子。蘧（qú）庐：古代驿传中供人休息的房子，犹今言旅馆。[15]翳如：湮灭无闻。[16]爽鸠：原指爽鸠氏，传说为少皞氏的司寇，借指掌刑狱之官。沈廷芳时任山东按察使。牛山涕泪：喻为人生短暂而悲叹。详见明谢肇淛《九日同济南诸君登华不注四首》注释[12]。[17]埄（běng）：尘土。

华不注

(清)沈　心

昔曾读《水经》，慕单椒秀泽。客情固多暇，携此双蜡屐[1]。佛钵涌莲花，翠发攒奇石[2]。象纬逼高空，心目涵净碧[3]。牝虚閟灵气，疑有古仙宅[4]。名泉无纤滓，倒窥云影白。野禽栖林薄，斜照落岸帻[5]。远想一慨然，丑父留旧迹。

【注释】

此诗出自《孤石山房诗集》卷四。沈心(1697—?)，字房仲，号松阜，浙江仁和(今浙江杭州)人。沈廷芳兄。诸生。著有《孤石山房诗集》。

[1]客情：客旅的情怀。蜡屐：涂蜡的木屐。[2]佛钵：相传为佛陀所用的食钵。[3]象纬：象数谶纬，亦指星象经纬，谓日月五星。[4]牝(pìn)虚：即虚牝，空谷。牝，古人以丘陵为牡，溪谷为牝。閟(bì)：掩蔽，隐藏。[5]岸帻(zé)：推起头巾，露出前额，形容态度洒脱或衣着简率不拘。

望华不注

(清)彭启丰

遥看秀色拔林坰，点黛单椒入杳冥[1]。岞崿虎牙云际矗，鲜荣莲朵岱阴停[2]。周围铁骑思前事，潆绕华泉验《水经》[3]。客里秋高近重九，清吟兴欲泛沧溟。

【注释】

此诗出自《芝庭诗稿》卷四。彭启丰(1701—1784)，字翰文，号芝庭，江苏长洲(今江苏苏州)人。曾入直南书房，任左副都御史、兵部尚书。著有《芝庭诗稿》。

[1]林坰(jiōng)：郊野。毛传："坰，远野也。邑外曰郊，郊外曰野，野外曰林，林外曰坰。"杳冥：指天空，高远之处。[2]岞崿(zuò è)：山势高峻的样子。鲜荣：艳丽。[3]潆(yíng)绕：水流环绕。

罗素文北渚园十咏

(清)沈廷芳

小华不注

单椒与秀泽，此具体而微[1]。掩映林园景，清光冠落晖。

【注释】

此诗出自《隐拙斋集》卷十九。沈廷芳(1702—1772),字畹叔,又字荻林,号椒园,浙江仁和(今浙江杭州)人。曾任翰林院编修、山东按察使。著有《隐拙斋集》。罗素文:即罗以书,字素文,山东德州人。清乾隆年间曾任云南剑川知州。北渚园:罗以书的私家花园,位于济南北郊,现北园地带。

[1]具体而微:总体的各部分都具备而形状或规模较小。

经华不注山下

(清)沈廷芳

注水青莲入夏寒,亭亭玉立秀堪餐。朝来独在白云里,唤起尘人洗眼看[1]。

【注释】

此诗出自《隐拙斋集》卷二四。

[1]洗眼:犹拭目,谓仔细看。

九日偕弢甫、秦川、定初、世焘登高华不注

(清)沈廷芳

戊辰秋与庚辰秋,十有三载追曩游[1]。九月九日风日好,发兴重眺邀朋俦[2]。当年郤克逐北处,城隅遥睇华不浮[3]。单椒秀泽《水经》著,古何扰攘今何幽。迂威林壑到山麓,赤日照耀金光流[4]。紫石荦确碧树矗,岩腰有庙红墙周[5]。同人翘首不敢上,诗翁直造高峰头[6]。翁曾五岳纵双屐,蹋此讵比昆仑邱。随方胜地必历览,亦若宝气腾琳球[7]。华阳旧观一小憩,忠孝合祀钦前修。茶瓜饷客颇不恶,揽结岚翠舒清眸[8]。严施诗刻帖苔壁,赵董名绩传寰洲[9]。后之视今今视昔,阅人阅水奔飞遒。独有节概不可灭,陵迁谷变名长留[10]。九京寂寞付千载,当前漫起牛山愁[11]。斜阳冉冉暮色至,马鞍插菊争吟讴[12]。归来峦影尚独挹,心魂恍绕山之陬[13]。

【注释】

此诗出自《隐拙斋集》卷二六。弢甫:即桑调元,号弢甫。秦川:即盛百二(1720—?),字秦川,号柚堂,浙江秀水(今浙江嘉兴)人。曾任山东淄川知县。主讲山枣、稾城书院十数年。著有《柚堂文存》《皆山楼吟稿》。定初、世焘:人物事迹不详。

[1]曩(nǎng):先时,以前。[2]风日:犹风光。朋俦:朋辈,伴侣。[3]遥睇(dì):犹

遥望。[4]迂威:迂回曲折。赤日:红日,烈日。[5]荦确:怪石嶙峋的样子。[6]造:到,去。[7]随方:不拘何方,任何方面。琳球:指美玉。[8]揽结:收取。岚翠:苍翠色的山雾。清眸:明亮的眼睛。[9]前半句后原注:“灏亭司马、愚山侍讲同游有句,刊石尚存。”前半句后原注:“吴兴、华亭俱有《峼华秋色图》。”严:严沆。施:施闰章。赵:赵孟頫。董:董其昌。缋(huì):绘画。寰洲:即天下。[10]节概:志节气概。[11]九京:犹九泉,指地下。牛山愁:为人生短暂而悲叹。见明谢肇淛《九日同济南诸君登华不注四首》注释[12]。[12]吟讴:吟哦,吟诵。[13]挹:收取。陬(zōu):山角。

华不注

(清)张开东

昔闻华不注,今始见离奇[1]。一柱当齐镇,三周老晋师[2]。泉飞珠洒落,石削玉参差。自去华山后,亭亭爱尔姿。

【注释】

此诗出自《白莼诗集》卷十一。张开东(1702—1781),字宾阳,号白莼,湖北蒲圻(今湖北赤壁)人。曾任蕲水教谕。著有《白莼诗集》。

[1]离奇:比喻十分奇特,不同平常。[2]齐镇:指济南。春秋时济南为齐国西部边境军事重镇。

九日登华不注

(清)王尔鉴

闻说三周华不注,云飞石走提兵路。只今秀削青芙蓉,战垒尘埋孤嶂竖。岂是皇娲炼补天,石丸手弄堆云烟[1]。秋风吹帽登其巅,气溟海岱然不然。

【注释】

此诗出自《熊耳山人二东诗草》卷一。王尔鉴(1703—1766),字在兹,号熊峰,河南卢氏县(今河南信阳)人。曾任山东郃县、济宁州知州、重庆巴县知县。著有《熊耳山人二东诗草》《巴蜀诗草》,纂修《巴县志》。

[1]皇娲:即“娲皇”。女娲氏,中国神话传说中人类的始祖,传说她与伏羲由兄妹而结为夫妇,繁衍人类。又传说她曾用黄土造人,炼五色石补天,断鳌足支撑四极,平治洪水,驱杀猛兽,使人民得以安居,并继伏羲而为帝。

华不注歌

(清)赵青黎

登楼远望华不注，拔云千尺无寸土。清济挟流斫山根，独立苍茫费撑拄[1]。耸绝梯磴削绝蹊，鸟飞抢地猿啸雨。谪仙不畏蜀道难，把笔摇岳招杜甫。太瘦生与石棱棱，山鬼揶揄狎虬虎[2]。华阳仙人卜云居，信美且都非吾侣[3]。鸣乎九原不可作，崇正烟荒谁与语[4]。

【注释】

此诗出自《漱芳居诗钞》卷十四。赵青黎(1706—1782)，字然乙，号星阁，安徽泾县人。曾任翰林院编修、山东道监察御史。著有《漱芳居诗文钞》。诗题原注："时椒园约游未果。"椒园，即沈廷芳，号椒园。

[1]山根：山脚。撑拄：支撑，顶拄。[2]太瘦生：太瘦，很瘦。生，语助词。唐李白《戏赠杜甫》诗："借问别来太瘦生，总为从前作诗苦。"宋欧阳修《六一诗话》："太瘦生，唐人语也，至今犹以'生'为语助，如'作么生''何似生'之类。"棱棱(léng)：形容高耸突起。山鬼：山神。揶揄：嘲笑，戏弄。虬虎：犹龙虎，比喻君臣或贤人。[3]云居：指隐居之所。宋黄庭坚《鄂州南楼书事》诗之二："南楼盘礴三百尺，天上云居不足言。"任渊注："江南谚曰：'天上云居，地下归宗。'盖云居在山之绝顶。"[4]句后原注："崇正祠今为道流所据。"九原：九泉，黄泉。金元好问《赠答刘御史云卿》诗之三："九原如可作，吾欲起韩欧。"

华不注

(清)爱新觉罗·弘历

驻辇曾城畅远眸，华不翠注不曾流[1]。何年金母临蓬海，两朵天花此处留[2]。

【注释】

此诗出自《御制诗二集》卷三。爱新觉罗·弘历(1711—1799)，清朝第六位皇帝，年号"乾隆"，庙号"高宗"。著有《御制文集》《御制诗集》。

[1]驻辇：谓帝王出行，途中停车。曾城：指高大的城阙。"华不"后原注："平声。"[2]金母：古神话传说中的女神，俗称西王母。天花：佛教语，指天界仙花，此处喻指华不注山和鹊山。

过济南杂诗

（清）爱新觉罗·弘历

（其四）

清明节故断魂天，华注何堪重忆前[1]。却是山灵犹解事，连朝为我隐云烟[2]。

【注释】

此诗出自《御制诗二集》卷二二。

[1]句后原注："戊辰春临是地，正值清明节。"[2]解事：通晓事理。

过华不注作

（清）张启愚

葱峭孤峰矗道周，干霄点翠几千秋[1]。仙人两鹿青莲诧，戎马三环绿野羞[2]。石气霏霏春色丽，岚光霭霭瑞烟浮[3]。只疑湖上新荷发，菡萏移来插远洲。

【注释】

此诗出自《遂初稿》卷下。张启愚（1715—1797），字鲁思，号款翁，山东宁海（今山东乳山）人。曾任四川大邑知县、山东莒州学正。著有《遂初稿》。诗题原注："廿二日。"

[1]道周：路旁。干霄：高入云霄。[2]前半句化用唐李白《古风》诗中仙人赤松子和白鹿故事，后半句化用《左传》中"三周华不注"故事。[3]霏霏：泛指浓密盛多。瑞烟：祥瑞的烟气，多为焚香所生烟气的美称。

九日登华不注

（清）韦谦恒

萧萧风物逼高秋，孤嶂匼匽一纵眸[1]。山气直应连泰岱，地形终古镇齐州[2]。一声白雁寒云静，九日黄花古寺幽[3]。可惜谪仙人已去，虎牙千仞不同游。

【注释】

此诗出自《传经堂诗钞》卷五。韦谦恒(1720—1805),字慎旃,号约轩,又号木翁,安徽芜湖人。曾任山东学政、贵州巡抚。著有《传经堂诗钞》。

[1]风物:风光景物。高秋:深秋。孤嶂:孤立的高山。崖巖(chuí wéi):山巅高峻。[2]山气:山中的云雾之气。终古:往昔,自古以来。[3]黄花:菊花。

华不注

(清)吴 镇

送客齐门东,因登华不注[1]。肩舆避道尘,蜡屐得仙路[2]。兹山势孤骞,怪石纷攒聚[3]。探奇惬壮游,济胜夸老具[4]。一笑巾笄狂,三周跛眇怒[5]。宁知翠芙蓉,千载犹如故。白鹿逐青龙,赤松竟何处[6]?归来归去来,九点烟光暮[7]。

【注释】

此诗出自《松花庵集·松花庵游草》。吴镇(1721—1797),初名昌,字信辰,又字士安,号松崖,别号松花道人,甘肃临洮人。曾任山东陵县知县、湖南沅州知府。著有《松花庵集》。

[1]齐门:济南城东门,又称齐川门,因济南府城附近的水流汇聚在东门转向东北方,汇入小清河,而小清河又贯穿齐国旧地而得名。[2]肩舆:轿子。[3]孤骞(xiān):超逸,与众不同。攒(cuán)聚:聚集,丛聚。[4]壮游:谓怀抱壮志而远游。济胜:攀登胜境。见清傅仲辰《登华不注山》注释[2]。[5]这两句是说齐晋鞌之战的起因和经过。详见明王象春《回车涧》注释[1]。笄(jī):簪。古时用以贯发或固定弁、冕,此代指女子。[6]这两句化用唐李白《古风》诗句:"萧飒古仙人,了知是赤松。借予一白鹿,自挟两青龙。"[7]来:助词,不译。九点烟光:即"齐烟九点"。见清王岱《华不注山》注释[2]。

携大晋、大仪登华不注绝顶

(清)王初桐

单椒拔地起,刺天矗危翠。超然离群山,独立表秀意。戛戛石笋抽,森森剑铓利[1]。清河襟带间,鹊山为邻比[2]。俨如尹邢俦,窥镜新钗珥[3]。城隅望烟鬟,春风策游骑[4]。双童肩榼随,二子并辔至[5]。各挟济胜具,健于擘风翅[6]。初从华阳宫,仰视松髯媚[7]。半岭线路绝,乱石怪欲坠。盘坳往复回,屡误景弥异[8]。筋力纵忘疲,险仄时或悸[9]。峰尖一席地,小小金舆寺。斑驳紫苔阶,列坐不以次。倾壶互传杯，醉即跂脚睡[10]。云从舄下生，鸿向天边戏[11]。长风万里来，疑有仙人骥。倘遇浮邱公，不则绮里季[12]。试求餐玉诀，定得青囊秘[13]。胜入罗浮峰，四百三十一[14]。

【注释】

此诗出自《海右集》卷二。王初桐（1729—1821），原名王丕烈，字耿仲，号竹所，上海嘉定人。曾任新城、淄川、平阴、寿光知县。著有《海右集》《济南竹枝词》。大晋、大仪：王初桐之子，人物事迹不详。

[1]戛戛：独特的样子。石笋：挺直的大石。其状如笋，故名。剑铓：剑锋。[2]襟带：谓山川屏障环绕，如襟似带，比喻险要的地理形势。邻比：比邻，近邻。[3]尹邢：指汉武帝最美丽、最受宠幸的两个妃子尹夫人、邢夫人。钗珥：钗为发饰，珥为耳饰，泛指妇人的首饰。[4]烟鬟：喻云雾缭绕的峰峦。[5]榼（kē）：泛指盒类容器。并辔：两马并驰。[6]济胜具：指能攀越胜境、登山临水的好身体。见清傅仲辰《登华不注山》注释[2]。擘风翅：分风奋飞之翅。宋王令《对月忆满子权》："安得擘风翅，飞出不自殿。"[7]松髯：指松叶。因其针状如髯，故称。[8]盘坳：盘旋凹陷。[9]险仄：崎岖而狭窄。[10]跂脚：跷起脚。[11]舄：脚。[12]浮邱公：即浮丘公，古代传说中的仙人。不则：同"否则"。绮里季：汉初隐士，"商山四皓"之一。[13]餐玉：服食玉屑，古代传说仙家以此延寿。青囊：古代医家存放医书的布袋，借指医术。[14]罗浮峰：山名，在广东省东江北岸，风景优美，大小山头432个，为粤中游览胜地。晋葛洪曾在此山修道，道教称为"第七洞天"。素有百粤群山之祖、蓬莱仙境之称。

望华不注

（清）胡季堂

济南城北路迢迢，危石孤峰势正骄[1]。拔地独尊雄气象，仰天特立秀丰标[2]。由来点染烟霞丽，终古沾濡雨露饶[3]。直欲振衣凌绝顶，荡胸东望海门潮[4]。

【注释】

此诗出自《培荫轩诗集》卷二。胡季堂（1729—1800），字升夫，号云坡，河南光山人。曾任刑部尚书、山东巡抚、兵部尚书、直隶总督。著有《培荫轩诗集》。

[1]迢迢：道路遥远的样子。危石：高大的岩石。[2]特立：独立，挺立。丰标：风度，仪态。[3]由来：自始以来，历来。终古：往昔，自古以来。沾濡：浸湿，多指恩泽普及。[4]海门：海口，内河通海之处。

平度事竣回至济南杂咏叠丁酉岁前韵

(清)胡季堂

望华跗注

秦中太华远迢迢,跗注分雄早见骄[1]。不借群峦结众嶂,自然独立表孤标[2]。鹊山低处飞形伏,济水潜来润物饶。看尔仍前身渐老,那堪回首说江潮[3]。

【注释】

此诗出自《培荫轩诗集》卷四。华跗(fū)注:即华不注。

[1]秦中:古地区名,今陕西中部平原地区,因春秋、战国时地属秦国而得名,也称关中。太华:山名,即西岳华山,在陕西省华阴县南,因其西有少华山,故称太华。[2]孤标:指山、树等特出的顶端。[3]句后原注:"余甲午年在上海看黄浦江潮,至今庚戌,已十七年矣。"

华不注

(清)毕　沅

虎牙杰立势硪硪,迩瞩遐瞻无不可[1]。亭亭秀拔如芙蓉,天半青苍呈一朵。时当冬仲霜霰凝,木叶尽脱石气清[2]。冷泉潏潏风飒飒,草枯径僻稀人行[3]。云联海岱望无尽,万点归鸦横布阵。因忆齐师败绩时,曳兵弃甲逃强晋。凭高吊古久低徊,谪仙去后我重来[4]。茫茫往事无从问,落日寒烟满绿苔。

【注释】

此诗出自《灵岩山人诗集》卷四十。毕沅(1730—1797),字缃蘅,又字秋帆,自号灵岩山人,江苏镇洋(今江苏太仓)人。曾任翰林院编修、湖广总督。著有《灵岩山人诗集》。

[1]硪硪(è é):高大的样子。迩:近。遐:远。[2]冬仲:即仲冬,冬季的第二个月,即农历十一月。处冬季之中,故称。霜霰(xiàn):霜和霰。霰,雪珠,白色不透明的球形或圆锥形小冰粒,多在下雪前或下雪时降落。[3]潏潏(jué):水涌出的样子。[4]低徊:徘徊,流连。

出济南城车中言怀

（清）王元文

（其二）

望中华不注，想像绕三周[1]。树密枝如幄，田高路似沟[2]。水泉宜挹注，径遂尚加修[3]。亟是图民务，还将利弊筹。

【注释】

此诗出自《北溪诗集》卷十五。王元文（1732—1788），字睪曾，号北溪，江苏太湖人。诸生，尝客山东按察使陆耀幕。著有《北溪诗集》。

[1]望中：视野之中。[2]幄：篷帐。[3]水泉：河流与泉流。也可特指泉流、泉水。挹注：即"挹彼注兹"。谓将彼器的液体倾注于此器，后亦以喻取一方以补另一方。径遂：道路。

登华不注绝顶放歌

（清）毛大瀛

巨灵手擘莲花峰，一朵秀出青芙蓉[1]。虎牙刺天绝依附，倒影欲散烟蒙蒙。羊肠诘曲没幽径，虚谷生寒阴蜜暝[2]。一片天风吹我来，扪萝欲上排岩磴。奋予袖兮蜡屐游，聊登陟兮开心眸。过行父之旧垒，酌华泉之清流[3]。侧身四望一长啸，但见历山泺水缥缈环齐州。吁嗟乎！三周旧事渺千载，涧草旋螺犹不改[4]。古今恩怨一笑空，顿洗尘襟入烟霭。飞仙岩畔聊徘徊，缕缕云气生山隈[5]。山灵招我上层巘，蛇行匍匐登崔嵬[6]。凌虚驭气发遐想，独立危崖堪俯仰。海色遥收白纻衣，岳云低绕红藤杖。信知此境非人间，璇宫徙倚心悠然[7]。煮白石兮烹清泉，我欲结庐卧其上，时排阊阖呼神仙[8]。赤松已去太白死，安得白鹿来山巅！呜呼！安得白鹿来山巅，骑之万里倏忽乘云烟！

【注释】

此诗出自《戏鸥居诗钞》卷四。毛大瀛（1735—1800），原名思正，字又苌，号海客，江苏宝山（今上海）人。曾任四川简州知州。著有《戏鸥居诗钞》。

[1]巨灵：劈开西岳华山的河神。晋干宝《搜神记》卷十三："二华之山，本一山也。当河，河水过之而曲行。河神巨灵以手擘开其上，以其足蹈离其下，中分为两，以利河流。"擘：分开。[2]羊肠：喻指狭窄曲折的小路。诘曲：屈曲，屈折。[3]行父：指季孙行

父。见清王士禛《遥和严颢亭、施愚山秋日登华不注之作》注释[1]。[4]涧草旋螺：明王象春《回车涧》："逐北三周华不注，至今草树尚连骞。"诗后有注："至今涧草俱连骞蔓生如旋螺，俗云兵车绕匝所致，亦诞矣。"[5]山隈：山的弯曲处。[6]层巘：重叠的山峰。[7]璇宫：传说中仙人的居所。[8]煮白石：旧传神仙、方士烧煮白石为粮，后因借为道家修炼的典实。阊阖(hé)：传说中的天门。

首春游大明湖，和王若农韵

（清）毛大瀛

（其八）

华山遥望绝尘缘，骑鹿青莲去杳然[1]。安得水门开锁钥，与君同泛外湖船[2]。

【注释】

此诗出自《戏鸥居诗钞》卷五。王若农：人物事迹不详。

[1]杳然：形容看不到，听不见，无影无踪。[2]锁钥：锁，用以扃固门户箱匣的器具。明陆容《菽园杂记》卷二："锁钥云者，以其形如钥耳。今锁有圆身者，古制也；方身锁，近世所为。"

经华山下小憩

（清）曹文植

华不浓翠注，隐隐泼眉端[1]。一柱三霄立，千层万石攒[2]。试登难置踵，骋望暂凭鞍[3]。汲得华泉饮，心怀丑父丹[4]。

【注释】

此诗出自《石鼓砚斋诗钞》卷十三。曹文植(1735—1798)，字近薇，号竹虚，安徽歙(shè)县人。曾任左都御史、户部尚书、《四库全书》总裁官之一。著有《石鼓砚斋文钞》《石鼓砚斋诗钞》。

[1]"华不"后有原注："平声。"浓翠：深绿。眉端：眉头，眉尖。[2]三霄：犹三天，道教称清微天、禹馀天、大赤天为三天，代指高空。攒：簇聚，聚集。[3]骋望：放眼远望。[4]丹：喻赤忱。

历下亭登平台望华不注

（清）伍宇昭

历下多名泉，泠然发清奏[1]。斜日照芦洲，一叶放寒溜[2]。云从镜面生，风吹縠纹皱。黛色横空来，一峰正孤秀。清光扑眉端，浓翠染襟袖。徙倚傍危阑，密筱啼鼪鼬[3]。

【注释】

此诗出自《舣（yǐ）舟亭集》卷二。伍宇昭（1736—1819），字青望，号止斋，江苏阳湖（今江苏常州）人。曾游学齐鲁十余年。著有《舣舟亭集》，辑《毗陵伍氏合集》。

[1]泠然：形容清越激扬的声音。[2]寒溜：指寒冷的水流。[3]徙倚：犹徘徊，逡巡。筱（xiǎo）：小竹。鼪鼬（shēng yòu）：鼪，指鼬鼠，俗称"黄鼠狼"。鼬，鼬科部分种类动物的通称。

望华山

（清）伍宇昭

秋空削寒碧，一朵青芙蓉。斜阳忽相射，紫翠纷千重。断崖欲崩坠，密筱何蒙茸[1]。恨无丹青手，一写烟鬟浓。

【注释】

此诗出自《舣舟亭集》卷二。

[1]蒙茸：葱茏。

华不注

（清）崔振宗

呜呼！怨毒于人甚矣哉！华不注山耸崔嵬，三周忽逐华泉隈。跛眇偻秃客可喜，偃师傴傀宁有此[1]。千军暴骨战场死，妇人房中一笑耳。君不见，郭定襄乃英雄流，妖姬美女贮琼楼，生平怕见卢新州[2]。

【注释】

此诗出自《午树堂诗集》卷三。崔振宗（1736—?），字光南，山东益都人。乾隆间贡生。著有《午树堂诗集》。

[1]前半句是讲鞌之战的起因。详见明王象春《回车涧》注释[1]。偃师:传说周穆王时的巧匠,所制木偶,能歌善舞,恍如活人。穆王与姬妾一同观赏,木偶对侍妾眉目传情,穆王大怒,欲杀偃师,经剖示木偶方罢。见《列子·汤问》。[2]此处讲郭子仪的故事。《旧唐书·卢杞传》:"杞貌陋而色如蓝,人皆鬼视之。……时尚父子仪病,百官造问,皆不屏姬侍。及闻杞至,子仪悉令屏去,独隐几以待之。杞去,家人问其故,子仪曰:'杞形陋而心险,左右见之必笑。若此人得权,即吾族无类矣。'"郭定襄:即郭登(?—1472),字元登,安徽凤阳人。明朝名将,获赠定襄侯,谥号忠武。唐代中兴名将郭子仪,谥号亦为忠武。妖姬:美女,多指妖艳的侍女、婢妾。琼楼:形容华美的建筑物。卢新州:即卢杞(?—785),字子良,河南滑县人。唐朝宰相,奸臣,曾被贬为新州司马。

登华不注阁读吕仙诗

(清)李怀民

凭槛晓风急,客行悲早秋。日边海乡远,天末岳云流[1]。故垒不可见,仙踪何处求?无因却情累,驱马但悠悠[2]。

【注释】

此诗出自《二客吟》。李怀民(1738—1793),名宪噩,号石桐,山东高密人。诸生,高密诗派的创始人。著有《石桐诗抄》。

[1]天末:天的尽头,指极远的地方。[2]情累:感情上的牵累。

望华不注和太白韵

(清)王汝璧

古黛凝碧笄,单椒削奇峰[1]。待拂珊瑚枝,揖此青芙蓉。大风薄管晏,逸思凌乔松[2]。手攀触石云,神逐行雨龙[3]。岳莲宁远而,鞞鞞遥相从[4]。

东来倏周月,尘目遮青峰。荡胸挹明湖,玉镜涵秋蓉。虚庭肃清画,郁郁柏与松。所欣贯索静,得岁占苍龙[5]。华泉堪濯缨,蜡屐行追从[6]。

【注释】

此诗出自《铜梁山人诗集》卷二一。王汝璧(1741—1806),字镇之,晚号铜梁山人,四川铜梁人。曾任山东按察使、安徽巡抚。著有《铜梁山人诗集》。

[1]笄:簪,古时用以贯发或固定弁、冕。[2]大风:大国的风度、气派。《左传·襄公

二十九年》:"为之歌《齐》,曰:'美哉!泱泱乎大风也哉。'"管晏:管子和晏子。二人皆为春秋时齐国名相。乔松:古代传说中王子乔和赤松子的并称。两人均为传说中的仙人。[3]触石:谓山中云气与峰峦相碰击,吐出云来。《公羊传·僖公三十一年》:"触石而出,肤寸而合,不崇朝而遍雨乎天下者,唯泰山尔。"[4]岳莲:西岳华山莲花峰。韡韡(wěi):光明华美的样子。[5]贯索:星座名,属天市垣,共九星。《晋书·天文志上》:"贯索九星在其〔七公〕前,贱人之牢也。一曰连索,一曰连营,一曰天牢,主法律,禁暴强也。牢口一星为门,欲其开也。九星皆明,天下狱烦;七星见,小赦;六星、五星,大赦。"得岁:谓受到岁星的照临。古人以岁星为祥星,得岁者有福。[6]追从:追随跟从。

出郭望华不注

(清)郝允秀

出郭东南行,海日露林杪[1]。凌晨望远山,孤峰插天表。峭拔青芙蓉,一朵结晴晓。忆昔榴花时,振衣继飞鸟。企脚回仙祠,努力穿丛篠[2]。天风五月寒,不敢恋幽窈[3]。松磴归来迟,雨细云缭绕。此日怀旧游,丹椒空皎皎[4]。

【注释】

此诗出自《松露书屋诗稿》卷一。郝允秀(1741—1811),字水村,号寅亭,山东齐河人。曾任堂邑县教谕。著有《松露书屋诗集》。

[1]林杪:树梢,林外。[2]企脚:跷起脚。丛篠:茂密的小竹林。[3]天风:风。风行天空,故称。幽窈:幽深。[4]丹椒:疑为"单椒"之误,指华不注山。

华不注

(清)焦式冲

谁劈莲花峰一角,飞来此地挺修萼。悬崖峭壁无尺土,钟声遥从半天落。目临倒影翻鹊湖,雨洗空青压城郭[1]。夜深月倚危巅树,照见仙人踏云脚[2]。手持一朵碧芙蓉,迎风长啸凌层崿[3]。餐霞饮露御高空,长年不借蓬岛约[4]。竭来亦欲到上头,却惭浊骨气萧索[5]。何缘得服大还丹,双双羽翼跨鸾鹤[6]。

【注释】

此诗出自《余青园诗集·补遗》。焦式冲(1741—?),字怀谷,山东章丘人。乾隆三十七年(1762)进士,曾任江苏仪征知县。著有《余青园诗集》。诗题原作"华不住",编者改。

[1]空青:指青色的天空。[2]前半句后原注:"太白诗'月倚华山树'。"这句诗注释

有误,“月倚华山树”应为北齐齐州参军尹孝逸的诗句。后半句后原注:“世传吕仙游此。”[3]崿:山崖。[4]餐霞饮露:餐食日霞,吸饮露水。指超尘脱俗的仙家生活。蓬岛:即蓬莱山。唐李白《古风》之四八:“但求蓬岛药,岂思农扈春?”[5]浊骨:凡人的重浊躯体,指尘世之人。萧索:衰颓。[6]大还丹:道教丹药名,又称九还金丹。羽翼:指飞翔。鸾鹤:鸾与鹤,相传为仙人所乘。

登华不注山

(清)夏味堂

访胜来齐州,颇闻华山古[1]。朋好偕我游,维时值夏五[2]。单椒削觚棱,乱石堆卧虎[3]。一朵青芙蓉,迢迢入碧宇[4]。道界飞瀑流,磴缺寒烟补[5]。孱顽累两足,幸仗孤筇辅[6]。凭高骋远月,峭峦近接武[7]。披藓访残碣,笏立类石鼓。千秋忠孝谁,萧萧余黄土。东谒闵子祠,匆揖逢丑父[8]。

【注释】

此诗出自《遂园诗钞》卷一。夏味堂(1745—1825),字鼎和,一字澹人,号遂园,江苏高邮人。乾隆四十二年(1777)举人,曾被檄截取(举人于中式后经过三科,由本省督抚给咨赴吏部候选,称截取)为知县,不就。著有《遂园诗钞》。

[1]访胜:探访胜地美景。[2]朋好:朋友,好友。维时:斯时,当时。夏五:夏历五月。[3]觚(gū)棱:亦作“觚稜”。棱角。[4]迢迢:高。碧宇:青天。[5]瀑流:瀑布。[6]孱:通“巉”。高貌。顽:浑圆。[7]接武:步履相接,形容接近。武,脚。[8]闵子祠:供奉闵子骞的祠宇,位于华不注山脚下华阳宫中。匆(cōng):急忙。

华不注

(清)马履泰

修纤绝连陵,独立意自足[1]。惟有华泉空,写此一簪绿。

【注释】

此诗出自《秋药庵诗集》卷二。马履泰(1746—1829),字叔安,号秋药,浙江仁和(今浙江杭州)人。曾任太常寺卿。著有《秋药庵诗集》。

[1]修纤:细而长。

历下杂诗

（清）马履泰

（其五）

北渚亭高迥出尘，五峰各自露嶙峋[1]。就中绝爱华不注，绿秀芙蓉最写神[2]。

【注释】

此诗出自《秋药庵诗集》卷二。

[1]嶙峋：形容山峰、岩石、建筑物等突兀高耸。[2]句后原注："太白《华山》诗：'兹山何峻拔，绿秀如芙蓉。'"

将去济南留别华不注

（清）马履泰

岱岳余波到尽头，忽然逎峭结兹邱[1]。天抛秀气成孤注，我纵心兵已万周[2]。两载相看真莫逆，几番回首起深愁[3]。此行怕被山灵笑，老傍人门最可羞[4]。

【注释】

此诗出自《秋药庵诗集》卷三。去：离开。

[1]逎峭：本为屋柱曲折的样子，引申指岱岳余波已尽又起波澜，形成华不注山。[2]心兵：《吕氏春秋·荡兵》："在心而未发，兵也。"后以之喻心事。[3]莫逆：语出《庄子·大宗师》："〔子祀、子舆、子犁、子来〕四人相视而笑，莫逆于心，遂相与为友。"后遂以谓彼此志同道合，交谊深厚。[4]山灵：山神。

望华不注

（清）吴锡麒

群山莽无次，远近同相招。仓然落马首，超忽明单椒[1]。阴阳炼石色，紫翠郁不消。石石互向背，桀立势各骄[2]。盘旋上云去，云光为荡摇[3]。碎作青莲花，秀萼承丹霄[4]。其下流泉注，取饮丰一瓢。三周惜仓卒，数仞迷岧峣[5]。薜萝倘有待，愿逐樵夫樵。

【注释】

此诗出自《有正味斋诗集》卷十二。吴锡麒（1746—1818），字圣征，号谷人，浙江杭州人。曾任翰林院编修、国子监祭酒。著有《有正味斋集》。

[1]超忽：遥远。[2]向背：正面和背面，面对和背向。[3]云光：云层罅缝中漏出的日光。荡摇：晃荡摇摆。[4]秀萼：秀美的花萼。丹霄：谓绚丽的天空。[5]仓卒：亦作“仓猝”。匆忙急迫。

华不注

（清）黄景仁

卓地青莲忽千仞，虎牙森立羊肠纡[1]。更无山附始知峻，尚许客登何患孤。壮士三周解鞌战，谪仙一去荒齐都[2]。试从绝顶俯下界，便是匹练丛花图[3]。

【注释】

此诗出自《两当轩全集》卷十五。黄景仁（1749—1783），字仲则，又字汉镛，号鹿菲子，江苏武进（今江苏常州）人。曾任武英殿书签官。著有《两当轩全集》。

[1]卓地：直立于地。纡：屈曲，曲折。[2]齐都：指济南。[3]匹练：白绢，古人常用绢绘画。此两句谓从山顶俯视，好似绢上绘画的丛花图。

望华不注山

（清）铁　保

危峰铁立势嶙峋，瘦削芙蓉济水滨[1]。岳麓冈峦通地脉，海天风雨变秋旻[2]。齐师战已迷陵谷，李白诗犹动鬼神[3]。搔首丹梯登有日，招邀多士蹑清尘。

缥缈摩笄古雾蒙，虎牙千仞插高穹。文章有待搜罗后，山水先归鉴赏中。七十泉多疏灏气，六千卷合验雄风[4]。金锟刮处余青眼，拾级单椒瞰大东[5]。

【注释】

此诗出自《惟清斋全集·梅庵诗钞》卷四。铁保（1752—1824），字冶亭，号梅庵，满洲正黄旗人。曾任两江总督、《八旗通志》总裁。著有《惟清斋全集》。

[1]铁立：形容岿然挺立，像铁铸的一样。[2]冈峦：山峦。秋旻（mín）：秋季的天空。

[3]句后原注:"华不注山诗,首镌太白之作。"[4]灏气:弥漫在天地间之气。[5]金锟(pī):古代治眼病的工具,形如箭头,用来刮眼膜,据说可使盲者复明。拾(shè)级:逐级登阶。大东:极东,东方较远之国。

和光山大司寇济南分题元韵

(清)祖之望

华跗注

擘分仙掌碧迢迢,昂首排空作势骄[1]。剩有穹窿青嶂在,输他巀嶪赤城标[2]。风梳石发山容瘦,雨沐烟鬟雾气饶[3]。七十二泉纷卫足,松声吹送海天潮[4]。

【注释】

此诗出自《皆山草堂诗钞》卷四。祖之望(1755—1814),字载璜,晚字子久,号舫斋,福建浦城人。曾任山东巡抚、刑部尚书。著有《皆山草堂诗钞》。光山大司寇:指胡季堂,河南光山人,曾任刑部尚书(清时别称刑部尚书为大司寇)。其《培荫轩诗集》中有《平度事竣回至济南杂咏叠丁酉岁前韵》组诗,此诗和其韵。华跗注:即华不注山。

[1]擘分:分开。迢迢:高。排空:凌空,耸向高空。[2]穹窿:高大的样子。青嶂:如屏障的青山。巀嶪(jié yè):高耸。赤城:山名,在浙江省天台县北,为天台山南门。多以称土石色赤而状如城堞的山。《文选·孙绰〈游天台山赋〉》:"赤城霞举而建标。"李善注:"支遁《天台山铭序》曰:'往天台,当由赤城山为道径。'孔灵符《会稽记》曰:'赤城,山名,色皆赤,状似云霞。'"唐李白《梦游天姥吟留别》:"天姥连天向天横,势拔五岳掩赤城。"王琦注:"《太平广记》:'章安县西有赤城山,周三十里。一峰特高,可三百余丈。'《海录碎事》:'顾野王《舆地志》云:赤城山有赤石罗列,长里余,遥望似赤城。'"[3]石发:生于水边石上的苔藻。山容:山的姿容。[4]卫足:《左传·成公十七年》:"仲尼曰:'鲍庄子之知不如葵,葵犹能卫其足。'"杜预注:"葵倾叶向日,以蔽其根,言鲍牵居乱,不能危行言逊。"后因以喻自全或自卫。杨伯峻注:"葵非向日葵,杜注以向日葵解之,不确……向日葵叶不可食,此葵或是金钱紫花葵或秋葵。古代以葵为蔬菜,不待其老便掐,而不伤其根,欲其再长嫩叶,故古诗云'采葵不伤根,伤根葵不生'。'不伤根'始合'卫其足'之意。"

华不注

(清)王宁焯

峭若不可上,卓若不可攀。四面无所倚,独立撑苍烟[1]。缅疑开辟初,此地惟平原[2]。寸笋怒达方菌蠢，一夜忽矗高高天[3]。迄今万游客，题诗惟吕仙。可知凡情浊骨不必到，归去且学身生羽翼骖鹤鸾[4]。

【注释】

此诗出自《直庵诗稿》卷一。王宁焯(1756—1803)，字熙甫，号直庵，山东高密人。曾任吏部员外郎、浙江道监察御史。著有《直庵诗稿》。

[1]苍烟：苍茫的云雾。[2]缅：遥远。疑：猜度，估计。开辟：指宇宙的开始。古代神话，谓盘古氏开天辟地。[3]菌蠢：谓如菌类之短小丛生。[4]凡情浊骨：即浊骨凡胎，凡人的重浊躯体，指尘世之人。凡情，凡人的情感欲望。骖(cān)：乘，驾驭。鹤鸾：鹤和鸾凤，皆为传说中仙人的坐骑。

道经华不注山下

(清)伍鲁兴

斜阳犹未落，青峭一峰寒。黛色横空出，烟光画亦难。春莺啼远树，涧水急飞湍[1]。怀古情何限，踟蹰立马看。

【注释】

此诗出自《蓉湖吟稿》卷一。伍鲁兴(约1758—?)，字康伯，号蓉湖散人，江苏阳湖(今江苏常州)人。伍宇昭子。1818年在世。著有《蓉湖吟稿》。

[1]飞湍：急流。

望华不注

(清)周孝壎

万仞插苍昊，凹凸难形容[1]。其中出云气，缭绕青芙蓉。我来日卓午，飒飒吹天风[2]。山灵若招手，白云不敢封。奇境悉呈露，决眦开心胸[3]。阴厓铁花白，阳岭山花红。裂石迸古柏，乱藤盘老松。恨无济胜具，蹑足凌空虚[4]。侧身左右顾，长啸惊飞鸿。可望不可即，仿佛仙人宫。赞叹得未有，往事思萧同[5]。齐晋并灰灭，一笑徒兴戎[6]。

【注释】

此诗出自《还读庐诗钞》卷三。周孝壎(xūn)(1763—1833)，字愚初，号遁梅，江苏吴县(今江苏苏州)人。曾任刑部主事。著有《还读庐诗钞》。

[1]苍昊：苍天。[2]卓午：正午。天风：风。[3]决眦：裂开眼眶，表示极目远视。

[4]济胜具:指能攀越胜境、登山临水的好身体。[5]萧同:指齐顷公母亲萧同叔子。其事详见明王象春《回车涧》注释[1]。[6]兴戎:发动战争,引起争端。

过华不注山

(清)阮　元

两年山下记行踪,秀泽单椒磴百重。南渡济流初起岳,北离岱麓独成峰[1]。三周人与车声远,九月秋如画色浓。不是明湖开晓镜,鄂跗谁照碧芙蓉[2]。

【注释】

此诗出自《揅经室四集》卷二。阮元(1764—1849),字伯元,号云台,江苏仪征人。曾任山东学政、湖广总督。著有《揅经室集》《小沧浪笔谈》。

[1]济流:济水。岱麓:泰山山脚。济南南部诸山,一向被看作是泰山北麓的延伸,故称岱麓。[2]晓镜:明镜。鄂跗:花萼和花托。

游华不注

(清)岳赓廷

孤标绝依倚,突出凌平畴[1]。城东一舒目,矗矗当晴秋[2]。泰山自高大,兹峰转清遒[3]。如人能自立,何必公与侯。我来游其下,犹见清泉流。试为陟厥巅,眺瞩意悠悠[4]。谪仙既已往,吕仙不可求。聊骋一时兴,寻胜还三周[5]。

【注释】

此诗转引自徐世昌《晚晴簃(yí)诗汇》卷一三三。岳赓(gēng)廷(1764—1842),字载臣,号石村,山东荣成人。诸生。著有《燕来堂诗稿》。

[1]平畴:平坦的田野。[2]矗矗:高峻的样子。[3]清遒:清新有力。[4]眺瞩:登高远望。[5]寻胜:游赏名胜。

望华不注

(清)冯云鹏

历城东北烟岚浮,华不注在岚上头[1]。隐隐金舆供一盼,劳劳铁骑难三周[2]。太白游齐曾寄托,绿翠芙蓉何峻削[3]。愿借仙人掌上云,好生擘破莲花萼[4]。

【注释】

此诗出自《扫红亭吟稿》卷七。冯云鹏(1765—1835),字九扶,号晏海,江苏南通人。喜篆隶、金石,长于考据。著有《扫红亭吟稿》。

[1]烟岚:山林间蒸腾的雾气。[2]劳劳:辛劳,忙碌。[3]峻削:陡峭。[4]句后原注:"华不注,一名金舆山,李太白诗'兹山何峻削,绿翠如芙蓉'。"

出齐川门经华不注下口号

(清)杨 潾

城市嚣尘渐远余,眼前秋色落金舆[1]。登堂笑客成何事?涧草犹回薄笨车[2]。

【注释】

此诗出自《却扫斋学诗草》。杨潾(1765—1840),字镜澜,号忆园,又号意园,山东长清人。嘉庆六年(1801)举人,曾任泗水训导。著有《却扫斋学诗草》。齐川门:即济南府城东门。口号:古诗标题用语。表示随口吟成,和口占相似,始见南朝梁简文帝《仰和卫尉新渝侯巡城口号》诗,后为诗人袭用。

[1]句后原注:"华不注,一名金舆。"嚣尘:喧闹扬尘。[2]登堂笑客:指郤克登堂时萧同叔子发笑之事,是鞌之战的导火索之一。薄笨车:一种制作粗简而行驶不快的车子。

泺源书院苇荡望华不注

(清)乐 钧

岱宗多儿孙,最小华不注。一朵青芙蓉,欲看不知处。苇荡偶沿缘,奇峰插烟雾。拔地鳌足撑,刺天虎牙吐[1]。既舒出尘眼,愿纵笨云步[2]。上追太白踪,远续遗山句。往者晋甲强,齐师走无路。戏笑生戈矛,山灵岂无怒。终然卫社稷,屹立遮戎辂[3]。三周敌气衰,一柱神功著。华泉得取饮,纪献因行赂[4]。山孤势则雄,亦足资险固。倒影隔湖波,流云过海树。峰尖明夕阳,鸦色翻城暮[5]。

【注释】

此诗出自《青芝山馆诗集》卷五。乐钧(1766—1814),字符淑,号莲裳,江西临川人。嘉庆六年(1801)举人,未仕。著有《青芝山馆诗集》。泺源书院:位于山东济南。清雍正十一年(1733)山东巡抚岳濬将都指挥使司旧址改建而成。苇荡:生长大片芦苇的浅水湖。

[1]鳌足：传说中女娲用作天柱的大龟四足。《淮南子·览冥训》："于是女娲炼五色石以补苍天，断鳌足以立四极。"高诱注："鳌，大龟。天废顿以鳌足柱之。"[2]出尘：超出世俗。槷(niè)：古通"蹑"。踏。[3]戎辂(lù)：兵车。[4]齐晋鞌之战后，"齐侯使宾媚人赂以纪甗、玉磬与地"，事见《左传·成公二年》。[5]鸦色：鸦青色，暗青色。

晓游华不注

(清)崔　旭

露气晨光里，秋空展画屏[1]。宿云依麓白，危石到巅青[2]。野色低全见，河流细尚听。华泉何日竭，我欲问山灵[3]。

【注释】

此诗出自《念堂诗草》卷一。崔旭(1767—1846)，字晓林，号念堂，山东庆云人。曾任山西蒲县知县。著有《念堂诗草》。

[1]晨光：曙光，阳光。[2]宿云：夜晚的云气。[3]句后原注："华泉今竭。"

雪后看华不注，寄毓杏楼芳田、梦飞爱堂兄弟及宛平查金相

(清)朱　畹

山骨矗重重，苍茫万壑松[1]。乍惊青镂管，幻作玉芙蓉[2]。天霁孤云迥，烟寒独鸟冲。何当凌绝顶，同听隔林钟。

【注释】

此诗出自《红蕉馆诗钞》。朱畹(1768—1849)，原名甯，字救人，号虚谷山人，山东历城人。诸生。著有《红蕉馆诗钞》《红蕉馆诗钞续》《红蕉馆诗钞续二》。

[1]山骨：山中岩石。[2]青镂管：青色玉雕的笔管，可借指用这种笔管做成的毛笔，这里喻指华不注山。

登华不注访虚空上人

(清)朱　畹

城北闲游惯，芒鞋历几层[1]。却寻悬瀑涧，来访看云僧。坐石久相对，听经忆昔曾。禅堂春正暖，不怯冷于冰[2]。

【注释】

此诗出自《红蕉馆诗钞续》。

[1]芒鞋：用芒茎外皮编织成的鞋，亦泛指草鞋。[2]禅堂：犹禅房，僧堂，佛徒打坐习静之所。

雨后鹊华桥望华不注

（清）朱　畹

单椒何秀拔，桥上雨初晴。照水花窥镜，迎人翠入城。遥钟闻隐约，危磴认分明[1]。自念虽衰老，还堪杖策行[2]。

【注释】

此诗出自《红蕉馆诗钞续二》。鹊华桥：位于大明湖南门东侧，桥下通连大明湖与百花洲。始建于宋代，明清两代曾多次重建。

[1]危磴：高峻的石级山径。[2]杖策：拄杖。

雪后望华不注

（清）蒋因培

积雪明孤注，浮岚散夕曛[1]。光摇湖水合，秀远峼山分。鸟影飞难辨，钟声冻不闻。振衣让樵牧，一磴入寒云[2]。

【注释】

此诗出自《乌目山房诗存》卷三。蒋因培（1768—1838），字伯生，江苏常熟人。曾任山东汶上、金乡知县。著有《乌目山房诗存》。

[1]浮岚：飘动的山林雾气。夕曛：落日的余晖。[2]振衣：抖衣去尘，整衣。樵牧：樵夫与牧童，也泛指乡野之人。

登华不注绝顶

（清）郭续汾

拔地孤撑矗碧霄，仙人缥缈若为招[1]。山家春雨耕千陇，水阁暝烟赴七桥[2]。甲马当时余战垒，林峦此日唱归樵。楼空白雪声华歇，怅望诗翁寄恨遥[3]。

【注释】

此诗出自《槐荫书屋集》卷三。郭续汾(1769—1824),字京山,号秋涛,山东潍坊人。廪贡生,曾任德平县训导。著有《槐荫书屋集》。

[1]碧霄:青天。[2]暝烟:傍晚的烟霭。[3]声华:犹言声誉荣耀。怅望:惆怅地看望或想望。诗翁:指负有诗名而年事较高者,后亦为对诗人的尊称。寄恨:寄托愁怨憾恨的情意。

行经华不注

(清)刘曾璇

岿然花萼矗峰头,遥对鹊山一色秋[1]。辙迹自循岩麓转,回环也似绕三周。

【注释】

此诗出自《莲窗书室诗钞》卷下。刘曾璇(1770—1844),字荫渠,号毓源,河北盐山人。乾隆年五十七年(1792)举人,曾任甘肃秦安知县。著有《莲窗书室诗钞》。

[1]岿(kuī)然:高大独立的样子。

德平留别二首

(清)李黼平

(其二)

山水从来说济南,半生行脚到应惭[1]。单椒准写华不注,留与他时翦烛谈[2]。

【注释】

此诗出自《著花庵集》卷三。李黼(fǔ)平(1770—1832),字绣子,又字贞甫,广东嘉应人。曾任江苏昭文知县。著有《著花庵集》。

[1]行脚:行走,行路。[2]翦烛:谓剔烛芯。语出唐李商隐《夜雨寄北》诗:"何当共翦西窗烛,却话巴山夜雨时。"后以之为促膝夜谈之典。

登华不注山

(清)孔昭虔

凉云吹断天宇晴,石柱孤立烟鬟轻[1]。平野四敞共秋色,一痕翠落明湖明。在昔强侯辱跛客,哲妇一笑几倾城[2]。三周马逸鼓不止,阵云压山山欲崩[3]。

虎牙桀立亦何事？刺天空自雄《桑经》[4]。我闻八公山头草木兵，风鹤先使勍敌惊[5]。霍泰山前竹二节，晋阳保障神式凭[6]。为国作镇安地德，要盟城下羞山灵[7]。山灵无语空谷应，松风相答鸣秋声。自古在德不在险，况非天险不可升。瘦壁千仞聊一登，高秋万里烽烟平。甲兵洗尽华泉水，单椒终古长青青[8]。

【注释】

此诗出自《镜虹吟室诗集》卷二。孔昭虔（1775—1835），字符敬，号荃溪，山东曲阜人，孔广森子。曾任翰林院编修、贵州布政使。著有《镜虹吟室诗集》。

[1]天宇：天空。[2]在昔：从前，往昔。哲妇：多谋虑的妇人。《诗经·大雅·瞻卬》："哲夫成城，哲妇倾城。懿厥哲妇，为枭为鸱。"孔颖达疏："若为智多谋虑之妇人，则倾败人之城国。妇言是用，国必灭亡。"后因以指乱国的妇人。此处指齐顷公母亲萧同叔子。[3]《左传·成公二年》："〔张侯〕左并辔，右援枹而鼓。马逸不能止，师从之。齐师败绩。逐之，三周华不注。"[4]《桑经》：指《水经》。相传为汉桑钦所作，故称。[5]草木兵：即"草木皆兵"。语出《晋书·苻坚载记》："坚与苻融登城而望王师，见部阵齐整，将士精锐；又北望八公山上草森皆类人形，顾谓融曰：'此亦劲敌也，何谓少乎？'怃然有惧色。"风鹤：即"风声鹤唳"。语出《晋书·谢玄传》："闻风声鹤唳，皆以为王师已至。"勍（qíng）敌：强敌。[6]霍泰山：又称霍山、太岳山，位于山西临汾市，是中国五大镇山之一。竹二节：语出《史记·赵世家》："原过从，后，至于王泽，见三人，自带以上可见，自带以下不可见。与原过竹二节，莫通。曰：'为我以是遗赵毋恤。'原过既至，以告襄子。襄子齐三日，亲自剖竹，有朱书曰：'赵毋恤，余霍泰山山阳侯天使也。三月丙戌，余将使女反灭知氏。女亦立我百邑，余将赐女林胡之地。……'襄子再拜，受三神之令。"式凭：依靠，依附。[7]地德：大地的德化恩泽。要盟：强迫签订盟约。指鞌之战后齐国求和之事。[8]句后原注："时闻川楚捷音。"

华不注

（清）梁章钜

四围秋色水云乡，一朵芙蓉拱夕阳。拔地倚天谁与匹，单椒秀泽果无旁[1]。平临千佛禅关迥，隐约三周战垒荒[2]。便欲拂衣凌倒景，华泉深处浣诗肠[3]。

【注释】

此诗出自《退庵诗存》卷十二。梁章钜（1775—1849），字闳中，又字茝林，晚号退庵，福建长乐人。曾任江苏巡抚、两江总督。著有《退庵诗存》。

[1]无旁：没有辅助者。[2]禅关：禅门。战垒：战争中用以防守的堡垒。[3]句后原注："太白《游华不注》诗：'含笑凌倒景，欣然愿相从。'"拂衣：提起或撩起衣襟。诗肠：指诗思，诗情。

华不注山

（清）朱凤森

扫石同坐山上月，倚竹遥飞山下云[1]。素琴遗响发妙指，怪石寒泉空翠分[2]。细路湾环人不到，华不注山山四照[3]。上山即是下山路，上山下山猿鸟啸。君不见，天高白玉堂，洛阳才子能文章；君不见，斗大黄金印，渔阳老将陷坚阵[4]。人生快意青史传，不如濯足听流泉[5]。留君不住下山去，赠君一卷《阴符篇》[6]。

【注释】

此诗出自《韫山诗稿》卷二。朱凤森（1776—1833），字韫山，广西桂林人。曾任河南濬县知县。著有《韫山诗稿》。

[1]扫石：谓清扫山中场地，多指修身养生者的居处。[2]素琴：不加装饰的琴。遗响：犹余音。妙指：犹妙旨，精微幽深的旨意。[3]细路：狭小的路径。湾环：曲水围绕。四照：光华照耀四方。[4]明神宗朱翊钧《劝学诗》："斗大黄金印，天高白玉堂。不因书万卷，那得近君王。"洛阳才子：原指汉贾谊，因其是洛阳人，少年有才，故称；后泛称洛阳有文学才华的人。语出晋潘岳《西征赋》："终童山东之英妙，贾生洛阳之才子。"渔阳：地名。战国燕置渔阳郡，治所在今北京市密云区西南；唐玄宗天宝元年改蓟州为渔阳郡，治所在今天津市蓟州区。[5]濯足：语出《孟子·离娄上》："沧浪之水清兮，可以濯我缨；沧浪之水浊兮，可以濯我足。"本谓洗去脚污，后以之比喻清除世尘，保持高洁。[6]《阴符篇》：古兵书名，可泛指兵书。

雪后望华不注

（清）吴慈鹤

天近水溶溶，浮烟三两重[1]。风苏求树鹊，云暖护潭龙。暝色无边赴，轻眉一半浓。明湖明十里，倒影白芙蓉[2]。

【注释】

此诗出自《吴侍读全集·岑华居士兰鲸录》卷四。吴慈鹤（1778—1826），字韵皋，号巢松，江苏吴县（今江苏苏州）人。曾任翰林院编修、侍读学士。著有《吴侍读全集》。

[1]溶溶：水流盛大的样子。浮烟：飘动的烟气或云雾。[2]白芙蓉：喻指白雪覆盖的华不注山。

济南遣夏杂诗

（清）黄　钊

（其三）

青青华不注，蒨若浮水莲[1]。新凉一雨洗，翠落砚席前[2]。旷怀谪仙人，挥手扫齐烟[3]。醒蹈鲁连屩，醉拍安期肩[4]。斯人已飙举，鲁酒空圣贤[5]。一杯酌青霞，为我铺长笺[6]。

【注释】

此诗出自《读白华草堂诗二集》卷二。黄钊（1778—?），字谷生，号香铁，广东镇平人。曾任朝阳教谕。著有《读白华草堂诗集》。

[1]蒨：茂盛。[2]砚席：砚台与座席，借指读书写作或执教之处。[3]旷怀：豁达的襟怀。[4]鲁连：指鲁仲连。战国时齐国人，有计谋，但不肯做官，常周游各国，排难解纷，是一个兼有隐士、侠客和政治家特点的人。事见《史记·鲁仲连邹阳列传》。后因被视为奇伟高蹈、不慕荣利的代表人物。屩（juē）：草鞋，泛指鞋。安期：指安期生，仙人名。秦、汉间齐人，一说琅琊阜乡人。后之方士、道家因谓其为居海上之神仙。事见《史记·乐毅列传》、汉刘向《列仙传》等。[5]飙举：形容才情风发超逸。鲁酒：鲁国出产的酒，味淡薄，后作为薄酒、淡酒的代称。[6]青霞：犹青云。长笺：长的信笺或诗笺。

望华不注

（清）王德容

高峰城北画中披，翠削屏风矗不欹[1]。地拔千寻平野势，天和一色断云时[2]。芙蓉朵向清秋净，鬟髻尖从古堞窥[3]。更有鹊山共烟雨，尹邢对处恰相宜[4]。

【注释】

此诗出自《秋桥诗选》卷一。王德容（1781—1853），字体涵，号秋桥，山东蓬莱人，居历城。诸生。著有《秋桥诗选》。

[1]欹（qī）：歪斜，倾斜。[2]千寻：古以八尺为一寻，千寻即形容极高或极长。[3]鬟髻：古代妇女的环形发髻，此喻指华不注山。堞：城上呈齿形的矮墙，也称女墙。[4]尹邢：指汉武帝最美丽、最受宠幸的两个妃子尹夫人、邢夫人，此喻指华不注山和鹊山。

谒逄丑父庙

（清）王德容

我来肃瞻拜，义气望犹酣。得计公移位，惊心木挂骖[1]。余灵饶史册，遗庙枕烟岚。荒野别无荐，华泉一掬甘[2]。

【注释】

此诗出自《秋桥诗选》卷一。逄丑父庙：在华阳宫内。

[1]《左传·成公二年》“逄丑父与公易位，将及华泉，骖絓于木而止。丑父使公下，如华泉取饮，齐侯以免。”[2]荐：祭品。宋曾巩《华不注山》：“丑父遗忠无处问，空余一掬野泉甘。”

游历山僧寺望华不注

（清）陈在谦

昨夜城头月倚树，仙人待我华不注。晓来怀抱入春空，翻向历山踏云路。历山下瞰济南城，城外山好如丹青。春天欲雪风料峭，吹我驴背衣有棱。入门石色冻古铁，轩楹半立巉岩阙[1]。开轩俯视万家邑，漠漠寒烟相变灭。身世已孤汗漫期，山川自老洪荒劫[2]。平生览古苍茫意，来亦何从去不识。华山一点悬芙蓉，知有白鹿青崖中。青莲一去 千载，徒使华泉春水流仙风[3]。荒祠回首谒虞舜，苍梧九疑云朦胧[4]。何况人间争战事尺土，那见春山碧草长葱葱。下山一笑策蹇去，明日白雪漫青峰。

【注释】

此诗出自《梦香居诗钞二集》卷二。陈在谦（1782—1838），字六吉，号雪渔，广东新兴人。曾任广东清远县教谕、广州越华书院院监。著有《梦香居诗钞》。

[1]轩楹：堂前的廊柱。[2]汗漫：渺茫不可知。《淮南子·道应训》：“吾与汗漫期于九垓之外。”高诱注：“汗漫，不可知之也。”后附会为仙人的名字。[3]仙风：神仙的风致。[4]苍梧九疑：《山海经·海内经》：“南方苍梧之丘，苍梧之渊，其中有九嶷山，舜之所葬。”

望见华不注山

（清）王培荀

一别青山历几春，归从云栈走风尘[1]。半空云敛孤峰秀，乍喜眉开见故人。

【注释】

此诗出自《蜀道联辔集》。王培荀（1783—1859），字景淑，号雪峤，山东淄川人。曾任四川丰都、荣县知县。著有《乡园忆旧录》《蜀道联辔集》。

[1]云栈：悬于半空中的栈道。

过华山

（清）单为锪

四年不见华山峰，白首相看感万重。一片晓云半轮月，向人作意与秋容[1]。

【注释】

此诗出自《奉萱草堂诗钞》。单为锪（1791—?），字伯平，号芙秋，山东高密人。曾任栖霞教谕。著有《奉萱草堂诗钞》。诗题原注："'华'，平仄皆同，惟西岳之'华'去声。"

[1]作意：指故意、特意。秋容：犹秋色。

过华不注

（清）单为锪

九年不见华山峰，依旧单椒滴翠浓[1]。三十五回缘未了，今宵又听寺楼钟。

【注释】

此诗出自《奉萱草堂诗钞》。

[1]滴翠：翠绿的程度，像要滴下水来的样子。

别华不注

（清）单为锪

回头揖别华山灵，利锁名缰一觉醒[1]。三十六回尘网客，今朝永谢短长亭[2]。

【注释】

此诗出自《奉萱草堂诗钞》。

[1]利锁名缰:谓受名利束缚。[2]尘网:旧谓人在世间受到种种束缚,如鱼在网,故称尘网。谢:引申为不用。短长亭:短亭和长亭的并称。旧时城外大道旁,五里设短亭,十里设长亭,为行人休憩或送行饯别之所。

华不注

(清)吴振棫

孤秀郁千尺,群山不相从[1]。奇绝无可言,但言青芙蓉。车从齐河来,十里见颜色[2]。天然谢公诗,何曾事雕饰[3]。

【注释】

此诗出自《花宜馆诗钞》卷五。吴振棫(1792—1870),字仲云,号毅甫,晚号再翁,浙江钱塘(今浙江杭州)人。曾任云南大理知府、云贵总督。著有《花宜馆诗钞》。

[1]孤秀:孤拔秀丽,优异特出。[2]齐河:县名,今隶属山东德州市,与济南隔黄河相望,明清时期隶属济南府。颜色:面容,面色,此指华不注山的模样。[3]谢公:指谢灵运。谢诗清新自然,鲍照比之"初发芙蓉",汤惠休比之"芙蓉出水"。

经华不注山行，用田山姜韵

(清)宗稷辰

万山朝岱东,一笏独凝伫[1]。烟分九点青,灏气轶仙侣[2]。叠石若鳞甲,沉绿难缕数[3]。状拟袀服垂,云媲旧襄补[4]。跗注华方衔,辨铧绕圆坞。马逸鞍东驰,鹊起味西吐[5]。我来循崖周,轩然势飞举[6]。几疑近壶峤,恍欲探元圃[7]。雁臣去寥天,低徊向谁语。

【注释】

此诗出自《躬耻斋诗钞》卷十四上。宗稷辰(1792—1867),字迪甫,号涤楼,浙江会稽(今浙江绍兴)人。曾任户部员外郎、山东道监察御史。著有《躬耻斋诗钞》。田山姜:即田雯,自号山姜子。

[1]一笏(hù):笏为古代朝会时所执的手板,长方形,后因以一笏表示物之狭长者。此处喻指华不注山。[2]轶:通"逸"。安闲,逸乐。仙侣:仙人之辈。[3]缕数:一一细数,一一述说。[4]袀(jūn)服:同一的服装,谓着相同的戎装。语出《左传·僖公五年》:

“均服振振。”陆德明释文:“均,如字,同也。字书作袀,音同。”云炮(páo):炮娲,即女娲,神话传说中的上古女帝。宋罗泌《路史·后纪二·女皇氏》:“女皇氏炮娲,云姓。”[5]马逸:《左传·成公二年》:“〔张侯〕左并辔,右援枹而鼓。马逸不能止,师从之。齐师败绩。逐之,三周华不注。”咮(zhòu):禽鸟嘴。[6]轩然:高昂的样子。[7]壶峤:传说中仙山方壶、员峤的并称。元圃:即玄圃。传说中昆仑山顶的神仙居处,中有奇花异石。

望华不注

(清)马国翰

太华孤朵秀芙蓉,百丈丹梯积翠重[1]。车马已陈前代迹,林峦不改旧时容。湖干星落春光远,树外蟾生秋意浓[2]。闲煞青山无一事,古今同惹笑浮踪[3]。

【注释】

此诗出自《玉函山房诗集》卷二。马国翰(1794—1857),字词溪,号竹吾,山东历城人。曾任陇州知州。著有《玉函山房诗集》。

[1]太华:指西岳华山,又称太华山。相传华不注山是巨灵神劈华山一峰移植而来。丹梯:指高入云霄的山峰。积翠:翠色重叠,形容草木繁茂。[2]湖干:湖边。蟾:传说月中有蟾蜍,因借指月亮、月光。[3]浮踪:踪迹不定,不定的踪迹。

登华不注峰

(清)辛师云

我读太白诗,常怀华不注。峻拔矗齐都,芙蓉青天坠。揭来游济南,欲游苦俗务[1]。冬日晴可爱,看山心已固。侣行得五人,驰马郭北路。数里即见山,迎面苍岚媚。削立甫田中,孤峭绝党护[2]。既如青莲花,敛萼开尚未。又如戎服华,大将遥天驻[3]。看山路忘远,入山神更悟。宫殿郁崔巍,松柏罨澄霁。山人导我行,峭壁窘展步。受足无磴级,引手绝攀附。巉岩惊仰望,空阔危回顾。怪石尽压头,坠堕尤足怖。大惧石菡萏,一瓣偶开吐。延绿及山腰,飞阁欣登据。下视尘寰中,苍苍数重雾。绣陌万带交,清河双龙赴[4]。奇石满山椒,鳞甲星辰布。南望万叠山,根枝相回互。兹峰独抗敌,中天势孤露[5]。比似圣之清,偃蹇绝援助。其上有绝顶,云中愁飞度。恐泄造化奇,惧干鬼神怒。幽险诚欲穷,颠踬良足惧[6]。无言坐半山,烟霞纷布濩[7]。南瞻泰山云,东指扶桑树。诸天近声闻,绝境忘身世。赤松难与游,谪仙不可遇。岩上晚风寒,林表返照暮。长啸天地空,悠然下山去。

【注释】

此诗出自《思补过斋遗稿》卷三。辛师云(1794—1841),字京孙,号芝生,江西万载人。曾任户部贵州司主事,兼派山东司井田科指纳房事。著有《思补过斋遗稿》。

[1]竭来:归来,来到。[2]党护:袒护。[3]诗后原注:"《齐乘》云:'不,读如跗,戎服也。'"[4]诗后原注:"山下见大、小清河。"绣陌:华丽如绣的市街。[5]抗敌:对抗,对等。[6]颠踬:倒仆,下跌。[7]布濩:遍布,布散。

登华不注怀齐晋故事

(清)辛师云

谁道昔年争战地,奇峰今畅旅游情。妇人一笑几倾国,季世孤忠竟显名[1]。田社几存疆里制,岩风尚作鼓鼙声[2]。我来欲觅华泉饮,衰草连骞入望平。

【注释】

此诗出自《思补过斋遗稿》卷三。

[1]季世:末代,衰败时期。[2]诗后原注:"土人云:山上有墳石,遇风辄作鼓鼙之音。"鼓鼙:古代军中常用的乐器,指大鼓和小鼓。此指齐晋鞌之战。

自华山归途口占

(清)辛师云

平田高下水连波,浅谷潾潾向晚吹[1]。略与南中风景异,稻畦麦陇间参差。

回首岩阿未忍行,晚风催趁马蹄轻。山灵也解多情处,相送游人直到城。

【注释】

此诗出自《思补过斋遗稿》卷三。

[1]潾潾:波光闪烁的样子。

过华不注

(清)谢应芝

道旁突兀有高山,行人竞称华不注。朔风飒飒白草枯,欲前不前骇无路。齐侯三周于此间,晋军驰逐相争先。我来凭吊已千载,不觉泪下如流泉。齐侯孝意足悲感，曾令群客趋堂前。但知一笑悦慈母，不顾四野成烽烟。孤忠幸有逢丑父，代君不惜微躯捐[1]。树头小鸟鸣啾啾，停车遥睇愁复愁[2]。女子犹能识大义，君父免矣吾何求。借问此伊谁？锐司徒之女，壁司徒之妻[3]。我来凭吊增嘘唏。

【注释】

此诗出自《会稽山斋诗续》。谢应芝（1795—1862），字子阶，号浣村，晚号蒙泉子，江苏常州人。廪贡生。著有《会稽山斋文集》《会稽山斋诗集》。

[1]微躯：微贱的身躯，常用作谦辞。捐：放弃，舍弃。[2]遥睇：犹遥望。[3]《左传·成公二年》："辟女子。女子曰：'君免乎？'曰：'免矣。'曰：'锐司徒免乎？'曰：'免矣。'曰：'苟君与吾父免矣，可若何？'乃奔。齐侯以为有礼。既而问之，辟司徒之妻也。"

华　山

（清）沈　淮

泼眼翠如此，单椒卓不凡。矗空花萼秀，杰立虎牙巉。碧泻泉争响，红酣日半衔。青莲骑鹿去，灵迹闷仙岩。

【注释】

此诗出自《三千藏印斋诗钞》卷七。沈淮（1796—？），字均甫，号台簪，一作胎簪，浙江桐乡人。道光年间曾任山东陵县、临邑知县。著有《三千藏印斋诗钞》。

华不注

（清）符兆纶

一笑几倾国，兴师为释惭[1]。竟忘蜂虿毒，遂起虎狼贪[2]。山色愁凝碧，泉声咽泻蓝[3]。三周怀往辙，跛者尔何堪。

【注释】

此诗转引自《续修历城县志》卷八。符兆纶（1796—1865），字鸿诏，号雪樵，江西宜黄人。曾任福建福清知县。著有《卓峰草堂集》。

[1]这两句诗是在讲鞌之战的起因。详见明王象春《回车涧》注释[1]。[2]蜂虿（chài）：蜂和虿，都是有毒刺的螫虫，比喻恶人或敌人。[3]凝碧：浓绿。

登华不注步李沧溟韵

（清）孙锡嘏

虎牙杰立抱寒炉，秀拔单椒护上都[1]。近接佛头山雨润，遥连鳌背海云孤[2]。当车丑父何年去，载酒青莲此日无。醉倚天风归欲晚，华泉冷落入荒芜。

【注释】

此诗出自《东泉诗钞》卷上。孙锡嘏（1797—1888），字尔常，号东泉，山东淄川人。光绪二年（1876）钦赐副贡。著有《东泉诗钞》。李沧溟：即李攀龙，号沧溟，有《与转运诸公登华不注绝顶》诗。

[1]上都：古代对京都的通称，这里应指济南。[2]佛头：指佛慧山，在千佛山东南，又名大佛头山，因山阴绝壁上有摩崖巨佛头像得名。鳌背：借指大海。

历下杂咏

（清）孙锡嘏

（其八）

渺渺孤峰何处来，华山苍翠漫相猜[1]。大如西岳莲花顶，一朵芙蓉尚未开[2]。

【注释】

此诗出自《东泉诗钞》卷上。

[1]苍翠：青绿。[2]莲花顶：指西岳华山西峰。因峰顶有巨石状若莲花，故名莲花峰。

忆华不注

（清）孙锡嘏

簇簇危峰翠欲流，虎牙杰立插清秋[1]。遥知山下华泉水，四十年前我旧游[2]。

【注释】

此诗出自《东泉诗钞》卷下。

[1]危峰：高峻的山峰。清秋：明净爽朗的秋天。[2]遥知：谓在远处知晓情况。

望华不注

（清）陆黻恩

虎牙桀立势雄尊，不与群峰列子孙[1]。琢就玲珑参滑笏，削成菡萏露灵根[2]。三周战垒迷无迹，一勺寒泉定不浑。丑父免君忠也固，敢言合与广川论[3]。

【注释】

此诗出自《读秋水斋诗》卷十二。陆黻恩（1803—1874），字亚章，号紫峰、息庵，江苏武进（今江苏常州）人。曾选授知县。著有《读秋水斋文稿》《读秋水斋诗稿》。

[1]雄尊：雄伟庄严。[2]滑笏：指动荡不定的水波。[3]广川：指董仲舒（前179—前104），广川（今河北景县广川大董故庄村）人，西汉哲学家。董仲舒在《春秋繁露·竹林》中对“逢丑父杀其身以生其君”有过议论。

和陈淡庵咏月仿元相忆得体仍用原韵

（清）王　鸿

华不望月

绿萝径冷停琴伫，白桂香清入梦遥[1]。回忆华不峰望月，碧云深处听琼箫[2]。

【注释】

此诗出自《唱月楼诗录》卷六。王鸿（1807—?），字子梅，江苏长洲（今江苏苏州）人。曾任聊城县丞。著有《唱月楼诗录》。

[1]伫：久立。白桂：中药名，主治祛风散寒，活血祛瘀。[2]琼箫：玉箫。

望华不歌

（清）王　鸿

华不独立如孤客，夭矫云中撑傲骨[1]。众山俯仰依泰岱，山离輾然笑不歇[2]。风萧萧，雨冥冥，翠微微，影亭亭[3]。华不见我如故人，我遇华不意更亲。昔日东归行，华不云中迎，春风含笑何多情。马首今东鞚，华不遥相送，云外依依情愈重[4]。山迎送，人奔走，客不欢，山也瘦。欲依山居，嗟我无屋；欲伴客行，恨汝无足。安得钱有耳，车生角，偕隐乎华不山之麓[5]。题诗寄山离，山奇人更奇，以诗作券遥相期。何必居九夷，从凤嬉[6]。青山不老归来兮！呜呼！青山不老归来兮！

【注释】

此诗出自《唱月楼诗录》卷九。

[1]夭矫：纵恣的样子。傲骨：宋戴埴《鼠璞》卷上："唐人言李白不能屈身，以腰间有傲骨。"后因以喻高傲不屈的性格。[2]山离：山神。离，《说文》："离，山神兽也。"段玉裁改为"离，山神也，兽形"，并注云："本是山神而形如兽……若今本作神兽则大误矣。"輾(chǎn)然：笑的样子。[3]微微：隐约，淡远。亭亭：高耸的样子。[4]鞚(kòng)：控制、驾驭马匹。[5]偕隐：一起隐居。《左传·僖公二十四年》："其母曰：'能如是乎？与女偕隐。'"后代诗文中"偕隐"一语，用的是东汉鲍宣桓少君夫妇同归乡里的典故。[6]九夷：古代称东方的九种民族，亦指其所居之地。

华不注

（清）王　鸿

昔登华不高峰，孤客斜曳短筇[1]。三周铁骑云冷，一朵青莲秀钟。垂露笔疑倒插，旋螺草尚留踪[2]。归去青山不老，回头已被云封。

【注释】

此诗转引自《续修历城县志》卷八。

[1]筇：筇竹宜于制杖，故亦用以泛称手杖。[2]旋螺草：明王象春《回车涧》："逐北三周华不注，至今草树尚连骞。"诗后有注："至今涧草俱连骞蔓生如旋螺，俗云兵车绕匝所致，亦诞矣。"

明湖櫂歌

（清）李佐贤

（其四）

华峰天半绿嵯峨，烟谷轻笼雨乍过[1]。仿佛玉环新浴罢，髻鬟高拥一堆螺[2]。

【注释】

此诗出自《石泉书屋诗钞》卷五。李佐贤(1807—1876)，字竹朋，山东利津人。曾任福建汀州知府。著有《石泉书屋诗钞》。

[1]天半:犹言半空中。[2]髻鬟:古时妇女发式,将头发环曲束于顶。

雨后望华不注

(清)鲍瑞骏

一角危亭倚半峰,小桥行尽入深松[1]。朱阑欲湿斜阳影,尚有云来护晚钟[2]。

【注释】

此诗出自《桐华舸诗续钞》卷二。鲍瑞骏(1808—1883),字桐舟,号渔梁山樵,安徽歙县人。曾任山东馆陶知县。著有《桐华舸诗集》。

[1]危亭:耸立于高处的亭子。[2]朱阑:即"朱栏"。朱红色的围栏。晚钟:傍晚的钟声。

游华不注山

(清)史梦兰

巨灵手断太华臂,掷向济南插平地[1]。孤峰特起凌苍穹,毅然挥使群峰避。纵横野水趋山根,汇合名泉七十二。波光一片浸芙蓉,暮霭朝霞蒸紫翠。鞍山遥望城南隅,三面岚光相翼蔽[2]。晋齐之战经千年,山色依然蟠黛髻。我来吊古扣禅关,破庙荒凉古佛残[3]。当日三周遗迹在,华泉指点余寒烟[4]。昔闻丑父右公易公位,早开纪信诳楚计[5]。纪信诳楚以忠死,丑父得免真幸事。一时胜败安足论,代君任患今几人[6]?问之山僧僧不答,春山无语开笑靥[7]。

【注释】

此诗出自《尔尔书屋诗草》卷二。史梦兰(1813—1898),字香崖,号砚农,直隶乐亭(今河北唐山)人。曾选朝城知县,未仕。著有《尔尔书屋诗草》。诗题原注:"即晋逐齐师三周处。"

[1]巨灵:传说劈开华山(太华山)的河神。[2]岚光:山间雾气经日光照射而发出的光彩。翼蔽:障蔽,遮护。[3]禅关:禅门。[4]句后原注:"华泉旧有井,今湮。"[5]右公:为齐顷公做车右。右,车右。纪信(?—前204):刘邦将军。由于身形及样貌恰似刘邦,在荥阳城危时假装刘邦,向西楚诈降,让刘邦趁机逃走,终被俘,被项羽烧死。[6]代君任患:代替国君承受祸患。《左传·成公二年》:"韩厥献丑父,郤献子将戮之。呼曰:'自今无有代其君任患者,有一于此,将为戮乎?'"[7]笑靥(yè):笑容,笑颜。

望华不注

（清）高宅旸

昔闻华不注，跗萼衔千重[1]。今游齐郭门，瞥见青芙蓉[2]。插地卓千仞，独秀无诸峰。遥空结缥缈，绿翠飞溟蒙。始知峻绝处，灵气之所钟。我来偶遐眄，诗境开心胸[3]。可惜谪仙去，都邑多尘封[4]。名山自今古，斯人难再逢。临风寄微尚，飘洒如其容[5]。合当蹑衣上，一访烟霞踪。

【注释】

此诗转引自《续修历城县志》卷八。高宅旸（1817—1876），字丽中，号味蓼，江苏武进人。诸生。著有《味蓼轩诗钞》。

[1]跗萼：花萼与子房。亦借指花朵。[2]瞥见：看到，一眼看见。[3]遐眄（miǎn）：远望。[4]尘封：搁置已久，被尘土盖满。[5]微尚：微小的志趣、意愿。常用作谦辞。

泛舟大明湖，登历下亭，遥望华不注

（清）江　湜

连山蜿蜒如游龙，背城不见寻亦慵。忽看涌出万瓦上，势若回首窥城墉[1]。泺源潜发未出郭，湖光如镜初磨镕[2]。斜阳欲下山影落，倒浸十丈青芙蓉。是时止月气已变，鹭黄水柳摇春容[3]。乱流直泝历下亭，坐看对面岚光浓。举头更见华不注，忆昔李白登其峰。自云曾遇赤松子，托兴愿得长相从[4]。我来独游少俦侣，济南名士多未逢[5]。单椒秀泽久寂寞，况求尘外仙人踪。惟余山水自清绝，胜情犹入羁人胸[6]。船偎曲碕受行客，风度绝壑闻疏钟[7]。寓斋不远晚始去，早挝衙鼓声冬冬[8]。

【注释】

此诗出自《伏敔（yǔ）堂诗录》卷三。江湜（shí）（1818—1866），字持正，又字弢叔，号敔堂，别署龙湫院行者，江苏长洲（今江苏苏州）人。诸生，曾捐得浙江候补县丞。著有《伏敔堂诗录》。

[1]城墉：城墙。[2]潜发：暗发。[3]春容：犹春色，春天的景色。[4]唐李白《古风》："萧飒古仙人，了知是赤松。……含笑凌倒景，欣然愿相从。"托兴：借物寄托情趣。[5]济南名士：唐杜甫《陪李北海宴历下亭》："海右此亭古，济南名士多。"[6]清绝：形容

美妙至极。胜情:高雅的情趣。羁人:旅客。[7]碕(qí):曲折的河岸。行客:过客,旅客。风度:风吹拂过。疏钟:稀疏的钟声。[8]寓斋:寓所,住所。挝(zhuā):击,敲打。衙鼓:旧时衙门中所设的鼓,用以集散曹吏。

华不注山

(清)陈　锦

傍水金莲出,朝天玉笋抽[1]。当年经百战,一日已三周。翠盖连飞鹊,青梯引卧牛[2]。可能排济漯,平野抑横流[3]。

片石浑如削,城隅寸碧纤。五丁留一指,孤注压千岩[4]。柎鄂妍难画,觚棱峭不嫌[5]。芳心谁与赏,含笑佛头拈。

【注释】

此诗出自《橘荫轩诗文集·补勤诗存续编》卷五。陈锦(1821—?),字画卿,浙江山阴人。道光二十九年(1849)举人,山东候补道。著有《橘荫轩诗文集》。

[1]玉笋:喻秀丽耸立的山峰。[2]翠盖:指形如翠盖的植物茎叶。飞鹊:指鹊山,在黄河北岸。相传昔日每年七八月间,乌鹊飞翔,布满山巅。又相传先秦名医扁鹊曾在这里炼丹,死后葬此,故名鹊山。青梯:指长有庄稼的梯田。卧牛:指卧牛山,在华不注山之东。卧牛山头东尾西,因似老牛歇卧而得名。[3]济漯(tà):济水和漯水。济水,见宋曾巩《华不注山》注释[1];漯水,古水名,为古黄河的支流,其道屡有变迁。[4]五丁:神话传说中的五个力士。《艺文类聚》卷七引汉扬雄《蜀王本纪》:"天为蜀王生五丁力士,能献山,秦王(按:秦惠王)献美女与蜀王,蜀王遣五丁迎女。见一大蛇入山穴中,五丁并引蛇,山崩,秦五女皆上山,化为石。"一说"秦惠王欲伐蜀而不知道,作五石牛,以金置尾下,言能屎金,蜀王负力。令五丁引之成道",见北魏郦道元《水经注·沔水》。[5]前半句后原注:"'华不'之'不'本当作'柎'。"妍:美丽,美好。觚棱:棱角。

咏华不注

(清)邵承照

瑶池青莲花,跗萼发天上。堕地为名山,秀削不可状[1]。一拳耸嵯峨,四顾绝依傍。鹊山景亦奇,对此难与抗。昔有逢丑父,赴义心何壮。苟免君主危,遑计躯骸丧。懿哉忠爱人,卒邀敌国谅[2]。千古仰清风,光辉生岩嶂。

【注释】

此诗出自《云卧堂诗集》卷一。邵承照(1828—?),字伯乌,顺天大兴人。曾任肥城知县、曹州知州。著有《云卧堂集》,纂修《肥城县志》。

[1]秀削:高耸陡峭。[2]懿:美。

华不注

(清)周铭旂

谁将天外剑,掷作一峰孤。拔地曾何傍,依人若不须。倒看湖落影,旁借鹊成图[1]。屹立苍然色,英雄绝世无。

【注释】

此诗出自《出山草》卷一。周铭旂(qí)(1828—1913),字懋臣,号海鹤,山东即墨人。曾任汉阴知州。著有《出山草》。

[1]这里是说,华不注山在大明湖中留下倒影,又与鹊山一起构成美丽的画图——《鹊华烟雨图》。

望华不注

(清)黄锡彤

孤峰芳翠合,以外是平廛[1]。飞鸟向空尽,晴光入望圆[2]。三周开战垒,一寺有枯禅[3]。独眺归来倦,村墟起夕烟[4]。

【注释】

此诗出自《芝霞庄诗存》卷一。黄锡彤(1828—?),原名黄兆白,字子受,号晓岱,湖南善化人。曾任翰林院编修、福建道监察御史。著有《芝霞庄诗存》。

[1]廛(chán):古代平民一家在城邑中所占的房地,后泛指民居、市宅。[2]晴光:晴朗的日光。入望:进入视野。[3]枯禅:指老僧。[4]村墟:村庄。

华不注山

(清)濮文暹

荒无林与泉,顽无壑与邱[1]。一朵枯菡萏,掷之河东头。欲躡苦不磴,欲緼苦不幽[2]。其顶谁合尖,仰刺天悠悠。其胯环废刹,野炊光浮浮[3]。其腰缀危构,虚杳如蜃楼[4]。其趾真战场,南东皆可畴。妇人余一笑,猥使山灵愁[5]。蹄辙永磨陷,何止巡三周。秋社我来思,茶亭多齐讴[6]。何须访华泉,取饮便所求。亭亭复对峙,鹊山遥与俦[7]。医国犹何人?扁公名长留[8]。俨然两金焦,惜不居清流[9]。杰出不得地，湮没河之洲。我闻济水南，沧桑变未休。历山久无顶，耕者沉铁牛[10]。藐兹一拳石，突立忘春秋[11]。天风拥黄沙，不消此浮沤[12]。零落几点烟，嗟哉古齐州。

【注释】

此诗出自《见在龛集》卷十一。濮文暹(1830—1909)，字青士，号瘦梅子，江苏溧水人。曾任河南南阳知府。著有《见在龛集》。

[1]硕：浑圆。[2]缒(zhuì)：以绳拴人或物而下或上。[3]废刹：疑指华不注山山脚的华阳宫。[4]危构：高耸的建筑物，此处疑指华不注山山腰的吕祖庙等建筑。蜃楼：古人谓蜃气变幻成的楼阁。[5]猥：副词，骤然，突然。[6]秋社：古代秋季祭祀土神的日子。齐讴：同"齐歌"。齐声歌唱。《汉书·高帝纪上》"皆歌讴思东归"唐颜师古注："讴，齐歌也，谓齐声而歌。或曰齐地之歌。"[7]俦：伴侣。[8]句后原注："有孤阜隔河对立，传为扁鹊烧丹处，因以得名。"医国：谓为国除患祛弊。猗(yǐ)：通"倚"。依，靠着。扁公：神医扁鹊。[9]这两句是说，华不注山和鹊山，如同金山和焦山一样，只是没有处在水流之中而已。俨然：宛然，仿佛。金焦：金山与焦山的合称，两山都在今江苏镇江。金山原是屹立于长江中流的一个岛屿，有"江心一朵美芙蓉"之称誉，清光绪末年(1903)左右与陆地连成一片；焦山是长江中四面环水的岛屿，因东汉焦光隐居山中而得名，被誉为"江中浮玉"。清流：清澈的流水。[10]句后原注："历山、铁牛山久埋入地，今成市衢而存其名曰'历山顶、铁牛顶'云云。"此处的历山非千佛山。唐封演《封氏闻见记》卷八："齐州城东有孤石，平地耸出，俗谓之历山。"[11]拳石：小石块。突立：耸立。[12]浮沤(ōu)：水面上的泡沫。因其易生易灭，常比喻变化无常的世事和短暂的生命。

奉陪郭大兄嵩焘登华不注山兼和赠一首

(清)王闿运

华峰万石成一色，上峰嶙峋下圆碧。双尖削瘦无四邻，攒秀亭亭见千尺。神仙游客同所遇，世人少暇空来去。从来灵境惜奇赏，突兀东郊如虎踞。夫君龙节登蓬莱，峻节驱风海水开[1]。大纲持政物多暇，山人始见青骢来。骢马行行转山麓，落日寒光照苍玉。近看历落抽万笋，远见参差成一簇[2]。中峰崚嶒上危峦，飞阁架构无层阑[3]。与君相看豁方寸，青天四望心目宽[4]。野风吹袂白云满，济南落掌飞势远。夕烟曳岭开屏风，历山下对城如碗。登高远眺逸思多，兴酣抗响同高歌。已嗟强齐变弱鲁，坐伤清泲污浊河[5]。浊河清泲事翻覆，古往今来如逐鹿。三山十岛不可求，楼船驾海涛成屋。今年海防参大计，功成身退君所识[6]。诏书新命倚此行，青兖苍生望经济[7]。忧时览古悲河山，北望阊阖南荆关[8]。胜游未知白日短，独坐始觉孤云间。闲游握手不易得，路人旁观指狂客。但知二命有穷达，谁信两家无担石[9]。故人故乡如眼前，欲去未去心凄然。愿将世事老渔钓，暂隐衡山过十年[10]。

【注释】

此诗出自《湘绮楼全集·诗集》卷五。王闿运（1833—1916），字壬秋，又字壬甫，号湘绮，湖南湘潭人。曾任翰林院侍读、清史馆馆长。著有《湘绮楼全集》。大兄：对朋辈的敬称。郭嵩焘（1818—1891），字筠仙，号云仙、筠轩，别号玉池山农、玉池老人，湖南湘阴人。曾任广东巡抚、驻英公使。

[1]夫君：称友人，此指郭嵩焘。龙节：龙形符节，泛指奉王命出使者所持之节。峻节：高尚的节操。[2]历落：疏落参差的样子。[3]危峦：险峻的山峦。[4]方寸：心绪，心思，心得。心目：内心。[5]句后原注："郭诗中有'齐鲁河沸'之感，盖刺今也。"[6]句后原注："泰西夷舟犯大沽者十四舶，尽破之。"泰西，犹极西。旧泛指西方国家，一般指欧美各国。1859年6月25日，大沽口守军击败来犯的英法联军舰队。[7]青兖：青州和兖州。两地均属古"九州"，管辖范围大致为山东区域，故可代指山东。经济：指治国的才干。[8]阊阖：传说中的天门，借指京城。荆关：泛指南方关山。[9]担（dàn）石：一担一石之粮，比喻微小。家无担石，谓家中贫乏，存粮极少。[10]渔钓：钓鱼，喻隐居江湖。

山左古迹诗

（清）龚易图

华不注

单椒翠如削，杰秀天中落[1]。秋色满烟郊，相对横山鹊。

【注释】

此诗出自《乌石山房诗稿》卷十一。龚易图（1835—1894），字蔼仁，号含真，又号东海盟鸥长，福建闽侯人。曾任济南知府、江苏按察使。著有《乌石山房诗稿》。诗题原注："历城。"

[1]杰秀：高峻秀美。

张楚宝观察（士珩）《济上鸿泥》册子十二咏

（清）陈作霖

华峰挹爽

峰势何岧峣，莲花半吐萼[1]。倒影浸明湖，天风吹不落。华泉能饮无，下车自斟酌。

【注释】

此诗出自《可园诗存》卷二五。陈作霖(1837—1920),字雨生,号伯雨,别号可园,江苏江宁(今江苏南京)人。曾任崇文经塾教习、江宁县志局总纂。著有《可园诗存》。张楚宝:即张士珩(约1857—1918),字楚宝,晚年自号因觉生,安徽合肥人。李鸿章外甥。主管北洋军械局、江南制造局多年。鸿泥:鸿鸟在雪泥上留下的爪印,比喻往事的痕迹。

[1]岧峣:高峻,高耸。

过华不注山下作

(清)吴宝三

一点苍烟扑马头,鸣蝉声断四山秋。气蒸沧海云霞活,涛滚黄河岁月流。行事都疑蕉鹿梦,奇勋自策管城侯[1]。木樨香又忙中度,还约篱花共唱酬[2]。

【注释】

此诗出自《鞠隐山庄遗诗》。吴宝三(1838—1889),字康之,号鞠隐,安徽桐城人。曾任郓城知县。著有《鞠隐山庄遗诗》。

[1]蕉(qiáo)鹿梦:《列子·周穆王》:"郑人有薪于野者,遇骇鹿,御而击之,毙之。恐人见之也,遽而藏诸隍中,覆之以蕉,不胜其喜。俄而遗其所藏之处,遂以为梦焉。"宋辛弃疾《水调歌头·呈南涧》词:"笑年来,蕉鹿梦,画蛇杯。"后以"蕉鹿梦"指梦幻。蕉,通"樵"。管城侯:即管城子。唐韩愈作寓言《毛颖传》,称笔为管城子,后因以为笔的别称。[2]木樨(xī):桂花的别名。篱花:谓篱下的菊花。语本晋陶潜《饮酒》诗之五:"采菊东篱下,悠然见南山。"

拟曾子固七律五首用原韵

(清)汪宝树

登华不注一首

危峰耸翠碧巉巉,拔地名山壮济南[1]。往事三周怜磴险,荒途一缕契幽探[2]。云边丹灶留烟销,石上青苔带雨酣。欲洗尘心消俗障,清冷到耳爱泉甘。

【注释】

此诗出自《汪惠毅公诗》。汪宝树(1838—?),字谢阶,号东渠,山东泰安人。曾任山东庆云知县。著有《汪惠毅公诗》。曾子固:即曾巩,字子固。有《华不注山》诗。

[1]耸翠:形容山峦、树木等高耸苍翠。巉巉:形容山势峭拔险峻。拔地:耸出地面。[2]幽探:谓探求幽胜之境。

题楚宝《济上鸿泥图》

(清)秦际唐

华峰挹爽

隔城瞻远峰,爽气迎霜晨[1]。天然大青绿,图画疑新皴[2]。我溯春秋时,曾驻兵车轮。齐侯陷重围,丑父代以身。国佐重致词,慷慨大义伸。背城欲借一,气已吞强邻。师败国不辱,守固和乃成。兹山毓英灵,倘生甫与申[3]。努力继前贤,庶靖东海尘。

【注释】

此诗出自《南冈草堂诗选续编》。秦际唐(1838—1908),字伯虞,晚号南冈老人,江苏上元(今江苏南京)人。同治六年(1867)举人,候选知县,曾任奎光、凤池两书院主讲。著有《南冈草堂诗选》。楚宝:即张士珩,字楚宝。

[1]霜晨:结霜的早晨。[2]皴(cūn):中国画技法名,是表现山石、峰峦和树身表皮的脉络纹理的画法。画时先勾出轮廓,再用淡干墨侧笔而画。[3]《诗经·大雅·崧高》:"崧高维岳,骏极于天。维岳降神,生甫及申。维申及甫,维周之翰。四国于蕃,四方于宣。"此处是说华不注山钟灵毓秀,可能会产生像尹吉甫、申伯等对国家有重要贡献的人物。

华不注山怀古

(清)朱庭珍

西风吹尘烟冥冥,云中山翠遥相迎。欲寻齐晋交战处,下车取饮华泉清。诸侯悦亲自有体,奈何侮客出非礼[1]?笑声未毕闻怒声,誓指河水愤兵起[2]。八百乘逾城濮师,鲁卫合力趋临淄[3]。予姑剪灭此朝食,不待介马先驰之[4]。余勇谁贾齐高固,流血及肘鼓声怒[5]。马逸不止贪天功,逐北三周华不注[6]。骖挂于木将成擒,易位赖有逢丑父[7]。君不见,骊山戏召天下兵,美人巧笑亡西京[8]。萧同叔女儿为质,未必尤物皆倾城,幸哉得免城下盟[9]。

【注释】

此诗出自《穆清堂诗钞》卷上。朱庭珍(1841—1903),字小园,又作筱园,号诗隐,云南石屏人。光绪十四年(1888)举人。著有《穆清堂诗钞》。

[1]侮客出非礼:指齐顷公为取悦其母萧同叔子而做的戏侮使臣的事。《左传·宣公十七年》:"十七年春,晋侯使郤克征会于齐。齐顷公帷妇人,使观之。"《穀梁传·成公元年》:"冬,十月。季孙行父秃,晋郤克眇,卫孙良夫跛,曹公子手偻,同时而聘于齐。齐使秃者御秃者,使眇者御眇者,使跛者御跛者,使偻者御偻者。"详见明王象春《回车涧》注释[1]。[2]《左传·宣公十七年》:"郤子登,妇人笑于房。献子怒,出而誓曰:'所不此报,无能涉河。'"[3]《左传·成公二年》:"孙桓子还于新筑,不入,遂如晋乞师。臧宣叔亦如晋乞师。皆主郤献子。晋侯许之七百乘。郤子曰:'此城濮之赋也。有先君之明与先大夫之肃,故捷。克于先大夫,无能为役,请八百乘。'许之。郤克将中军,士燮佐上军,栾书将下军,韩厥为司马,以救鲁、卫。"[4]《左传·成公二年》:"癸酉,师陈于鞌。邴夏御齐侯,逢丑父为右。晋解张御郤克,郑丘缓为右。齐侯曰:'余姑翦灭此而朝食。'不介马而驰之。"剪灭:歼灭。灭此朝食:消灭掉敌人再吃早饭,形容斗志坚决,要立即消灭敌人。介马:给战马披甲。介,铠甲。[5]《左传·成公二年》:"齐高固入晋师,桀石以投人,禽之而乘其车,系桑本焉,以徇齐垒,曰:'欲勇者贾余余勇。'……郤克伤于矢,流血及屦,未绝鼓音,曰:'余病矣!'张侯曰:'自始合,而矢贯余手及肘,余折以御,左轮朱殷,岂敢言病。吾子忍之!'"[6]《左传·成公二年》:"〔张侯〕左并辔,右援枹而鼓,马逸不能止,师从之。齐师败绩。逐之,三周华不注。"[7]《左传·成公二年》:"逢丑父与公易位。将及华泉,骖絓于木而止。……丑父使公下,如华泉取饮。"[8]这两句是说,周幽王为博得美人褒姒一笑,烽火戏诸侯导致国破家亡,身死于骊山之下。[9]这三句指鞌之战后,齐晋媾和。《左传·成公二年》:"齐侯使宾媚人赂以纪甗、玉磬与地。'不可,则听客之所为。'宾媚人致赂,晋人不可,曰:'必以肖同叔子为质,而使齐之封内尽东其亩。'……晋人许之。"尤物:指绝色美女,有时含有贬义。城下盟:敌人兵临城下时被迫接受的屈辱盟约,泛指被迫签订的屈辱条约。

华不注

(清)李嘉绩

拔地华不注,孤标气象雄[1]。《春秋》名不朽,风雨祷能通[2]。树没苍茫外,天浮岛屿中。会须登绝顶,一啸海云红。

【注释】

此诗出自《代耕堂中稿》卷一。李嘉绩(1843—1907),字云生,又字凝叔,号潞江渔者,四川成都人。曾任陕西韩城知县。著有《代耕堂集》。

[1]孤标:指山、树等特出的顶端。[2]华不注山因鞌之战"三周华不注"故事而载名于《春秋》,传之后世。

登华不注山游古寺赋此

（清）爱新觉罗·廷奭

棕鞋藤杖步嶙峋，危磴凌云绝点尘[1]。夹径野花相引路，入门山鹤自迎人。老僧瘦类古铜佛，怪石峭如赪玉麟[2]。游罢归途斜夕照，肩舆缓缓倍怡神。

【注释】

此诗出自《未弱冠集》卷二。爱新觉罗·廷奭（shì）（1844—?），字棠门，又字季灵，自号紫然居士，别号饭石道人，吉林长白人。满洲正黄旗，山东巡抚崇恩子。著有《未弱冠集》。诗题内原作“华不住山”，编者改。

[1]棕鞋：用棕丝编制的鞋。[2]诗后原注：“苑中有大石一块，色如猩血，猛如蹲兽。寺僧谓之为麒麟石。”赪（chēng）：红。

城东望华不注山

（清）周家禄

秋色满城南，兹山何寂寥[1]。寒云连海岱，落叶正萧萧[2]。天然苍秀色，万古长不凋。朝天青玉笏，竦立见丰标[3]。往来马上看，怀古意无聊。下马弄秋水，风雨晚漂摇[4]。

【注释】

此诗出自《寿恺堂集》卷九。周家禄（1846—1909），字彦升，又字惠修，江苏海门人。曾任江浦县训导。著有《寿恺堂集》。

[1]寂寥：冷落萧条。[2]萧萧：象声词，这里形容草木摇落声。[3]青玉笏：此用青色玉制手板来喻指华不注山。竦立：耸立，挺立。丰标：风度，仪态。[4]漂摇：摇动。

华不注

（清）毓　俊

西风吹我上峰巅，万里苍茫思渺然。孤嶂笼烟高插地，长河隔岸远连天[1]。夕阳落叶枯僧寺，野水斜帆估客船[2]。兵逐三周已陈迹，可容怀古问山川。

【注释】

此诗出自《友松吟馆诗钞》卷十四。毓俊（1848—?），字赞臣，姓颜扎氏，满洲人。曾官至候选道。著有《友松吟馆诗钞》。

[1]孤嶂:孤立的高山。[2]估客:即行商。

华不注

(清)潘守廉

济南佳景华不注,每到秋来作壮游。四面高低险巇甚,安能车战绕三周[1]。

【注释】

此诗出自《对凫缘影》。潘守廉(1851—1939),字洁泉,号节园,又号雪严,自号对凫居士,山东微山人。曾任河南南阳知县、邓州知府。著有《对凫缘影》,辑《济宁直隶州续志》。

[1]险巇:崎岖险恶。

自姚工回济南见华山作

(清)蒋　楷

疏林放出好峰峦,知有征夫岁莫还[1]。无数人家遮不住,一村落外一华山。

【注释】

此诗出自《那处诗钞》卷二。蒋楷(1853—1912),字则先,湖北荆门人。曾任濮州知府。著有《那处诗钞》。

[1]征夫:远行的人。

雨中过华不注山

(清)蒋　楷

济南风景未全删,曲曲清流作带环[1]。不辨云中山几叠,一重云护一重山。

【注释】

此诗出自《那处诗钞》卷三。

[1]删:消除。

绝句二首

（清）王以敏

（其一）

南风策策鸠妇鸣，平沙浩浩黄河声[1]。一春为客不归去，今见华山双眼明。

【注释】

此诗出自《檗（bò）坞（wù）诗存》卷七。王以敏（1855—1921），字文悔，又字子捷，号梦湘，湖南武陵（今湖南常德）人。曾任翰林院编修、江西知府。著有《檗坞诗存》。

[1]策策：象声词。鸠妇：指雌鸠。平沙：指广阔的沙原。浩浩：广大无际的样子。

华　山

（清）何乃莹

当年齐晋此称戈，路绕层峦策马过[1]。特起兹峰何峻秀，芙蓉一朵照清波。

【注释】

此诗出自《灵樵仙馆诗草》卷一。何乃莹（1856—1912），字润夫，一字梅叟，号鲁孙，山西灵石人。曾任山东道监察御史、顺天府尹、左副都御史。著有《灵樵仙馆诗草》。

[1]称戈：《尚书·牧誓》："称尔戈，比尔干，立尔矛，予其誓。"本谓举起戈，后用以指动用武力，发动战争。

望华不注有感

（清）王舟瑶

拔地孤高翠一丛，单椒秀泽指齐东。花开棣萼疑烟里，影落明湖似镜中。举世至今无丑父，何人相与救顷公[1]。不堪回首东巡日，诗刻摧残苔藓蒙。

【注释】

此诗出自《默庵诗存》。王舟瑶（1858—1925），字玫伯，一字星垣，号默庵，浙江黄岩（今浙江台州）人。曾被赏内阁中书衔，受聘为京师大学堂师范馆经史教习。著有《中国学术史》《默庵诗存》。

[1]相与：共同，一道。

夜泊华不注下

（清）于宗潼

济南潇洒最多情，绿树阴中一棹横。天半芙蓉山半寺，舟边芦荻水边城。秋从落叶声中老，月是离人眼底明。庭实小庄知远近，淡烟衰草乱螀鸣[1]。

【注释】

此诗出自《浣薇书屋遗稿》卷七。于宗潼（1860—1934），字梓生，号西园，山东烟台福山区人。曾任四川劝业道。著有《浣薇书屋遗稿》。

[1]诗后原注："边华泉有小庄，在华山侧，见本集。"庭实：即边贡，字庭实，号华泉。螀（jiāng）：即寒螀，也称寒蝉。

望华不注山次髯庸韵

（清）董玉书

一朵芙蓉破石扃，单椒自古地钟灵。浮岚晚映湖心月，浓翠朝来历下亭。九点烟峦称独秀，半分秋色立空冥[1]。草窗不返鸥波逝，补入吾家旧画屏[2]。

【注释】

此诗出自《拙修草堂剩稿》。董玉书（1869—1952），字逸沧，晚号拙修老人，江苏江都（今江苏扬州）人。曾任安徽天长、霍丘知县。著有《寒松庵诗集》《拙修草堂剩稿》。

[1]空冥：指天空。[2]诗后原注："董文敏有临赵本《鹊华秋色图》。"草窗：指周密（1232—1298），字公谨，号草窗，晚年号弁阳老人、四水潜夫、华不注山人，祖籍济南，吴兴（今浙江湖州）人。宋末元初词人、文学家、书画鉴赏家。著有《武林旧事》《齐东野语》等。鸥波：指赵孟頫，别号鸥波。

晓望华不注山

（清）于秉信

奇峰插天半，太息未登临[1]。晓日华阳树，上方钟磬音。翠微结遥想，萧瑟满秋心[2]。又复匆匆去，停鞭思不禁[3]。

【注释】

此诗转引自清余正酉辑《国朝山左诗汇钞后集》卷三五。于秉信，生卒年不详，字君执,号陵山,山东章丘人。乾隆间诸生。著有《醉月亭诗草》。

[1]太息:大声长叹,深深地叹息。[2]翠微:指青翠掩映的山腰幽深处。秋心:秋日的心绪,多指因秋来而引起的悲愁心情。[3]停鞭:谓驻足。不禁:抑制不住,不由自主。

登华不注

(清)万士炼

众岫惟尊此,十年又一过[1]。泺烟疑结霰,海气欲蒸沱[2]。龙洞独观黑,虬巅鸟聚多。一峰天外矗,风雨老藤萝。

【注释】

此诗出自《仍园集》。万士炼,生平事迹不详,字伯雅,号公阮,山东曹县人。著有《仍园集》。

[1]岫:本指山洞、有洞穴的山,泛指峰峦。[2]霰:雪珠,白色不透明的球形或圆锥形小冰粒,多在下雪前或下雪时降落。

雪后登华不注,再叠前韵柬朱季直

(清)王大堉

白莲一朵四无叶,突兀华不注负雪。有人耐冷登其巅,应被山灵笑痴绝[1]。初升踽踽如老鹤,箬笠压颓玉杖折[2]。须臾贾勇凌山腰,已讶眼前峦影灭[3]。忽然一跃来绝顶,举手白云如可掣。泰岱苍茫隔冷烟,明湖隐约凝冰缬[4]。四大空明影亦清,三千世界尘无屑[5]。旋看落日红九霄,万片琼瑶融一瞥[6]。奇情惟有滕六知,清景堪同青女说[7]。诗成我欲镌高崖,愿借先生一枝铁[8]。

【注释】

此诗出自《苍茫独立轩诗集》卷一。王大堉(yù),生卒年不详,字秋坨,天津人,寄籍江苏长洲。善画。著有《苍茫独立轩诗集》。朱季直:即朱方,字季直,擅篆刻。

[1]痴绝:《晋书·顾恺之传》:"恺之在桓温府,常云:'恺之体中痴黠各半,合而论之,正得平耳。'故俗传恺之有三绝:才绝,画绝,痴绝。"后以其为藏拙或不合流俗之典。[2]踽踽(jǔ):小步慢行的样子。箬(ruò)笠:用箬竹叶及篾编成的宽边帽。[3]贾勇:谓鼓足勇气。详见明王象春《逢丑父》注释[1]。[4]缬(xié):染有彩文的丝织品。[5]四大空明:又称"四大皆空",佛教称地、水、火、风为四大,认为所有物质都由四大构成,而四大又从空而生,因此世间的一切事物都是空虚的。三千世界:佛教名词,"三千大千世界"的省称。以须弥山为中心,七山八海交绕之,更以铁围山为外郭,是谓一小世界,合一千个小世界为小

千世界，合一千个小千世界为中千世界，合一千个中千世界为大千世界，总称为三千大千世界。可泛指宇宙。[6]九霄：天之极高处，高空。琼瑶：喻雪。[7]滕六：传说中雪神名。清景：清丽的景色。青女：传说中掌管霜雪的女神。《淮南子·天文训》："至秋三月……青女乃出，以降霜雪。"高诱注："青女，天神，青霄玉女，主霜雪也。"[8]句后原注："君工篆刻。"

和豸峰历下咏怀古迹诗三十七首

（清）王大堉

华不注

昔登华不山，奇句访谪仙。谪仙去何处？山色故依然。石磴一何险，岚影一何娟[1]。分明何所似，一朵青青莲。草绣莲花碧，雪覆莲花白。日出莲花红，月落莲花黑。壮士三周铁骑疾，战尘十丈彼军墨，莲兮莲兮应无色。

【注释】

此诗出自《苍茫独立轩诗集》卷二。豸峰：即廖炳奎，字豸峰，福建顺昌人。道光八年（1828）任山东昌乐知县，第二年即被革职。后长期寓居天津。

[1]一何：多么。唐杜甫《石壕吏》诗："吏呼一何怒，妇啼一何苦。"娟：美好，秀丽。

和豸峰历下咏怀古迹诗三十七首

（清）王大堉

华　泉

墓门片碣华山隈，诗宿曾推李杜才[1]。记得当年风雪里，冲寒独吊华泉来[2]。

【注释】

此诗出自《苍茫独立轩诗集》卷二。

[1]隈：山边。诗宿：诗坛素有名望之士，此指边贡。[2]冲寒：冒着寒冷。

同诸友登华不注

（清）王大儒

看山如读书，熟则删所恋。层折取其新，即此窥候变[1]。不注近桃溪，登临良我便。兹乃独淹留，众前我则殿[2]。细酌眺归鸿，诸峰开面面[3]。风日发寒香，秋老霜林绮[4]。

【注释】

此诗转引自岳濬《山东通志》卷三五之一上。王大儒，生平事迹不详。

[1]层折：重重转折。[2]淹留：羁留，逗留。殿：居后，在后。[3]归鸿：归雁，诗文中多用以寄托归思。面面：每一方面，每个地方。[4]风日：天气。绮(qiàn)：草名，可以染红，引申为大红色。

华不注

(清)王夺标

青削芙蕖碧插天，峰头望去白云连[1]。高低双影空中出，旋绕岱尊不记年[2]。

峭壁亭亭翠色明，嵯峨秀逼野云平。生成形势无天险，还巩山东第一城[3]。

【注释】

此诗出自《南疑诗集》卷十。王夺标，生卒年不详，字赤城，自号南疑放客，山东单县人。顺治九年(1652)进士，曾任江南镇平知县、湖北知州。著有《南疑诗集》。

[1]芙蕖：荷花的别名。[2]旋绕：环绕。岱尊：泰山。[3]形势：地理状况，地势。巩：巩固。山东第一城：指济南。

咏华不注

(清)邓廷法

曾经华不注，始信是奇峰。立地根疑削，通霄顶欲冲。浑然结元气，孤立仰高踪[1]。遥指三周迹，青莲未改容[2]。

【注释】

此诗出自《天籁集》。邓廷法，生卒年不详，字效村，号空空子，山东高密人。嘉庆年间副贡，曾任湖南宝庆府同知。著有《天籁集》。

[1]浑然：混沌的样子。唐柳宗元《天说》："彼上而玄者，世谓之天；下而黄者，世谓之地；浑然而中处者，世谓之元气。"孤立：独立，无所依傍或联系。高踪：高尚的行迹。[2]改容：改变仪容，动容。

题陶廉泉《宦游六迹图》

（清）邓嘉缉

蒙山立马

齐州烟霭正蒙蒙，策马来听万壑风。试问亭亭华不注，谁能孤立倚秋空[1]？

【注释】

此诗出自《扁善斋诗存》卷下。邓嘉缉，生卒年不详，字熙之，江苏江宁（今江苏南京）人。同治十二年（1873）优贡，候选训导。著有《扁善斋诗存》。陶廉泉：曾任蒙阴知县。蒙山：古称东蒙、东山，地处山东临沂西北、沂蒙山区腹地。

[1]亭亭：高耸的样子。

题楚宝《济上鸿泥》十二咏

（清）邓嘉缉

华峰挹爽

卓哉华不注，耸立云外天。摊书终日对，浓翠泼檐前[1]。静逸如可挹，孤高自成妍。猗嗟独秀人，把臂结胜缘[2]。

【注释】

此诗出自《扁善斋诗存》卷下。楚宝：即张士珩（约1857—1918），字楚宝。

[1]浓翠：深绿。[2]猗嗟：叹词，表示赞叹。独秀：特别突出，超群出众。把臂：握持手臂，表示亲密。胜缘：佛教语，善缘。

华山逢丑父祠

（清）白永修

巉巉虎牙云外立，骤雨旋晴空翠湿[1]。绝顶登望古战场，三周想见轮蹄急[2]。齐师已北晋师及，韩厥马前方执絷[3]。以死免君尔何人，祠荒树老山鬼泣。

【注释】

此诗出自《旷庐诗集》卷六。白永修，生卒年不详，字澄泉，山东平度人。光绪十一年

(1885)拔贡。著有《旷庐诗集》。

[1]巉巉:形容山势峭拔险峻。云外:指高空。空翠:指绿色的草木。[2]轮蹄:车轮与马蹄,代指车马。[3]《左传·成公二年》:"韩厥执絷马前,再拜稽首,奉觞加璧以进。"絷(zhí):绊马索。

汇波楼望华不注

(清)冯湘舲

楼头尽见三周地,一朵芙蓉十丈开。瘦骨撑青如削出,单椒点黛欲浮来。红墙寺自疏林露,黄笠僧寻别涧回。酾酒旷怀逢丑父,蘋蘩香送水云隈[1]。

【注释】

此诗转引自《续修历城县志》卷八。冯湘舲,生平事迹不详。

[1]酾酒:斟酒。蘋蘩:蘋和蘩,两种可供食用的水草,古代常用于祭祀。隈:山水弯曲隐蔽处。

明湖杂诗十一首

(清)边浴礼

(其四)

背郭奇峰华不注,虎牙桀立一单椒。俯窥湖面似螺髻,碧玉搔头时动摇[1]。

【注释】

此诗出自《健修堂诗集》卷十三。边浴礼,生卒年不详,字夔友,号袖石,河北任丘人。道光二十四年(1844)进士,曾任翰林院编修、河南布政使。著有《健修堂诗集》。

[1]俯窥:从高处往下看。搔头:簪的别称。动摇:摇摆,晃动。

华不注

(清)朱令昭

单椒看直上,爽气豁心颜[1]。战伐从终古,乾坤有此山。高云摩翠盖,明月挂金镮。便欲骑龙去,琼楼十二间[2]。

【注释】

此诗出自《冰壑集》卷二。朱令昭,生卒年不详,字次公,号漆园,别号维摩居士,山东历城人。贡生,雍正、乾隆年间在世。著有《冰壑集》。

[1]心颜:心情和面色。[2]琼楼:形容华美的建筑物。诗文中有时指仙宫中的楼台。

九日登华不注

(清)朱崇勋

风雨送清秋,萧瑟变林木[1]。良辰蜡屐来,霁景转清肃[2]。南山横翠微,蜿蜒如起伏。华峰独瘦削,直上云端矗。纡徐造初地,一径入深竹[3]。振衣凌绝巘,千里纵遥瞩[4]。村容黄叶稀,深崖隐寒绿。城市苦物役,到此释尘俗[5]。佳节忍虚掷,采菊泛醽醁[6]。深怀豁达情,僧磬起岩谷[7]。

【注释】

此诗出自《桐阴书屋诗》卷上。朱崇勋,生卒年不详,字彝存,号怡园,山东历城人。朱缃子。雍正年间诸生。著有《桐阴书屋诗》。

[1]萧瑟:凋零。[2]霁景:雨后晴明的景色。清肃:清净肃杀。[3]纡徐:从容宽舒的样子。造:到,去。初地:佛教寺院。[4]遥瞩:远望。[5]物役:《荀子·正名》:"故向万物之美而盛忧,兼万物之利而盛害……夫是之谓以己为物役矣。"杨倞注:"己为物之役使。"后谓为外界事物所役使为"物役"。尘俗:世俗,指日常的礼法习惯等。[6]虚掷:白白地丢弃、扔掉。泛(fàn):饮酒。醽醁(líng lù):美酒名。[7]僧磬:佛寺中敲击以集僧众的鸣器或钵形铜乐器,亦指击磬声。

秋日登华不注

(清)朱崇勋

凭高山势郁崔巍,远树苍茫夕照开[1]。万里寒云随雁去,九天秋色上衣来[2]。狂歌自识登临意,壮志常惊岁月催[3]。寂寞三周竟何在,西风怀古重徘徊。

【注释】

此诗出自《桐阴书屋诗》卷下。

[1]凭高:登临高处。崔巍:高峻,高大雄伟。[2]九天:谓天之中央与八方。[3]狂歌:纵情歌咏。

登华不注二首

（清）朱　琦

山石如群羊，寝讹烟雨里[1]。未遇黄初平，谁能叱之起[2]。

绝顶郁苍苍，齐州堕渺茫。山城如黑子，一半是湖光[3]。

【注释】

此诗出自《倚华楼诗》卷二。朱琦，生卒年不详，字景韩，山东历城人。乾隆十二年(1747)举人，曾任陕西府谷知县。著有《倚华楼诗》。

[1]寝讹：《诗经·小雅·无羊》："尔羊来思，其角濈濈(jí)；尔牛来思，其耳湿湿。或降于阿，或饮于池，或寝或讹。"后以之指牛羊的卧息与活动。[2]黄初平：著名道教神仙，民间称其"黄大仙"。传说为东晋人，生于浙江金华，是当地一名牧羊小孩。得道后易名赤初平，号赤松子，故号称赤松仙子。民间流传其法力高强，能够点石成羊。《艺文类聚》卷九四引晋葛洪《神仙传》：初平牧羊，为一道士引至金华山石室中，四十余年未归。其兄初起寻访至山，问羊何在，答云，"在山东"。"兄往视，但见白石，不见羊。平曰：'羊在耳，兄自不见。'平乃往，言：'叱！叱！羊起！'于是白石皆起成羊数万头。"[3]清刘凤诰撰有对联赞颂大明湖："四面荷花三面柳，一城山色半城湖。"

华　不

（清）朱曾传

华不高高白云流，华泉脉脉绿波柔[1]。飞铃断碑昔王殿，樵斧牧笛何年邱？道人种树围春寺，松气满山如早秋[2]。飞去烟鬟扑城碧，城中女儿学梳头[3]。

【注释】

此诗出自《说饼庵词集》。朱曾传，生卒年不详，字式鲁，自号说饼先生，山东历城人。乾隆二十一年(1756)举人。著有《说饼庵词集》。

[1]脉脉：犹默默。[2]松气：谓松林的声色气韵，指松林间的雾气清香。[3]烟鬟：喻云雾缭绕的峰峦。

华柎春霭图

（清）朱　照

华不注山城东皋，孤峰峻削称单椒[1]。城南岭麓任连络，不与因依自成高[2]。风光明媚春最好，碧螺一蔟决花苞[3]。古道行人十里外，时当村柳时园桃。孰知可望不可即，乱石无路空迢迢。虎牙磔张若含怒，等闲不许轻游敖[4]。胡为妇人惯哗笑，败师辱国致奔逃[5]。华柎面目为之丑，不幸到此周三遭。那有仙人乘白鹿，慕名太白来相招[6]。酒狂妄作离尘想，诗人大抵多牢骚。乾坤有山本寂寞，草昧何由名见标[7]。纷纷后世徒多事，图霸求仙皆幻泡[8]。青山万古石不烂，峨峨完好峙平郊[9]。有时赤晕映晴旭，有时白云遮半腰[10]。随时变态见奇丽，鹊巘卧牛色相交[11]。寄言里中二三子，征异记胜无须劳[12]。

【注释】

此诗转引自《续修历城县志》卷八。朱照，生卒年不详，字晓村，别号齐右乡人，山东历城人。朱纲孙。乾隆三十年（1765）监生，卒年83岁。著有《锦秋老屋诗草》。华柎：即华不注山。“华柎”即为“华不”，花萼。春霭：春日的云气。

[1]东皋：水边向阳高地，也泛指田园、原野。[2]连络：连接。因依：倚傍，依托。[3]蔟（cù）：量词，犹群。[4]磔张：张开。游敖：漫游，游历。[5]哗笑：哗然取笑。[6]见唐李白《古风》诗。[7]草昧：天地初开时的混沌状态，蒙昧。[8]幻泡：佛教语，比喻事物虚幻无常。[9]峨峨：高高的样子。[10]晴旭：阳光。[11]变态：谓万事万物变化的不同情状。鹊巘卧牛：鹊山和卧牛山。[12]寄言：寄语，带信。里中：指同里的人。二三子：犹言诸君，几个人。

望华不注山

（清）乔　岳

群山尾岱走东西，劲气锥空此结脐[1]。二水清波浸孤嶂，一天秋色锁三齐[2]。青莲白鹿谁堪借，黄菊丹枫望转迷。我欲华严宫里醉，划然长啸海云低[3]。

【注释】

此诗转引自《续修历城县志》卷八。乔岳，生卒年不详，字松石，山东历城人。诸生。著有《松石诗钞》。

[1]劲气:凛冽的寒气。锥空:耸立空中。[2]二水:指大清河和小清河。大清河在1855年被黄河夺道后不复存在。三齐:秦亡,项羽以齐国故地分立齐、胶东、济北三国,皆在今山东东部,后泛称“三齐”。[3]华岩宫:疑指华不注山脚下华阳宫。划然:象声形容词。

华不注

(清)刘塄

南山气脉隐相从,但见孤高绝附庸[1]。近与鹊山共秋色,遥连沧海表齐封。仙翁自挟苍龙去,山石空回战马踪[2]。几度道旁看不足,况乘凉冷一扶筇[3]。

【注释】

此诗出自《挹秀山房诗集》卷六。刘塄,生卒年不详,字峻若,号澹园,山东诸城人。刘墉从弟,增生。曾官直隶、饶州等地。著有《挹秀山房诗集》。

[1]气脉:旧时堪舆家称山水走向中的灵气。附庸:附属依托。[2]唐李白《古风》诗:“萧飒古仙人,了知是赤松。借予一白鹿,自挟两青龙。”[3]凉冷:清凉。

过华山

(清)孙国桢

济南名山各一方,惟华与药相颉颃[1]。华山高耸石泼墨,杂染丹碧涂青苍[2]。劖刓篆刻芙蓉削,攒簇华萼扬芬芳[3]。药峙三峰如齿序,孤生劲柏凌苍茫。怪石衔坐据百兽,豹罴犀象熊牛羊[4]。两山秀绝极天巧,灵钟多士函文章[5]。世人论山好偏党,鹊华图列遗药冈[6]。鹊宜鹊起乃雌伏,微张其翼焉能翔[7]。我独看山有定论,品题与众殊雌黄[8]。华为伯兄药仲弟,鹊居叔季肩随行[9]。若以匹敌觅侪偶,当在城西山之筐[10]。马鞍、千佛亦等耳,一家长幼费评量[11]。说与顽石浑不解,山灵应笑狂夫狂。吟罢仰天忽大笑,但见四山云气争低昂。

【注释】

此诗出自《官学集初编·愚轩诗钞》卷上。孙国桢,生卒年不详,字辅臣,直隶乐亭(今河北唐山)人。光绪九年(1883)进士。著有《官学集初编》。

[1]颉颃(xié háng):谓不相上下,相抗衡。[2]泼墨:比喻景物所呈现的暗黑色。丹碧:泛指涂饰在建筑物或器物上的色彩。青苍:借指山林。[3]劖刓(chán wán):削。攒簇:簇聚,簇拥。[4]罴(pí):熊的一种,俗称人熊或马熊。[5]灵钟:谓灵秀之气汇聚。

[6]偏党:犹偏向。[7]这两句诗是说鹊山名不副实,没有雄飞,处在雌伏状态。[8]品题:评论。雌黄:议论,评论。[9]伯、仲、叔、季为古代兄弟排行用语。[10]侪偶:同辈,同类。筐:即匡山,位于济南城区西北隅,"齐烟九点"之一,因山形似"筐"而得名。[11]马鞍:马鞍山,在今英雄山风景区内,山形似马鞍得名。另有北马鞍山,位于济南城北,为鞌之战发生地。千佛:千佛山。评量:评判衡量。

华不注

(清)劳尔业

主客势攸分,物情常趋热[1]。此都有历山,群峰乱迎谒[2]。近者若拱揖,远者如蹩躠[3]。华山犹高士,傲然意不屑[4]。独立千万寻,意态雄且杰[5]。冈峦绝依附,巉巉见高洁[6]。怪石何槎枒,十步纡九折[7]。我来常再拜,磊落仰高节[8]。会当登其巅,乘风翔玉阙[9]。

【注释】

此诗转引自清余正酉辑《国朝山左诗汇钞后集》卷一。劳尔业:生卒年不详,字敬思,号愚斋,晚号漫叟,山东阳信人。嘉庆、道光年间岁贡生。

[1]物情:物理人情,世情。[2]迎谒:迎接谒见。[3]拱揖:拱手作揖以示敬意。蹩躠:奔走。[4]高士:志行高洁之士。[5]寻:古代长度单位,一般一寻为八尺。意态:神情姿态。[6]冈峦:山峦。高洁:高尚纯洁。[7]槎枒(yā):形容错落不齐之状。纡:曲折。[8]磊落:山高大的样子。[9]会当:该当,当须,含有将然的语气。玉阙:传说中天帝、仙人所居的宫阙。

秋日同友人登华不注

(清)李西堂

步出齐东门,两三知己共[1]。心胸忽开朗,极目霜天净[2]。何处峰飞来?孤耸插天劲[3]。久闻此华山,名擅青齐胜[4]。不蜡谢公屐,先登勇迈众[5]。狂歌太白诗,响答百谷应。兴会奇气生,慷慨自成咏[6]。激昂天门通,玉皇莫惊动[7]。旧传香案吏,职半诗人供[8]。诗成遥相呈,好为我评定。我诗与青莲,果否可相并?久之不见答,郁郁心转痛。老僧笑相招,迎说禅房静。倦入坐胡床,默把经翻诵[9]。故人知我意,急急为开瓮。一杯愁即消,陶然豁情性[10]。醉里好归来,斜日暗石磴。北风吹遥林,落叶寒意重。时迫不可留,游奈未尽兴。挥手谢山灵,去去莫相送[11]。

【注释】

此诗转引自《续修历城县志》卷八。李西堂,生卒年不详,字春池,山东滋阳(今山东兖州)人。诸生。著有《晚悔堂诗集》。

[1]齐东门:即济南城东门,又称齐川门,因济南府城附近的水流汇聚在东门转向东北方,汇入小清河,而小清河又贯穿齐国旧地而得名。[2]霜天:深秋的天空。[3]劲:坚固,坚硬。[4]青齐:指山东。山东古代属于青州,春秋战国时山东境内有齐国,故以青齐指称山东。[5]谢公屐:一种前后齿可装卸的木屐。原为南朝宋诗人谢灵运游山时所穿,故称。事见《宋书·谢灵运传》:"寻山陟岭,必造幽峻,岩嶂十重,莫不备尽。登蹑常着木履,上山则去其前齿,下山去其后齿。"[6]兴会:兴到的时候。[7]天门:天宫之门。[8]香案吏:指宫廷中随侍帝王的官员。[9]胡床:一种可以折叠的轻便坐具,又称交床。[10]陶然:醉乐的样子。[11]去去:谓远去。

登华不注,寺僧留饮,欣然有作

(清)李西堂

太白题诗挥手去,二千年后更何人。我来乘兴还高咏,山好能游亦夙因[1]。烟水茫茫愁望远,老僧落落不言贫[2]。相逢一笑欢留客,毕竟论交世外真[3]。

【注释】

此诗转引自《续修历城县志》卷八。

[1]高咏:朗声吟咏。夙因:前世因缘,前世的根源。[2]落落:犹磊落,常用以形容人的气质、襟怀。[3]世外:尘世之外,世俗之外。

华不注

(清)李沧瀛

亭亭华不注,不与众山连。孤嶂插如笔,单椒青接天。寒泉留故迹,战马忆当年[1]。谁访赤松去,前峰横碧烟[2]。

【注释】

此诗转引自《续修历城县志》卷八。李沧瀛,生卒年不详,字东溟,山东章丘人。曾任蠡县知县。著有《春雨楼诗》。

[1]寒泉:此指华泉。齐晋鞌之战中,"丑父使公下,如华泉取饮"。事见《左传·成公二年》。[2]碧烟:青色的烟雾。

偕友登华不注

（清）李贻功

崱屴华山秀，同人乐此登[1]。一峰去天近，双屐踏云升。远近田如罫，荒凉寺少僧[2]。三周车马迹，吊古更招朋。

【注释】

此诗转引自清李佐贤辑《武定诗续钞》卷二四。李贻功，生卒年不详，字书勋，山东利津人。李佐贤族侄，咸丰、同治年间诸生。擅拓金石。

[1]崱屴（zè lì）：高大峻险的样子。[2]罫（guǎi）：围棋盘上的方格。

望华不注

（清）李　图

丹椒翠址望若何？人地为茎此一萼。几回清济涸复流，不见此花开且落[1]。却笑太华无贞操，三峰削成元气薄[2]。我欲问山山不语，更千万年形岝㟧[3]。人非独立岂通材，晏婴何愁二惠弱[4]。

【注释】

此诗出自《鸿桷（jué）斋初刻诗集》卷一。李图，生卒年不详，字少伯，山东掖县（今山东莱州）人。嘉庆十八年（1813）拔贡，曾任博兴教谕、直隶无极县知县。著有《鸿桷斋初刻诗集》。

[1]清济：济水清澈，诗文中常与“浊河”并举。[2]太华：指西岳华山，有东、西、南三主峰。[3]岝㟧（zuò è）：山势高峻的样子。[4]二惠：指齐惠公的孙子公孙灶和公孙虿。《左传·昭公三年》：“齐公孙灶卒，司马灶见晏子曰：‘又丧子雅矣。’晏子曰：‘惜也，子旗不免，殆哉！姜族弱矣，而妫将始昌。二惠竞爽犹可，又弱一个焉，姜其危哉！’”

华不注

（清）李济世

惊人开别面，平地见奇峰。犹凛贞臣气，如瞻端士容[1]。荫齐长作镇，拱岱不忘宗[2]。秀色参天半，青垂一朵秾[3]。

【注释】

此诗转引自《续修历城县志》卷八。李济世，生平事迹不详。著有《啸风吟月稿》。

[1]贞臣：忠贞不贰之臣。端士：正直的人。[2]作镇：镇守一方。拱岱：拱卫泰山。[3]秾：花木茂盛浓密。

华不注二首

（清）李继圣

泰脉分来历下门，嵯峨平野大蟠根[1]。寒侵碧落乌龙枭，迷漫黄昏黑雾屯[2]。往笑齐人惊晋敌，来观湘客愧衡尊[3]。世间铅粉成妖艳，恐被闲花点壁痕[4]。

苍浑从来不注华，昂头天半望弥赊[5]。千峰共折趋溟海，万仞孤撑护落霞[6]。巉削石棱谯橹拥，萧森树影野田斜[7]。玉函相对翔青鸟，还向西风忆汉家[8]。

【注释】

此诗出自《寻古斋诗集》卷二。李继圣，生卒年不详，字希天，号振南，湖南常宁人。雍正二年(1724)举人，曾任江西万年、广丰知县。著有《寻古斋诗集》。

[1]蟠根：谓根脚盘曲深固。[2]句后原注："峰色深墨。"乌龙：黑龙。[3]湘客：作者自称，湖南人。衡尊：衡山，五岳之一，在湖南。[4]铅粉：无机化合物，白色粉末，有毒，溶于酸类，不溶于水，也称铅白，古代妇女用来搽脸。[5]前半句后原注："古注'不'音义为'跗'，余如字读。"苍浑：苍劲浑成。赊：距离远。[6]溟海：大海。[7]巉削：形容山势险峻陡峭。谯橹：城门上的守望楼。[8]玉函：即玉函山，又名兴隆山，位于济南城区南5公里许。唐段成式《酉阳杂俎·羽篇》："齐郡函山有鸟，足青，嘴赤黄，素翼，绛颡，名'王母使者'。昔汉武登此山得玉函，长五寸。帝下山，玉函忽化为白鸟飞去。世传山上有王母药函，常令鸟守之。"青鸟：神话传说中为西王母取食传信的神鸟。汉家：汉室。

华不注

（清）李隆甲

单椒拔地出，卓荦复娉婷[1]。势足倚长剑，精疑降列星[2]。岱阴分积翠，湖气动余青。每爱登城望，秋心入杳冥[3]。

【注释】

此诗转引自清张鹏展辑《国朝山左诗续钞》卷二八。李隆甲,生卒年不详,字东启,号晓山,山东历城人。乾隆五十九年(1794)恩科举人。

[1]卓荦:超绝出众。娉(pīng)婷:姿态美好的样子。[2]列星:罗布天空定时出现的恒星。[3]秋心:秋日的心绪,多指因秋来而引起的悲愁心情。杳冥:指天空,高远之处。

登会波楼望华不注山作歌

(清)李 簧

直上高楼接风露,莲花开入碧天去[1]。齐州九点皆青青,倦眼只明华不注[2]。逢逢白云扫不开,太白披之天上来[3]。呼我须踏最高顶,青螺半出云萦回。秋深岚重虎牙失,或有赤松耐萧瑟[4]。堪笑汉代韩张良,杜门只学辟谷术[5]。闻君近日骑鲸鱼,闲却白鹿当借予[6]。九环之海遍一夕,何事山楼读道书[7]。

【注释】

此诗出自《梅楼诗存》卷六。李簧,生卒年不详,字鹿苹,号梅楼,山东单县人。乾隆三十六年(1771)进士,曾任翰林院编修。著有《史坦集》《梅楼诗存》。

[1]风露:风和露。[2]倦眼:倦于阅视的或疲倦的眼睛。[3]逢逢(péng):盛多的样子。披:拨开。[4]秋深:深秋,指晚秋时节。[5]韩张良:即张良(?—前186),字子房,河南禹州人。封留侯,与韩信、萧何并称为"汉初三杰"。因先辈在韩国任过五代韩王之国相,故称。杜门:闭门。辟谷:谓不食五谷。道教的一种修炼术,辟谷时,仍食药物,并须兼做导引等工夫。《史记·留侯世家》:"[张良]乃学辟谷,道引轻身。"[6]骑鲸鱼:亦作"骑京鱼"。《文选·扬雄〈羽猎赋〉》:"乘巨鳞,骑京鱼。"李善注:"京鱼,大鱼也,字或为鲸。鲸亦大鱼也。"后因以比喻隐遁或游仙。[7]句后原注:"太白登此山诗有'潇洒古仙人,不知是赤松'之句。"

华 泉

(清)李 簧

金舆声促水声洄,丑父惊呼晋将来。锦甲换穿如口吃,夫人也许笑崇台[1]。

【注释】

此诗出自《梅楼诗存》卷十四。

[1]锦甲换穿:指齐晋鞌之战中逢丑父和齐顷公易服之事。口吃:一种习惯性的言语缺陷,说话字音重复或词句中断。夫人:指齐顷公之母萧同叔子。崇台:高台。

登华不注

(清)杨德昭

孤峰天际出,绝顶一盘桓[1]。昌雾冠缨湿,冲霜屐齿寒[2]。目穷沧海外,身置白云端。独领超然趣,危吟动谢安[3]。

【注释】

此诗出自《东皋书屋遗稿》。杨德昭,生卒年不详,字用晦,山东历城人。诸生。著有《东皋书屋遗稿》。

[1]盘桓:徘徊,逗留。[2]冠缨:帽带,结于颔下,使帽固定于头上。亦可指帽。屐齿:屐底的齿。[3]超然:谓离尘脱俗。危吟:高吟。谢安(320—385),字安石,陈郡阳夏(今河南太康)人。东晋时期政治家、名士。

早春登华不注

(清)杨德昭

超然物表接冥冥,才到中峰眼已青[1]。抱郭群山朝北极,穿桥一水达东溟[2]。天边雁度春云乱,阁上仙归夕照扃[3]。坐久能教尘虑淡,松风鸟韵洗心听[4]。

【注释】

此诗出自《东皋书屋遗稿》。

[1]物表:物外,世俗之外。冥冥:指高远的空际。中峰:半山腰。[2]北极:《晋书·天文志上》:"北极,北辰最尊者也……天运无穷,三光迭耀,而极星不移,故曰'居其所而众星共之'。"后因以喻帝王,此喻指华不注山。东溟:东海。[3]扃(jiong):门户。[4]尘虑:犹俗念。洗心:洗涤心胸,比喻除去恶念或杂念。

雪后望华不注

(清)吴宗信

遥望山色早登台,日照芙蓉面面开。饶有千寻新气象,绝无半点旧尘埃。撑天玉柱能孤立,满地冰条不乱堆[1]。历下古称名胜好,华柎雪后更崔嵬。

【注释】

此诗出自《履心集》。吴宗信,生卒年不详,字冠五,号拙斋,安徽休宁人。康熙年间在世,终年74岁。著有《履心集》《屯溪集》。

[1]冰条:水在摄氏零度以下时凝结而成的条状物。

望华不注

(清)吴刚思

天削孤峰铁作颜,嶙峋傲骨绝跻攀[1]。羞称泰岱儿孙列,独立千秋不署山。

【注释】

此诗转引自清蒋铣等辑《清诗初集》卷十二。吴刚思,生平事迹不详,字德乾,号修蟾,江苏武进(今江苏常州)人。

[1]傲骨:喻高傲不屈的性格。

华不注

(清)何明礼

千古兵戈一笑秋,犹传跛子逐三周[1]。天然绿翠芙蓉好,不见题诗李白楼[2]。

【注释】

此诗转引自《续修历城县志》卷八。何明礼,生平事迹不详。

[1]跛子:跛脚的人,瘸子。按《左传》指郤克。[2]唐李白《古风》:"兹山何峻秀,绿翠如芙蓉。"

华不注

(清)宋克智

陆海孤峦秀,王孙写不成[1]。翠屏千仞削,花萼一峰明。石秘空青髓,泉浮玉液精[2]。青莲如可作,跨鹿伴君行[3]。

【注释】

此诗转引自清宫卜万辑《牟平遗香集》卷十。宋克智,生卒年不详,字贞子,号垒川,自号浩浩山人,山东牟平人。诸生。著有《拂蝇集》。

[1]陆海：物产富饶之地。《汉书·地理志下》："〔秦地〕有鄠杜竹林，南山檀柘，号称陆海，为九州岛膏腴。"颜师古注："言其地高陆而饶物产，如海之无所不出，故云陆海。"王孙：指赵孟頫。其为宋朝皇室后裔，画有《鹊华秋色图》。[2]青髓：喻指青碧如玉的泉水。玉液：清水、雨露的美称。[3]可作：再生，复生。

华不注

（清）汪　坦

自我来历下，岁月忽已周。扶摇跨渤海，浩荡凌蓬丘[1]。尝观华不注，未得从兹游。早读太白诗，今见芙蓉浮。芙蓉如可撷，白鹿吾将求。

【注释】

此诗出自《石盂集》卷五。汪坦，生卒年不详，字仲安，号识环，浙江鄞(yín)县(今浙江宁波)人。国子生，曾任藩幕簿书，万历年间在世。著有《石盂集》。

[1]蓬丘：即蓬莱山。《海内十洲记·聚窟洲》："蓬丘，蓬莱山是也。"

望华不注山二十韵

（清）汪　国

杰立单椒出，群峰凛孰千。一支分岱麓，半壁削云端。雕镂穷真宰，嵌空怒郁盘[1]。芙蓉天半落，花萼镜中看。秀挹明湖润，阴添泺水寒。月临如点黛，日出恍流丹[2]。仙掌依微辨，奇苞远近攒。虎牙高自矗，鸟道曲相蟠[3]。睨视神先骇，扳跻足信难[4]。谁从借白鹿，妄意驾青鸾[5]。伊昔三周壮，于今一览宽[6]。沙深埋箭镞，树老宿刀瘢[7]。怒敌曾来晋，陈师尚记鞍。东西两蛮触，今古此峰峦[8]。翠扫遥天出，青收晓雾漫。悬崖崩复缩，飞瀑散还抟[9]。想像援桴气，徘徊立马观[10]。金舆奇已秘，石窌迹谁刊[11]。历历山川在，茫茫战伐残[12]。华泉怀丑父，揽辔一长叹[13]。

【注释】

此诗出自《空石斋诗文合刻》。汪国，生卒年不详，字幼真，一字器卜，号茭湖，浙江鄞县(今浙江宁波)人。乾隆年间举人，曾任上虞教谕。著有《空石斋文集》。诗题原注："又名金舆山。"

[1]雕镂：犹雕刻。真宰：宇宙的主宰。嵌空：玲珑。郁盘：曲折幽深的样子。[2]流丹：流动着红色，形容色彩飞动。[3]鸟道：险峻狭窄的山路。蟠：盘曲，盘结。[4]睨(nì)视：斜视，旁观。扳跻：攀登。[5]妄意：随意。青鸾：古代传说中凤凰一类的神鸟，赤

色多者为凤,青色多者为鸾,多为神仙坐骑。[6]伊昔:从前。[7]刀瘢(bān):刀痕。[8]蛮触:《庄子·则阳》:“有国于蜗之左角者,曰触氏;有国于蜗之右角者,曰蛮氏。时相与争地而战,伏尸数万,逐北,旬有五日而后反。”后以之为典,常以喻指为小事而争斗者。[9]抟:聚集。[10]援桴(fú):手持鼓槌,谓随时可以指挥进军。古时以击鼓指挥军队进击。桴,通“枹”。鼓槌。《左传·成公二年》:“左并辔,右援枹而鼓。”[11]石窌(liù):古邑名,春秋齐地,故址在今济南长清东南。《左传·成公二年》:“齐侯以为有礼。既而问之,辟司徒之妻也,予之石窌。”后用以泛指封地。[12]战伐:征战,战争。[13]揽辔:挽住马韁。

望华不注

(清)张廷叙

爱此孤峰秀,终朝看翠鬟[1]。谁将一拳石,留得在人间[2]。白鹿不可见,赤松空复闻。君看山顶上,飞起半天云。战士忆三周,仙人惊一顾。悠然怀古心,目极华山树[3]。拟写翠微姿,屏添云外障。何当学卧游,日在华山上[4]。

【注释】

此诗出自《香雪园重订诗·泺游草》。张廷叙,生卒年不详,字惇夫,号讷斋,山东淄川人。张元之孙,乾隆年间诸生。著有《香雪园重订诗》。

[1]终朝:整天。翠鬟:比喻秀丽的山峦。[2]拳石:小石块。[3]目极:用尽目力远望。[4]卧游:以欣赏山水画代替游玩,后亦可指阅读内容生动的游记。

十月济阴道中望华不注

(清)张应昕

众山皆如睡,青牛卧不起[1]。惟见一峰孤,特立夕阳里[2]。单椒披冻云,摩天粲不齿[3]。上有往来人,疑是赤松子。

【注释】

此诗转引自王庆华《济南第一名山——华不注》。张应昕,生卒年不详,字晓峰,山东章丘人。岁贡生。著有《青山著书吟草》。

[1]华不注山东北方向附近,有卧牛山,形似卧牛。[2]特立:独立,挺立。[3]披:劈开,裂开。摩天:迫近蓝天,形容极高。粲:鲜明、美好的样子。不齿:不与同列。

华不注

（清）张殿甲

泺现菱花蕊，山成不注名。高峰屏百堞，峭壁粲三英[1]。云逐层峦吐，天凭叠嶂擎。当年曾血战，万马蹴齐兵。

【注释】

此诗出自《一枝山房诗草》。张殿甲，生卒年不详，字硕亭，号纳堂，河北景县人。乾隆年间附贡生，曾任云南候补通判、同知。著有《一枝山房诗草》。

[1]三英：古代皮衣上的饰物。《诗经·郑风·羔裘》："羔裘晏兮，三英粲兮。"朱熹集传："三英，裘饰。未详其制。"

华不注

（清）陆丛桂

遥峰积翠点明湖，片片芙蓉入画图。华不注山千古秀，济南名士一亭孤[1]。

【注释】

此诗转引自清卢见曾辑《国朝山左诗钞》卷二三。陆丛桂，生卒年不详，字冲默，东平州张秋（今山东阳谷）人。顺治十六年（1659）进士，曾任吉安推官。著有《南行集》。

[1]一亭：指历下亭。位置曾多次变迁，清初始建在大明湖中岛上现址。

丁酉重九后四日同登华不注

（清）陆朝瑛

华峰峭削起平畴，绝顶铺茵菊酒酬[1]。云借暮烟留远色，山凭老石记深秋。风尘恕我惟高眺，天地宽人在胜游。纵目长空思回□，千岩积翠望中收[2]。

【注释】

此诗转引自华阳宫碑刻。据考，此诗当作于顺治丁酉（顺治十四年，1657），一起登游华不注山的有严沆、李世洽、陆朝瑛、施闰章、堵廷棻五位进士。详见清堵廷棻《丁酉重九后四日同登华不注》注释。陆朝瑛，生卒年不详，字石斋，江苏吴江人。顺治四年（1647）进士，曾任户部山东司主事、山东按察司佥事。

[1]峭削：陡峭如削。平畴：平坦的田野。菊酒：即菊花酒。[2]望中：视野之中。

游华不注六言

(清)陈永修

我爱华不注峰,天然绿秀芙蓉。曾经诗咏白也,恨不仙逢赤松。

华泉一掬如昨,丑父孤忠凛然[1]。齐晋三周战迹,春秋千载流传。

单椒秀泽谁分?桀立卓然不群。午夜拟观海日,半天吟看岱云。

人到仙岩而上,身游图画之间。静观众鸟飞尽,独看孤云去闲[2]。

高并鹊山浮黛,遥连河水送青。比如妆淡浓抹,应笑妒生尹邢[3]。

家住鲍山西麓,登华诗忆南丰[4]。叔牙城外高望,一点青来云中。

【注释】

此诗转引自《续修历城县志》卷八。陈永修,生卒年不详,字子慎,号西楼,山东历城人。马国翰弟子,六品衔候选训导,道光、咸丰年间恩贡生。著有《鲍西楼诗草》。

[1]一掬:两手所捧的东西,亦表示少而不定的数量。孤忠:忠贞自持,不求人体察的节操。[2]唐李白《独坐敬亭山》:"众鸟高飞尽,孤云独去闲。"[3]尹邢:指汉武帝最美丽、最受宠幸的两个妃子尹夫人、邢夫人。[4]鲍山:济南城东小山,因近鲍叔牙封地鲍城得名。详见明张丹《秋日历下登华不注峰眺望,有怀于鳞先生》注释[3]。南丰:指曾巩,江西南丰人,世称南丰先生。

冶　春

(清)陈永修

斗酒百篇李谪仙,齐都游咏纪前贤[1]。兹山峻拔华不注,白日登临天宝年[2]。

【注释】

此诗转引自《续修历城县志》卷八。冶春:游春。

[1]游咏:游乐歌咏。[2]天宝:唐玄宗李隆基的年号。李白于天宝四年(745)登华不注山,作有"昔我游齐都"《古风》诗。

重阳前三日游华阳宫即景

（清）陈永修

时经苦旱又重阳，人到华阳欲断肠。不见仙岩枫叶紫，空怜佛慧菊英黄[1]。碑图五岳垂金石，战逐三周纪阵行[2]。丑父孤忠归逝水，至今泉饮有余香。

【注释】

此诗转引自《续修历城县志》卷八。

[1]佛慧：即佛慧山，位于济南市千佛山东南，又名大佛头山，海拔460米。菊英：菊花。[2]阵行：犹行伍。

愚山招同颛亭及李溉林枢部、陆石斋兵宪游华不注山不赴柬谢

（清）陈祚明

望岳宜登不注峰，嵯峨乱石削芙蓉。春秋一战披图问，枚马同游载笔从[1]。古木云烟通乌鹊，灵湫风雨隐蛟龙[2]。遗碑不共摩挲读，杜甫诗篇碧藓封。

【注释】

此诗出自《稽留山人集》卷二。陈祚明，生卒年不详，字胤倩，号嵇留山人，浙江杭州人。顺治、康熙年间布衣。著有《嵇留山人集》。愚山：即施闰章，号愚山。颛亭：即严沆，号颛亭。李溉林：即李世洽，号溉林。枢部：兵部。陆石斋：即陆朝瑛，字石斋。

[1]枚马：汉代著名辞赋家枚乘、司马相如的并称，借指才华出众的人。[2]灵湫：深潭，大水池。古时以为大池中往往多灵物，故称。

华不注

（清）陈　超

群山各高卧，华不立而拱[1]。譬人列上公，瞻瞩益修耸[2]。又如耿介士，铁骨万钧重[3]。孤立绝倚傍，独居屏侍奉[4]。长谢附骥徒，乃见仁者勇[5]。我登汇波楼，见之为神动。芙蓉不在水，绿秀天半涌。回首望诸峰，群焉若蠛蠓[6]。我持片语规，山灵之南董[7]。勿以声望高，徒令虚器拥[8]。名山比名材，肯使贤

路壅[9]。有容德乃大，无私物自悚。庶几长群山，永宅百揆总[10]。

【注释】

此诗转引自清余正酉辑《国朝山左诗汇钞后集》卷二四。陈超，生卒年不详，字元圃，山东历城人。道光十二年(1886)举人。著有《元圃诗钞》。

[1]高卧：安卧，悠闲地躺着。[2]上公：周制，三公(太师、太傅、太保)八命，出封时，加一命，称为上公。泛指高官显爵。瞻瞩：观看，注视，看视。修耸：高高挺立。[3]耿介：正直不阿，廉洁自持。铁骨：刚强不屈的骨气。[4]屏(bǐng)：使退避。[5]长谢：长辞，永远离开。附骥：即"附骥尾"。蚊蝇附在马的尾巴上，可以远行千里。比喻依附先辈或名人之后而成名。[6]蠛蠓(miè měng)：虫名，体微细，将雨，群飞塞路。[7]片语：简短的话。规：相劝。南董：春秋时代齐史官南史、晋史官董狐的合称，二人皆以直笔不讳著称。[8]虚器：虚设而不用的器物，意谓形同虚设。[9]贤路：指贤者仕进的机会。壅(yōng)：堵塞，阻挡。[10]永宅：长住永守。百揆(kuí)：百官。

华不注

(清)范秉秀

奇峰高插碧云中，一壁嶙峋四望空[1]。闻道三周经战伐，虎牙残垒夜磷红[2]。

【注释】

此诗出自《苏溪诗集·雪泥草》。范秉秀，生卒年不详，字伊璜，号苏溪，贵州铜仁人。康熙二十四年(1685)拔贡，曾任云贵总督幕府。著有《苏溪诗集》。诗题原注："不，音阜。"

[1]一壁：一边，一旁。四望：眺望四方。[2]战伐：征战，战争。夜磷：即磷火，磷化氢燃烧时的火焰。人或动物尸体腐烂分解出磷化氢，能自燃。夜间野地里有时出现白色带蓝绿色的火焰，就是磷火，俗称鬼火。

华不注

(清)周龙藻

岱麓群走海，一峰独孤树。性不附他山，他山亦难附。虎牙直刺天，了无欹侧虑[1]。人言青芙蓉，含葩犹未露。所以名华不，古人乃善喻[2]。又言巨灵掌，劈华有余怒。到此一指伸，作镇齐东路。岂知山有神，石骨自撑拄。不同花房敛，作态邀赏顾。亦不借怪奇，方表根茎固。万古苍苍色，横空纵高步。幽泉旁窈然，洗尽沙土污[3]。有此挺拔才，定应元气聚。莫逐鹫岭云，乘风竟飞去[4]。

【注释】

此诗出自《恒斋诗集》卷十三。周龙藻，生卒年不详，字汉荀，号恒斋，江苏吴江(今江苏苏州)人。岁贡生。著有《恒斋诗集》。

[1]欹侧:倾斜，歪斜。[2]"华不"后原注:"'跗'同。"[3]窈然:幽深的样子。[4]鹫岭:借指佛寺。

枕湖楼四时即景

(清)周　乐

(其一)

鳞鳞湖面皱晴波，风入高楼觉乍和[1]。刺水芦芽半城碧，簇烟柳色七桥多[2]。冰开荇带鱼虾长，船放客冲鸥鹭过。隔郭遥看华不注，插空一点似春螺。

【注释】

此诗转引自《续修历城县志》卷十九。周乐，生卒年不详，字二南，山东历城人。道光元年(1821)恩贡，曾主讲景贤书院。著有《二南诗钞》。枕湖楼:位于大明湖南岸，始建于清代道光年间，系济南名士翟修来居士之子翟渐逵所建。

[1]鳞鳞:形容鳞状物，如水波。晴波:阳光下的水波。[2]七桥:古时大明湖周围的七座桥梁:鹊华、百花、芙蓉、水西、湖西、北池、泺源。七桥风格各异，富有情趣，于是"七桥风月"成为一大胜景。

华不注怀古

(清)周怀绶

祛祸在所忽，树德期孔长。两者失其　，幸而后灭亡。齐桓创伯业，攘狄兼勤王[1]。西东界河海，大国风泱泱。惜也后无继，齐衰晋已强。求兵复征会，奔命时遑遑。胡乃轻晋使，使妇观于房。彼妇肆一笑，举国受其殃。吁嗟膏腴地，蹂躏作战场。贤哉逢丑父，凛烈扶刚常。代君幸有臣，不然身其当。我过华不注，策马频回望。江山迥不改，往事堪平章[2]。方今太平久，朝野际明良[3]。马牛放不用，干戈已櫜藏[4]。泉下起古人，古人应自伤。只见青芙蓉，冥冥矗穹苍。

【注释】

此诗出自《耕道猎德斋吟稿》卷一。周怀绶，生卒年不详，字亦山，江苏阳湖人。乾隆晚期至咸丰年间在世，以教馆为业。著有《耕道猎德斋吟稿》。

[1]伯(bà)业：霸者的功业。伯，通“霸”。[2]平章：品评。[3]明良：谓贤明的君主和忠良的臣子。语本《尚书·益稷》：“元首明哉，股肱良哉，庶事康哉！”[4]櫜(gāo)藏：收藏。

华不注华阳观读明郑虚亭侍御诗碣次韵和之，与兰旌步云同作

(清)郑　鸿

相约看山去，秋郊满夕阳。攀萝寻石磴，隔树见湖光。老衲逢人喜，村童叱犊忙[1]。探奇心未已，乘兴上高冈[2]。

绿柳阴浓处，溪边更买舟[3]。余霞烘落日，好景在深秋。野曲听芦管，狂歌醉玉瓯[4]。奔忙殊自笑，稳睡羡沙鸥[5]。

【注释】

此诗出自《怀雅堂诗存》卷二。郑鸿，生卒年不详，字伯臣，山东曲阜人。诸生。著有《怀雅堂诗存》。华阳观：即华阳宫。郑虚亭侍御：即郑芸，字士馨，号虚亭，福建莆田人。嘉靖十四年(1535)进士。曾任松阳知县、山东监察御史。

[1]老衲：年老的僧人。既为老僧自称，亦有借用于道士者。村童：乡村儿童。叱犊：大声驱牛，牧牛。[2]高冈：高的山脊。[3]买舟：雇船。[4]芦管：古代的一种管乐器，以芦叶为管，管口有哨簧，管面有音孔，下端范铜为喇叭嘴状，吹时用指启闭音孔，以调音节。玉瓯：指精美的杯盂一类的盛器。[5]沙鸥：栖息于沙滩、沙洲上的鸥鸟。

自绣江归里，道中遇雨，夜宿历下西门外，灯前寂寞，感而有作

(清)郑毓本

望华山

湿云漠漠护行旌，晓过龙山马足轻[1]。我坐车中如画里，华山含笑早相迎。

【注释】

此诗出自《醉月窗未定草》卷一。郑毓本，生卒年不详，字子初，号梅坡，别号惹僧，山东滋阳(今山东兖州)人。道光二十六年(1846)举人，曾任江西鄱阳知县。著有《醉

月窗未定草》。

[1]行旌：旧指官员出行时的旗帜，亦泛指出行时的仪仗。龙山：位于济南市章丘区龙山镇，有龙山文化遗址。

华不注

(清)单映奎

驱尽烟与云，洗净红与紫。独起一条青，直到九霄里[1]。

【注释】

此诗出自《忍庐吟草》。单映奎，生卒年不详，字竹溪，号北海，山东高密人。诸生。著有《忍庐吟草》。

[1]九霄：天之极高处，高空。

华不注下作

(清)赵 宪

插天突兀表孤岑，一朵芙蓉出万寻。不借因依成峻拔，自标骨格树崎嵚[1]。层层螺髻云烟袅，簇簇蚕丛岁月深[2]。会有仙人赤松子，借骑白鹿上头吟[3]。

【注释】

此诗转引自《乾隆历城县志》卷七。赵宪，生平事迹不详。著有《宝芝堂集》。

[1]因依：倚傍，依托。骨格：骨气，品格。崎嵚：形容山路险阻不平。[2]蚕丛：相传为蜀王的先祖，教人蚕桑，借指蜀地。此疑指华不注山山路崎岖。[3]此处化用李白《古风》诗："萧飒古仙人，了知是赤松。借予一白鹿，自挟两青龙。"

华不注

(清)郝 答

妇人笑，大夫耻，兵车辚辚清河涘，三周华不鼓声起[1]。齐人败，晋人喜，纪甗玉磬不敢惜，请盟欲质萧叔子[2]。吁嗟怪事胡为此，背城借一不可当，晋人齐人今已矣[3]。

【注释】

此诗出自《爱吾庐初集》。郝答(hán)，生卒年不详，字君实，号餐霞，山东齐河人。

乾嘉时期诸生。著有《爱吾庐诗集》。

[1]前两句写鞌之战的起因。详见明王象春《回车涧》注释[1]。辚辚：象声词，车行声。唐杜甫《兵车行》："车辚辚，马萧萧，行人弓箭各在腰。"涘(sì)：水边。[2]《左传·成公二年》："齐侯使宾媚人赂以纪甗、玉磬与地。……晋人不可，曰：'必以萧同叔子为质，而使齐之封内尽东其亩。'"详见清赵执信《华山行》注释[3]。[3]背城借一：背对城墙对敌决一死战，指与敌人作最后决斗。《左传·成公二年》："请收合余烬，背城借一。"杜预注："欲于城下，复借一战。"

华不注

（清）郝　答

单椒直上势岧峣，振策危峦清兴饶[1]。百里风烟随步武，三春花木锁峰腰[2]。掌中太华分孤朵，眼底明河去一条。莫问江南好风景，名山端不亚金焦[3]。

芙蓉绿翠本天成，点破齐烟压郡城[4]。花萼纷披原有路，虎牙杰立独称名[5]。游人几辈寻山屐，战士当年班马声[6]。谁把一杯为凭吊，暮云寒水自凄清。

【注释】

此诗出自《爱吾庐初集》。

[1]危峦：险峻的山峦。清兴：清雅的兴致。饶：多。[2]步武：脚步。峰腰：山腰。[3]端：副词，的确，实在。金焦：金山与焦山的合称，详见濮文暹《华不注山》注释[9]。[4]天成：不假人工，自然而成。[5]纷披：盛多的样子。[6]山屐：登山用的木屐。班马：离群之马。

雪夜望华不注

（清）胡德琳

孤峰天外渺无俦，百遍来过豁两眸[1]。今夕月明看不厌，三更晴雪对华不。

【注释】

此诗出自《碧腴斋诗存》卷五。胡德琳，生卒年不详，字画东，号书巢，广西桂林人。袁枚妹夫，乾隆十七年(1752)进士，曾任山东历城知县、济南知府。著有《碧腴斋诗存》，纂修《济阳县志》《历城县志》《东昌府志》。

[1]俦：辈，同类。

龙山晓发

(清)钟廷瑛

清霜飞尽曙星催，金虎沉云月似灰[1]。早是宜人华不注，一螺青逼马头来。

【注释】

此诗转引自《续修历城县志》卷五。钟廷瑛(？—1834)，字仲玮，号退轩，山东历城人。乾隆三十五年(1770)举人，曾任安徽黟(yī)县知县。著有《退轩诗录》。龙山：山名，位于今章丘龙山街道。

[1]曙星：拂晓之星，多指启明星。金虎：指西面方向。语出《淮南子·天文训》："西方金也……其神为太白，有兽白虎。"

同人登华不注，小饮吕仙阁

(清)钟廷瑛

两屐追攀到上方，玉瓯满泛鸭头香[1]。海门风雨通群帝，古壁丹青幻夕阳[2]。清济流分巴字远，故园心折岱宗长[3]。青龙白虎俱陈迹，何处仙源问渺茫[4]。

【注释】

此诗出自《退轩诗录》卷六。吕仙阁：华不注山半腰有吕祖祠。

[1]追攀：追随攀登。玉瓯：指精美的杯盂一类的盛器。鸭头：鸭头色绿，形容水色或酒色。[2]海门：海口，内河通海之处。群帝：道家谓五方之帝。[3]清济：济水清澈，诗文中常与浊河并举。巴字：谓巴江或巴峡，曲折似"巴"字，因以喻水流曲折。[4]青龙白虎：疑指道教炼丹之物丹砂汞铅之属。唐吕岩《五言》之十四："青龙精是汞，白虎水为铅。"仙源：道教称神仙所居之处。

华不注

(清)顾衡文

众山名逊一孤峰，点破晴空翠霭浓。蘸墨欲从天乞句，刺云何假剑为锋。巉岩怪石封苍藓，寂莫仙宫出晚钟[1]。惭愧尘心消不尽，赤松无路得相从。

【注释】

此诗出自《清琴轩诗钞》。顾衡文,生卒年不详,字倚平,江苏无锡人。顾贞观弟,康熙年间诸生。著有《清琴轩诗钞》。

[1]寂莫:同"寂寞"。沉寂,无声。

华不注山

(清)黄大苏

千尺华峰俯碧流,虎牙错落拥金牛[1]。曾看摩诘三临本,未见安期一度游[2]。战伐至今余晋垒,山川依旧属齐州。孤亭绝顶争攀跻,鼓勇先登最上头。

【注释】

此诗出自《得月轩诗》。黄大苏,字亦眉,生平事迹不详。著有《得月轩诗》。

[1]诗后原注:"山下洞名。"[2]前半句诗后原注:"王维有《鹊华秋色图》,赵文敏奉诏临摹三本。"此注内容不合史实。安期,居海上之神仙。详见清黄钊《济南遣夏杂诗(其三)》注释[4]。

华不注

(清)黄如淦

华山高出入青云,秀色葱茏卓不群[1]。独立一峰东北望,征鸿依旧落纷纷[2]。

【注释】

此诗转引自清黄守平辑《黄氏诗钞》卷六。黄如淦(gàn),生卒年不详,字豫溪,号冰亭,山东即墨人。岁贡生。著有《学诗草》。

[1]葱茏:形容草木青翠而茂盛。[2]征鸿:即征雁,迁徙的雁,多指秋天南飞的雁。

登华不注

(清)黄图安

孤椒奠紫极,秀泽敞天东[1]。三匝传林麓,奇峰耸曙曈[2]。芙蓉侵碧落,点黛望晴空。忆昔李供奉,客齐游览雄[3]。溟蒙餐绿翠,萧飒揖赤松。缥缈歌骑鹿,苍茫伴挟龙[4]。我来何寥落,不见绿发翁[5]。鹊岭青屏列,鹊湖明镜通[6]。万木拥古色,野艳醉熏风。荒刹余颓壁,残碣倒芳丛[7]。谪仙昨日迹,怅望意无穷。

【注释】

此诗出自《东园诗集》卷四。黄图安(？—1659),字四维,山东东昌府堂邑县(今山东聊城东昌府区人)。曾任甘肃巡抚。著有《东园诗集》。

[1]紫极:泛指天空。[2]林麓:犹山林。曙曈:天亮、破晓时。[3]李供奉:指李白。李白曾供奉翰林。[4]以上四句化用李白《古风》诗:"兹山何峻秀,绿翠如芙蓉。萧飒古仙人,了知是赤松。借予一白鹿,自挟两青龙。"[5]绿发翁:乌黑而有光泽头发的老人。李白《古风》其五:"太白何苍苍,星辰上森列。去天三百里,邈尔与世绝。中有绿发翁,披云卧松雪。不笑亦不语,冥栖在岩穴。"[6]青屏:青色屏障,喻挺拔的山峰。[7]刹(chà):指佛寺。碣(jié):圆顶石碑。芳丛:丛生的繁花。

远望华不注

(清)曹　溆

鹊华东望一峰孤,云树苍茫淡有无。我欲扶筇登绝顶,松涛深处看明湖[1]。

【注释】

此诗出自《虫吟草》。曹溆(xù),生卒年不详,字湘邻,山东安丘人。曹申吉(1635—1680)幼子。著有《虫吟草》。

[1]扶筇:拄杖。

登华不注

(清)鹿林松

腰脚幸犹健,蹴云云乱飘[1]。此山无倚傍,着我更岧峣[2]。一雁秋风早,三周往事遥。欲寻僧寺宿,霜叶落萧萧[3]。

【注释】

此诗转引自清余正酉辑《国朝山左诗汇钞后集》卷十。鹿林松,生卒年不详,字木公,号雪樵,山东福山人。诗人鹿学皋子,嘉庆年间诸生。著有《雪樵诗集》。

[1]蹴(cù):踩,踏。[2]倚傍:依靠,依托。[3]霜叶:经霜的叶子。

华不注歌

（清）董　芸

吾郡莲子湖，湖上莲花峰[1]。一朝移来挂素壁，谁其作者罗江东[2]。岩花与涧草，点缀何丰茸[3]。悬崖峭壁拔地几千尺，虎牙攒刺撑晴空，烟中一朵开芙蓉[4]。定有餐霞人，戴笠支瘦筇[5]。秧针冒水玻璃碧，钓竿拂日珊瑚红[6]。不然跨白鹿，驾言随赤松，掉头一啸排天风[7]。海色东南来，但见苍烟九点一气青蒙蒙。何年与子抱琴石上扫萝径，芒鞋布袜长相从？

【注释】

此诗出自《半隐园诗集》。董芸，生卒年不详，字香草，号书农，山东平原人。嘉庆三年（1798）举人。著有《半隐园诗集》《广齐音》。诗前原注："扬州罗聘，字两峰，别号'花之寺僧'，博雅工诗，尤长于绘事。岁庚子，与余遇于上谷，余投以诗，有'词客今为五湖长，高人闲似六朝僧'之句，两峰大悦。一夕，泚笔图华不注，云壑窈窕，貌余两人于岩下相遇，作惊喜状。二童子一荷钓竿在前，一抱琴侍于侧，皆伫立倾视，情态生动。以授余曰：'吾子，齐人也。而历下为仆旧游地，敢效松雪与弁阳老人故事，写此以赠。'余因自号'华峰山人'，而作歌以纪其事。"罗聘（1733—1799），字遯夫，号两峰，江苏扬州人。清代画家，"扬州八怪"之一。泚（cǐ）笔，以笔蘸墨。

[1]莲子湖：即鹊山湖。唐段成式《酉阳杂俎·广知》："历城北二里有莲子湖，周环二十里。湖中多莲花，红绿间明，乍疑濯锦。又渔船掩映，罟罾疏布，远望之者，若蛛网浮杯也。"[2]素壁：白色的墙壁、山壁、石壁。罗江东：即罗聘，江苏扬州人。[3]丰茸：草木丰盛茂密的样子。[4]攒刺：群起而刺。[5]餐霞人：得道成仙的人。瘦筇：指手杖。筇竹，节高干细，可作手杖，故称瘦筇。[6]秧针：谓初生的稻秧。[7]驾言：驾，乘车。言，语助词。语本《诗经·邶风·泉水》："驾言出游，以写我忧。"后用以指代出游，出行。天风：风。风行天空，故称。

游华不注

（清）董　芸

朝出齐川门，遥指华不注[1]。稻花十里香，中有向山路。湖云半阴晴，溪鸟自来去。单椒何秀泽，拔地一峰怒。吾家有玉虬，言访题诗处[2]。

孤峰插天半，杰立森虎牙。我来振金策，高步青莲花[3]。灵岩竞奇秀，瑶草纷烟霞[4]。昔有白鹿翁，服食成丹砂[5]。太白今不作，望古长咨嗟[6]。

游山如读书，随人作深浅。当其快意时，佳境每忘返。苍然暮色至，落日空山晚。粥鼓响云林，且共山僧饭[7]。

【注释】

此诗出自《半隐园诗集》。

[1]齐川门：济南城东门。详见清吴镇《华不注》注释[1]。[2]诗后原注："董侍御文骥有刻石诗，最工。"董文骥(1623—1685)，字玉虬，号易农，江苏武进人。曾任御史，有华不注诗多首。[3]金策：指禅杖，僧所持。[4]瑶草：传说中的香草，泛指珍美的草。[5]服食：服用丹药，道家养生术之一。[6]咨嗟：叹息。[7]粥鼓：谓僧寺集众食粥时击鼓。

华阳宫

（清）董　芸

当窗削出绿芙蓉，占断华阳第一峰。涧道远随流水去，岩扉疑有白云封[1]。高歌且贳村中酒，短榻初闻定后钟[2]。回首风尘空扰扰，几人林下得从容[3]。

【注释】

此诗出自《半隐园诗集》。

[1]涧道：山涧通道。岩扉：岩洞的门。[2]贳(shì)：赊欠。短榻：低矮的卧榻。[3]扰扰：纷乱、烦乱的样子。从容：悠闲舒缓，不慌不忙。

华不注行

（清）董　芸

君不见，华不注，高插天，其中有水名华泉，三周往事空云烟。齐侯骄，郤子耻，丑父甘心代公死[1]。纪甗与玉磬，惜哉徒为尔。跛者执辔跛者登，妇人帷房笑不止。始祸者谁？乃在寡君之母萧同叔子[2]。吁嗟乎，怨毒于人一至此[3]！

【注释】

此诗出自《半隐园诗集》。

[1]郤子：即郤克。[2]以上几句谈鞌之战的起因和战后和谈之事。详见明王象春《回车涧》注释[1]、清赵执信《华山行》注释[3]。[3]吁嗟：叹词，表示忧伤或有所感。怨毒：怨恨，仇恨。一：副词，乃，竟然，表示出于意料。

回车涧

（清）董　芸

碧涧郁岧峣，云是回车所。韩厥拜马前，易位由丑父[1]。辗中蛇伤肱，胡为匿不语[2]？御敌既未能，推车复多阻。悲哉烈士心，杀身犹无补[3]。苟活况偷生，幸免尔何取。智勇两俱失，军败终误主[4]。宁如汉纪信，一死能诳楚[5]。

【注释】

此诗出自《半隐园诗集》。

[1]韩厥：晋国大夫。《左传·成公二年》："韩厥执絷马前……韩厥献丑父。"[2]辗（zhàn）：栈车，用竹木制成的车子。《左传·成公二年》："丑父寝于辗中，蛇出于其下，以肱击之，伤而匿之，故不能推车而及。"[3]烈士：有节气有壮志的人。杀身：舍生，丧生。[4]以上几句批评逢丑父匿伤不报、智勇双失，导致鞌之战失败、齐侯差点被俘，有异于一般人给出的忠勇评价。[5]纪信：刘邦将军。详见清史梦兰《游华不注山》注释[5]。

华不注奇石歌

（清）董　芸

蓬莱三山失左股，白日飞来插平楚[1]。举头天外落空青，莲花一朵烟中吐。麻姑惯狡狯，袖米思一掷[2]。忽见高下参差千万堆，洒向岩前作奇石。神鞭不敢驱，犹带海风湿[3]。仙人叱起忽成羊，林下长眠人不识[4]。怒者如奔马，错者如犬牙，横者如折带，乱者如披麻。或高而如抗，或抑而如坠，或如几案平，或如矛戟锐。其余有口不遑数，顿觉东西南北失向背[5]。直北一石如半桃，旁衔碎叶结蒂牢[6]。三石下支嵌成广，疑是神工鬼斧穷镌雕[7]。噫吁戏！我欲叩天而问：胡不遣屏翳，役丰隆，巨灵前导，五丁后从，再使鹊湖万顷流淙淙，七十二泉来朝宗，渔村蟹舍烟蒙蒙，荡舟女儿采芙蓉[8]？此时青螺一点浮水面，云根穿漏成玲珑[9]。悬以千尺飞流之瀑布，挂以苍皮黛色万年不死之长松，令我大笑开心胸。奈何哉！崖日炙，岩溜穿，苔花绣涩成斑斑。弃置无人顾，终古埋空山，但有樵夫牧竖歌吟上下于其间[10]。石乎！石乎！此生谅不能兴云肤寸作霖雨，笑尔区区如我顽[11]！

【注释】

此诗出自《半隐园诗集》。

[1]平楚:犹平野。[2]麻姑:神话中仙女名。传说东汉桓帝时曾应仙人王远(字方平)召,降于蔡经家,为一美丽女子,年可十八九岁,手纤长似鸟瓜。蔡经见之,心中念曰:"背大痒时,得此爪以爬背,当佳。"方平知经心中所念,使人鞭之,且曰:"麻姑,神人也,汝何思谓爪可以爬背耶?"麻姑自云:"接侍以来,已见东海三为桑田。"又能掷米成珠,为种种变化之术。事见晋葛洪《神仙传》。狡狯(kuài):游戏,玩笑。[3]神鞭:即赶山鞭,威力巨大的神鞭。传说秦始皇筑石桥,欲渡海观日出处。时有神人,能驱石下海,石去不速,神人辄鞭之。[4]相传黄初平为著名道教神仙,能点石成羊。详见清朱琦《登华不注二首》注释[2]。[5]不遑(huáng):无暇,没有闲暇。向背:正面和背面,面对和背向。[6]直北:正北。[7]镌雕:雕刻。[8]屏翳:古代传说中的神名,可指云神、雨师、雷师、云师。丰隆:古代神话中的雷神。巨灵:神话传说中劈开华山的河神。五丁:神话传说中的五个力士。朝宗:比喻小水流注大水。荡舟:划船。[9]云根:深山云起之处。穿漏:穿透。[10]牧竖:牧奴,牧童。[11]肤寸:古长度单位,一指宽为寸,四指宽为肤。比喻极小或极少,亦可借指下雨前逐渐集合的云气。

华不注

(清)董　芸

芙蓉绿秀雨中鲜,俯视齐州九点烟。何处仙人骑白鹿?乘风一问李青莲[1]。

【注释】

此诗出自《广齐音》。诗前原注:"华不注,见《左氏传》,为历下名山,一名'金舆',俗呼'华山'。伏琛《三齐记》:'"不"音"趺",读如"鄂不韡韡"之"不",谓花蒂也。'言此山之孤秀,如华趺之注于水也。《水经注》:'单椒秀泽,不连丘陵以自高,虎牙桀立,孤峰特拔以刺天。青崖翠发,望同点黛。'形容之工,语言真妙天下。"

[1]本诗化用李白《古风》诗:"兹山何峻秀,绿翠如芙蓉。萧飒古仙人,了知是赤松。借予一白鹿,自挟两青龙。"

华　泉

(清)董　芸

华泉五字抵长城,疏越朱弦渺正声[1]。却惜野风林雨句,折君官职得诗名[2]。

【注释】

此诗出自《广齐音》。诗前原注:"华泉其涸已久,余尝读书华阳宫,访之土人,竟莫能知其处。边尚书庭实世居泉上，故自号'华泉'。其先世本淮阴人，六世祖朝用，元至正兵乱，避地历城华不注山之阳，因冒姓王氏。子一诚始复边姓，载李廷相所撰神道碑。又尚书仲子习，字仲学，号南洲，穷而工诗，以诸生终，尝有'野风欲落帽，林雨忽霑衣'之句，渔洋剧赏之，为刻《睡足轩诗》一卷，附《华泉集》后。"边尚书庭实，即边贡(1476—1532)，字庭实，号华泉，山东历城人。明代文学"前七子"之一。曾任户部尚书。李廷相(1485—1544)，字梦弼，河南濮阳人。曾任户部尚书。渔洋，即王士禛，字子真，一字贻上，号阮亭，又号渔洋山人，世称王渔洋。

[1]五字：指五言诗。长城：喻指可资倚重的人或坚不可摧的力量。疏越：疏通瑟底之孔，使声音舒缓。朱弦：用熟丝制的琴弦，泛指琴瑟类弦乐器。正声：纯正的乐声，喻雅正的诗篇。[2]这两句是说边习未做官，以穷困一生的代价换得诗名。

登华顶次卍香旧韵

(清)释清恒

踏遍崎岖路万千，同扶竹杖上华巅。平生到此无遗恨，绝顶何人可并肩。沧海一杯浮晓日，齐州九点散苍烟[1]。茅篷住抵琼楼好，半是飞仙半谪仙[2]。

【注释】

此诗出自《借庵诗钞》卷七。释清恒(？—1836)，字巨超，号借庵，曾任焦山某寺院住持。卍(wàn)香：越州某诗僧。

[1]此处化用唐李贺《梦天》诗："遥望齐州九点烟，一泓海水杯中泻。"[2]茅篷：茅草搭建的简易棚屋。琼楼：形容华美的建筑物，诗文中有时指仙宫中的楼台。飞仙：会飞的仙人。

游华不注

(清)靳文锐

悬崖下晚樵，归云暮相逐。门前大河水，松涛何谡谡[1]。清泉白石间，惟欠数竿竹。我生宜肥遯，此地堪卜筑[2]。何事买青山，但就支公宿[3]。

【注释】

此诗转引自清张鹏展辑《国朝山左诗续钞》卷二八。靳文锐，生卒年不详，字敏斯，号绩山，山东聊城东昌府区人。嘉庆元年(1796)进士，曾任翰林院编修、陕甘大主考。

[1]松涛：风撼松林，声如波涛，因称松涛。谡谡(sù)：劲风声。[2]肥遯：《易·遯》："上九，肥遯，无不利。"孔颖达疏："子夏传曰：'肥，饶裕也。'……上九最在外极，无应于内，心无疑顾，是遯之最优，故曰肥遯。"后因称退隐为肥遯。卜筑：择地建筑住宅，即定居

之意。[3]支公：即晋高僧支遁，字道林，时人也称其为林公。河内林虑人，一说陈留人。精研《庄子》与《维摩经》，擅清谈，当时名流谢安、王羲之等均与为友。后世泛称高僧。

华不注

（清）廖炳奎

奇峰拔地耸荦埆，莲瓣飞来风摧剥[1]。当年战士绕三周，此日画工描一角。玉函岚护绿莎洲，金舆秀入汇波楼[2]。谁蘸椽笔题醉墨，写出鹊华烟雨秋[3]。

【注释】

此诗转引自《续修历城县志》卷八。廖炳奎，生卒年不详，字豸峰，福建顺昌人。道光八年(1828)任山东昌乐知县，第二年即被革职。后长期寓居天津。

[1]荦埆：又作“荦确”。怪石嶙峋的样子。摧剥：犹摧残。[2]玉函：指玉函山，又名兴隆山，位于济南城区南5公里许。绿莎：泛指绿草地。金舆：即金舆山，华不注山别称。[3]椽笔：《晋书·王珣传》：“珣梦人以大笔如椽与之，既觉，语人云：‘此当有大手笔事。’俄而帝崩，哀册谥议，皆珣所草。”后因以指大手笔，称誉他人文笔出众。醉墨：谓醉中所作的诗画。

行经华不注

（清）潘遵鼎

秋色满天地，苍然见小华[1]。半林黄叶外，几点碧云遮[2]。一柱撑齐境，三周忆晋车。纷纷成往事，客路感虫沙[3]。

【注释】

此诗出自《铁庵诗草》。潘遵鼎，生卒年不详，字铁庵，山东济宁人。潘应宾裔孙，咸丰、道光年间诸生。著有《铁庵诗草》。

[1]小华：指华不注山，与西岳华山（太华山）相比，故称。[2]碧云：青云，碧空中的云。[3]客路：指旅途。虫沙：比喻战死的兵卒，亦泛指死于战乱者。

过华不注

（清）魏麐征

芙蓉清浅百花湾，历下晴岚几席间。几处旧题犹疥壁，兹行韵事是看山[1]。孤峰拔石森如刺，曲磴攒云峭莫攀。白雪楼头曾寄眺，何缘身已到孱颜。

【注释】

此诗出自《石屋诗钞》卷一。魏麐(lín)征,生卒年不详,字苍石,江南溧阳人。康熙六年(1667)进士,曾任福建邵武太守。著有《石屋诗钞》。

[1]疥壁:谓壁上所题书画如疥癞,令人厌恶。语出唐段成式《酉阳杂俎·语资》:"大历末,禅师玄览住荆州陟屺寺,道高有风韵,人不可得而亲,张璪尝画古松于斋壁,符载赞之,卫象诗之,亦一时三绝。览悉加垩焉。人问其故,曰:'无事疥吾壁也。'"

华不注行

〔朝鲜〕李民宬

昔诵青莲诗,登华不注峰。兹山何秀峻,苍翠如芙蓉[1]。偶逢绿毛女,知是逃秦宫[2]。授余度世诀,含笑愿相从[3]。迩来三千年,蓬莱水清浅。乘槎朝玉京,跋涉齐鲁半[4]。忽见真面目,使我转清畅。无乃巨灵氏,擘开山一面。一在历城傍,一在华阴乡[5]。我欲攀明星,稽首祈玉皇。穹窿度石坛,俯瞰吕公堂[6]。玉女窗犹存,碧霞生氤氲。手中绿玉杖,杜倒洗头盆[7]。神通两无碍,恍惚安可言。飞章碧峰里,要与道友论[8]。

【注释】

此诗出自《敬亭先生文集》卷六。李民宬(chéng)(1570—1629),字宽甫,号敬亭,朝鲜人。曾出使中国。著有《敬亭集》《敬亭续集》。诗前原注:"在济南府城东北一十五里,玉皇庙、吕公堂在焉。土人谓之华山,盖讹传也。姑依所传,戏以赋之。"

[1]唐李白《古风》诗:"昔我游齐都,登华不注峰。兹山何峻秀,绿翠如芙蓉。"[2]绿毛:指仙人身上的绿色毛发。相传汉刘根得道后,体生绿毛。[3]度世:犹出世,谓超脱尘世为仙。[4]乘槎:乘坐竹、木筏。传说天河与海通,有人居海渚者,年年八月见有浮槎去来,不失期,遂立飞阁于查上,乘槎浮海而至天河,遇织女、牵牛。此人问此是何处,答曰:"君还至蜀郡访严君平则知之。"后至蜀,君平曰:"某年月日有客星犯牵牛宿。"正是此人到天河时。见晋张华《博物志》卷十。玉京:指帝都。[5]巨灵神劈开华山后,一部移至山东济南历城,一部留在陕西渭南华阴。[6]穹窿:中间隆起,四周下垂的样子,常用以形容天的形状或借指天空。吕公堂:即华不注山山腰的吕祖祠。[7]绿玉杖:传说中仙人所用的手杖。洗头盆:华山中峰有玉女祠,祠前有石臼,称为玉女洗头盆。唐杜甫《望岳》诗:"安得仙人九节杖,拄到玉女洗头盆。"[8]飞章:报告急变或急事的奏章。道友:一起修道的朋友。

华不注山

〔朝鲜〕金尚宪

我吟谪仙诗上语，梦想兹山几年所[1]。一朝忽然身到此，是耶非耶疑梦里。莲花独秀大野中，解道绿翠如芙蓉[2]。谪仙去后三千载，山色久属沧溟翁[3]。我来溟翁已无在，怊怅英豪不相待[4]。人生过鸟天地长，有此宇宙山不改。为向山灵酹一杯，海雨飒飒天风来[5]。

【注释】

此诗出自《清阴先生文集》卷九。金尚宪(1570—1652)，字叔度，号清阴，朝鲜人。曾出使中国。著有《清阴集》《野人谈录》。诗题原注："在济南府东北十里。"

[1]年所：年数。[2]大野：广大的原野、田野。解道：犹能吟，会吟。[3]沧溟翁：指李攀龙，号沧溟。[4]怊(chāo)怅：犹惆怅。[5]酹(lèi)：以酒浇地，表示祭奠。

游华不注记

(元)王　恽

济南山水可游观者甚富，而华峰、泺源为之冠[1]。余到官八月，湖光山色朝夕与对，于庭户几席间若无所睹，心有所不在焉，然每以历居卑湿为念[2]。或有云："堰头者，乃自昔滦引诸泉入大清之峻口也。"[3]一锸之力，不崇朝可彻而陆之，常欲一往而未遑也[4]。冷灶节得暇且宽，宪使耶律君邀余暨签书杜君为兹山游，且寻堰头之盟，诺焉[5]。

逮十有一日，遂自历下亭登舟，乱大明湖，经会波楼下，出水门，入废齐漕渠，所谓小清河者是也[6]。泛滟东行约里余，运肘而北，水渐弥漫[7]。北际黄台，东连叠径，悉为稻畦莲荡，水村渔舍间错烟际，真画帧也[8]！于是绿萍荡桨，白鸟前导，北望长吟，华之风烟胜赏尽在吾目中矣[9]。是日也，大朗气淑，清风徐来，水平不波，鸣丝歌板，响动林谷，举酒相属，开口而噱[10]。少顷，扶腋登岸，相与步入华阳道观[11]。主人方布几延宾，仆以疾作遽还，二君为愀然也[12]。至于罔获陟连云绝顶，追谪仙之逸驾，叫苍梧之暮云，富览江山以尽游观之美，特闲适余事，初不讶其从违，正恐山灵独回俗驾，造物者有所靳耳[13]。

既归，伏卧舟中，怦怦焉如宿酲在怀，殊伊郁也[14]。但闻两舷间风水之声自宫自商，拍拍盈耳，殆魏献子之歌钟，石钟山之水乐也[15]。且念华峰之胜，乐在近郊，因以步里计之，自历亭北至华阳院下，廿里而远；由水门抵黄台北渚，十八里而近[16]。以苇汀渔箔周折湾溆，从城东北阿至舣舟山家，盖且十曲矣[17]。

时至元甲申清明前一日也，谨记[18]。

【注释】

此文出自《秋涧先生大全文集》卷三八。

[1]富：丰富，多。华峰：华不注山。泺(luò)源：泺水源头，指趵突泉。冠：首，位居第一。[2]前半句是说元初按察司衙署在大明湖南岸，面山临水，足不出户即可尽赏湖光山色；后半句是说面对湖光山色，视若无睹，没有心绪欣赏，只是常为历下(济南)地处低湿忧虑。到官：到任，上任。庭户：官署。此处指王恽居官之所，按察司衙署。几席：几和席，为古人凭依、坐卧的器具。卑湿：地势低下潮湿。[3]堰头：挡水的低坝顶。此处所指在泺水流入大清河(今黄河)处，即今泺口，亦叫下泺堰。自昔：往昔，从前。潨(cóng)引：聚引。潨，小水流入大水，亦指众水相会处。大清：即大清河。峻口：水急而狭窄的河口。[4]此句意谓不用费多大劲儿，不用费多少时间，即可把入河口疏通、把堰头铲平。一锸(chā)之力：形容不费力。锸，铁锹。崇朝：终朝，从天亮到早饭时。有时喻时间短暂，犹言一个早晨。崇，通"终"。彻：通。陆之：意谓把堰头铲为平陆。陆，平陆。未遑：没有时间顾及，来不及。遑，闲暇，余裕。[5]冷灶节：即寒食节，清明节前二日。《荆楚岁时记》说，寒食要禁火三日。得暇且宽：有空闲并且时间宽裕。宪使：提刑按察使。宋代称按察司为宪司，元初仍其旧。耶律君、杜君：名字及生平事迹均不详。暨(jì)：和，与，及。签书：官名。宋代枢密使的副官，掌管办理军事文书事宜。本作"签署"，宋人因避英宗(赵曙)讳，改作"签书"，元初仍其旧。诺：应允，同意。[6]逮：及，等到。十有一日：即"十又一日"，十一日。乱：横渡。《尚书·禹贡》："乱于河。"孔安国传："绝流曰乱。"废齐漕渠：指刘豫为疏通济南水道开凿的小清河。废齐，北宋灭亡后，叛将刘豫在金人扶持下，在大名府(今河北大名)建立大齐傀儡政权，后又被金人所废，故称废齐。漕渠，人工挖掘或疏浚的主要用于漕运的河道。[7]泛滟：同"汎滟"。浮光闪耀的样子，此处意谓泛舟于波光粼粼的水面。运肘：转肘，喻转弯。弥漫：水满貌。[8]际：交界，连接。稻畦：稻田。莲荡：荷塘。荡，浅水湖，沼泽。错：镶嵌。画帧(zhèng)：图画。[9]绿萍荡桨：在长满绿萍的水中荡舟。白鸟：似指白鹭之类的小鸟。风烟胜赏：风光云烟、美景佳色。[10]气淑：天气温和。鸣丝：弹奏琴弦。歌板：即拍板，乐器，歌唱时用以打拍子。相属(zhǔ)：相互劝饮。噱(jué)：大笑。[11]扶腋：同"扶掖"。搀扶。华阳道观：即华阳宫。金代兴定四年(1220)，丘处机的弟子陈志渊在华山之阳拓建，为济南现存规模最大的古建筑群。[12]前半句是说主人正布置桌几，延请宾客。仆：自称谦辞。疾作：疾病发作。遽(jù)：急速，匆忙。愀(qiǎo)然：容色改变，忧愁的样子。[13]罔：没，不。陟：由低处向高处走。连云绝顶：耸入云霄的山顶，形容华不注山峰顶之高。谪仙：谪居世间的仙人，常用以称誉才学优异的人，这里指李白。李白曾登临华不注山，留有"昔我游齐都"的《古风》诗。苍梧：山名，又名九嶷山，在湖南省宁远县东南，虞舜南巡，崩于苍梧之野。古时相传白云出自苍梧，入于大梁，此指笼罩在华不注山顶上的云。富览：饱览。特：只，只是。讶：同"迓"。预料。从违：顺逆。山灵：山神。俗驾：与上文"逸驾"相对，指自己的到访。造物

者：指上天。靳(jìn)：吝惜。[14]怦怦焉：怦怦然，心跳的声音。宿酲(chéng)：犹宿醉，谓经宿尚未全醒的余醉。伊郁：心情不舒畅。[15]前半句是说船舷两边的风水之声，自成宫商，听起来合拍悦耳。宫、商，古代五音(宫、商、角、徵、羽)中的两个音阶。殆：接近。魏献子：应是魏庄子(魏献子之父)，曾接受晋悼公赠送的十八座歌钟。石钟山：山名，在江西湖口境内。据说石钟山下水石相击，能发出音乐一样的声响。见郦道元《水经注》、苏轼《石钟山记》。[16]廿(niàn)：二十。[17]苇汀(tīng)：生长芦苇的水边之地。渔箔(bó)：插在鱼荡中拦鱼的竹笆。周折：曲折。湾：水流弯曲之处。溆：水边。阿：隅，角。舣：停船靠岸。山家：山庄。且：将近。十曲：十道弯儿。[18]至元甲申：元世祖忽必烈至元二十一年(1284)。

游华山漫记

(明)袁洪愈

嘉靖癸亥仲春既望，周明溪约游华不注，致谏有“棋敲石上云，并拟蓬莱仙侣；杯引溪边月，同开寰宇尘襟”之句[1]。至则日霁风和，人情畅如也[2]。

李西谷、刘吾南对弈山隈之堂，亢水阳与明溪浮白饮，联句而吟，余翘首以观，有凌霄之想[3]。刘东明摄衣攀跻，遂随之[4]。造其巅，闻有诵经者危坐窝中，不知何许人也[5]。窝下有泉甘洌可漱，南有坊曰“无极”，北有台曰“遨游”[6]。布席台上，酒数行，月出东岫，景致奇也[7]。因叹：此月之明，此山之高，始天地而始焉，终天地而终焉；吾人者，寓形两间，能几何时[8]？而欲与造物者相为不朽，则必有道矣[9]。徘徊回顾，超然忘物，盖善周君之善赋也。继复合饮华阳宫良久，乘月而归，漏下四十刻矣[10]。

西谷公名豸，水阳公名思谦，左右藩伯也；吾南公佃，臬司宪副也；都阃二公，周名嶅、刘名焕；王竹泉伦以足疾不至[11]。翼日裕春袁洪愈漫记[12]。

【注释】

此文系华不注山摩崖石刻，转引自《华不注史珍文粹》。袁洪愈(1516—1589)，字抑之，号裕春，江苏吴县(今江苏苏州)人。曾任山东提学副使、南京礼部尚书、吏部尚书。

[1]嘉靖癸亥：即嘉靖四十二年(1563)。仲春：春季的第二个月，即农历二月。因处春季之中，故称。既望：周历以每月十五、十六日至廿二、廿三日为既望，后称农历十五日为望，十六日为既望。周明溪：即周嶅(1502—1566)，字嵘伯，号明溪，浙江仁和(今浙江杭州)人。嘉靖三十四年(1555)中武举，嘉靖三十五年(1556)中武状元。曾任锦衣卫副千户、都指挥佥事、盐城参将。谏：谏诤，规劝。拟：比拟，类似。尘襟：世俗的胸襟。[2]霁：雨雪停止，天放晴。[3]李西谷：即李豸，生卒年不详，山西阳城(今山西晋城)人。嘉靖二十年(1541)进士，曾任山东左布政使、湖北提刑按察使，官声清廉。刘吾南：即刘佃，生卒不详，字吾南，江西安成人。曾任山东按察副使。对弈：下棋。山隈：山的弯曲处。堂：

宽阔平整处。亢水阳：即亢思谦，生卒不详，字子益，号水阳，福建晋安人。嘉靖二十六年(1547)进士二甲第一名，曾任山东右布政使、四川左布政使。有《慎修堂集》。浮白：原意为罚饮一满杯酒，后亦称满饮或畅饮酒为浮白。刘向《说苑·善说》："魏文侯与大夫饮酒，使公乘不仁为觞政，曰：'饮不釂者，浮以大白。'"联句：作诗方式之一，两人或多人各成一句或几句，合而成篇。旧传始于汉武帝和诸臣合作的《柏梁诗》。凌霄：凌云。此处意指登上华不注山峰顶。[4]刘东明：生平事迹不详。摄衣：提起衣襟。攀跻：攀登。[5]造：到。巅：山顶。危坐：古人以两膝着地，耸起上身为"危坐"，即正身而跪，表示严肃恭敬，后泛指正身而坐。[6]漱：饮。[7]布席：铺设座席。行：量词，表示斟酒的遍数。岫：有洞穴的山。[8]寓形：寄托其形体。[9]造物者：指上天。[10]漏下四十刻：即深夜。漏，古计时器，即漏壶，漏壶的箭上刻符号表时间。[11]藩伯：明清时指布政使。臬(niè)司：元代肃政廉访使司，明、清时提刑按察使司的别称，主管一省司法。宪副：按察副使。都阃(kǔn)：指统兵在外的将帅。[12]翼日：明日，次日。翼，通"翌"。漫：随意，胡乱。

游华不注峰记

（明）亢思谦

华不注之奇闻宇内，旧矣[1]。嘉靖壬戌季秋既望，余履齐之三月也，值政务稍清，乃约司农南海黄公可大，宪长丰城雷公逵，宪副上党李公敏德、安成刘公佃，阃帅仁和周君嶅、淮阴刘君焕往游焉[2]。

道故自大明湖出水关，时关门枢腐不可辟，乃出齐川门，由陆行穿浍亩间[3]。秋雨新霁，野无纤埃，稻刈方登，三农乐岁丰，执手相慰劳，触之令人脱然有遐思[4]。抵华阳宫，会食广庭中[5]。顷则逶迤造山麓，仰视孤峰，四无延附，峭拔特起，如碧凝黛染，直侵云表[6]。奇石离列，若虬龙虎豹，盘踞奋扬[7]。攀缘而登，穷峰之高止焉。俯视齐城，若在几席下，群山环峙，泉流交注，湖光树色，映带左右，斜阳暮霭，焜耀飞扬[8]。诚天下奇观也！

夫宇宙既开，兹峰即奠，近连城邑，非荒绝僻远之区，顾樵夫贾客过之而不知，宦较来逶，或值时多故，困于简书而不及[9]。今圣明久道，寰海乂康，封域政修，民安田里[10]。自公多暇，偕我良朋，悠悠然境物与俱，而中无所系；洋洋然造物与游，而外无所营[11]。心畅神怡，得以适吾真焉[12]。孰非君上之赐，遭值之隆耶[13]？于是雷公倡近律一章，各应而和之[14]。晋安亢为之记。

【注释】

此文出自《慎修堂集》卷十一。

[1]宇内：天下。[2]嘉靖壬戌：嘉靖四十一年(1562)。季秋：秋季的最后一个月，农历九月。既望：农历十五日为望，十六日为既望。履齐：在齐州(济南)任职。亢思谦时任

山东右布政使(右藩伯)。司农:官名,汉始置,掌钱谷之事,明清时期指户部官员。黄可大:生卒不详,广东番禺人。嘉靖三十五年(1556)进士。雷逵:生卒年不详,字时渐,江西丰城人。嘉靖二十年(1541)进士。曾任山东按察使、山西布政使。李敏德:生卒年不详,山西上党(长治)人。嘉靖二十六年(1547)进士,曾任河南祥符知县、山东按察副使、陕西左布政使。刘佃:生卒年不详,字吾南,江西安成人。曾任山东按察副使。阃帅:地方上的军事统帅。周嶅(1502—1566):字嵘伯,号明溪,浙江仁和(今浙江杭州)人。嘉靖三十四年(1555)中武举,嘉靖三十五年(1556)中武状元。曾任锦衣卫副千户、都指挥佥事、盐城参将。刘焕:生平事迹不详,淮阴人。[3]门枢:门扇的转轴。辟:开启。齐川门:济南城东门旧称。浍(kuài)亩:泛指田间水道。[4]霁:雨雪停止,天放晴。纤(xiān)埃:微尘。刈(yì):指割下来的庄稼。登:成熟、丰收。三农:古谓居住在平地、山区、水泽三类地区的农民,后泛称农民。脱然:舒适的样子。遐思:悠远的思索或想象。[5]会食:相聚进食。[6]逶迤(wēi yí):曲折行进的样子。造:到。峭拔:指高而陡。特起:耸立。侵:接近。云表:云外。[7]离列:罗列。虬(qiú)龙:传说中的一种龙。[8]齐城:济南城。几席:几和席,为古人凭依、坐卧的器具。环峙:围绕耸立。熀(huǎng)耀:即"熀燿"。明照,照耀。[9]兹峰:指华不注山。奠:立。樵夫:打柴的人。贾客:商人。较(jué):车厢。逶:曲折。简书:用于告诫、策命、盟誓、征召等事的文书,亦指一般文牍。[10]久道:长期倡导。寰海:海内,全国。乂康:安定康乐。封域:疆域,领地。政修:政治清明。[11]良朋:好友。中:内心。造物:大自然。营:谋求,谋划。[12]真:天性,本性。[13]遭值:犹遇到。[14]雷逵有《水阳藩伯招饮华不注》诗,亢思谦有《游华不注峰省吾宪长首倡次韵》诗。和(hè):以诗歌酬答,依照别人诗词的题材和体裁作诗词。

续游华不注峰记

(明)亢思谦

癸亥春仲,东省诸大夫为华不注之游,裕春袁公记之详矣[1]。游未十日,麓泉徐公以大参至自江东;甫阅月,方山韩公以长宪至自西晋;再逾月,虹洲秦公以副宪至自浙西[2]。胥闻兹峰之胜也,欣欣仰止,欲寄目偿所愿焉[3]。

适端阳,届期明溪、东明、竹泉乃崇酒张具,速群公续前游[4]。方山、虹洲亭午集同文阁,麓泉及予继至[5]。遂自湖南浮小舟,访后乐亭,出水北门,历三闸,舍舟而乘,入华阳宫[6]。薄暮,复陟峰末,则见裕春所为记,东明已大书勒诸崖石矣[7]。因剔苔藓,辨石上旧题,得往昔纪游名氏,仅数人焉。乃相与慨叹曰:"自有兹山,则名贤达士穷高而望远者,盖不知其几也!今可考而知者,仅若而人[8]。得非以兹刻尚存耶[9]?时旧游,惟予及明溪、东明在,西谷则以行县莅济阴,吾南则以迁秩入闽粤,裕春亦以校士历东莱[10]。夫春仲迄今未三月,而同游数公往来聚散,若浮沤飞絮,倏忽变幻,已不可定执如此[11]。矧其远者,磨灭无稽,又奚足异耶[12]?"诸公佥曰:"诚然哉!诚然哉!胜会难常,良朋易失,今日之游，毋俾即泯泯，可也。[13]”乃为述其语，以为续。

韩公名朝江，徐公名光启，秦公名梁，春游诸名阀已具前记中[14]。晋安亢记。

【注释】

此文出自《慎修堂集》卷十一。

[1]这次华不注之游的情况，详见明袁洪愈《游华山漫记》。癸亥：即嘉靖四十二年(1563)。春仲：即仲春。东省：清代对山东省的省称。裕春袁公：即袁洪愈，号裕春。[2]麓泉徐公：即下文的徐光启（非上海的徐光启），生平事迹不详。大参：参政的别称。方山韩公：即韩朝江，生卒不详，字顺甫，号方山，陕西醴泉人。嘉靖十年(1531)举人，嘉靖二十三年(1544)进士，曾任山西高平知县、河南布政司参政、山西按察使，所至皆有善政。长宪：按察使。逾：越过，经过。虹洲秦公：即秦梁，秦瀚子，江苏无锡人。嘉靖二十六年(1547)进士，曾任南京太仆寺少卿、浙江布政司左参议、江西右布政使。著有《绍修堂集》《无锡县志》。[3]胥(xū)：皆，都。仰止：仰慕，向往。止，语助词。语出《诗经·小雅·车辖》：“高山仰止，景行行止。”寄目：观看，注视。[4]适：正好，恰巧。端阳：即端午。届期：到预定的日期。明溪、东明、竹泉：即周明溪、刘东明、王竹泉。见明袁洪愈《游华山漫记》。崇酒：斟满酒。张具：即“帐具”，谓陈列帷帐几筵，指备膳。速：召，请。[5]亭午：正午。[6]浮小舟：乘小船。浮，水上航行。水北门：即北水门。[7]陟：由低处向高处走。勒：雕刻。[8]若而：若干。[9]得非：犹得无，莫非是。[10]西谷：即李西谷。吾南：即刘佃。裕春：即袁洪愈。以上三人见明袁洪愈《游华山漫记》。行县：谓巡行所主之县。迁秩：指官员晋级。校士：考评士子。东莱：地名，山东龙口市的古称。[11]浮沤：水面上的泡沫。因其易生易灭，常比喻变化无常的世事和短暂的生命。飞絮：飘飞的柳絮。定执：断定。[12]矧(shěn)：况且，而况。磨灭：消失，湮灭。无稽：无从查考，没有根据。[13]佥(qiān)：皆，都。胜会：盛会。俾(bǐ)：使。泯泯：消失，灭绝。[14]名阀：名门豪族。

游华不注山记

（明）杨梦衮

去历下东北十里许，有孤峰插天，曰“华不注”。《左传·成公二年》：晋郤克战于鞌。师败绩，逐之，所谓“三周华不注”是也。一曰“金舆山”。详见郦道元《水经注》。此山秀出云表，秾翠可餐，每一凝睇，辄翘然有干霄之思焉[1]。

万历丁酉春，余客历下，约同舍生造其巅。同舍生难之，余遂独往。已有王生者，愿与偕。出东门，将取道询诸衢人，旁一走卒策蹇而前曰：“二公第跨蹇，山路小人习知之[2]。”余与王出囊中青蚨酬之，并辔而行[3]。小径宛转，如率然之盘曲焉。田沮濡宜稻，野花夹路，半不知名。久之，翠黛渐扑眉睫，走卒请曰：“此山峭甚，游者率委顿而返[4]。小人俟二公于麓，愿以蹇旋二公[5]。”余曰：“吾侪好奇，一逢幽胜如见故人焉，淹留竟日。若乌能久需乎？若休矣。”走卒遂辞去。

山阳有华阳宫，缔构宏敞，门枕断桥，壁两旁有董杏“忠、孝”二字，大可径丈，不甚工。又有碑，图五岳真形。殿列四帝：青阳、朱夏、西颢、玄冥[6]。像甚伟，堂堂乎太乙钩陈也[7]。李太白、曾子固诗二篇，好事者布诸方策，悬梁间，足为此山吐气[8]。但尘埃漶漫，杳无人迹，壁上漏痕横斜四垂。嗟嗟四帝，吾见其时时坐风雨中也。西厢鸡毛狼藉满地，当是游客治具于此，探奇览胜，世亦不乏人耶[9]！

出宫北望，笔锋剑芒，亭亭直上，乱石嵯峨，无措步处，瞪目而已。物色山径苦不可得，山寂然不逢一人，无可讯问。王欲旋，余不可勉强，拉王自山阳转而之左，别寻鸟道。渐及巉岩，云根突起如削，有石可屋大者，三四客悬崖上，灵飙袭之，向人欲落[10]。王大骇，喘息缩颈，窘不敢前，余亦逡巡却步者久之。遥见山下灌木中茅茨隐没，时有人烟，就而询之。一山氓引至山麓，指砂砾细琐处曰：“此径是也[11]。”盖山阳原有径，远望之，皑皑如一线萦纡而上。是日凌晨小雨，千岩一碧，遂失一线之所在，至是乃得之。谛视之，危磴崚嶒，未经修辟，特于石际稍可置足。别则转折从身，扪葛攀藤，如猿猱挂木杪耳。移时，发际津津汗出矣。至险绝处，辄匍匐膝行，十步九折，且登且憩。叹曰：“山灵之巧于困人也如此哉！将无傲岸自雄挺立青冥之上，自非笃好者终无以窥其藩耶！”山半有纯阳祠，挂空翠间，秋空一剑，飞度朗吟，亦人世之奇也[12]。良久，有轩南向，凭轩一望，下临无地。转轩后一小门，呀然翠微之表摄齐。入小门，即山巅也，北极庙在焉。庙宇颇小，但岿然冠绝顶耳。庙前有石柱二，横驾石梁，梁上安置石香炉一。西有丹房，仅高二三尺许，雌伏欲没，当是避风雨尔尔。一羽流出，见客丐施钱，余与王稍稍出青蚨，羽流喜而荐茗[13]。徘徊久之，心神旷朗，宇宙寥廓，恍然烟霄之上矣。庙壁题咏，玉石错杂，羲献之迹间虽有之，而恶札纵横，点涴清界，不无可恨[14]。庙后有序翼然，俯临千仞，凭栏纵目，天风飒然，衣裾猎猎，一冷透骨，势欲吹人堕九霄外也[15]。余乃抱柱西望，会城森郁，棋列星罗，泱泱乎大国风也。城之北潴水皎如一镜，东南烟树村居点缀如画，远近诸山争来献奇，老杜“诸峰罗列似儿孙”之句，始为此山设也[16]。蔬圃麦陇，青青成列，整洁可爱。广陌通达，行旅络绎如织，担者、负者、车者、马者，迢递隐见，作傀儡状。宁知有临其上而窃笑者耶？

日渐西暝，烟四合，王趣余旋。余曰：“何匆匆也！”行至山半，此身自天而下矣。丹梯在眼，步步回顾，唯恐失之。将及山麓，王忽顿足曰：“吾遗一奇。”余曰：“何？”曰：“山上有井，冬夏不涸，黄冠汲焉，盖灵泉也。恨不及见之[17]。”余亦怃然，已而笑曰：“安知非山灵秘此一奇，冀我辈重来也？行矣。”遂与王徒步而旋。抵东门，门且扃，亟蓦入[18]。至旅舍，同舍生已篝灯饭罢矣[19]。余与王偃仰榻上良久，乃起呼酒相劳。

【注释】

此文出自《岱宗藏稿》卷十五。

[1]翘然:昂首企足的样子,多用以形容期待或思慕。[2]走卒:供使唤奔走的隶卒、差役。策蹇(jiǎn):即“策蹇驴”。乘跛足驴,喻工具不利,行动迟慢。第:只。习知:熟知。[3]青蚨:传说中的虫名。《太平御览》卷九五〇引汉刘安《淮南万毕术》:“青蚨还钱:青蚨一名鱼,或曰蒲,以其子母各等,置瓮中,埋东行阴垣下,三日后开之,即相从。以母血涂八十一钱,亦以子血涂八十一钱,以其钱更互市,置子用母,置母用子,钱皆自还。”后因用以指钱。[4]委顿:颓丧,疲困。[5]旋:回还,归来。[6]青阳、朱夏、西颢、玄冥:代指四季之神。青阳,春季。朱夏,夏季。西颢,秋天。玄冥,冬天。[7]钩陈:星官名。[8]方策:即方册,简册,典籍,后亦指史册。吐气:显现生机。[9]治具:备办酒食,设宴。[10]灵飙:指巨风。语本《汉书·扬雄传上》:“风发飙拂,神腾鬼趡。”[11]山氓:山民。[12]纯阳祠:即吕祖祠。吕洞宾,道号纯阳子。[13]羽流:谓道人,道士。[14]玉石:玉与石头,比喻好与坏、贤与愚。羲献之迹:晋代书法家王羲之、王献之父子二人的书法遗迹,代指优秀的书法。恶札:拙劣的书法或文笔。[15]衣裾:衣襟。猎猎:形容物体随风飘拂的样子。[16]唐杜甫《望岳》:“西岳崚嶒竦处尊,诸峰罗立似儿孙。”[17]黄冠:道士之冠,亦借指道士。恨:遗憾。[18]扃:关闭。[19]篝灯:谓置灯于笼中。

登华不注记

(清)王曰高

庚戌孟夏小既日乙卯,偕丹阳贺天士,同里陈正符、温惺还、郝善予,长清郭雷源诸子,约适全椒陶赓臣、新城张寒叔以对策至自都门暨家阮东观,杖马棰出历城东门,为华不注之游[1]。

是日微雾,风清无暑,洒然快之[2]。按辔循河渠,至山下华阳宫重门内,解衣盘礴,憩息久之[3]。诵董玉虬壁间石刻数咏及前光禄丞董君杏所书“忠孝”大字,坐卧其下,少饮且食[4]。望山色之巉岩,听松涛之琴籁,非复尘俗间想矣。日向昃,陶子别去东就来青轩,即旧所为观风亭者,北楹下向户仰卧,欲饱看山色,以当游览[5]。有和壁间黄中丞韵云:“先登绝巘思猱健,直入重云羡鸟飞。[6]”固未敢作攀跻想[7]。日之夕矣,起自后圃,出短垣,寻石磴,聊展数武,欲少揽目前野色耳[8]。行行且憩,且憩且行,遂及山之半岩。双桃树下少坐,再招同人之在山麓者,率怯懦不能从。乃与正符、雷源及东观登焉,时仄足似跛,时蒲伏似蜓,或十步一息,或数十步一息。少焉,望见巅之台宇,欣若身陟琳宫也[9]。有石门二,西向者题曰“天门”,其南向者题曰“无极境”,一联云“运动洪蒙生一气,劈开混沌产三才”,语亦奇旷,不知何人所作。立危峰,俯芳甸,两河水如环如玦，萦带乎其侧[10]。遥望南山，层峦叠翠，俨若列屏，培塿数点，如泼墨之在帧末[11]。树影参差，映带村墅，大有桃源樵父之意[12]。正符则抵掌谈往事，不觉竦听移时，薄暮乃徐徐下[13]。其西北嵎有洞曰“金牛”者，土人相传，昔有两道人对奕，其间盖仙流也，以日暮未及至之[14]。其山之半有吕仙祠，旁一巨石题曰“飞升岩”，相传为吕公飞仙处。及山麓谒四帝祠出，则与同人联骑[15]。山之右，自东而北，一峰颇类黄冈之筐山而差大[16]。此山周遭不过三里许，宜乎齐侯之三匝而遁，遂成遗迹耳[17]。

或曰“不”当读作“跗”，与“趺”字同，华之萼也。以山形似而命名，义或然欤。昔人有咏云：“羞称泰岱儿孙列，独立千秋不署山。”可作注疏矣。

先是丙午重九日，与山茌朱青崖、郭籓东，肥城尹从之，历下张乔臣，同邑冷智寰曾及其半厓仙人阁而止，以力不足故耳[18]。兹来初有难意，不敢自谓必至也，乃不强而自驯至之[19]。天下事有志者竟成，岂不然乎？时日几何，人面顿改，今之同侪，半已星散，重来当在何年[20]？识之以验，它日之力犹能健及此否耶？一笑。

【注释】

此文出自《槐轩集》卷六。王曰高(1628—1678)，字登孺，号北山，山东茌平人。曾任翰林院庶吉士、礼部掌印给事中，做过康熙的启蒙老师。著有《槐轩集》。

[1]庚戌：此指康熙九年(1670)。孟夏：夏季的第一个月，农历四月。小既日乙卯：干支记日，此指四月二十九日。同里：同乡。杖：鞭打。棰：鞭打。[2]霒(yīn)，同“阴”。洒然：清凉爽快。[3]按辔：谓扣紧马缰使马缓行或停止。重门：宫门，屋内的门。盘礴(bō)：箕踞，伸开两腿坐。[4]董玉虬：即董文骥，字玉虬。有《华不注》《戴岵瞻邀同游华不注，独登绝顶率题诗于崖壁》《马上望华不注，寻李于鳞故居》等关于华不注山的诗歌。[5]昃(zè)：日西斜。[6]黄中丞：指黄克缵，曾任山东巡抚。有《同严侍御登华不注峰》诗。中丞，明清时用作对巡抚的称呼。猱(náo)：猿类，身体便捷，善攀援。重云：重叠的云层。[7]攀跻：攀登。[8]石磴：石级，石台阶。武：脚步。[9]琳宫：仙宫，亦为道观、殿堂之美称。[10]危峰：高峻的山峰。危，高，高耸。芳甸：芳草丰茂的原野。两河水：指大清河和小清河。环：璧的一种，圆圈形的玉器。玦(jué)：古时佩戴的玉器，环形，有缺口，常用作决断、决绝的象征物。萦带：环绕。[11]培塿(pǒu lǒu)：本作“部娄”，小土丘。帧：画幅。[12]映带：景物互相衬托。村墅：乡村房舍，泛指村庄、乡村。[13]抵(zhǐ)掌：击掌，指人在谈话中的高兴神情，亦因指快谈。竦听：恭听。移时：经历一段时间。薄暮：傍晚，太阳快落山的时候。[14]嵎(yú)：通“隅”。偏僻之地，角落。土人：世代居住本地的人。对奕：即“对弈”。下棋。仙流：指神仙之属。[15]四帝祠：即华阳宫中的四季殿，供奉春(句芒)、夏(祝融)、秋(蓐收)、冬(玄冥)四季神像，实为上古时期的四帝。联骑：连骑，并乘。[16]差：比较，略微。[17]齐晋鞌之战中“齐师败绩，[晋师]逐之，三周华不注”之事。[18]重九：指农历九月初九日，又称重阳。[19]驯至：逐渐达到。[20]同侪：同伴，伙伴。星散：分散，四散。

游华不注记

（清）全祖望

予以辛亥七月从历下南归，先束装之一日，向罗学使竹园借骑，往城东游华不注峰[1]。以前此往游时苦寒，弗果登，而前辈盛称鹊华秋色，故再过之[2]。

是日，尚觉炎熇，华阳宫沙门笑曰："檀越之来，不寒则暑，山中乱石横亘，蹊径芜塞，何自苦为[3]？"予不听，策杖至山半，有洞宾祠，盖遗山所梦地也[4]。沙门汲华泉至，拾乱薪烹之[5]。小憩，登其巅，直见渤海[6]。时则天风飒飒，始知秋气；山门青绿隐隐，初有萌芽[7]。道元"单椒秀泽，虎牙兀立"之语，可为神肖，不能复措一词[8]。沙门为予言，明德邸在历下时，此间花鸟之盛，不下虎丘[9]。今则华泉一线，渐淤为小沟，游人亦鲜过者。

于是，西爽渐斜，仆夫促驾，遂循鹊山而西[10]。竹园方治具，话别，乃书此以柬之[11]。

【注释】

此文出自《鲒埼亭集外编》卷二二。全祖望（1705—1755），字绍衣，号谢山，自署鲒埼亭长，浙江鄞县（今浙江宁波）人。浙东学派的重要代表人物。曾选翰林院庶吉士，后辞官返故里，不复出仕。著有《鲒埼亭集》。

[1]辛亥：雍正九年（1731）。束装：收拾行装。罗学使竹园：即罗凤彩（1695—1772），字艺仪，号竹园，云南石屏人。时任山东学使。学使，提督学政的简称。[2]果：成就，实现。盛称：极口称赞。过：前往。[3]是日：这一天。炎熇（hè）：暑热。沙门：梵语或者吐火罗语的音译，指佛教僧侣。檀越：梵语音译，施主。蹊（xī）径：小路。何自苦为：为何自讨苦吃。[4]策杖：拄杖。[5]洞宾祠：即吕祖祠，内祀吕洞宾。吕洞宾，通称吕祖，唐末道士，号纯阳子，相传为八仙之一。遗山：即元好问，字遗山。元好问梦吕仙而重建吕祖阁（见《历城县志》），其地在趵突泉池北，此系作者误记。[5]华泉：其名最早见于《左传·成公二年》，唐段成式《酉阳杂俎》说此泉"方圆百步"，今已淤塞，故址不复可考。此处疑指半山腰处某泉。[6]小憩（qì）：短暂休息。[7]后半句意谓自山顶回望，山门处隐约的青绿之色，似乎是初生的草木。天风：风。风行天空，故称。飒飒：象声词，形容风吹动树木枝叶等发出的声音。秋气：指秋日凄清、肃杀之气。[8]道元：郦道元，北魏地理学家。引语见其所著《水经注·济水》，原文为"华不注山，单椒秀泽，不连丘陵以自高；虎牙桀立，孤峰特拔以刺天。青崖翠发，望同点黛"。单椒：孤峰。秀泽：秀美泽润。虎牙：喻指尖锐的山峰。兀立：直立。神肖：传神。措：置。[9]德邸：德王府，位于今珍珠泉院内。虎丘：地名，在今苏州市西北，有虎丘塔、剑池等古迹，为著名游览胜地，有"吴中第一名胜"的美名。[10]西爽：夕阳。[11]治具：备办酒食，设宴。柬：通"简"。信札、信简，此处用作动词。

鹊山

华不注之西北五里许，曰鹊山。凡城北诸山，多秀削孤立，鹊山独横列如屏风，登历山望之，又若人之凭几矣。大清河经鹊山南、华不注山北而东北注济阳界。

《乾隆历城县志》卷七

陪从祖济南太守泛鹊山湖

（唐）李　白

初谓鹊山近，宁知湖水遥？此行殊访戴，自可缓归桡[1]。

湖阔数十里，湖光摇碧山。湖西正有月，独送李膺还[2]。

水入北湖去，舟从南浦回[3]。遥看鹊山转，却似送人来。

【注释】

此诗出自《李太白集》卷二十。济南太守：所指不详。有人认为应是"北海太守"的传写之误，指时任北海太守李邕，唐代著名书法家。鹊山湖：济南府城北二十里。泺水自大明湖东北流注华不注山下，汇为鹊山湖，又东北入济水。

[1]访戴：典出南朝宋刘义庆《世说新语·任诞》："王子猷（按：王徽之）居山阴，夜大雪，眠觉，开室命酌酒，四望皎然。因起彷徨，咏左思《招隐诗》，忽忆戴安道（按：戴逵）。时戴在剡，即便夜乘小船就之。经宿方至，造门不前而返。人问其故，王曰：'吾本乘兴而行，兴尽而返，何必见戴？'"后以此典故写朋友思念、见访，或写洒脱任诞，随兴会所至，趁一时高兴；亦用以描写与子猷访戴相类的情趣及景色。桡：小船。[2]李膺：典出《后汉书·郭符许列传》："郭太，字林宗，太原界休人也。家世贫贱。早孤，母欲使给事县廷。林宗曰：'大丈夫焉能处斗筲之役乎？'遂辞。就成皋屈伯彦学，三年业毕，博通坟籍。善谈论，美音制。乃游于洛阳。始见河南尹李膺，膺大奇之，遂相友善，于是名震京师。后归乡里，衣冠诸儒送至河上，车数千两。林宗唯与李膺同舟共济，众宾望之，以为神仙焉。"[3]南浦：指鹊山湖南面水边。

暂如临邑至㟙山湖亭，奉怀李员外率尔成兴

（唐）杜　甫

野亭逼湖水，歇马高林间。鼍吼风奔浪，鱼跳日映山[1]。暂游阻词伯，却望怀青关[2]。霭霭生云雾，惟应促驾还[3]。

【注释】

此诗出自《杜诗详注》卷一。㟙山湖：即鹊山湖。杜甫由济南去临邑探望时任主簿的弟弟杜颖，途中路过鹊山湖亭，作此诗抒发对李员外（齐州司马李之芳）的思念之情。

[1]鼍（tuó）：扬子鳄，也称鼍龙、猪婆龙。爬行动物，体长丈余，背部与尾部有角质鳞甲，

穴居于江河岸边和湖沼底部。[2]词伯：称誉擅长文词的大家，犹词宗。却望：退望，回头远看。[3]促驾：催车速行。

鹊山亭

（宋）曾　巩

大亭孤起压城颠，屋角峨峨插紫烟[1]。泺水飞绡来野岸，鹊山浮黛入晴天[2]。少陵骚雅今谁和？东海风流世谩传[3]。太守自吟还自笑，归来乘月尚留连。

【注释】

此诗出自《曾巩集》卷七。

[1]峨峨：高貌。[2]飞绡（xiāo）：轻而薄的丝织品。浮黛：青黑色的山峰。[3]少陵：杜甫自号少陵野老。骚雅：《离骚》与《诗经》中《大雅》《小雅》的并称，指诗文之才。杜甫曾到鹊山湖，有《暂如临邑至㟙山湖亭，奉怀李员外率尔成兴》诗。和：以诗歌酬答，依照别人诗词的题材和体裁作诗词。谩：空自。

鹊　山

（宋）曾　巩

一峰孤起势崔嵬，秀色挼蓝入酒杯[1]。灵药已从清露得，平湖长泛宿云回[2]。翰林明月舟中过，司马虚亭竹外开[3]。我亦退公思蜡屐，会看归路送人来[4]。

【注释】

此诗出自《曾巩集》卷七。

[1]崔嵬：高大，高耸。挼（ruó）蓝：浸揉蓝草作染料，诗词中用以借指湛蓝色。[2]灵药：鹊山相传为神医扁鹊炼药处。宿云：夜晚的云气。[3]翰林：李白曾待诏翰林。李白游济南，作有《陪从祖济南太守泛鹊山湖》诗。[4]退公：指公余休息。"会看"句化用李白《陪从祖济南太守泛鹊山湖》诗"遥看鹊山转，却似送人来"之句。

和孔教授武仲济南四韵

（宋）苏　辙

鹊山亭

筑台临水巧安排，万象轩昂发瘗埋[1]。南岭崩腾来不尽，北山断续意尤佳[2]。平时战伐皆荒草，永日登临慰病怀[3]。更欲留诗题素壁，坐中谁与少陵偕[4]？

【注释】

此诗出自《栾城集》卷五。苏辙（1039—1112），字子由，一字同叔，四川眉山人。北宋文学家，“唐宋八大家”之一，与其父苏洵、其兄苏轼合称“三苏”。曾任吏部尚书、尚书右丞。著有《栾城集》。

[1]瘗（yì）埋：埋葬。[2]崩腾：奔腾。断续：时而中断，时而接续。[3]战伐：征战，战争。永日：长日，漫长的白天。[4]素壁：白色的墙壁、山壁、石壁。偕：齐等，比并。

常父寄半夏

（宋）孔平仲

齐州多半夏，采自鹊山阳[1]。累累圆且白，千里远寄将。新妇初解包，诸子喜若狂。皆云已法制，无滑可以尝。大儿强占据，端坐斥四旁。次女出其腋，一攫已半亡。小女作蟹行，乳媪代与攘。分头各咀嚼，方爱有所忘。须臾被辛螫，弃余不复藏。竞以手扪舌，啼噪满中堂。父至笑且惊，亟使啖以姜[2]。中宵分稍定，久此灯烛光。大钧播万物，不择窳与良[3]。虎掌出深谷，鸢头蔽高冈。春草善杀鱼，野葛挽人肠。各以类自蕃，敢问孰主张。水玉名虽佳，神农录之方[4]。其外则皎洁，其中慕坚刚。奈何蕴毒性，入口有所伤。老兄好服食，似此亦可防。急难我辈事，感惕成此章。

【注释】

此诗出自《清江三孔集》卷二一。孔平仲（1044—1111），字毅父，江西峡江县人。曾任秘书阁校理、朝奉大夫。诗文收入《清江三孔集》。

[1]清吴其濬《植物名实图考》曰：“半夏处处有之，乃以鹊山为佳。”[2]半夏为中药，气微，味辛辣，麻舌而刺喉，有毒性。治疗半夏中毒，可用生姜捣汁服下，其毒自解。[3]大钧：指天或自然。《文选·贾谊〈鹏鸟赋〉》：“云蒸雨降兮，纠错相纷。大钧播物兮，坱圠无垠。”李善注：“如淳曰：‘陶者作器于钧上，此以造化为大钧。’应劭曰：‘阴阳造化，如钧之造器也。’”窳（yǔ）：粗劣。[4]水玉：中药半夏的别名。

曾子固令咏齐州景物，作二十一诗以献

（宋）孔平仲

鹊山亭

老杜诗犹在，重华事已无[1]。千秋陵谷变，尘起鹊山湖[2]。

【注释】

此诗出自《清江三孔集》卷二一。

[1]重华：虞舜的美称。《尚书·舜典》："曰若稽古帝舜，曰重华，协于帝。"孔传："华，谓文德。言其光文重合于尧，俱圣明。"《楚辞·九章·涉江》："驾青虬兮骖白螭，吾与重华游兮瑶之圃。"一说，舜目重瞳，故名。《史记·五帝本纪》："虞舜者，名曰重华。"张守节正义："〔舜〕目重瞳子，故曰重华。"[2]陵谷：比喻自然界或世事巨变。

用"明发不寐有怀二人"为韵寄李秉彝德叟

（宋）黄庭坚

（其三）

蚤知鹊山亭，李杜发佳思。弥年听传夸，登览通梦寐。遥怜坐清旷，落笔富新制。尚因宾客集，沥酒使我醉[1]。

【注释】

此诗出自《山谷外集》卷二。黄庭坚（1045—1105），字鲁直，号山谷老人等，世称黄山谷、黄太史，洪州分宁（今江西九江修水县）人。北宋著名文学家、书法家、江西诗派开山之祖，《二十四孝》中"涤亲溺器"故事的主角。黄庭坚与张耒、晁补之、秦观都游学于苏轼门下，合称"苏门四学士"。生前与苏轼齐名，世称"苏黄"。曾任国史编修官。著有《山谷集》。

[1]沥酒：洒酒于地，表祝愿或起誓。

游鹊山院

（宋）陈师道

积石横成岭，行杨密映门。人声隐林杪，僧舍绕云根[1]。顿摄尘缘尽，方知象教尊[2]。只应羊叔子，名字与山存[3]。

【注释】

此诗出自《后山集》卷五。陈师道(1053—1102)，字履常，一字无己，号后山居士，彭城(今江苏徐州)人。江西诗派代表性作家，常与苏轼、黄庭坚等唱和。曾任太学博士、秘书省正字等。著有《后山集》。鹊山院：即鹊山寺，宋时创建，位于鹊山西，坐北朝南，分为南北两院，内有佛爷、菩萨、罗汉等神像，现已毁弃。

[1]林杪：树梢，林外。云根：深山云起之处。[2]顿：顿时，立刻。摄：收敛。尘缘：佛教、道教谓与尘世的因缘。象教：释迦牟尼离世，诸大弟子想慕不已，刻木为佛，以形象教人，故称佛教为象教。[3]诗后原注："南丰先生出守日常游是院。"羊叔子：即羊祜(hù)(221—278)，字叔子，泰山南城(今山东新泰)人。西晋著名大臣、文学家。出守，由京官出为太守。

登鹊山

(宋)陈师道

小试登山脚，今年不用扶[1]。微微交济泺，历历数青徐[2]。朴俗犹虞力，安流尚禹谟[3]。终年聊一快，吾病失医卢[4]。

【注释】

此诗出自《后山集》卷五。

[1]山脚：山接近平地的部分。[2]微微：隐约。济泺：济水和泺水。历历：清晰的样子。青徐：青州和徐州。[3]朴俗：淳朴的风俗。虞力：虞舜的教化之力。安流：平稳的流水。禹谟(mó)：大禹治国的方略。谟，计谋，谋略。[4]诗后原注："山因扁鹊而名。"医卢：即"卢医"，春秋时名医扁鹊的别称。唐代杨玄操《〈难经〉序》："《黄帝八十一难经》者，斯乃勃海秦越人之所作也……以其与轩辕时扁鹊相类，乃号之为扁鹊，又家于卢国，因命之曰卢医。"

济南杂诗十首

(金)元好问

(其四)

吴儿洲渚是神仙，罨画溪光碧玉泉[1]。别有洞天君不见，鹊山寒食泰和年[2]。

（其八）

入秋云物便凄迷，一道湖光树影齐[3]。诗在鹊山烟雨里，王家图上旧曾题[4]。

【注释】

此诗出自《遗山集》卷十二。

[1]吴儿洲渚：元好问《遗山集·济南行记》载曰："水西亭之下，湖曰大明，其源出于舜泉，其大占城府三之一。秋荷方盛，红绿如绣，令人渺然有吴儿洲渚之想。"罨画：色彩鲜明的绘画。明杨慎《丹铅总录·订讹·罨画》："画家有罨画，杂彩色画也。"多用以形容自然景物或建筑物等艳丽多姿。溪光：指溪流的水色。[2]洞天：道教称神仙的居处，意谓洞中别有天地，后常泛指风景胜地。泰和：太平。[3]云物：景物，景色。凄迷：形容景物凄凉迷茫。[4]诗后原注："王清卿家有《鹊山烟雨图》。"王清卿，即王仲元，字清卿，自号锦峰老人，平阴（今山东济南）人。曾任国史院编修官、陕西东路转运司盐铁判官。以能书名天下。

峼山陵行

（元）郝　经

五国兴王兵一旅，并灭两家都一鼓。燕云忽使辽作金，汴洛遽令齐代楚[1]。乾坤入手肯与人，根本未牢难遂取。汉人且使汉人看，一旦不须烦再举。当时若欲存中国，只向京师留少主。石家父子尚徒劳，今次重来浑浪语。邦昌数月又刘豫，二子猖狂都不悟。误添鳞角欲为龙，刮尽肌膏送兵赋。我为其德尔为雠，百姓嚣嚣怨嗟聚。君亲无将将必诛，大宝何人敢叨据[2]。臣节便弃真卤莽，侈然竟致人神怒。八年辛苦漫经营，两手欢欣却分付。祖宗天位尔乃奸，仓皇被执欲免难。峼山山前齿已冷，道君犹自在三韩。当时徼幸学敬塘，错把金源比契丹[3]。地下若逢张孝纯，赤汗满面不敢看[4]。刘豫何须责邦昌！先己尔莫言：从权为社稷，争忍便受传国玺。君不见荥阳纪将军，也曾诈作汉天子[5]。汉王既脱不用生，鼎镬谈笑就一死。

【注释】

此诗出自《陵川集》卷十。

[1]齐代楚：北宋末年宰相、主和派代表人物张邦昌在靖康之难（1127）后，被金国强立为大楚皇帝，建立"伪楚"，一个月后还政于宋高宗赵构；建炎四年（1130），济南府知府刘豫被金国伪封为"大齐皇帝"，配合金军侵伐南宋，1137年，刘豫被废为蜀王，金朝废除伪齐。[2]大宝：帝位。叨据：谓占据不应有的职位。[3]敬塘：即石敬瑭，五代十国时期

后晋开国皇帝。原为后唐臣子，后起兵造反，坐困于太原，遂向契丹求援，割让幽云十六州，甘做“儿皇帝”。在契丹援助下，灭亡后唐，建立后晋。金源：金国的别称。金阿鲁图《进〈金史〉表》：“维此金源，起于海裔。”《金史·地理志上》：“上京路即海古之地，金之旧土也。国言‘金’曰‘按出虎’，以按出虎水源于此，故名金源。建国之号，盖取诸此。”[4]张孝纯：北宋宣和末年，张孝纯以河东宣抚使兼知太原府，后在宋金战争中不得已降金，被任为伪齐丞相，伪齐政权被废后又任汴京行台左丞相。在伪齐任职时，多次向南宋密报机密。[5]荥阳纪将军：指葬于荥阳的刘邦的大将纪信。公元前204年，项羽包围攻打刘邦所在的荥阳，形势危急，大将纪信舍身救主，向刘邦献策，以自己与刘邦容貌相似来扮成刘邦向项羽诈降，让刘邦趁机逃走。《史记·项羽本纪》：“汉将纪信说汉王曰：‘事已急矣，请为王诳楚为王，王可以间出。’……纪信乘黄屋车，傅左纛，曰：‘城中食尽，汉王降。’楚军皆呼万岁。汉王亦与数十骑从城西门出，走成皋（按：故城在今河南荥阳汜水镇）。项王见纪信，问：‘汉王安在？’信曰：‘汉王已出矣。’项王烧杀纪信。”

题杨国宝《鹊华风雨图》

（元）魏　初

簿书堆山日停午，坐久髭须满尘土[1]。争如六月济南间，鹊华峰头看风雨[2]。

【注释】

此诗出自《青崖集》卷二。魏初（1226—1286），字太初，号青崖，弘州顺圣（今河北阳原）人。曾任江西按察使。著有《青崖集》。

[1]簿书：官署中的文书簿册。髭（zī）须：胡子。唇上曰髭，唇下为须。[2]争如：不如。

《鹊华秋色图》有序

（元）张　雨

吴兴公自序云：公谨父，齐人也。余通守齐州，罢官来归，为公谨说齐之山川，独华不注最知名，见于左氏。而其状又峻峭特立，有足奇者。其西则鹊山也。乃为作《鹊华秋色图》，张雨赋诗于左。

弁阳老人公谨父，周之孙子犹怀土。南来寄食弁山阳，梦作齐东野人语[1]。济南别驾平原君，为貌家山入囊楮[2]。鹊华秋色翠可餐，耕稼陶渔在其下。吴侬白头不归去，不如掩卷听春雨[3]。

【注释】

此诗转引自元顾瑛辑《草堂雅集》卷五。张雨（1283—1350），字伯雨，一字天雨，号嗣真，又号句曲外史等，钱塘（今浙江杭州）人。著有《句曲外史集》。

[1]寄食：依附别人生活。齐东野人语：周密，祖籍齐州（济南），浙江吴兴人，晚号弁阳老人，著有《齐东野语》。[2]囊楮：袋中的钱。[3]吴侬：吴地自称曰我侬，称人曰渠侬、个侬、他侬。因称人多用侬字，故以吴侬指吴人，这里指周密。

渡济河马上初见近城诸山

（元）宋　褧

华山高耸鹊山东，一带烟霏翠接空[1]。安石从来多雅兴，却如新妇闭车中。

【注释】

此诗出自《燕石集》卷九。宋褧（jiǒng）（1294—1346），字显夫，大都宛平（今属北京）人。曾任翰林编修、监察御史。著有《燕石集》。

[1]烟霏：云烟弥漫。

《鹊华烟雨图》

（元）张之翰

壁立长空剑倚云，小孤直与大孤邻[1]。几时烟雨齐州道，遥认双溪是故人。

【注释】

此诗出自《西岩集》卷十。张之翰，生卒年不详，字周卿，晚号西岩老人，河北邯郸人。曾任翰林侍讲学士、知松江府事。著有《西岩集》。

[1]倚云：靠着云，形容极高。

鹊湖怀古

（明）王廷相

漫漫鹊湖水，中夏如巨壑[1]。一舸汎中潭，荡漾渺难泊。鼓角奋以扬，蛟螭静不恶。簸弄红锦湍，摇裔翠华薄[2]。阴霞倏明灭，游禽蔼纷错[3]。发櫂梵音浦，把酒北城阁。怅兹人代速，湖山宛如昨。不闻北海游，空览少陵作[4]。高标耀白日，浮踪等飞藿[5]。湖水清且涟，玉缨不复濯[6]。吾生谅有涯，昔贤徒龙蠖[7]。俛仰勿悲啸，且尽手中爵。

【注释】

此诗出自《王氏家藏集》卷十。

[1]中夏：夏季之中，指农历五月，后亦指盛夏。[2]簸弄：玩弄，耍弄。摇裔：摇荡。唐李白《古风》之四二："摇裔双白鸥，鸣飞沧江流。"王琦注："摇裔，犹摇荡也。"[3]阴霞：云霞。《文选·谢灵运〈游赤石进帆海〉》诗："水宿淹晨暮，阴霞屡兴没。"李善注："《河图》曰：'昆仑山有五色水，赤水之气上蒸为霞，阴而赫然。'"纷错：纷繁杂乱。《楚辞·刘向〈九叹·忧苦〉》："思余俗之流风兮，心纷错而不受。"王逸注："纷错，溃乱也。"[4]北海太守李邕曾来鹊湖，李白有《陪从祖济南太守泛鹊山湖》诗三首；杜甫来此地，有《暂如临邑至㟙山湖亭，奉怀李员外率尔成兴》诗。[5]飞藿：凋零的豆叶。《文选·阮籍〈咏怀〉之三》："嘉树下成蹊，东园桃与李，秋风吹飞藿，零落从此始。"沈约注："风吹飞藿之时，盖桃李零落之日。华实既尽，柯叶又凋，无复一毫可悦。"[6]《诗经·魏风·伐檀》："坎坎伐檀兮，置之河之干兮，河水清且涟猗。"《孺子歌》："沧浪之水清兮，可以濯我缨；沧浪之水浊兮，可以濯我足。"[7]龙蠖：《易·系辞下》："尺蠖之屈，以求信也；龙蛇之蛰，以存身也。"后因以指屈伸，也指以屈求伸，走捷径。

分题得鹊山湖，送维正李宪副之山东

（明）边　贡

齐门东，沙径平，云幕幕，湖冥冥[1]。使君来，麦秋晚，柳阴阴，画舟远[2]。瘦蒲疏荇逗遛香，南浦烟光接西堰[3]。堰北山，灵鸟聚，对面潺湲华不注[4]。山前绿稼隐茅茨，旧是齐侬钓游处[5]。横桡越水浒，飞踏青芙蓉[6]。华阳洞口跨白鹿，醉吹玉笛呼眠龙[7]。长镵野老逐李邕，锦袍仙人随赤松[8]。石壁土花秋靡靡，古踪悠悠镇如此[9]！要留洒翰洗蛙蝉，雨林夜黑啼山鬼[10]。

【注释】

此诗出自《华泉集》卷二。分题：又称探题，诗人聚会，分探题目而赋诗，谓之分题。严羽《沧浪诗话·诗体》："有拟古，有连句，有集句，有分题。"自注："古人分题，或各赋一物，如云送某人分题得某物也。或曰探题。"维正李宪副：指李贡（1456—1516），字惟正，号舫斋，南直隶芜湖县（今安徽芜湖）人。成化二十年（1484）进士，曾任山东按察司副使、福建按察使、陕西右布政使等。李贡学问渊博，为事勤慎精敏，居官所至称治。有《舫斋集》。宪副：副都御史，李贡曾以右副都御史巡抚辽东。

[1]齐门：指济南城齐川门，俗称老东门。幕幕：覆布周密的样子。冥冥：水气迷漫的样子。[2]使君：尊称州郡长官，这里指李贡。麦秋：麦熟的季节，通指农历四、五月。《礼记·月令》："〔孟夏之月〕靡草死，麦秋至。"陈澔集说："秋者，百谷成熟之期。此于时虽夏，于麦则秋，故云麦秋。"阴阴：荫蔽覆盖。[3]蒲：蒲草。荇（xìng）：荇菜。因系初夏，蒲草和荇菜尚未长大，故称瘦蒲、疏荇。逗遛：亦作"逗留"。停留。南浦：南面的水边。烟光：云霭雾气。堰（yàn）：挡水的低坝。[4]堰北山：指鹊山，位于湖水之北。灵鸟：此处指喜鹊，传说喜鹊能报喜。鹊山当以多鹊得名。潺湲：水流动的样子。[5]茅茨（cí）：

茅草盖的屋顶，亦指茅屋。齐侬(nóng)：侬，吴越之地的自称。作者故乡属齐地，故以此自称。钓游：垂钓和游玩。[6]横桡：横渡。桡，船桨，代指船。水浒：水边。青芙蓉：李白《古风·昔我游齐都》诗曰“兹山何峻秀，绿翠如芙蓉”，以芙蓉喻华不注山。芙蓉，荷花的别名。[7]华阳洞：洞名，在华不注山南麓。玉笛：笛子的美称。此处化用李白《古风·昔我游齐都》中“借予一白鹿，自挟两青龙”的诗句。[8]长镵(chán)野老：指杜甫。杜甫常在诗中自称野老，其诗《乾元中寓居同谷县作歌七首》的第二首有“长镵长镵白木柄，我生托子以为命”之句。李邕(678—747)：字泰和，鄂州江夏(今湖北武昌江夏区)人，唐代书法家，曾任北海太守，史称李北海。杜甫在天宝四年(745)曾同李邕同游济南名胜，并写有《陪李北海宴历下亭》等诗。锦袍仙人：指李白。李白初入京时，曾与著名诗人贺知章相见，贺一见李白便“呼为谪仙子”。天宝四年，李白应诏入京，并赐袍服，其诗《温泉侍从归逢故人》有“激赏摇天笔，承恩赐御衣”之句。赤松：古代传说中的仙人。李白《古风·昔我游齐都》诗中有“萧飒古仙人，了知是赤松”“含笑凌倒景，欣然愿相从”之句。[9]土花：苔藓。靡靡：绵延细密的样子。镇：常，长久。[10]洒翰：犹挥毫，用毛笔书写或绘画，这里指李贡的诗文。蛙蝉：蛙叫蝉鸣，这里喻指自己的诗文低劣。山鬼：山中精灵。唐代沈亚之《屈原外传》说，屈原作《九歌》，至《山鬼》篇成，“四山忽啾啾若啼啸，声闻十里外，草木莫不萎死”，以此说明《九歌·山鬼》的艺术魅力之大。这里借指李贡的诗文具有杰出的艺术魅力。

鹊湖

（明）黄　卿

前代清波曲，菰菱菡萏香。名城日临泛，词苑有篇章。济泺源仍活，郊原迹已荒。当时栖树鹊，去傍玉山翔[1]。

【注释】

此诗出自《编苕集》卷五。黄卿(1485—?)，字时庸，号海亭，山东青州人。历任太原知府、江西布政使。著有《海岱会稿》《编苕集》。

[1]玉山：古代传说中的仙山。《山海经·西山经》：“又西三百五十里，曰玉山，是西王母所居也。”郭璞注：“此山多玉石，因以名云。《穆天子传》谓之群玉之山。”此处代指鹊山。

咏山

（明）刘　敕

一片孤峰俯大清，凭高遥听水流声。翠屏倒逐冰涛白，丹灶长烧夜月明。帆挂斜阳波影动，舟横野渡棹歌鸣。山中灵药应还在，卜筑岩头度此生[1]。

【注释】

此诗转引自明刘敕《历乘》卷十九。

[1]卜筑:择地建筑住宅,即定居之意。

鹊　山

(明)刘　敕

西北开青嶂,无峰山自奇。丹炉还历历,明月故迟迟。桃李春开日,楼船水涨时。许多寻胜者,到此好衔卮[1]。

【注释】

此诗转引自明刘敕《历乘》卷十九。

[1]衔卮:犹"衔杯",口含酒杯,多指饮酒。

鹊山湖

(明)钟羽正

念年重到鹊山湖,秋水白云兴不孤[1]。漠漠烟光疏榉柳,沉沉寒渚静菰蒲。同时游客今寥落,百岁浮生定有无。欲向沧浪寄踪迹,西风江上足莼鲈[2]。

【注释】

此诗出自《崇雅堂集》卷五。钟羽正(约1561—约1636),字叔濂,山东益都(今山东青州)人。曾任工部尚书。著有《崇雅堂集》。诗题原注:"历城。"

[1]念:"廿"的大写。[2]莼鲈(chún lú):《晋书·张翰传》:"翰因见秋风起,乃思吴中菰菜、莼羹、鲈鱼脍,曰:'人生贵得适志,何能羁宦数千里以要名爵乎?'遂命驾而归。"后称思乡之情为莼鲈之思。

鹊　山

(明)王象春

万岫千岩济水蟠,如屏孤逗出河干[1]。秋高乌鹊翔何事,霄汉空疑牛女寒[2]。

【注释】

此诗出自《齐音》。诗后原注:"鹊山独出大清河北岸,苍平远迤,盖郡城朝山也。旧名谓扁鹊居里,故名。传又谓七八月间有乌鹊群翔于此,士女乞巧者纷集,余思齐土分野上应女度,济水岂银汉要津耶?”

[1]万岫千岩:形容鹊山峰峦攒聚的情状。蟠:盘曲,盘结。河干:河边,河岸。[2]霄汉:天河,亦借指天空。牛女:牵牛、织女两星或牛郎织女的省称。古代有牛郎织女于农历七月初七鹊桥(乌鹊搭成的彩桥)相会的神话传说。

鹊　湖

(明)王象春

江都为主少陵宾,一代风流问水滨。鱼鸟陆沉魂怨恫,几时重启外湖堙[1]。

【注释】

此诗出自《齐音》。诗后原注:“李北海守济,少陵客此,同游鹊湖,憩于历下亭,俱有题咏,惜李诗已亡矣。余谓自天地有此湖此亭,而此日是湖亭一生际遇。今鹊湖莽然田壤,无复烟波,则逆贼刘豫填之也。尝观炀帝凿河,徽宗筑堤,至今享其利。盖人主即为荒淫之事终有帝王气象,若刘豫填湖,便贼头贼脑杀尽韵致,余每一到鹊湖辄起鞭骨之恨。”

[1]陆沉:比喻国土沦陷于敌手。堙(yīn):填,堵塞。

峼山寻历下亭故址

(明)方　文

昔有李太和,分符守此州[1]。其书故雄杰,其人亦风流。子美方弱冠,初为河济游[2]。布衣谒皂盖,意气欣相投[3]。开燕历下亭,赋诗成献酬[4]。济南名士多,此语光千秋[5]。今我来历下,吊古无弗搜。骑马出东门,逶迤至华不[6]。因而上峼山,古亭不可求。峼湖水亦涸,漫衍为平畴[7]。山川今昔异,何况东诸侯[8]。回鞭百感集,世事良悠悠[9]。

【注释】

此诗出自《嵞山续集》卷一。

[1]“李太和”后原注:“李邕字。”李太和:即李邕(678—747),字泰和,鄂州江夏(今湖北武汉江夏区)人,唐代大臣、书法家,文选学士李善之子。曾任北海太守,史称李北海。唐天宝四年(745),杜甫来到济南,李邕设宴历下亭,在这次欢宴中,杜甫留下了“海右此亭古,济南名士多”的佳句。分符:犹剖符,谓帝王封官授爵,分与符节的一半作为信物。[2]子美:即杜甫,字子美。弱冠:古时以男子二十岁为成人,初加冠,因体犹未壮,故称。《礼记·曲礼上》:“二十曰弱,冠。”孔颖达疏:“二十成人,初加冠,体犹

未壮，故曰弱也。”后遂称男子二十岁或二十几岁的年龄为弱冠。河济：黄河与济水的并称，其与长江、淮河合称四渎。[3]布衣：借指平民。古代平民不能衣锦绣，故称，这里指杜甫。皂盖：古代官员所用的黑色蓬伞，这里指李邕。[4]开燕：即“开宴”。摆设酒宴。献酬：酬答，应答。[5]济南名士多：此句出自杜甫的《陪李北海宴历下亭》诗。[6]华不：华不注山。[7]漫衍：绵延伸展的样子。平畴：平坦的田野。[8]东诸侯：东方的诸侯。唐时用作封疆大员的誉称。[9]诗后原注：“‘嵖’音‘鹊’，‘嵖湖’亦名‘鹊湖’，李杜诗皆作‘鹊’。”

嵖山湖怀古

（明）杨　炤

嵖山湖久废，决作小清河。盗贼名犹在，英贤句不磨。泛舟凌缥缈，骑马越嵯峨。二老丁全盛，吾生可奈何[1]。

【注释】

此诗出自《怀古堂诗选》卷九。杨炤（1617—1692），字明远，号潜夫，江苏常熟人。明末隐士。著有《怀古堂诗选》。诗题原注：“在城北十五里，李白杜甫皆有嵖山湖诗。今其地莽然田壤，盖自刘豫自城北导之东行，因名小清河，不名嵖山久矣。”

[1]丁：当，遭逢。

嵖山湖

（明）李应聘

太液浑如镜里看，渔人垂钓嵖湖干[1]。晓涵万倾玻璃净，夜浸中天星斗寒[2]。细雨蒙蒙添鸦绿，微风拂拂动鸥澜。烧丹此日今何在，山色苍苍夕照残。

【注释】

此诗转引自明刘敕《历乘》卷十九。李应聘，生平事迹不详，山东历城人。

[1]太液：太液池，古池名。[2]万倾：应为“万顷”。中天：当空。

登　山

（明）张　珣

鹊山清绝倦跻攀，烟雨蒙蒙白昼间。燕子来时花片片，鹧鸪啼处竹班班[1]。碧萝洞口穿丹井，玉笋峰尖耸翠环。我欲追随谢公屐，翛然乘兴访东山[2]。

【注释】

此诗转引自明刘敕《历乘》卷十九。张珣，生平事迹不详，陕西长安人。

[1]班班：斑点众多的样子。班，通“斑”。[2]修然：整饬严正的样子。

《鹊华秋色图》

（明）蒋应质

明湖秋水明如练，我在江南不能见。鹊华山色郁苍寒，我向吴兴画里看。此图本是鸥波笔，点染生绡夸第一[1]。癸辛街破草窗寒，流传更到香光室[2]。香光妙笔拟鸥波，平远青山拥髻螺。无端描出单椒影，相见毫端秋气多。双峰秀泽横云表，莫霭朝岚青未了[3]。练带频将附注躔，天容画出眉痕小。有时著意作深秋，树杪千寻紫翠浮。两点空苍留不得，风烟早已遍齐州。三间屋近依山住，本是齐州栖隐处。可怜四水老潜夫，苦忆当年山下路[4]。作图聊复慰思乡，一段风流未可量。只今读画多生趣，想见丹青各擅场。竭来我访鸥波屋，菡萏霜清残竹木。鹊华身惜不亲游，欲乞弁阳成小筑[5]。

【注释】

此诗转引自清王培荀《乡园忆旧录》卷四。蒋应质，生卒年不详，字征蔚，江苏元和（今江苏苏州市）人。万历三十八年（1610）进士。题目为编者所加。

[1]生绡：未漂煮过的丝织品。古时多用以作画，因亦以指画卷。[2]香光：指董其昌，别号香光，曾摹写《鹊华秋色图》。[3]莫霭：即“暮霭”。[4]四水老潜夫：指周密，号四水潜夫。[5]小筑：指规模小而比较雅致的住宅，多筑于幽静之处。

泺口道上望峼山

（清）叶承宗

济北奇山耸，无峰势自峨[1]。远烟远华巘，孤嶂插清河[2]。世变松楸尽，山空乌鹊多[3]。病夫还借问，丹灶近如何。

【注释】

此诗出自《泺函》卷一。诗题原注：“山有扁鹊丹灶。”

[1]峨：山势高峻。[2]巘：山，山顶。《诗经·大雅·公刘》：“陟则在巘，复降在原。”毛传：“巘，小山，别于大山也。”[3]诗后原注：“山上多乌。”松楸：松树与楸树，墓地多植，因以代称坟墓。

杪秋泺口道上望峼山

（清）叶承宗

马上看山色，峼峰入望间。华阴惟此巘，济北更无山[1]。平皋灵乌集，清流贾舸还[2]。为寻丹灶迹，乘兴欲登攀。

【注释】

此诗出自《泺函》卷一。

[1]华阴：华不注山之北。[2]贾舸：商船。

鹊　山

（清）卢　纮

曾闻卢扁号医仙，秘妙长桑信有传[1]。但自鹊山成药后，跳梁二竖尚依然[2]。

【注释】

此诗出自《四照堂诗集》卷八。诗题原注："扁鹊炼丹处。"

[1]卢扁：即古代名医扁鹊。因家于卢国，故名。长桑：即长桑君，战国时的神医。传说扁鹊与之交往甚密，事之唯谨，乃以禁方传扁鹊，又出药使扁鹊饮服，忽然不见。于是扁鹊视病尽见五脏症结，遂以精通医术闻名当世。事见《史记·扁鹊仓公列传》。[2]跳梁：即跳梁小丑，形容猖狂捣乱而没有多大能耐的丑恶之徒。竖：对人的鄙称。

同堵芬木、邵叔虎、堵乾三、赵浮山、牟侯甫泛舟峼湖分韵

（清）宋　琬

湖上秋光敛素烟，行厨泛酒泬寥天[1]。红衣落尽芙蓉老，黛色遥看睥睨悬[2]。云去定归沧海畔，月来疑在剡溪边。芦中有客同摇落，坐对群鸥话昔年。

曲港分流界水涯，芰荷如幄影交加。轻摇画桨冲鱼笥，乱点清波有荻花。生计且须营笠子，醉归随意宿渔家。五湖今日谁堪长，与尔同乘八月槎[3]。

朝看宜雨晚宜风，西子明妆约略同。无尽泉源来地底，一行雁影落杯中。水含密藻添深碧，叶隐余花殿晚红。苦忆平原旧池馆，夕阳衰草满寒空。

当年吾党羡邹枚，醉里狂登北极台[4]。玉笛重闻人不见，芒鞋无恙客还来。欲从楚壁呵天问，谁向秦川辩劫灰[5]。此日同君称六逸，杖藜携手入徂徕[6]。

【注释】

此诗出自《安雅堂未刻稿》卷四。宋琬(1614—1673)，字玉叔，号荔裳，山东莱阳人。其诗与施闰章齐名，有"南施北宋"之说。曾任吏部稽勋司主事、四川按察使。著有《安雅堂集》。

[1]行厨：谓出游时携带酒食，亦谓传送酒食。泬廖：即"泬寥"。清朗空旷的样子。《楚辞·九辩》："泬寥兮天高而气清。"王逸注："泬寥，旷荡空虚也。或曰，泬寥犹萧条。萧条，无云貌。"[2]睥睨：城墙上锯齿形的短墙，女墙。唐杜甫《南极》诗："睥睨登哀柝，蝥弧照夕曛。"杨伦镜铨引《古今注》"女墙，城上小墙也，亦名'睥睨'，言于城上睥睨人也。"[3]槎：木筏。晋张华《博物志》卷三："年年八月，有浮槎去来不失期。"[4]邹枚：汉邹阳、枚乘的并称。北魏郦道元《水经注·睢水》："梁王与邹、枚、司马相如之徒极游于其上。"两人皆以才辩著名当时，后因以借指富于才辩之士。[5]劫灰：本谓劫火的余灰。南朝梁慧皎《高僧传·译经上·竺法兰》："昔汉武穿昆明池底，得黑灰，问东方朔。朔云：'不知，可问西域胡人。'后法兰既至，众人追以问之，兰云：'世界终尽，劫火洞烧，此灰是也。'"后因谓战乱或大火毁坏后的残迹或灰烬。[6]杖藜：谓拄着手杖行走。藜，野生植物，茎坚韧，可为杖。

鹊山，一云䃜山

(清)余　缙

积石雄如砥，砭针借此神[1]。隔垣能洞见，知梦有长春。翠岫丹经密，秋光碧沼新[2]。踌躇归未许，仿佛见仙人。

【注释】

此诗出自《大观堂文集》卷六。诗题原注："相传云扁鹊故里。"

[1]砭(biān)针：古代用以治痈疽、除脓血的石针。[2]岫：山洞，有洞穴的山。《尔雅·释山》："山有穴为岫。"丹经：讲述炼丹术的专书。

游峼山院赠蹇修上人

(清)任克溥

偶来寻古寺,雨后得余清[1]。漠漠人烟外,泠然一磬鸣。禅床随处稳,秋草就阶平。只恐深山去,云霞隔几层。

【注释】

此诗转引自清卢见曾辑《国朝山左诗钞》卷十一。任克溥(1618—1703),字海湄,山东聊城东昌府区人。曾任刑部侍郎,加刑部尚书衔。诗题原注:"诗见《峼华山人集》。"

[1]余清:余留的清凉之气。《文选·谢灵运〈游南亭〉》诗:"密林含余清,远峰隐半规。"吕良注:"含余清,谓雨后气尚清凉也。"

望鹊华

(清)王敏入

才出龙山口,孤峰见杳冥[1]。态成华不注,色并济南青。万古瞻新黛,千家依旧屏。望中怜足□,飞去到云亭。

【注释】

此诗转引自清王如英等辑《王氏一家言》卷十八。王敏入(约1628—?),字子逊,又字子巽,号梓岩,山东淄川人。邑庠生。

[1]杳冥:指天空,高远之处。

济南八景

(清)释元玉

鹊　岭

此地当年扁鹊栖,扁鹊去后无人住。怪石奇峰总寂寥,日斜乌雀空啼树。只今天下遍疮疣,近世凡医术莫求[1]。焉得仙医重降迹,遂把苍生病立瘳[2]。

【注释】

此诗出自《石堂集》卷七。

[1]疮疣(yóu):机体表面的赘生物。[2]瘳(chōu):病愈。

湖上杂兴

（清）严我斯

（其四）

城外青山城内湖，峼山如掌华山孤。少陵李白曾游处，我亦扁舟入画图[1]。

【注释】

此诗出自《尺五堂诗删初刻》卷二。

[1]画图：比喻美丽的自然景色。

岁暮怀人绝句三十二首

（清）王士禛

（其五）

南海翩翩程舍人，乘轺东过峼湖滨[1]。新诗忆我湖亭上，历下山川为汝新。

【注释】

此诗出自《渔洋诗集》卷十二。

[1]前半句诗后原注："可则。"程舍人：程可则（1624—1673），字周量，号石曜，广东南海人。幼聪颖，十岁能文。曾任内阁撰文中书、桂林知府。以诗文名世。轺：小车，轻车。

冶春绝句二十首

（清）王士禛

（其十九）

故国风流在眼前，鹊山寒食泰和年[1]。邗沟未似明湖好，名士轩头碧涨天[2]。

【注释】

此诗出自《渔洋诗集》卷十五。

[1]诗后原注："元遗山济南诗句。"故国：故乡，此指济南。风流：风尚习俗。[2]诗后原注："时祖望谈吾郡山水之胜，名士轩在明湖，曾子固守郡时所作。"邗（hán）沟：指从

江苏省淮安市到扬州市的淮扬运河，为公元前486年吴王夫差所开凿。该运河以古邗城为起点，故称邗沟。

过峼华

（清）王士禛

峼华相对玉孱颜，五度经过未一攀。床侧都抛新蜡屐，眼中虚负好溪山[1]。

【注释】

此诗出自《渔洋续诗集》卷九。

[1]虚负：空负，辜负。

郡城北路作

（清）王士禛

齐州南北千峰绕，中有明湖一镜分。今日雪中更奇绝，华山云接鹊山云。

【注释】

此诗出自《蚕尾诗集》卷一。

归经鹊华二山间即目

（清）王士禛

山海作经首鹊山，招摇之桂生其间。丽麂之水出其下，祝余四照花斓斒[1]。今此鹊山勿乃是，越人陈迹谁追攀[2]。泺水南来纡且直，罗生夹岸蘅芜蒌[3]。隔水正望华不注，疑临玉镜窥烟鬟[4]。是耶非耶看不定，尹邢双照蛾眉弯[5]。被山琇玶不收拾，黄如蒸栗丹砂殷[6]。七十二闸远钩带，如棋布子交回环。柳花满树绿于染，杏花点地红斑斑。始知今日已寒食，泼火小雨回天悭[7]。濯缨湖亭好烟景，春波澹滟清心颜[8]。回首却望卫河北，风沙莽荡连雄关[9]。

【注释】

此诗出自《蚕尾诗集》卷一。

[1]“麂”后原注：“音‘几’。”开篇四句内容出自《山海经·南山经》：“南山经之首曰鹊山。其首曰招摇之山，临于西海之上，多桂，多金玉。有草焉，其状如韭而青华，其名曰祝余，食之不饥。有木焉，其状如谷而黑理，其华四照，其名曰迷谷，佩之不迷。……丽麂

之水出焉，而西流注于海。"斓斒(lán bān)：色彩错杂鲜明的样子。[2]越人陈迹：指扁鹊在鹊山采药的事迹。扁鹊，姓秦，名越人。[3]蘅芜：香名。晋王嘉《拾遗记·前汉上》："帝息于延凉室，卧梦李夫人授帝蘅芜之香。帝惊起，而香气犹著衣枕，历月不歇。"蕑(jiān)：茅草。《山海经·中山经》："又东百二十里，曰吴林之山，其中多蕑草。"郭璞注："亦菅字。"一说，"蕑"同"兰"，即兰草。[4]烟鬟：指妇女的鬟发，亦形容鬟发美丽。此两句是说，华不注山立在水边，山顶有一圈烟云，如同女子对镜自照鬟发。[5]是耶非耶：指山色隐约模糊不清。《汉书·外戚传》记载，汉武帝思念已故的李夫人，求方士召来她的魂魄，帝仿佛望见有好女，却不近前来。遂作诗道："是耶？非耶？立而望之，偏何姗姗其来迟？"尹邢：指汉武帝最美丽、最受宠幸的两个妃子尹夫人、邢夫人。因担心二位美人见面后由于彼此美貌而互生嫉妒，汉武帝有诏二人不得相见，这是成语"尹邢避面"的来历。此两句是说，鹊华两山空青缥缈，像是汉武帝思念召来的李夫人；又以二美人对镜双照，喻鹊华两山相对辉映。[6]被：覆盖。瑹琈(tú fú)：一种美玉。[7]悭：吝啬。[8]"沲"后原注："去。"澹沲(duò)：荡漾的样子。心颜：心情和面色。[9]卫河：在德州城西，流经河间府入海。莽荡：辽阔无际。

鹊华二山下作

（清）王士禛

麦已登场蚕不眠，田家即事足听然[1]。回塘浅港浮花鸭，绿树青林叫杜鹃。袍笏久知如昨梦，溪山犹欲了前缘。过眉七尺红藤杖，伴我芒鞋几两穿[2]。

【注释】

此诗出自《蚕尾续诗集》卷七。

[1]即事：面对眼前事物。听(yǐn)然：笑的样子。《史记·司马相如列传上》："无是公听然而笑。"裴骃集解引郭璞曰："听，笑貌也。"杨树达《积微居小学金石论丛·释听》："《说文》二篇上《口部》云：'听，笑貌也。从口，斤声。'按：听为笑貌，前人未有言其故者。以愚考之，盖谓张口之状也。何以明之……《言部》䜣训喜，《欠部》欣训笑喜，今通语谓取乐为开心，盖古之遗语矣。忻为心开，听文从口，当为口开，笑者口必开，故听为笑貌矣。"[2]典出南朝宋刘义庆《世说新语·雅量》："或有诣阮(按：阮孚)，见自吹火蜡屐，因叹曰：'未知一生当着几量屐！'神色闲畅。"

鹊　山

（清）王士禛

眼明忽见鹊山亭，十幅临流展画屏[1]。自是天公薄梳掠，雨余渲出佛头青[2]。

【注释】

此诗出自《蚕尾续诗集》卷七。

[1]眼明：眼力好，看得清楚。[2]梳掠：梳理，梳妆。雨余：雨后。佛头青：相传佛发为青色，故以之比喻青黛色的山峦。典出宋林逋《西湖》诗："混元神巧本无形，匠出西湖作画屏。春水净于僧眼碧，晚山浓似佛头青。"

济南杂诗九首

(清)宋　荦

(其一)

济南城北两峰殊，积翠凌空过小孤。怪道相看如故友，鹊华秋色旧披图[1]。

【注释】

此诗出自《绵津山人诗集》卷十九。宋荦(1634—1714)，字牧仲，号漫堂，又号西陂、绵津山人，晚号西陂老人、西陂放鸭翁，河南商丘人。曾任山东按察使、吏部尚书。著有《绵津山人诗集》。

[1]诗后原注："曾见赵文敏《鹊华秋色图》。"

六境图咏

(清)宋　荦

鹊华秋色堂

济南山水佳，城郭烟岚环。鹊华好秋色，鸥波貌双鬟[1]。我官日两衙，尽在紫翠间。故人额我堂，见者为怡颜[2]。拟携红藤杖，刻意穷跻攀。无何置之去，欲赋诗思艰。冷云与残照，幽梦恒相关。高吟满笥箧，千年妒遗山[3]。

【注释】

此诗出自《绵津山人诗集》卷二八。

[1]鸥波：赵孟頫的号。双鬟：指鹊、华两山。王士禛有诗："隔水正望华不注，疑临玉镜窥烟鬟。是耶非耶看不定，尹邢双照蛾眉弯。"[2]前半句诗后原注："朱竹垞。"[3]笥箧(sì qiè)：竹制的小箱子。

济南分题十六首

(清)田　雯

由黄桑院步至扁鹊祠晚登峼山

系马策短筇,投憩黄桑院[1]。不见采药人,荦确石路转[2]。初夏天气晴,磔磔鸟声变[3]。

【注释】

此诗出自《古欢堂集》卷四。黄桑院、扁鹊祠:均为鹊山旧迹,今不存。

[1]筇:筇竹宜于制杖,故亦用以泛称手杖。投憩:投奔休息。[2]荦确:怪石嶙峋的样子。[3]磔磔:象声词,鸟鸣声。

泺　口

(清)徐　釚

(其一)

水气花香户画扃,四围涵照落空青[1]。峼湖一片朝霞起,十万芙蓉散历亭。

【注释】

此诗出自《南州草堂集》卷三。徐釚(1636—1708),字电发,号虹亭、鞠庄、拙存,晚号枫江渔父,吴江(今江苏苏州)人。曾任翰林院检讨,入史馆纂修《明史》。著有《南州草堂集》。

[1]扃:门户。空青:青色的天空。

和漫堂中丞《六境图咏》

(清)吴之振

鹊华秋色堂

鹊飞委双羽,华跗缀瑜环。澄湖照青镜,白发羞烟鬟。仙人驾白鹿,时时来山间。良药夺造化,贻我回颓颜[1]。金元两妙绘,遗迹难追攀。读画哦秀句,格老思愈艰[2]。老屋幂槐根,官舍同柴关[3]。爽气来几牖,公余且看山[4]。

【注释】

此诗出自《黄叶村庄诗续集》。吴之振(1640—1717),字孟举,号橙斋,别号竹洲居士,晚号黄叶老人、黄叶村农,浙江石门人。贡生,未仕。著有《黄叶村庄诗文集》。

[1]颓颜:犹衰颜,容颜衰老。[2]哦:吟咏。[3]柴关:犹寒舍。[4]诗后原注:"《鹊山烟雨图》见元裕之诗。"

和中丞宋公《六境图咏》

(清)王式丹

鹊华秋色堂

历下古名胜,明湖浣烟鬟。鹊华宛双峙,层青接孱颜。往读裕之诗,冻云山月间。金绳与玉塔,欲见无由攀[1]。披图逢岩林,低昂缥缈间。赤叶缀石壁,苍葭暗溪湾。仙灶既已冷,战血不复殷。萧萧惟秋色,终古横两山。侧想堂中人,披襟尘虑删[2]。徙倚发长啸,凉吹相往还[3]。

【注释】

此诗出自《楼村诗集》卷十四。王式丹(1645—1718),字方若,号楼村,江苏宝应(今江苏扬州)人。曾任翰林院修撰,参与编修《明史》。著有《楼村诗集》。

[1]诗后原注:"遗山《济南杂诗》有'冻云山月''金绳玉塔'之语。"[2]尘虑:犹俗念。[3]徙倚:犹徘徊,逡巡。《楚辞·远游》:"步徙倚而遥思兮,怊惝怳而乖怀。"

北城眺望

(清)王　戬

七桥烟水接清河,一带人家似苎萝[1]。更指东边秋色好,华山云比鹊山多。

【注释】

此诗出自《突星阁诗钞》卷六。王戬(1646—1717),字孟谷,湖北汉阳(今湖北武汉)人。康熙十七年(1708)副贡生。著有《突星阁诗钞》。

[1]苎萝:原为山名,在浙江省诸暨市南,相传西施为此山鬻薪者之女,后用为西施的代称,或泛称美女。

鹊　山

（清）李兴祖

一峰孤倚大河湾，指是秦医炼大还[1]。从众传讹知是谬，随人称号笑山顽。仙茔壁立开云窦，丹鼎煤深积墨斑[2]。极望平原禾黍绿，华峰对峙两烟鬟。

【注释】

此诗出自《课慎堂诗集》卷十二。

[1]秦医：指扁鹊。大还：大还丹。[2]壁立：像墙壁一样耸立，形容山崖石壁的陡峭。云窦：云气出没的山洞。

题赵松雪画《鹊华秋色》卷

（清）纳兰性德

历下亭边两拳石，不似江南好山色[1]。乍看落日照来黄，浑疑劫火烧将黑[2]。更无枫橘点清秋，唯见萧萧白杨白。君为此山令山好，空翠俄从楮间滴[3]。知君着意在明湖，掩映山光若有无。曲折似还通泺口，苍茫定不属城隅。鲤鱼风高网罟集，仿佛渔唱来菰蒲[4]。一竿我欲随风去，不信扁舟是画图[5]。

【注释】

此诗出自《通志堂集》卷三。纳兰性德（1655—1685），原名纳兰成德，叶赫那拉氏，字容若，号楞伽山人，满洲正黄旗人。曾任康熙皇帝一等侍卫。著有《通志堂集》《饮水词》。

[1]两拳石：指华不注山和鹊山。拳石，小石块。[2]劫火：佛教语，谓坏劫之末所起的大火。[3]楮（chǔ）：指纸。楮皮可制皮纸，故有此代称。[4]网罟（gǔ）：捕鱼及捕鸟兽的工具。菰蒲：菰和蒲，借指湖泽。[5]扁（piān）舟：小船。画图：图画。

归途喜见鹊华二峰

（清）高之騱

去日杏花皆著子，迎秋麦子更生花。最是春山忘不得，鹊华点点辨青霞[1]。

【注释】

此诗出自《强恕堂诗》卷六。

[1]青霞：犹青云。

历下杂咏二十绝

（清）刘　岩

（其七）

泺口曾传秦扁鹊，峼山顶上学长生[1]。刀圭须悔投秦错，莫悔丹砂炼未成[2]。

【注释】

此诗出自《大山诗集》卷七。

[1]“峼”后原注：“音‘宅’。”此注音误，应为“鹊”。[2]诗后原注：“峼山在城北，相传扁鹊学仙处。”刀圭：原为中药的量器名。南朝梁陶弘景《名医别录·合药分剂法则》：“凡散云刀圭者，十分方寸匕之一，准如梧桐子大也……一撮者，四刀圭也。”这里借指神医扁鹊（秦越人）。投秦错：扁鹊在秦国行医，因医术高明引发秦太医令李醯嫉妒，遭其暗杀。

奉和商丘公《六境图》诗

（清）宫鸿历

鹊华秋色堂

历下一都会，复壁障重关[1]。湖流抱城角，泉乳溢市阛[2]。爱此鹊与华，掩映而回环。宛然两丫髻，屹若双翠鬟[3]。公来作廉访，讼庭终日闲[4]。吴兴题画句，大书为堂颜[5]。爽气从西来，拄笏看秋山[6]。却喜丘壑近，不畏腰脚顽[7]。无何锋车发，林峦未追攀[8]。三周华不注，惟余清梦还。

【注释】

此诗出自《恕堂诗》卷三。宫鸿历（1656—1718），字友鹿，号恕堂，江苏泰州人。曾任翰林院编修、武英殿纂修官。著有《恕堂诗》。商丘公：指清宋荦，字牧仲，河南商丘人。曾作《六境图咏》。

[1]复壁：夹墙，两重而中空，可藏物或匿人。[2]泉乳：泉水。乳，泛称像奶汁的东西，此处指泉水。市阛：市巷。[3]丫髻：丫形发髻。翠鬟：指美女。[4]廉访：宋廉访使者、元肃政廉访使以及后世按察使的通称。康熙二十六年（1687）四月，宋荦任山东按察使。讼庭：即讼堂，旧时审理诉讼案件的场所。[5]吴兴：指赵孟頫，吴兴人。堂颜：厅堂上的题额。[6]爽气：谓凉爽之气。拄笏看西山：南朝宋刘义庆《世说新语·简傲》：“王子猷作桓车骑参军。桓谓王曰：‘卿在府久，比当相料理。’初不答，直高视，以手版拄颊

云：‘西山朝来，致有爽气。’”手版，即笏。后以“拄笏看山”形容在官而有闲情雅兴，亦为悠然自得貌。[7]顽：麻木，动作迟钝。[8]无何：不多时，不久。锋车：即追锋车，常指朝廷用以征召的疾驰之车。追攀：追随攀登。

济南杂诗

（清）宋　至

（其五）

信是名山见欲狂，鹊华桥畔立斜阳。高峰插处浑明灭，图画真劳赵子昂[1]。

【注释】

此诗出自《纬萧草堂诗》卷一。宋至（1656—1725），字山言，晚号方庵，河南商丘人。宋荦长子。曾任翰林院编修、浙江提学使。著有《纬萧草堂诗》。

[1]诗后原注：“赵有《鹊华秋色图》。”

重阳前一日登嶜山湖亭，即子美暂如临邑怀李员外处

（清）庞　垲

客中遇节偏高兴，况有黄花映水开。异地山川饶在眼，余生天地几登台[1]。湖声东注沧溟下，秋色高连泰岱来。亭上题诗忆词伯，低回重感少陵才[2]。

【注释】

此诗出自《丛碧山房诗初集》卷十三。杜甫（杜子美）有《暂如临邑至嶜山湖亭，奉怀李员外率尔成兴》诗。

[1]饶：娇艳，美好。[2]杜诗中有“暂游阻词伯，却望怀青关”句。

嶜山湖亭怀张明府鹿床三首

（清）王　苹

衰灯苦菊嶜湖西，空馆相看忆后溪。作客自应随处好，著书不止与身齐。旧山几处添猿鹤，老友何人类阮嵇[1]。料得斜川标格胜，也摊文选到鸟啼[2]。

三茅峰下结茅堂，只遣门生种白杨。老去篇章逢旧雨，秋来杖履并寒塘。

十年曾记齐髡笑，千里谁传容鬓霜[3]。负却图南临别语，萧条此意恨颓唐[4]。

遥遥日数过江期，更拟春风水暖时。欲费我公全瓮酒，为陈贱子半生诗[5]。删存莫负空泉望，什伯惟教老树知。此事断须摧大手，鹊华南望首低垂。

【注释】

此诗出自《二十四泉草堂集》卷二。王苹(1661—1720)，字秋史，号蓼谷山人，又号二十四泉主人，祖籍浙江，迁居历城。曾任成山卫(今山东荣成)教授。著有《二十四泉草堂集》。张明府鹿床：张鹿床，名常宁，自号赛叟，句容人。明府，汉魏以来对郡守牧尹的尊称，唐以后多用以专称县令。

[1]阮嵇：阮籍和嵇康，属竹林七贤。[2]斜川：古地名，在江西省星子、都昌二县县境，濒鄱阳湖，风景秀丽，晋陶潜曾游于此，作《游斜川》诗并序。亦泛指游览胜地。标格：风范，风度。[3]齐髡(kūn)：即淳于髡(约公元前386—前310)，黄县(今山东龙口)人，战国时期齐国的政治家和思想家。齐之赘婿，齐威王拜其为大夫。淳于髡身长不满七尺，以博学多才、善于辩论著称，是稷下学宫中最具有影响的学者之一。[4]图南：《庄子·逍遥游》载："北冥有鱼，其名为鲲。化而为鸟，其名为鹏。鹏之徙于南冥也，水击三千里，抟扶摇而上者九万里，背负青天而莫之夭阏者"，"而后乃今将图南"。后以之比喻人的志向远大。[5]甕(wèng)：盛酒浆的坛。贱子：自谦辞。

癸酉泺口斋居

（清）王　苹

忍得揶揄欲满城，悠悠无复少年情[1]。但添帖括新来恨，休说词场旧日名[2]。挑菜小清河上去，看山扁鹊墓前行。蹉跎近事能如此，传到南村慰友生。

【注释】

此诗出自《二十四泉草堂集》卷三。斋居：家居，闲居。

[1]揶揄：嘲笑，戏弄。[2]帖括：唐制，明经科以帖经试士，把经文贴去若干字，令应试者对答。后考生因帖经难记，乃总括经文编成歌诀，便于记诵应时，称帖括。泛指科举应试文章，明清时亦用指八股文。词场：科场。

同钱翁游峼山寺

（清）王　苹

今年客泺口，两过峼山寺。春来放脚处，一道酸风吹[1]。山径石荦确，略彴自孤寄[2]。寺门黄叶深,群峰入苍翠。相将瞩空王,低眉非无意[3]。岂惜毷氉人,颜色为憔悴[4]。赪面老比丘,策杖揖客至[5]。茶烟叠数缕,寒花纷相次。树转夕阳黄,促迫别开士[6]。何当矍铄翁,拂藓尚题字。出寺蝙蝠飞,冥冥荡情志。

【注释】

此诗出自《二十四泉草堂集》卷三。

[1]放脚:放开脚步行走。酸风:指刺人的寒风。[2]略彴:小木桥。《汉书·武帝纪》"初榷酒酤"唐颜师古注:"榷者,步渡桥,《尔雅》谓之石杠,今之略彴是也。"清史震林《西青散记》:"至小桥,山人呼之曰略彴。"孤寄:独身寄居他乡。[3]空王:佛教语,佛的尊称。佛说世界一切皆空,故称空王。[4]毷氉(mǎo sào):烦恼,烦躁不安。颜色:面色。[5]赪(chēng)面:即"赪面",指赤红色的脸膛。比丘:佛教语,梵语的译音,意译"乞士",以上从诸佛乞法,下就俗人乞食得名,为佛教出家"五众"之一。亦指已受具足戒的男性,俗称和尚。[6]开士:菩萨的异名。以能自开觉,又可开他人生信心,故称。后用作僧人的敬称。《释氏要览》卷上:"经中多呼菩萨为开士。前秦苻坚赐沙门有德解者号开士。"

题　画

（清）王　苹

秋烟秋草水模糊,不见菱丝野鹳呼[1]。破墨一花兼数叶,思量中有鹊山湖[2]。

【注释】

此诗出自《二十四泉草堂集》卷六。

[1]菱丝:菱蔓。[2]破墨:中国山水画中一种渲染水墨的技法,即以水破浓墨而成淡墨,浓淡相间,以显示物象的界限轮廓,求墨彩的生动。

送客之济南二绝句

（清）王　苹

（其二）

华山翠发鹊山晴,好手何人画得成。两点金焦曾不减,此行拄颊定含情[1]。

【注释】

此诗出自《二十四泉草堂集》卷十。

[1]金焦:金山与焦山的合称,两山都在今江苏省镇江市。明陆曾沂《杂题社刻十五集诗录后》诗:“别有云天知己泪,金焦两点倚残阳。”此处代指鹊山和华不注山。拄颊:以手支颊,形容悠然自得的样子。南朝宋刘义庆《世说新语·简傲》:“王子猷作桓车骑参军。桓谓王曰:‘卿在府久,比当相料理。’初不答,直高视,以手版拄颊云:‘西山朝来,致有爽气。’”

和商丘中丞《六境图》诗

(清)吴廷桢

鹊华秋色堂

秋山如新沐,苍翠堆烟鬟。济南结灵秀,鹊华双弯环。官阁日无事,钩帘面孱颜[1]。仰见飞鸟没,孤云暮与还。风泉逼幽耳,哀玉鸣珊珊[2]。吴兴松雪老,远意摹荆关[3]。秋色染毫素,霜林叶斑斓。取以名我堂,公心相对闲。惜哉置之去,好事怀偏悭[4]。为公扫苔壁,留咏追遗山。

【注释】

此诗出自《古剑书屋诗钞》卷二。吴廷桢(1663—?),字山抡,江苏长洲人。曾任翰林院编修、左谕德。著有《古剑书屋诗钞》。

[1]官阁:犹官署。[2]珊珊:玉佩声。[3]荆关:五代画家荆浩、关仝师徒以擅画山水齐名,故并称“荆关”。[4]偏悭:不公而又悭吝。

鹊华秋色堂

(清)管　棆

明湖趵突泉,抱城如玦环。承旨有摹本,泼墨双烟鬟。讼庭日喧呶,寄意山水间[1]。清音满人耳,秋色宜堂颜[2]。东郡昔趋庭,蜡屐思追攀[3]。山灵徒想象,欲往长阻艰。济南咏九章,诗中有荆关。手弄芙蕖句,直可颞两山[4]。

【注释】

此诗出自《据梧诗集》卷十五。管棆(lún)(1663—1723),字宇文,号青村,江苏武进(今江苏常州)人。“江左十五子”之一。曾任工部都水司员外郎。著有《据梧诗集》。

[1]讼庭:讼堂。喧呶(náo):闹嚷,争吵。[2]诗后原注:“堂为竹垞太史所颜。”堂颜:厅堂上的题额。颜,指题字于匾额或书籍封面上。竹垞太史,即朱彝尊,号竹垞,曾参与纂修《明史》。[3]诗后原注:“昔侍臬署。”趋庭:《论语·季氏》:“〔孔子〕尝独立,鲤趋而过庭。曰:‘学诗乎?’对曰:‘未也。’‘不学诗,无以言。’鲤退而学诗。他日,又独立,

鲤趋而过庭。曰:‘学礼乎?’对曰:‘未也。’‘不学礼,无以立。’鲤退而学礼。”鲤,孔子之子伯鱼。后因以其谓子承父教。[4]诗后原注:“‘手弄玉芙蕖’,先生《济南杂咏》句也。”

《六境图》咏

(清)顾嗣立

鹊华秋色堂

高人画名山,神在缥缈间。因真而想画,筑堂以名颜。松雪天机精,泼墨开烟鬟。鹊华见双朵,翠夺青天悭。齐东得妙笔,千古传人寰[1]。岂如放衙坐,吟罢秋云还[2]。青山入檐溜,墙根响潺潺[3]。诗中有画理,高唱谁其攀。

【注释】

此诗出自《秀野草堂诗集》卷十八。

[1]齐东:指周密,著有《齐东野语》。[2]放衙:属吏早晚参谒主司听候差遣谓之衙参,退衙谓之放衙。[3]檐溜:屋檐下接水的沟槽。

鹊　山

(清)顾嗣立

鹊山如方城,远近拖蓝色。秋风灵鹊来,轻烟动归翼。泺源一道泉,逶迤绕城北。汇为百顷湖,动影浸崱屴[1]。凉飙疏草木,山气净于拭。恰与华不注,双双斗奇特。兰菊一时芳,见者共迷惑。南浦船不回,野亭水常逼。丹台无伏火,目送情何极。渺渺两神仙,可望不可即。

【注释】

此诗出自《闾邱诗集》卷六十。

[1]崱屴:高大峻险的样子。

登鹊山丛林阁远眺

(清)朱怀朴

济泺来王屋,九点峰楚楚[1]。碧溪萦寺门,石濑溅寒雨[2]。上方秋气深,双树映孤屿。初地意萧寂,古篆留绀宇[3]。岩壑静尘心,松竹护茶坞。幽禽鸣空林,黄叶积廊庑。凉风送夕景,摇曳塔铃语[4]。

【注释】

此诗转引自清岳濬等修《山东通志》卷三五之一上。朱怀朴(1670—1724),字素存,山东历城人。诸生。著有《禹登山房集》。

[1]楚楚:清晰。[2]石濑:水为石激所形成的急流。[3]绀宇:即绀园,佛寺之别称。[4]塔铃:佛塔上的风铃。

为奉律弟题《大明湖图》四首

(清)张廷玉

(其一)

鹊华苍秀甲寰区,奉召曾观松雪图[1]。又与齐州添胜迹,横绡新写大明湖[2]。

【注释】

此诗出自《澄怀园诗选》卷八。张廷玉(1672—1755),字衡臣,号砚斋,安徽桐城人。曾任礼部尚书、户部尚书、吏部尚书、保和殿大学士(内阁首辅)、首席军机大臣,《明史》《大清会典》《世宗实录》总裁官。著有《澄怀园诗选》。

[1]诗后原注:"赵文敏《鹊华秋色图》藏内府,曾蒙赐观。"苍秀:青翠秀丽。寰区:天下,人世间。[2]胜迹:有名的古迹、遗迹。绡:薄的生丝织品,轻纱。

将至济南马上作

(清)张廷玉

遥指层城烟霭间,此行不似昔年闲[1]。踌躇难了公家事,马首匆匆过鹊山。

【注释】

此诗出自《澄怀园诗选》卷九。

[1]遥指:遥对,向远处指。层城:重城,高城。

鹊华秋色堂

(清)缪　沅

鹊华好山色,飘渺梳云鬟[1]。合沓云气绕,碧玉相萦环[2]。正如两美人,对照蛾眉弯。吴兴有图画,妙手追荆关[3]。劈窠颜中堂,秋色纷瞵斒。放衙紫翠晓，卷帘红树殷。停车不出户，晏坐看秋山。星轺遽南发，未得穷跻攀[4]。半年住齐州，恅愺别孱颜[5]。韦庵清梦醒，幽意两山间。

【注释】

此诗出自《余园诗钞》卷一。缪沅(1672—1729)，字湘芷，又字澧南，号永思，江苏泰州人。曾任翰林院编修、刑部侍郎。著有《余园诗钞》。

[1]云鬟：高耸的环形发髻。[2]合沓：重叠，攒聚。[3]吴兴：指赵孟頫，吴兴人。荆关：五代画家荆浩、关仝师徒以擅画山水齐名，故并称荆关。[4]星轺：使者所乘的车，亦借指使者。[5]恅愺(lǎo cǎo)：犹潦草，谓做事迫促、马虎。孱颜：高峻的山岭。

鹊　山

(清)陈豫朋

遥陟鹊山顶，还游湖水浔[1]。云光笼碌磢，荇影漾深沉[2]。滑屐防青藓，移舟趁绿阴。病躯需药饵，丹灶渺难寻[3]。

【注释】

此诗出自《濂村诗集》卷二八。诗题原注："下有鹊湖。"

[1]浔(xún)：水边。[2]碌磢(lù cù)：石地不平的样子。[3]诗后原注："相传扁鹊炼丹于此。"药饵：药物。

鹊华秋色堂

(清)徐永宣

秋空立癯瘦，曲曲衔弯环[1]。浓夺雨后黛，乱比风中鬟。鸥波赵王孙，通守鹊岭间[2]。西乃华不注，相望开心颜。为貌入囊楮，高秀穷跻攀[3]。右丞北苑后，得此宁非艰[4]。小筑揽葱蒨，霜气清烟关。岱宗生层云，飘摇度兹山。

【注释】

此诗出自《茶坪诗钞》卷六。徐永宣(1674—1735)，字学人，号辛斋，别号茶坪，江苏武进(今江苏常州)人。授户部主事，未就选。著有《茶坪诗钞》。

[1]癯瘦：瘦。[2]鸥波：赵孟頫号鸥波，为宋太祖赵匡胤十一世孙、秦王赵德芳嫡派子孙，曾任同知济南路总管府事。[3]囊楮：袋中的钱。[4]诗后原注："见《鹊华秋色图》跋。"

鹊湖在昔汪洋巨浸，青莲、工部咸泛舟觞咏。春日过之，怅然有作

（清）傅仲辰

鹊湖千顷波涛涸，鸥凫影断良畴扩[1]。不逢李杜泛兰桡，但见山农驾芒屩[2]。春深行役偶经过，惆怅沧桑忆扁鹊。鹊山天半绿螺长，擘絮晴袅谽谺壑[3]。亭亭石骨照奇花，仙鼠珍禽长寄托。当年丹鼎舐留余，逝景犹然驻魂魄[4]。我来鸡肋老风尘，湖山大笑情怀薄。驱病驱愁总不能，欲向湖山乞灵药[5]。

【注释】

此诗出自《心孺诗选》卷十四。在昔：从前。巨浸：大水，指大湖泽。觞咏：语本晋王羲之《兰亭集序》："一觞一咏，亦足以畅叙幽情。"后以之谓饮酒赋诗。

[1]良畴：良田。[2]兰桡：小舟的美称。山农：山野农夫。芒屩：即芒鞋。[3]天半：犹言半空中。谽谺：山石险峻的样子。[4]舐鼎：《太平广记》卷八引晋葛洪《神仙传·刘安》："八公使安登山大祭，埋金地中，即白日升天……时人传八公、安临去时，余药器置在中庭。鸡犬舐啄之，尽得升天。"后因以之喻攀龙附凤。鼎，指炼丹药之器。[5]诗后原注："湖山以扁鹊炼丹得名。"

历下杂诗

（清）田同之

（其三）

峼山亭映峼山湖，南北遥连总画图。若倩营丘为粉本，溪云烟雨费工夫[1]。

【注释】

此诗出自《砚思集》卷六。

[1]倩（qìng）：请，恳求。营丘：指宋画家李成，营丘人，以山水画知名。粉本：图画。

雨中望峼华两山

(清)田同之

数载征车独往还,每从眼底认荆关[1]。今朝烟雨真堪画,恰在华山与峼山。

【注释】

此诗出自《砚思集》卷六。

[1]征车:远行人乘的车。

题峼山寺

(清)刘伍宽

云板响诸空,寻声到梵宫[1]。清香餐柏子,高阁纳山风。下界悲顽性,吾生惭老翁。相期寒色后,重坐月明中。

【注释】

此诗出自《海右堂遗诗》。

[1]云板:一种两端作云头形的铁制(或木制)响器,旧时官府、富贵人家和寺院用作报事、报时或集众的信号。梵宫:原指梵天的宫殿,后多指佛寺。

雨后欲登鹊山

(清)刘伍宽

雨后山光翠一堆,长河新涨片帆开[1]。拟将乌笠青藤杖,为访当年扁鹊来。

【注释】

此诗转引自《乾隆历城县志》卷七。

[1]片帆:孤舟,一只船。

题鹊山寺

(清)刘伍宽

燕子飞相引,飘然至上方。松风围古殿,花气扑香堂。解带尘襟阔,登楼涧襟凉[1]。机心犹未息，一局午阴长[2]。

【注释】

此诗转引自《乾隆历城县志》卷十八。

[1]尘襟：世俗的胸襟。[2]机心：巧诈之心，机巧功利之心。《庄子·天地》："吾闻之吾师，有机械者必有机事，有机事者必有机心。机心存于胸中，则纯白不备。"成玄英疏："有机动之务者，必有机变之心。"

将游济南作

（清）李予望

（其一）

高阳方此驻行驺，又向平陵赋远游[1]。华注欲寻丑父垒，峼山重访谪仙舟。

（其四）

华鹊东西拥翠螺，明湖淼淼溯遥波[2]。平生山水饶清兴，径欲渔村买钓蓑。

【注释】

此诗出自《宫岩诗集》卷四。

[1]高阳："高阳酒徒"的略语。《史记·郦生陆贾列传》："初，沛公引兵过陈留，郦生踵军门上谒……使者出谢曰：'沛公敬谢先生，方以天下为事，未暇见儒人也。'郦生瞋目案剑叱使者曰：'走！复入言沛公，吾高阳酒徒也，非儒人也。'"后用以指嗜酒而放荡不羁的人。明李贽《复麻城人书》："今之好饮者，动以高阳酒徒自拟。"行驺(zōu)：指行进中的车马。平陵：应指原济南古城东平陵城，位于山东济南章丘区龙山街道驻地北。东平陵城是汉代济南郡、济南国的治所，西晋永嘉(307—312)后，济南郡治由东平陵城迁至历城；公元815年，平陵城并入历城县。[2]翠螺：原指妇女的发髻，此处用以喻山峦的形状。

扁鹊墓

（清）李重华

闻说良医瘗此间，山名翻借墓名传[1]。桓侯已不求砭疾，齐壤何缘尚息肩[2]。波涌泺源成聚落，峰连跗注绕云烟[3]。寻常富贵谁留得，到处垂芳始是贤[4]。

【注释】

此诗出自《贞一斋集》卷七。

[1]瘗:掩埋,埋葬。[2]桓侯:齐桓侯田午。事见《史记·扁鹊仓公列传》。息肩:栖止休息,这里指扁鹊死后葬于此地。[3]跗注:华不注山。[4]垂芳:留下芳香,比喻流传美名。

题禹鸿胪摹赵松雪《鹊华秋色》卷子后

(清)高凤翰

昔我童年侍老父,窃闻画事述掌故。《鹊华秋色》说吴兴,鸥波旧迹名最著[1]。几经好事阅流传,初归江南某侍御。清河公子老胶西,巧购豪夺东海去[2]。缘延转手归商丘,此后茫茫失考据。我年二十踏省门,席帽秋风济南路[3]。每从驴背相低昂,点黛高吟郦生句[4]。便从东道假居停,望华楼当七里铺[5]。日日开窗对美人,窈窕宜晴复宜雨[6]。练影横烟月最奇,真见银湾华不注[7]。一瞥别来二十年,老我江湖悲日暮。忽然到眼诧奇踪,虎贲中郎了无误。摩挲历历见乡关,指点游踪辨烟树。摹者鸿胪收江村,题墨如新皆情愫。真本辗转归梁公,梁公不有入武库[8]。此本江村亦不守,吹落禾城如飘雾。总我此生五十七,见见闻闻凡几度。吁嗟此卷一画耳,底事纷纷劳转输[9]。掷笔大笑了前尘,秋色苍茫是何处?

【注释】

此诗出自《南阜山人诗集类稿》卷五。诗题原注:"赵本原委,余颇详其前半,今读江村跋语,益悉后来。为作长歌,以当纪事。"禹鸿胪:即禹之鼎(1647—1716),字尚吉,一字尚基,号慎斋,江苏兴化人。清代著名画家,曾任鸿胪寺序班。精于临摹,擅绘肖像画。

[1]《鹊华秋色图》乃赵孟頫所画。赵孟頫,号松雪道人,又号鸥波,吴兴(今浙江湖州)人。[2]诗后原注:"赵本曾入吾胶张先三先生家。"[3]席帽:古帽名,以藤席为骨架,形似毡笠,四缘垂下,可蔽日遮颜。晋崔豹《古今注·席帽》:"本古之围帽也,男女通服之。以韦之四周,垂丝网之,施以珠翠。丈夫去饰……丈夫藤席为之,骨鞔以缯,乃名席帽。"[4]诗后原注:"《水经注》有'望同点黛'之句。"[5]诗后原注:"济南郭外村名,为朱叙园别业,予尝假馆于此。"[6]美人:喻华不注山。宋苏轼《饮湖上初晴后雨》诗:"水光潋滟晴方好,山色空濛雨亦奇。欲把西湖比西子,淡妆浓抹总相宜。"[7]诗后原注:"'不'音'孚',与'柎'同,花萼底也。山体峭耸孤峙,如青莲注水,故名。"银湾:指银河。[8]诗后原注:"真定梁蕉林相公复入大内。"[9]吁嗟:哀叹,叹息。底事:何事。

峼山

(清)朱定元

峻极联霄汉,孤高莫与群。肩摩沧海日,足绕岱山云。地接川原秀,春融草木薰。登峰凭眺望,万里庆同文[1]。

【注释】

此诗出自《静宁堂诗集》。

[1]同文:同用一种文字,亦指国家一统。

题方环山临董思翁摹赵吴兴《鹊华秋色图》

(清)马曰琯

翠彩岚光刺远天,济南秋色满窗前[1]。王孙莫谓空千古,又见方壶继画禅。

容台别写《鹊华图》,三赵同参意致殊[2]。他日烦君重点笔,砗磲论百肯应无[3]。

三回粉墨穷真宰,二老清诗照等夷[4]。惭愧博山曾换得,风流儒雅总吾师。

【注释】

此诗出自《沙河逸老小稿》卷一。马曰琯(1688—1755),字秋玉,号嶰谷,安徽祁门人,后迁居江苏扬州。清代著名盐商、藏书家。乾隆元年(1736)举博学鸿词科,未就。著有《沙河逸老小稿》。方环山:人物事迹不详。董思翁:即董其昌(1555—1636),字玄宰,号思白、思翁,别号香光,谥号文敏,松江华亭(今上海松江)人。曾任翰林院编修、南京礼部尚书。明代著名书画家。

[1]翠彩:青绿色。[2]诗后原注:"余家别有思翁《鹊华》长幅,其自题云'兼采三赵笔意为此'。"容台:礼署、礼部的别称。董其昌曾任礼部侍郎、南京礼部尚书。三赵:赵伯驹、赵大年和赵孟頫。董其昌《画禅随笔·仿三赵画题右》:"余家有赵伯驹《春山读书图》、赵大年《江乡清夏图》,今年长至,项晦甫以子昂《鹊华秋色卷》见贻。余兼采三赵笔意为此图,然赵吴兴已兼二子。余所学,则吴兴为多也。"[3]砗磲:特指酒杯。[4]粉墨:引申为作画。真宰:指自然之性。清诗:清新的诗篇。等夷:同辈,同等的人。

汪南溟临董文敏《鹊华秋色图》，为张希亮题

(清)马曰琯

汪子爱画谁与伦，天水王孙下笔亲。秋山点黛如深春，秋波粼粼生细文。晴窗展玩色斩新，济南草木多氤氲[1]。思翁染翰妙绝尘，自谓秀韵同天人[2]。讵知来者皆乱真，曲江才子乌角巾[3]。一峰挂壁撑清雯，对之令我怡心神。

【注释】

此诗出自《沙河逸老小稿》卷一。汪南溟、张希亮：人物生平事迹不详。

[1]斩新：崭新，全新。氤氲：烟云弥漫的样子。[2]染翰：以笔蘸墨。翰，笔。此指绘画等。[3]讵：岂料。乌角巾：古代葛质黑色有折角的头巾，常为隐士所戴。

鹊　山

(清)顾我锜

城北亭亭拥翠峦，人言扁鹊有遗坛。可怜献技王门后，奔走何曾解炼丹[1]。

【注释】

此诗出自《浣松轩诗集》卷三。

[1]献技：呈献技巧，献演技艺。王门：犹王庭。

峼山湖怀古

(清)张希杰

杜陵已凋谢，谁复继芳踪[1]。茫茫峼湖水，冷浸华阳宫。斯文嗟不坠，北海来李邕。湖光摇碧落，破浪吼鼍风[2]。疏荷滴南浦，灵鸟翔远空。青莲吹玉笛，俯瞰九点峰。观海难为水，兼金炼在镕。横桡峼山浒，寂寂土花封[3]。洞口骑白鹿，坐对青芙蓉。观澜恨无术，一水空蒙蒙。

【注释】

此诗出自《铸雪斋集》卷七。诗题原注："限五古，季考。"

[1]芳踪：美好的形影踪迹。[2]杜甫《暂如临邑至峼山湖亭，奉怀李员外率尔成兴》诗有"鼍吼风奔浪，鱼跳日映山"句。[3]土花：苔藓。

鹊山湖

（清）严遂成

鼍吼鱼跳浪已干，当年月送李膺还[1]。如今铃铎鸣其上，脚底谁知是鹊山[2]。

【注释】

此诗出自《海珊诗钞》卷二。

[1]该句暗引李白《陪从祖济南太守泛鹊山湖》诗中“湖西正有月，独送李膺还”句。[2]铃铎：铃铛。

登会波楼

（清）金德瑛

南山千叠屏，北山数点沤[1]。两山滃翠色，齐入空中楼[2]。北门慎管钥，雉堞青草稠[3]。时待谪仙人，缥眇来遨游[4]。一城如仰盂，半作葭菼秋[5]。湖泉泻暗窦，丁字东西流。野辟方罫整，盈盈灌稻畴[6]。田间驱鸟雀，日暮声相酬。睹兹妇孺乐，弥觉登临悠。莫问齐晋事，嘻笑生戈矛。愿逢秦越人，起衰筋力遒[7]。青冥借羽翼，高举凌浮邱[8]。

【注释】

此诗出自《诗存》卷三。金德瑛（1701—1762），字汝白，又字慕斋，号桧门，浙江仁和（今浙江杭州）人。曾任翰林院修撰、左都御史。著有《桧门诗存》。诗题原注：“济南北门城楼，下为水门，楼正对华不注、鹊山之间。”

[1]沤：通“鸥”。鸥鸟。[2]滃（wěng）：浓。[3]管钥：锁匙。雉堞：城上短墙。《文选·鲍照〈芜城赋〉》：“板筑雉堞之殷，井干烽橹之勤。”李善注：“郑玄《周礼》注曰：‘雉，长三丈，高一丈。’杜预《左氏传》注曰：‘堞，女墙也。’”[4]缥眇：同“缥缈”。[5]仰盂（yú）：仰状之盆子，即言盆地。盂，盛汤浆或饭食的圆口器皿。葭菼（tǎn）：芦与荻，均为水生植物名。[6]方罫：指整齐的方格形。罫，围棋盘上的方格。盈盈：充盈的样子。稻畴：稻田。[7]诗后原注：“鹊山以扁鹊炼药得名。”秦越人：即扁鹊，战国时名医，姓秦氏，名越人。起衰：指使病弱者壮健起来。[8]浮邱：即浮丘，浮丘公，古代传说中的仙人。

大明湖词

（清）彭启丰

（其二）

鹊华双峙映秋山，晓镜蛾眉拥髻鬟[1]。历下古亭临北渚，鹭鸥千点浴溪湾[2]。

【注释】

此诗出自《芝庭诗稿》卷四。

[1]髻鬟：古时妇女发式。将头发环曲束于顶。[2]溪湾：指溪水弯曲处。

登华不注历嵖山下

（清）沈廷芳

山行屡愆期，昔昔梦魂绕[1]。蜡屐暑雨余，喜乘风日好。水田学僧衣，灌木罥女茑[2]。靡靡度阡陌，历历逾村堡[3]。黄台径倭陀，月阳寺幻眇[4]。立马在平岗，摩笄插云表[5]。五里穿青丛，一陂入朗眺[6]。华阳旧有宫，绀宇半颓倒[7]。金牛亦有洞，藓磴尽窈窱[8]。其泉合沸流，其硐隐古湫[9]。言寻观风亭，遗址仅可考[10]。不见逢闵祠，忠孝空日皎[11]。扶筇揽诸迹，贾勇脚不掉。荦确乱石间，层层事幽讨[12]。昂首崖高悬，竦身路侧缭。那无济胜具，振衣凌木杪[13]。周视天四垂，万象何浩浩。须臾循大麓，平畴色青缥。唤渡河之濂，截流一叶小[14]。俄闻萧寺钟，已窥高栝标[15]。嵖山无峰峦，孤障正悄悄。到院茗瀹泉，甘冽过清醥[16]。山僧导我前，杰阁谁缔造。凭阑望清河，纡盘同曲沼[17]。招摇及丽廘，惜哉失故道。空留湖亭诗，吟讽伤怀抱[18]。赖存卢医坟，墓碣字了了[19]。丹灶剩虚名，荒墟啼怪鸟。未克升崇巅，斜阳照山畠[20]。匆匆策归骑，新出月正皎。回首望两山，并峙矜夭娇。遥注莲药擎，卧展翠屏绕[21]。单椒暨削壁，竞爽奚可少。会当烟雨际，凉秋坐昏晓。长年乐斯游，白云堪送老。大笑华朊人，山林迹如扫[22]。

【注释】

此诗出自《隐拙斋集》卷十五。

[1]愆（qiān）期：误期，失期。昔昔：夜夜。[2]僧衣：僧人穿的衣服，又名袈裟。罥：缠绕。茑：常绿寄生灌木名，茎蔓生，寄生于桑、枫等树上。《诗经·小雅·頍弁》："茑与

女萝。”毛传：“茑，寄生也。女萝，菟丝松萝也。”[3]靡靡：逐渐，渐渐。阡陌：田间小路。历历：逐一。村堡：村庄。[4]倭陀：纡回不平。幻眇：奇特，美妙。[5]靡笄：此处应指华不注山，当据元于钦《齐乘》卷一“华不注”条：“此山亦名靡笄。”顾炎武《山东考古录》“辨靡笄”条：“《齐乘》：‘华不注，亦名靡笄山。’非也。《左传》云：‘从齐师于莘。’云：‘六月，壬申，师至于靡笄之下。’云：‘癸酉，师陈于鞌。’曰：‘逐之，三周华不注。’曰：‘丑父使公下，如华泉取饮。’其文自有次第，鞌在华不注之西，而靡笄又在其西，可知。《金史》：‘长清有劘笄山。’”云表：云外。[6]诗后原注：“历水陂在山西。”[7]绀（gàn）宇：即绀园，佛寺之别称。[8]窈窱：亦作“窈窕”。深远、秘奥的样子。[9]诗后原注：“华泉合大清河，名‘回车’。”泲（jǐ）：同“济”。济水。磵（jiàn）：山间的水沟。湫：深潭。[10]诗后原注：“亭在宫左，今废。”[11]诗后原注：“崇正祠向祀逢丑父、闵子骞，后改华阳宫，祀四季之神。”[12]幽讨：意为寻幽探胜。[13]木杪：树梢。[14]前半句诗后原注：“大清河。”[15]萧寺：唐李肇《唐国史补》卷中：“梁武帝造寺，令萧子云飞白大书‘萧’字，至今一‘萧’字存焉。”后因称佛寺为萧寺。[16]茗瀹（yuè）：即“瀹茗”。煮茶。清醥（piǎo）：清酒。[17]曲沼：曲池，曲折迂回的池塘。[18]诗后原注：“《山海经》首著鹊山，有招摇桂丽麂水，今不可考。有峼山湖，已涸。亭亦废。僧寺名万善，亦非峼山旧院矣。南丰、后山皆有诗。”[19]诗后原注：“碣曰周卢医扁鹊之墓。”[20]皛（xiǎo）：明，皎洁。[21]莲菂（dì）：亦作“莲的”。莲实。[22]诗后原注：“杜句。”唐杜甫《赠李白》：“苦乏大药资，山林迹如扫。”华朊：美衣丰食。

鹊　山

（清）爱新觉罗·弘历

淡烟疏雨凑清明，罨画峰姿别有情[1]。若把鹊山拟灵鹊，翩跹势亦两相争[2]。

【注释】

此诗出自《御制诗二集》卷三。

[1]罨画：色彩鲜明的绘画。明杨慎《丹铅总录·订讹·罨画》：“画家有罨画，杂彩色画也。”多用以形容自然景物或建筑物等艳丽多姿。[2]翩跹：飘逸飞舞的样子。

鹊华桥

（清）爱新觉罗·弘历

长堤数里亘双湖，夹镜波光入画图[1]。望见鹊华山色好，石桥名亦与凡殊。

【注释】

此诗出自《御制诗二集》卷三。

[1]长堤：指曾堤，为宋曾巩所修建。双湖：大明湖被曾堤分为西湖和东湖。

题赵孟頫《鹊华秋色图》

（清）爱新觉罗·弘历

昔览天水是图时，不信名山能并美。今登济城望两山，初谓何人解图此。因命邮致封章便，真迹携来聊比似[1]。始信笔灵合地灵，当前印证得神髓。两朵天花绣野巅，一只灵鹊银河涘。是时春烟远郭收，柳堤窣绿花村紫。天光滃霭水揉蓝，西鹊东华镜空里[2]。留待今题信有神，不数嘉陵吴道子[3]。

【注释】

此诗出自《御制诗二集》卷三。

[1]以驿马递送。[2]滃霭：轻烟薄雾。揉蓝：浸揉蓝草做成的染料，诗词中用以指湛蓝色。[3]前半句诗后原注："《石渠宝笈》内题咏名迹甚多，独是卷未曾及。留待今日即景拈吟，亦一奇也。"吴道子：唐代著名画家，被尊为画圣。天宝年间，唐玄宗命吴道子赴嘉陵江写生，吴道子将嘉陵江山水牢记在心，回长安后在大同殿壁上绘画，一日创作传世之作《三百里嘉陵江图》。

再题赵孟頫《鹊华秋色卷》

（清）爱新觉罗·弘历

文敏一生得意笔，不减伯时莲社图[1]。向每展玩辄叫绝，皴染含韵供清娱[2]。为鹊为华固未识，但见竖峰横岭天然殊。去岁青齐驻巡跸，乃命驿致一证诸。真形在前神焕发，树姿石态皆相符。东华傑池丽色崒天外，西鹊威纡秀影围城隅[3]。徒闻道子乘驿传，嘉陵不识能同无。尔时得句题卷上，嘉话自诩游不孤。归来登舟值变故，是卷庋置过年余[4]。岁暮镜古适几暇，胡然入眼纷愁予。两朵天花仍好在，鹊桥似阻银河涂。向来悲喜倏已过，流阴瞥眼诚堪吁。成诗聊当赋独旦，古纸侧理偏宜书。常侍却能进说论，久成宝笈藏石渠。虑致鲁鱼难补记，解颐笑谓有是夫[5]。千秋后人执卷以题咏，其谁守禁为汝停吟觚。

【注释】

此诗出自《御制诗二集》卷十三。

[1]诗后原注："二语用董其昌识语。"[2]皴染：指中国画技法皴法和渲染。[3]傑(cī)池：参差不齐的样子。崒：高，险峻。威纡：绵延曲折的样子。[4]变故：指乾隆十三年(1748)东巡回归途中，自济南登舟五日后孝贤皇后薨逝。庋置：收藏，搁置。[5]鲁

鱼:"鲁""鱼"两字相混,指抄写刊印中的文字讹误。解颐:谓开颜欢笑。语出《汉书·匡衡传》:"无说《诗》,匡鼎来;匡说《诗》,解人颐。"

望鹊华二山

(清)夏晓春

万古青如此,遥遥望鹊华。烟迷神女石,雨暗赤松家。峭壁盘龙脊,危峰立虎牙[1]。尹邢双献媚,评骘未应差[2]。

【注释】

此诗转引自《续修历城县志》卷八。夏晓春(1723—1779),字南指,又作南芷,号鹤泉,江苏高邮人。曾任山东滋阳知县。著有《鹤泉编年诗》。

[1]危峰:高峻的山峰。[2]尹邢:指汉武帝最美丽、最受宠幸的两个妃子尹夫人、邢夫人。见清王士禛《归经鹊华二山间即目》注释[5]。评骘:评定。唐柳宗元《柳常侍行状》:"敢用评隲旧行,敷赞遗风。"集注引童宗说曰:"《说文》云:隲,定也,升也。隲,音质。"

观赵松雪《鹊华秋色图》

(清)王　昶

水晶宫里神仙子,所过湖山来笔底[1]。已将佳胜尽吴兴,更向明湖写烟水。明湖澄碧汇诸泉,常与词人泛酒船。少陵北海遨游处,苹花苹叶兼蒲莲[2]。吾昨一篙依短屿,扣舷击楫鸥群举。桥东遥望鹊华山,天际分明见眉妩[3]。今观此卷若重游,远村近堞望中收[4]。采香虽无佚女在,清响偶有渔童讴[5]。书堂凉到正萧瑟,又展吴绡玩秋色[6]。《骚》《辨》弥增宋玉愁,风流更爱王孙笔[7]。北苑南宗理不殊,顿生归思寄莼鲈[8]。好携历下亭中景,比似苕溪与琄湖[9]。

【注释】

此诗出自《春融堂集》卷五。王昶(chǎng)(1725—1806),字德甫,号述庵,又号兰泉,上海青浦(今上海)人。曾任左副都御史、刑部侍郎。著有《春融堂集》。

[1]上半句指赵孟頫,号松雪,又号水晶宫道人。笔底:犹笔下。[2]少陵:即杜甫,号少陵野老。北海:即李邕,北海太守。[3]眉妩:谓眉样妩媚可爱。[4]堞:城上呈齿形的矮墙,也称女墙。[5]佚女:美女。佚,通"昳"。讴(ōu):徒歌,齐声歌唱。[6]吴绡:吴地出产的薄生丝织品,轻纱,此指画卷。[7]《骚》:《离骚》,屈原的作品。《辨》:《九辩》,宋玉的作品。辨,通"辩"。宋玉(约前298—约前222),字子渊,宋国公族后裔,辞赋家,

楚国士大夫。宋玉《九辩》:"悲哉,秋之为气也!萧瑟兮草木摇落而变衰。"风流:形容超逸佳妙。王孙:指赵孟頫,系宋太祖赵匡胤十一世孙、秦王赵德芳嫡派子孙。[8]北苑南宗:明代画家董其昌把唐以来的山水画划分为南宗和北宗两大派。赵孟頫兼通两派技法,自称一家。莼鲈:思乡之典。见明钟羽正《鹊山湖》注释[2]。[9]苕(tiáo)溪:水名,有二源:出浙江天目山之南者为东苕,出天目山之北者为西苕,两溪合流,由小梅、大浅两湖口注入太湖。夹岸多苕,秋后花飘水上如飞雪,故名。瑁(mào)湖:湖名,在华亭县(今上海松江)西,相传是三国吴陆瑁的养鱼池。

题《济南八景图·鹊华烟雨》并序

(清)爱新觉罗·永恩

黄雅林为余作《济南八景图》,备四时之景,秀润堪餐,深得历下之况味。景物怡然,不啻旧游时也。忆昔戊辰曾游是境,到今数年,依然目睹之前情矣。因每图为律句一首纪之。

浅雾蒙笼经岁年,传闻昔有大罗仙[1]。两峰翠染东城秀,四野云飞高壁烟。图上丰标生客思,笔间细润列山田[2]。半空墨黛岚光转,点出林中物外妍[3]。

【注释】

此诗出自《诚正堂稿》卷四。爱新觉罗永恩(1727—1805),字惠周,号兰亭主人,努尔哈赤次子礼烈亲王代善后裔。曾袭封康亲王、礼亲王。著有《诚正堂稿》。

[1]蒙笼:模糊不清的样子。岁年:年月,时光。大罗仙:道教指天上的神仙,居于道教所称三十六天中最高一重天——大罗天。[2]丰标:高耸,矗立。[3]妍:美丽,美好。

济南城东望鹊华山

(清)爱新觉罗·永恩

片片轻云冉冉封,行来始见鹊华峰。鸿冥半壁形难辨,霞散高峦烟尚浓。一径翠微飞野鹤,半林瘴雾蔽苍松[1]。玉沙瑶草徒劳望,闻道仙家未易逢[2]。

【注释】

此诗出自《诚正堂稿》卷四。

[1]翠微:指青翠掩映的山腰幽深处。《尔雅·释山》:"未及上,翠微。"郝懿行义疏:"翠微者……盖未及山顶孱颜之间,葱郁葐蒀,望之谸谸青翠,气如微也。"瘴雾:瘴气。[2]玉沙瑶草:白沙香草,泛指美好的东西。

黄冈望峼华二山

（清）黄立世

卫水浸天野云黑，烈风削面无人色[1]。平沙莽苍数百里，日闻老马蹄特特[2]。今朝平楚望苍然，云风忽为开青天[3]。明湖濯洗尘万斛，行人到此知山川。中唯峼华秀可爱，烟岚灭没眩幻怪。有如西岳莲十丈，吐出两萼半天外。大清河接小清河，水从中流划疆界。又如玉镜悬汉宫，尹邢各各竞眉黛[4]。顾我浪迹天南隅，故人不见风光殊。济南名士久争散，十年冷落濯缨湖[5]。双屐重惊到面图，如此溪山天下无。呜呼！如此溪山天下无，风尘雨雪胡为乎！

【注释】

此诗出自《黄氏诗钞》卷五。黄立世(1727—1786)，字卓峰，号柱山，山东即墨人。乾隆十九年(1680)会副，曾任广东花县知县。著有《四中阁诗钞》。

[1]烈风：暴风，疾风。[2]平沙：指广阔的沙原。莽苍：空旷无际的样子。特特：象声词，马蹄声。[3]平楚：平野。[4]尹邢：指汉武帝最美丽、最受宠幸的两个妃子尹夫人、邢夫人。见清王士禛《归经鹊华二山间即目》注释[5]。[5]濯缨湖：即濯缨泉，俗称王府池子，位于济南珍珠泉大院西之王府池子街中段。取《孟子·离娄上》："沧浪之水清兮，可以濯我缨"句意而命名。

济南竹枝词

（清）王初桐

（其二十六）

水郭山村带鹊华，王孙画意两峰霞。春来日日多烟雨，开遍平田黄菜花[1]。

【注释】

此诗出自《济南竹枝词》。竹枝词：一种诗体，以吟咏风土为其主要特色，本巴、渝一带民歌，唐代刘禹锡将其变成一种诗体。

[1]句后原注："赵松雪《鹊华秋色图》为周公谨作。朱清壑《北郭郊行》诗'黄菜花中见鹊山'，阮亭谓其入画。"

峼山闲眺

（清）王初桐

一重远树一重烟，烟树梢头即是天。千里更无山碍目，峼山西北正苍然。

【注释】

此诗转引自《续修历城县志》卷八。

仿赵文敏《鹊华秋色》

（清）沈　初

鹊湖水如玉，鹊山尤瑰奇。斜瞰华不注，矫翼何翩其[1]。丹枫照霜磴，苍葭澹云湄。秀色揽无尽，掩卷生遥思[2]。

【注释】

此诗出自《兰韵堂诗集》卷九。沈初（1729—1799），字景初，号莘岩，又号云椒，浙江平湖人。曾任四库全书馆、实录馆、三通馆副总裁，吏部、户部尚书。著有《兰韵堂诗集》。

[1]矫翼：展翅。翩其：即"翩其反矣"。《诗经·小雅·角弓》："骍骍角弓，翩其反矣。"朱熹集传："翩，反貌。弓之为物，张之则内向而来，弛之则外反而去。"后用来表示完全相反的意思。[2]秀色：优美的景色。遥思：指对处在远方之人或相隔已久之事的思念。

过鹊山

（清）袁　树

一峰遥接岱宗嵋，《山海经》中首载之[1]。地可成丹真乐土，山能治俗即名医。祝余有草调饥易，花跗如环照水宜[2]。安得刀圭除痼疾，啖予迷谷示前期[3]。

【注释】

此诗出自《红豆村人诗稿》卷六。袁树（1730—?），字豆村，号香亭，浙江钱塘人。袁枚堂弟。曾任广东肇庆知府。著有《红豆村人诗稿》。诗题原注："相传扁鹊炼丹于此，因以为名。"

[1]《山海经·南山经》开篇曰:“南山之首曰鹊山。其首曰招摇之山,临于西海之上,多桂,多金玉。有草焉,其状如韭而青华,其名曰祝余,食之不饥。有木焉,其状如谷而黑理,其华四照。其名曰迷谷,佩之不迷。”[2]前半句诗后原注:“祝余,草名,鹊山所产,食之不饿。”后半句诗后原注:“华不注山在其北,‘不’音‘跗’。”[3]诗后原注:“迷谷,亦鹊山所产,食之令人不迷。”刀圭:中药的量器名,代指药物。

鹊华山

(清)张埙

一桁清光莲子湖,单椒秀泽不嫌孤[1]。王孙去后风流尽,谁写齐州秋色图[2]?

【注释】

此诗出自《竹叶庵文集》卷六。张埙(xūn)(1731—1789),字商言,号瘦铜,江苏吴县(今江苏苏州)人。曾任内阁中书、四库馆编校。著有《竹叶庵文集》。

[1]一桁(háng):谓一行,一列。清光:清亮的光辉,多指月光、灯光之类。[2]诗后原注:“赵文敏有《鹊华秋色图》。”

韵亭京兆以丁酉春予为书遗山“鹊山寒食泰和年”一诗扇头,请董蔗林阁老为仿赵文敏《鹊华秋色图》复来属题

(清)翁方纲

昨凭四水照双鬟,南阜神飞北渚间[1]。何意三花树底梦,袖中真有富春山[2]。

【注释】

此诗出自《复初斋诗集》卷五三。翁方纲(1733—1818),字正三,又字忠叙,号覃溪,晚号苏斋,直隶大兴(今北京)人。曾任山东学政、内阁学士。著有《复初斋诗文集》。董蔗林:指董诰(1740—1818),字雅伦,号蔗林,浙江杭州人。清代大臣、书画家。曾任军机大臣、文华殿大学士。阁老:唐代对中书舍人中年资深久者及中书省、门下省属官的敬称,五代、宋以后亦用为宰相的称呼,明清又用为翰林中掌诰敕的学士之称呼。

[1]四水:指周密,字公谨,晚年号弁阳老人、四水潜夫、华不注山人。双鬟:指华不注山和鹊山。南阜:指高凤翰,字西园,号南村,又号南阜山人。神飞:犹言神往。[2]诗后

原注:“予自济南归,得高南阜所作《鹊华夜景》小桢,昨适为阮芸台题董文敏仿赵此图,是赵为周公谨作也。四水,周公谨号。”三花树:即贝多树。一年开花三次,故名。明王恭《寄上清王道人》诗:“心怀九转丹,梦绕三花树。”富春山:山名,在浙江桐庐县南。山腰有二盘石,称东西二钓台,各高百余米,巍然对峙,耸立江湄,东称严子陵钓台,西为宋处士谢翱哭文天祥处。

董文敏仿赵画《鹊华秋色图》为阮芸台宗伯题

(清)翁方纲

历城秋月蛾眉弯,玉螺耸起垂花鬘[1]。历城城东破晓霁,何来叠萼青紫殷。记尝驱车过其下,双尖夹出莲开颜。俄顷高低变分合,拱峙左右交斒斓[2]。欲写定形邈难得,历亭古水空琤潺[3]。使院登楼扁四照,北望仿佛招摇山。郁苍烟树忽遥接,空蒙灵气时往还。北归觅得南阜卷,偶从北渚绘水关[4]。渺然水晶宫阙想,影落四水渔舟湾[5]。华亭宗伯里居日,却假退密相追攀[6]。卯岁临摹到寅腊,一纪之后胸回环[7]。持衡三楚复归识,眼界浩荡周人寰[8]。邗江阮公亦如此,齐越正合星轺闲[9]。苍茫真宰袖襟出,雪窗枯坐警我顽。董画初过中年后,自题小笔澹以闲。吴兴粉墨不草草,祝余如韭青斑斑[10]。精华揽结一元气,意虽萧散功实艰。我凭霜空证青眼,六年重觏双烟鬟[11]。

【注释】

此诗出自《复初斋集外诗》卷二四。诗题原注:“董自题云‘癸卯作,甲寅重识’。”阮芸台:指阮元(1764—1849),字伯元,号芸台,江苏扬州人。曾任山东学政、礼部侍郎、两广总督等。宗伯:官名,周代六卿之一,掌宗庙祭祀等事,即后世礼部之职。因亦称礼部尚书为大宗伯或宗伯,礼部侍郎为少宗伯。

[1]花鬘(mán):古印度人用作身首饰物的花串。[2]俄顷:片刻,一会儿。斒斓:色彩错杂鲜明的样子。[3]琤(chēng)潺:清脆的水流声。[4]南阜:指高凤翰,号南阜山人。上半句诗意见上首诗注释[2]中句后原注。[5]诗后原注:“赵文敏此图为周公谨作。”水晶宫:赵孟頫,号水晶宫道人。四水:周密,号四水潜夫。[6]诗后原注:“董云购之项氏。”华亭:指董其昌,谥号文敏,松江华亭(今上海)人。曾任南京礼部尚书,故称宗伯。里居:古指官吏告老或引退回乡居住。[7]纪:纪年的单位,若干年数循环一次为一纪,这里是十二年为一纪,由卯年循环到寅年,为十三年。[8]持衡:比喻执掌权柄。三楚:战国楚地疆域广阔,秦汉时分为西楚、东楚、南楚,合称三楚。后人诗文中多以泛指长江中游以南,今湖南、湖北一带地区。清代湖广辖湖北、湖南地区,董其昌曾任湖广提学副使,故有此说。[9]邗江阮公:指阮元。邗江,今扬州邗江区。星轺:使者所乘的车,亦

借指使者。[10]《山海经·南山经》:"南山之首曰鹊山。其首曰招摇之山,临于西海之上,多桂,多金玉。有草焉,其状如韭而青华,其名曰祝余,食之不饥。"[11]觌:见,相见。

过泺口望鹊山不得登有作

(清)毛大瀛

策杖城西郊,曲折寻芳甸[1]。行行数里外,泺口望中见。桑麻远近村,家家依碧涧。徐步泺水堤,沙鸥掠波面。鹊山窈窕容,隔水照葱蒨[2]。突兀玉为屏,微茫青一片。岚气滃然来,忽作云霞变[3]。隐隐午钟声,起自梵王殿。何当携短筇,周览此山遍。招徭及丽磨,故迹考经传。言访古越人,采药丹鼎炼[4]。如何咫尺间,不能恣游眄[5]。唤渡无方舟,绕堤空眷恋[6]。是时斜阳明,苍翠带余绚。遥见暮樵还,歌声发野谚。倦鸟投前村,昏烟被高堰[7]。独自遵涂归,愁虑浩难遣[8]。回首谢山灵,云中尚隐现。

【注释】

此诗出自《戏鸥居诗钞》卷四。

[1]芳甸:芳草丰茂的原野。[2]葱蒨:草木青翠茂盛貌。[3]岚气:山中雾气。滃然:云气腾涌、烟雾弥漫貌。[4]越人:指名医扁鹊,姬姓,秦氏,名越人。[5]游眄:流览,纵览。[6]方舟:两船相并。《庄子·山木》:"方舟而济于河,有虚船来触舟,虽有惼心之人,不怒。"成玄英疏:"两舟相并曰方舟。"[7]被:遍布,满。[8]遵涂:遵循道路前进。

济南怀古

(清)毛大瀛

(其一)

济南古郡昔称雄,一望楼台缥缈中。华鹊抱城夸岱北,虚危分野割齐东[1]。水明木瑟图难就,月倚风沦句最工[2]。听遍辕门吹画角,何人重话德王宫[3]。

(其六)

建炎往事不堪题,刘豫么麽也帝齐[4]。忠惜醉民诛剑下,勇怜名将缚郊西[5]。河边羖羅生鳞角,城上风云暗鼓鼙[6]。太息八年空僭号,鹊山荒墓草萋萋[7]。

【注释】

此诗出自《戏鸥居诗钞》卷五。

[1]虚危：虚、危均为二十八星宿的名字，古人常把某星宿当作某封国、州之分野。《史记·天官书》："北宫玄武虚危，齐之分野。"[2]诗后原注："高齐尹孝逸赋房园诗曰：'风沦历城水，月倚华山树。'"瑟：众多的样子。[3]画角：古管乐器，传自西羌，形如竹筒，本细末大，以竹木或皮革等制成，因表面有彩绘，故称。发声哀厉高亢，古时军中多用以警昏晓，振士气，肃军容。德王宫：即济南德王府，亦称德藩故宫，为明季济南城中最大的建筑群，位于珍珠泉院内。[4]么麽（yāo mó）：微不足道的人，小人。帝齐：刘豫在建炎四年（1130）被金朝伪封为"大齐皇帝"，建都大名（今河北大名县）。[5]前半句诗后原注："醉民者，佚其名。刘豫僭立，醉民骂曰：'汝是何人，要作皇帝，大宋何负于汝！'豫怒，杀之。"后半句诗后原注："金人兵薄济南，有勇将关胜者，善用大刀，屡陷虏阵。及金人贿通刘豫，许以帝齐，豫诳胜出战，遂缚之西郊，送至虏营，百计说之，不降，以骂贼见杀。"僭（jiàn）立，越分擅立。薄，逼近，靠近。[6]羖䍽（gǔ lì）：一种黑色长毛的公羊，性情勇狠。《北史·齐纪中》："先是童谣曰：'一束藁，两头然，河边羖飞上天。'藁然两头，于文为高；河边羖为水边羊，指帝名也。"宋洪皓《松漠纪闻》下："善牧者每群必置羖羊数头，仗其勇很。"鳞角：代称鱼龙之属。鼓鼙：古代军中常用的乐器，指大鼓和小鼓，借指征战。[7]太息：大声长叹，深深地叹息。僭号：冒用帝王的称号。荒墓：此指刘豫墓。见下文毛大瀛《续〈齐音〉一百首》（其四十二）诗内注释。

晏城晓发见鹊华两山有作

（清）毛大瀛

烟中两点黛眉横，不奈匆匆促晓行[1]。长忆济南桥上望，鹊华秋色最分明[2]。

【注释】

此诗出自《戏鸥居诗钞》卷七。晏城：位于齐河县城驻地，春秋时为齐国所属，乃宰相晏婴之封地，并因此而得名。

[1]黛眉：黛画之眉，特指女子之眉，此处喻指鹊华两山。[2]诗后原注："余客济南最久，每于鹊华桥望鹊华，如两点黛眉横也。"

续《齐音》一百首

（清）毛大瀛

（其四十二）

鹊山产鹊满山坡，扁鹊曾传采药过。翠巘定羞金伪帝，故教猛蝎墓中多[1]。

（其四十五）

公谨家园两世违，鹊华岚翠梦依依。可堪掩卷听春雨，头白吴侬未得归[2]。

（其五十一）

会波楼映绿湖澄，四望遥山紫翠凝。最爱鹊华秋色好，画图须倩赵吴兴[3]。

（其九十四）

城北濛濛碧水湾，放舟无那稻屯还[4]。微吟清壑《郊行》句，黄莱花中见鹊山[5]。

【注释】

此诗出自《戏鸥居诗钞》卷九。《齐音》：又名《济南百咏》，明王象春著，收录诗作107首，分别咏颂了济南的山水泉湖、名胜古迹、节令风俗、神话传说、历史人物、社会现象诸方面。

[1]诗后原注："鹊山，城北十五里，扁鹊炼丹处。下有刘豫墓，多产蝎。"翠巘：青翠的山峰，这里指鹊山。金伪帝：指刘豫。[2]诗后原注："周密公谨，本齐人，故宅在华不注之阳，后随其祖父南迁，居吴兴之弁山。赵松雪为作《鹊华秋色图》，张雨赋诗，有'吴侬头白不归去，不如掩卷听春雨'句。"[3]诗后原注："会波楼在北城上，俯临明湖松雪，有《鹊华秋色图》。"倩：请，恳求。赵吴兴：指赵孟頫，吴兴人。[4]无那：无奈，无可奈何。[5]诗后原注："济南北城外，最饶佳景，三春烟雨，菜花弥望，足供眺览。开水门北去，直抵华麓。刘豫填岵湖，七闸不开，星稻屯而返耳。'黄菜花中见鹊山'，朱缃《郊行》诗。"清壑《郊行》句：朱缃有《云根清壑集》，内有《郊行》诗。

鹊华桥

（清）曹文植

初秋气已澄，理策出西郭[1]。堤尽亘长虹，水净大漠漠。两峰如关巢，左右吐跗萼[2]。秀色真可餐，点氛何处着。恍惚化天花，缤纷散碧落[3]。飘飘欲仙乎，疑是驾乌鹊。

【注释】

此诗出自《石鼓砚斋诗钞》卷十三。

[1]澄：明净。理策：犹扶杖，拄杖。[2]跗萼：花萼与子房，亦借指花朵。[3]天花：佛教语，天界仙花。此处喻指华不注山和鹊山。碧落：道教语，天空，青天。

雨后鹊山寺小饮

(清)伍宇昭

雨气消林薄,单椒下夕曛。断虹犹饮涧,怪石似崩云[1]。漠漠野烟合,寥寥清磬闻。一尊聊自献,倚槛及微醺。

【注释】

此诗出自《舣舟亭集》卷二。

[1]断虹:一段彩虹,残虹。饮涧:在溪涧中饮水。崩云:碎裂的云彩。

舟中望鹊山

(清)伍宇昭

鼓柁入寒流,川途正迢递[1]。山翠小于螺,忽堕沧波底。夕阳一相射,宛如镜奁启。

【注释】

此诗出自《舣舟亭集》卷二。

[1]鼓柁(duò):摇动船舵,谓泛舟。川途:道路,路途。迢递(tiáo dì):遥远。

济南杂咏四首

(清)伍宇昭

鹊 山

年年作寒食,只傍鹊山东。日暮垂杨路,纷纷车斗风[1]。

【注释】

此诗出自《舣舟亭集》卷二。

[1]斗风:犹乘风,形容速度快。

鹊山寺

(清)伍宇昭

居人犹说泰和年,濯濯杨枝起复眠[1]。一点鹊山寒食近,杏花如雪寺门前。

【注释】

此诗出自《舣舟亭集》卷四。

[1]居人:居民。濯濯:明净的样子。

董思翁摹《鹊华秋色》

(清)桂　馥

鹊华山色正当楼,可似王孙画里不[1]？剩有香光留粉本,几行疏树不禁秋[2]。

摹本传来二百年,图中老树老于前。两山冷翠还依旧,只在寒鸦夕照边[3]。

【注释】

此诗出自《未谷诗集》卷三。桂馥(1736—1805),字东卉,号未谷,山东曲阜人。曾任云南永平知县。著有《未谷诗集》。

[1]不(fǒu):同"否"。[2]粉本:画稿。古人作画,先施粉上样,然后依样落笔,故称画稿为粉本。这里引申为图画。[3]冷翠:给人以清凉感的翠绿色。

题《鹊华秋色图》

(清)赵德懋

济南名迹不胜收,快意登临忆旧游。历下遥分岱岳秀,东偏两峰接素秋。卓立最爱华不注,鹊壁高矗翠欲流。落日返照发清冷,苍松红叶互弄影[1]。取饮于今留寒泉,烧丹自昔开仙境。时从北极台上望,参差雉堞露双顶[2]。凭将山色入画图,有客援笔妙形摹[3]。凉烟漠漠生绢素,披览犹觉兴不孤。何当乘鹤凌绝巘,渺渺身在白云区[4]。

【注释】

此诗出自《妙香斋诗集》卷二。赵德懋(1738—1821),字建泽,号荆园,山东诸城人。

曾任云南大理知府。著有《妙香斋诗集》。

[1]弄影:谓物动使影子也随着摇晃或移动。[2]雉堞:城上短墙。[2]援笔:执笔。形摹:描摹。[4]绝巘:极高的山峰。

重九前二日以"城南登高"为韵五律

(清)王汝璧

(其四)

极目望寒皋,商风正怒号[1]。雨余山气肃,鹤去海云高。簪菊聊酬节,分笺亦自豪。来朝鹊山去,采药醉松醪[2]。

【注释】

此诗出自《铜梁山人诗集》卷二一。

[1]商风:秋风,西风。《楚辞·东方朔〈七谏·沉江〉》:"商风肃而害生,百草育而不长。"王逸注:"商风,西风。"[2]松醪(láo):用松肪或松花酿制的酒。

周灿仿赵承旨《鹊华秋色图》

(清)邹炳泰

一峰上剡何年植,大半华柎露初拭[1]。鹊山近附半乌头,相向晴空作秋色。济南名山此当户,松雪云囊急收入。右丞北苑笔底兼,神物由来供秘笈[2]。周生见画不见山,淡着青黄靳墨汁。磐石华泉暮雪封,翠屏泺口朝烟戢[3]。我时过此不得上,自笑邮车太急急[4]。单椒秀泽语益信,妙尽山容画难及。我无仙骨换元丹,扁鹊遗经枉传袭[5]。归向桥边四照楼,垂杨时放山光集。还思重访曾晁迹,历山堂畔北渚隰。甘受齐人说好事,一证诗人旧结习。

【注释】

此诗出自《午风堂集》卷四。邹炳泰(1741—1820),字仲文,号晓屏,江苏无锡人。曾任山东学政,兵部、吏部、户部尚书,协办大学士。著有《午风堂诗集》。赵承旨:指赵孟頫,曾任翰林学士承旨。

[1]剡(yǎn):锐利。[2]右丞北苑:王维官至尚书右丞,故人称王右丞;董源事南唐主李璟时任北苑副使,故人称董北苑。明董其昌评《鹊华秋色图》曰:"吴兴此图,兼右丞、北苑二家画法。有唐人之致,去其纤;有北宋之雄,去其犷。"[3]戢(jí):止息,藏匿。[4]后半句是说当年乾隆皇帝巡狩济南,见到鹊华景色后曾"命邮报从京赍吴兴画卷以来,两相证合,风景无殊"。急急:急切的样子。[5]仙骨:道教语,谓成仙的资质。元丹:道家修炼的丹药,分为人元丹、地元丹和天元丹。

隔河望峼山丛林寺

（清）郝允秀

行行日云暮，驻马望林峦。楼阁依山起，云霞隔水看。空门传法易，独夜悟真难。太息红埃里，年年芳草阑[1]。

【注释】

此诗出自《松露书屋诗稿》卷二。

[1]红埃：犹红尘。阑：衰落；败落。唐李颀《送窦参军》诗：“公子何时至？无令芳草阑。”

过峼山丛林寺

（清）郝允秀

黄菜花开古寺间，松杉一簇扁公山。王孙老去无人绘，赢得残僧独闭关[1]。

【注释】

此诗出自《水村诗集》卷二。

[1]王孙：指赵孟頫，系宋太祖赵匡胤十一世孙、秦王赵德芳嫡派子孙。其曾绘《鹊华烟雨图》。

大明湖

（清）秦　瀛

（其二）

佛头螺髻映沦涟，青入齐州九点烟[1]。海右风光还似旧，鹊山寒食泰和年[2]。

【注释】

此诗出自《小岘山人诗集》卷四。秦瀛（1743—1821），字凌沧，一字小岘，号遂庵，江苏无锡人。曾任左副都御史、刑部侍郎等。著有《小岘山人诗集》。

[1]沦涟：水波，微波。[2]诗后原注：“元遗山句。”

历下杂诗

(清)马履泰

(其三)

弁阳野语志齐州，叹息家山付梦游[1]。赖有残缣摹外史，澹烟疏雨鹊华秋[2]。

【注释】

此诗出自《秋药庵诗集》卷二。

[1]弁阳野语：指周密所著《齐东野语》。[2]诗后原注："周公谨世居历山下，南渡后始寄食弁山之阳，故著有《齐东野语》，张雨作《鹊华秋色图》赠之。"

阮宫詹属题董香光《嶠华秋色图》

(清)马履泰

弁阳苦忆旧齐州，赖有鸥波一帧酬[1]。茗碗薰炉帘阁晚，白云红叶嶠华秋。眼中又睹香光妙，堂上真疑山势浮。此外尚传张句曲，如何遗迹总悠悠[2]。

【注释】

此诗出自《秋药庵诗集》卷三。宫詹：即太子詹事，属东宫詹事府。阮宫詹，应指阮元，其曾任詹事府詹事。董香光：指董其昌，号香光居士。

[1]弁阳：指周密，号弁阳老人。一帧：一幅。[2]张句曲：指张雨，号句曲外史，曾为《鹊华秋色图》赋诗。

济南绝句七首

(清)王祖昌

(其六)

孙家别业历城西，四面黄云尽稻畦[1]。华鹊两山秋色里，王孙洗砚有清溪[2]。

【注释】

此诗出自《秋水亭诗草》卷四。王祖昌(1748—?)，字子文，号西溪，别号秋水，山东新城(今山东桓台)人。王士禛从曾孙。诸生。著有《秋水亭诗草》。

[1]别业:别墅。本宅之外,在风景优美的地方所建供游憩的园林房舍。稻畦(qí):稻田。[2]诗后原注:"孙氏有别墅在郡城西北十里,四面稻畦,与鹊华两山相望。圃中有泉,传为赵松雪洗砚泉,其地名砚溪。赵松雪《鹊华秋色图》为周公瑾作。"

题画四首

(清)汪学金

峼华秋色

一雨洗秋色,烟峦争晚奇。萧森眄城邑,原野风凄其[1]。夕阳秀云木,晃朗明湖湄[2]。矫首望徂徕,浩然有所思。

【注释】

此诗出自《静厓诗初稿》卷八。汪学金(1748—1804),字敬箴,号杏江,晚号静厓,江苏镇洋(今江苏太仓)人。曾任翰林院侍读、左庶子。著有《静厓诗稿》。

[1]凄其:寒凉的样子。《诗经·邶风·绿衣》:"絺兮绤兮,凄其以风。"[2]晃朗:明亮的样子。

望鹊山

(清)黄景仁

蓝舆出郭二十里,向客一峰如鹊起[1]。传闻中有扁鹊祠,草木至今犹未死。禁方一卷世不存,地上多是强死人[2]。祖洲大药不可得,令人长忆长桑君[3]。

【注释】

此诗出自《两当轩全集》卷十五。

[1]蓝舆:竹轿。[2]禁方:秘方。扁鹊曾从长桑君处得秘方一卷。强死人:被强死之人。此两句是说,因扁鹊死后秘方失传,许多本可以医好的人也不治而亡。[3]祖洲:古代中国神话中的地名,是虚构的仙境之地。出自汉东方朔撰《十洲记》:据说此地有不死之草,草形如菰苗,长三四尺,人已死三日者,以草覆之,皆当时活也,服之令人长生。长桑君:战国时神医。传说扁鹊与之交往甚密,事之唯谨,乃以禁方传扁鹊,又出药使扁鹊饮服,忽然不见。于是扁鹊视病尽见五脏症结,遂以精通医术闻名当世。事见《史记·扁鹊仓公列传》。

再至济南

（清）黄　钺

（其一）

黄冈十里路盘纡，树影湖光半有无[1]。我比遗山来恰好，真看烟雨鹊山图[2]。

【注释】

此诗出自《壹斋集》卷二五。黄钺（1750—1841），字左田，号壹斋，安徽芜湖人。曾任礼部尚书、军机大臣。著有《壹斋集》。

[1]盘纡：回绕曲折。《淮南子·本经训》：“木巧之饰，盘纡刻俨，嬴镂雕琢，诡文回波。”高诱注：“盘，盘龙也；纡，曲屈。”[2]恰好：正好，恰巧合适。

题《鹊华秋色图》为方铁珊作

（清）陈廷庆

鹊华峙东州，有湖浸其下[1]。山连不注翠，湖偕大明泻。高秋游氛褰，秀色垂遥野[2]。鼎搜越人遗，诗要方千写[3]。添毫置邱壑，乃似卧游者。前尘缅登览，四顾何潇洒。曩予乘英簜，《皇华》庚《小雅》[4]。左辅收竹箭，群材就陶冶[5]。试罢天宇清，山光照牡马。缓辔傍林麓，临去意难舍。西湖披画帧，大白浮满斝[6]。驰驱廿年事，历历记亦颇。我拙侣向禽，君才侔董贾[7]。行当赴公车，待诏侍青琐[8]。汉廷策三对，人瑞云一朵[9]。𬨎轩嗣衣钵，奚翅薪传火[10]。齐烟九点中，为图须及我。

【注释】

此诗出自《谦受堂全集》卷十八。陈廷庆（1754—1813），字兆同，号古华，又号桂堂，江苏奉贤（今上海奉贤）人，曾任湖南辰州知府。著有《谦受堂全集》。

[1]诗后原注：“鹊山下有鹊湖。”[2]褰：断绝。[3]前半句诗后原注：“山传为扁鹊烧丹处。”越人：指名医扁鹊，姬姓，秦氏，名越人。[4]英簜：亦作“英荡”。古代竹制的符节，持之以作凭证，犹汉代的竹使符，后亦泛指外任官员的印信和证件。《周礼·地官·掌节》：“凡邦国之使节，山国用虎节，土国用人节，泽国用龙节，皆金也。以英荡辅之。”郑玄注：“杜子春云：‘荡，当为帑，谓以函器盛此节。’或曰：‘英荡，画函。’”孙诒让正义：“丁晏云：‘……《续汉·百官志》刘注引干注云：“英，刻书也；荡，竹箭也。刻而书其所使

之事，以助三节之信。则汉之竹使符者，亦取则于故事也。”’惠士奇云：‘干说是。英荡者，传也。凡达节皆有传，传所以辅节。节以金，传以竹。’……此以英荡辅节，下又云以传辅节，英荡似与传相近。若如子春说为函器，函、节相将，非所以言辅。干义长于杜。”皇华：《诗经·小雅》中的篇名。《序》谓：“《皇皇者华》，君遣使臣也。送之以礼乐，言远而有光华也。”《国语·鲁语下》：“《皇皇者华》，君教使臣曰：每怀靡及，诹、谋、度、询，必咨于周。”后因以之为赞颂奉命出使或出使者的典故。[5]左辅：这里指陈廷庆此时担任山东乡试副考。陶冶：教化培育。[6]西湖：大明湖的别称。大白：大酒杯。汉刘向《说苑·善说》：“魏文侯与大夫饮酒，使公乘不仁为觞政，曰：‘饮不釂者，浮以大白。’”斝(jiǎ)：古代青铜制贮酒器，有鋬(把手)、两柱、三足、圆口，上有纹饰，供盛酒与温酒用，盛行于殷代和西周初期。后借指酒杯、茶杯。[7]侔(móu)：齐等，相当。董贾：西汉文学家董仲舒、贾谊。[8]公车：汉代以公家车马递送应征的人，后因以其为举人应试的代称。青琐：装饰皇宫门窗的青色连环花纹，代指宫廷。[9]董仲舒以天人三策受汉武帝重用，此处为对方铁珊的美好祝愿。人瑞：有德行的人。[10]輶轩(yóu xuān)：古代使臣乘坐的一种轻车，代指使臣。奚翅：何止，岂但。

鹊山寒食词

（清）吴文照

东风门巷柳条新，出郭清游日几巡。孤负鹊山秋色好，此来晴趁踏青人[1]。

二月麦苗生意微，山田拍拍雉媒飞[2]。丛祠有女祈蚕出，古墓几人酹酒归[3]。

前峰相对是华山，山上何人昔炼丹。土灶石床寻不得，尚留仙犬守花坛。

【注释】

此诗出自《在山草堂诗稿》卷二。吴文照(1758—1827)，原名煐，字香竺，号聚堂，一作聚堂，浙江石门(今浙江桐乡)人。曾任新兴知县、惠州同知。著有《在山草堂诗稿》。

[1]孤负：徒然错过。[2]生意：生机，生命力。拍拍：象声词，鼓翅起飞声。雉媒：为猎人所驯养用以诱捕野雉的雉。[3]丛祠：建在丛林中的神庙。酹酒：以酒浇地，以示祭奠。

题董文敏摹赵文敏《鹊华秋色图》

（清）阮　元

思翁本是江南客，老与吴兴斗风格。一卷分从旧墨林，自染青山上生帛。

历下青山有鹊华，山前原是草窗家。吴兴清远家何处？碧浪秋苹自作花。道人同住鸥波里，为画齐州好山水[1]。秋色山光尺幅中，西风乡思千余里[2]。我曾两载按齐州，湖里荷花水上楼[3]。七十二泉流不尽，青烟两点鹊华秋。鹊华山色真奇绝，画意诗情不能说。螺黛浓描京兆眉，剑锋碧削昆吾铁[4]。白云如带截林铺，云外单椒翠影孤。若愁难到双峰下，试看华亭此幅图[5]。华亭妙笔朝朝见，壁上双峰压吴练。我今携画到吴兴，惟有秋山大如弁。何事老人居弁阳？莼鲈想亦感香光[6]。鸦叉展看何时足？又上城南古道场[7]。

【注释】

此诗出自《揅经室四集》卷二。诗前有序："《鹊华秋色图》，赵吴兴为周草窗所作也。草窗本济南历城人，所居在鹊华两山之间，其祖时迁居吴兴弁山之阳，故自号弁阳老人。同时，张句曲雨亦为此图。鸥波图，元曾见之；句曲图不可见，惟见其题句于自书诗册。鸥波图旧为董思翁所藏，思翁摹之，不止一本。元今所藏，乃思翁癸卯年所摹。带水长林，浮烟远岫，草窗松雪，风韵双清。吴兴山水本以清远移人，然济南据岱岳之北，七十二泉随地涌出，汇为明湖，澄鲜渟澈，万荷竞发，流出城北，潆洄于华不注前。每当秋林初晴，横云断麓，正如此图画中矣。元两年历下，复到吴兴。思翁此帧常悬行馆，单椒秀泽，尚爱此山，看不足也。"周草窗，即周密，号草窗。张句曲雨，即张雨，号句曲外史。董思翁，即董其昌，号思翁，谥号文敏。

[1]鸥波：指赵孟頫，号水晶宫道人、鸥波。[2]尺幅：指小幅的纸或绢，可泛称文章、画卷。[3]两载按齐州：阮元曾于1793—1795年提督山东学政。[4]京兆眉：汉京兆尹张敞为妇画眉甚美，长安中传"张京兆眉妩"。昆吾：山名。《山海经·中山经》："又西二百里曰昆吾之山，其上多赤铜。"郭璞注："此山出名铜，色赤如火，以之作刃，切玉如割泥也。"[5]华亭：指董其昌，松江华亭（今上海）人。[6]莼鲈：思乡之典。详见明钟羽正《鹊山湖》注释[2]。香光：指董其昌，号香光居士。[7]鸦叉：即丫叉，叉物用的叉子。清纳兰性德《浣溪沙》词："魂梦不离金屈戍，画图亲展玉鸦叉。"

题赵石舫明府（凝禧）《鹊华烟雨图》

（清）冯云鹏

我闻罗浮山，风雨为离合[1]。鹊华岂不然，对峙峰环匝[2]。风雅赵吴兴，需次畹济漯[3]。登眺会波楼，遣兴携壶榼[4]。目极大明湖，川源相吐纳[5]。城北两山青，东西势腾踏[6]。有时风雨来，天半秋声飒。跗注绕三周，排云郁阊阖[7]。扁鹊炼丹台，炉烟浓一搭。树树生气浮，万绿竞纷沓[8]。郭子如米颠，泼墨来摹搨[9]。疑上烟雨楼，灵光辟幽阁[10]。丛苇泊渔舟，披蓑类破衲。野寺不见人，钟声响鞺鞳[11]。

【注释】

此诗出自《扫红亭吟稿》卷六。诗题原注:“图系郭小华作。”赵石舫:即赵凝禧,字石舫,云南建水人。曾任邹县知县。郭小华,名敏磐,号云门外史,嘉庆九年(1804)举人,曾任益都教谕。

[1]罗浮山:山名,在广东省东江北岸,风景优美,为粤中游览胜地。晋葛洪曾在此山修道,道教称其为第七洞天。[2]环匝:围绕。[3]需次:旧时指官吏授职后,按照资历依次补缺。[4]壶榼:泛指盛酒或茶水的容器。[5]目极:用尽目力远望。吐纳:犹吞吐,吐出与吞进。[6]腾踏:奔腾。[7]阊阖:传说中的天门。[8]生气:使万物生长发育之气。纷沓:纷冗繁杂。[9]郭子:即郭小华。米颠:即米芾(1051—1107),字元章,号海岳外史,湖北襄阳人,北宋著名书画家。摹搨:依样描制,复制。[10]幽阁:深闺,指旧时女子的卧房。[11]鞺鞳(tāng tà):钟鼓声,亦指其他类似的响声。

历下杂诗十六首

(清)乐　钧

(其四)

寒食今年正鹊山,卖糖声里忆乡关[1]。六年未扫东郊墓,每见梨花一怆颜。

【注释】

此诗出自《青芝山馆诗集》卷五。

[1]乡关:犹故乡。

上元雪后登鹊华桥,同新城张华林、蒙阴公箕亭

(清)朱　畹

鹊华高并两峰寒,霁色晶莹落照间[1]。金碧涂成新粉本,一层雪压一层山[2]。

【注释】

此诗出自《红蕉馆诗钞》。

[1]霁色:晴朗的天色。[2]粉本:古人作画,先施粉上样,然后依样落笔,故称画稿为粉本。

峼山湖怀古

（清）朱　畹

谭子城北二三里，烟水弥漫相迤迤[1]。此间湖以峼山名，坐对风沦看月倚[2]。胜游曾记李青莲，一朵芙蓉插碧天。少陵北海互宾主，高怀逸韵留诗篇。几行秋柳垂垂老，红蓼白苹杂荇藻。风流续起属渔洋，谱出新词尽倾倒。朅来疏浚小清河，一派清涟翻白波[3]。荒唐石椁竟何有，所恃精神无朽磨。而今平地画图展，满眼菜花水清浅。漠漠水田白鹭飞，阴阴夏木黄鹂啭[4]。独恨刘豫填此湖，城北风景今顿殊。不然锦秋索镇湖边路，总把烟波付钓徒[5]。嗟乎！盛衰之理，古今不改。君不见，沧海变桑田，桑田成沧海。英雄割据谁复知？惟有落落数人，光芒万丈文章在[6]！

【注释】

此诗出自《红蕉馆诗钞》。

[1]谭子城：今济南章丘龙山街道，原为谭国旧地。迤迤：曲折连绵的样子。[2]北齐尹孝逸《题历城房家园》诗有“风沦历城水，月倚华山树”句。[3]疏浚：清除淤塞或挖深河槽使水流通畅。[4]唐王维《积雨辋川庄作》诗：“漠漠水田飞白鹭，阴阴夏木啭黄鹂。”[5]唐张志和去官后，居江湖间，每垂钓，不设饵，自娱而已，自称烟波钓徒。见《新唐书·张志和传》。[6]唐韩愈《调张籍》诗：“李杜文章在，光芒万丈长。”

雨后城北望鹊华二山，同商鼎元晓涵兄弟

（清）朱　畹

邢尹风流斗画蛾，双峰霁色碧于萝[1]。菜花不向雨中尽，春水初生城外多。两点芙蓉蘸明镜，几株杨柳拥青螺[2]。同来况是游仙侣，共买村醪且放歌[3]。

【注释】

此诗出自《红蕉馆诗钞》。

[1]此两句诗脱胎于清王士禛诗句“尹邢双照蛾眉弯”“两峰斗蛾眉”。[2]青螺：喻青山。唐刘禹锡《望洞庭》诗：“遥望洞庭山水翠，白银盘里一青螺。”[3]村醪：村酒。醪，本指酒酿，引申为浊酒。

赠崻山隐者

（清）朱 畹

几年炼丹药，驻得好容颜。放鹤不离涧，种松将遍山。室中即云窟，阶下尽苔斑[1]。惟有烟霞共，无人与往还。

【注释】

此诗出自《红蕉馆诗钞续》。

[1]云窟：高山上的岩洞。

《鹊华秋色图》

（清）朱 畹

秋色佳哉爱鹊华，寄情毫素兴偏赊[1]。写时合得夫人伴，妙处应为名士家。湖面轻阴连远树，峰头微影淡余霞。青鞋布袜思孤往，疑是云门与若耶[2]。

山色秋来迥自殊，双鬟窅窕照明湖[3]。却迥敇勒苍茫笔，更仿倪迂平远图。云散两边分晓翠，烟横一片接寒芜。集贤学士今何在，粉本空传得见无[4]？

【注释】

此诗出自《红蕉馆诗钞续》。

[1]毫素：毛笔和写字作画用的白色细绢，后泛称纸笔。《文选·陆机〈文赋〉》："纷威蕤以馺沓，唯毫素之所拟。"李善注："毫，笔也……书缣曰素。"赊：指情绪的殷切、高涨。[2]云门、若耶：皆山名。[3]窅窕：窈窕。[4]集贤学士：指赵孟頫，曾任集贤侍讲学士。粉本：图画，此处指赵孟頫所画《鹊华秋色图》。

题《鹊华揽胜图》，送何仙槎典试山东

（清）陈用光

鹊华迎我南来日，植髻如螺相对出。琈琈之玉四照花，想见渔洋兴超忽[1]。君携玉尺下星轺，倘有仙灵降节朝[2]。琼院解装醉明月，院外月光连七桥。伏胜田何渺何许，传经自昔夸齐鲁[3]。异士从看珊网收，诗怀与作名山主[4]。孙生才笔君所倾，巧将离思传丹青。惜我不为杜子美，偕汝飞觞历下亭[5]。

【注释】

此诗出自《太乙舟诗集》卷四。陈用光(1768—1835),字硕士,又字实思,江西新城(今江西黎川)人。曾任翰林院编修、礼部左侍郎。著有《太乙舟诗集》。

[1]璚琈:美玉。[2]玉尺:玉制的尺,借指选拔人才和评价诗文的标准。[3]伏胜:即伏生(前260—前161),济南人,秦博士,西汉时传今文《尚书》于世。田何:字子庄,山东淄川人,专治《周易》,西汉今文易学的开创者。[4]珊网:即珊瑚网,捞取珊瑚的铁网。语本《新唐书·西域传下·拂菻》:"海中有珊瑚洲,海人乘大舶,堕铁网水底。珊瑚初生磐石上,白如菌,一岁而黄,三岁赤,枝格交错,高三四尺。铁发其根,系网舶上,绞而出之,失时不取即腐。"引申为收罗珍品或人才的措施。[5]飞觥:传杯。

秋日游鹊华两山

(清)尹济源

言寻鹊华路,风景澄素秋[1]。松门点苍翠,苔磴阻且修[2]。林疏返照入,洞古闲云留[3]。足力岂所惜,逸兴何乃遒[4]。历山当我南,泺水正交流。鹊湖既百顷,齐车亦三周。昔人不可见,古意生平畴[5]。

【注释】

此诗转引自清余正酉辑《国朝山左诗汇钞后集》卷十三。尹济源(1772—1838),字东沇,又字霁园,号竹农,山东历城人。曾任山西、湖北巡抚。

[1]素秋:秋季。古代五行之说,秋属金,其色白,故称。[2]松门:谓以松为门,前植松树的屋门。修:长。[3]返照:夕照,傍晚的阳光。[4]足力:两腿的力气,脚力。逸兴:超逸豪放的意兴。[5]古意:谓思古之情。平畴:平坦的田野。

望鹊华山

(清)张 澍

如镜明湖水一湾,单椒秀泽鹊华山。秋来苍翠层岚色,落入王孙笔墨间[1]。

未能蜡屐上嶙峋,雾髻烟鬟看亦真[2]。曾到岱宗窥海日,山灵莫笑我逡巡[3]。

【注释】

此诗出自《养素堂诗集》卷十二。张澍(1776—1847),字时霖,号介侯,甘肃武威人。曾任贵州玉屏知县。著有《养素堂诗集》。

[1]诗后原注:"赵松雪有《鹊华秋色图》。"层岚:指重山叠岭中的雾气。[2]嶙峋:形容山峰、岩石、建筑物等突兀高耸,这里指华不注山。烟鬟:喻云雾缭绕的峰峦。[3]逡巡:拖延,迁延。

将至济南望鹊华诸峰

(清)王玮庆

岱宗北下山嵯峨,群峰回拱儿孙罗[1]。鹊华平原竞独秀,龙盘走势来卷阿[2]。攒峰胎玉奇石古,曳烟窣翠横青螺[3]。我本风尘劳劳客,七年九度此间过[4]。今来正值秋容瘦,菡萏一朵凌沧波[5]。碧雨新沐浓黛泼,藐姑仙子蹙双蛾[6]。何时缘觉跨白鹤,架岩结宇披茁萝[7]。青莲承趺花鬘笑,云衲雪笠阿伽陀[8]。

【注释】

此诗出自《蔼唐诗集》卷二。王玮庆(1778—1842),字袭玉,号藕塘,山东诸城人。曾任福建监察御史、户部右侍郎。著有《蔼唐诗集》。

[1]嵯峨:山高峻的样子。回拱:环绕。[2]龙盘:如龙之盘卧状,形容雄壮绵延的样子。卷阿(quán ē):泛指蜿蜒的山陵。《诗经·大雅·卷阿》:"有卷者阿,飘风自南。"朱熹集传:"卷,音权,曲也。阿,大陵也。"[3]攒峰:密集的山峰。[4]风尘:宦途,官场。劳劳:辛劳,忙碌。[5]秋容:犹秋色。[6]藐姑仙子:指仙女。《庄子·逍遥游》:"藐姑射之山有神人居焉,肌肤若冰雪,绰约若处子。"双蛾:指美女的两眉。蛾,蛾眉。[7]缘觉:佛教语,一般谓出于佛世,观十二因缘而得悟者为缘觉。结宇:建造屋舍。[8]云衲:僧衣。阿伽陀:梵语 Agada 的音译,意为万应灵药。

登会波楼望鹊华二山

(清)何邻泉

春云漠漠绕层楼,独倚危栏放醉眸[1]。远水清光明树隙,两山黛色上城头。空留丹灶烟深护,孤起金舆翠欲流[2]。忽忆吴兴传妙墨,此身如在画中游[3]。

【注释】

此诗出自《无我相斋诗选》卷一。何邻泉(1778—?),字岱麓,号芊野,山东历城人。著有《无我相斋诗选》。会波楼:一般作"汇波楼",位于大明湖公园东北隅,建于元初,因楼建在汇波桥(亦称北水门)上而得名。登楼可南望历山、玉函等名山,北观华山、鹊山、药山诸景。古时济南八景中,有"汇波晚照"。

[1]漠漠:密布的样子。危栏:高栏。醉眸:醉眼。[2]丹灶:炼丹用的炉灶。传说鹊山为扁鹊炼丹处。[3]吴兴:浙江湖州市吴兴区。赵孟頫为吴兴人,以地名代之。妙墨:谓佳妙的书法绘画,此指赵孟頫所作的《鹊华秋色图》。

鹊华桥北望

(清)王德容

余非清闲人,颇得山水趣。不能常在山,却喜山中住。昔曾登岱巅,上下皆徒步。非惜舁者劳,所图目可寓[1]。近买茆舍缘湖湾,鹊华桥上时看山。千佛罗列堪指数,北望女墙露烟鬟[2]。此山可望不可上,尝同好友驱车往。嵚奇石色黑更枯,兼无磴路难扶杖[3]。迹遗丹灶与华泉,逸人词客亦流连。近狎不如远望好,神游如到山之表。行乐皆宜作是观,何须远游思三岛[4]。

【注释】

此诗出自《秋桥诗选》卷一。

[1]舁(yú):抬,扛。[2]女墙:城墙上呈凹凸形的小墙。《释名·释宫室》:"城上垣,曰睥睨……亦曰女墙,言其卑小,比之于城。"烟鬟:喻云雾缭绕的峰峦。[3]磴路:登山的石路。[4]三岛:指传说中的蓬莱、方丈、瀛洲三座海上仙山,亦泛指仙境。

登鹊山遇雨遂至山西僧寺

(清)王德容

遇事不遂意,咫尺若岛洲。鹊山步其下,顶高未攀搜。有友约追凉,各为杖屐谋。欲凭腰脚健,同寻剑壁幽。刚至犹未上,风吹黑云流。盆倾雨骤至,进退术莫筹。或就墓松避,或向石罅投。少焉如丝散,载携盘与瓯。循崖折西转,淋漓寺门秋。僧雏供几席,杯酌暂劝酬[1]。雨歇天如涤,霁色豁双眸。欲复看苍翠,黄昏不可留。眼前难偿愿,何论阻且修。顺逆应有定,随处堪优游[2]。

【注释】

此诗出自《秋桥诗选》卷三。

[1]僧雏:幼龄僧人。几席:几和席,为古人凭依、坐卧的器具。杯酌:酒杯。借指酒或酒肴。[2]优游:游玩。

大明湖櫂歌

（清）陈在谦

（其十九）

鹊华秋色近如何，影入平湖浸碧波。忽忆吴兴老画手，泉声山翠短筇过[1]。

【注释】

此诗出自《梦香居诗钞二集》卷二。

[1]诗后原注："周公谨流寓吴兴，松雪为作《鹊华秋色图》，以寄其乡思。又孙氏别墅在郡城西北，中有松雪洗砚泉。园丁治畦，得石刻于土中，乃松雪篆书诗，中有'泉声振响暗林木，山色滴翠落莓苔'，又有'有时扶筇步深谷，长啸袖染烟霞回'之句。"

望峼华山

（清）沈兆沄

马上看山得得来，峼华秋净湿云开[1]。修眉翠黛浑如画，为忆凝妆玉镜台[2]。

【注释】

此诗出自《织帘书屋诗钞》卷二。沈兆沄（1784—1877），字云巢，号拙安，天津人。曾任翰林院编修、浙江布政使。著有《织帘书屋诗钞》。

[1]得得：象声词，多形容马蹄声。湿云：湿度大的云。[2]翠黛：眉的别称。古代女子用螺黛（一种青黑色矿物颜料）画眉，故名。此处喻指鹊华两山如双眉。凝妆：盛装，华丽的装饰。镜台：上面装着镜子的梳妆台。

八月将归，游鹊山渡泺水观盐艘，遂登标山怀元平章张文忠公

（清）单为鏓

（其二）

荷衣风帽敌朝寒，小景居然作巨观[1]。安得华不云气合，空蒙烟雨画图看[2]。

（其三）

无聊家计等膏肓，试尽人间起死方。惜我未逢卢扁手，灵山欲乞大医王[3]。

【注释】

此诗出自《奉萱草堂诗钞》。盐艘：盐船。平章：古代官名。金元有平章政事，位次于丞相，元代之行中书省置平章政事，则为地方高级长官，简称平章。张文忠公：即张养浩，谥号文忠，死后追赠陕西等处行中书省平章政事，曾在济南标山附近修筑云庄居住。

[1]风帽：古代一种御寒挡风的帽子。[2]“华不”后原注：“音跗。”句后原注：“相传鹊华二山云合则雨。”[3]“卢扁”后原注：“上声。”句后原注：“相传扁鹊炼丹于此，故名鹊山。”卢扁：指扁鹊，因家于卢国，故称。

扁鹊墓

（清）吴振棫

苦语庄言不见收，古今岂独一桓侯[1]。后人解博朝廷宠，灵药争从海上求。

垣一方人视见之，名闻天下数偏奇。自怜疗妒无方法，不向长安怨李醯[2]。

【注释】

此诗出自《花宜馆诗钞》卷五。

[1]苦语：诤言，逆耳之言。庄言：严正的言论，庄重的言论。桓侯：即齐桓侯田午。[2]李醯（xī）：秦国的太医令。他自知医术不如扁鹊，派人刺杀了扁鹊。

鹊　山

（清）吴振棫

香火荒祠钟鼓催，奇方肘后已成灰[1]。满山药草无人识，空向春风绿一回。

【注释】

此诗出自《花宜馆诗钞》卷五。

[1]肘后：即肘后方，晋葛洪曾撰医书《肘后备急方》，简称《肘后方》。意谓卷帙不多，可以悬于肘后，后因借以泛指随身携带的医书或药方。

登会波楼望鹊华二山

(清)宗稷辰

步经鹊华桥,未见鹊华色。欲翰湖外山,峻赏穷北极。会波仰层构,上与象纬逼[1]。味喙向乾首,跗鄂挺艮脊[2]。独收泰青气,相对各孤立。竞爽联胜情,纷争隐陈迹[3]。

【注释】

此诗出自《躬耻斋诗钞》卷十四上。

[1]象纬:象数谶纬,亦指星象经纬,谓日月五星。[2]味喙:禽鸟嘴,此指鹊山。[3]竞爽:媲美,争胜。

舟中望鹊华

(清)张　铨

一峰天半露孱颜,极目分青泼翠间。他日荆关应画我,背篷圆笠看华山。

一水中央古镜磨,玉环飞燕照双蛾[1]。若教移置长江里,便是金焦两翠螺。

【注释】

此诗出自《爱山堂诗存》卷五。张铨(1795—1872),字寅阶,号翼南,山东利津人。曾任刑部郎中、常州知府。著有《爱山堂诗存》。

[1]玉环飞燕:指杨玉环和赵飞燕。

鹊　山

(清)沈　淮

欲觅丹砂诀,高台已渺茫。疗贫宁有术,医俗竟无方。日落衔青嶂,风高响白杨[1]。驱车来往熟,饱看此山光。

【注释】

此诗出自《三千藏印斋诗钞》卷六。诗题原注:"相传扁鹊曾炼丹于此。"

[1]青嶂:如屏障的青山。

望鹊华山

(清)徐宗干

昂首云间耸翠微，画图秋色认依稀。若随明月南飞去，不羡江头燕子矶[1]。

山到齐南似列屏，孤峰独自矗亭亭。安排十万芙蓉外，剩有莲花一朵青。

【注释】

此诗出自《斯未信斋诗录》卷五。徐宗干(1796—1866)，字伯桢，又字树人，江苏通州(今江苏南通)人。曾任兖州知府、浙闽总督。著有《斯未信斋诗录》。

[1]燕子矶：地名，在江苏省南京市东北部观音山。突出的岩石屹立长江边，三面悬绝，宛如飞燕，故名。

见鹊山

(清)徐宗干

昔望鹊山颠，今走鹊山足[1]。回首隔炊烟，一拳皱寒绿。

【注释】

此诗出自《斯未信斋诗录》卷七。

[1]足：基址，底脚。《诗经·大雅·旱麓》："瞻彼旱麓。"毛传："麓，山足也。"

过鹊山下

(清)徐宗干

孤峰翼然起，突兀凌苍烟[1]。径路石横阻，山门僧坐眠。

【注释】

此诗出自《斯未信斋诗录》卷十一。

[1]翼然：鸟展翅貌，常用来形容山石或亭台等建筑物高耸开张之状。

鹊　山

（清）符兆纶

九炼丹成否？荒山有旧祠。膏肓今或剧，嫉妒古难医[1]。烟雨重重掩，屏风叠叠奇。童颜如可驻，长愿采华芝[2]。

【注释】

此诗转引自《续修历城县志》卷八。诗题原注："以扁鹊炼丹于此得名。"

[1]膏肓：古代医学以心尖脂肪为膏，心脏与膈膜之间为肓。《左传·成公十年》："公疾病，求医于秦。秦伯使医缓为之。未至，公梦疾为二竖子，曰：'彼良医也，惧伤我，焉逃之。'其一曰：'居肓之上，膏之下，若我何？'医至，曰：'疾不可为也，在肓之上，膏之下，攻之不可，达之不及，药不至焉，不可为也。'公曰：'良医也。'厚为之礼而归之。"后遂用以称病之难治者。[2]童颜：儿童的容颜，亦谓红润如儿童的容颜。华芝：植物名，即灵芝。

历下杂咏

（清）孙锡嘏

（其七）

济南风景似江都，绿水青山天下无[1]。松雪不来秋色老，何人为作《鹊华图》？

【注释】

此诗出自《东泉诗钞》卷上。

[1]江都：一般指扬州江都区，代指江南地区。

鹊　山

（清）王　鸿

鹊山青青，云护高岑[1]。昔有仙客，炼丹功深。九还火熟，可以避谷[2]。吁嗟难医，唯妒与俗。鹊山高兮，仙人渺兮。忧心如痗，谁可疗兮[3]？

【注释】

此诗转引自《续修历城县志》卷八。

[1]高岑：高山。[2]避谷：即辟谷，古称行导引之术，不食五谷，可以长生。[3]痗(mèi)：病，忧伤。《诗经·卫风·伯兮》："愿言思伯，使我心痗。"毛传："痗，病也。"

重游历下

(清)李佐贤

游踪汗漫落人间，富贵浮云只等闲[1]。剩有尘缘犹未了，年年来看鹊华山。

【注释】

此诗出自《石泉书屋诗钞》卷六。

[1]汗漫：形容漫游之远。

题王石谷《鹊华秋色图》

(清)蒋敦复

芦花萧瑟水禽呼，雨后秋容淡欲无。绝似江南好山色，十行官柳倚明湖[1]。

【注释】

此诗出自《啸古堂诗集》卷二。蒋敦复(1808—1867)，字克夫，又字剑人，号纯甫，江苏宝山(今上海)人。曾修《上海县志》，著有《啸古堂诗集》。王石谷：即王翚(huī)(1632—1717)，初字象文，后易字石谷，号耕烟散人，又号乌目山人、清晖老人，江苏常熟人。鉴赏、临摹古画的功力极深，虞山画派创始人。

[1]官柳：大道上的柳树。

鹊山旅宿

(清)鲍瑞骏

不知山雨歇，石气上窗青[1]。鸱啸古磷出，风来潭水腥。危楼倚乔木，归梦堕残星。破晓谁驱马，苍凉响驼铃。

【注释】

此诗出自《桐华舸诗钞》卷二。

[1]石气：环绕山石的雾气。

寻鹊山古寺

(清)鲍瑞骏

曲径入松楸,禅关最上头[1]。路争山乱转,石迸水分流。高处一铃语,前临众壑幽[2]。丹炉重相访,云外药苗秋。

【注释】

此诗出自《桐华舸诗钞》卷二。

[1]禅关:即禅门,僧侣群聚的寺院。[2]铃语:檐铃的声音。

宿峼山寺

(清)陈　锦

自昔闻华峼,于今上峼山。千头顽石累,一面大河环[1]。过客三更话,行装半日闲。茫茫蛙灶劫,干土属禅关。

傍寺人烟密,停车暮色苍。淤痕千树矮,风阵一天黄。龙象迎门笑,僧雏扫榻忙[2]。笋厨如可借,敢谢大官羊。

【注释】

此诗出自《橘荫轩诗文集·补勤诗存续编》卷五。

[1]累:堆集,积聚。[2]龙象:龙与象。水行中龙力大,陆行中象力大,佛氏用以喻诸阿罗汉中修行勇猛有最大能力者,此处指高僧。僧雏:幼龄僧人。

济南东郊二首

(清)邵承照

(其二)

华山西峙鹊山东,黛色分明似画中。何事当年赵承旨,翻将妙笔攘天工[1]。

【注释】

此诗出自《云卧堂诗集》卷五。

[1]赵承旨:指赵孟頫,曾任翰林学士承旨。

大明湖望鹊华二山

(清)周铭旂

秋色凭谁一笔摹,蛾眉斗影落平湖[1]。此回风景须牢记,留待他年写画图。

【注释】

此诗出自《出山草》卷一。

[1]蛾眉:蚕蛾触须细长而弯曲,因以比喻女子美丽的眉毛,可作美女的代称。此处喻指鹊华两山倒影在明湖水中,如美女争奇斗妍。

菩萨蛮·咏济南八景

(清)张昭潜

鹊华烟雨

宜烟宜雨鹊华色,溟蒙混了双峰碧。浮黛点山椒,依稀两树梢。　　阴云何叆叇,弥漫流沆瀣[1]。一带界岩阿,中央起大河。

【注释】

此词出自《无为斋词钞》。张昭潜(1829—1907),字次陶,山东潍坊人。讲学于潍阳书院,山东学政汪鸣銮待以国士礼,奏奖其为国子监学正衔。著有《无为斋诗文集》。

[1]叆叇(dài):形容云彩厚而密的样子。沆瀣:夜间的水气,露水,旧谓仙人所饮。

济南绝句

(清)邹　钟

城郭依然似画描,鹊华秋色可怜宵[1]。沧溟老去渔洋死,如此湖山久寂寥[2]。

【注释】

此诗出自《四大观楼诗钞》卷二。邹钟(1833—1890),字乐生,江西安福人。诸生,候选巡检。著有《志远堂文集》《四大观楼诗钞》。

[1]可怜:可爱。[2]沧溟:指李攀龙,号沧溟。渔洋:指王士禛,号渔洋山人。

张楚瑶观察(士珩)《济上鸿泥》册子十二咏

(清)陈作霖

鹊桥踏雪

鹊山云气生,雪作天花坠。冒冷出门行,驴背生诗思。驿使期不来,折梅将谁寄[1]。

【注释】

此诗出自《可园诗存》卷二五。

[1]南北朝陆凯《赠范晔诗》:“折花(一作‘折梅’)逢驿使,寄与陇头人。江南无所有,聊赠一枝春。”折梅送远,以表达相思之情和情意之纯洁坚贞。

明湖竹枝词

(清)赵国华

(其二)

鹊山如鹊飞向东,华山如华开向西[1]。明湖绛纱不干事,朝朝蛾眉相对齐[2]。

【注释】

此诗出自《青草堂集》卷十一。赵国华(1838—1894),字菁衫,直隶丰润(今河北丰润)人。曾任山东沂州知府、山东按察使。著有《青草堂集》。

[1]华:花。[2]绛(jiàng)纱:红纱。绛,深红色。纱,绢之轻细者。

济南杂诗十首

(清)王咏霓

鹊华桥

试登鹊华桥,还见鹊华无。鹊华山色好,一半落明湖。

【注释】

此诗出自《函雅堂集》卷九。王咏霓(1839—1915),字子裳,号六潭,浙江黄岩(今浙江台州)人。曾任安徽凤阳知府。著有《函雅堂集》。

望鹊山

（清）蒋师轼

鹊山一千仞，巀嶪凌虚空[1]。何年瑶岛客，种此青芙蓉。又如翠袖人，独立苍烟中。自扫双蛾眉，东瞩蓬莱宫。昨从明湖湄，劳我双目穷。道左忽薢茩，短策殊匆匆[2]。何由杂樵牧，一洗风尘容。却访丹崖间，招摇桂几丛。

【注释】

此诗出自《三径草堂诗钞》卷二。蒋师轼（1844—1876），字幼瞻，上元（今江苏南京）人。曾任山东沾化知县。著有《三径草堂诗钞》。

[1]巀嶪：高耸。[2]薢茩（xiè hòu）：菱的别名。《说文・艸部》：“蔆，芰也。楚谓之芰；秦谓之薢茩。”唐段成式《酉阳杂俎・草篇》：“芰，一名水栗，一名薢茩。”短策：短的马鞭。

孙莱山尚书属题董文敏临松雪《鹊华秋色》画轴

（清）王懿荣

故乡风物属清秋，谁使湖山画里收。如此不归归缓缓，海天闲煞几群鸥。

那堪风鹤留泥爪，万叠愁心不可删。莫捻蘋洲渔笛谱，一声声破念家山[1]。

【注释】

此诗出自《王敏公遗集》卷五。王懿荣（1845—1900），字正儒，一字廉生，山东烟台福山人，为发现和收藏甲骨文第一人。曾任国子监祭酒。著有《王敏公遗集》。

[1]诗后原注：“海上空阔，时有草窗之思，与画若几不相涉。”

齐河距省四十里耳，湖山在望，乡思盈怀，赋截句十章

（清）吴树梅

（其二）

淡烟疏雨鹊华秋，一幅吴兴画稿留。最好斜阳红抹处，朗吟人在汇波楼[1]。

【注释】

此诗出自《浙使纪程诗录》。吴树梅(1845—1912),字緦丞,号毓春子,山东历城人。曾任国子监祭酒、户部左侍郎。著有《浙使纪程诗录》。截句:即绝句。

[1]朗吟:高声吟诵。

济南北郭望鹊华诸山

(清)张云骧

汇波门外水如弓,十里玻璃白藕风[1]。侧帽看山驴背稳,鹊华东去雨蒙蒙[2]。

【注释】

此诗出自《铁笛楼诗》。张云骧(xiāng)(1848—?),又名毓桢,字叔,号南湖,河北文安人。曾任内阁中书。著有《南湖诗集》《铁笛楼诗》《芙蓉碣》。

[1]玻璃:比喻平静澄澈的水面。[2]侧帽:斜戴帽子,后以谓洒脱不羁的装束。

徐梧生《鹊山寒食图》

(清)柯劭忞

人生莫作辽东鹤,满目萧条旧城郭[1]。敝庐蜷卧如荒村,有客携图来叩门。主人略识图中意,鹊山寒食年年事。谁将涕泪溅莺花,顿觉湖山风景异[2]。君不见,元裕之泰和,尚及承平时。汴州大去蔡州灭,济南客是南冠羁[3]。吴儿洲渚等闲好,先生别有伤心诗。又不见,徐矩庵画师,为汝图晴岚[4]。十年游宦返乡井,大堤杨柳仍毵毵[5]。眼中陵谷已迁改,青鞋布袜霜髭髯[6]。振衣日观峰,濯足东海水,不如问舍求田归故里[7]。躬耕何必耕郦亭,卜居何必居临黉[8]。嗟君四十九寒食,阅水成川非夙昔。芦殿衣冠未寂寥,石门霜露还萧瑟[9]。大河滔滔竹箭流,济南云树连章丘,登山临水可以消烦忧。安得年年寒食节,与君同作鹊山游。

【注释】

此诗出自《蓼园诗钞》卷二。柯劭忞(mín)(1848—1933),字凤荪,号蓼园,山东胶州人。曾任京师大学堂总监督、清史馆代馆长、总纂。著有《蓼园诗钞》。徐梧生:即徐坊(1864—1916),字士言,又字梧生,号矩庵、蒿庵、楼亭樵客、国子先生、止园居士等,山东临清人。曾任户部主事、国子丞,著名藏书家。

[1]辽东鹤:指传说中的辽东人丁令威修道升仙、化鹤归飞之事,后用来表示怀着思恋家乡的心情久别重归,慨叹故乡依旧而人世变迁很大。晋陶潜《搜神后记》卷一:“丁令威,本辽东人,学道于灵虚山。后化鹤归辽,集城门华表柱。时有少年,举弓欲射之。鹤乃飞,徘徊空中而言曰:‘有鸟有鸟丁令威,去家千年今始归。城郭如故人民非,何不学仙冢垒垒。’遂高上冲天。”[2]莺花:莺啼花开,泛指春日景色。[3]大去:谓一去不返。《春秋·庄公四年》:“纪侯大去其国。”杜预注:“大去者,不反之辞。”蒙古军队围攻汴州(开封),守城金军投降,金哀宗出奔蔡州,被灭。南冠:春秋时楚人之冠,借指囚犯。《左传·成公九年》:“晋侯观于军府,见钟仪,问之曰:‘南冠而絷者,谁也?’有司对曰:‘郑人所献楚囚也。’”[4]晴岚:晴日山中的雾气。[5]毵毵(sān):指毛发、枝条等细长的样子。[6]陵谷:《诗经·小雅·十月之交》:“高岸为谷,深谷为陵。”毛传:“言易位也。”郑玄笺:“易位者,君子居下,小人处上之谓也。”比喻自然界或世事剧变。髭(zī)髯:胡须。[7]问舍求田:置屋买田,多形容只求个人小利,没有远大志向。语本《三国志·魏书·陈登传》:“备曰:‘君有国士之名,今天下大乱,帝主失所,望君忧国忘家,有救世之意,而君求田问舍,言无可采,是元龙所讳也,何缘当与君语。’”[8]黉:古代的学校。[9]前半句诗后原注:“清明日,君奉命奠德宗皇帝梓宫于行殿。”

泺口渡河望鹊华二山作

(清)蒋　楷

鹊山如鹊,不能奋飞;华山如华,含苞未开[1]。两山中间,盈盈一水[2]。大河挟之,以走东海[3]。浪高于堤,堤高于屋[4]。蛟龙刀俎,生民鱼肉[5]。东人更东,西人更西。一华一鹊,终古不迁。

【注释】

此诗出自《那处诗钞》卷二。泺口:地处济南北郊,泺水在此汇入古济水(今黄河)。

[1]华:花。[2]盈盈:清澈的样子。[3]大河:此指黄河。[4]这两句是说黄河为地上悬河。堤:挡水的堤坝。[5]这两句以刀俎喻蛟龙,以鱼肉喻生民,是说黄河洪水给人民带来灾难。蛟龙:古代传说的两种动物,居深水中。相传蛟能发洪水,龙能兴云雨。刀俎:刀和砧板,宰割的工具。《史记·项羽本纪》:“大行不顾细谨,大礼不辞小让。如今人方为刀俎,我为鱼肉,何辞为!”生民:人民。鱼肉:比喻受侵害、欺压者。

鹊　山

(清)何乃莹

苍然秋色满岩隈,马上遥看图画开。扁鹊只今何处去,山光依旧送人来。

【注释】

此诗出自《灵樵仙馆诗草》卷一。

题《鹊山寒食图》

（清）徐继孺

昔者我从菏泽翁，拄杖游衍黉山中[1]。主人爱客不知倦，弥月饱看山花红。岁序如梭未半载，荆楚一炬走祝融。东海扬尘今果见，陵谷迁改殊匆匆。岁躔壬子春欲暮，黎民阻饥遍二东[2]。君将赴义活万口，往集中泽嗷嗷鸿。道经鹊山作寒食，宗周行迈伤故宫。此役跋涉亦良苦，图画难写心忡忡。我闻金泉全盛日，明昌泰和车书通。遗山诗老多感慨，却从离乱歌时雍。重游济南著《行记》，七十二泉照孤衷。杂诗恻恻不忍读，雍门琴曲将无同[3]。君为此图知何意，而能令我涕交胸。夭桃秾李郁奇色，薇蕨堪采非黄农。敷民都护荆关笔，苦为山水添愁容。华不注峙河萦带，烟雨不减松雪工。对之恍惚若梦寐，临黉回忆增余痌[4]。知君向平愿未了，婚嫁一毕恣游踪。鹿车偕隐有快婿，芳邻釜麓朝暮从[5]。野史亭筑亭山上，定有文献垂无穷[6]。呜呼乾坤有成毁，海市楼阁时一逢。尧舜事业亦何有，忽如浮云过太空。何况一幅鹅溪绢，存亡谁能究始终[7]。还君此图三叹息，会见磨灭随东风。

【注释】

此诗出自《徐悔斋集》卷十六。徐继孺（1858—1917），字又稚，号悔斋，山东曹县人。曾任潞安知府。著有《徐悔斋集》。诗前有序：“元遗山《济南杂诗》第四首：‘吴儿洲渚是神仙，惓画溪光碧玉泉。别有洞天君不见，鹊山寒食泰和年。’壬子春，梧生以赈饥道经济南，感遗山诗意，属觉罗敷民绘此图，乃弟有《集遗山句》绝句十首。”

[1]游衍：畅游。[2]躔（chán）：日月星辰在黄道上运行，亦指其运行的轨迹。[3]恻恻：悲痛，凄凉。雍门琴曲：相传雍门子周以善琴见孟尝君。孟尝君曰：“先生鼓琴亦能令文悲乎？”雍门子周曰：“臣何独能令足下悲哉……然臣之所为足下悲者一事也。夫声敌帝而困秦者君也，连五国之约南面而伐楚者又君也。天下未尝无事，不从则横。从成则楚王，横成则秦帝，楚王秦帝，必报仇于薛矣。夫以秦楚之强而报仇于弱薛，譬之犹摩萧斧而伐朝菌也，必不留行矣。天下有识之士无不为足下寒心酸鼻者，千秋万岁之后，庙堂必不血食矣！”孟尝君闻之悲泪盈眶。子周于是引琴而鼓，孟尝君增悲流涕曰：“先生之鼓琴，令文立若破国亡邑之人也。”见汉刘向《说苑·善说》。后因以指哀伤的曲调。[4]痌（tōng）：痛。[5]前半句诗后原注：“梧生婿史宝安有《鹿车偕隐图》。”后半句诗后原注：“劳玉初《釜麓归耕图》梧生有题诗，釜麓即釜山之麓，在临黉。”[6]前半句诗后原

注:“临黉东北有山如亭,名亭山。”[7]鹅溪绢:产于四川省盐亭县鹅溪的一种绢帛,唐代后为贡品,书画尤重之。

再题《鹊山寒食图》

(清)徐继孺

寒食婆娑元老子,鹊山苦忆泰和年[1]。诗情画意无今古,石烂海枯多变迁。河水桃花红欲涨,明湖柳色碧成烟。《冶春》重爱渔洋句,故国风光在眼前[2]。

【注释】

此诗出自《徐悔斋集》卷十六。

[1]婆娑:逍遥,闲散自得。元老子:元好问。[2]诗后原注:“渔洋山人《冶春》绝句:‘故国风光在眼前,鹊山寒食泰和年。邗沟未似明湖好,名士轩头碧涨天。’”

中元前一日同髯庸鉴青父子、吴进思登千佛山览明湖、鹊华诸胜,候冯蜇斋不至

(清)董玉书

舜耕往迹漫重论,指点齐烟浅淡痕。不见诗仙李供奉,长遗画史赵王孙[1]。湖光略似江南景,暝色初浮郭外村。我辈看山游未足,有人独乐遁名园。

【注释】

此诗出自《拙修草堂剩稿》。

[1]诗后原注:“赵文敏绘《鹊华秋色图》。”李供奉:指唐李白,曾任翰林供奉。

行经峼山

(清)章圭瑑

我行齐州北,地经峼山湖。峼山兀然起,湖水滴勺无。平时翳禾黍,广陌空菰蒲。不见沙汀鸥,但见城社狐。我闻在古昔,此地积水区。东亘白云渚,南既泺川隅。万顷资浸溉,千里相灌输。利泽自丰饶,风景亦丽都[1]。渔舟晚浦落,远岸明月孤。降逮伪齐豫,囿民为牧刍[2]。驱迫此邦人,填湖成泥涂。志在利赋税,忍顾地脉枯。落落千年间,榛莽遍郊郛[3]。自古先哲王,地力每提扶[4]。下者为污泽,常使洚水趋。日计或不足,月计具规模。后世多暴君,辄与污吏

俱。寸土课民耕,沟洫成坦途。恨不涸东海,悉化为膏腴。围湖并占江,版籍日毒痡[5]。茫茫夏土辟,往昔皆薮污[6]。川涂既尽湮,蓄泄将安需[7]。一遇水旱灾,坐困辄嗟吁。丁壮与老弱,死徙塞路衢[8]。我经此山陬,居民生计无[9]。纵能起鞭骨,千载恨难苏[10]。至治在无为,古圣不我诬。

【注释】

此诗出自《勤生堂诗存》卷四。章圭瑑(1870—1937),字籀苍,一字聘庵,号篆生,晚号余叟,江苏嘉定人。曾任工部主事、度支部主事制用司行走。著有《勤生堂诗存》。

[1]利泽:利益恩泽。丽都:华丽,华贵。[2]牧刍(chú):牲畜。[3]落落:形容多而连续不断的样子。榛莽:杂乱丛生的草木。郊郛:郊外,城外。[4]哲王:贤明的君主。地力:土地的出产能力。[5]版籍:版图,疆域。毒痡(pū):毒害,残害。[6]《左传·宣公十五年》:"川泽纳污,山薮藏疾,瑾瑜匿瑕。"[7]蓄泄:积聚与分散,蓄存与泄放。[8]路衢:四通八达的道路。[9]山陬:山角落,借指山区偏僻处。[10]前半句诗后原注:"明王象春尝与人书,云:每到峼湖,令我起鞭骨之恨。"

鹊　山

(清)宗　彝

危峰卓笔立,绝顶花萼如。俯瞰田畴广,百里开平芜[1]。黄河一线来,注海东南输。齐烟青九点,迷离看有无。岱岳钟灵秀,分与儿孙都。一石与一水,荒山迥异殊。秋色更可爱,来游兴不孤。曾闻赵文敏,对此摹成图[2]。

【注释】

此诗出自《宜古堂诗集》卷五。宗彝(1875—1935),原名藻生,字乙尊,北平人。曾任贵州余庆知县,代理湖北政务厅、教育厅厅长。著有《宜古堂诗集》。

[1]平芜:草木丛生的平旷原野。[2]诗后原注:"松雪翁有《鹊华秋色图》。"

鹊山道中

(清)乔曾劬

平原千里余,征轮剧奔马[1]。回首谢华不,斜阳大河下[2]。

【注释】

此诗出自《波外楼诗》卷一。乔曾劬(qú)(1892—1948),字大壮,一字壮夫,别署波外翁、伯戢,四川华阳人。曾任中央大学艺术系教授、台湾大学中文系教授等。著有《波外楼诗》《大壮印蜕》。

[1]征轮:远行人乘的车。[2]谢:辞别。

鹊山

（清）于绍舜

鹊山临水岸,突兀玉为屏。起伏龙蛇状,飞扬鸟兽形。峰高天渐白,路逼眼偏青。欲问神仙窟,征车未可停[1]。

【注释】

此诗转引自《乾隆历城县志》卷七。于绍舜,生卒年不详,字克承,号湑山,山东长清人。康熙十八年(1679)进士,曾任中书舍人。著有《湑(xǔ)山文集》。

[1]征车:远行人乘的车。

秋日游鹊华两山

（清）马中骥

鹊山蜿蜒复平敞,不注崚嶒竞秋爽[1]。双峰对峙济水分,人与闲云共来往[2]。闲云吹尽淡秋天,翠螺影落明湖边。若从城南望城北,两点点破齐州烟[3]。齐州南山青未了,登临不嫌此山小。碧岑丹磴低平原,木叶亭皋风袅袅[4]。秋风西来吹鬓丝,不曾蜡屐空吟诗[5]。一朝领略两山胜,无愁落日归来迟。

【注释】

此诗转引自清阮元《小沧浪笔谈》卷一。马中骥,生平事迹不详,山东历城人。

[1]蜿蜒:萦回屈曲的样子。平敞:平坦宽阔。秋爽:秋日的凉爽之气。[2]鹊华之间,本为济水分隔,后被黄河夺道。[3]两点:鹊山和华不注山,均为“齐烟九点”中的山峰。[4]碧岑:青山。亭皋:水边的平地。[5]鬓丝:鬓发。

和豸峰历下咏怀古迹诗三十七首

（清）王大堉

鹊　山

有山有山名鹊焉,隐现济泺云水间。砂石荦确人艰到,烟蒸雨洗霞斓斒[1]。

龙洞、佛峪、华不、大佛及千佛，吾尝一一穷跻攀。独有兹山不可即，芒鞋梦踏靡芜菅[2]。上方亭院何窈窕？峰峦娟秀梳烟鬟[3]。石钟石鼓试撞击，山禽惊散流水弯。秋风起兮乌鹊集，日落未落枫林殷。丹炉火冷仙药无，山骨瘦削苔斑斑。四时或晴或烟雨，奇境一到愁缘悭。其下扁鹊古墓在，墓土食可疗病颜。我欲医贫兼医诗，君其许我来仙关。

【注释】

此诗出自《苍茫独立轩诗集》卷二。

[1]斓斒：色彩错杂鲜明的样子。[2]菅：同“菅”。茅草。[3]娟秀：秀丽。

《鹊华秋色图》

（清）王　炜

鹊壁豁呈画不如，华不孤影注秋湖。自从笔落吴兴手，却作人间水墨图[1]。佛顶岩高添色相，奇峰云乱未模糊[2]。一张绢素凭妆点，去比虎丘南国苏[3]。

【注释】

此诗出自《春鹒（gēng）集·丁酉稿》。王炜（pǔ），生卒年不详，字晚初，山东益都（今山东青州）人。道光间贡生，候选教授。著有《春鹒集》。

[1]吴兴手：指赵孟頫，浙江吴兴人，绘《鹊华秋色图》。[2]色相：佛教语，指万物的形貌。[3]绢素：未曾染色的白绢。妆点：妆饰点缀。虎丘：山名，在江苏省苏州市西北，亦名海涌山。唐时因避讳曾改称武丘或兽丘，后复旧称。汉袁康《越绝书·外传记吴地传》：“阖庐冢在阊门外，名虎丘……筑三日而白虎居上，故号为虎丘。”相传吴王阖闾葬此，其上有虎丘塔、云岩寺、剑池、千人石等名胜古迹。

峙山亭

（清）王藻英

泺水回环历下城，高高亭子白云横。荷风入座空中色，松雪当年画里情。塔院丁东檐马响，禅林断续木鱼声[1]。推窗时向东南望，万叠青山泼眼明[2]。

【注释】

此诗转引自清李佐贤辑《武定诗续钞》卷二十。王藻英，生卒年不详，字椒庵，号春麓，山东利津人。诸生。

[1]檐马：也称风铃、铁马，挂在檐下，用以占风的金属小片，风起则叮咚作声。宋张

半湖《扫花游》词:"又丁东、数声檐马。"[2]泼眼:耀眼,照眼。

鹊华晚眺和韵

(清)方于鸿

雨晴山泼翠,湿借晚霞烘。爽气开幽径,诗情荡远空。林塘秋瑟瑟,楼阁雾蒙蒙。一曲飞桥影,波心落彩虹[1]。

【注释】

此诗转引自清方于谷辑《桐城方氏诗辑》卷二一。方于鸿,生平事迹不详,字汉衢,号楞岩,又号南垞,安徽桐城人。

[1]波心:水中央。

忆大明湖

(清)尹廷兰

(其四)

北城高耸会波楼,楼下清波日夜流。十里空蒙烟雨色,鹊华齐向坐中收。

(其二十)

故国风光剧可怜,鹊山寒食负年年[1]。临流若买三间屋,便引樵风自刺船[2]。

【注释】

此诗出自《华不注山房诗》卷上。尹廷兰,清代人,生卒年不详,字畹阶,山东历城人。乾隆三十九年(1774)举人,曾任高唐学正。著有《华不注山房诗》《华不注山房文》。

[1]可怜:可爱。[2]樵风:《后汉书·郑弘传》"郑弘字巨君,会稽山阴人"李贤注引南朝宋孔灵符《会稽记》:"射的山南有白鹤山,此鹤为仙人取箭。汉太尉郑弘尝采薪,得一遗箭,顷有人觅,弘还之,问何所欲,弘识其神人也,曰:'常患若邪溪载薪为难,愿旦南风,暮北风。'后果然。"后因以指顺风、好风。刺船:撑船。

拟题赵松雪《鹊华秋色图》

（清）龙 岭

济南之山天下奇，烟鬟云髻青迷离[1]。就中两峰独耸秀，尹邢欲斗双蛾眉[2]。挺然对峙明湖上，鄂跗乌翼遥相望。一抹遥青过佛头，苍然秋色凭谁状[3]。湖上风光画不如，何人更作秋山图。吴兴清远鸥波笔，点染峰峦意态殊。此图本为弁阳作，茅屋三间置邱壑。幽情古意出萧寥，滴翠浮岚看绰约[4]。渲染深青意宛然，会心多在两山颠。偶从画苑搜遗谱，一段风流忆辋川[5]。重将画意窥山意，咫尺似有千寻势。即看四水老潜夫，写入烟霞尽幽异[6]。妙迹留传定几家，只今吴氏秘清华[7]。何当真向图中住，两点秋山水一涯。

【注释】

此诗出自《石菌山斋诗稿》卷一。龙岭，生卒年不详，字邱麓，一字云路，号东山，山东滕州人。乾隆二十年(1755)副榜，曾任博平县教谕，卒年63岁。著有《石菌山斋诗稿》。

[1]迷离：模糊不明，难以分辨。[2]耸秀：高耸秀丽。尹邢：指汉武帝最美丽、最受宠幸的两个妃子尹夫人、邢夫人。详见清王士禛《归经鹊华二山间即目》注释[5]。[3]遥青：远处的青山。[4]萧寥：寂寞冷落。绰约：柔婉美好的样子。[5]遗谱：指前代留下的乐谱、画谱、棋谱等。辋川：原为水名，唐诗人王维曾置别业于此，并绘辋川别业二十胜景，即“辋川图”，借指风景幽胜之处。此处代指鹊华美景。[6]前半句诗后原注：“周公谨故居华山南，晚号‘四水潜夫’。”幽异：幽深奇异。[7]清华：清丽华美，此指《鹊华秋色图》。

济南竹枝词

（清）龙 岭

（其四）

华山高髻捎云烟，鹊山窈窕鬓合蝉[1]。分取明湖作明镜，两山各自照婵娟。

【注释】

此诗出自《石菌山斋诗稿》卷二。

[1]高髻：高绾之发髻。捎：拂，掠。

望鹊山

（清）乔 岳

横截一峰承断云，清流秀嶂镜中分。越人去后丹炉冷，燕雀秋翔刘豫坟[1]。

【注释】

此诗转引自《续修历城县志》卷八。

[1]越人：指扁鹊，姬姓，秦氏，名越人，春秋战国时期名医。

咏古今人物

（清）任宏远

济南秋色画图里，记得王孙貌鹊华[1]。今日得从马上看，吴兴真迹落谁家？

【注释】

此诗转引自《续修历城县志》卷八。

[1]貌（mò）：描绘。

扁鹊墓

（清）任宏远

十里湖光暑气微，越人遗墓枕荒矶[1]。春风沿路青蘺长，细雨空岩紫燕飞[2]。草没卢村陈迹换，洞留丹灶几时归。溪芼岁岁凭谁荐，满目松楸映夕晖[3]。

【注释】

此诗转引自《续修历城县志》卷二十。

[1]暑气：盛夏时的热气。矶：水边石滩或突出的岩石。[2]青蘺：香草名，即江蘺，又名蘼芜。[3]芼（mào）：草，指可供食用的野菜或水草。松楸：松树与楸树。墓地多植，因以代称坟墓。

游鹊山院，恭读先尚书伯祖海湄公题句

（清）任宏远

先代题诗日，为予未生年[1]。今来鹊山院，游迹尚宛然。蕴藉诗笔健，纱笼旧云烟。谁言陈无己，五字句独传[2]。

【注释】

此诗转引自《续修历城县志》卷二一。

[1]诗后原注："予生康熙丁巳。"[2]诗后原注："宋陈师道有《游鹊山院》诗。"陈无己：指陈师道，字履常，一字无己。

秋日过鹊山院，赠天锡大师

（清）任宏远

霜落秋山后，寻幽到上方。云生千岫白，叶老一林黄。敲句题花径，烹茶话竹房[1]。夕阳促客去，冷冷露沾裳。

【注释】

此诗转引自《续修历城县志》卷二一。

[1]敲句：推敲诗句。

鹊山湖寻杜少陵旧游处

（清）任宏远

往迹销沉久，犹传杜甫游[1]。山怀前度客，水改旧时流[2]。残照荒亭古，疏风老树秋。何人重歇马，惆怅鹊湖头。

【注释】

此诗转引自清张鹏展辑《国朝山左诗续钞》卷七。

[1]销沉：消逝，消失。[2]诗后原注："湖久淤。"

鹊华桥

（清）孙熊兆

虹桥跨渌水，桥上见华鹊[1]。黛色入层霄，两峰何戌削[2]。浮云互交通，往来无系着[3]。疑有古仙人，相逐驾白鹤。

【注释】

此诗转引自清张鹏展辑《国朝山左诗续钞》卷十一。孙熊兆（？—1783），字起渭，号沂川，别号蒙羽山人，山东兰山（今山东临沂）人。乾隆十六年（1751）进士，曾任贵州湄潭知县。著有《琅邪考》等。

[1]虹桥：拱曲如虹的长桥，此指鹊华桥。渌（lù）水：清澈的水。[2]层霄：高空。戌削：高耸特立的样子。[3]系着：牵挂，依恋。

鹊　山

（清）李　图

秦鹊偶来游，山名万古留[1]。齐侯初不信，枉自到齐州[2]。

【注释】

此诗转引自《续修历城县志》卷八。

[1]秦鹊：指扁鹊，秦氏。[2]齐侯：此指战国时期田氏代齐以后的第三位齐国国君，谥号齐桓公，史称田齐桓公或齐桓公午，本名田午。此人在《韩非子·喻老》中被称为蔡桓公，相传扁鹊曾为他看病，在起病由轻到重衍变时连劝了三次，田午因为讳疾忌医而不听，扁鹊再来时，发现其已病入膏肓，无法医疗，只得转身而退，并连夜逃往秦国，不久田午就病发而去世了。

济南道中见鹊华有感

（清）李衍孙

一船烟雨七桥隈，湖上曾经载酒杯。客鬓十年初见雪，青山遥讶故人来[1]。

【注释】

此诗出自《炊菰（gū）亭诗》。李衍孙，生卒年不详，字蕃升，号味初，山东惠民人。乾隆三十年(1765)举人,曾任陕西沔(miǎn)县(今陕西勉县)知县。著有《炊菰亭诗》,辑《武定明诗钞》《国朝武定诗钞》。

[1]客鬓:旅人的鬓发。

济南使院偶作

(清)李翊

门对鹊华山,山高云亦高。崭岩数百仞,如削昆吾刀[1]。卷帘望山色,登楼弄波涛。地偏兴自远,潇洒绝尘嚣。

【注释】

此诗出自《衣山诗钞》卷一。李翊,生卒年不详,字衣山,云南晋宁人。乾隆二十二年(1757)进士,曾任翰林院编修。著有《衣山诗钞》。

[1]崭岩:陡峻的山岩。昆吾刀:用昆吾石冶炼成铁制作的刀。《海内十洲记·凤麟洲》:"昔周穆王时,西胡献昆吾割玉刀及夜光常满杯,刀长一尺,杯受三升。刀切玉如切泥……剑之所出,从流州来。"

九日登济南城楼望鹊华二山

(清)李稻塍

不辞千里驾,来看鹊华秋。秋色已如此,岚光翠欲流。扶筇当令节,纵目上危楼[1]。欲乞王孙墨,终朝作卧游[2]。

【注释】

此诗转引自清李稻塍辑《梅会诗选附刻》。李稻塍,生卒年不详,字耕麓,号蜕庵,浙江秀水(今浙江嘉兴)人。乾隆年间在世。著有《寸碧山房集》,辑《梅会诗选》。

[1]令节:犹佳节。[2]诗后原注:"赵文敏有《鹊华秋色图》。"

九日鹊山步家用晦兄韵

(清)杨对廷

市尘偶谢陟平巅,云白峰青画里天[1]。仙境管弦思闹节,农家豚酒喜逢年。寒生远水轻浮碧,秋老疏林澹着烟。别有凌云豪气在,弹冠济济汇征连。

【注释】

此诗转引自清王钟霖辑《国朝历下诗钞》卷三。杨对廷,生卒年不详,字晋之,山东历城人。杨受廷弟，增生。用晦：指杨德昭，字用晦。

[1]市尘：喻指城市的喧嚣。

《峼华秋色图》

（清）杨恩祺

谁写峼华岚色秋？吴兴妙迹旧曾留[1]。树皴岭面迷丹灶，云抹山腰护寺楼[2]。霭霭烟光浮绢素，萧萧雨气渍矾头[3]。翠屏斜插单椒耸，展卷真堪恣卧游[4]。

锦衣公子玉堂仙，佳话独能忆昔年[5]。偶尔宦游来稷下，顿教清兴落樽前[6]。湖山尽入丹青笔，宾主重修翰墨缘[7]。为问斯图今在否，余风遗韵尚流传。

【注释】

此诗出自《天畅轩忆得偶存诗稿》卷二。杨恩祺，生卒年不详，字子惠，山东历城人。工写生，精金石篆刻。著有《天畅轩忆得偶存诗稿》。

[1]吴兴妙迹：指赵孟頫所作《鹊华秋色图》。吴兴，指赵孟頫，浙江吴兴人。妙迹，指佳妙的书法作品。[2]皴：物体表面有皱纹，毛糙。[3]绢素：未曾染色的白绢。矾头：山水画中山顶的小石堆，形如矾石，故名。[4]卧游：谓欣赏山水画以代游览。[5]玉堂仙：翰林学士的雅号。赵孟頫曾任翰林侍读学士。[6]宦游：旧谓外出求官或做官。稷下：指战国齐都城临淄西门稷门附近地区。齐威王、宣王曾在此建学宫，广招文学游说之士讲学议论，成为各学派活动的中心。赵孟頫曾担任同知济南路总管府事，济南古属齐地，故以稷下代称。[7]翰墨：借指文章书画。

偕用晦弟重阳登鹊山即索同游和韵

（清）杨德亮

凌虚直上碧霞巅，为想无怀与葛天[1]。山寺松云饶逸趣，田家鸡黍足丰年。秋花三径晚留月，幽鸟一林朝下烟[2]。裙屐徘徊忘世事，枌榆社散影珠连[3]。

【注释】

此诗转引自清王钟霖辑《国朝历下诗钞》卷二。杨德亮，生卒年不详，字寅工，号莲溪，山东历城人。诸生。著有《青云轩吟稿》。

[1]无怀：指无怀氏，传说中的上古帝王。《管子·封禅》："昔无怀氏封泰山。"尹知章注："〔无怀氏〕古之王者，在伏羲前。"宋罗泌《路史·禅通纪》："无怀氏，帝太昊之先。其抚世也，以道存生，以德安刑……当世之人甘其食，乐其俗，安其居而重其生。"葛天：指

葛天氏，传说中的上古帝名。一说为上古时期的部落名。《吕氏春秋·古乐》："昔葛天氏之乐，三人掺牛尾，投足以歌八阕。"宋罗泌《路史·禅通记》："葛天者，权天也，爰儗旋穷作权象，故以葛天为号。其为治也，不言而自信，不化而自行，荡荡乎无能名之。"明何景明《赠萧文彧号古峰序》："想无怀、葛天之民，慨身世之既远也。"[2]三径：晋赵岐《三辅决录·逃名》："蒋诩归乡里，荆棘塞门，舍中有三径，不出，唯求仲、羊仲从之游。"后因以指归隐者的家园。[3]裙屐：原指六朝贵游子弟的衣着，后泛指富家子弟的时髦装束，亦借指衣着时髦的富家子弟。裙，下裳。屐，木底鞋。枌榆：木名，榆之一种，旧时房屋前后多植，泛指故乡。

九日偕友登鹊山即属同和

（清）杨德昭

袖惹清风上翠巅，置身恰欲近青天。开樽有兴酬佳节，作赋无才愧少年。半岭白云销落日，一林黄叶淡秋烟。何当共把茱萸插，深羡同人敌惠连[1]。

【注释】

此诗转引自清王钟霖辑《国朝历下诗钞》卷二。杨德昭，生卒年不详，字用晦，山东历城人。诸生。著有《览胜集》。

[1]敌：对等，相当。惠连：柳下惠、少连的并称，二人皆古节行超逸之士。

桑园遇张留山别驾小憩望鹊华山作

（清）吴　嵰

与尔见还别，驱车去又停。地愁千里赤，山比向来青。我亦因桑恋，诗吟隔树听。年荒无好语，雁户眼曾经[1]。

【注释】

此诗出自《红雪山房诗钞》卷十一。吴嵰，生卒年不详，字兼山，原名尚锦，字敦素，江苏常熟人。监生，乾嘉年间曾任钜野主簿，官至浙江绍兴同知。著有《红雪山房诗钞》。

[1]雁户：指流动无定的民户。

晨起望鹊华

（清）宋云鈊

芙蓉秀出碧双峰，苍翠遥连晻霭中[1]。夜里为谁分截断？半沉烟云半浮空[2]。

【注释】

此诗转引自《华不注史珍文粹》。宋云钦(xīn),生卒年不详,字凝西,号秋岩,山东历城人。康熙五十年(1711)副榜贡生。著有《秋岩小咏》。

[1]晻(ǎn)霭:昏暗的云气。[2]烟云:烟霭云雾。

峼山湖饮朱伯直

(清)宋兰芳

烟雨忽开杨柳新,红莲花下鲙金鳞。胡姬半醉歌懊恼,狂杀风流贺季真[1]。

【注释】

此诗转引自清余正酉辑《国朝山左诗汇钞后集》卷二六。宋兰芳,生卒年不详,字木舟,江西乐安人。诸生。著有《芙蓉馆诗集》。

[1]胡姬:原指胡人酒店中的卖酒女,后泛指酒店中卖酒的女子。汉辛延年《羽林郎》诗:"依倚将军势,调笑酒家胡。胡姬年十五,春日独当垆。"贺季真:指唐代诗人贺知章,字季真。唐代李白《对酒忆贺监二首》诗中有"四明有狂客,风流贺季真"句。

望峼山放歌

(清)张廷叙

造物好奇奇不已,凿空怪石连云起。峼山旧枕峼湖中,倒影晴岚浸湖水。当年胜迹成尘埋,山色犹乘春晓开[1]。金舆玉笋不足道,截然横岭如刀裁[2]。分得华山一半青,曈昽日影从东来[3]。谁家欲学阿嫷妆,卷帘明镜邀山光[4]。绿发侵鬓总嫌浅,石黛染眉犹恨长。始知化工本要妙,那许人间曲折肖。俗态怪艳徒纷纷,涂鸦应被山灵笑。我来看山心欲颠,相看无语空相怜。明日过河上山去,一声长啸凌风烟。

【注释】

此诗出自《香雪园重订诗·泺游草》。

[1]前半句诗后原注:"湖为刘豫所道,旧景全湮。"[2]金舆玉笋:华不注山亦称金舆山,"孤峰特拔"之状似玉笋。[3]曈昽(tóng lóng):日初出渐明的样子。[4]嫷(tuǒ):同"婧"。美好。《说文·女部》:"嫷,南楚之外谓好曰嫷。"徐铉注:"今俗省作婧。"《文选·宋玉〈神女赋〉》:"嫷被服,侻薄装。"李善注:"《方言》曰:嫷,美也。"

同良哉兄观赵文敏《鹊华秋色图》

（清）张国范

佳日看书兼看画，卓哉松雪冠前朝。《鹊华》一卷真无价，奎藻千年自不凋[1]。相对山峦成蔚蔚，四围林木欲萧萧[2]。辋川难见王摩诘，杯茗炉香向此消[3]。

【注释】

此诗转引自清张昀（yún）辑《张氏诗集合编》卷三。张国范，生卒年不详，字式皆，河北景县人。顺治五年（1648）举人。著有《澹宁草堂诗集》。

[1]奎藻：指帝王诗文书画。[2]蔚蔚：茂盛的样子。[3]辋川：水名，即辋谷水。诸水会合如车辋环凑，故名。在陕西省蓝田县南，源出秦岭北麓，北流至县南入灞水。唐诗人王维曾置别业于此，并著有《辋川集》二十首。

自济南赴青州出东关望鹊华二山

（清）陈沂震

频年跋涉西南路，老向东邦更驰骛[1]。齐州郊外试初程，远近峰峦引瞻顾。华不耸峭鹊山平，翠色嶙峋望眼明[2]。未暇登临穷远目，聊因凭吊动微情。此地歌风称大国，战争盟会传方策。王图伯业几销沉，逝水浮云空叹息。两山对峙故依然，绿树丹崖见绝巅。宁同郡邑论兴废，惟与烟霞共岁年。只令海宇升平久，风化还推齐鲁首。书生遭遇忝华轩，盛代功名愧蒲柳[3]。逶迤车马过高岑，回首城闉隔晚林[4]。试向山村询近俗，弦歌几处有遗音[5]。

【注释】

此诗出自《狷亭诗稿·山左诗》。陈沂震，生卒年不详，字起雷，号狷亭，江苏吴江（今江苏苏州）人。康熙三十九年（1700）进士。曾任山东提学使、刑科掌印给事中。著有《狷亭集》《微尘集》《敝帚集》。

[1]驰骛：疾驰。[2]"华不"后原注："音'孚'，与'跗'同。"[3]华轩：饰有文采的曲栏，借指华美的殿堂。蒲柳：即水杨，一种入秋就凋零的树木。后因以比喻未老先衰，或体质衰弱。[4]城闉：城内重门，亦泛指城郭。[5]弦歌：依琴瑟而咏歌，代指礼乐教化。

秋日游鹊华两山

（清）范 李

青螺点点碧天秋，清气横空足胜游[1]。北郭两峰真秀绝，东山双屐最风流[2]。华跗直与孤云立，鹊壁平从旷野浮[3]。不是弁阳老词客，鸥波图画为谁留[4]。

翠微深处净无尘，成岭成峰面面真[5]。十里云霞开胜地，九秋风日助诗人[6]。浮岚对峙遥通径，流水中分再问津[7]。记否登临三月后，瘦红肥绿媚残春。

石势凌空碧插天，扶筇直上到层巅。恰从烟雨初晴日，快结溪山未了缘[8]。扁鹊烧丹攀古灶，顷公取饮记华泉[9]。振衣千仞情何在，白苎青藤是谪仙。

神秀真堪倚岱宗，又疑太华矗芙蓉[10]。东山更比西山瘦，近岫应怜远岫浓[11]。载酒人来黄叶寺，谈诗客上白云峰。西风落日低城堞，渺渺秋怀更几重[12]。

【注释】

此诗转引自清阮元《小沧浪笔谈》卷一。范李，生卒年不详，字澹园，山东历城人。嘉庆三年(1798)优贡，曾任冀州直隶州知州、保定知州。著有《忠爱堂诗集》。

[1]青螺：喻青山。横空：弥漫天空。[2]秀绝：特出超群。东山屐：晋谢安在金陵城东筑别墅，常着屐来此游憩。谢玄等破苻坚，有驿书至，安方对客围棋，阅书既竟，了无喜色，棋如故。既罢，还内，过户限，心喜甚，不觉屐齿之折。事见《晋书·谢安传》。后因以为典。明何景明《将游东园以风雨遂止》诗之一："雨阻东山屐，天留北海杯。"[3]鹊壁：指鹊山。鹊山平顶无主峰，远望如翠屏。[4]弁阳老词客：指周密，南宋词人，号弁阳老人。鸥波图画：赵孟頫(号鸥波)为周密所绘《鹊华秋色图》。[5]翠微：指青翠掩映的山腰幽深处。成岭成峰：宋苏轼《题西林壁》："横看成岭侧成峰，远近高低各不同。"[6]九秋：指秋天。风日：风光。[7]浮岚：飘动的山林雾气。问津：询问渡口。[8]未了缘：佛教谓此生没有了却的因缘。[9]传说扁鹊曾在鹊山炼丹，齐顷公曾往华泉取饮。[10]神秀：神奇秀美。太华：西岳华山。[11]东山：此指华不注山，位于鹊山之东。西山：此指鹊山，位于华不注山之西。岫：山洞，有洞穴的山，可泛指峰峦。[12]城堞：城上的矮墙，可泛指城墙。渺渺：幽远的样子。秋怀：秋日的思绪情怀。

黄湘筠广文自绘《鹊华图》寄赠

（清）周　乐

墨沈泼模糊，两山烟雨俱[1]。慰余关陇客，绘此《鹊华图》[2]。堤柳绿依郭，风荷香满湖。何时归泛艇，随意狎鸥凫[3]。

【注释】

此诗转引自清余正酉辑《国朝山左诗汇钞后集》卷十四。

[1]墨沈：墨汁。[2]关陇：指关中和甘肃东部一带地区。[3]狎：接近，亲近。凫（fú）：鸭子。

重阳同人宴鹊山和韵

（清）胡典龄

有客山登泺北巅，豪情真足薄云天。渊明酒兴同今日，秦缓仙踪溯往年[1]。路杳遥来千里雁，秋高晚起万家烟。深惭下里难为曲，闲咏同归帽影连[2]。

【注释】

此诗转引自清王钟霖辑《国朝历下诗钞》卷二。胡典龄，生卒年不详，字汝白，山东历城人。乾隆四十二年（1777）举人。曾任云南师宗知县。著有《周易名象》。

[1]秦缓：春秋时秦国良医。《左传·成公十年》："公疾病，求医于秦。秦伯使医缓为之。"此代指神医扁鹊。[2]下里：指民间歌谣。

雪后过鹊山寄怀芗亭

（清）胡德琳

鹊山山下寒鹊飞，清宁寺中烟霭微。夕阳未落月早上，踏雪看月吾忘归。天上月如雪，地上雪如月。雪兮月兮两不知，此景此时正奇绝。归来语妻子，笑我何颠狂[1]。颠狂无可语，寄诗向何方。怜子缩脚荒村里，雪月怀人又异乡。

【注释】

此诗出自《碧腴斋诗存》卷六。

[1]颠狂：举止狂乱的样子。

春雪后重过鹊山寄芗亭

（清）胡德琳

去年腊雪山前过，寒鹊纷纷飞欲堕。马上怀君对月明，荒村独宿愁无那[1]。今年山下月如银，积雪连宵已度春。官斋灯烛兼弦管，可忆山前马上人[2]。

【注释】

此诗出自《碧腴斋诗存》卷六。

[1]无那：无限。[2]弦管：丝竹乐声。

崮山寺

（清）钟廷瑛

登山慵试脚，古寺揭追凉[1]。人语出危阁，蝉声催夕阳。三年劳马足，百步接川光[2]。何处扁舟子，招招官渡旁[3]。

往日青莲客，孤舟此地回。只今崮山转，犹似谪仙来。废浦秋禾遍，残钟古殿开。前贤归逝水，遗迹使人哀。

【注释】

此诗出自《退轩诗录》卷六。

[1]前半句诗后原注："后山《登崮山》诗'小试登州脚'。"宋陈师道《登鹊山》为"小试登山脚"。追凉：乘凉，纳凉。[2]川光：波光水色。[3]招招：招呼貌。《诗经·邶风·匏有苦叶》："招招舟子，人涉卬否。"毛传："招招，号召之貌。"郑玄笺："舟人之子号召当渡者。"

九日同人登鹊山和韵

（清）姚廷训

乘兴披云上鹊巅，秋林红映碧云天。题糕雅许酬佳节，落帽狂应似昔年[1]。篱菊正开人送酒，佛松遥望暮生烟。归来莫虑溪桥晚，疏柳湖光月色连。

【注释】

此诗转引自清王钟霖辑《国朝历下诗钞》卷二。姚廷训，字子聪，号文溪，山东历城人。嘉庆四年（1799）进士，曾任江苏昆山知县、广东博罗知县。

[1]题糕：指唐刘禹锡重阳题诗不敢用“糕”字的故事。宋邵博《闻见后录》卷十九：“刘梦得作《九日诗》，欲用糕字，以《五经》中无之，辍不复为。宋子京以为不然。故子京《九日食糕》有咏云：‘飙馆轻霜拂曙袍，糗餈花饮斗分曹。刘郎不敢题糕字，虚负诗中一世豪。’”后遂以之作为重阳题诗的典故。落帽：重九登高的典故。详见清姚廷训《九日同人登鹊山和韵》注释[1]。

九日登峈山和同人

（清）姚谦持

层层空翠泼晴巅，树色岚光绿接天。铿尔风传钟鼓石，悠然仙忆灶丹年。眼前旧雨兼新雨，槛外朝烟复暮烟。好是秋容成雅会，携筇担榼任留连[1]。

【注释】

此诗转引自清王钟霖辑《国朝历下诗钞》卷一。姚谦持，生平事迹不详，字六吉，山东历城人。

[1]秋容：犹秋色。雅会：风雅之集会。榼：古代盛酒或贮水的器具。

秋日游鹊华两山

（清）耿玉函

鹊华两点翠微中，缭绕秋光望不穷。几缕晴烟遮欲断，半沉林表半浮空[1]。

落木萧萧旅雁哀，好将清兴共登台[2]。会波楼外斜阳暮，一抹山光抱郭来。

危峦双峙势崔巍，山翠空濛滴四围[3]。最是秋深黄叶路，无边风雨送人归。

【注释】

此诗转引自清余正酉辑《国朝山左诗汇钞后集》卷九。

[1]林表：林梢，林外。[2]旅雁：指南飞的雁群。[3]四围：四周，周围。

九日登峈山和作

（清）耿玉函

山势如屏列秀巅，翛然共乐雨花天[1]。不妨携酒邀同社，但作狂吟即少年。古寺秋深黄叶路，疏林月淡翠微烟。何时移向崇岩住？诗侣仙俦比舍连。

【注释】

此诗转引自清王钟霖辑《国朝历下诗钞》卷一。

[1]翛然：无拘无束的样子，超脱的样子。

望鹊华诸峰

（清）夏献云

秀色双芙蓉，天然势若削。一为扁鹊居，于此炼丹药。一为古战场，三周此山脚。松雪有画图，风光写出郭。维兹华不注，似花趺承萼。参稽《常棣》篇，鄂不义相若。游览之所经，见闻借恢拓[1]。

【注释】

此诗出自《清啸阁诗草》卷二。夏献云，生卒年不详，字芝岑，江西新建人。道光二十九年（1849）拔贡，曾任湖南提邢按察使。著有《清啸阁诗草》。

[1]恢拓：拓展，开拓扩展。

鹊山湖怀古十韵

（清）徐子威

瘦牛耕废堰，境僻松风长。鹊湖余古迹，秋色晚苍苍。东望华不注，烟翠更微茫[1]。缅怀千载上，此地足徜徉。昔闻杜少陵，携酒泛轻航[2]。况同李北海，开襟酌巨觞[3]。中流逸兴飞，高咏声琳琅[4]。宛如游碧落，一览何汪洋[5]！今我临泺北，眼底成沧桑。无复旧云水，青山空夕阳。

【注释】

此诗转引自《续修历城县志》卷十二。徐子威，生卒年不详，字云樵，号野泉，江苏常州人。其父作幕山东，乃占籍山东历城。著有《海右集》。

[1]烟翠：青蒙蒙的云雾。[2]轻航：轻舟，小船。[3]开襟：敞开胸怀。[4]琳琅：玉石相击声，泛指清脆美妙的声音。[5]汪洋：宽广无际，形容水势浩大的样子。

鹊华秋色堂

（清）徐昂发

水晶老仙笔，笔力搜天悭[1]。鹊华点秋色，晴岚落人寰[2]。齐州旧记面，依依两孱颜[3]。公以名衙斋，想见簿领闲[4]。晨旭透花萼，残雨横烟鬟[5]。看山如读画，坐卧翠霭间。移节向吴会，时梦双峰环[6]。篮舆盘白道，犹见秋叶殷[7]。诵公五字诗，恍对齐州山。

【注释】

此诗出自《畏垒山人诗集》卷一。徐昂发，生卒年不详，字大临，号畏垒山人，江苏昆山人。康熙三十九年(1700)进士，曾任翰林院编修，提督江西学政。著有《畏垒山人诗集》。

[1]水晶老仙：指赵孟頫，号水晶宫道人。笔力：字、画、文章在笔法上表现的气势和力量。悭：阻碍。[2]晴岚：晴日山中的雾气。人寰：人间，人世。[3]依依：隐约的样子。孱颜：指高峻的山岭。[4]衙斋：衙门里供职官燕居之处。簿领：谓官府记事的簿册或文书。[5]晨旭：朝日。残雨：将止的雨。烟鬟：喻云雾缭绕的峰峦。[6]移节：旧称大吏转任或改变驻地。吴会：今绍兴的别称，古代会稽郡分成三吴(吴会、吴郡、吴兴)。[7]蓝舆：竹轿。白道：大路。殷(yān)：深红或赤黑色。

济南杂诗

(清)高望曾

(其三)

鹊华名胜拟金焦，烟外螺鬟两点描[1]。最好看山新雨后，满城岚翠涌如潮[2]。

【注释】

此诗出自《茶梦盦(ān)劫后诗稿》卷五。高望曾，生卒年不详，字稺颜，号茶盦，浙江仁和人。贡生，曾任福建将乐知县。著有《茶梦盦劫后诗稿》。

[1]金焦：金山和焦山。[2]岚翠：苍翠色的山雾。

九日登峼山

(清)黄永宁

闲云几片领层巅，随喜攀跻到洞天[1]。菊酒盈尊酬令节，松花满寺记何年。横空雁字图秋影，隔水樵歌动晚烟。试忆龙山人落帽，诸公得句韵相连[2]。

【注释】

此诗转引自清王钟霖辑《国朝历下诗钞》卷一。黄永宁，生平事迹不详，字受圃，山东历城人。

[1]随喜:佛教语,谓欢喜之意随瞻拜佛像而生,因用以称游谒寺院。[2]落帽:重九登高的典故。详见清姚廷训《九日同人登鹊山和韵》注释[1]。

九日复登峼山

(清)黄裔香

潇洒襟怀到绝巅,游人兴寄九秋天[1]。临风为忆归鸿日,对景还思戏马年。丹叶满林藏宿灶,黄花匝地吐寒烟。窗中静赋山中趣,节过重阳雨又连。

【注释】

此诗转引自清王钟霖辑《国朝历下诗钞》卷一。黄裔香,生平事迹不详,字效斋,山东历城人。

[1]九秋:指秋天。

秋日游鹊华两山

(清)萧与澄

拾级凭陵屐未停,两峰卓立插青冥[1]。莲峰一朵跗明水,神鹊千年注地经[2]。缘径蕛花沾露冷,满林风叶入秋听[3]。青藤白苎人何处?唯有松涛起翠屏[4]。

【注释】

此诗转引自清阮元《小沧浪笔谈》卷一。萧与澄,生平事迹不详,山东德州人。

[1]拾级:逐级登阶。凭陵:逾越,登临其上。卓立:特立,耸立。青冥:青天。[2]地经:指地书《山海经》。《山海经》:"《南山经》之首曰鹊山。"[3]蕛(bài):同"稗"。一年生草本植物,叶子像稻,叶鞘无毛,实如黍米,可食,或作饲料,杂生稻田中,有害稻子生长。亦指这种植物的果实。[4]苎(zhù):多年生草本植物,属荨麻科,茎直,茎皮纤维坚韧有光泽,可作编结、纺织、造纸的原料,根可入药。翠屏:借指青翠的竹丛。

济南杂咏八首

(清)萧　重

鹊华桥

鹊华秋色好,乘兴一登桥。远墅环晴岛,孤峰插碧霄。霞光明塔角,云气束山腰。诗思年来减,何当破寂寥[1]。

【注释】

此诗出自《剖瓠(hú)存稿》卷一。萧重，生卒年不详，字千里，号远村，又号梅村，直隶静海(今天津)人。嘉庆十三年(1808)受召试任文颖馆誊录官，后任福建莆田县凌洋司巡检。著有《剖瓠存稿》。

[1]诗思：作诗的思路、情致。年来：近年以来或一年以来。

答友人九日鹊山之约

(清)鹿林松

久羡名山迹，长怀著屐行。况闻携菊酿，约此醉秋声。地接幽燕迥，天垂海岱平。傥能遇扁鹊，更好话长生[1]。

【注释】

此诗转引自《续修历城县志》卷八。

[1]傥：倘若，假如，表示假设。

九日偕杨寅工昆玉并同人登鹊山，即和寅工原韵

(清)韩文澜

振衣高蹑翠微巅，遥对明湖镜里天。丹叶黄花娱此日，登楼泛渚忆当年。晚霞渐隐全山影，新月初临满树烟。归路笙歌犹未已，清泠互答韵相连[1]。

【注释】

此诗转引自清王钟霖辑《国朝历下诗钞》卷三。韩文澜，生卒年不详，字壮波，山东历城人。嘉庆六年(1801)举人。著有《祥止轩诗》。杨寅工：即杨德亮，字寅工。昆玉：称人兄弟的敬辞。

[1]笙歌：吹笙唱歌，泛指奏乐唱歌。

鹊山湖

(清)董　芸

荷花菱叶镜中涵，雨后山光尽蔚蓝。湖上烟波三十里，济南风景似江南[1]。

【注释】

此诗出自《广齐音》。诗前原注:"《酉阳杂俎》:历城北有莲子湖,周环二十里,湖中多莲花,红绿间明,乍疑濯锦。又渔船掩映,罟罾疏布,远望之者,若蛛网浮杯也。今湖水久湮,证以《三齐记》所云'鹊山湖'者,正当其地。疑当日鹊山湖,一名'莲子湖'云。渔洋与竹垞皆以城内大明湖为莲子湖,误。"罟罾(gǔ zēng),泛指渔网。

[1]烟波:指烟雾苍茫的水面。

钟鼓石

(清)董　芸

钟鼓无声石已顽,何曾乌鹊绕林间。也如千佛高峰顶,断锁飞来海上山。

【注释】

此诗出自《广齐音》。诗前原注:"《济南行记》:鹊山每岁七八月间,乌鹊群集其上,故名鹊山。旧《志》:山下有钟鼓二石,叩之辄声闻数里。此与段成式记历山铁锁事同一荒怪,不足信。"历山铁锁,唐段成式《酉阳杂俎·诺皋记上》:"齐郡接历山,上有古铁锁,大如人臂,绕其峰再浃。相传本海中山,山神好移,故海神锁之,挽锁断,飞来于此矣。"

周公谨故里

(清)董　芸

鹊华秋色敞云屏,画里家山梦未经。头白王孙空怅望,六陵无树哭冬青。

【注释】

此诗出自《广齐音》。诗前原注:"弁阳周公谨,其先齐人也。尝作《齐东野语》,其自叙云:'余家世居历山下,或云"华不注之阳"。曾大父始扈跸南迁。'赵松雪通守齐州,罢官后为写《鹊华秋色图》以赠公谨,张伯雨赋诗纪其事。"扈跸,随侍皇帝出行至某处。跸,指帝王的车驾或行幸之处。张伯雨,即张雨,元代书画家、诗人,有《鹊华秋色图》诗并序,详记此事。

鹊　山

(清)廖炳奎

名山呈真形,势似展翼鹊[1]。凌风疑将飞,隐雾却未跃。岚光侵湖腰,雨气润寺脚。传闻仙家流,驻此昔炼药。

【注释】

此诗转引自《续修历城县志》卷八。

[1]真形:本来的形象,真实的形体或形象。

题《鹊华秋色图》为郑松泉表兄作

(清)戴 鉴

记得明湖放棹时,溪云水草共迷离[1]。图中山翠青如旧,前度游人两鬓丝[2]。

秋来湖上最销魂,对影青螺写黛痕[3]。画出溪南村舍好,风流空忆赵王孙。

【注释】

此诗出自《泼墨轩诗草》卷二。戴鉴,生卒年不详,字赋轩,号石坪,山东济宁人。善诗、画。道光年间在世。著有《泼墨轩诗草》。

[1]放棹:乘船,行船。[2]前度:前一次,上一回。[3]黛痕:画黛的痕迹,亦指青黑色。

明湖竹枝词十首

(清)魏乃勷

(其八)

鹊华山色腻如脂,一样螺鬟带雾披。分取明湖作明镜,对人长是照蛾眉[1]。

【注释】

此诗出自《延寿客斋遗稿》卷一。魏乃勷(?—1900),字吟舫,山东德州人。同治七年(1868)进士,曾任江南道监察御史。著有《延寿客斋遗稿》。

[1]长是:时常,老是。蛾眉:蚕蛾触须细长而弯曲,因以喻女子美丽的眉毛。

明湖竹枝

(清)魏自励

(其四)

鹊山平远华山尖,十里湖光展镜奁[1]。欲涤诗肠沽美酒,柳阴深处挂青帘[2]。

【注释】

此诗出自《贡树生香诗稿》。魏自励,生卒年不详,号做斋,山东钜野人。光绪二十年(1894)岁贡生,候选训导。著有《贡树生香诗稿》。

[1]平远:平夷远阔。镜奁:镜匣。[2]诗肠:指诗思,诗情。青帘:旧时酒店门口挂的幌子,多用青布制成。

鹊华秋色石记

(清)王绍兰

此石圆而微椭,纵横皆不及寸,色浅绿,两面各隐隐有文。正面一山,妍如华蒂[1]。《小雅·常棣》郑笺读"鄂不"为"鄂柎",谓承华曰"鄂柎",为鄂足,盖即蒂也。《晋语》:"衣韎韦之跗注[2]。""注"者,属也。韦昭云:"跗注,兵服。自要以下,注于跗。"左氏说齐山,有华不注。"华不"即华鄂之跗,"不注"即跗注,总称之则曰华不注,言此山秀绝寰中,如华蒂属于承华之鄂,郦道元所谓"单椒秀泽"是也。赵鸥波尝写《鹊华秋色》卷,赠齐人周草窗,叙云:"齐之山,独华不注最知名,其状又峻峭独立,有足奇者。东则鹊山也[3]。"草窗未见有诗,其题高房山画云:"何当驾松广,分我翠一叠[4]。"说者谓可移咏赵图。此山鹊山在其背,山下湖光摇碧,烟波渺然,必在背面者。地势萦纡,中隔北湖南浦,太白诗固云"遥看鹊山转"矣。两山之顶,绿色尤浅而带白,盖凉雨新晴,微霜初堕,秋光扑面,空翠湿衣,秀色可餐。殆遍齐烟九点,岂止分翠一叠而已。唐人云"清泉煮白石",此虽绿石,但秀既可餐,试汲清泉煮食之,其味当远出白石之上[5]。松雪所画,殆无足观[6]。

【注释】

此文出自《许郑学庐存稿》卷七。王绍兰(1760—1835),字畹馨,号南陔,自号思维居士,浙江萧山人。曾任福建巡抚。著有《许郑学庐存稿》。

[1]华蒂:花蒂。华,花的古字,下同。[2]原注:"各本'衣'作'以',《周官·司服》郑注引作'衣'。"[3]赵鸥波:即赵孟頫,号鸥波。周草窗:即周密,号草窗。[4]此两句出自宋周密《题高彦敬山村图卷》诗。[5]唐韦应物《寄全椒山中道士》诗有"涧底束荆薪,归来煮白石"句,元杨弘道《旅怀》诗有"谁解清泉煮白石,愿寻高隐问灵方"句。[6]原注:"太白《泛鹊山湖》云:'水入北湖去,舟从南浦回。遥看鹊山转,却似送人来。'"

鲍山

鲍山，在县东三十里。山下有城，鲍叔牙食邑也。明李于鳞白雪楼故址在鲍城前。山南有莲花峪。（道光《济南府志》）

《续修历城县志》卷五

鲍 山

(宋)曾 巩

云中一点鲍山青，东望能令两眼明。若道人心是矛戟，山前那得叔牙城[1]？

【注释】

此诗出自《曾巩集》卷七。

[1]矛戟：矛和戟，亦用以泛称兵器，这里喻人心险恶。叔牙城：鲍山相传为鲍叔牙封邑所在。鲍叔牙为春秋时期齐国著名大夫，颍上(今属安徽)人。早年辅助公子小白(即后来的齐桓公)夺得国君之位，并推荐管仲为相，辅佐齐桓公，参与召陵之盟，使诸国尊齐王霸主。他与管仲的友谊，被后世誉为管鲍之交。

秋夜白雪楼同许右史、袭茂才分韵

(明)李攀龙

林烟既曳绡，湖霞亦披绛。鸡犬静荒村，蓬蒿翳深巷。烧微见月出，钟清识霜降。各称浮白乐，未觉呼卢戆[1]。更赋梁园雪，如流华渚虹[2]。预愁还城邑，车马纷相撞。

返照入平陵，白云出西陇。天清雁影淡，山空岚气重。三径何萧条，高人乃接踵[3]。诸生稷下秀，词客梁园宠。松菊有佳色，琴樽亦怂恿。但醉不须眠，寒灯坐相拥。

【注释】

此诗出自《沧溟集》卷四。许右史：指许邦才，曾任济南德王府右长史。袭茂才：指指袭勖(xù)，字懋卿，章丘人。贡生，曾任开平卫教授。后隐居长白山。茂才，即秀才，因避汉光武帝名讳，改秀为茂，明清时入府州县学的生员叫秀才，也沿称茂才。

[1]浮白：汉刘向《说苑·善说》："魏文侯与大夫饮酒，使公乘不仁为觞政，曰：'饮不釂者，浮以大白。'"原意为罚饮一满杯酒，后亦称满饮或畅饮酒为浮白。[2]梁园雪：即"梁园雪霁"，是"汴京八景"之一。梁园，又称梁苑、兔园，西汉初年汉文帝封其子刘武于睢阳(今河南商丘)，建立梁国，梁孝王在都城睢阳东侧平台修筑亭苑，名曰梁园。梁孝王在其中广纳宾客，当时名士司马相如、枚乘、邹阳等均为座上客。[3]三径：晋赵岐《三辅决录·逃名》："蒋诩归乡里，荆棘塞门，舍中有三径，不出，唯求仲、羊仲从之游。"后因以指归隐者的家园。接踵：接触到前面人的足跟，意谓相继、相从、连续不断或紧接着。

酬李东昌写寄《白雪楼图》井序

(明)李攀龙

楼在济南郡东三十里许鲍城，前望太麓，西北眺华不注诸山，大、小清河交络其下，左瞰长白、平陵之野，海气所际。每一登临，郁为胜观。东昌李使君子朱，以读《白雪楼集》于广川马中丞家，咄然壮之，归为图以寄。而攀龙赠焉如此。

诗名东郡沈隐侯，那复擅奇顾虎头[1]。江湖盘薄有能事，画我山中白雪楼[2]。推毫已惊海色至，无乃兼驱蛟蜃游[3]。须臾百里岱阴合，咫尺疑闻清河流。华不注山得非雨，平陵以西胡独秋[4]？松风似欲卷绡起，良久看云失去留。丹青决意痴如此，丘壑过人老郎休[5]。使君实解郢中调，为尔深知宋玉愁[6]。

【注释】

此诗出自《沧溟集》卷五。李东昌：东昌知府，李姓，字子朱，生平事迹未详。使君：汉时称刺史为使君，后世尊称州郡长官。

[1]东郡：秦置，领有山东即河南部分地区，明代东昌府辖地古属东郡。沈隐侯：指沈约，齐梁年间文坛领袖。他被梁武帝封为建昌县侯，谥隐，故称沈隐侯。擅奇：擅有奇特的画技。顾虎头：指东晋画家顾恺之，小字虎头，故称。此两句以沈约和顾恺之来称誉李东昌诗文绘画俱佳。[2]盘薄：亦作“盘礴”。《庄子·田子方》：“宋元君将画图，众史皆至，受揖而立，舐笔和墨，在外者半。有一史后至者，儃儃然不趋，受揖不立，因之舍。公使人视之，则解衣般礴赢。君曰：‘可矣，是真画者也。’”“般礴”本谓箕坐，后作“盘礴”，指恣意作画。[3]推毫：移动画笔，即挥毫。蛟蜃：蛟与蜃，亦泛指水族。[4]平陵以西：此指白雪楼所在地。平陵，指位于山东章丘的东平陵故城，是汉代济南国、济南郡、平陵县治所。[5]丹青：丹砂和青雘，可作颜料，此代指绘画，作画。丘壑：喻深远的意境。宋黄庭坚《题子瞻枯木》诗：“胸中元自有丘壑，故作老木蟠风霜。”老郎：老人，此为诗人自称。[6]郢中调：指古乐曲《阳春》《白雪》，有曲高和寡之意。宋玉：战国楚人，著有《九辩》，曾有悲秋之愁。

夏日东村卧病

(明)李攀龙

(其四)

不谓幽栖处，还堪抱膝吟[1]。大云千里驻，片雨二湖阴。暑逼藤萝浅，凉生栝柏深[2]。鲍山终日在，知己愧黄金[3]。

【注释】

此诗出自《沧溟集》卷七。

[1]幽栖：隐居。抱膝吟：《三国志·蜀书·诸葛亮传》："亮躬耕垄亩，好为《梁父吟》。"裴松之注三国魏鱼豢《魏略》："每晨夕从容，常抱膝长啸。"后因以指高人志士的吟咏抒怀。[2]栝（kuò）：木名，即桧。《书·禹贡》："杶干栝柏。"孔传："柏叶松身曰栝。"《广雅·释木》："栝，栢也。"王念孙疏证："栝，与桧同。"[3]本句指管鲍分金的事。《史记·管晏列传》"管仲曰：'吾始困时，尝与鲍叔贾，分财利多自与，鲍叔不以我为贪，知我贫也。'"

夏日袭生过鲍山山楼

（明）李攀龙

长白山人本种田，谈经半住鹊湖边[1]。携来满瓮春城酒，乞得诸生月俸钱[2]。倚槛四高沧海气，衔杯一望缙云天[3]。寻常鸡黍休嫌薄，不浅交情二十年[4]。

【注释】

此诗出自《沧溟集》卷九。袭生：指袭勖，即《秋夜白雪楼同许右史、袭茂才分韵》诗中的袭茂才。

[1]长白山人：指袭生。[2]春城：春日之城，此指济南。诸生：明清时指府县学生员，俗称秀才。[3]倚槛：凭栏。缙云天：谓齐地的天空。缙云，指缙云氏，黄帝时期夏官，姜姓，炎帝苗裔。齐国始君太公望，姜姓，吕氏，名尚，字子牙，炎帝后裔。[4]鸡黍：杀鸡做黄米饭，为农村招待客人的饭菜。《论语》："丈人止子路宿，杀鸡为黍而食之。"

魏使君过宿鲍山楼分赋

（明）李攀龙

层楼风雨一登临，把酒重论十载心。楚客岂须疑白璧，鲍山堪自见黄金[1]。褰帷上国风云满，伏枕中原日月深[2]。忽忆明光曾共被，那知萍梗到于今[3]！

【注释】

此诗出自《沧溟集》卷九。

[1]"楚客"句引《韩非子·和氏》"白璧三献"的典故：楚人和氏得玉璞，两献楚王，

两遭刖足。第三次王使治璞,得白玉,琢以为璧,世称和氏璧。后以"白璧三献"喻不识良材或怀才不遇,这里反其意而用之。[2]褰帷:撩起帷幔,后因以为官吏接近百姓、实施廉政之典。《后汉书·贾琮传》:"琮为冀州刺史。旧典,传车骖驾,垂赤帷裳,迎于州界。及琮之部,升车言曰:'刺史当远视广听,纠察美恶,何有反垂帷裳以自掩塞乎?'乃命御者褰之。"上国:京师。[3]萍梗:浮萍断梗,因漂泊流徙,故以喻人行止无定。

白雪楼

(明)李攀龙

伏枕空林积雨开,旋因起色一登台[1]。大清河抱孤城转,长白山邀返照回[2]。无那嵇生成懒慢,可知陶令赋归来[3]。何人定解浮云意,片影漂摇落酒杯[4]。

【注释】

此诗出自《沧溟集》卷九。

[1]伏枕:伏卧在枕上,多指因病弱、年老而长久卧床。空林:树叶落尽的树林。起色:病情好转。[2]孤城:此指济南。长白山:在邹平与章丘交界处,因山中云气长白,故称。[3]嵇生:指嵇康(约224—263),字叔夜,谯国铚县(今安徽宿县)人,三国魏思想家、文学家。曾任中散大夫,世称嵇中散。因崇尚老庄,拒绝与统治者合作被杀。懒慢:懒惰散漫。陶令:指陶渊明(约365—427),名潜,字渊明,别号五柳先生,私谥靖节,世称靖节先生,浔阳柴桑(今江西九江)人,东晋杰出诗人。因不满现实的黑暗而弃官归隐,归隐时任彭泽令,人称其陶令。所作《归去来兮辞》为名篇。[4]浮云意:视富贵如浮云的心意。《论语》:"不义而富且贵,于我如浮云。"片影:一片影子,孤独的身影。

冬日登楼

(明)李攀龙

佳节高楼酒复清,鲍山斜日入杯平。天涯谁借穷交泪,海内空传拙宦名[1]。四野浮云垂雪色,千林朔气拥寒声[2]。醉来极目中原尽,独抱风流万古情。

【注释】

此诗出自《沧溟集》卷九。

[1]穷交:患难之交。拙宦:谓不善为官,仕途不顺,多用以自谦。[2]四野:四方的原野,亦泛指四方、四处。朔气:北方之寒气。

九日登楼

（明）李攀龙

白雁黄花处处秋，鲍山风雨独登楼[1]。忽惊返照湖中出，转见孤城水上浮。多病恰堪成卧隐，浊醪真足抵穷愁[2]。先生懒作东篱会，可但交情老自休[3]？

【注释】

此诗出自《沧溟集》卷十。

[1]黄花：菊花。[2]卧隐：隐居。浊醪：浊酒。抵：对付。穷愁：穷困愁苦。[3]先生：诗人自称。东篱会：友人相聚赏菊。东篱，晋陶潜《饮酒》诗之五："采菊东篱下，悠然见南山。"后因以指种菊之处，菊圃。可但：岂止。

秋日许郭殷见枉鲍山山庄

（明）李攀龙

玉壶春酒石榴殷，此日中林见往还[1]。堪是樽前几知己，那能不爱叔牙山[2]！

【注释】

此诗出自《沧溟集》卷十三。

[1]玉壶：酒壶的美称。春酒：冬酿春熟之酒，亦称春酿秋冬始熟之酒。《诗经·豳风·七月》："为此春酒，以介眉寿。"毛传："春酒，冻醪也。"孔颖达疏："此酒冻时酿之，故称冻醪。"马瑞辰通释："春酒即酎酒也。汉制，以正月旦作酒，八月成，名酎酒。周制，盖以冬酿经春始成，因名春酒。"殷：深红色。中林：林野。《诗经·周南·兔罝》："肃肃兔罝，施于中林。"毛传："中林，林中。"马瑞辰通释："《尔雅》：'牧外谓之野，野外谓之林。'中林犹云中野。"[2]叔牙山：即鲍山，相传为鲍叔牙封邑所在。

于鳞山楼避暑二首

（明）魏　裳

（其二）

飞楼缥缈控高岑，百尺遥吞海色深[1]。梁父天回青玉案，鲍山云起白头吟[2]。倦游词伯非吾土，留滞王孙自客心[3]。不是故人多郢雪，谁能溽暑一登临[4]。

【注释】

此诗出自《云山堂集》卷二。魏裳(1520—?),字顺甫,湖北蒲圻(今湖北赤壁)人。曾任刑部侍郎。著有《云山堂集》。

[1]飞楼:高楼。高岑:高山。[2]汉张衡《四愁诗》有"我所思兮在太山,欲往从之梁父艰""美人赠我锦绣段,何以报之青玉案"等句。《白头吟》是一首汉乐府民歌,属《相和歌辞》,有人认为是汉代才女卓文君所作,但存有较大争议,其中"愿得一心人,白首不相离"为千古名句。[3]倦游:厌倦游宦生涯。词伯:称誉擅长文词的大家,犹词宗,这里指李攀龙。"留滞"句化用唐王维《山居秋暝》诗"随意春芳歇,王孙自可留"句。[4]郢(yǐng)雪:典出战国楚宋玉《答楚王问》:"客有歌于郢中者,其始曰《下里巴人》,国中属而和者数千人;其为《阳阿》《薤露》,国中属而和者数百人;其为《阳春白雪》,国中属而和者不过数十人……是其曲弥高,其和弥寡。"后以"郢中白雪"指高雅的乐曲或诗文,亦省作"郢中雪""郢雪"。溽暑:指盛夏气候潮湿闷热。

白雪楼为于鳞赋

(明)魏　裳

郢调凄凉思转幽,卜居还倚鲍山丘[1]。乍疑海气能为屋,不道仙人独有楼。乘兴好看明月上,登高长啸白云秋。琴心自在谁堪识,且听巴人下里讴[2]。

【注释】

此诗出自《云山堂集》卷二。

[1]郢调:指楚地的歌曲。唐王勃《采莲赋》:"徘徊郢调,凄怆燕歌。"[2]巴人下里:即"下里巴人"。古代民间通俗歌曲。详见明魏裳《于鳞山楼避暑二首(其二)》注释[4]。

过德州不及访于鳞有寄

(明)王世贞

(其二)

北风吹土染征裘,岐路安期可自由[1]。疋练转深吴马色,千金不散鲍山愁[2]。青萍合日方为剑,白雪寒时独倚楼[3]。最好渐圆新夜月,片帆无赖下扬州[4]。

【注释】

此诗出自《弇州四部稿》卷三八。

[1]征裘：远行人所穿的皮衣。[2]疋(pǐ)练：一匹白绢。[3]青萍：古宝剑名。《文选·陈琳〈答东阿王笺〉》："君侯体高世之才，秉青萍、干将之器。"吕延济注："青萍、干将，皆剑名也。"晋葛洪《抱朴子·博喻》："青萍、豪曹，剡锋之精绝也。"[4]片帆：孤舟，一只船。无赖：无聊，谓情绪因无依托而烦闷。

鲍　山

(明)王象春

因从白雪楼边过，古店荒碑动我情。云雨山头谁覆手，行人不见叔牙城。

【注释】

此诗出自《齐音》。诗后原注："王舍店南有鲍山，山之下有叔牙城，即大夫采邑也。店之东北隅得李沧溟故居。鲍，一卷石耳，得借二贤以显声矣。沧溟先生笃重友谊，慷慨侠烈，或慕叔牙之义而卜邻焉，是未可知。独其身后零落颓败，旧执宿契无过而问焉者。一楼已为富豪马厩，所存独数卷故纸。而佻公子又且矢口排訾，翻云覆雨并鲍山无明峰矣。"

白雪楼

(明)王象春

荒草深埋一代文，蔡姬典尽旧罗裙[1]。可怜天半峨眉雪，空自颓楼冷暮云[2]。

【注释】

此诗出自《齐音》。诗后原注："李于鳞白雪楼旧有二处，其初至林下，卜地鲍山，则诸名公往来登觞题咏最盛者。末年又筑楼于城中湖上碧霞宫侧，许殿卿赠诗所谓'湖上楼'是也。今皆凋落不堪。士人不忍，因于第一泉间，别起杰阁，要之非实。于鳞身后，不但堂构失守，并禋祀绝续。我朝文人大福之薄，未有甚此者。蔡姬乃其侍儿之最慧者，不减苏老朝云，至癸卯年已七十余，尚存，居西郊卖饼。余闻之，急往视，则颓然老丑耳。因为泣下，周焉。"

[1]蔡姬：李攀龙侍妾，李攀龙去世后，因家贫以卖饼为生。[2]天半峨眉：喻指李攀龙。

过白雪楼

(明)凌义渠

漠漠高怀托一林，问公曾否此栖寻[1]。楼仍旧阁谁宾主，代有新诗孰古今。早悟荣衰已属幻，果经游止不须深。鲍山山石遥堪语，余雪犹将寒早岑[2]。

【注释】

此诗出自《凌忠介公集》卷二。诗前原注："近城十余里，有鲍山，为于鳞先生读书处。"

[1]高怀：大志，高尚的胸怀。栖寻：犹游憩。[2]岑：小而高的山。

管鲍吟

（明）陈　确

管子真贪愚，鲍叔一何厚[1]。种种足铭骨，又乃脱堂阜[2]。不能以君王，霸图良可丑。殷勤负故人，何以并不朽[3]。矧予至驽下，尤非仲之偶[4]。牠落东海隅，秋风嗷八口[5]。惟叔知我贫，所输固弗受。不贾而分财，毋乃古未有。羞惭仰青昊，狂歌托庄缶[6]。

【注释】

此诗出自《乾初先生诗集》卷二。陈确（1604—1677），字乾初，浙江海宁人。明末清初思想家。著有《乾初先生诗集》《大学辨》《葬书》等。诗前有序："寄宗父始升，时某有所酬而再三见拒，且以管鲍为言，故以命篇。之闇，字始升，号容庵，拔贡生，以子元龙贵，累赠光禄大夫、文渊阁大学士兼礼部尚书。"始升，即陈之闇，号容庵，拔贡生，浙江海宁人。陈元龙之父，陈确为陈元龙族兄。

[1]一何：多么。[2]铭骨：铭刻在骨，形容永记不忘。堂阜：地名。《史记·齐太公世家》："鲍叔牙迎受管仲，及堂阜（《史记集解》贾逵曰：'堂阜，鲁北境。'杜预曰：'堂阜，齐地。东莞蒙阴县西北有夷吾亭，或曰鲍叔解夷吾缚于此，因以为名也。'）而脱桎梏，斋祓而见桓公。桓公厚礼以为大夫，任政。"[3]殷勤：频繁，反复。并：平行。[4]矧：况且，而况。偶：匹敌的人。[5]牠（huò）落：潦倒失意貌，犹落拓。明归有光《祭方御史文》："公孙蠖屈于南宫之试，予亦瓠落于东海之滨。"嗷：哀号。[6]青昊（hào）：青天。狂歌：纵情歌咏。庄缶：战国时庄周之妻死，惠子吊之，庄周方箕踞鼓盆而歌。惠子诘之。庄周以为人之生死，是自然之变化，明乎此，则无须为之而悲伤。见《庄子·至乐》。后用为典实。

怀家宜人时偕任济下

（明）彭孙贻

鲍山雪下近燕州，慈母高堂滞宦游。青镜流年惊改岁，白云千里见登楼[1]。排空岱岳中天出，坼地清河绕郡流[2]。欲寄北风无雁到，树萱何以慰忘忧[3]。

【注释】

此诗出自《茗斋集》卷一。

[1]流年:如水般流逝的光阴、年华。[2]排空:凌空,耸向高空。坼(chè):裂开。[3]树萱:种植萱草。萱草,俗名忘忧草。《诗经·卫风·伯兮》:"焉得谖草,言树之背。"毛传:"谖草,令人忘忧。"陆德明释文:"谖,本又作萱。"后因以为消忧之词。

鲍山

(明)徐夜

人情非但今,此山自终古[1]。不有管鲍交,此山岂成土。

【注释】

此诗出自《隐君诗集》卷二。徐夜(1611—1683),字东痴,更字嵇庵,初名元善,字长公,山东新城人。明末诸生,入清不仕。著有《隐居诗集》。

[1]终古:久远。

鲍山

(明)徐夜

交情不耐看,山石难遽铲。清将山头石,磨君双泪眼。

【注释】

此诗出自《隐君诗集》卷四。

鲍山

(清)叶承宗

风雪叔牙城,春峦映客程[1]。黄金赠知己,白首见交情。世远山留姓,田空邑有名。顾瞻青一点,感慨忆平生。

【注释】

此诗出自《泺函》卷一。诗题原注:"是叔牙食邑,或曰即分金处。"

[1]客程:旅程。

管鲍分金处

（清）卢　纮

管鲍相知自见深，如何但说为分金[1]。世人尚作累囚认，谓是黄金可感心[2]。

【注释】

此诗出自《四照堂诗集》卷八。诗题原注："历城。"

[1]但：只。[2]累囚：被拘囚的人。

管鲍山

（清）法若真

曾负天下才，藏身为母老。左右无鲍叔，埋没齐山草。得一知己者，进退皆可保。不然负贩人，黄金如土扫[1]。

【注释】

此诗出自《黄山诗留》卷一。法若真（1613—1691），字汉儒，号黄山、黄石，山东胶州人，祖籍济南。曾任翰林院编修、浙江按察使。著有《黄山诗留》。

[1]负贩：担货贩卖。

济南秋日

（清）赵作舟

（其三）

沧溟遗构鲍山下，趵突相传白雪楼[1]。一代文章长在望，百年词赋迥生愁。露华仙掌无消息，寒叶哀蝉漫去留[2]。彩笔逢时真不易，乾坤只合泛虚舟[3]。

【注释】

此诗出自《文喜堂诗集》卷二。

[1]遗构：遗留下的建筑物。[2]露华：露水。仙掌：汉武帝为求仙，在建章宫神明台上造铜仙人，舒掌捧铜盘玉杯，以承接天上的仙露，后称承露金人为仙掌。[3]彩笔：江淹少时，曾梦人授以五色笔，从此文思大进，晚年又梦一个自称郭璞的人索还其笔，自后作诗，再无佳句。后人因以指辞藻富丽的文笔。虚舟：谓任其漂流的舟楫，常比喻人事飘忽，播迁无定。

济南逢堵乾三归自京闱，有情无力作此志感

（清）赵作舟

芙蓉桥北鹊湖东，忽慰相思把臂中。我在家山成涸辙，君从京洛失长风[1]。黑貂金尽心空壮，白雪楼存调许同[2]。莫道千秋无管鲍，只今国士半飘蓬[3]。

【注释】

此诗出自《文喜堂诗集》卷四。

[1]家山：故乡。涸辙：即涸辙之鲋。出自《庄子·外物》："庄周家贫，故往贷粟于监河侯。监河侯曰：'诺。我将得邑金，将贷子三百金，可乎？'庄周忿然作色曰：'周昨来，有中道而呼者。周顾视车辙中，有鲋鱼焉。周问之曰："鲋鱼来！子何为者邪？"对曰："我，东海之波臣也。君岂有斗升之水而活我哉？"周曰："诺。我且南游吴越之王，激西江之水而迎子，可乎？"鲋鱼忿然作色曰："吾失我常与，我无所处。吾得斗升之水然活耳，君乃言此，曾不如早索我于枯鱼之肆！"'"后因以"涸辙之鲋"喻处于困境、急待援助的人或物。京洛：泛指国都。长风：远风。[2]黑貂：紫貂，皮可为裘，极为贵重。[3]只今：如今，现在。国士：一国中才能最优秀的人物。飘蓬：飘飞的蓬草，喻漂泊无定。

趵突泉上白雪楼

（清）施闰章

傍水新移白雪楼，凭虚霁色俯齐州[1]。青冥古木垂天暗，日夜寒泉拂槛流[2]。词客登临还作赋，岳云缭绕故生愁。鲍山东望成今古，草阁榛芜玉露秋[3]。

【注释】

此诗出自《学余堂诗集》卷三五。诗前原注："于鳞旧址在鲍山。"

[1]霁色：晴朗的天色。[2]青冥：竹木郁茂的样子。[3]榛（zhēn）芜：草木丛杂，形容荒凉的景象。玉露：秋露。

雨中过鲍山

(清)袁　藩

雨洗鲍山分外清,客尘十里眼初明[1]。空闻白雪思前辈,几见黄金重友生。流水依然环不注,浮云犹自下孤城。最怜堤上丝丝柳,日为行人拂去旌。

【注释】

此诗出自《敦好堂诗集》卷一。袁藩(1627—1685),字宣四,号松篱,山东淄川人。康熙二年(1663)举人。著有《敦好堂诗集》。

[1]客尘:旅途中所受的风尘,喻旅途劳顿。

鲍叔牙采地

(清)张实居

先贤遗迹半荒芜,太息行人友道孤[1]。鲍叔如知应一笑,世间处处有夷吾[2]。

【注释】

此诗出自《萧亭诗选》卷二。张实居(约1634—约1713),字宾公,号萧亭,山东邹平人。王士禛内兄。著有《萧亭诗选》。

[1]太息:大声长叹,深深地叹息。友道:朋友交往的准则。[2]夷吾:即管仲(约前723或前716—前645),名夷吾,安徽省颍上县人,春秋时期齐国著名政治家、军事家,史称管子。少时曾与鲍叔牙合伙经商,后经鲍叔牙力荐为齐国上卿,辅佐齐桓公成为春秋第一霸主。

济南分题十六首

(清)田　雯

鲍山拜叔牙墓

窈窕松路深,迢递成孤往。雨湿乌角巾,花沾红藤杖[1]。遗迹不可寻,但听樵歌响[2]。

【注释】

此诗出自《古欢堂集》卷四。

[1]乌角巾:古代葛质黑色有折角的头巾,常为隐士所戴。[2]樵歌:樵夫唱的歌。

过管鲍分金处寄沈遹声

（清）洪　昇

莽莽乾坤内，何人鲍叔牙。分金遗迹在，驻马独长嗟。断碣春眠草，孤村暮隐花。徘徊念知己，洒泪向天涯。

【注释】

此诗出自《稗畦集》。洪昇（1645—1704），字昉思，号稗畦，又号稗村、南屏樵者，浙江杭州人。著名戏曲家，与孔尚任并称"南洪北孔"。监生，布衣终身。著有《长生殿》《稗畦集》。

鲍　山

（清）高孝本

叔牙去后二千春，白雪楼开迹又陈。寂寞冷烟衰草里，他年卜筑复何人[1]。

【注释】

此诗转引自清陶煊等辑《国朝诗的·浙江》卷六。高孝本（1649—1726），字大立，号青华，浙江嘉兴人。曾任溪县知县。著有《固哉叟诗钞》。诗题原注："叔牙所居，于鳞白雪楼在此。"

[1]卜筑：择地建筑住宅，即定居之意。

历下杂咏二十绝

（清）刘　岩

（其四）

晓莺啼处上红亭，无数高峰插翠屏。冷雨疏烟看不厌，当帘只有鲍山青[1]。

【注释】

此诗出自《大山诗集》卷七。

[1]诗后原注："鲍山在城东。"当：对着，向着。

鲍　山

（清）庞　垲

丹嶂凌空绕暮云，分金高义古来闻。贫人何处逢知己，泣向秋山礼鲍君[1]。

【注释】

此诗出自《丛碧山房诗初集》卷十三。诗题原注："管鲍分金处。"

[1]鲍君：指鲍叔牙。

鲍山鲍叔牙墓

（清）朱　缃

苍翠一峰出，生予太古心[1]。只今凭吊处，冷日满云林。麦浪无风动，苔碑有路寻。笑他反覆手，犹自慕分金。

【注释】

此诗出自《吴船书屋诗》。

[1]太古：远古，上古。

鲍城在鲍山下，感怀同年成乾夫

（清）陈豫朋

叔牙采邑鲍山前，意气能知管仲贤。千古高风谁复似，孤吟遥怅海东偏。

【注释】

此诗出自《濂村诗集》卷二八。同年：古代科举考试同科中式者之互称。唐代同榜进士称同年，明清乡试、会试同榜登科者皆称同年，清代科考先后中式者，其中式之年甲子相同，亦称同年。

白雪楼

（清）任宏远

白雪声名压建安，我来凭吊怅盘桓。鲍山还送经秋碧，鹊水谁吟带雨寒。

漫向楼中寻彩笔，但从图上忆红栏[1]。可怜诗酒风流地，明月无人驻马看。

【注释】

此诗转引自《续修历城县志》卷十七。诗题原注："明李廉使攀龙别墅，在王舍人庄。"
[1]诗后原注："有李东昌所绘《白雪楼图》。"

鲍　山

（清）李予望

鲍城东畔见巑岏，尚忆分金共往还[1]。此道今人弃如土，却教珍重叔牙山。

【注释】

此诗出自《宫岩诗集》卷四。
[1]巑岏：高峻的山峰。

济南绝句十首

（清）鲍　钤

（其二）

叔牙城古傍青山，身后遗名岂等闲。爱说吾宗高义在，至今姓氏尚人间[1]。

【注释】

此诗出自《道腴堂诗编》卷七。
[1]高义：行为高尚合于正义。

同登白雪楼

（清）桑调元

穹楼突兀俯郊坰，拂袖联升拓采棂[1]。曲调郢中翻白雪，词波历下倒沧溟。一泓清漱飞泉玉，万叠寒凝滴翠屏。七子才名俱寂寞，含凄遥望鲍山青。

【注释】

此诗出自《弢甫诗续集》卷十八。
[1]穹楼：高楼。郊坰：泛指郊外。

济南怀古，得白雪楼一首

（清）宋　弼

叔牙山畔暮云黄，白雪高楼旧迹荒。豪气曾闻渺余子，雄风终古擅词场[1]。中原有约随鞭弭，楚客何心换羽商[2]。惆怅前时高咏处，百花洲上亦苍凉。

【注释】

此诗转引自《续修历城县志》卷十七。宋弼（1703—1768），字仲良，号蒙泉，山东德州陵县人。曾任《续文献通考》纂修官、甘肃按察使。著有《蒙泉诗集》，辑有《广川诗钞》《山左明诗钞》。

[1]词场：犹文坛。[2]鞭弭：马鞭和弓，借指戎马生活。羽商：五音中的羽声和商声，亦泛指曲调。

怀济南旧游寄鉴持

（清）韩梦周

（其三）

白雪楼空岁月徂，鲍山一曲野人居[1]。年来羡杀王黄叶，廿四泉中独著书[2]。

【注释】

此诗出自《理堂诗集》卷四。韩梦周（1729—1798），字公复，号理堂，山东潍县（今山东潍坊）人。曾任安徽来安知县。著有《理堂诗集》。

[1]徂：消逝。[2]王黄叶：指王苹，字秋史，号蓼谷山人，著有《二十四泉草堂集》。因他写有“黄叶林间自著书”“黄叶下时牛背晚”等名句，时人称之为王黄叶。

济南怀古

（清）毛大瀛

（其二）

韩仓东望剧关情，中有当年鲍叔城。四面好山供采邑，千秋荒墓葬齐卿[1]。分金每叹高风古，覆手谁怜薄俗轻[2]。眼底不逢天下士，肯将肝胆结生平。

【注释】

此诗出自《戏鸥居诗钞》卷五。

[1]采邑:指古代卿大夫的封邑,鲍山相传为鲍叔牙采邑。齐卿:指鲍叔牙。[2]覆手:把手掌向下一翻,喻时间迅速。

续《齐音》一百首

(清)毛大瀛

(其五)

鲍山闻有叔牙城,偶遇山前感慨生。看遍雨云翻覆态,墓门挥泪拜齐卿[1]。

【注释】

此诗出自《戏鸥居诗钞》卷九。

[1]诗后原注:"鲍城,济南东三十里鲍山下。《城冢记》云:'鲍山,即叔牙与管仲分金处,鲍叔墓在焉。'"雨云翻覆:即翻云覆雨,比喻反复无常。齐卿:指鲍叔牙,曾任齐国上卿。

与钟五、贾二登北峰望鲍山

(清)郝允秀

奇文赏罢辞柴关,诸友盘桓晴峪间。日暮登峰聊北望,华山东去是鲍山。

甘向堂阜浴鲁尘,黄金少取非无因[1]。若将世契原鲍叔,苦似春秋贸易人[2]。

【注释】

此诗出自《松露书屋诗稿》卷一。

[1]堂阜:春秋时齐邑,在今山东蒙阴县常路镇北。《左传》:庄公九年(前685),鲍叔帅齐师入鲁,鲁被迫杀公子纠,"管仲请囚,鲍叔受之,及堂阜而税之"。[2]世契:犹世交。

过韩仓店怀李沧溟先生

（清）杨　峒

先生危构鲍山旁，风雅雕残址久荒[1]。驻马低徊不能去，前途又是舍人庄。

【注释】

此诗出自《师经堂存诗》。杨峒（1748—1804），字书岩，又字嵩室，山东青州人。乾隆三十九年（1774）举人，曾任松林书院山长。著有《师经堂存诗》。诗题原注："沧溟白雪楼初在店西，今久废矣。"

[1]危构：高耸的建筑物，此指白雪楼。雕残：凋残，死亡。

鲍叔牙墓

（清）王赓言

友谊高情尚可攀，分金遗事在人间。年来不少穷途泪，秋雨秋风过鲍山[1]。

【注释】

此诗出自《篑山堂诗集》卷一。王赓言（1762—1825），字赞虞，号篑山，山东诸城人。曾任吏部文选司员外郎、江西按察使。著有《篑山堂诗集》。

[1]诗后原注："山在历城东。"

访白雪楼旧址怀李沧溟

（清）梁章钜

华山秀挺鲍山幽，合有中间白雪楼。四海琴樽归七子，一时坛坫遂千秋[1]。岱阴云到平陵尽，泺口澜回碣石遒。不是人间留郢曲，颓垣蔓草可胜愁。

丁香湾畔鹊桥隈，露白苍葭几溯洄。集矢徒劳钟伯敬，携樽难得许邦才[2]。霜螯会里无流辈，芥茗香中有吏材[3]。旷代风尘俱泯灭，更何人访蔡姬来。

【注释】

此诗出自《退庵诗存》卷十二。

[1]琴樽：琴与酒樽为文士悠闲生活用具。坛坫：指文坛上的领袖地位或其声望。

[2]集矢：谓箭射中目标。《左传·襄公二年》："郑成公疾，子驷请息肩于晋。公曰：'楚君以郑故，亲集矢于其目。'"杜预注："谓鄢陵战，晋射楚王目。"孔颖达疏："集，是鸟止之名；矢，有羽似鸟，故亦称集也。"后因以谓群起指摘。钟伯敬：指钟惺（1574—1624），字伯敬，号退谷，湖广竟陵（今湖北天门）人。曾任福建提学佥事。他反对"七子"的拟古文风，主张诗人应抒写性灵，倡导幽深孤峭的风格。[3]霜螯：蟹到霜降季节才肥美，故称。螯，蟹螯。流辈：同辈，同一流的人。岕（jiè）茗：即岕茶，产于浙江省长兴县境内的罗岕山，故名，为茶中上品。吏材：为政的才干。

济南杂诗

（清）杨庆琛

（其七）

七子才名峻莫攀，风骚坛坫屹云间。文章西汉诗天宝，低首何人过鲍山[1]。

【注释】

此诗出自《绛雪山房诗钞》卷十五。杨庆琛（1783—1867），原名际春，字廷元，号雪椒，晚号绛雪老人，福建侯官（今福建福州）人。曾任刑部山东司郎中、山东布政使。著有《绛雪山房诗钞》。

[1]诗后原注："李沧溟居鲍山白雪楼，末年又筑楼城中湖上。"

雨中过鲍山

（清）单为鏓

旷世知音讵等闲，蹉跎空使鬓毛斑[1]。又随年少争秋赋，凉雨声中过鲍山。

【注释】

此诗出自《奉萱草堂诗钞》。

[1]讵：副词，表示反诘，相当于"岂""难道"。

暇日出游杂成八首

（清）吴振棫

（其七）

沧溟气压凤麟洲，空自名高白雪楼[1]。流水孤村斜照外，啼乌声散鲍山秋。

【注释】

此诗出自《花宜馆诗钞》卷五。

[1]凤麟洲:神话中的洲名。《海内十洲记·凤麟洲》:"凤麟洲在西海之中央,地方一千五百里,洲四面有弱水绕之,鸿毛不浮,不可越也。洲上多凤麟,数万各为群。"此似指大明湖南的百花洲,李攀龙在此建造了第二座白雪楼。

鲍山怀古

(清)马国翰

古人心迹问寒山,久把黄金视等闲。天下才唯怜旧友,平生志不忘时艰[1]。千年荒径石苔碧,一带斜阳木叶殷[2]。谁过峰前为惆怅,西风空送鸟声闲。

【注释】

此诗出自《玉函山房诗集》卷二。

[1]时艰:时局的艰难困苦。[2]木叶:树叶。

白雪楼歌

(清)马国翰

云中一点青峨峨,有客驱马鲍山过[1]。白雪高楼不可见,榛芜满地斜阳多[2]。忆昔沧溟此卜筑,山水之乐靡有他。几年白云号仙吏,风尘微禄羁青緺[3]。时将浊酒较薄宦,感叹浮生春梦婆[4]。一曲归来续陶令,考槃拟赋硕人莪[5]。眉睫斯须揽岱岳,轩窗咫尺流清河。境倚高寒远尘壒,飞觞醉月苍颜酡[6]。上下千古一睥睨,百家仆役共搜罗[7]。凭栏长啸铁笛破,时嗤蚓窍声微哦[8]。触浪崩云海水立,扬沙走石雷霆摩。乍如危峰又峭壁,峨眉天外飞崚嵯。七子中原共角逐,推以独步岂相阿[9]。主盟词坛执牛耳,纵横奇气凌骚歌[10]。厘订雅音入唐选,巴人下里严谴诃[11]。弇州故友在远道,庚邮千里交切磋[12]。文章意气辟生面,吾曹天地君谓何。正始元音力担负,曲高和寡非欺讹[13]。楼上宏勋策翰墨,岂无鬼神来护呵。谁识今古变世代,莽墟空想鸣金珂。东昌题识画图好,故物谁及重摩挲[14]。湖上遗址近亦废,秋风太息如铜驼[15]。尚幸后贤念矜式,趵突巍峙环澄波[16]。栋牖虽非旧时物,绵延余韵资设科。我来访古意惆怅,欷歔荒径生苔莎。茫茫昔彦逐逝水,遗章犹赖祛烦痾[17]。孤竹千年抱嶰谷,新文六代铭头陀[18]。吾道麒麟不世出,峥嵘想见须眉皤[19]。丹棂日月挂壶峤,青馆风烟寒薜萝。白雪楼歌歌甫罢,吁嗟吾意几蹉跎。

【注释】

此诗出自《玉函山房诗集》卷三。

[1]峨峨:高耸的样子。[2]榛芜:指丛杂的草木,形容荒凉的景象。[3]青緺(guā):青绶,佩系官印的青紫色丝带。[4]春梦婆:相传苏轼贬官昌化,遇一老妇,谓其曰:"内翰昔日富贵,一场春梦!"里人因呼此妇为春梦婆。后因用为感叹变幻无定的富贵荣华的典实。[5]《诗经·卫风·考槃》:"考槃在阿,硕人之薖(kē)。"考槃:喻隐居。薖:宽大的样子。[6]尘壒(ài):飞扬的灰土,亦喻指尘世,尘俗。飞觞:举杯或行觞。苍颜:苍老的容颜。酡:饮酒脸红。[7]睥睨:斜着眼睛看,表示傲视。[8]蚓窍:旧误蚯蚓能鸣,其声发于孔窍,比喻微不足道的音响,亦用以谦称自己的文才。语本唐韩愈、轩辕、弥明《石鼎联句》:"时于蚯蚓窍,微作苍蝇鸣。"[9]独步:谓独一无二,无与伦比。[10]执牛耳:原指主持盟会的人。古代诸侯会盟,割牛耳以敦盛血,以珠盘盛牛耳,主盟者执盘,使与盟会者以血涂口(歃血),以示诚信不渝,后世以称人于某方面居领导地位。[11]谴诃:谴责呵斥。[12]弇州故友:指王世贞,号弇州山人。庚邮:更替驿递。庚,通"更"。[13]欺诧(tuó):欺骗。[14]李东昌曾写寄《白雪楼图》,李攀龙作诗答之。[15]湖上遗址:指李攀龙在百花洲建造的第二座白雪楼。[16]后贤:后世的贤人。此指明万历年间,山东右布政使叶梦熊因敬仰李攀龙,出资在趵突泉畔,建造了第三座白雪楼。矜式:敬重和取法。[17]昔彦:前贤。烦痾(ē):扰人的疾病。[18]嶰(xiè)谷:昆仑山北谷名。汉应劭《风俗通·声音序》:"昔黄帝使伶伦自大夏之西,昆仑之阴,取竹于嶰谷,生其窍厚均者,断两节而吹之,以为黄钟之管。"[19]麒麟:比喻才能杰出的人,此喻李攀龙。世出:应时出现。峥嵘:卓越,不平凡。皤(pó):白色。

白雪楼怀李沧溟

(清)符兆纶

曾读先生七字诗,元龙湖海气争奇。域中冠盖萧疏日,楼上云烟供养时[1]。旧雨鲍山成寂寂,斜阳故宅黯离离。残花野草西郊路,凄绝当年卖饼姬[2]。

【注释】

此诗转引自《续修历城县志》卷十七。

[1]冠盖:官员的冠服和车乘,泛指仕宦,贵官。萧疏:寂寞,凄凉。[2]卖饼姬:指李攀龙侍妾蔡姬,当年居西郊卖饼为生。

晓过鲍山

(清)鲍瑞骏

城开日初上,晓色淡平沙[1]。山气黏寒雾,冰澌啄冻鸦[2]。闻钟方辨寺,唤渡已停车。白雪楼何处，荒丘梅欲花。

【注释】

此诗出自《桐华舸诗续钞》卷二。

[1]平沙：指广阔的沙原。[2]冰澌：冰凌。

鲍　山

(清)赵国华

鲍叔没已久，鲍山青自如。分金多自与，莫读管郎书[1]。

【注释】

此诗出自《青草堂集》卷十。赵国华(1838—1894)，字菁衫，河北丰润人。曾任沂州知府。著有《青草堂集》。

[1]管郎：即管仲。

过鲍山

(清)何家琪

奇才贫贱有，世道古来难。何处寻知己，孤鞭过鲍山。

【注释】

此诗出自《天根诗钞》卷下。何家琪(1843—1905)，字吟秋，号天根、天根子。河南封邱人。曾任洛阳县教谕、汝宁府教授。著有《天根诗钞》。

过鲍叔牙故里

(清)王　夏

旧是高贤里，短垣禾黍深[1]。每经残碣下，无限故人心。日暮客投宿，鸟鸣风满林。萧然对樽酒，孤馆夜沉沉[2]。

【注释】

此诗转引自清张鹏展辑《国朝山左诗续钞》卷二一。王夏，生卒年不详，字蜀子，号大村，山东胶州人。乾隆年间岁贡生。

[1]高贤：指高尚贤良的人。[2]樽酒：杯酒，亦可代指酒食。

鲍　山

（清）王　煜

一朝推荐破愁颜，鲍叔名垂宇宙间。顾我能逢知己否，西风吹泪过青山。

【注释】

此诗出自《三味斋诗录》。王煜，生卒年不详，字旭村，山东邹平人。贡生。道光年间曾任滋阳、金乡县训导。著有《三味斋存稿》。

东游咏古杂诗十首

（清）方中发

鲍　山

鲍山藐岑峦，荒墟委榛莽[1]。为是叔牙居，垂名遂千古。夷吾不世才，富强开海宇[2]。分金亦区区，遂比母与父。乃知当厄施，感激镂心腑。结纳世岂无，所贵逮穷窭[3]。当其得意时，百万复奚取。斯人不重生，贫交贱如土。知己苟易逢，兹山焉足数。

【注释】

此诗出自《白鹿山房诗集》卷二。方中发，生卒年不详，字有怀，号鹿湖，安徽桐城人。康熙年间诸生。著有《白鹿山房诗集》。诗题原注："在历城东，相传管鲍分金处。"

[1]榛莽：杂乱丛生的草木。[2]不世：非一世所能有，罕有，多谓非凡。海宇：犹海内、宇内，谓国境以内之地。[3]穷窭（jù）：穷困。

重过鲍城

（清）石丹文

秋风秋雨鲍山行，千载重寻鲍叔城。偏是襟怀劳怅望，能无意气动公卿[1]。深交不得嫌三逐，创霸须教展一生[2]。世上悬多知己感，分金仍与共功名。

【注释】

此诗转引自清余正酉辑《国朝山左诗汇钞后集》卷十一。石丹文，生卒年不详，字子真，山东邹平人。诸生。著有《春雨园诗》。

[1]襟怀：胸怀，怀抱。怅望：惆怅地远望或想望。[2]三逐：春秋时，杨回被乡里三次逐出后，前来投奔赵简主。赵简主周围的人认为他是一个脱离乡众、不忠不义的人，因而对其不予重用。赵简主却认为他是一个不为乱世和邪行所容的有德之士，故授以宰相的重任，国家因而得到治理。后用为咏有德之士不为世俗所容之典。事见汉刘向《说苑·尊贤》。

鲍 山

（清）朱曾传

杯酒何能破旅颜，尘埃如雾两眉间[1]。黄金散尽知交绝，岁岁疲驴过鲍山。

行路何缘知仲贫，何知仲有白头亲[2]。痴儿一斗模糊泪，日暮空山哭古人。

【注释】

此诗出自《说饼庵诗集》卷二。

[1]旅颜：旅人困顿愁苦的面色。[2]仲：指管仲。

鲍叔城

（清）乔 岳

琐屑分金事，贫交可胜情。千秋知己泪，独洒叔牙城。不有淮阴贵，谁传漂母名[1]。还应一匡业，待此两贤成。

【注释】

此诗转引自《续修历城县志》卷十六。

[1]淮阴：指淮阴侯韩信。漂（piǎo）母：漂洗衣物的老妇。《史记·淮阴侯列传》："信（按：韩信）钓于城下，诸母漂，有一母见信饥，饭信，竟漂数十日。信喜，谓漂母曰：'吾必有以重报母。'母怒曰：'大丈夫不能自食，吾哀王孙而进食，岂望报乎！'……汉五年正月，徙齐王信为楚王，都下邳。信至国，召所从食漂母，赐千金。"后遂用为典实。

过鲍山访白雪楼故址

（清）李 邺

访古历城东，言寻鲍山路。不见昔时人，斜阳没高树。

【注释】

此诗出自《柿园诗稿》。李邺，生卒年不详，字东溟，山东章丘人。著有《柿园诗稿》。

访鲍山白雪楼旧迹歌

（清）李沧瀛

有客驱马鲍山游，言寻昔人白雪楼。一点青峦插碧落，数家乔木荒烟浮[1]。惆怅高楼不可见，只余惨淡空山秋。忆昔高楼建此地，东望平陵西华不。长白迢递明夕照，大清河抱层轩流[2]。沧溟赋客适真趣，终日白雪吟上头。孤标不与时人接，清啸几辈相唱酬。雄才曾推中原长，盛名一代冠齐州。只今过客访遗址，空怀北斗与嵩丘[3]。美人一去不复返，白云何处寻瀛洲。

【注释】

此诗转引自《续修历城县志》卷十七。

[1]碧落：道教语，天空，青天。[2]长白：长白山，位于邹平与章丘交界处。[3]北斗、嵩丘：指所景仰之人，此指李攀龙。

鲍家山

（清）李　僴

村舍落霞处，遥遥似倒悬。深林藏白日，群嶂缩青天。夺路泉争捷，行空鸟让先。忽惊衫袖里，出入尽云烟。

【注释】

此诗转引自《续修历城县志》卷八。李僴（xiàn），生卒年不详，字仲恂，号闲人，山东历城人。道光八年（1828）举人，曾任清平训导。著有《耐寒轩诗集》。

过鲍叔牙故里

（清）杨恩祺

叔牙佚事久如新，故里经过拜路尘[1]。讵止友朋感知己，朝廷须此荐贤人。

【注释】

此诗出自《天畅轩忆得偶存诗稿》卷二。

[1]佚事:轶事,散失沦没而为世人所不甚知的事迹,多未经史书正式记载。路尘:道路上飞扬的灰尘。

白雪楼

(清)杨德昭

白雪楼高背郭开,登临疑上柏梁台[1]。窗含夕照无云住,菊老秋风有雁回。尺五天低山北拱,蓬瀛路近水东来[2]。书声歇绝人何在,愿向沧溟一酹杯。

【注释】

此诗转引自清王钟霖辑《国朝历下诗钞》卷二。

[1]柏梁台:汉代台名,故址在今陕西省西安市长安区西北长安故城内。《三辅黄图·台榭》:"柏梁台,武帝元鼎二年春起此台,在长安城中北门内。《三辅旧事》云:以香柏为梁也,帝尝置酒其上,诏群臣和诗,能七言者乃得上。太初中台灾。"[2]尺五:一尺五寸,极言离高处距离近。蓬瀛:蓬莱和瀛洲,神山名,相传为仙人所居之处,亦泛指仙境。

望鲍山

(清)张廷叙

管鲍分金地,人传是此山。高风宛可接,缅想白云间[1]。一望空黄草,单椒失翠鬟。只今谁义气,搔首泪痕班。

【注释】

此诗出自《香雪园重订诗·泺游草》。

[1]高风:高尚的风操。缅想:遥想。

白雪楼怀古

(清)张廷璿

沧溟故址鲍城头,落落云山白雪楼。一代文章齐鲁望,百年出处峭华秋。独传诗派辟鸿洞,特结交情属凤洲[1]。睥睨中原英气尽,骚坛七子等浮沤[2]。

【注释】

此诗转引自清李佐贤辑《武定诗续钞》卷十三。张廷璿,生卒年不详,字玉田,山东利津人。道光元年(1821)恩科举人,曾任商州州同。

[1]鸿洞:虚空混沌。凤洲:指王世贞,号凤洲。[2]睥睨:傲视。骚坛:诗坛。浮沤:水面上的泡沫,因其易生易灭,常喻变化无常的世事和短暂的生命。

鲍叔牙故城

(清)陈永修

高山犹见故人情,鲍叔千年尚有城。长白东南空怅望,华泉西北自凄清。分金何处生青草,遗墓常留蔓野荆。荐士高风不可见,墩傍徙倚晚烟横。

【注释】

此诗转引自《续修历城县志》卷十六。

白雪楼怀沧溟先生

(清)陈永修

岸有时而为谷,海有时而成田。沧溟已殁三百年,白雪高楼尚俨然。先生罢官遂初服,读书近筑鲍山麓[1]。北瞰大河西华跗,王吴殷许时往复[2]。吾道麒麟德不孤,东昌更写山楼图[3]。风格高峻天下无,骚坛牛耳群相呼[4]。晚年楼又开北渚,海右高亭同千古[5]。山东大师尊豆俎,远方宗者吴秦楚。吁嗟乎!两地遗址皆荒凉,幸有泺源继余芳[6]。我今读书近祠堂,朝夕瞻拜心瓣香[7]。

【注释】

此诗转引自《续修历城县志》卷十七。

[1]初服:未入仕时的服装,与"朝服"相对。[2]王吴殷许:应指王世贞、吴国伦、殷士儋、许邦才,他们与李攀龙交往较密。[3]麒麟:喻指李攀龙。德不孤:《论语·里仁》:"德不孤,必有邻。"意思是有道德的人是不会孤单的,一定有志同道合的人来和他相伴。东昌:见李攀龙《酬李东昌写寄〈白雪楼图〉》注释。[4]骚坛:诗坛。牛耳:古代诸侯会盟时,割牛耳取血盛敦中,置牛耳于盘,由主盟者执盘分尝诸侯为誓,以示信守。后用以指在某方面居于领袖地位的人。[5]此指李攀龙在大明湖南岸百花洲上建造了第二座白雪楼。[6]明万历年间,山东右布政使叶梦熊因敬仰李攀龙,出资在趵突泉畔建了第三座白雪楼;这座楼倾塌后,清顺治年间,山东布政使张缙彦在原址又重建,人称泺源白雪楼。[7]瓣香:师承,敬仰。

题李于鳞《白雪楼图》

（清）陈永修

天半飞下峨眉雪，经营惨淡共称绝。丹青谱出山楼图，有色有声得妙诀。卓哉东昌李使君，荆关画法天下闻。鲍山风雨开生面，水墨潇闲化烟云。在昔七子同角逐，琴樽唱酬适情素。更上一层豁双眸，鹊华秀色竞盼顾。苍茫海气从东来，郁郁葱葱何壮哉。平陵以西秋欲老，长白氤氲烟作堆。济南潇洒写未了，阿堵传神能多少[1]。画中有诗传不得，生气勃勃透云表。君不见，风尘姓字至今传，山楼湖楼两杳然。第一泉头同卜筑，唐选遗编同千年[2]。

【注释】

此诗转引自《续修历城县志》卷十七。

[1]阿堵：六朝人口语，犹这，这个。[2]第一泉：指趵突泉。趵突泉边建有第三座白雪楼。唐选遗编：指李攀龙编选的《唐诗选》。

玉皇台杂咏

（清）陈永修

台近叔牙城，相传此阅兵。春秋遗旧迹，宫殿起新楹。古墓多村草，高山蔓野荆。分金何处所，犹见故人情。

人到清凉界，心宽境亦宽。庭轩新奕奕，松柏护丸丸[1]。暑避三庚伏，时生六月寒[2]。此间无热客，薰曲妙琴弹[3]。

古甃涵空碧，不穷《周易》占。井花真供养，泉脉独甘甜。芳冽三分足，清凉一味兼。煎茶图可绘，调水问苏髯。

虬干半之而，鳞枝老不移。犹龙能变化，眠鹤莫猜疑。岁月原多历，风涛也自奇。著书谁闭户，叟可问支离。

待待东山出，钟楼望最宜。阑干花气湿，亭午月华移[4]。九乳流声远，一轮拖影迟[5]。停琴瞻眺久，千里共相思。

秀拔自何年，丹椒欲插天。佛青排闼送，螺黛向空悬。高展芙蓉朵，遥含翡翠烟。临风一翘首，宛见赤松仙。

山色有无间，莲花朵朵殷。群岚当户牖，万壑抱迴环。矗矗开屏面，孱孱坠髻鬟。相看平远意，心共白云间。

【注释】

此诗转引自《续修历城县志》卷二一。玉皇台：位于鲍山西麓殷陈村北、王舍人庄南。相传鲍叔牙在此阅兵，唐代曾建玉皇庙，今遗迹不存。

[1]庭轩：庭院中的小室。奕奕：高达的样子。丸丸：高大挺直的样子。[2]三庚：夏至后第三庚，为初伏之始，亦可指三伏。[3]热客：常来常往之客。[4]亭午：正午。[5]九乳：指钟上九点凸出如乳头形状的装饰，后也指钟。

酬家抟九寄题玉皇台读书元韵

（清）陈永修

放情诗酒间，结癖烟霞里。居栖近鲍城，日日寻旧址。荒台犹崔嵬，遗迹良可纪。云中一点青，高山岿然峙。居今而稽古，事贵得所以。相传春秋时，演武为之起。分金处非遥，管鲍两济美。想见荐士风，鲍叔知管子。又闻张龙图，书台亦即此[1]。为宋侍从臣，拖青而佩紫。人杰地钟灵，前贤多所履。况今读书堂，相去不盈咫。苏字笔如椽，石褐世共视[2]。改作玉皇宫，庙貌蒸霞绮。闲尝试登临，聊堪供依倚。我今歌丁斯，借以消尘滓。阿弟为题咏，宛如珠穿蚁。气宇何轩昂，可以止则止。朗诵一以过，异香生颊齿。

【注释】

此诗转引自《续修历城县志》卷二一。

[1]张龙图：指张揆(995—1074)，字文裕，山东历城人。曾任益都知县、龙图阁直学士、户部侍郎。[2]相传玉皇台上有苏东坡亲题的"读书堂"三个大字。

春日登玉皇台

（清）陈永修

叔牙城外叔牙台，此日登临亦壮哉。眼底群山浮黛至，云中一点送青来。荒岩不见分金处，驿路犹存封邑碑。荐士高风今已矣，空留神宇仰崔嵬[1]。

【注释】

此诗转引自《续修历城县志》卷二一。

[1]神宇:指庙宇。

鲍叔牙分封处

(清)徐　浩

鲍叔分封地,连冈接大堤。霸图称四塞,风物见三齐[1]。古墓荒烟合,深林夕照微。高山仰止处,采邑旧留题[2]。

【注释】

此诗出自《南州草堂诗文》卷四。

[1]四塞:指四方边塞,边境。三齐:秦亡,项羽以齐国故地分立齐、胶东、济北三国,皆在今山东东部,后泛称三齐。[2]高山仰止:语出《诗经·小雅·车舝》:"高山仰止,景行行止。"后用以谓崇敬仰慕。

秋日过王舍人庄

(清)彭云鹤

叶落西风满目秋,停鞭久立鲍山头。浮岚滴翠依然在,不见当年白雪楼。

【注释】

此诗转引自清张鹏展辑《国朝山左诗续钞》卷二七。彭云鹤,生卒年不详,字甸宇,山东历城人。乾隆三十年(1765)进士。著有《林于未定稿》。王舍人庄:位于今济南历城区王舍人街道。

鲍　城

(清)董　芸

东望鲍山驿路斜,荒烟落日起林鸦。可怜交道今如土,谁把黄金铸叔牙[1]。

【注释】

此诗出自《广齐音》。诗前原注:"《路史》:'历下有鲍城。'按,山因城得名,故亦曰鲍山。元遗山作'炮山',非也。《齐乘》:'禹裔有鲍叔,仕齐,食采于鲍,因以为氏。鲍叔生叔牙。'俗传叔牙与管仲分金于此。"

[1]交道:交友之道。

白雪楼

(清)董 芸

好事争图白雪楼,鲍山苍翠矗高秋。钟谭凋谢虞山死,始信江河万古流[1]。

【注释】

此诗出自《广齐音》。诗前原注:"沧溟《酬李东昌白雪楼图诗(并序)》:'楼在济南郡东三十里许鲍城,前望太麓,西北眺华不注诸山,大、小清河交络其下,左瞰长白、平陵之野,海气所际。每一登临,郁为壮观。'按,此于鳞初归田时所筑,或曰在韩仓,或曰今王舍人庄。遗址尚存,东距韩仓十里。"

[1]钟谭:晚明文学家钟惺、谭元春的并称,二人同为竟陵派创始人,反对李攀龙等人的诗文摹古主张,倡导幽深孤峭的风格。

王舍人庄感怀二绝

(清)焦式冲

当年鲍管结同心,为惜奇才落魄深。一荐便教成霸业,知交那复在分金。

沧溟一管青莲笔,别业重开白雪楼[1]。我上鲍山峰顶望,空闻呜咽水东流。

【注释】

此诗出自《余青园诗集》卷二。

[1]青莲笔:指李白的卓越才华。别业:别墅。

匡山

粟山之西南三里许，为匡山。匡山见《魏书》。谓山形似筐，故名筐者，非也。

《乾隆历城县志》卷七

济南杂诗十首

(金)元好问

(其二)

匡山闻有读书堂,行过山前笑一场[1]。可惜世间无李白,今人多少贺知章[2]。

【注释】

此诗出自《遗山集》卷十二。

[1]读书堂:杜甫《不见》诗有“匡山读书处,头白好归来”句,后人讹传此匡山为李白读书处,李白真正读书的地方是四川江油大匡山。[2]此两句意谓人们并非真正了解李白而硬充贺知章。贺知章(659—744),字季真,号四明狂客,浙江萧山人。相传李白一到长安,就深得贺知章的知遇,贺呼其为谪仙人,解金龟换酒为乐。

匡　山

(元)王　恽

匡山说有旧茅庐,李白当年此读书。岚气宛如吟醉重,野云时学简编舒[1]。

【注释】

此诗出自《秋涧集》卷二九。

[1]岚气:山中雾气。吟醉:吟诗醉酒。简编:串连竹简的带子。

筐山道中留别亲故

(明)边　贡

发春移舸入冬还,北阙南都去住间[1]。归梦不离官寺月,赏心犹恋故乡山[2]。深怜老病元相倚,敢道淹留且自闲[3]。扶醉别君西郭路,共看华发感朱颜[4]。

【注释】

此诗出自《华泉集》卷六。

[1]发春:春气发动,谓春天万物发生,常用以指孟春。舸(gě):小船或一般的船。北阙:古代宫殿北面的门楼,是臣子等候朝见或上书奏事之处,用为宫禁或朝廷的别称。南都:明人称南京为南都。[2]官寺:官署;衙门。[3]淹留:谓虚度光阴。[4]朱颜:红润美好的容颜,代指青春年少。

重过历下匡山

(明)张鹤鸣

隔水明春绿,匡山大似螺。远疑霞彩堕,近爱锦苔多。旧日曾临眺,十年此再过。山青终不改,人事叹消磨。

【注释】

此诗出自《芦花湄集》卷二二。

登匡山怀李太白读书处

(清)任宏远

匡山云壑内,太白有高台[1]。饮酒林花发,藏书石壁开。空岩余蔓草,故址只苍苔。头白归何晚,临风几溯洄[2]。

【注释】

此诗转引自《续修历城县志》卷八。

[1]云壑:云气遮覆的山谷。[2]头白:唐杜甫《不见》:"匡山读书处,头白好归来。"溯洄:徘徊。

匡山赠张耿北

(清)张希杰

太白风流久擅场,于今诗酒属张郎。开轩挹翠岚光满,不减裴家绿野堂[1]。

当年此地茂蚕桑,今日繁花山满筐。秋到枫林飘柿叶,春来红紫斗芬芳。

何时策杖到山家,上有新醅不用赊[2]。知是主人能爱客,坐中语尽带烟霞。

蕙圃芝田面面开,耕烟钓雨里中魁。小山桂树谁招隐,应有征书下草莱[3]。

【注释】

此诗出自《铸雪斋集》。

[1]裴家绿野堂:唐裴度的别墅名,故址在今河南省洛阳市南。裴度为唐宪宗时宰相,平定藩镇叛乱有功,晚年以宦官专权,辞官退居洛阳,于午桥建别墅,种花木万株,筑燠馆凉台,名曰绿野堂。裴度野服萧散,与白居易、刘禹锡等作诗酒之会,穷昼夜相欢,不问人间事。事见《新唐书·裴度传》。[2]新醅:新酿的酒。[3]小山:文体名。汉王逸《〈楚辞·招隐士〉解题》:"昔淮南王安博雅好古,招怀天下俊伟之士,自八公之徒,咸慕其德而归其仁。各竭才智。著作篇章,分造辞赋,以类相从,故或称小山,或称大山,其义犹《诗》有小雅、大雅也。"招隐:征召隐居者出仕。草莱:犹草野,乡野,民间。

匡　山

(清)张体乾

浮岚一带碧巃嵸,削出芙蓉落镜中。青峭数峰原自好,庐山名字不妨同[1]。

【注释】

此诗出自《东游记略》卷上。张体乾(1719—?),字确斋,山西浮山人。曾任刑部郎中。著有《东游纪略》《汾沁纪游》。

[1]庐山:又名匡山、匡庐,位于江西九江庐山市境内。

过匡山太白读书处

(清)毛大瀛

遥望匡山顶,岚光夕照开。谪仙何处去,烟冷读书台[1]。千古空遗迹,何人解爱才。惟怜山下路,策蹇客重来[2]。

大雅久不作,高风尚可攀。怜才思杜甫,吊古仰遗山[3]。公自骑鲸去,灵犹跨鹤还[4]。萧萧松桧影,留护白云关[5]。

【注释】

此诗出自《戏鸥居诗钞》卷四。

[1]谪仙:李白。相传匡山为李白读书处。[2]策蹇:鞭策跛足驴马,喻工具不利,行动迟慢。[3]遗山:指元好问,字裕之,号遗山,世称遗山先生。[4]骑鲸:杜甫《送孔巢父谢病归游江东兼呈李白》诗"几岁寄我空中书,南寻禹穴见李白",清仇兆鳌注:"南寻句,一作'若逢李白骑鲸鱼'。按:骑鲸鱼,出《羽猎赋》。俗传太白醉骑鲸鱼,溺死浔阳,皆缘此句而附会之耳。"后用为咏李白之典。金李端甫《太白扇头》诗:"岩冰涧雪谪仙才,碧海骑鲸望不回。"跨鹤:乘鹤,骑鹤。道教认为得道后能骑鹤飞升。[5]诗后原注:"遗山

《过济南》诗云:‘匡山闻有读书堂,行过山前笑一场。可惜世间无李白,今人多少贺知章。’故第四句及之。”

匡　山

（清）章　铨

出郭黄冈外,匡山道左逢。读书遗旧迹,耸石作高峰。金碧将军画,巉岩隐士踪。四围青不断,一点湿云浓。

【注释】

此诗出自《澹如轩诗钞》卷一。章铨(1740—?),字拊廷,号湖庄,浙江归安(今浙江湖州)人。曾任户部郎中、广东粮储道。著有《澹如轩诗钞》《染翰堂诗集》。

望匡山

（清）黄景仁

白也书堂在,云林似昔时。星辰如可接,猿鹤尚余悲[1]。去作青山冢,归虚白首期[2]。怜才意千古,高咏少陵诗[3]。

【注释】

此诗出自《两当轩全集》卷十五。

[1]李白有“扪参历井仰胁息,以手抚膺坐长叹”“黄鹤之飞尚不得过,猿猱欲度愁攀援”等诗句,写山之高峻。此处化用李白诗意,写匡山之高。[2]青山冢:指李白墓。李白死后,始葬当涂龙山,后移葬青山。白首期:指杜甫“头白好归来”的期望。李白死葬青山,辜负了杜甫盼其回到匡山的期望。[3]杜甫《不见》有“世人皆欲杀,吾意独怜才”诗句。

匡　山

（清）范　垌

匡山山径久榛芜,太白书堂信有无[1]。怪石危峰标胜迹,花间对影月轮孤。

【注释】

此诗转引自《续修历城县志》卷八。范垌(1768—?),字伯野,号品泉生,山东历城人。著有《如好色斋稿》。此诗题目为编者所加。

[1]榛芜:草木丛杂,形容荒凉的景象。

自题《匡山读书图》

(清)蒋因培

斜阳敛掩树阴移,苦待儿归下学迟。旧业即今荒废尽,数钱忍忆买油时。

卅年门径没蒿莱,老我漂零太不才[1]。孤负故人招隐意,白头至竟未归来。

【注释】

此诗出自《乌目山房诗存》卷四。诗前有序:“乾隆甲午,余年七岁。先君子方留吴门,吾母金安人寄居泲上,命予就傅于李孝廉家。每下学,以庭前枣树夕影为度,薄暮不归,母辍晚炊以待。数三钱买油点灯,看余背诵,日以为常。今兹白首,学业无成,回思劝学之时,伤心刺骨。匡山去泲不十里,太白少时流寓山东,所谓‘匡山读书处,头白好归来’者,殆即指此,与匡庐故无涉也。写图纪事,因以名之。嘉庆丙子闰六月。”诗序里认为“匡山读书处”中的匡山为济南的匡山,该说法是错误的。

[1]门径:当门的小路。蒿莱:野草,杂草。漂零:漂泊,生活不安定。

匡　山

(清)符兆纶

青云咫尺孰扬眉,只合还山自赋诗。一个怜才杜陵老,白头吟望苦低垂[1]。高高百丈绝跻攀,相对堪羞俗士颜。不识文章憎命达,依然抛却故乡山[2]。

【注释】

此诗转引自《续修历城县志》卷八。

[1]杜甫怜李白之才,在李白被流放夜郎时,曾赋诗《不见》:“不见李生久,佯狂真可哀。世人皆欲杀,吾意独怜才。敏捷诗千首,飘零酒一杯。匡山读书处,头白好归来。”

[2]唐杜甫《天末怀李白》:“凉风起天末,君子意如何。鸿雁几时到,江湖秋水多。文章憎命达,魑魅喜人过。应共冤魂语,投诗赠汨罗。”

和豸峰山樵历下怀古

(清)王　鸿

匡　山

飘飘谪仙人,仙才天所授。酒气千丈豪,奇笔一枝秀。君昔读何书,乃在匡山岫。头白归来未，少陵独忆旧。昔我东入海，快雪时晴候。长啸登其巅，吐气冻云走。山灵如孤客，独立挺寒瘦。何日把万卷，山中茅屋构。举酒呼长庚，宿约余非缪[1]。

【注释】

此诗出自《唱月楼诗录》卷十三。诗题原注："李太白读书处。"豸峰：即廖炳奎，字豸峰。

[1]长庚：古代指傍晚出现在西方天空的金星，亦名太白星、明星。宿约：事先或旧时的约言。

行沙王庄登匡山

（清）陈　锦

赤地银沙积潦收，匡庐叠石伞云浮[1]。岱阴百里多盘谷，济脉千泉尽穴流。饥溺关怀频立马，沧桑满眼一登楼[2]。邑黔莫听舆人诵，杜老吟诗已白头[3]。

【注释】

此诗出自《橘荫轩诗文集·补勤诗存续编》卷五。

[1]积潦：积水。匡庐：江西庐山。相传殷周之际有匡俗兄弟七人结庐于此，故称。此处指济南匡山。[2]饥溺：比喻生活痛苦。语本《孟子·离娄下》："禹思天下有溺者，由己溺之也；稷思天下有饥者，由己饥之也，是以如是其急也。"[3]邑黔：县中的百姓。舆人：众人。《国语·晋语三》："惠公入，而背外内之赂。舆人诵之。"韦昭注："舆，众也。"

匡　山

（清）邵承照

近郭十余里，一山耸道旁。阴崖穴狐兔，乱石卧牛羊[1]。雨久苔花紫，风清柏子香。徘徊瞻梵宇，俗念已全忘[2]。

【注释】

此诗出自《云卧堂诗集》卷三。

[1]阴崖：背阳的山崖。[2]梵宇：佛寺。

山左古迹诗

（清）龚易图

匡　山

大雅沦夷日，狂歌天地间[1]。山东擅长句，头白又匡山。

【注释】

此诗出自《乌石山房诗稿》卷十一。诗题原注："李白读书处，历城。"

[1]大雅：原为《诗经》的组成部分之一。旧训雅为正，谓诗歌之正声，后亦用以称闳雅淳正的诗篇，亦称德高而有大才的人。此指李白。李白因永王李璘事件获罪被流放夜郎，所以说"大雅沦夷"。狂歌：纵情歌咏。唐杜甫《赠李白》："秋来相顾尚飘蓬，未就丹砂愧葛洪。痛饮狂歌空度日，飞扬跋扈为谁雄。"

雨　过

（清）王以敏

雨过一亭秀，湖天瘴始开。西风谭子国，落日晏公台[1]。远渚饥鹰下，空林画角哀。匡山读书处，嗟尔谪仙才。

【注释】

此诗出自《檗隝诗存》卷一。

[1]谭子国：即谭国，西周至春秋时期的诸侯国，故城在今山东济南章丘区龙山街道，后为齐所灭。晏公台：大明湖南岸有晏公庙、晏公台，相传最早纪念的是水神晏戍仔，后更换为晏婴。

去济南驻马匡山下，仲琴飞骑送诗作此答之

（清）徐世昌

驻马匡山一骑来，新诗端为故人裁。济南林木悲摇落，直北关山起祲埃[1]。失计谁苏忧国病，扶危终仗济时才。漫言泾渭材官守，天险于今一例开[2]。

【注释】

此诗出自《退耕堂集》卷三。徐世昌（1855—1939），字卜五，号菊存，一号鞠人，晚号

弢斋、水竹村人，天津人。曾任东三省总督、体仁阁大学士、民国大总统。著有《退耕堂集》《水竹村人集》，辑有《清儒学案》《晚晴簃诗汇》。

[1]祲(jìn)：日旁云气。古时迷信，认为此由阴阳二气相互作用而发生，能预示吉凶。常指妖气，不祥之气。[2]材官：武卒或供差遣的低级武职。

抵匡山作

（清）周学渊

曾为东游客，不知历下奇。山形如卧笏，地脉似分犀。风物思江左，浑流落日西。牙门灯火至，系马正鸡栖。

【注释】

此诗出自《晚红轩诗存》。周学渊(1878—1953)，原名学植，字立之，晚年自号息翁，安徽建德(今安徽东至)人。曾任山东候补道，山东高等学堂、山东师范学堂监督。著有《晚红轩诗存》。

行经匡山

（清）于绍舜

匡山天际落，马首独离奇。怪石如人立，危峰似凤仪[1]。丹青终不变，斧凿岂能施。闻说峄山派，神工谁得知[2]。

【注释】

此诗转引自《乾隆历城县志》卷七。

[1]凤仪：凤凰的仪态。[2]峄山：山名，在山东邹城市境内，山上奇峰怪石，陡峭峻拔，蔚为奇观。派：支脉。神工：神奇的造诣。

和豸峰历下咏怀古迹诗三十七首

（清）王大堉

匡　山

我昔来齐马不前，独登匡山之高巅。云根矗矗秀拔地，绝无依傍凌苍烟[1]。回视华不注，兀兀孤立青刺天[2]。一如高士撑傲骨，各倚高寒斗贞坚[3]。读书昔有李谪仙，或论居此或非焉[4]。斤斤考古我厌闻，青莲有知应輾然[5]。世间风雅多好事，不妨附会以流传。况乎华不在咫尺，游咏昔有青莲篇[6]。嗟哉拘墟限实境，不见雪里鸿飞痕已迁[7]。

【注释】

此诗出自《苍茫独立轩诗集》卷二。

[1]云根：山石。[2]兀兀：高耸的样子。[3]高士：志行高洁之士。贞坚：坚贞不移。[4]相传匡山有太白读书处。[5]斤斤：过分着意。[6]李白曾游华不注山，有"昔我游齐都，登华不注峰"的《古风》诗。[7]拘墟：比喻孤处一隅，见闻狭隘。语本《庄子·秋水》："井蛙不可语于海者，拘于虚也。"雪里鸿飞：即鸿飞雪爪。宋苏轼《和子由渑池怀旧》："人生到处知何似，应似飞鸿踏雪泥，泥上偶然留爪印，鸿飞那复计东西。"后因用"鸿飞雪爪"谓世事变易。

明湖杂诗十一首

（清）边浴礼

（其三）

湖阴东北枕匡山，雾雨冥冥暗翠鬟。欲访高人读书处，洞门深锁碧苔斑。

【注释】

此诗出自《健修堂诗集》卷十三。

李太白匡山读书歌

（清）朱道衍

匡山怪石何嶙峋，当年曾寄谪仙人。惊世文章天开眼，兴酣落笔如有神。先生一生苦潦倒，侧身但觉乾坤小。依诗为命酒为乡，气吐长虹凌八表。诗成万卷光陆离，五岳撑起胸中奇。山灵破胆水魈避，先生应犯天公忌[1]。鞭挞日月走风雷，淋漓挥洒如游戏。忆昔长安酒家眠，高歌大醉常如颠[2]。人间有君著不得，更欲跨海求神仙。矫矫神龙不可驭，共说先生骑鲸去[3]。长星耿耿耀千年，至今尚照读书处[4]。古来读书那有此，狂才却效读书子。驰骋造化归毫端，笑煞白发章句死。先生可望不可攀，欲寻遗迹来匡山。匡山咫尺蓬莱岛，天际真人还未还。我欲因之寄毫素，不见蓬莱但烟雾[5]。金粟如来是现身，当禅一点忽兴悟[6]。

【注释】

此诗转引自清余正酉辑《国朝山左诗汇钞后集》卷十六。朱道衍，生卒年不详，字星海,别号铸亭山人,山东平阴人。朱熊光次子。廪生,例授文林郎拣选知县。著有《铸亭山人诗钞》。

[1]水魈(xiāo):传说水中的一种怪兽。[2]唐杜甫《饮中八仙歌》:"李白一斗诗百篇,长安市上酒家眠。天子呼来不上船,自称臣是酒中仙。"[3]骑鲸:亦作"骑鲸鱼""骑长鲸"。杜甫《送孔巢父谢病归游江东兼呈李白》诗:"几岁寄我空中书,南寻禹穴见李白。"清仇兆鳌注:"南寻句,一作'若逢李白骑鲸鱼'。按:骑鲸鱼,出《羽猎赋》。俗传太白醉骑鲸鱼,溺死浔阳,皆缘此句而附会之耳。"后用为咏李白之典。[4]长星:指巨星,此喻李白。[5]毫素:毛笔和写字作画用的白色细绢,后泛称纸笔。[6]金粟如来:佛名,即维摩诘大士。维摩,意为净名。

和景韩叔《匡山怀李白》之作

(清)朱曾传

白也淡荡人,盘空一雕鹗[1]。胡为此山丘,摊书憩寂寞。吹台胜游散,西风怀抱恶。身世良相违,庄语亦成谑[2]。生无金铉心,何须众口铄[3]。夜窗招太乙,长啸肃秋鹤。青天不可问,霜叶千林薄。

【注释】

此诗出自《说饼庵诗集》卷二。景韩:指朱琦,字景韩。

[1]淡荡:犹散淡,悠闲自在。雕鹗(è):雕与鹗,猛禽,比喻才望超群者。[2]庄语:严正的议论,正经话。[3]金铉:举鼎具,贯穿鼎上两耳的横杆,金属制,用以提鼎。比喻三公之类重臣。

匡山下口号

(清)赵执端

青山冷落读书堂,底事长安作酒狂[1]。纵使青莲能再见,人间无复贺知章[2]。

【注释】

此诗出自《宝菌堂遗诗》卷下。赵执端,生卒年不详,字好问,号缓庵,山东益都(今山东青州)人。赵执信从弟,王士禛甥。附贡生,曾任汶上县教谕。著有《宝菌堂遗诗》。

[1]底事:何事。[2]唐孟棨《本事诗·高逸》:"李太白初自蜀至京师,舍于逆旅。贺监知章闻其名,首访之。既奇其姿,复请所为文。出《蜀道难》以示之。读未竟,称叹者数四,号为'谪仙'。"

李白读书处

（清）黄大苏

渤海唐诗少，天才数谪仙。岂期开卷日，仍在竹溪边。长短歌无敌，《清平调》绝妍[1]。不知边共李，可得嗣前贤[2]。

【注释】

此诗出自《得月轩诗》。

[1]《清平调》：唐大曲名，后用为词牌。相传唐开元中，李白供翰林，时宫中木芍药盛开，玄宗于月夜赏花，召杨贵妃侍酒，以金花笺赐李白，命进新辞《清平调》，白醉中乃成三章。二十八字，七言绝句，平仄不拘。宋词盖因旧曲名，另创新声。双调五十字，平韵。[2]边、李：指边贡和李攀龙。

匡　山

（清）董　芸

头白归来约未忘，隐居曾建读书堂。少陵诗句犹堪证，莫把筐山当大匡[1]。

【注释】

此诗出自《广齐音》。诗前原注："匡山，《通志》'山形如筐，故一名筐山'。《齐乘》'太白尝读书于此'，非也。太白昔隐居戴天大匡山，故少陵有'匡山读书处，头白好归来'之句。后人不察，多疑太白为山东人，又以匡山为匡庐，并误。见计敏夫《唐诗纪事》。"

[1]大匡：四川江油大匡山。

匡　山

（清）廖炳奎

匡山读书处，缅想古长庚[1]。未到扬眉日，先看俯首情。愿识韩太尉，只服谢宣城[2]。结绿青萍宝，磨砻砥砺精。

【注释】

此诗转引自《续修历城县志》卷八。

[1]长庚:古代指傍晚出现在西方天空的金星,亦名太白星、明星。据说李白之母梦长庚而生李白,故以“太白”字之。此指由太白星联想到传说在匡山读书的李太白。[2]韩太尉:应指韩朝宗(686—750),又称韩荆州,京兆长安人。李白曾作《与韩荆州书》。谢宣城:指南朝齐谢朓。谢朓曾任宣城太守,故称。

游匡山记

(清)郝植恭

济南诸山,得泰岱余脉,支分条达,冈峦回复,故山虽不甚峻,而类多幽秀[1]。自鹊、华而外,如历山、鲍山、崛山、粟山、药山、标山、匡山之属,蜿蜒起伏,如儿孙环列,所谓“齐州九点烟”也[2]。

予于癸亥来济南,每欲遍览其胜,以尘网羁缚,不果。乙亥,奉檄襄校秋闱,自堂邑赴济南,夏雨积潦,途多阻纡,道出匡山下,望之蔚然深秀[3]。行三数里,入山麓。自麓至山顶,攒簇皆松柏,高高下下,苍翠可爱,浓阴覆地上;乱石纵横,堆砌道左[4]。停车小憩,呼二仆从登。自东南入盘路,缘坡直上,不数武,即登石磴,磴尽复坡,坡磴相间,凡数十级[5]。已至山腰,地稍夷;折而北,山渐峻,磴亦渐密。山巅有寺,远远望见寺门。门前磴仄而陡,二仆扶掖以上[6]。入门为前殿,祀水官;后为正殿,祠碧霞元君[7]。东院北堂三间,时方兴作。有监修者在焉,瀹茗留客[8]。少坐,延予登殿瞻佛像。次第至西禅堂,方修竣而未施髹漆[9]。西南有窗,临绝壁。开轩远眺,西则平畴,漫衍如棋罫;东南千佛诸峰,如拱如立,层峦叠嶂,缥缈如在云霄间,为之流连顾盼者久之[10]。西北转,又一院落,有石矗然而起,若蹲若伏,拗项回顾[11]。询之,为白虎石。天旱,土人燔石祷雨,有奇验[12]。再北为李太白读书堂,云是太白旧读书处。予闻之诧曰:“太白客任城,尝与孔巢父辈居徂徕山,饮酒赋诗,号‘竹溪六逸’[13]。未闻一至济南,兹山何得有青莲迹[14]?岂以太白避禄山乱,结室匡庐山下,遂误而在此耶?欧阳永叔未尝至西湖,而西湖有‘六一泉’,亦此类也[15]。”相与一笑而罢。时已薄暮,因辞去。循墙而东,出左门,监修者送至门外,指示去径。径曲而弥狭,盖寺人樵汲之路,比山门石磴较平坦[16]。稍西,仍归旧路,迤逦而下。夕阳挂松梢,暮烟横野,远村近树,迷茫不可辨。登车而去,晚抵济南行馆,以试事谢客[17]。旅窗无事,因追记之。

【注释】

此文出自《漱六山房文集》卷八。

[1]幽秀:幽雅秀丽。[2]此处“齐烟九点”所指的山头,与一般说法不同,通常认为九点指华不注山、鹊山、卧牛山、药山、匡山、标山、北马鞍山、粟山、凤凰山。[3]檄:官府

用以征召、晓喻、声讨的文书。襄:协助。秋闱:指科举时代地方(唐宋为州府,明清为省)为选拔举人所进行的考试,因于秋季举行,故称。积潦(lǎo):成灾的积水,洪涝。阻纡:阻隔而曲折,形容路途遥远。[4]攒簇:簇聚,簇拥。道左:道路旁边。[5]武:脚步。[6]扶掖:搀扶。[7]水官:水神。祠:祭祀。[8]瀹茗:煮茶。[9]髹(xiū)漆:指油漆。[10]漫衍:绵延伸展的样子。棋罫:棋盘上的方格。[11]拗(niù)项:扭转颈项。[12]燔(fán)石:焙烧石头。烧石求雨,是古代一种迷信活动。[13]任城:今山东济宁。竹溪六逸:指李白、孔巢文、韩准、裴政、陶沔、张叔明。[14]李白曾于天宝年间来到济南,并游华不注山、鹊山湖,有诗传世。作者所言有误。[15]欧阳永叔:指欧阳修(1007—1072),字永叔,号醉翁、六一居士,北宋文学家。欧阳修诗中的西湖,本指颍州的西湖,后人于杭州西湖附会其事迹。[16]樵汲:打柴汲水。[17]行馆:旧时官员出行在外的临时居所。

标山

黄冈山东三里许，为两标山。
标山，在府城北十里，山石并立如标，故名。

《乾隆历城县志》卷七

同谕仁本登标山

（元）张养浩

香风吹袂落岩花，步尽红云景益佳[1]。龙虎郊原山障日，凤麟洲渚水明霞[2]。蓝田有玉常春色，石室无人漫岁华。从此风烟添胜概，老夫绝壁醉挥鸦[3]。

【注释】

此诗出自《归田类稿》卷二十。谕仁本：张养浩馆客，清江人，深受张器重，生平事迹不详。

[1]袂(mèi)：衣袖。[2]郊原：原野。洲渚：水中小块陆地。[3]胜概：美景，美好的境界。挥鸦：意同"涂鸦"，比喻书画或文字稚劣，多用作谦辞。

标山亭诗为张惟远秘书作

（元）吴师道

齐东有佳山，崭然植双标[1]。下窥城中人，孰敢当其招。滨公擅奇赏，领客穷岧峣[2]。凭高吐浩气，迥与长风飘。至今履屐迹，仰之在层霄[3]。公子亦翩翩，筑构规山椒[4]。刈茅覆白雪，凿石堆青瑶[5]。树以桧柏株，坐待阴萧萧。眷言继先志，于焉远尘嚣[6]。鹊峰华不注，夙昔山泉饶[7]。云何兹地胜，谈者犹寂寥。图经自兹补，借尔梓与乔[8]。我亦岩栖人，平生志耕樵[9]。忻然慕高躅，东望浮云遥[10]。挥弦送飞鸿，因之发长谣[11]。

【注释】

此诗出自《礼部集》卷三。吴师道(1283—1344)，字正传，浙江金华兰溪人。曾任礼部郎中。著有《礼部集》《兰溪山房类稿》等。张惟远秘书：即张引(1295—1358)，字惟远，又字道伸，山东历城人，曾任著作郎、秘书郎，张养浩次子。

[1]崭然：形容山势高峻突兀。双标：刘敕《历乘》："〔标山〕城北一十里，山石并立如标，故名。"[2]滨公：指张养浩，曾被封为滨国公。岧峣：山高峻的样子。[3]履屐：脚。层霄：高空。[4]翩翩：风度优美。山椒：山顶。[5]刈：割取。青瑶：青石的美称。[6]睠(juàn)言：亦作"眷言"。回顾貌。言，词尾。尘嚣：世间的纷扰、喧嚣。[7]夙昔：泛指昔时、往日。饶：娇艳，美好。[8]梓与乔：《尚书大传》卷四："伯禽与康叔见周公，三见而三笞之。康叔有骇色，谓伯禽曰：'有商子者，贤人也。与子见之。'乃见商子而问焉。商子曰：'南山之阳有木焉，名乔。'二三子往观之，见乔实高高然而上，反以告商子。商子曰：

‘乔者，父道也。南山之阴有木焉，名梓。’二三子复往观焉，见梓实晋晋然而俯，反以告商子。商子曰：‘梓者，子道也。’二三子明日见周公，入门而趋，登堂而跪。周公迎拂其首，劳而食之，曰：‘尔安见君子乎？’”后因以“乔梓”比喻父子。[9]岩栖：栖宿在山岩上，借指隐居。[10]忻(xīn)然：喜悦貌，愉快貌。高躅：指有崇高品行的人。[11]飞鸿：飞行着的鸿雁。长谣：长篇乐曲或诗歌。

端　阳

（明）王象春

长丝艾虎饮流蒲，夹岸榴花悦彼姝[1]。一自田文专国后，家家此日望悬弧[2]。

【注释】

此诗出自《齐音》。诗后原注：“城东北标山下，旧有田文庙。文以五日生，欲弃之，未果。后竟贵显。齐俗今反以五日生子为大庆，妇女泛舟谒庙，祈嗣者众矣。”端阳：即端午。田文：即孟尝君，传说端午出生。

[1]艾虎：古俗，端午日采艾制成虎形的饰物，佩戴之谓能辟邪祛秽。[2]专国：把持国政。悬弧：古代风俗尚武，家中生男，则于门左挂弓一张，后因称生男为悬弧。

王烈妇

（明）王象春

汉王甲马渡清河，泺口标山铁寨多[1]。八十五城都迎迓，济南痴死是王娥[2]。

【注释】

此诗出自《齐音》。诗后原注：“汉庶人高煦至标山下，见汲水王妇有美姿，执留寨中，王妇夜刺煦不中见杀。昔魏文帝破袁，遂纳熙妻甄氏，终至失宠。塘上行觍不知耻，何如野妇犹存烈节。”高煦，即朱高煦(1380—1426)，明成祖朱棣次子，明仁宗朱高炽同母弟。曾被封为汉王，明宣宗朱瞻基继位后，朱高煦起兵造反，后被废为庶人囚禁，最终被杀。

[1]汉王：指朱高煦。[2]迎迓：犹迎接。王娥：指汲水的王妇。

历下杂咏二十绝

（清）刘　岩

（其十四）

绿棹焚香载丽人，生儿五日复谁嗔。北标山下田文庙，不比风波妒妇津[1]。

【注释】

此诗出自《大山诗集》卷七。

[1]诗后原注:“午日妇女至田文庙祈子,以文五月五日生也。”

登标山遇道者供茶蔬兼示李沧溟先生之墓

(清)王又朴

渌溪明带郭,寒木自高疏[1]。向日渔舟出,空山道者居。煮茶烹活水,团饭进腌茹[2]。为说诗人墓,临风太息余。

【注释】

此诗出自《诗礼堂杂咏·寒蛩集》。王又朴(1681—1763),字从先,号介山,原籍扬州,后迁居天津。曾任翰林编修,权知池州、徽州等府。著有《诗礼堂杂咏》。

[1]高疏:高旷的样子。[1]腌茹:腌菜。

泺口道中望标山

(清)沈廷芳

峼华离立排丹障,千佛崇墉屹相向[1]。标山终古挺双标,不傍群峰气转王。磊砢岩壑石垒成,喷涌烟岚千万状[2]。昔年先正弦酒区,广莫萧条委尘坱[3]。我来纵目清秋时,欲上未能马疾驰。泺滨测水水暴涨,水花散漫逾冰澌[4]。山东西郡今苦涝,嗟我苍赤多疮痍[5]。好山忍作游眺想,携屐且负山灵期。回首层椒乱云没,茫茫对此悲歌发[6]。

【注释】

此诗出自《隐拙斋集》卷二七。

[1]离立:并立。崇墉:高墙,高城。《文选·王延寿〈鲁灵光殿赋〉》:“崇墉冈连以岭属,朱阙岩岩而双立。”张载注:“墉,墙也。”[2]磊砢:众多委积的样子。[3]前半句后原注:“元张文忠养浩曾游,有记。”先正:泛指前代的贤人。元张养浩有《标山记》。尘坱(yǎng):犹尘埃,引申指尘世。[4]前半句后原注:“时偕胡运使测水势。”冰澌:解冻时流动的冰。[5]前半句后原注:“沛、东、兖、曹四郡,水患最剧。”苍赤:指百姓。疮痍:比喻灾害困苦。[6]层椒:高山之巅。

大明湖櫂歌

（清）陈在谦

（其十二）

北标山下瓣香焚，可是齐人戴故君[1]？艾虎插头诸女伴，但求生子似田文[2]。

【注释】

此诗出自《梦香居诗钞二集》卷二。

[1]瓣香：佛教语，犹言一瓣香。故君：指田文，曾任齐相。[2]诗后原注："王季木云：城东北标山下，旧有孟尝君庙。齐俗乃以五日生子为大庆。"

八月将归，游鹊山渡泺水观盐艘，遂登标山怀元平章张文忠公

（清）单为鏓

（其五）

平章曾照读书萤，遂有勋名炳汗青[1]。不相不侯身已老，我来真个愧山灵。

（其六）

靡笄佛慧仅凝眸，鹊药匡华一望收[2]。蜡屐不须重踏遍，此峰占尽历城秋[3]。

【注释】

此诗出自《奉萱草堂诗钞》。元平章张文忠公：指张养浩，被追赠陕西等处行中书省平章政事，谥号文忠。

[1]诗后原注："张文忠曾读书标山。"汗青：借指史册。[2]"靡"后原注："音'磨'。"[3]诗后原注："登标山绝顶则南北诸山皆见。"

九日侵晓登标山

（清）沈　淮

平地孤峰耸，登高足胜游[1]。霜华迷远渚，风叶响高秋[2]。砖阁鬼工辟，石

桥仙迹留。茱萸谁共插，南望动离愁。

【注释】

此诗出自《三千藏印斋诗钞》卷七。侵晓：拂晓。

[1]胜游：快意的游览。[2]霜华：即霜花，霜。霜为粉末状结晶，花指物之微细者，故称。高秋：深秋。

王氏诗

（清）王闿运

芳草缘标山，叶叶随风舒。窈窕谁家女，行汲出山隅。素手引纤绳，轻腰约罗襦。行止自袅袅，照影为双姝。路旁谁不观，不得暂踟蹰。齐王恃骄贵，驱驱出田游。万骑俱裴回，裴回南陌头[1]。朱轮两踯躅，绣旆交萦纡[2]。借问彼姝子，恐是秦罗敷。俜停垂手前，应对自纡徐[3]。答言是王氏，一言已婀娜，二字无多余。齐王再三问，谁何是卿夫。夫名在妾口，王今问何如。韩凭因妇死，微贱易崎岖[4]。王能制生死，妾能守区区。贵贱不相涉，恐此事难图。王是万乘子，妾是千金躯。别我寒泉水，盈盈照明珠。辞我双汲瓶，莹莹比玉壶。当令便破碎，谁复计须臾。人生富贵易，妾愿不相逾。东乡千万人，西里百余家。共饮山下泉，不食泉中鱼。鱼行不易双，泉水清有余。流传五百季，但道王家姝[5]。

【注释】

此诗出自《湘绮楼全集·诗集》卷五。诗前有序："明齐王朱高煦猎游历城县标山，有妇汲水，见之而美，留问其姓，对曰'王氏'，问其夫家，不对。迫之不从，见杀而莫敢尸。相传为东乡王氏云尔。后五百季，王闿运始为歌词，以附乐府而传之。"

[1]裴回：徘徊不进。[2]朱轮：古代王侯显贵所乘的车子，因用朱红漆轮，故称。绣旆(pèi)：彩旗。萦纡：盘旋环绕。[3]俜停：姿态美好的样子。纡徐：谓文辞委婉舒缓。[4]韩凭：相传战国时宋康王舍人韩凭娶妻何氏，甚美，康王夺之。凭怨，王囚之，沦为城旦。凭自杀。其妻乃阴腐其衣，王与之登台，妻遂自投台下，左右揽之，衣不中手而死。遗书于带，愿以尸骨赐凭合葬。王怒，弗听，使里人埋之，冢相望也。宿昔之间，便有大梓木生于两冢之端，旬日而大盈抱，屈体相就，根交于下，枝错于上。又有鸳鸯，雌雄各一，恒栖树上，晨夕不去，交颈悲鸣，音声感人。宋人哀之，遂号其木曰相思树。后用为男女相爱、生死不渝的典故。[5]季：年。

登标山

（清）尹廷兰

一峰拔地郁岧峣，仿佛赤城霞建标[1]。泺水南来成巨浸，鹊山北望倚层霄[2]。青苍涧树云常驻，浩荡天风石欲摇。若使移当京口路，不知抵得几金焦[3]。

【注释】

此诗出自《华不注山房诗》。

[1]赤城：赤城山，在浙江天台县北。[2]巨浸：大水，指大湖泽。层霄：高空。[3]京口：今江苏镇江。金焦：金山与焦山的合称，两山都在镇江。

登标山

（清）孔昭珩

平芜绿秀一峰孤，况复登临近路隅。山不在高名恰著，地虽嫌僻景偏腴。苍松郁勃吟声壮，瘦石崚嶒客貌臞[1]。若向妒津论好丑，蛾眉未必让华柎。

【注释】

此诗出自《杞园吟稿》。孔昭珩（héng），生卒年不详，字葱佩，号玉峰，山东德平人。道光二十四年（1844）进士。著有《杞园吟稿》。

[1]郁勃：茂盛，繁盛。臞：瘦。

标山竹枝辞

（清）张廷叙

（十首存七）

泺口南头路不遥，标山翠色起单椒。年年正月烧香去，多少游人过小桥。

大家妆束称新宜，打叠游山意不迟[1]。来到山前神气倦，茶棚棚下歇多时。

女伴纷纷结队来，嵯峨石上好挨排[2]。料应爱听山西曲，日暮天寒竟不回。

取次辚辚走钿车，黄尘扑面逐风斜[3]。几声柔笛依山曲，万缕轻烟煎野茶。

飞来石上定登临，四望岧峣接远岑。只恐凌空复飞去，天风无际白云深。

纸烟香影拜参差，姊妹分明祝语辞。为妇要为估客妇，乞儿须乞走河儿[4]。

南北春光望眼收，却听山唱起山头。山南城隐千行树，山北河开万叶舟。

【注释】

此诗出自《香雪园重订诗·泺游草》。

[1]打叠：收拾，安排。[2]挨排：紧密排列，依次排列。[3]取次：谓次第，一个挨一个的。辚辚：车行声。钿车：用金宝嵌饰的车子。[4]估客：即行商。

标山下三绝句

（清）钟廷瑛

黄冈东麓紫荆西，十九年来路不迷。为问山灵孤迥处，可容俗驾坠鞭题[1]。

杳霭齐烟九点通，青苍不与故山同[2]。何当负郭开三径，直把双标贮盎中[3]。

绝代沦溟土一丘，文忠终古擅风流[4]。谁为后起吾空老，满眼云山自掉头。

【注释】

此诗转引自《续修历城县志》卷八。

[1]孤迥：寂寞，寂寥。俗驾：世俗人。驾，车驾，借指人。[2]杳霭：云雾缥缈的样子。[3]负郭：谓靠近城郭，此处指标山在旧城北面。三径：晋赵岐《三辅决录·逃名》："蒋诩归乡里，荆棘塞门，舍中有三径，不出，唯求仲、羊仲从之游。"后因以指归隐者的家园。盎：盆类盛器。[4]文忠：指张养浩，谥号文忠。

喜见标山

（清）钟廷瑛

犯炎冲雨到尘寰，城市那堪著老颜[1]。烟树万家初出郭，迎眸一点见标山[2]。

【注释】

此诗转引自《续修历城县志》卷八。

[1]冲雨:冒雨。尘寰:人世间。[2]迎眸:犹迎面。

标山烈妇

(清)董　芸

贞心坚比玉壶冰,虎帐霜寒剑气凝[1]。黄土千年埋碧血,羞随蝴蝶化韩凭[2]。

【注释】

此诗出自《广齐音》。诗前原注:"靖难兵攻济南,汉庶人高煦营标山下,悦一汲水妇,胁至帐中。妇度不能免,佯听之,伺便抽剑直前刺煦,不中,遂骂不绝口,煦怒,批杀之。"

[1]贞心:坚贞不移的心地。虎帐:旧时指将军的营帐。[2]韩凭:见清王闿运《王氏诗》注释[4]。一般用"韩凭"借指鸳鸯。

标山记

(元)张养浩

绰然亭西四三里,有双山曰标[1]。各广四十亩,童无树林,东西并峙,皆青石叠矗,势陂陀,可步而上[2]。按《舆图经》无其名,盖土人以旁无他山,惟此若标可望,故以名之[3]。其居东者,上有洞如屋,可避风雨。

泰定甲子三月,命童携酒肴,偕馆客清江谕仁本登焉[4]。始小有劳,既戾其上,神超气逸,身欲羽飞[5]。环视众山,手若可即[6]。其联岩属巘,盛于东南,而微杀于西北[7]。诸支流之水,萦络交碧,练横绳引,析而复合[8]。盖郊外可登眺者,莫此胜焉。

尝欲构亭其上,时杖屦往来,以豁心目,因仍未暇[9]。既而坐洞屋中,出觞更酌,咏古人闲适之诗如陶、谢、韦、柳者数篇[10]。其清欢雅思悠悠而集,若世若形,两忘其所恃[11]。加以烟岚坌涌,相与冥合,窅乎不知余之为山而山之为余也[12]。

于是仁本举酒相属曰:"乐矣哉,公之游乎!殆不可以无记[13]!"遂书而贻之。

【注释】

此文出自《归田类稿》卷六。

[1]绰然亭:即翠阴亭,为张养浩别墅里的亭子。他在《翠阴亭记》中有"余爱其胜,

遂临墅起亭曰‘翠阴’；以余退闲，无官守言责，故又名‘绰然’”之语。[2]童：山岭、土地无草木。叠：重叠，累积。矗：高耸。陂陀(pō tuó)：倾斜不平的样子。[3]《舆图经》：地理书名，未详。舆图，即地图。[4]泰定甲子：元朝皇帝泰定帝也孙铁木儿泰定元年(1324)，馆客：门客。[5]小：稍，略。劳：疲劳。戾(lì)：至，到达。神超气逸：即神气超逸，超然物外。羽飞：传说仙人能够飞升，如同身体插上了翅膀。[6]即：靠近，接近。[7]联岩属(zhǔ)巘：即重峦叠嶂，形容山岭重重叠叠，连绵不断。属，连续。盛：众多。微杀(shài)：衰微。微，衰微。杀，衰微。[8]诸支流之水：当指泺水、小清河、大清河等。萦：回旋缠绕。络：环绕。碧：青绿色。练：白练。引：延长。析：分。[9]杖履：拄杖漫步。豁：开阔，这里是使动用法。心目：想法和看法，内心。仍：接续。[10]觞：盛满酒的杯，亦泛指酒器。陶、谢、韦、柳：指晋代诗人陶渊明、南朝诗人谢灵运和唐代诗人韦应物、柳宗元，四人皆属山水田园诗人，多有闲适之作。[11]清欢：清雅恬适之乐。雅思：雅正的才思。若：如此，这样的。世：尘世。形：形体。恃：依赖，凭借。[12]加以：犹言加上，表示进一步的原因或条件，多用于后一分句的句首。烟岚(lán)：山林间蒸腾的雾气。坌涌：涌出，涌现。相与：互相。冥合：暗合。窅：怅惘的样子。[13]属(zhǔ)：委托，嘱咐。殆(dài)：当，必。

药山

其在县西北境，高不及华不注而势若相敌者，曰药山。药，谓阳起石也。即《隋书》之卢山，一名齐山，又名云山。或曰云，『卢』字之讹也。土人亦呼阳起山。其西峰曰小九华。

《乾隆历城县志》卷七

齐山怪石森耸，其西峰曰小九华

（宋）晁补之

山上有山俱巃嵸，谷中通谷更崟岈[1]。借君筇杖穿奇险，直至西峰小九华[2]。

【注释】

此诗出自《鸡肋集》卷二一。晁补之(1053—1110)，字无咎，号归来子，山东巨野人。苏门四学士之一。曾任济州知州、礼部郎中。著有《鸡肋集》。

[1]山上九峰并列，故云"山上有山"；山下有洞，故云"谷中通谷"。[2]小九华：相对九华山而言。九华山为佛教名山，在安徽青阳县西南，山有九峰，形似莲花，故名。药山也是九峰并列，故誉称小九华。

药山道中二首

（金）元好问

石岸人家玉一湾，树林水鸟静中闲[1]。此中未是无佳句，只欠诗人一往还。

西风砧杵日相催，著破征衣整未回[2]。白雁未衔霜信过，青林闲送雨声来[3]。

【注释】

此诗出自《遗山集》卷十三。

[1]玉一湾：喻指山侧湖水。[2]砧(zhēn)杵：捣衣石和棒槌，亦指捣衣。征衣：远行者的衣服。[3]霜信：霜期来临的消息。宋沈括《梦溪笔谈·杂志一》："北方有白雁，似雁而小，色白，秋深则来。白雁至则霜降，河北人谓之'霜信'，杜甫诗云：'故国霜前白雁来'，即此也。"胡道静校证："白雁非普通之白化个体，而为另一独立雁种，盖今称'雪雁'者是。"青林：苍翠的树林。

雁儿落兼得胜令

（元）张养浩

（其二）

云来山更佳，云去山如画。山因云晦明，云共山高下[1]。 倚杖立云沙，回首见山家[2]。野鹿眠山草，山猿戏野花。云霞，我爱山无价。看时行踏，云山也爱咱[3]。

【注释】

此曲出自《云庄张文忠公休居自适小乐府》。

[1]晦明:明暗。[2]云沙:指苍茫空阔、云沙遥接处。山家:山野人家,多指隐士的住处或者僧道的寺观。[3]行踏:行走,走动。云山:药山的别称。

药　山

(明)王象春

阳起石同腽肭脐,登山涉海苦烝黎[1]。何如筐阜无穿凿,犹得花开鸟慢啼[2]。

【注释】

此诗出自《齐音》。诗后原注:"城西药山为扁鹊炼药处,其下有阳起石,上官征取无虚日,民甚苦之。所邻则筐山,形似筐焉,一无所出。人有聪明机智,只为骄淫之借,日凿一窍,七日而混沌死矣。'载去西施岂无意,恐留倾国更迷君。'"

[1]腽肭脐(wà nà qí):一名海狗肾,海狗的阴茎和睾丸,入中药,有补肾等作用。烝黎:百姓,黎民。[2]筐阜:匡山。

药山麓望沧溟先生墓不见

(清)张笃庆

公归神兮山之阿,水蜿蜒兮山嵯峨。阳春绝调发浩歌,大雅润世何其多[1]。公安俳訾彼则那,竟陵之吹奈公何[2]。嘉降正音琴瑟和,寂寂秋原埋玉珂[3]。我来凭吊当陂陀,丰碑何处迷寒莎。呜呜山鬼吟女萝,未得挂剑深摩挲。吁嗟乎!山有岱兮水有海,沧溟遗响依然在。我歌《九辨》一招魂,楼头白雪流光彩。

【注释】

此诗出自《昆仑山房集》卷三。

[1]阳春:古歌曲名,一种比较高雅难学的曲子,后用以泛指高雅的曲调。浩歌:放声高歌,大声歌唱。大雅:《诗经》的组成部分之一。旧训雅为正,谓诗歌之正声,后亦用以称闳雅淳正的诗篇。[2]公安:明万历年间以袁宏道及其兄袁宗道、弟袁中道三人为代表的文学流派,因三人是湖北公安人而得名。他们反对前七子和后七子的拟古风气,主张"独抒性灵,不拘格套",发前人之所未发。俳訾(zǐ):同"排訾"。排斥诋毁。竟陵:明代后期以竟陵(今湖北天门)人钟惺、谭元春为首的文学流派。他们认为公安派作品俚俗、

肤浅，因而倡导一种“幽深孤峭”风格加以匡救，主张文学创作应抒写“性灵”，反对拟古之风。[3]玉珂：指高官显贵，此指李攀龙。

赠药山高羽士

（清）任宏远

远避云深处，结茅在九峰[1]。春前锄芍药，雨后种芙蓉。元悟心常静，丹炉火自熔。不缘卖药出，人世那能逢？

【注释】

此诗转引自《续修历城县志》卷八。羽士：道士的别称。

[1]结茅：编茅为屋，谓建造简陋的屋舍。

药山看杏花长歌纪胜

（清）任宏远

西山二月放杏花，香雾空蒙锦绣遮。泺上士女虽载酒，无如十子兴靡涯。上林吹笙鳞雪笛，竹君弦索弄琵琶。子端喜歌西楼梦，秋高气爽雁行斜。头似青山手两点，文子惯为渔阳挝[1]。迂右醉后如泥塑，芬木狂叫乱纷拿。千子走向花里去，白眼青天踏晴沙。乐园少小风流甚，花枝压帽人争夸。远也无量酬春色，七字歌成但饮茶。往往爱花春起早，及至林下露晓霞。每每爱花归去晚，恐花睡去照红纱[2]。王谢子弟传江左，花间高会无此赊。

【注释】

此诗转引自《续修历城县志》卷八。

[1]渔阳挝：亦称“渔阳掺挝”，鼓曲名。南朝宋刘义庆《世说新语·言语》：“祢衡被魏武谪为鼓吏，正月半试鼓，衡扬枹为《渔阳掺挝》，渊渊有金石声，四座为之改容。”

[2]宋苏轼《海棠》：“东风袅袅泛崇光，香雾空蒙月转廊。只恐夜深花睡去，故烧高烛照红妆。”

丁卯上巳刘丽亭招同诸名士登药山

（清）任宏远

君不见，永和三月集兰亭，崇山峻岭修竹青[1]。又不见，天宝三日曲江滨，日暖风和多丽人[2]。晋唐遗风今不改，药山秀气春霭霭。司农寓泺值其时，风流直欲追千载[3]。折柬名士招济南，携酒盈樽似北海[4]。或登山之巅，长篇大句绕云烟；或饮涧之阿，青天白日醉颜酡[5]。客醉诗成主人乐，插羽飞觞交相错。今人信不让古人，古诗谁道今诗弱。古人纷纷去不还，佳节年年风如昨。欢笑不觉已黄昏，峰头蛾眉玉一痕。归来高烧红纱烛，绿杨深锁素园门。

【注释】

此诗转引自《续修历城县志》卷八。

[1]东晋王羲之《兰亭集序》："永和九年，岁在癸丑，暮春之初，会于会稽山阴之兰亭，修禊事也……此地有崇山峻岭，茂林修竹。"[2]唐杜甫《丽人行》："三月三日天气新，长安水边多丽人。"曲江：在长安东南，是当时的游览胜地。[3]司农：官名，汉始置，掌钱谷之事，亦称大司农，为九卿之一。汉建安改为大农，由魏至明，历代相沿，或称司农，或称大司农。清代以户部司漕粮田赋，故别称户部尚书为大司农。风流：流风余韵。[4]折柬：即折简。谓裁纸写信。北海：指李邕，曾任北海太守。[5]酡(tuó)：饮酒脸红。

药山即景

(清)张体乾

亭午载酒山之巅，红藤七尺凌浮烟[1]。流云乍豁岚气湿，芙蓉万朵争便娟[2]。崎岖回互迷向背，鸟道一线相钩连[3]。槎枒怪石露头角，如马如象谁所镌[4]。突兀怒张势欲走，毋乃祖龙填海之所鞭[5]。老於菟踞山之后，耽耽之状森欲前[6]。又疑熊渠之所射，化而为石莓苔缠[7]。千态万状饫客眼，百步九折谁惮烦[8]。振衣直上八千尺，凭高一啸风飒然。拟呼山僧相导劚石髓，饱餐灵药吾欲仙[9]。

【注释】

此诗出自《东游记略》卷下。诗前有序："乙丑早，旧友吴子巨川见访，剧谈至午方别去，即偕同人游药山。山在济南西南，势极险峻，怪石嵯峨，如奇兽数万，突兀起伏榛莽间。中峰孤耸，半压浮云，攀援而上，四望渺渺无边际。山后有虎峰，形酷肖。地产阳起石，山僧云：'产石之地，冬无积雪，记其处，隔年取之。'薄暮乃还，报谒巨川于旅邸，便约归同宿，剪烛把酒，殊慰素怀。是日得诗三首。"

[1]亭午：正午。[2]便(pián)娟：轻盈美好的样子。[3]回互：回环交错。鸟道：险峻狭窄的山路。[4]槎枒：形容错落不齐之状。[5]祖龙：指秦始皇。《史记·秦始皇本纪》："〔三十六年〕秋，使者从关东夜过华阴平舒道，有人持璧遮使者曰：'为吾遗滈池君。'因言曰：'今年祖龙死。'"裴骃集解引苏林曰："祖，始也；龙，人君象。谓始皇也。"传说秦始皇筑石桥，欲渡海观日出处。时有神人，能驱石下海，石去不速，神人辄鞭之。[6]菸菟：应为"於菟(wū tú)"，虎的别称。《左传·宣公四年》："楚人谓乳谷，谓虎于菟。"陆

德明释文："於，音乌。"耽耽：瞪目注视的样子。[7]熊渠：古代宫廷卫队名。[8]惮烦：怕麻烦。[9]石髓：即石钟乳，古人用于服食，也可入药。

药　山

（清）毛大瀛

药山森九峰，苍翠势欲滴[1]。前有日月轮，两山拱几席[2]。亭亭小九华，森耸瞰山脊[3]。新秋微雨过，乘兴蜡双屐[4]。一径上层峦，凭高乐游适。白云拂面来，不辨阡与陌[5]。俯视涧穴中，暖气蒸岩隙。燎然触五情，风前岸巾帻[6]。老僧为余言，下有仙人宅。深洞入崄岈，厥产阳起石[7]。传闻昔卢医，炼药剩遗迹[8]。蜘蛛与虾蟆，守护欲跳踯[9]。或见云英青，或见云珠赤。或见云沙黄，或见云璘白[10]。我欲采之归，丹炉炼灵液。不知何者佳，纷纷讵详核。但闻狼牙形，服之最有益。颇同腽肭脐，一时猝难觅。惟彼石累累，不妨悉弃掷。吁嗟此洞深，起自何年辟。岁久镵凿多，毋乃竭地脉[11]。石本土之精，根是气之核。精枯核不生，那复长郁积。如何官府求，征取若赋额。采掘遣丁夫，每岁恣渔获[12]。岂惟石髓空，并虑民苦役。曷怪市肆中，真赝益难择。赝者更误人，贻害匪朝夕。况稽古神方，此石未搜摘。后来《本草》中，何由载图籍。缘此备土宜，兼以疗疾疫。探穴采无时，入深益险僻。我为此石愁，重为山灵惜。咄嗟下孱颜，晴峰瞻历历[13]。作诗告采风，我语或可绎[14]。

【注释】

此诗出自《戏鸥居诗钞》卷五。

[1]森：高耸，峙立。[2]前半句诗后原注："药山前两土山为日月轮山。"拱：环绕；环卫。几席：几和席，为古人凭依、坐卧的器具。[3]诗后原注："药山西峰名曰九华。"亭亭：高耸的样子。瞰：看，俯视。[4]蜡：以蜡涂物。宋王安石《韩持国从富州辟》诗："何时归相过，游屐尚可蜡。"此处指以蜡涂木屐。语出南朝宋刘义庆《世说新语·雅量》："或有诣阮（阮孚），见自吹火蜡屐，因叹曰：'未知一生当着几量屐！'神色闲畅。"[5]阡陌：《史记·秦本纪》："[商鞅]为田开阡陌。"司马贞索隐引《风俗通》："南北曰阡，东西曰陌。河东以东西为阡，南北为陌。"[6]五情：喜、怒、哀、乐、怨五种情感。岸：谓将冠帽上推，露出前额。巾帻：头巾，以幅巾制成的帽子。[7]诗后原注："阳起石出药山者最佳。其山常有温暖气，虽盛冬大雪，此山无积白，盖石气熏蒸使然也。"厥：代词，其，起指示作用。[8]诗后原注："药山为扁鹊炼药处。"[9]诗后原注："阳起石洞中，上有蜘蛛石，下有虾蟆石。"虾（há）蟆：亦作"蛤蟆"。青蛙和蟾蜍的统称。[10]晋葛洪《抱朴子·仙药》："又云母有五种，而人多不能分别也，法当举以向日，看其色，详占视之，乃可知耳。正尔于阴地视之，不见其杂色也。五色并具而多青者名云英，宜以春服之。五色并具而多赤者名云珠，宜以夏服之。五色并具而多白者名云液，宜以秋服之。五色并具而多黑

者名云母，宜以冬服之。但有青黄二色者名云沙，宜以季夏服之。皛皛纯白名磷石，可以四时长服之也。”[11]镵凿：刻凿。[12]丁夫：唐代丁谓正役，夫谓杂徭。后泛指服力役的人夫。渔获：侵占，掠夺。[13]咄(duō)嗟：叹息。孱颜：指高峻的山岭。历历：清晰的样子。[14]采风：谓搜集民间歌谣。明刘若愚《酌中志·大内规制纪略》：“世之君子，当不讳之朝，思采风之义，史失而求诸野，闲中一寓目焉，未必不兴发其致君泽民之念也。”意同“采诗”。古代有专门机构采诗，为统治阶级观风俗、知得失的一项政治措施。绎(yì)：陈述。

续《齐音》一百首

（清）毛大瀛

（其七）

药山雪散雾冥冥，草木严冬不改青。凭吊卢医仙迹杳，空留白石采图经。

【注释】

此诗出自《戏鸥居诗钞》卷九。诗后原注：“城西药山为扁鹊炼药处，其下有阳起石，图经曰：‘其山常有温暖气，虽盛冬大雪，遍境独此山无积白。’阳起石，一名白石，又名石生。”积白，积雪。

药山题壁

（清）伍鲁兴

石径崎岖行迹稀，雨余苔藓欲沾衣。斜阳明灭移红树，秋色苍凉入翠微。乡国剧怜人北望，云霄空羡雁南飞。正逢篱菊花齐放，长把金樽兴未违[1]。

【注释】

此诗出自《蓉湖吟稿》卷一。

[1]金樽：酒樽的美称。

三月三日同郑萍史、李绍修登药山

（清）王德容

上巳从来多士女，相邀我亦入云霞[1]。人烟辐辏分清泺，山石青苍类鹊华[2]。到处杯盘松磴阔，归途城郭夕阳斜[3]。东风料峭谁知倦，一路贪看黄菜花[4]。

【注释】

此诗出自《秋桥诗选》卷三。郑萍史:即郑云龙,号萍史。

[1]上巳:旧时节日名。汉以前以农历三月上旬巳日为上巳,魏晋以后定为三月三日,不必取巳日。《后汉书·礼仪志上》:"是月上巳,官民皆洁于东流水上,曰洗濯祓除去宿垢疢为大洁。"云霞:比喻远离尘世的地方。[2]辐辏:集中,聚集。清泺:小清河和泺水。[3]松磴:有松树的坂道。[4]料峭:形容微寒,亦形容风力寒冷、尖利。

登药山

(清)韩　崇

散吏多暇日,蓄意寻岩泉[1]。郊原新雨霁,景物弥澄鲜。麦陇错如绣,松径纷成烟。灵峤秀中野,杖策屡周旋。矧兹风日美,遂造层云巅[2]。凭高骋遐瞩,万象罗目前[3]。遥林接空翠,层岫罗远天。峼华表明丽,双照尤争妍。览物惬素怀,遗荣缅前贤[4]。青阳将告谢,坐惊时序迁[5]。驻颜借苓术,赏心属兰荃。何时解尘绂,岩栖守真坚[6]。逍遥劚灵药,摄生期尽年。

【注释】

此诗转引自《续修历城县志》卷八。韩崇(1783—1860),字符芝、元之,一字履卿,别称南阳学子,江苏元和(今江苏苏州)人。曾任山东济南泺口批验所大使。著有《宝铁斋书录》《义门先生集》。

[1]散吏:闲散的官吏,指有官阶而无职事的官员。[2]矧:况且。[3]遐瞩:远眺,远望。[4]素怀:平素的怀抱。[5]青阳:指春天。时序:时间,光阴。[6]解尘绂:解下印绶,指辞官。绂,系官印的丝带,亦代指官印。岩栖:栖宿在山岩上,借指隐居。

登药山望被水灾区

(清)李嘉乐

药山北望涌黄流,万井田庐付水沤[1]。鸿雁声哀方集野,鹊华色惨不关秋。一筹欲展凭何补,二客相从未忍游[2]。自愧治河无上策,翻将威柄让阳侯[3]。

【注释】

此诗出自《仿潜斋诗钞》卷十四。李嘉乐,生卒年不详,字宪之,河南光州人。同治二年(1863)进士,曾任青州、济南知府,河南巡抚。著有《仿潜斋诗钞》《齐鲁游草》。

[1]黄流:指洪水。[2]诗后原注:"同行为徐小云、何朵香两大令。"[3]威柄:威权,权力。阳侯:古代传说中的波涛之神。

三月三日登药山依王秋桥韵

(清)郑云龙

寻幽夙有登山兴,就道扬鞭趁晓霞。十里欣能偿夙债,半生此不负年华。苔矶转似羊肠曲,绣幰排如雁字斜[1]。溱洧风流今尚尔,黄尘色黯野桃花[2]。

【注释】

此诗转引自《续修历城县志》卷八。郑云龙,生卒年不详,字耕雨,号萍史,山东历城人。道光十二年(1832)举人。著有《焚余诗草》。王秋桥:指王德容,号秋桥。

[1]绣幰(xiǎn):绣花的车帷。[2]溱洧:《诗经·郑风》篇名。诗写三月上巳节男女春游之乐,旧注谓其"刺淫乱也",后因以指淫乱。

药山雪中

(清)高　瑾

北风深谷鸣,宛转羊肠路。寒日樵牧稀,冥冥天将暮[1]。六花拂面来,冈林成散聚[2]。经冬草木青,山根气如煦[3]。所以涧底石,合药起沉痼[4]。数峰参差间,片时更缟素[5]。远村看不见,微闻雁声度。崖边破板桥,羸马亦知惧。从兹入窈窕,定有幽人住[6]。饥乌巢松巅,还叫沧溟墓。

【注释】

此诗转引自《乾隆历城县志》卷七。高瑾,生卒年不详,字方贡,号山颜,晚号留夫,山东历城人。岁贡生。著有《藉青书屋稿》。

[1]樵牧:打柴放牧。[2]六花:雪花。雪花结晶六瓣,故名。[3]煦:和煦。[4]涧底石:指药山的阳起石,产于山下洞中。沉痼:积久难治的病。[5]缟素:白色。[6]幽人:幽隐之人,隐士。

药　山

(清)董　芸

垠崖劚破碧嶙峋,积雪全消洞口春[1]。木瘿犀通皆是病,何如顽石葆天真[2]。

【注释】

此诗出自《广齐音》。诗前原注:"药山其下有洞,产阳起石,故名'药山',一名'云山',即《隋书》之'卢山'也,土人亦呼'阳起山'。按,《本草图经》:'阳起山常有温暖气,虽盛冬大雪遍境,独此山无积白,盖石气熏蒸使然耳。'"

[1]垠崖:犹悬崖。[2]木瘿:树木外部隆起的瘤状物,因其天然形状,可雕刻成用具或工艺品。犀通:犀牛角中间有空洞。葆:保存。

小九华

(清)董　芸

青山处处可移家,爱此西峰小九华。六尺红藤双不借,他年谷口买烟霞[1]。

【注释】

此诗出自《广齐音》。诗前原注:"药山西一峰窈窕,曰'小九华'。晁无咎尝题诗云:'山上有山俱巃嵸,谷中通谷更崄岈。借君筇杖穿奇险,直至西峰小九华。'"

[1]红藤:红藤做的拐杖。

卧牛山

华不注之东里许，曰卧牛山，泺水之分流经两山间而东北注于大清河。

《乾隆历城县志》卷七

寄洪山人二首

（明）边　贡

（其二）

卧牛山前春草肥，华阳宫外雨霏霏。主人侵晓踏青去，日暮家童扶醉归[1]。

【注释】

此诗出自《华泉集》卷七。

[1]侵晓：拂晓。

过卧牛山怀云芝先生

（清）叶承宗

兹山亦秀特，蹲伏当孔路[1]。嘉名曰卧牛，羽翼华不注[2]。我闻云芝翁，读书于此寓[3]。夜半逢异人，受书发灵悟。占彼采杞僧，遂定来生数。公去二百季，清风动遐慕[4]。此山今尚存，高人胡不顾。荒寺断钟鼓，空谷走狐兔。争知世缘亲，不恤山灵怒[5]。茫茫市廛中，神仙焉得遇[6]。

【注释】

此诗出自《泺函》卷一。云芝：指王敕（1446—1511），字嘉谕，号云芝，山东历城人。明成化二十年（1484）探花，曾任翰林院编修、南京国子监祭酒。著有《漫游稿》《云芝稿》。民间流传很多关于王敕特异的传说。

[1]孔路：大路。[2]羽翼：维护，庇护。[3]见清毛大瀛《续〈齐音〉一百首（其六十四）》注释。[4]季：年。遐慕：对过去人、事的企慕。[5]世缘：俗缘，谓人世间事。[6]市廛：指店铺集中的市区。

登卧牛山

（清）刘伍宽

如此春光有几回，相将蜡屐陟崔嵬。林中河水萦衣带，天外华峰落酒杯。仙迹茫茫遗故垒，文星耿耿傍层台[1]。老怀未竟输红杏，还可当风笑口开。

【注释】

此诗出自《海右堂遗诗》。

[1]前半句诗后原注:"王云芝先生得仙书于此山中。"后半句诗后原注:"山上有文昌阁。"文星:即文昌星,旧时传说主文运。耿耿:明亮的样子。

续《齐音》一百首

(清)毛大瀛

(其六十四)

煮雪采杞冷仙踪,祭酒飚车杳莫逢[1]。今日卧牛山下路,石函书闭不开封。

【注释】

此诗出自《戏鸥居诗钞》卷九。诗后原注:"明王敕,号灵芝,成化进士,累官国子祭酒,有道术。尝读书卧牛山寺,得石函,有书二册。夜焚香展诵,一年后能知休咎,御风出神。与一僧山头采杞,僧先下,比和扣口,敕已在矣。其提学陕西,见白云起檐间,遣骑追至云落处,得石白如雪,煮之,味极甘美。"休咎,吉凶,善恶。

[1]祭酒:国子监祭酒,为国子监的主管官。王敕曾任此职。飚(biāo)车:传说中御风而行的神车。汉桓驎《西王母传》:"〔西王母〕所居宫阙……其山之下,弱水九重,洪涛万丈,非飚车羽轮不可到也。"

二南邀同秋屏游卧牛山

(清)王德容

卧牛山北更无山,苍翠斜连华鹊间。玛瑙墨堆三里峻,芙蓉锦簇万株殷[1]。茶烟寺断石泉远,香火人稀苔磴闲。更上文昌高阁望,夕阳低处影斑斑[2]。

【注释】

此诗出自《秋桥诗续选》卷三。二南:指周乐,字二南。秋屏:指李纬,字秋屏,山东历城人。曾任莆田巡检。著有《行间记》。

[1]诗后原注:"夜合遍山,夏日开,极灿烂。"芙蓉:木莲,即木芙蓉,落叶大灌木,叶大掌状浅裂,秋季开花,花大有柄,色有红白,晚上变深红。[2]文昌阁:供奉文昌帝君的高阁,又称魁星阁。

卧牛山

（清）陈　锦

故乡未卜牛眠兆，此地登山识卧牛[1]。从古几人知陨涕，是谁先我见横流[2]。白云湖畔三秋雨，黄宿窪边十丈沟。一样生材郊大国，无言争似石千头。

【注释】

此诗出自《橘荫轩诗文集·补勤诗存续编》卷五。

[1]牛眠：即"牛眠地"。卜葬的吉地。典出《晋书·周访传》："初，陶侃微时，丁艰，将葬，家中忽失牛而不知所在。遇一老父，谓曰：'前岗见一牛眠山污中，其地若葬，位极人臣矣。'又指一山云：'此亦其次，当世出二千石。'言讫不见。侃寻牛得之，因葬其处，以所指别山与访。访父死，葬焉，果为刺史，著称宁益，自访以下，三世为益州四十一年，如其所言云。"

[2]诗后原注："牛山本在青州，此亦以'牛山'名。石壁勒'水到此处'四字，不知所自。"陨涕：流泪。

城东村景物

（清）朱　照

柳杏行间门径幽，短桥浅水小清流。没鸦麦野青无际，十里春山见卧牛。

【注释】

此诗转引自《续修历城县志》卷八。

与侯百里、刘廉坡登卧牛山

（清）李沧瀛

卧牛高耸碧崔嵬，蜡屐同登望眼开。入海河流余曲折，近城山势并纡回。旧时仙迹何人访，此日骚坛几辈来[1]。杰阁凭临吟未就，松涛岚影助诗材[2]。

【注释】

此诗转引自《续修历城县志》卷八。侯百里：指侯功震（1793—1866），字百里，山东历城人。举人，长于医学。著有《囊中集》，汇编《痘疹大成》。

[1]旧时仙迹:指关于王敕的传说等。骚坛:诗坛。[2]杰阁:高阁,此指卧牛山上的文昌阁。诗材:诗的素材。

约同王秋桥、李秋屏卧牛山看夜合花

(清)周　乐

夜雨霏微早放晴,花如濯锦倍分明[1]。能教鹤发同捐忿,并觉牛山亦有情[2]。迢递烟村连药麓,依稀风景是蓉城[3]。徘徊正欲沽佳酿,野老携壶约共倾[4]。

【注释】

此诗出自《二南诗续钞》卷二。

[1]霏微:雨雪细小的样子。濯锦:成都一带所产的织锦,以华美著称。[2]鹤发:白发。捐忿:抛弃忿恨。[3]烟村:指烟雾缭绕的村落。蓉城:古代传说中的仙境。[4]诗后原注:"适有山村翟叟、刘叟携酒榼至。"野老:村野老人。酒榼:古代的贮酒器,可提挈。

望卧牛山

(清)徐子威

驴背望微茫,悠然古道旁。青牛高卧处,云水淡斜阳[1]。

【注释】

此诗转引自《续修历城县志》卷八。徐子威,生卒年不详,字云樵,号野泉,江苏常州人。诸生。著有《海右集》《云樵诗钞》。

[1]青牛:喻指卧牛山。

游卧牛山失道,行乱石间,阻水而返

(清)董　芸

言访卧牛山,山中宜坦步[1]。初疑涧道穷,峰回忽得路。屈盘下岩坂,正与清溪遇。水浅石粼粼,仗策思径渡[2]。松风俄倒吹,溅溅湿芒屦[3]。归樵腰斧至,笑指言君误。谷口白云深,莫向前林去。

【注释】

此诗出自《半隐园诗集》。

[1]坦步:安然地步行。[2]粼粼:水流清澈、水石闪映的样子。[3]溅溅:水疾流的样子。芒屦:芒鞋。

再游卧牛访王云芝先生读书处

（清）董　芸

山形如卧牛，终古失昏晓。带荔衣芙蓉，佳人何窈窕。偶尔谒金门，终焉戏蓬岛。一读古笈书，灵迹良不少。笼鸟触四隅，云鹤翔八表[1]。何日饭青精，空山拾瑶草[2]。

孙登有啸台，乃在苏门山[3]。先生昔奉使，乘传古驿前。下舆忽载拜，丈人遇此间。掘地得奇石，瘦骨玲珑穿[4]。壶中小九华，相赏逢坡仙[5]。清湍映修竹，置之于百泉[6]。至今中州士，四时常诵弦[7]。异事闻如此，客游思往年[8]。

【注释】

此诗出自《半隐园诗集》。

[1]八表：八方之外，指极远的地方。[2]青精：指青精饭，即立夏吃的乌米饭。相传首为道家太极真人所制，服之延年。瑶草：传说中的香草。[3]啸台：晋代隐士孙登，住在河南辉县的苏门山中，经常登临一处石岩大声长啸，此处被称为啸台。[4]以上几句关于王敕的传说，详见清董芸《卧牛山》自注。[5]坡仙：宋苏轼号东坡居士，文才盖世，仰慕者称之为坡仙。[6]百泉：位于河南省辉县市西北二公里的苏门山南麓，因湖底遍布泉眼，故名。[7]诵弦：诵读诗歌。[8]诗后原注："余去岁游汲县，密迩百泉。郡人至今犹艳称其事。"

卧牛山

（清）董　芸

卧牛山色碧巉岩，探得灵威古石函[1]。翻笑金门称大隐，神仙富贵一身兼[2]。

【注释】

此诗出自《广齐音》。诗前原注："华不注东二里，有山曰'卧牛'。王祭酒云芝敕尝读书于此。一日见山麓火起，发之得石函，有书二册，携归。终夜焚香展读，一年后能知休咎，御风出神，语人曰：'地如筛子眼，地下珍异皆可见。'宦中州时，行辉县山中，忽下舆拜曰：'丈人乃在此。'掘地得大石，玲珑苍翠，置之百泉书院。其他灵迹，不可殚述。详渔洋《香祖笔记》。"

[1]灵威:似指灵威丈人,传说中的仙人名。相传吴王阖闾游禹山,遇灵威丈人入洞庭取禹藏书卷。见《河图纬》。[2]《史记·滑稽列传》:"〔东方朔〕时坐席中,酒酣,据地歌曰:'陆沈于俗,避世金马门。宫殿中可以避世全身,何必深山之中、蒿庐之下!'"后以"避世金马""避世金门"谓身为朝官而逃避世务。此两句谓王敕无须隐居,一样可以富贵和神仙兼得。

黄冈

匡山之东一里许，曰黄冈山，突起平冈，自西南而东北，长六七里，若城之外垣矣。柳塘河水经黄冈山北、鞍山南，而东北注于泺。

《乾隆历城县志》卷七

赴任济南前次黄冈作

（元）王 恽

（其一）

征车辘辘二旬间，泥雨长途备阻艰。行近黄冈都忘却，一峰金翠得华山[1]。

【注释】

此诗出自《秋涧先生大全文集》卷二九。

[1]金翠：金黄、翠绿之色。

黄 冈

（明）王象春

城西十里耸黄冈，成祖当年控骕骦[1]。大炮从天惊地裂，至今一角失金汤[2]。

【注释】

此诗出自《齐音》。诗后原注："靖难师攻济，驻兵黄冈，架炮打城中，一崩西南数雉，至今凡修百余次，遇雨辄圮，人以为天感所留，余谓圣意欲存之以旌过云。"

[1]骕骦（sù shuāng）：良马名。[2]金汤：即"金城汤池"。形容城池险固。

黄 冈

（清）王士禄

乱石散平阜，知是黄冈道[1]。步步近乡山，真成向东笑。

【注释】

此诗出自《十笏草堂辛甲集》卷六。诗题原注："济南西八里。"

[1]平阜：平冈。阜，山，土山。

宿历下晓行黄冈道中

（清）张笃庆

脂车方戒道，云黯星光黑[1]。晓露沾我衣，微茫见曙色。修途带城郭，望望烦登陟[2]。乱石似伏虎，瘣颓当路侧[3]。崎岖仆夫悴，古道多倾仄[4]。朝暾渐以升，寒鸟整飞翼[5]。行行览物化，人事良可识[6]。丈夫志四方，宁复恋乡国。驾言千里途，黾勉自修饬[7]。人生各有役，群动皆食力[8]。往路如可怀，悠悠去不息。

【注释】

此诗出自《昆仑山房集》卷三。

[1]脂车：油涂车轴，以利运转，借指驾车出行。戒道：登程，出发上路。[2]修途：长途。登陟：登上。[3]瘣(huī)颓：病貌。[4]倾仄：崎岖不平。[5]朝暾：初升的太阳，亦指晨晖。[6]物化：事物的变化。[7]驾言：语本《诗经·邶风·泉水》："驾言出游，以写我忧。"后用以指代出游，出行。驾，乘车。言，语助词。黾(mǐn)勉：勉励，尽力。修饬：指约束言行，使合乎礼义。[8]群动：各种动物，泛指众人。食力：靠劳动生活。

雪后出郭沽饮黄冈作

(清)傅仲辰

田家方墐户，行役独栖栖[1]。晴雪寒人面，坚冰滑马蹄。峰回村店出，日暖午鸡齐。小饮劳生适，微酣不似泥。

【注释】

此诗出自《心孺诗选》卷十三。

[1]墐户：涂塞门窗孔隙。行役：行旅。栖栖(xī)：孤寂零落的样子。

将至黄冈

(清)傅仲辰

远惭高士卧，不向北窗闲。心在羲皇上，身劳车马间[1]。林风将酿雨，海气已成山。矫首横峦下，青帘荡碧弯。

【注释】

此诗出自《心孺诗选》卷十三。

[1]羲皇：即伏羲氏。

过黄冈瞻李沧溟观察墓，其碑为督学施愚山先生建，及询后裔亦鲜存者，感赋

（清）傅仲辰

历下推诗派，华泉白雪赓[1]。新碑形势壮，古垅往来倾[2]。石乱喧车马，冈低接耨耕[3]。松楸无片影，谁奠一杯羹[4]。

【注释】

此诗出自《心孺诗选》卷十七。

[1]“华泉”后原注：“边尚书庭实。”“白雪”后原注：“楼名，沧溟读书处。”赓：继续。[2]垅（lǒng）：坟墓。[3]耨耕：泛指农活。[4]松楸（qiū）：松树与楸树，墓地多植，因以代称坟墓。

黄冈道中

（清）田同之

崎岖乱石黄冈路，十里村烟近济南。底事重来看不厌，迎人华嵵正堆蓝。

【注释】

此诗出自《砚思集》卷六。

黄冈行并序

（清）任宏远

雍正己卯，葛尔丹余孽不靖，征山左壮士三千余人讨平。五月六日，家人邻里相送于黄冈下，其一段生离之惨，真令人有不忍视者。因作歌以慰之。

玉门关外烟尘起，呜呜笳声吹不已[1]。河湟敦煌羽檄飞，十二时中报天子[2]。天子集众坐明堂：蠢尔小丑敢跳梁[3]！满兵汉兵不惜死，都统都阃效匡勷[4]。旌旗蔽日风云变，干戈如山俨雪霜。群言灭此后朝食，愿将皇威播遐方[5]。一朝军帖到齐鲁，召征汉兵须如虎[6]。军帖一下举家惊，恐将白骨縻边

土[7]。父母相送子牵衣，少妇掩面泪如雨。邻里置酒黄冈边，且进一杯暂开颜。万里绝域雁不到，那有故人在阴山。阴山六月天雨雪，烽火远近忽明灭。夜磷青青沙碛飞，可怜尽是征人血[8]。黄云惨惨交河愁，可怜尽是征魂结。屈指征人几生还，生离那能不凄切。劝尔莫泪垂，垂泪徒增征人悲；劝尔征莫怨，怨征何若不习战！试看陇上叱犊耕，阿谁负弩请长缨[9]。莫思短兵相结处，但忆鞭敲金镫凯歌声[10]。

【注释】

此诗转引自《续修历城县志》卷八。

[1]笳声：胡笳吹奏的曲调，亦指边地之声。[2]河湟：黄河与湟水的并称，亦指河湟两水之间的地区。羽檄：古代军事文书，插鸟羽以示紧急，必须迅速传递。[3]明堂：古代帝王宣明政教的地方，凡朝会、祭祀、庆赏、选士、养老、教学等大典，都在此举行。蠢尔：无知蠢动的样子。小丑跳梁：指微不足道的坏人上蹿下跳、兴风作浪。[4]都统：官名。清代设八旗都统，为旗的最高长官，职掌一旗的户口、生产、教养和训练等。都阃：指统兵在外的将帅。匡勷(ráng)：帮助，辅助。[5]灭此后朝食：消灭掉敌人再吃早饭，形容斗志坚决，要立刻消灭敌人。语本《左传·成公二年》："余姑翦灭此而朝食。"遐方：犹远方。[6]军帖：军中的文告。[7]糜：烂。边土：犹边地。[8]沙碛(qì)：沙漠。[9]叱犊：大声驱牛，牧牛。阿谁：疑问代词，犹言谁，何人。请缨：《汉书·终军传》载："南越与汉和亲，乃遣军使南越，说其王，欲令入朝，比内诸侯。军自请：'愿受长缨，必羁南越王而致之阙下。'"后因以指自告奋勇请求杀敌。[10]鞭敲金镫：用鞭敲击金做的马镫，形容得胜凯旋的欢快情景。

过黄冈

（清）毛大瀛

行过匡山阴，矫首现培塿[1]。云是古黄冈，询之白发叟。云根露嵚岈，诘曲马却走[2]。挥鞭上巉岏，乱石更奇丑[3]。荦确迷东西，坡陀转前后[4]。周围六七里，棋枰布畦亩。一线路倾危，迫视惊叹久。敢惮登陟难，盘盘奋抖擞[5]。数里见城郭，隐约辨林薮[6]。冈下径逶迤，纷纷杂榉柳[7]。鹊华两点青，弯环照马首。寒鸦带斜阳，远飞断岩口。力穷终陟冈，度险得无咎[8]。望望过戍楼，何人击刁斗[9]。忆昔建文年，燕师下海右[10]。旌旗纷崇冈，将士此屯守。传闻火礮声，震天撼陵阜[11]。巍巍铁尚书，真有补天手[12]。即今寒烟清，依然雉堞陡[13]。事往迹恍惚，感来情杂糅[14]。驱马下平沙，旅怀谁共剖[15]？

【注释】

此诗出自《戏鸥居诗钞》卷四。

[1]矫首：昂首，抬头。培塿：本作“部娄”。小土丘。《左传·襄公二十四年》：“部娄无松柏。”杜预注：“部娄，小阜。”[2]云根：深山云起之处。诘曲：屈曲，屈折。[3]巉岏：指险峻的山。[4]荦确：怪石嶙峋的样子。坡陀：山势起伏的样子。[5]登陟：登上。盘盘：曲折回绕的样子。[6]林薮：山林与泽薮。[7]榉(jǔ)柳：落叶乔木，羽状复叶，互生，小叶长椭圆形，有毒，坚果两侧具长椭圆形斜长的翅。木材轻软，可制箱板、火柴杆等，树皮可取纤维制绳索，种子可榨油。[8]陟：由低处向高处走。咎：灾祸，不幸之事。[9]刁斗：古代行军用具，斗形有柄，铜质，白天用作炊具，晚上击以巡更。《史记·李将军列传》：“及出击胡，而广行无部伍行陈，就善水草屯，舍止，人人自便，不击刁斗以自卫。”一本作“刀斗”。裴骃集解引孟康曰：“以铜作鐎器，受一斗，昼炊饭食，夜击持行，名曰刁斗。”一说铃形。司马贞索隐引荀悦云：“刁斗，小铃，如宫中传夜铃也。”[10]1399年8月，建文帝接受大臣齐泰、黄子澄“削藩”建议，削废五王，燕王朱棣起兵反抗，是为靖难之役，又称靖难之变。朱棣打着“清君侧”的旗号，向南京进攻，1400年6月，兵临济南城下。燕师：燕王的军队。海右：指黄河、东海以西地区，方位以西为右，故称。唐杜甫《陪李北海宴历下亭》诗：“海右此亭古，济南名士多。”仇兆鳌注引赵汸曰：“海在东，州在西，故云海右。”[11]礮(pào)：古同“炮”。陵阜：丘陵。[12]巍巍：崇高伟大。铁尚书：指铁铉(1366—1402)，明代建文朝名臣，曾任山东布政使、兵部尚书。在靖难之变时不肯投降造反夺位的燕王朱棣，并召集溃败的士兵坚守济南，击退燕王朱棣，在朱棣夺位后被施以磔刑。补天手：挽回世运的能人。补天，古代神话传说，女娲炼石补天，后遂用作典故，亦常以喻挽回世运。[13]诗后原注：“靖难师攻济，驻兵黄冈，架炮打城，崩西南数雉。”雉堞：城上短墙，也泛指城墙。《文选·鲍照〈芜城赋〉》：“板筑雉堞之殷，井干烽橹之勤。”李善注：“郑玄《周礼》注曰：‘雉，长三丈，高一丈。’杜预《左氏传》注曰：‘堞，女墙也。’”[14]杂蹂：即“杂糅”。混杂糅合。[15]平沙：指广阔的沙原。旅怀：羁旅者的情怀。

夜发历城过黄冈有作

（清）毛大瀛

出城逾数里，夜色郁苍苍。不辨高低树，宁知远近冈[1]。崎岖凭马足，昏黑趁星光。此去齐河驿，行行路正长[2]。

【注释】

此诗出自《戏鸥居诗钞》卷六。

[1]宁(nìng)：岂。[2]行行：不停地前行。《古诗十九首·行行重行行》：“行行重行行，与君生别离。”

将至济南

（清）李　铎

荦确黄冈石，征车此屡停。天围千雉碧，地涌一螺青。秋色真堪画，沧波旧有亭[1]。振衣东去路，前梦十年醒。

【注释】

此诗转引自清张鹏展辑《国朝山左诗续钞》卷十七。李铎（1741—?），字震文，号琪园，山东寿光人。曾任翰林院检讨，兼武英殿、国史馆、三通馆纂修和起居注官，著名藏书家。著有《冷玉岩集》。

[1]前半句诗后原注："赵文敏有《鹊华秋色图》。"

雪后出济南西路由黄冈作

（清）斌　良

偶步齐西门，路出黄冈前。泥融土膏润，静抑飞沙旋。马蹄闲蹀躞，得得垂丝鞭[1]。是时景初霁，纵目羁愁捐[2]。岱宗青不了，如龙游蜿蜒[3]。高下任纵横，远近相钩连。惟有鹊与华，孤立绝比肩[4]。峥嵘压齐鲁，突兀撑遥天。高寒风色峭，素积迷峰巅。皎皎玉华开，势若卓笔然[5]。白云细如带，曲抱山腰圆。模糊范宽画，粉墨谁精研。天公厌分明，迹晦神逾全。远景固奇创，近村尤清妍[6]。茅庐四五家，凉絮飘屋櫋[7]。向荣渐消铄，霤滴如旒悬[8]。僵立万杨柳，树杪霏湿烟[9]。略彴架小溪，冻活流涓涓[10]。搘杖立墙角，零落堆白毡[11]。团焦指墟落，会有幽人眠[12]。

【注释】

此诗出自《抱冲斋诗集》卷七。斌良（1784—1847），字吉甫，又字笠耕、备卿，号梅舫，满洲正红旗人。曾任刑部侍郎、驻藏大臣。著有《抱冲斋诗集》。

[1]蹀躞（dié xiè）：马行的样子。得得：象声词，多形容马蹄声。[2]羁愁：旅人的愁思。捐：消散。[3]蜿蜒：龙蛇等曲折爬行的样子。[4]比肩：并列。[5]玉华：指纯洁如玉的白花。卓笔：植立的笔。[6]清妍：美好。[7]屋櫋（mián）：屋檐。[8]霤（liù）：屋檐水。旒（liú）：冕冠前后悬垂的玉串。[9]树杪：树梢。[10]略彴：小木桥。涓涓：细水缓流的样子。[11]搘（zhī）：支撑，支持。[12]团焦：圆形草屋。墟落：村落。幽人：幽隐之人，隐士。

仲冬过黄冈

（清）王初桐

背郭临官道，连冈带小岑。千林尽摇落，万里剧阴森。地迥风逾壮，天寒日易沉。居卑莫辞瘁，诺仕误初心[1]。

【注释】

此诗转引自《续修历城县志》卷八。

[1]瘁：劳累。诺仕：谓做官。诺，画诺。初心：本意。

黄冈吊李于鳞先生

（清）王朝恩

嘉隆以后属斯文，名埒华泉独有君[1]。白雪才高七子社，青春泪落故姬裙[2]。攀鳞贵客云霄共，眇目穷交旗鼓分[3]。一样寒烟共萧瑟，谢家池外草芸芸[4]。

【注释】

此诗出自《傅砚斋诗质》卷四。王朝恩，生卒年不详，字笙龢，号笛楼，江苏华亭人。曾任曹州司马、登州知府。著有《傅砚斋诗质》。

[1]嘉隆：嘉靖、隆庆年间（1522—1572）。埒：等同，比并。华泉：指边贡，号华泉子。[2]七子社：指以李攀龙为首的“后七子”结成的文学流派。故姬：指蔡姬，李攀龙爱妾。[3]攀鳞：比喻依附帝王以成功名，多指科举及第。穷交：指贫贱之交。[4]谢家池：南朝宋诗人谢灵运家的池塘，后亦泛指诗人家中的池塘。芸芸：众多的样子。

过黄冈

（清）李　柽

东风十里菜花香，沙软泉清驿路长。无数青山纷在眼，不知身已过黄冈。

【注释】

此诗出自《后知堂遗诗》。李柽（chēng），生卒年不详，字圣木，号茗斋，山东德州人。康熙三十八年（1699）举人，候补内阁中书，浙江武康知县。著有《茗斋集》《后知堂遗诗》。

黄岗雪中拜李沧溟先生墓

（清）胡德琳

济南城西洼不隆，高岗突起何巃嵸。乱石槎牙太古铁，虎蹲豹踞白雪中[1]。南山蜿蜒玉龙似，回看一气青蒙蒙。下有诗人一亩宫，龟趺剥落莓苔丛[2]。异代相感愚山翁，大书深刻磨青铜[3]。冠裳入梦精灵通，我来下马悲匆匆。二溟拟合攻木工，垂成忽败惭无功[4]。低徊再拜明予衷，残雪掩映斜阳红。

【注释】

此诗出自《碧腴斋诗存》卷六。

[1]槎牙：形容错落不齐之状。[2]一亩宫：《礼记·儒行》："儒有一亩之宫，环堵之室，筚门圭窬，蓬户瓮牖。"后因以称寒士的简陋居处，此指李攀龙的墓地。龟趺：碑下的龟形石座。[3]愚山翁：指施闰章，号愚山，曾为李攀龙重建墓碑。[4]诗后原注："时偕邓孝廉选二溟诗，拟为合刻，不果。"

黄　冈

（清）董　芸

乱石堆云莎草铺，一鞭迢递指征途[1]。年年八月黄冈道，驴背秋山入画图。

【注释】

此诗出自《广齐音》。诗前原注："黄冈，由齐河赴郡驿路，平冈逶迤，旁多乱石。岱阴诸山自西南来，百余里间，脊脉不断，皆环抱郡城，首尾蜿蜒，郁律作长蛇状。北则鹊、华数峰，散若列星，遥相拱揖。俯视城中，烟火万家，如陷深阱。行者至此，始知其地之高也。新旧《志》俱作'黄冈山'，误。"郁律：山势险曲突兀的样子。列星：罗布天空定时出现的恒星。拱揖：环绕卫护。

[1]莎草：多年生草本植物，多生于潮湿地区或河边沙地。茎直立，三棱形，叶细长，深绿色，质硬有光泽。夏季开穗状小花，赤褐色。地下有细长的匍匐茎，并有褐色膨大块茎。块茎称"香附子"，可供药用。

黄台

华不注之西南三里许，曰黄台山。汉有台县，在山之东，其得名以此山与否，不可考。《魏书》：历城有黄台。其为山与否，亦不可考。元张养浩墓在山之阳。

《乾隆历城县志》卷七

济南黄台

（金）任　询

满目江南烟水秋，济南重到忆南游。便欲移家渔市侧，轻蓑短棹弄扁舟。

柴扉水际昼还扃，日落城头晚更明[1]。深绿淡黄洲渚冷，败荷无数似临平[2]。

绿柳桥边簇锦鞍，红纱影里照烟鬟[3]。归来书几高烧烛，浑似江乡一梦间。

【注释】

此诗转引自《乾隆历城县志》卷七。任询（1133—1204），字君谟，一字君谋，号南麓先生，河北易县人。曾任益都都勾判官、北京盐使。诗文书画俱工。

[1]柴扉：柴门。[2]临平：浙江杭州有临平山，山东南五里有临平湖。[3]锦鞍：喻杨柳掩映的小桥。烟鬟：原指妇女的鬓发，喻云雾缭绕的峰峦。

再过黄台山

（清）陈　锦

黄台堤畔浪如银，埝路流沙没画轮[1]。偏是小山能戴石，本来高鸟怕依人。柳条直上团生气，草木平铺动远春。万顷脂膏糜不尽，可怜荄麦又含新[2]。

陂塘略彴渡深洼，三空桥头艇子划[3]。巨野由来称泽国，大流前度是人家。荒村独寺森狐鬼，古树秋坟泣井蛙。腹地堤防成底事，望洋惊叹指南车。

【注释】

此诗出自《补勤诗存续编》卷五。

[1]埝（niàn）：河堤。画轮：彩饰的车轮，亦指装饰华丽的车子。[2]脂膏：比喻富裕之地或富庶。[3]陂塘：池塘。略彴：小木桥。艇子：小船。

夜行黄台道中

（清）李　僩

月堕暝烟里，行回出水滨[1]。过村钟引客，问路树疑人。鹳老如翁咳，灯微讶鬼磷[2]。只因归思急，翻觉忘艰辛。

【注释】

此诗转引自《续修历城县志》卷八。

[1]暝烟：傍晚的烟霭。水滨：水边。[2]鹳(guàn)：水鸟名，鹳科各种类的通称。形似鹤，嘴长而直，翼大尾短，脚长而赤，捕鱼虾等为食。鬼磷：磷火。

黄台阻雪

(清)钟廷瑛

三日狂飙卷玉沙，怪他吠犬与啼鸦[1]。故园迢递吾能说，一路寒山鬖松花。

【注释】

此诗出自《退轩诗录》卷七。

[1]狂飙：急骤的暴风。玉沙：比喻雪花。吠犬：善于叫的狗。

黄台雪霁

(清)钟廷瑛

台侯故里压城闉，玉圃琼田踏作尘[1]。华鄂峰高寒没骨，娥姜水暖夜生春[2]。长林洒洒时惊鸟，野日晖晖远趁人[3]。径挟青龙骑白虎，笑侬何似古仙真[4]。

【注释】

此诗出自《退轩诗录》卷七。

[1]台侯：古爵位名，其故里在黄台山北。城闉：城内重门，亦泛指城郭。玉圃琼田：形容雪后大地一片雪白。[2]华鄂：指华不注山。娥姜水：又名泺水，源出趵突泉，因泉附近有舜妃娥英庙，故称。[3]洒洒：风吹树叶声。晖晖：形容日光灼热。[4]侬：我。仙真：道家称升仙得道之人。

黄台道中

(清)钟廷瑛

今日台阳道，真如镜里行。山埋出寸碧，鸥动觉微明[1]。滑汰桥横浦，弯环路背城[2]。廿年欢聚处，茫昧似前生[3]。

【注释】

此诗转引自《续修历城县志》卷八。

[1]寸碧:指远方景物。山水树林等绿色景物,远视之形体甚小,故称。[2]滑汰(tà):谓泥泞滑溜。弯环:谓弯曲如环。[3]茫昧:模糊不清。

黄台道中

(清)钟廷瑛

山臞谁遣走尘红,才出城门一笑空[1]。更向桥头回马首,千峰浑卧碧流中。

清溪斜抱水沄沄,千畴穲稏绿到门[2]。记得江乡风物否,雁烟蛩雨稻香村[3]。

垂鞭又入水云乡,近郭人家敛正忙。谁道峼华清绝处,就中惆怅有潘郎。

【注释】

此诗转引自《续修历城县志》卷八。

[1]臞:消瘦。[2]沄沄(yún):水流汹涌的样子。[3]江乡:多江河的地方,多指江南水乡。

黄　台

(清)董　芸

鹊华影里掩柴门,门外溪流碧玉痕[1]。记得黄台山下过,淡烟疏雨稻花村。

【注释】

此诗出自《广齐音》。诗前原注:"黄台左挹鹊山,右揖华不注,其西南一带,即莲子湖故地也。稻畦蔬圃,回环映带,十余里不绝。林壑深美,最为胜境。"

[1]柴门:用柴木做的门,言其简陋。

其他

药山之前麓有两山相连，曰鞍山，又名日月轮山，明卫青墓在其西，李攀龙墓在其东。

《乾隆历城县志》卷七

茂陵山：在城东八里，山有五峰，又名五顶茂陵山。（《旧志》）

《乾隆历城县志》卷六

驴山：在华不注山北。

《续修历城县志》卷八

标山之北里许，为紫荆山。泺水经标山北、紫荆山南，而西北注于大清河。

《乾隆历城县志》卷七

翠阴亭漫兴十首

（元）张养浩

（其六）

绿琼州渚紫金山，满目风烟白鸟闲[1]。莫道好诗无觅处，隐然多在夕阳间。

【注释】

此诗出自《归田类稿》卷二二。翠阴亭：作者晚年隐居云庄期间在别墅近旁修建的一座亭子。

[1]风烟：景象，风光。

济南分题十六首

（清）田　雯

柳沟拜沧溟墓

鞍山平如屋，瓢峰插其傍。十里茶臼河，野水流泱泱[1]。拄杖步空林，松风吹衣裳。

【注释】

此诗出自《古欢堂集》卷四。诗后原注："鞍山、瓢峰，山名；茶臼，河名。"柳沟：《历乘》："李攀龙墓在黄岗下柳沟。"

[1]泱泱：水深广的样子。

秋日杂诗四首

（清）王　苹

（其四）

鞍山一拳耳，烟岚落高轩[1]。遐睇沧溟墓，恍若石兽奔[2]。缅怀嘉隆时，维公独立言[3]。牛耳群相推，虎气真无前[4]。惟有华不注，可与共眠餐。岿然白雪楼，天地留诗篇[5]。高名配岱宗，阅时未及千。胡为馁叔敖，但余山风酸[6]。会持桑落酒，披榛浇长眠[7]。回首注虫鱼，何事穷岁年[8]。

【注释】

此诗出自《二十四泉草堂集》卷三。

[1]鞍山:指北马鞍山,即《左传》所载齐晋鞌之战之鞍山,在济南北郊。一拳:一个拳头,多用以指体积小而形如拳头的物件,这里极言鞍山之小。烟岚:山林间蒸腾的雾气。高轩:堂左右有窗的高敞长廊。[2]遐睇(dì):远望。沧溟墓:即李攀龙墓,位于北马鞍山东北,1975年平整土地时被毁。沧溟,李攀龙号。恍若:好像,仿佛。石兽:墓前的兽形石雕。[3]缅怀:遥想,追念。嘉:嘉靖(1522—1566),明世宗朱厚熜(cōng)的年号。隆:隆庆(1567—1572),明穆宗朱载垕(hòu)的年号。李攀龙(1514—1570),生活在嘉隆时期。立言:指著书立说。《左传·襄公二十四年》:"太上有立德,其次有立功,其次有立言,虽久不废,此之谓不朽。"孔颖达疏:"立言,谓言得其要,理足可传,其身既没,其言尚存。"[4]牛耳:古代诸侯会盟时,割牛耳取血盛敦中,置牛耳于盘,由主盟者执盘分尝诸侯为誓,以示信守,后用以指在某方面居于领袖地位的人。这里指李攀龙为明代"后七子"领袖、文坛盟主。虎气:雄壮威武的气势。[5]岿然:高大独立的样子。白雪楼:李攀龙会友、读书和藏书的地方,最初建于鲍山脚下,时称鲍山白雪,为历下十六景之一。[6]馁(něi):饥饿。叔敖:孙叔敖。《史记·滑稽列传》载,楚相孙叔敖死,其子生活穷困,优孟着孙叔敖衣冠,模仿其神态动作,楚庄王以为孙叔敖复生,请求再次拜相。优孟以歌讽喻楚王对故臣后人照顾不周,楚王醒悟,赐予叔敖后人土地。另有一说,此处"叔敖"应为"若敖"之误,"馁若敖"即"若敖鬼馁"之意。《左传·宣公四年》载,若敖氏之后代楚国令尹子文,担心其侄儿越椒将使若敖氏灭宗,临死时聚其族人,泣曰:"鬼犹求食,若敖氏之鬼不其馁而?"后若敖氏终因越椒的叛楚而灭绝。后因以"若敖鬼"指绝嗣。李攀龙去世后,身后寥落,明末四大书家之一的邢侗就曾专门给当时的山东巡抚孙文融上书,请求当局"略损公帑"出资赎购白雪楼并置田以让李攀龙后人居住。邢侗写道:"门祚寥瘵,云仍仅仅,侗每询访人士,皆云李驹沧丧,有子继亡,止遗一孽孙,又复无母,才离襁褓,寄命婺媪,是为驹者妇,僦居穷巷,托迹浮萍。并日无粗粝之食,经年尠少浆汁之馈,致令鲍山黄土作赤,靥以笑人。"明代王象春《齐音·白雪楼》一诗注文:"于鳞身后,不但堂构失守,并禋祀绝续,我朝文人天福之薄,未有甚此者。蔡姬乃其侍儿之最慧者,不减苏老朝云,至癸卯年已七十余,尚存,在西郊卖饼。余闻之急往视,则颓然老丑耳。因为泣下,周焉。"[7]桑落酒:古代美酒名。北魏郦道元《水经注·河水四》:"〔河东郡〕民有姓刘名堕者,宿擅工酿,采挹河流,酿成芳酎,悬食同枯枝之年,排于桑落之辰,故酒得其名矣。"披榛:砍去丛生之草木。浇:洒酒于地,以示祭奠。长眠:死亡的婉辞。[8]注虫鱼:孔子认为读《诗》可以多识草木鸟兽虫鱼之名,汉代古文经学家注释儒家经典,注重典章制度及名物的训释、考据。后遂以"虫鱼"泛指名物和典章制度,"注虫鱼"即为对名物和典章制度的考据、训诂,有时含讥其烦琐之意。唐代韩愈《读皇甫湜公安园池诗书其后》诗之一:"《尔雅》注虫鱼,定非磊落人。"穷:尽。岁年:年月,时光。

登茂陵山

(清)朱　畹

茂陵山色好,乘兴独登攀。塔势横烟外,泉声出石间。林深偶狐隐,草曲似龙弯。归去天将暮,闲云一片还。

【注释】

此诗转引自《续修历城县志》卷六。诗题原注:"历城东乡姚家庄西北。"诗后原注:"山不高,有五顶,一名五顶茂陵山。草痕自下曲绕至顶,乡人呼'草龙',颇肖。冬痕益真,相戒取石。"

驴　山

(清)范　坰

古来长耳得称公,恼乱僧厨壁画工[1]。果老瑶池春宴罢,空山留影月明中[2]。

【注释】

此诗转引自《续修历城县志》卷八。诗后原注:"华不注北二里许,有山不甚高,壁上凹出一驴,色微白,长鞦短辔,矫耳鸣风,极生动之致,土人名之曰驴山。"鞦(qiū):指络在牲口股后尾间的绊带。

[1]长耳:驴的别称,古代戏称驴为长耳公。僧厨:寺院的厨房。[2]果老:指张果老,神话传说中的八仙之一,经常倒骑驴。

登汇波楼望匡山、药山、鹊山、华山暨卧牛山诸峰感赋柬寄张菊如广文(士保)

(清)萧培元

龙伯出海朝岱宗,六鳌前驱催雨风[1]。冠来巨石如山峙,岿然头戴青芙蓉。朝罢龙伯驻稷门,相会泺水济水神[2]。诘朝返驾还东海,龙去鳌归山独存[3]。独存诸峰在平陆,棋布星罗断复续[4]。矗似玉笏森青空,横如锦屏列画幅[5]。登高四望古平陵,图成八阵石嶒崚。泼天好雨初过处,小巫大巫青翠凝[6]。妙笔曾图赵松雪，鹊华秋色传奇诀。遗却匡药诸峰胜，千古无人再补缺。均是鳌冠海中山，真面有传有不传。兴云降雨职同尽，自有功德存人间。我与山灵缘非浅，城头瞩目云不掩。汇波楼前旭照明，俯视齐州烟九点。

【注释】

此诗出自《思过斋杂体诗存》卷十。萧培元（1816—1873），字锺之，号质斋，云南昆明人。曾任济南知府。著有《思过斋杂体诗存》。张菊如：即张士保（1805—1878），字广文，号菊如、鞠如，山东掖县（今山东莱州）人。副贡生，曾任临淄教谕。清代画家、学者。

[1]龙伯：指龙伯国的巨人。唐张说《入海》诗之二："龙伯如人类，一钓两鳌连。"六鳌：神话中负载五仙山的六只大龟。相传渤海之东，有一深壑，中有岱舆、员峤、方壶、瀛洲、蓬莱五山，乃仙圣所居之地。然五山皆浮于海，常随潮波上下往还。"帝恐流于西极，失群仙圣之居，乃命禺强使巨鳌十五，举首而戴之。迭为三番，六万岁一交焉。五山始峙而不动。而龙伯之国有大人，举足不盈数步而暨五山之所，一钓而连六鳌，合负而趣归其国，灼其骨以数焉。于是岱舆、员峤二山流于北极，沉于大海，仙圣之播迁者巨亿计。"事见《列子·汤问》。[2]稷门：古代齐城门名，在今山东临淄市北古齐城西边南首，以在稷山之下得名。[3]诘朝：诘旦，平明，清晨。[4]棋布星罗：亦作"星罗棋布"。像棋子般分布，像星星般罗列，形容多而密集。[5]玉笏：玉质手板。青空：碧空，蔚蓝的天空。锦屏：锦绣的屏风。[6]泼天：犹满天，形容极大、极多。青翠：鲜绿的样子。

雨后看明湖诸山

（清）朱庭珍

朝看明湖山，暮看明湖山。朝朝暮暮看易厌，游情不异花阑珊[1]。昨宵一雨忽变态，山容水色清可餐[2]。尘颜洗尽露冰骨，秀气飞落眉宇间[3]。远峰缥缈悄独立，近峰窈窕翘双鬟。高者亭亭偃华盖，低者袅袅垂青莲。清若新荷破水出，皎若嫩柳当风偏。或钟或乳或缨络，如笑如滴如妆眠。神骨幽娴静者静，丰姿绰约仙乎仙[4]。四时变化不一态，顷刻迸现虚窗前。城市居然富林壑，一日消受千婵娟[5]。山灵献媚岂无故，今朝特为诗人妍。神工结构妙无迹，各有至理非雕镌[6]。我知画笔不到此，人巧终觉输天然。终日相对意忘倦，坐卧呼吸皆岚烟。人间暑气不敢逼，方寸自辟清凉天[7]。烟霞素愿已足慰，惜无好句酬山川。平生矢志游五岳，会当结宅湖山边[8]。

【注释】

此诗出自《穆清堂诗钞》卷上。朱庭珍（1841—1903），字小园，又作筱园，号诗隐，云南石屏人。光绪十四年(1888)举人。著有《穆清堂诗钞》。

[1]游情：游兴。阑珊：残，将尽。[2]山容：山的姿容。[3]尘颜：尘容。冰骨：洁白纯净的骨架。眉宇：眉额之间，面有眉额，犹屋有檐宇，故称。[4]神骨：神韵风骨。幽娴：文静雅致。丰姿：风度仪态。绰约：柔婉美好的样子。[5]林壑：山林涧谷。婵娟：美人，此处喻指明湖诸山。[6]雕镌(juān)：雕刻。[7]方寸：指心。心处胸中方寸间，故称。[8]矢志：立下誓愿，以示决心。

新济南诗

(清)康有为

碣石四百岛，渡海起泰岱[1]。走峰尽济南，龙种犹存在。揭揭华不注，离离点苍黛[2]。翠巘巉天半，单椒无连带[3]。虎牙独雄立，巨石奋灵怪[4]。鹊山按前横，荸药鞍后拜[5]。群山次第朝，黄河曲拥戴。名泉七十二，众流会灌溉。明湖汇济泺，归极环下界。清河绕黄台，纡折入河内[6]。鹊湖怀家洼，千里水朝外[7]。山水有拱抱，卜宅此为最[8]。我仪地形佳，冠行省都会[9]。昔人昧形势，河水夹反背[10]。宜移新济南，华山下作绘[11]。大开数驰道，公馆聚冠盖[12]。山上掇亭台，夹道植松桧[13]。黉舍先移筑，侁侁胄子戒[14]。游徼警长途，车马分驰载[15]。居行游皆来，盛会于此赛[16]。人皆美乐土，十年繁茂对[17]。今日攀巉崖，荦确我仆惫。它时成大邑，四顾意气快！

其他

【注释】

此诗出自《康南海先生诗集》卷十四。康有为(1858—1927)，字广厦，号长素，广东南海人。戊戌变法的重要参与者。曾任工部主事。著有《康南海先生诗集》。

[1]康有为《新济南记》："大济南诸山，皆自岱来。泰岱之脉，远出昆仑，自天山南路越祁连山、贺兰山、太行山而东入辽，顿于旅顺之老铁山，渡海为碣石四百岛，复起登州大铁山。吾在旅顺，以远镜望登州山了如也。自大铁山走登莱、青兖而为泰山，其南支行三百六十里尽于济宁，其北支行三百六十里尽于济南，爵山郁勃，挺于中突屹雄奇，为少祖焉。乃出燕子山，出破冈，又出为平陵山，又出为马头山，再出一小冈，伏行平陆数里，突起屹为华不注山。"[2]揭揭：高的样子。离离：清晰分明的样子。[3]巉：嶙峋突兀。连带：连结。[4]灵怪：神奇。[5]荸药鞍：荸山、药山和北马鞍山。药山、北马鞍山与华不注山、鹊山等均属"齐烟九点"；荸山不详，疑为粟山之误。[6]康有为《新济南记》："凡济南七十二泉，流入大明湖，汇出会波门，流入小清河。经黄台山，环于华不注山前，会华泉而入于河。"[7]康有为《新济南记》："千百里水灌流于鹊山湖怀家洼，汪荡数十里，前开大原，以纳明阳，千里无际。"[8]拱抱：环抱。卜宅：占卜决定建都的地方。[9]康有为《新济南记》："各省都会，山皆相连。……然山水之美，皆不若华不注也。"都会：大城市。[10]康有为《新济南记》："吾登千佛山，望济南之城，居在山胁之一隅，黄河远来，为弓背之反。"[11]康有为《新济南记》："诚宜移都会于华不注前，然今亦不必移也，但开一新济

南,尤美善矣。"[12]康有为《新济南记》:"今驰道已至黄台山,黄台桥有农林学校在焉。诚宜从黄台桥通驰道于华山前。"驰道:古代供君王行驶车马的道路,泛指供车马驰行的大道。公馆:泛指仕宦寓所或公家所造的馆舍。冠盖:官员的冠服和车乘,泛指仕宦,贵官。冠,礼帽。盖,车盖。[13]康有为《新济南记》:"以华山为公园,稍缀亭台,循花木。"[14]康有为《新济南记》:"先移各学校于山前,驰道间设一公会堂,为吏士公会之所。"黉舍:校舍,亦借指学校。侁侁(shēn):众多的样子。胄子:原指帝王或贵族的长子,亦可指国子学生员。[15]游徼:秦汉时乡官名,负责巡查盗贼。[16]康有为《新济南记》:"游人相率而来,车马杂沓,咸愿受一廛而为氓。"[17]康有为《新济南记》:"不十年,新济南必雄美冠中国都会。"

登汇波楼望城北诸山

(清)李西堂

客中寡所欢,散步随所出。行行明湖畔,撩人空翠逼[1]。仰见城上楼,四角摩白日。栏杆绕烟云,铃语响瑟瑟[2]。揽衣快登临,悠然意自得[3]。碧落廓以清,满目鹊华色[4]。瘦峰削芙蓉,天际排乙乙[5]。仙人乘云出,驭风去何急。念我久风尘,劳劳拙谋食[6]。壮怀郁莫伸,傴块填胸臆[7]。虮虱处裈中,病鹤垂两翼[8]。长日苦倦颓,忽忽若有失[9]。狂歌且放怀,低吟复抱膝[10]。富贵既无分,神仙愈难必。赤松不我招,青鸟断消息[11]。蓬莱东海东,远隔弱水黑[12]。念之空怅望,低徘转寂寂。不如安所遇,嬉笑以自适。日暮好归来,养静启我室。

【注释】

此诗转引自《续修历城县志》卷八。

[1]行行:不停地前行。空翠:指绿色的草木。[2]铃语:檐铃的声音。[3]揽衣:提起衣衫。[4]碧落:道教语,天空,青天。[5]乙乙:犹一一,逐一。[6]风尘:谓行旅辛苦劳顿。劳劳:辛劳,忙碌。谋食:犹谋生。[7]壮怀:豪壮的胸怀。傴块:喻胸中积郁的不平之气。[8]虮虱:虱及其卵。裈(kūn):满裆裤,以别于无裆的套裤。三国魏阮籍生活于魏晋易代之际,不满现实,常著诗文以讥刺和抨击虚伪的礼教制度,其所作《大人先生传》云:"世人所谓君子,惟法是修,惟礼是克……君子之处域内,何异夫虱之处裈中乎!"见《晋书·阮籍传》。后遂因以喻虚伪、迂腐、守礼求荣的"正人君子"。[9]长日:整天、终日。倦颓:疲惫衰退。忽忽:失意的样子。[10]放怀:纵意,放纵情怀。抱膝:以手抱膝而坐,有所思的样子。[11]赤松:相传为上古时神仙。青鸟:神话传说中为西王母取食传信的神鸟。[12]弱水:古代神话传说中称险恶难渡的河海。《红楼梦》第二十五回:"一足高来一足低,浑身带水又拖泥。相逢若问家何处,却在蓬莱弱水西。"

登凤凰山四首

（清）陈永修

山形似凤此名山，秀骨天开翠作环[1]。十里人家图画里，数峰缥缈有无间。扶筇已觉三霄近，腊屐聊偷半日闲[2]。安得桐花千万树，来时灵鸟共栖攀[3]。

五色三文认此山，芙蓉天外落回环。清凉世界烟云里，杨柳楼台指顾间。玄武祠荒空寂历，碧霞宫冷最萧闲[4]。不知身入丹青画，更有仙梯狂欲攀[5]。

画意诗情共一山，群岚遥作翠屏环。置身霄汉乾坤外，放眼浮云天地间。苔点斑斑花影静，松风谡谡鸟声闲[6]。登高时作来仪想，午院笙歌动仰攀[7]。

新种松栽满碧山，二分春色绿回环。紫庭丹穴知何是，贺世归昌仿佛间[8]。不奈劳人多草草，且从桑者赋闲闲。吟诗敢说题凡鸟，吐凤才华未易攀。

【注释】

此诗转引自《续修历城县志》卷八。

[1]秀骨：秀丽的山形。[2]三霄：高空。[3]桐花：梧桐花。灵鸟：指凤凰。[4]寂历：寂静，冷清。萧闲：寂静。[5]仙梯：登上仙界的阶梯。[6]谡谡：劲风声。[7]来仪：谓凤凰来舞而有容仪，古人以为瑞应。语出《书·益稷》："箫韶九成，凤皇来仪。"孔颖达疏："箫韶之乐作之九成，以致凤皇来而有容仪也。"[8]紫庭：神仙所住宫阙。丹穴：传说中的山名。《山海经·南山经》："丹穴之山……有鸟焉，其状如鸡，五采而文，名曰凤皇。"汉张衡《东京赋》："鸣女床之鸾鸟，无丹穴之凤皇。"唐陈子昂《鸳鸯篇》："凤凰起丹穴，独向梧桐枝。"后因以为凤凰的代称。贺世：指凤凰晨鸣。归昌：谓凤凰集鸣，一说凤凰夕鸣叫归昌。

济南行记（节选）

（金）元好问

凡北渚亭所见，西北孤峰五：曰匡山，齐河路出其下，世传李白尝读书于此。曰粟山。曰药山，以阳起石得名。曰鹊山，山之民有云：每岁七、八月，乌鹊群集其上。亦有一山皆曰鹊时[1]，此山之所以得名欤？曰华不注，太白诗云："昔岁游历下，登华不注峰。兹山何峻秀，青翠如芙蓉。"此真华峰写照诗也。大明湖由北水门出，与济水合，弥漫无际，遥望此山，如在水中，盖历下城绝胜处也。华峰之东，有卧牛山。

【注释】

此文出自《遗山集》卷三四。

[1]据《金文选》，无此八字。

游紫金山记

（元）张养浩

紫金山在云庄西三里而近，平地隆起，不峻而孤。石苍翠可挹，周环仅二亩许，林树蔚然[1]。主人刘氏尝亭其上，废久不能复[2]。土人称刘氏为状元，盖金末进士也[3]。余生后，不及识之。其子有字器之者，畴尝游焉，魁梧有才气，未五旬卒，用是刘氏遂无人[4]。闻以贫故，欲货之[5]。或谓："是山距云庄甚迩，子盍市诸[6]？"窃惟器之，余故人也，且家世儒，又尝有名士，今而陵替，政使得之，时登眺焉，未必乐也[7]。恒人虑不能远，睹人美田宅园圃，穷百计欲规有之，甫得而又为他人有者比比是[8]。昔范文正公将致政老洛阳，子弟劝市田为菟裘，文正不怿曰[9]："人苟有道义之乐，形骸可外，况居第哉[10]！且洛中好事家，孰无园池[11]？余时造焉，必不我拒，顾与己居奚异[12]？讵必有诸己，然后为适哉[13]！"呜呼！余尝三复文正之言，则凡荒耽宴游、屑屑居止者，亦宜知所警矣[14]。

大抵士之处世，诚能一切无欲，则天下之善何患不丛乎吾身[15]？所以文正公忠贯日月、功铭鼎彝，百世而下使人闻其风为敛衽者，良由外物不能摇其心也[16]。因游此及之，庶使刘氏之山永不为他人所有，而走也亦自今知所勉[17]。同来者清江谕仁本、子引、侄孙止也，僮一与余，凡五人云。

【注释】

此文出自《归田类稿》卷六。

[1]挹：酌，以瓢舀取。林树：树木，树林。蔚然：草木茂密的样子。[2]亭：构亭。[3]土人：世代居住本地的人。[4]畴：以往，从前。游：结交，交往。用是：因此。[5]货：卖，出售。[6]迩：近。盍：何不。市：购买。诸：代词"之"和疑问语气词"乎"的合音。[7]陵替：衰落，衰败。政：即使，纵然。[8]恒人：常人，一般的人。规：谋求，谋划。甫：刚刚。比比：犹到处，处处。[9]范文正公：即范仲淹（989—1052），字希文，谥号文正，苏州吴县人。北宋杰出的思想家、政治家、文学家。曾任参知政事，发起庆历新政。政绩卓著，文学成就突出。他倡导的"先天下之忧而忧，后天下之乐而乐"的思想对后世影响深

远。有《范文正公文集》传世。致政:犹致仕,指官吏将执政的权柄归还给君主。老:终老,度晚年。菟(tú)裘:地名,在今山东泗水县。《左传·隐公十一年》:"羽父请杀桓公,以求大宰。公曰:'为其少故也,吾将授之矣。'使营菟裘,吾将老焉。"后因以称告老退隐的居处。怿(yì):喜悦,快乐。[10]形骸:人的躯体。外:谓视为外物。居第:住宅。[11]好事:指有某种爱好,这里指购置房屋田地,经营产业。[12]必不我拒:必不拒我。奚(xī):什么,哪里。[13]讵:岂,难道。[14]荒耽:沉溺。宴游:宴饮游乐。屑屑:劳瘁匆迫的样子。居止:住所。[15]丛:聚集。[16]忠贯日月:忠诚之心上贯日月,形容忠诚至极。铭:记载,镂刻。鼎彝(yí):古代祭器,上面多刻着表彰有功人物的文字。敛衽:整饬衣襟,表示恭敬。[17]走:自谦辞,犹言仆。《文选·司马迁〈报任少卿书〉》:"太史公牛马走司马迁再拜言。"李善注:"太史公,迁父谈也。走,犹仆也。言已为太史公掌牛马之仆,自谦之辞也。"《文选·张衡〈东京赋〉》:"走虽不敏,庶斯达矣。"薛综注:"走,公子自称走使之人。如今言仆矣。"

新济南记

(清)康有为

《诗》曰:"相其阴阳,观其流泉[1]。"地形为人生所托,岂不然哉?故万国都会,靡不讲求之[2]。吾登千佛山,望济南之城,居在山胁之一隅,黄河远来,为弓背之反[3]。阴阳既误,流水又反,所以宅民居、盛都邑者,或未至耶。

夫济南诸山,皆自岱来。泰岱之脉,远出昆仑,自天山南路越祁连山、贺兰山、太行山而东入辽,顿于旅顺之老铁山,渡海为碣石四百岛,复起登州大铁山。吾在旅顺,以远镜望登州山,瞭如也[4]。自大铁山走登莱、青兖而为泰山,其南支行三百六十里尽于济宁,其北支行三百六十里尽于济南,爵山郁勃挺于中,突屹雄奇,为少祖焉。乃出燕子山,出破冈,又出为平陵山,又出为马头山,再出一小冈,伏行平陆数里,突起屹为华不注山[5]。茏苁崒拔,旁无连附,《水经注》所谓"单椒秀泽,不连陵以自高;虎牙桀立,孤峰特拔以刺天。青崖翠发,望同点黛"者[6]。《水经注》又谓"济水东北经华不注山",《左传》"晋郤克逐齐顷公,三周华不注"是也。凡济南七十二泉,流入大明湖,汇出会波门,流入小清河。经黄台山,环于华不注山前,会华泉而入于河。若花泉入耙道河,以入沙河,经卧牛山入广平湖,汇华山前入大清河而入于河。大小清河,即济水、泺水也。元郝经诗:"济南名泉七十二,会为一水来浸山[7]。"王象春诗:"单椒桀立虎牙悬,领尽狂波七十泉[8]。"田雯诗:"水汇知凹臼,兹山乃穿柱[9]。"董文骥诗:"东岳势欲尽,余勇贾兹山[10]。"又曰:"明湖悬玉镜,泺水泉络绎。历山亦破碎,岳影渺空碧。如孙顾祖祢,如帝朝百辟[11]。"皆证也。志称泺水东北经华不注山者有八闸,皆水利所关,曰呼雷闸,曰斜河闸,曰柳林闸,曰崇正闸,经黄台山前曰利由闸。王象春曰:非六闸齐放,则舟不能抵华麓。若浚宽使通舟,下连蒲、青、海、乐诸县,则齐城为不涸之仓[12]。其诗"每怜舟至稻屯回,七闸连环未尽开。华岫隔湖若对客,明朝截雨上山来"是也[13]。若夫黄台山在其左,卧牛山在其右,九里山、茅山相与左右之。

癸亥端午节前一日,吾偕戈爽、崔世缮登华不注之麓,镇守使施从滨派材官骑从掖吾行[14]。扪石崎岖,将跻其颠,引远镜四顾,黄河前环,曲曲回抱,龙洞诸山环其左,黄岗诸山环其右[15]。河外鹊山横案肃立,鹊山后萼山、药山、鞍山、匡山、日月轮山、标山,所谓"齐烟九点"者,次第奔赴,戢戢来朝[16]。千百里水灌流于鹊山湖怀家洼,汪荡数十里,前开大原,以纳明阳,千里无际。全国各省之都会,未有能比之者也。若夫华山高挺离立者,盖泰山自碣石诸海岛来此尽结,遗种流传,故复现海岛形,芳泽点黛。诚如李太白所谓"绿秀如芙蓉",诚如董文骥诗所谓"如孙顾祖祢,如帝朝百辟",盖北龙之尽结,自然山水拱会也。

《诗》曰:"度其鲜原[17]。"《尔雅·释山》曰:"小山别大山为鲜。""别"谓不相连也。凡山连属而行者力弱,伏断而行者力强。连属而行者粗恶之气未除,断伏而行者粗恶之气脱尽。华山断而突赴,故丰容尤秀。《诗》之"度其鲜原",择脱山气、断而复起之山,原宜于居民也,所谓"鲜原宜度"者也。各省都会,山皆相连。南京壮矣,然钟山紫金峰下,谢公墩、鸡鸣埭、北极阁皆略连属,不能尽断。惟北京之翠微山、煤山,乃在平地中高峰突起。扬州则七星山至属冈,亦平地崛起。如苏州之横山,则略断而再起,已稍逝矣[18]。皆所谓"鲜原可度"者也。然山水之美,皆不若华不注也。诚宜移都会于华不注前,然今亦不必移也,但开一新济南,尤美善矣[19]。今驰道已至黄台山,黄台桥有农林学校在焉[20]。诚宜从黄台桥通驰道于华山前,以华山为公园,稍缀亭台,循花木。先移各学校于山前,驰道间设一公会堂,为吏士公会之所。徙酒楼女闾于其间,因人情之燕乐,借以开辟之[21]。则游人相率而来,车马杂沓,咸愿受一廛而为氓[22]。乃为之限定园宅之制令,宅地必方十丈以外,宅必楼,瓦必红,宅式不得同,庶几青岛之闳规美观焉。不十年,新济南必雄美冠中国都会。

南海康有为现告于田督军中玉、熊省长炳琦,因记之以谂山东人士[23]。

【注释】

此文出自《万木草堂遗稿外编》下册。

[1]诗句出自《诗经·大雅·公刘》。[2]靡:无,没有。讲求:追求,重视。[3]山胁:犹山峡。弓背之反:风水学术语,意为河流、道路等如弓背背对建筑物。[4]瞭如:清楚明白的样子。[5]句后原注:"以上各山皆出于警卒舆夫之音,未知山志合否?姑存之。"[6]茏苁(lóng cōng):丛聚的样子,引申为繁密茂盛。翠拔:谓青山高耸。[7]见郝经《华不注行》诗。[8]见王象春《华不注》诗。原作:"单椒桀立虎牙悬,锁尽狂奔七十泉。"此

处引用有误。[9]见田雯《华不注》诗。原作:“水汇如凹臼,兹山乃撑拄。”此处引用有误。[10]见董文骥《华不注》诗。[11]见董文骥《华不注》诗。[12]王象春《稻屯》诗自注:“王宫首闸并城外六闸非一齐俱放,则舟不得抵华麓,但至稻屯盘桓片时而返,望华岫咫尺,不得维舟石上。余每谓济城有不涸之仓,此溪是也。此溪流入大清止十八里而近,倘更一浚,宽可通舟楫,下运蒲、青、海、乐之粮,则齐城可永无饥患,惜当事者牵于筑舍之口。”[13]见王象春《稻屯》诗:“每怜舟至稻屯回,七闸连环未尽开。华岫隔湖如唤邀,明朝载雨上山来。”[14]癸亥:民国十二年(1923)。材官:武卒或供差遣的低级武职。掖:扶持,搀扶。[15]扪:攀,挽。跻:升登,达到。[16]戢戢:顺从的样子。[17]出自《诗经·大雅·皇矣》。[18]逝:疑为“逊”之误。[19]都会:大城市。[20]驰道:古代供君王行驶车马的道路,泛指供车马驰行的大道。[21]女闾:指妓院。燕乐:宴饮欢乐。[22]此句语出《孟子·滕文公上》:“远方之人,闻君行仁政,愿受一廛而为氓。”游人:闲散的人,无职业者。杂沓:纷杂繁多的样子。廛:古代平民一家在城邑中所占的房地,后泛指民居、市宅。氓(méng):指外地迁来之民。[23]田督军中玉:田中玉(1869—1935),字蕴山,直隶抚宁人。民国时期曾任山东省督军兼省长。熊省长炳琦:熊炳琦(1884—1959),字润丞,山东济宁人。民国时期曾任山东省省长。谂(shěn):规谏,劝告。

参考文献

丛书类

(清)永瑢等编:《文渊阁四库全书》,台湾商务印书馆股份有限公司 1986 年版。

《四库全书存目丛书》编纂委员会编:《四库全书存目丛书》,齐鲁书社 1997 年版。

《四库全书存目丛书补编》编纂委员会编:《四库全书存目丛书补编》,齐鲁书社 2001 年版。

《四库禁毁书丛刊》编纂委员会编:《四库禁毁书丛刊》,北京出版社 1997 年版。

《四库禁毁书丛刊》编纂委员会编:《四库禁毁书丛刊补编》,北京出版社 2005 年版。

《四库未收书辑刊》编纂委员会编:《四库未收书辑刊》,北京出版社 1998 年版。

《续修四库全书》编纂委员会编:《续修四库全书》,上海古籍出版社 2003 年版。

北京图书馆古籍出版编辑组编:《北京图书馆古籍珍本丛刊》,书目文献出版社 1991 年版。

韩寓群主编:《山东文献集成(1—4 辑)》,山东大学出版社 2007—2010 年版。

《清代诗文集汇编》编纂委员会编:《清代诗文集汇编》,上海古籍出版社 2010 年版。

南开大学图书馆编:《南开大学图书馆藏稀见清人别集丛刊》,广西师范大学出版社 2010 年版。

林庆彰等主编:《晚清四部丛刊》,文听阁图书有限公司 2010 年版。

沈乃文主编:《明别集丛刊(1—5 辑)》,黄山书社 2013 年版。

国家图书馆编:《原国立北平图书馆甲库善本丛书》,国家图书馆出版社 2013 年版。

徐雁平等主编:《清代家集丛刊》,国家图书馆出版社 2015 年版。

徐雁平主编:《清代家集丛刊续编》,国家图书馆出版社 2018 年版。

乐怡整理:《美国哈佛大学哈佛燕京图书馆藏稿钞本丛刊(集部)》,广西师范大学出版社 2016 年版。

陈红彦等主编:《清代诗文集珍本丛刊》,国家图书馆出版社 2017 年版。

汪梦川等主编:《民国诗集选刊》,广陵书社 2017 年版。

国家图书馆编:《明代诗文集珍本丛刊》,国家图书馆出版社 2019 年版。

工具书类

汉语大字典编辑委员会编纂:《汉语大字典》(九卷本),崇文书局、四川辞书出版社 2010 年版。

罗竹风主编:《汉语大词典》(十三卷本),汉语大词典出版社 1994 年版。

李灵年等主编:《清人别集总目》,安徽教育出版社 2000 年版。

柯愈春著:《清人诗文集总目提要》,北京古籍出版社 2001 年版。

上海图书馆编:《中国丛书综录》,上海古籍出版社 1982 年版。

张撝之等主编:《中国历代人名大辞典》,上海古籍出版社 1999 年版。

后 记

本书的编纂，难点是文献资料的搜集与整理。为了全面掌握关于“齐烟九点”的诗文资料，尽量避免遗珠之恨，在前期工作的基础上，我又耗费了三年时间，重点对四库系列丛书、《四部丛刊》系列、《山东文献集成》《明别集丛刊》《明代诗文集珍本丛刊》《清代诗文集汇编》《清代诗文集珍本丛刊》《晚清四部丛刊》《原国立北平图书馆甲库善本丛书》《清代家集丛刊》《清代家集丛刊续编》《中国古籍珍本丛刊》《稀见清人别集丛刊》《民国诗集选刊》《哈佛燕京图书馆藏稿钞本汇刊》等大型丛书中的诗文部分进行了逐册逐页的翻查，获得了关于“齐烟九点”诗文的大量资料。据不完全统计，经我手亲查的古籍数量已在万种以上。虽然主观意愿是希望能将所有诗文资料都一网打尽收录在本书中，但常识告诉我，随着更多古籍文献的重现江湖，挂一漏万的可能性会越来越大。如其大全，以俟后来的君子吧。

为了全面搜集资料，除了利用电子资源外，我还多次前往国家图书馆、山东省图书馆、山东大学图书馆、山东师范大学图书馆、山东青年政治学院图书馆等单位查阅资料。在此，非常感谢山东青年政治学院图书馆杜秀馆长、吴慧荣老师和山东大学蒋震图书馆李馆长、戴晖老师的大力支持和帮助！杜馆长是我的老领导，非常支持我们的工作，一方面慨然应允使用馆内特藏资源，另一方面积极帮助联系山东大学图书馆，为我前往提供通道。吴老师是学校特藏阅览室的老师，也为我查检资料提供了很多便利。由于今年尚处在常态化疫情防控时期，我每次前往山东大学查检资料时都需要蒋震图书馆事先向公安处提出申请，并经逐级审批后方可通行。李馆长和戴晖老师不厌其烦，一次次在系统中递交申请，为编者查检资料费心多多，在此表示诚挚的谢意！

在校勘整理的过程中，诗文刻本漫漶不清、稿抄本字迹凌乱的现象时有出现，部分罕见异体字的辨识也很是让人头疼。在此，非常感谢我的博士生导师、山东大学教授吉发涵先生！我时常向老师请教遇到的疑难问题，老师不厌其烦，耐心解答，让我茅塞顿开，获益良多。

在注释诗文的过程中，我邀请张振老师和我一起对华不注山的诗文进行重新注释，纠正了《华不注山诗文选注》中发现的部分错误，并补充了一些新的诗文和注释；此外，我还邀请杨倩老师和我一起对其他山头的诗文进行注释。初稿完成后，我负责全书的通稿审读和修改润色。如果本书还存在一些错谬之处，责任当由我个人承担。

非常感谢山东省社科联将本书选题纳入2021年度山东省社会科学普及应用研究项目并予以资助！非常感谢山东省演讲学会和武传涛会长的大力支持，同意向社科联推荐申报本选题！

本书的出版得到了山东青年政治学院科研处、文化传播学院和中国地域文化传播研究中心的资助！非常感谢学校科研处陈龙溪处长和学院刘绍芹院长及其他领导对本书出版的大力支持和帮助！

尽管我们已经尽力，但限于学识才力，相信本书可能仍然存在一些问题，欢迎广大读者批评指正。

许浩　谨识

2021年9月